Alexey Pehov
Dunkeljäger

Alexey Pehov

DUNKELJÄGER

*Eine Begebenheit zu Lande und in der Luft,
erzählt in achtundzwanzig Kapiteln und zwei Glossaren*

Aus dem Russischen
von Christiane Pöhlmann

Piper München Zürich

Entdecke die Welt der Piper Fantasy:

 Piper-Fantasy.de

Von Alexey Pehov liegen bei Piper vor:
Schattenwanderer. Die Chroniken von Siala 1
Schattenstürmer. Die Chroniken von Siala 2
Schattentänzer. Die Chroniken von Siala 3
Wind. Die Chroniken von Hara 1
Blitz. Die Chroniken von Hara 2
Donner. Die Chroniken von Hara 3
Sturm. Die Chroniken von Hara 4
Schatten
Dunkeljäger

Die russische Originalausgabe erschien unter dem Titel »Lovcy udači« bei AL'FA-KNIGA, Moskau.

ISBN 978-3-492-70299-7
© 2014 Alexey Pehov
Copyright der deutschsprachigen Ausgabe:
© Piper Verlag GmbH, München 2014
Satz: Satz für Satz. Barbara Reischmann, Leutkirch
Gesetzt aus der Minion
Druck und Bindung: CPI books GmbH, Leck
Printed in Germany

1. KAPITEL, *in dem ich für immer von meiner Vergangenheit Abschied nehme*

Meine gute alte *Libelle* schoss aus den Wolken heraus wie ein Dämon aus einer schlecht versiegelten Schatulle und trug mich Richtung Süden, wo in der Ferne Wälder lagen, die so überhaupt nicht an die jahrhundertealten Baumreiche erinnerten, in denen ich meine Kindheit verbracht hatte. Hinter ihnen warteten das Meer und, mit etwas Glück, ein neues Leben auf mich.

Aber ich sollte mit meinen Gedanken nicht derart vorauseilen, schon gar nicht angesichts meiner gegenwärtigen Lage. In dieser Sekunde sollte ich vielmehr nichts anderes tun, als die Augen offen zu halten und darauf zu hoffen, dass mir das Schicksal gewogen sei – und meine Flucht glückte.

Nur dachte dieses vermaledeite Schicksal gar nicht daran, mir seine Huld zu erweisen. Der heutige Tag versprach, sich genauso lausig zu gestalten wie der gestrige: Meine Verfolger hatte ich nicht abgeschüttelt, im Gegenteil, sie suchten etwa zwei Meilen tiefer in einem Abstand von drei Meilen zu mir den Himmel nach meiner *Silberquelle* ab. Ein Lichtreflex hatte sie verraten, als die Sonne auf die silbrige Seite ihrer Aeroplane gefallen war.

»Warum lasst ihr mich nicht einfach in Ruhe?«, brummte ich, während ich einen raschen Blick auf die magische Kugel vor mir warf. Sie setzte mich freundlicherweise davon in Kenntnis, dass die Zahl der Saphirkeile gegen null ging. Im letzten Gefecht hatte ich fast meinen gesamten Vorrat an Waffen aufgebraucht. Dabei war es zu heiß hergegangen, als dass ich mir den Kopf übers Haushalten hätte zerbrechen können.

Seit zwei Tagen befand ich mich jetzt auf der Flucht. In meiner

Heimat, dem Großen Wald, war man zu der unschönen Auffassung gelangt, ich sei zu gefährlich, um am Leben zu bleiben. Deshalb saß ich nun seit fünfzig Stunden in meiner Libelle und hatte in der ganzen Zeit kein Auge zugetan. Ebenso verzweifelt wie vergeblich versuchte ich, jene Elfen abzuschütteln, die mir unser Shellan, also der höchste Kommandant von uns Fliegern und ein treuer Diener Ihrer Majestät, der Kyralletha, hinterhergeschickt hatte.

Dreimal hatte ich mich bereits gegen Angriffe meiner einstigen Gefährten zur Wehr setzen müssen. Einige von ihnen hatte ich ausgeschaltet – was die Überlebenden jedoch nicht daran hinderte, sich weiter an meinen Schweif zu heften, ganz wie Jagdleoparden, die für ihren Herrn eine seltene Trophäe zu ergattern trachten.

»Ihr habt es nicht anders gewollt«, stieß ich aus, während ich die Entfernung abschätzte. »Setzen wir einen Schlusspunkt unter diese Geschichte.«

Eine andere Wahl blieb mir ohnehin kaum. Würde diese Verfolgung auch nur noch ein paar Stunden andauern, wäre ich außerstande, mein Aeroplan zu lenken. Ich würde im Flug einschlafen – und die Herren Elfen mich in ein Sieb verwandeln.

Deshalb musste die Entscheidung jetzt fallen: An diesem Himmel gab es nur für einen von uns Platz, entweder für sie oder für mich.

Ich drückte den Knüppel zum Steuern von mir weg und zwang meine *Silberquelle* damit, tiefer zu gehen. Der müde Dämon im Bauch meines Vogels brüllte wütend, steigerte aber brav die Geschwindigkeit. Wie ein Greif, der seine Flügel angelegt hatte, stürzte ich in die Tiefe. Im Fadenkreuz meiner Zielvorrichtung tauchte eine bildschöne silbrige Silhouette auf. Ein Aeroplan mit spitzem Bug, einer kristallenen Kabine, goldenem Lüftungsgitter und pfeilförmigen Flügeln, unter denen Kanonen saßen. Als es über einen breiten, namenlosen Fluss flog, eröffnete ich das Feuer.

Dunkelblaue Kugeln zerrissen den Vogel, den die besten Meister meines Volks angefertigt hatten. Glühende Bruchstücke fielen ins Wasser und wühlten die glatte Oberfläche auf, bis hohe weiße Fontänen in die Luft spritzten. Einige Teile landeten auch im Schilf am Ufer, wo sie die hiesigen Wassermänner aufschreckten.

Erst knapp überm Boden beendete ich meinen Sturzflug, um geschickt an Höhe zu gewinnen und über die Baumkronen hinwegzugleiten. Nach diesem Angriff sah ich mich bloß noch einem einzigen feindlichen Elfen gegenüber. Der gab freilich noch immer keine Ruhe. An meinem rechten Flügel schoss eine Salve vorbei. Nur gut, dass mein magischer Schild prompt auflöderte und mich und mein Aeroplan schützte.

Mit einer Kehre, bei der ich mich scharf auf die Seite legte, vermochte ich meinen Verfolger dann endlich abzuschütteln. Das bedeutete allerdings noch nicht viel, denn wir beide suchten ein neuerliches Zusammentreffen hier oben, hoch über dem unschuldigen Wald. Kaum machte ich meinen Gegner wieder aus, eröffnete ich das Feuer und schoss meine letzten Keile ab. Mein Libellchen wurde gewaltig durchgeschüttelt, aber immerhin entkam ich dem Tod. Mein Gegenüber hatte da weitaus weniger Glück.

Eine weiße Flamme über seiner *Silberquelle* brachte den Schutzschild zum Bersten, und das Aeroplan fing Feuer. Einen langen schwarzen Rauchschwanz hinter sich herziehend, strudelte der Vogel in die Tiefe.

Die Flugbahn ließ mich ahnen, dass der Elf noch lebte und mit allen Kräften versuchte, das Aeroplan wieder in seine Gewalt zu bringen. Ich behielt ihn einige Sekunden lang im Fadenkreuz, doch dann nahm ich den Finger vom Abzug.

Ich verspürte keinen Wunsch, denjenigen, der einst mein Freund gewesen war, zu töten.

Sein Vogel verschwand schließlich hinter den Bäumen. Einzig dicker Qualm wies nun noch auf seinen Standort hin. Als ich darauf zuhielt, gelangte ich zu einer großen Lichtung. Auf ihr lag starr das silbrige Aeroplan, das eine breite Furche in die Erde gepflügt hatte.

Eigentlich sollte ich nun schnellstens verschwinden, doch das brachte ich nicht fertig. So landete ich in der Nähe der abgestürzten *Silberquelle*, löste den Riemen über meiner Brust, nahm die am Sitz befestigte Klinge an mich und sprang ins hohe Gras.

Ein kleiner Zitronenfalter mit halb durchscheinenden Flügeln landete behutsam auf der zerbrochenen Schwanzsteuerung des Aeroplans. Offenbar verwechselte er es mit einer der Blumen, in denen seine Freunde duftenden Nektar sammelten. Sobald ich mich näherte, flog er aufgeregt wieder davon. Ich schickte ihm einen neidischen Blick hinterher: Ach ja, so sorglos müsste man von Blume zu Blume flattern können ...

Stattdessen machte ich mich auf einen nicht gerade liebreizenden Anblick im Innern der abgestürzten *Silberquelle* gefasst. Die gläserne Abdeckung über dem Sitz des Fliegers war zersplittert, aus dem feinen Goldrahmen ragten lediglich noch ein paar scharfkantige Scherben heraus. Selbst an ihnen schimmerten Blutspritzer. Als ich dann in den Vogel hineinspähte, sah ich, dass Boden und Wände über und über mit Blut beschmiert waren. Der Fliegeranzug des Elfen, den Riemen nach wie vor fest in den Sitz pressten, hatte sich in einen blutigen Lappen verwandelt. Obwohl in der Brust ein Loch klaffte, lebte mein einstiger Kampfgefährte noch, wie auch immer er das fertiggebracht haben mochte. Als ich mich über ihn beugte, öffnete er die Augen und rang sich ein Lächeln ab.

»Warst du mir also auch diesmal überlegen, Lass«, brachte er heraus.

»Halte durch, Nelan«, beschwor ich ihn. »Ich hol dich da raus.«

»Nicht nötig«, erwiderte er. »Ich sitz hier ganz bequem.«

Der Himmel war mein Zeuge: In diesem Augenblick tat es mir wirklich leid, dass das Leben dieses Los für Nelan bereithielt. Vor meinen Augen starb ein guter Elf und ein hervorragender Flieger. Obendrein fand er den Tod meinetwegen, denn ich hatte einen Befehl verweigert. Wobei: Die eigentliche Schuld an seinem Tod traf selbstverständlich jene gute Dame Kyralletha, die diesen Befehl erteilt hatte.

Mein einziger Wunsch war es gewesen, ein sinnloses Gemetzel zu beenden. Damit wir, damit meine Freunde und Gefährten in den *Silberquellen*, nicht länger am Himmel starben. Deshalb hatte ich mich geweigert, die mir unterstellten Elfen zur nächsten Schlachtbank zu fliegen. Deshalb hatte ich meinen Vorgesetzten gesagt, was ich von diesem Krieg hielt. Mit dem Ergebnis, dass ich nun als Verräter und Rebell dastand. Unwiderruflich.

Die Menschen glauben ja, wir Elfen würden uns nicht gegenseitig abschlachten. Ein gewaltiger Irrtum. Wir machen nämlich nichts anderes, als uns in endlosen Gefechten, die von unseren Adelsfamilien angezettelt werden, niederzumetzeln. Um es ganz unumwunden zu sagen: Einige von uns sind in ihrem Blutdurst keinen Deut besser als Orks.

»Ich bedaure nichts«, sagte Nelan mit einem Mal. »Mein Befehl lautete, dich aufzuhalten. Den konnte ich nicht verweigern, denn ich bin nicht so unerschrocken wie du. Deshalb begebe ich mich nun etwas eher als du in den Schatten des Großen Waldes … Aber auch dich trifft es. Gleich werden die Quesallen hier sein.«

Wunderbar. Hatte unser Shellan mir also nicht nur schlichte Flieger hinterhergeschickt, sondern mir auch diese Meuchelmörder auf den Hals gejagt.

»So schnell werden sie schon nicht auftauchen«, sagte ich dennoch. »Immerhin habe ich ein paar Stunden Vorsprung. Das sollte reichen, alle Spuren zu verwischen.«

»Du weißt genau, dass du sie nicht abhängst. Der Shellan wird dir keine ruhige Minute mehr gönnen. Du bist der Erste, der es gewagt hat, ihm und der Kyralletha offen zu widersprechen. Dergleichen verzeihen sie niemals. Flieh, Lasserelond! Flieh bis ans Ende dieser Welt!«

Als er bemerkte, dass ich etwas einwenden wollte, stieß er mit letzter Kraft aus: »Ich will nicht umsonst sterben. Flieh also und bleibe am Leben!«

»Ich werde mir alle Mühe geben.«

»Gut.« Schmerz und Blutverlust hatten sein edles Gesicht bereits grau gefärbt. Er röchelte laut.

»Gibt es noch etwas, das ich für dich tun kann?«, fragte ich.

Nelan drehte schweigend den Kopf und blickte zu dem friedlich daliegenden Wald hinüber. Seine Lippen verzogen sich zu einem bitteren Lächeln.

»Ich wünschte bloß«, hauchte er, »ich hätte die Heimat noch einmal gesehen.«

Schon in der nächsten Minute atmete er nicht mehr. Ich schnitt die aus Gräsern geflochtenen Riemen durch und hievte Nelan mit einiger Mühe nach draußen, um ihn in den Klee zu betten. Hummeln surrten friedlich auf ihrer Suche nach Nektar über die Wiese. Eine Schaufel hatte ich nicht, allerdings brauchte ich auch keine. Ein Elf muss unter Eichen begraben werden. Ist dies nicht möglich, überlässt man seine Asche schlicht und ergreifend dem Wind.

Nachdem ich Nelans Augen geschlossen hatte, zog ich die gelbe Spange, die jeder Flieger meines Volks trägt, von seinem Gürtel, legte sie auf seine Brust und sprach die Worte zur Befreiung.

Ein Kokon aus warmem Licht hüllte Nelan ein. Sobald es erloschen war, stob eine Garbe von Samen zum Himmel auf. Von sattem Gelb, sahen sie wie Sonnenfunken aus. Geradezu schwerelos segelten sie über die Wiese dahin, bis eine Windbö sie erfasste und sie mit auf ihren letzten Flug nahm, damit sie in den nächsten Jahrzehnten zu prachtvollen, mächtigen Bäumen heranwuchsen.

An der Stelle, an der eben noch mein einstiger Freund gelegen hatte, blieb nur niedergedrückter Klee zurück.

Vielleicht wäre es nun angemessen, diesen Samen die Worte hinterherzuschicken, dass ich Nelans Tod bedauerte. Dass ich ihn nicht in diese Geschichte hätte hineinziehen sollen. Doch ich ging schweigend und schweren Herzens zurück zu meinem Aeroplan.

Irgendwann wich der endlose Wald bestellten Feldern, gewundenen ockerfarbenen Sandwegen und anheimelnden Dörfern mit weißen Häusern. Am Horizont hing weißer Dunst in der Luft, der erste Vorbote des Meeres.

Die Quesallen, jene auf meinen Kopf versessene Fünfer- oder Siebenerbande, hatte ich auf meinem Weg zum südlichsten Punkt des Westlichen Kontinents vorerst abgehängt. In falscher Hoffnung wiegen durfte ich mich freilich nicht.

Zwischen dem oberirdischen Teil des gnomischen Westheims und den undurchdringlichen Wäldern des Krähenlands zog sich das Land der Menschen dahin, das hier weit dünner besiedelt war als anderswo. An die Bezeichnung, die die Menschen der einzigen Stadt der Gegend gegeben hatten, erinnerte ich mich nicht mehr. In unseren Karten war sie jedenfalls als *alley-atkuros*, als Uferstadt, eingetragen.

Ich drehte erst einmal eine Runde über ihr. Auf einem waldigen Hügel im Norden thronte ein mächtiges Schloss mit eisernen Turmhelmen. Der Hafen, in dem die großen Luftschiffe landeten, war vorzüglich abgesichert. Bei einer wuchtigen Verteidigungsanlage meinte ich aufgrund der Form und der Geschützpforten, sie sei einem alten Schiff entnommen. Wie auch immer, jedenfalls dürfte sie dem westlichen Teil der Uferstadt, in dem sich die ehrenwerten Bürger niedergelassen hatten, guten Schutz bieten.

Wen sie hier eigentlich fürchteten, war mir schleierhaft. Luftpiraten dürften in diesen Gefilden noch seltenere Gäste sein als Chasamer Kannibalen – und die waren bereits seit Jahrzehnten ausgerottet.

Aus der Luft wirkte die Stadt wie ein Wagenrad. In der Mitte lagen Paläste und Parks, von dort aus führten breite Straßen zum Meer, zum Wald, den Hügeln und den Steinwüsten in der Umgegend. Je weiter ich mich dem Ufer näherte, desto dichter standen die Häuser, desto enger waren die Gassen. Grün gab es hier kaum noch. Der Hafen mit den Docks bildete dann eine einzige graue Fläche, von der freilich zahllose Piers abgingen.

In der Luft herrschte gewaltiger Trubel, doch ich durchschaute die Regeln recht schnell. Was ich an den Menschen mag, das ist ihr Bestreben, Ordnung in Unordnung zu bringen. Wer schon einmal über eine Stadt der Kobolde hinweggeflogen ist, wird verstehen, was ich meine. Die meisten Unfälle in der Luft geschehen dort, weil alles drunter und drüber geht: Jeder fliegt, wie und wohin er will, ohne sich um die Folgen zu scheren oder auf den Nebenmann zu achten.

Über der Uferstadt kreisten hauptsächlich harmlose Vögel, also Aeroplane ohne Kanonen, Panzerung und Schutzschild, die sich fast zerbrechlich ausnahmen. Erst bei einer zweiten Runde fiel mir eine Einheit von *Monden* auf, die etwa sechshundert Yard über mir Patrouille flogen. Diese Wunderwerke hatten einen stumpfen Bug und vier Haifischflügel, während aus dem Bauch die Läufe der Bienenwerfer herausragten, was sie zugegebenermaßen unbeholfen erscheinen ließ, obgleich sie bei Luftgefechten äußerst erfolgreich waren.

In der Stadt gab es drei Landestreifen. Der erste und größte reichte weit ins Meer hinein und lag bei den Docks. Ihn wählten schwere Luftschiffe, weshalb ich ihn gar nicht erst in Betracht zog: Da es ausgesprochen schlau wäre, mein Libellchen dort zu verstecken, zwischen all den Hallen, Luftschiffen und Fliegern, würden die Quesallen mich da sicher als Erstes suchen.

Der zweite Landestreifen gehörte zum Schloss und war den Lichtern der Feyer nach zu urteilen Kriegsaeroplanen vorbehalten. Wenn ich dort landete, konnte ich mich auch gleich meinen Verfolgern in die Arme werfen, gab es doch keine bessere Möglichkeit, die allgemeine Aufmerksamkeit auf mich zu lenken. Auf die allgemeine Aufmerksamkeit konnte ich jedoch ebenso getrost verzichten wie auf die besondere.

Der dritte Streifen war nur kurz, verstaubt und in miserablem Zustand. Er lag am Rand der östlichen Elendsviertel und war auf allen Seiten von Hallen für Aeroplane, Scheunen und Lagern umgeben, wobei die meisten dieser Schuppen mit eingestürzten Dächern prunkten.

Nicht einmal Feyer gab es hier, die Lichter hätten setzen können. Der Ort schien also zu passen. Trotzdem sah ich im letzten Augenblick von einer Landung ab. Auch das war doch das reinste Silbertablett. Nein, viel gewitzter wäre es, meine Verfolger so zu verwirren, dass sie sich trennten. Damit würde ich zumindest noch etwas Zeit schinden, um mich auf die am Ende doch unvermeidliche Begegnung vorzubereiten – und sie sogar zu überleben.

Deshalb entschied ich mich fürs Ufer. Sobald die letzten Stadtviertel hinter mir lagen, setzte ich meine Libelle dicht bei den tosenden Wellen ab und schickte anschließend den Dämon mit dem Ring der Bändigung schlafen. Nachdem ich die Glasabdeckung hochgekippt hatte, blieb ich noch eine Weile in meinem Vogel sitzen, um auf das Krachen der Brandung zu lauschen.

Schließlich nahm ich den Helm ab, legte ihn auf den Sitz, warf die Tasche mit meinen wenigen Habseligkeiten in den Sand hinaus und sprang ihr dann hinterher. Am Strand zog ich mir den Fliegeranzug aus und betrachtete ein letztes Mal den aufgestickten Goldenen Pfeil, das Emblem meiner Staffel, ehe ich den Anzug zusammenknüllte und auf den Sitz des Fliegers warf.

Meine Tasche enthielt gewöhnliche Kleidung. Wie sie Menschen tragen. Sie war etwas sackartig, wie alle Kleidung von ihnen, passte aber immerhin. Und dass die leichte wildlederne Jacke eine Kapuze besaß, entzückte mich geradezu, denn ich mag es nicht, wenn die Leute meine Ohren angaffen, als wären es die Hörner eines Minotaurus.

Die nächsten zehn kostbaren Minuten machte ich mich am Boden meiner *Silberquelle* zu schaffen, um mit dem Ring der Bändigung die magischen Schlösser zu knacken. Schließlich gaben sie nach, und ich konnte einen Blick in den Bauch des gepanzerten Aeroplans werfen.

Dort drehte sich in hellem Sonnenlicht langsam ein Würfel um sich selbst, der aus feinem Golddraht geschaffen worden war. In seiner Mitte strahlte ein blau-violettes Knäuel. Das war der gebannte und mittlerweile sogar schlafende Dämon, ein Wesen aus der Kehrseitenwelt. Nur seinetwegen konnten Aeroplane und Luftschiffe überhaupt vom Boden abheben. Ich hatte nicht die Absicht, ein solch kostbares Gut zurückzulassen.

Sobald ich den warmen Würfel in meine Tasche gesteckt hatte, legte ich die schwere Abdeckung wieder vor und sicherte alles mit den magischen Schlössern. Da mein Vogel äußerlich wie eh und je aussah, würde zunächst niemand merken, dass diese

Libelle nicht mehr durch die Lüfte schwirren konnte. Die Quesallen würden mein gutes Aeroplan entdecken, daran hegte ich nicht den geringsten Zweifel. Dann müssten sie jedoch einen von ihnen neben ihm abstellen, für den Fall, dass ich zurückkäme. Je weniger von diesen Mördern mir aber in der Stadt auf den Fersen waren, desto besser.

Wobei ich natürlich nicht vergessen durfte, dass ich ja möglicherweise gar kein Luftschiff fand, das mich von hier fortbrachte. Dann würde ich tatsächlich zu meinem Vögelchen zurückkehren müssen, um mit ihm meinen Weg fortzusetzen … Mein Dämon würde den Weg übers Meer freilich nicht mehr bewältigen, dazu war er zu ausgelaugt. Aber hatte ich eine andere Wahl? Nein, ich würde so lange fliegen, wie es ging, und danach gegebenenfalls schwimmen – aber ich würde dem Shellan nicht das Vergnügen bereiten, dass mich die Quesallen zu ihm schleiften, nur damit er mich töten konnte …

Noch einmal fuhr ich mit der Hand über die glatte, angenehm kühle Seite der *Silberquelle*. Wir beide hatten in der Luft mehr als ein Gefecht hinter uns gebracht. Wir hatten die *Nashörner* der Orks im Sumpfland in Flammen gesteckt, dem Schoner unserer Kyralletha Begleitschutz gegeben und Räuber wie Luftpiraten abgeschossen. Wir waren zusammen abgestürzt, doch jedes Mal wieder aufgestiegen. Von diesem Vogel Abschied zu nehmen, von diesem letzten kleinen Teil meiner Vergangenheit, diesem letzten Verbindungsglied mit meinem Volk, war nicht einfach.

Ich hoffte darauf, ihn noch einmal wiederzusehen, ahnte jedoch, dass dies wohl kaum der Fall sein würde.

»Leb wohl«, flüsterte ich deshalb.

Dann stapfte ich entschlossenen Schrittes durch den von der Gischt feuchten Sand in Richtung Stadt.

Und kam mir wie ein ausgemachter Schuft vor.

2. KAPITEL, *in dem es neben einigem anderem um ein zartes Pfirsichrot geht*

Bei den Hallen für die Aeroplane stieß ich auf einen aufgegebenen Landestreifen. Hinter ihm begann die eigentliche Uferstadt. Nun war die Gegend auch nicht mehr ganz so verlassen wie bisher. Die ersten Gestalten, die mir begegneten, machten sich an einer alten *Fliege* zu schaffen. Sie waren höchst bemerkenswert: ein zerzauster grauhaariger Gnom, dessen Bart Tabak gelb gefärbt hatte und der eine abgeriebene Lederjacke trug, sowie eine schlaksige Menschenfrau mit vergnügt funkelnden braunen Augen und kurzen weizenblonden Haaren.

»Wir müssen uns beeilen«, knurrte der Gnom mit kratziger Stimme. »Wenn dieser Kahn nicht aufsteigt, sitzen wir ganz tief in der Tinte.«

»Das schaffen wir schon«, beruhigte ihn die Frau.

»Wie konnten sie uns überhaupt finden nach all der Zeit …? Wenn ich bloß wüsste, welchen Fehler wir gemacht haben …«

Anscheinend war ich nicht der Einzige auf der Flucht …

Als die beiden mich sahen, verzog der Gnom verärgert das Gesicht, rieb sich die Hände an einem schmutzigen Lappen ab – wodurch sie keine Spur sauberer wurden – und griff nach einer Muskete, die an einer Kiste mit Werkzeugen gelehnt hatte.

»Das ist privates Gelände, Freundchen!«, herrschte er mich an. Mit der in die Stirn gezogenen Kapuze hielt er mich offenbar für einen Menschen.

»Ich habe angenommen, es sei Niemandsland«, entgegnete ich in freundlichem Ton.

Kaum vernahm er meinen weichen, leicht singenden Akzent,

runzelte er die Stirn. Schon ein alter Witz behauptet ja, man erkenne einen Elfen noch im dunkelsten Raum – er braucht bloß den Mund aufzumachen.

»Lass ihn in Frieden, Flihal«, verlangte die Frau, die jetzt aufhörte, an einer Mutter herumzudrehen, und stattdessen mit dem schweren Schraubenschlüssel fuchtelte. »Wir haben auch so schon genug zu tun, da können wir auf irgendwelche Schereien getrost verzichten.«

»Das ist ein Elf, Kamilla«, fauchte dieser Flihal. Als wäre damit alles gesagt. »Ich kann diese dreckigen Spitzohren nicht ausstehen. Die stecken überall ihre Nase rein!«

Ich könnte dasselbe über Gnome behaupten, freilich mit der Ergänzung, dass dieses höchst zänkische und streitsüchtige Völkchen von Kümmerlingen selbst in völlig harmlosen Auseinandersetzungen nach allem greift, was schießt, sticht und schneidet.

»Hilf mir besser hier mit dem Eichgerät!«, entgegnete Kamilla, ohne sich aus der Ruhe bringen zu lassen. »Wir müssen noch überprüfen, ob wir den Dämon unter Kontrolle haben.«

Der Gnom brummte etwas, spuckte aus, bedachte mich zum Abschied noch mit den Worten »Verzieh dich, Spitzohr«, hob ein schmutziges Ersatzteil vom Boden auf und kroch unter das Aeroplan, um die Luke zu öffnen.

»Achte nicht weiter auf ihn, dem ist heute eine Laus über die Leber gelaufen«, bat mich Kamilla. Im Unterschied zu ihrem Gefährten war sie wirklich ein freundliches Wesen. »Hast du dich verlaufen?«

Da ich mir den Aufbau der Stadt beim Anflug genau eingeprägt hatte, schüttelte ich schweigend den Kopf.

»Ich frage nur, weil du in diesen Breitengraden nicht jeden Tag einen Sterngeborenen triffst«, schob Kamilla hinterher. »Lass mich dir trotzdem einen Rat geben: Du solltest die Elendsviertel meiden, denn seit ein paar Tagen geht es da hoch her. Die Goblins gehen für ihre Rechte auf die Straße. Halte dich also hinter der Halle für die Aeroplane besser links, dann ersparst du dir eine Menge Schwierigkeiten.«

»Das mache ich, danke!«

Sie schenkte mir ein strahlendes Lächeln, wischte sich mit dem Ärmel des Fliegeranzugs über die schmutzige Wange und setzte die Schrauberei fort. Dieser Flihal warf mir noch einen mürrischen Blick zu. Vor nicht allzu langer Zeit hatten seine Verwandten aus Westheim sämtliche Handelsrouten in unsere Wälder abgeriegelt und die Preise für die Dämonen in die Höhe getrieben. Daraufhin stellten wir den Verkauf jenes Wassers aus den jahrhundertealten Quellen unserer elfischen Eichenwälder ein, mit dem sie ihre Schmiedeöfen kühlten. Die Feindschaft zwischen den nördlichen Klanen der Gnome und den lichten Elfen erreichte eine neue Stufe ...

Die soundsovielte in den letzten zehn Jahren.

Ich befolgte Kamillas Rat und mied die Elendsviertel. An einer großen Kreuzung bog ich in eine Straße ein, die mich, wie ich mich erinnerte, erst zu einer breiten Querstraße und über diese zum Hafen führen würde.

Da die Uferstadt der Ort war, an dem alle Handelswege der Menschen zusammenliefen, lebten in ihr auch zahlreiche andere Rassen: Orks, Trolle, Gnome, Kobolde und Halblinge. Sie alle kamen recht gut miteinander aus, und Streitigkeiten gab es weit seltener, als vielleicht zu vermuten gewesen wäre. Die Menschen legten Wert darauf, dass der Handel reibungslos lief, weshalb sie äußerst strenge Gesetze eingeführt hatten. Wer sie einmal verletzte, dem war der Zutritt in die Stadt für immer verboten. Dann hieß es: Keine Stadt, kein Handel – und damit keine Louisdors in den Taschen. Der eine oder andere mochte also mal einen schrägen Blick auf sein Gegenüber werfen, doch alle verzichteten darauf, die Fäuste sprechen zu lassen.

Als ich einen mächtigen Ahornbaum erreichte, der an einer Straßenkreuzung wuchs und dichten Schatten spendete, bog ich nach rechts ab. Diesen Weg hatte ich mir noch in der Luft eingeprägt. Die Straße säumte nun ein hoher, geschmiedeter Zaun. Hinter diesem standen pyramidenförmige Pappeln, die einen riesigen Park mit gewaltigen runden und quadratischen Blumenbeeten abschirmten. Purpurrote und gelbe Blumen hatten dort die Macht an sich gerissen. Mit blauem Stein ausgelegte Pfade führten zu weißen Lauben und Pavillons, künstlich angelegte Wasserfälle speisten zahlreiche Teiche. Die Pappeln versperrten aber, wie gesagt, allen, die sich auf festem Boden bewegten, die Sicht auf diese Pracht. In meiner Libelle hatte ich mich jedoch an dem Anblick weiden können.

Nach einer Weile ragte eine festungsgleiche graue Kirche mit sechs Kuppeln vor mir auf. Nun, vom Boden aus betrachtet, nahm sie sich riesig und majestätisch aus, während sie aus der Luft eher an eine Spinne erinnert hatte, die ihre Beine – in diesem Fall Treppen – von sich gestreckt hatte. Auch dieser Koloss lag an einer Kreuzung. Böge ich in die Querstraße nach links, gelangte ich zur Stadtmitte, wo sich die Adelspaläste und Häuser mit bordeauxroten Dächern fanden, alles durchsetzt von grünen Wiesen und einem in ein steinernes Bett gezwängten Fluss. Liefe ich weiter geradeaus, brächte mich die Straße zum Hafen.

Genau da wollte ich hin.

Je weiter ich ging, desto wuseliger wurde es. In einigen Gassen kam es zu regelrechten Aufläufen. Unter dem eigentümlichen Gemenge der unterschiedlichsten, mir zumeist unbekannten Sprachen quetschte ich mich durch diese Massen. Dabei fiel mir ein, wie ich zum ersten Mal eine Stadt der Menschen besucht hatte.

Damals war ich noch ein kleiner Junge gewesen, mein Onkel hatte mich mitgenommen. Ihm unterstand eine Gesandtschaft von uns Elfen, die ein Bündnis mit dem südlichen Königreich des Krähenlandes aushandeln sollte. Dessen Hauptstadt glich ein wenig dieser Uferstadt hier – und hatte mir damals überhaupt nicht gefallen.

All diese Steinbauten, die bis in den Himmel aufragten und die um sich herum sämtliches Leben erstickten, widerten mich, der ich bis dahin noch nie einen Fuß vor unsere Wälder gesetzt hatte, an. Häuser, Brücken, Säulen, Straßen, Kanäle und gepflasterte Streifen für Aeroplane – wohin ich auch sah, überall fiel mein Blick auf dieses grobe Material, das nur Gnome lieben konnten. In dieser Stadt wuchsen keine Bäume, gab es kein Gras und keine Wasserfälle, keine Äste, durch die Sonnenstrahlen huschten. Alles war wie tot. Nicht einmal die Gerüche, die der träge Wind herantrug, brachten den Duft von Blumen und frischem Gras mit.

Dann waren da noch dieses Gewusel, verursacht von allen möglichen Rassen, mir unverständliche Regeln und jede Menge Sprachen. Am liebsten wäre ich damals stehenden Fußes nach Ellatheyra zurückgekehrt, in meine vertrauten Wälder, in denen Wind und Sonne zu Hause waren. Mein Onkel hatte damals nur gelächelt und mir versichert, man könne sich auch unter Menschen zu Hause fühlen. Manchmal sogar besser als in unseren Wäldern.

»Aber hier ist alles tot!«, hatte ich ihm entgegengehalten.

»Glaub mir, mein Junge, bei uns bist du längst nicht so frei, längst nicht so lebendig, wie es dir in deinen jungen Jahren noch vorkommt. Könnte ich, wie ich wollte, ich würde hier in dieser Stadt leben, nicht im Großen Wald.«

Ich musste erst heranwachsen, um zu begreifen, wie recht er hatte. Inzwischen weilt mein Onkel längst nicht mehr unter uns. Er ist in Ellatheyra gestorben – ein Schicksal, das mir aller Wahrscheinlichkeit nach nicht zuteilwerden wird. Eher werde ich wohl seinen Traum erfüllen und künftig in Städten leben. Ihm, der nun zwischen den Sterneneichen einherwandelt, wird das vielleicht ein wenig freuen ...

Auf dem Weg zum Hafen besah ich mir aufmerksam die Schilder an den Läden, denn ich hielt nach einem bestimmten Geschäft Ausschau.

Schließlich fand ich, was ich suchte. Der Laden war himmelschreiend klein, neben dem Verkaufstisch fanden nur wenige Schränke Platz. Außerdem führte eine Wendeltreppe zu einer schmalen Galerie hinauf. Gerade kam von dort ein rothaariger Zauberer in einem fadenscheinigen Gehrock herunter.

»Guten Tag«, begrüßte ich ihn. »Ich suche ein Elixier, das Müdigkeit vertreibt. Ich würde gleich mehrere Fläschchen nehmen.«

Der Mann schob seine Brille die Nase hoch und zog eine Flasche mit einer durchsichtigen Flüssigkeit aus einem Regal.

»Das ist alles, was ich noch habe«, sagte er, nachdem er sich geräuspert hatte. »Die Flasche würde einen Louisdor kosten.«

»Das ist nicht gerade ... günstig.«

»Diese Elixiere haben nun einmal ihren Preis. Vor allem wenn die Kunden Flieger sind, die weite Strecken vor sich haben.«

»Trotzdem wissen wir beide nur zu gut, dass dieser Preis überzogen ist.« Ich bin kein Geizkragen, aber gegenwärtig musste ich mein Geld zusammenhalten. »Ich zahle die Hälfte. In Silber. Oder ich suche mir einen anderen Laden.«

»Meinetwegen, einen halben Louisdor«, willigte der Mann schließlich seufzend ein, da er begriff, dass ich keinen Fingerbreit nachgeben würde.

Sobald ich den Laden verlassen hatte, entkorkte ich die Flasche mit den Zähnen und trank die gesamte Flüssigkeit aus. Sie schmeckte nach nichts, tat aber ihre Wirkung: Meine Augen tränten nicht länger, die Farben gewannen ihre alte Kraft zurück, die Geräusche wurden schärfer, fast als hätte jemand einen Wattepfropfen aus meinen Ohren gezogen.

Irgendwann gelangte ich in eine Straße, in der jedes Haus in einer etwas dunkleren Farbe als das vorherige bemalt war. Das Ganze wirkte, als folgte ich einem Faden aus Chasamer Seide. Und dieser Faden brachte mich zum Hafen.

Dort ragte ein alter, klobiger Bau mit einem Wachturm und steinernen Ungeheuern auf dem Dach auf, die Admiralität. Rechts davon zogen sich quadratische Lagerhallen über einige Meilen bis zum Ufer hin, links lagen die Piers, die Docks und Schiffsanlegestellen. Hohe gestreifte Signaltürme und das Zollamt herrschten über allem.

Der Wind fegte ungehindert über den freien Platz zwischen Admiralität und dem Turm, der eintreffende und abgehende Aeroplane im Auge behielt. Er trug den Geruch des Meeres heran, aber auch den nach Teer, mit dem die Piers behandelt worden waren, nach exotischen Früchten, die in Kisten aus Ahorn ruhten, und nach Gewürzen, die auf einem kleinen Markt verkauft wurden, den man neben dem Schalter für die Fahrkarten aufgebaut hatte.

Ein paar grauhäutige Trolle – große, muskulöse Geschöpfe, die wütend schnauften und auf den ersten Blick ziemlich ungeschlacht anmuteten – entluden gerade ausgesprochen flink ein bauchiges Luftschiff, genauer eine Galeone. Die Waren verstauten sie auf Fuhrwerken, vor die zottlige Tiere gespannt waren, die an Kühe erinnerten.

Für die Ordnung im Hafen sorgten Minotauren, kräftige Burschen mit wilden Stiervisagen. Sie schlenderten die Landungsbrücken auf und ab und achteten strikt darauf, dass niemand eine Keilerei anfing.

Mit einem Mal verfinsterte ein gewaltiger Schatten den Pier, auf dem ich stand: Ein Schoner der Gnome blendete aus offenen Luken im Bauch alle mit seinen Lichtern, damit ihm ja niemand in die Quere kam, wenn die werten Herren zur Landung ansetzten. Das Luftschiff war rundum mit dicken Metallplatten beschlagen und hatte einen quadratischen Körper, einen spitzen Kiel, über dem angriffslustig der Bugspriet vorragte, und zwei große Schaufelräder. Sie verströmten ein rubinrotes Licht und drehten sich langsam, während die Dämonen in ihnen leise heulten.

Gleichzeitig kam eine Barkasse in den Hafen geflogen. Bei diesem alten Luftschiff war das einzige Schaufelrad bereits reichlich lädiert, auch der Dämon schien nicht mehr der jüngste. Eine ganze Schar Feyer gab ihm zu verstehen, es müsse erst den Gnomenschoner durchlassen.

Lathimeren kündeten mit lautem Geheul von weiteren Aeroplanen im Anflug. Es wimmelte von Matrosen, Kaufleuten, Beamten, Soldaten und Fliegern. Alle gingen ihren Geschäften nach, niemand achtete auf mich.

Ich hielt auf eine der Anlegestellen zu und betrachtete die Luftschiffe. Sie standen dicht nebeneinander, die Metallkörper waren mit Kanonentürmen und Deckenaufbauten bestückt, jedoch nicht mit Masten. Die Schaufelräder harrten reglos kommender Bewegung, die Flügel schmiegten sich in diesem Zustand eng an die bauchigen Seiten.

Einer dieser Vögel sollte mich vom Westlichen Kontinent zum Östlichen bringen. Dort würde ich in den Städten der Menschen abtauchen. Falls mir das Glück hold war, würde ich mich dann in ein paar Jahren zu meinen dunklen Artgenossen wagen.

Insgesamt nahmen nur drei Schiffe Passagiere mit. Ich trat an den Fahrkartenschalter und vertiefte mich in die Angaben zu den Abflügen, die neben dem Fenster an der Wand des Büdchens angeschlagen waren. Keines der drei Schiffe wollte zum Östlichen Kontinent. Trotzdem kaufte ich mir eine Karte für das Schiff mit dem am weitesten entfernt liegenden Ziel. Dabei setzte ich alles daran, dass der Verkäufer sich auch ja mein Gesicht einprägte, damit er mich notfalls den Quesallen zu beschreiben vermochte.

Denn selbstverständlich trug ich mich nicht mit dem Gedanken, die Purpurberge zu besuchen. Wohingegen ich mir ganz entschieden das Ziel gesteckt hatte, die Häscher des Shellan noch weiter zu verwirren.

Nach dem Erwerb der Fahrkarte kehrte ich zu den Piers zurück und fragte einige Matrosen, wohin ihre Schiffe führen. Jedes Mal erhielt ich eine andere Antwort. Als mir endlich einer den Östlichen Kontinent nannte, wies er dabei auf ein ziemlich plumpes Schiff.

Der Kapitän war ein Mensch, ein Kerl mit zauseligem Backenbart und Triefaugen, der mein Anliegen mit gelangweilter Miene zur Kenntnis nahm.

»Ein Plätzchen würden wir schon für dich finden«, sagte er schließlich. »Aber bevor wir nach Gardalde kommen, fliegen wir erst den gesamten Westlichen Kontinent ab und laufen siebzehn Häfen an. Das heißt, wir sind mehr als zwei Monate unterwegs. Wenn dich das nicht stört, wartet an Bord eine Koje auf dich.«

»Wie viel kostet die mich?«

»Mit Mannschaftsverpflegung vier Louisdors. Schlafen wirst du im Frachtraum. Solltest du auf einer Kajüte bestehen, bin ich bereit, dir meine abzutreten, das kostet dich dann aber mindestens nach mal zwanzig Louisdors. Und essen würdest du so oder so mit der Mannschaft, wir kochen niemandem sein eigenes Süppchen.«

»Eine Hängematte im Frachtraum stellt mich mehr als zufrieden.«

»Dann sind wir uns ja einig, Elf. Also willkommen an Bord!«

»Vorher hätte ich noch etwas zu erledigen.«

»Wir brechen um Mitternacht auf. Wenn du uns nicht vom Ufer aus hinterherwinken willst, sei pünktlich.«

Der Mann brachte unmissverständlich zum Ausdruck, dass das Gespräch damit beendet sei, und zog sich ins Ruderhaus zurück, aus dem gerade ein fetter Riese heraustrat, der eine jaulende Holzkiste vor sich hertrug. Mir war völlig schleierhaft, wer oder was diese Töne von sich gab – aber dieses Wesen kreischte widerlicher als jedes noch so blutdürstige Gespenst. Als die Matrosen, die das Deck scheuerten, dieses Gekreisch hörten, grinsten sie bloß.

»Hast du ihn also doch erwischt, Bootsmann!«, rief einer von ihnen höhnisch aus.

»Kümmer dich um deinen eigenen Dreck!«, zischte der zurück. »Und dieses Mistviech ertränke ich jetzt, mir reicht's nämlich.«

Das Geheul schlug in einen markerschütternden Hilfeschrei um, und die Kiste ruckelte wie wild, weil der Insasse auszubrechen versuchte.

»He, Bootsmann!«, rief ich. »Was ist denn dein Gefangener für einer?«

»Einer ohne Fahrkarte. Der hat meine Stiefel verschlungen, den ganzen Tabak und die Pfeife obendrein. Außerdem hätte er beinah eines der Magischen Siegel angeknabbert, dann wären wir alle geradenwegs in der Kehrseitenwelt gelandet. So, du kleiner Drecksekerl, und jetzt wollen wir mal sehen, ob du den Meerjungfrauen gefällst!«

Voller Rachsucht schüttelte er das hölzerne Gefängnis, worauf das Gejaule die Tonleiter eine weitere Note hochkletterte. Ich billigte diese Strafmaßnahme ganz und gar nicht, denn niemand verdient es, in einer Kiste zu sterben, nicht mal, wenn er zwanzig Paar Stiefel gefressen und sich ein ganzes Fass des besten Tabaks einverleibt hätte.

»Verkauf ihn mir«, schlug ich dem Bootsmann deshalb vor. »Ich gebe dir eine Silbermünze für ihn.«

Der Riese stieß einen erstaunten Grunzer aus und musterte mich misstrauisch.

»Wozu brauchst du dieses Mistviech denn?«, fragte er nach einer Weile.

»Ich kenne einen Schuster, mit dem würde ich mir gern einen kleinen Spaß erlauben.« Obwohl diese Lüge ziemlich aus der Luft gegriffen war, verfing sie.

»Damit sitze ich zwischen zwei Dämonen, Elf«, brummte der Bootsmann nun und kratzte sich nachdenklich den Nacken. »Der eine flüstert mir ein, ich solle diesem Dreckskerl eine Lehre erteilen, der andere verlangt, ihn dir zu verkaufen, damit meine Verluste wieder wettgemacht werden. Gut, soll Letzterer sein Recht haben. Schieb die Münze rüber.«

Es war keine Minute vergangen, da hatte die inzwischen zur Ruhe gekommene Kiste den Besitzer gewechselt. Ihr Insasse war nicht besonders schwer und hüllte sich in tiefes Schweigen, während er im Takt meiner Schritte geschaukelt wurde.

Allmählich brach der Abend herein. Die Wolken über dem Hafen färbten sich in Rosatönen, die Möwen schrien lauthals, schossen durch die Luft und wurden schier verrückt, weil eine ganze Flotte von Fischerbooten in den Hafen zurückkehrte. Ach ja, es war lange her, dass ich ein Seeschiff gesehen hatte …

Irgendwann einmal, vor langer, langer Zeit, waren alle auf Schiffen gefahren, hatten die Meere durchpflügt und nicht den Himmel. Dann waren die Gnome jedoch dahintergekommen, wie sie Dämonen aus der Kehrseitenwelt herausholen konnten. Danach war nichts mehr wie früher gewesen – und Seeschiffe benutzte heute kaum noch jemand.

Warum auch – wenn es Dämonen gab? Luftschiffe waren nun einmal schneller und bequemer. Sicher, ein paar Schlauberger hatten anfangs versucht, die Dämonen in Segelschiffen einzusetzen. Mit verhängnisvollen Folgen. Oft genug versagten nämlich die Magischen Siegel, die den Dämon bändigten. Dann schossen Schoner und Brigantinen mit einer solchen Geschwindigkeit vorwärts, dass alle Segel rissen, alle Masten brachen. Und nicht selten zerschellten am Ende auch die Schiffe selbst. Abgesehen davon musste man schon sehr wenig am eigenen Leben hängen, wenn man heutzutage eines dieser brüchigen Seeschiffe wählte, die nach wie vor aus Holz gebaut wurden. Jedes Aeroplan, jede dieser fliegenden Festungen, verwandelte so einen Kahn doch in Kleinholz.

In der Uferstadt schienen sich Segelschiffe jedoch noch einer gewissen Beliebtheit zu erfreuen und wurden genutzt, um Waren in die Umgegend zu bringen.

Aber selbstverständlich flogen die Stadt auch Aeroplane an. Und die Dämonen in ihren Bäuchen fauchten so grimmig, dass mir alle leidtaten, die in der Nähe des Landestreifens lebten.

Das Schweigen in der Holzkiste hielt an, nur hin und wieder drang ein leises Gerumpel aus ihr heraus. In einem kleinen Hinterhof, in dem eine Frau trockene Wäsche von der Leine nahm, zog ich mein Schwert aus der Schneide und hebelte damit zwei Bretter ab.

»Dann zeig dich mal, Kumpel. Ich bin schon wirklich gespannt darauf, wie ein Geschöpf aussieht, das mich eine ganze Silbermünze gekostet hat.«

Im Innern der Kiste rührte sich etwas, dann kroch der Bewohner langsam heraus.

Ein solches Wesen hatte ich mein Lebtag noch nicht zu Gesicht bekommen. Es war etwas größer als eine Apfelsine und vollständig mit Fell von zartem Pfirsichrot bedeckt. Drei wurstdicke Pfoten endeten in gebogenen schwarzen Krallen, die nicht gerade den Gedanken an Sanftmut in mir aufkeimen ließen. Unter dem dichten Fell erahnte ich Augen, ein Maul, eine rosafarbene Katzennase und Ohren. Bürgen hätte ich für die Richtigkeit all dieser Aussagen allerdings nicht können.

Der runde Körper – obwohl bei diesem Kugelwesen kaum zu sagen war, wo der Kopf endete und der eigentliche Körper anfing – zitterte unter seinen Atemzügen. Eine geschlagene Minute starrten wir einander an.

»Guten Tag auch«, durchbrach ich das Schweigen.

Ich hielt dem Wesen die Hand hin – und meine Finger überstanden das nur, weil meine Schnelligkeit nicht hinter seiner Angriffslust zurückstand. Er schielte mich an, schlug die Hechtzähne aufeinander, schüttelte sich, brüllte etwas, sprang zur Seite und schoss wie ein pfirsichfarbener Blitz auf ein Haus zu, erklomm im Bruchteil einer Sekunde das Dach, jaulte, jammerte noch einmal – und weg war er.

»Genau dieses Verhalten habe ich mir schon immer unter Dankbarkeit vorgestellt«, murmelte ich. »Dann sieh dich in Zukunft bloß vor, Kumpel. Mit einem derart ungeschliffenen Auftreten wie dem deinen wäre es gut möglich, dass du schon bald wieder ertränkt werden sollst.«

Ich war ohne jedes Gepäck aus Ellatheyra geflohen. Wie hätte ich auch packen sollen, wenn ich die Tage zuvor im Kerker verbracht hatte? Deshalb besaß ich nur, was mir meine Freunde gegeben hatten, die mich aus der Gefangenschaft befreit hatten. Das wiederum hieß: erschreckend wenig Geld.

Da ich jedoch noch dringend einige Dinge erledigen musste, die sich nur mit klingender Münze regeln ließen, beschloss ich kurzerhand, das eine oder andere Stück aus meinem persönlichen Besitz zu veräußern. Am meisten brächte selbstverständlich der Dämon ein – doch dieser Schritt verbot sich von selbst. Der Dämon war mein Unterpfand für die Zukunft. Verkaufte ich ihn, wäre es, als verzichtete ich freiwillig auf den Himmel, ohne den ich – wie im Übrigen jeder Flieger – jedoch nicht zu leben vermochte.

Meine Kleidung wiederum dürfte niemanden hinterm Ofen hervorlocken, den alten Familienring hatte mir der Shellan vor dem Tribunal abgenommen, und das Eisige Schweigen, ein magisches Artefakt und immerhin nach wie vor zur Hälfte geladen, könnte mir womöglich selbst noch gute Dienste leisten. Damit blieb nur ein Stück, das infrage kam – und dem ich keine Träne nachweinen würde.

Recht bald fand ich einen Laden, in dem man Waffen feilbot. Ausnahmsweise störte mich nicht einmal, dass der Name auch noch in den Kreisen, Dreiecken und Rhomben der Gnomenschrift zu lesen war. Selbst wenn ich noch so viele Vorbehalte gegen dieses Völkchen hegte – es verstand etwas von Waffen, das bestritt nicht einmal ich.

In dem großen, düsteren Raum hatte man bereits Lampen angezündet. In ihrem grellen Licht funkelten die an den Wänden hängenden Entersäbel und Streitäxte – Letztere noch hinter Glas –, machte ich Musketen, Pistolen mit Zahnrädern und Armbrüste aus, die mit Dampfzylindern gespannt wurden. Auch Rüstungen gab es, die den leicht schimmernden Runen nach zu urteilen durchweg mit einem Zauber belegt und obendrein völlig unmagisch mit Rippen verstärkt worden waren. Vor der Längswand reihte sich eine Waffe für Aeroplane neben die nächste, akkurat aufgestellt, sogenannte Blitze aus Bronze, die in ihren Spulen kräftige elektrische Entladungen hervorbrachten, oder Bienenwerfer, die andere Rassen gern einsetzten. Es gab sogar eine vierzig Pfund schwere Kanone. Ein großes Schild gegenüber dem Eingang kündete in allen bekannten Sprachen davon, dass man nur hier eine Partie schwerer Schnapper zum Vorzugspreis erhalte.

Hinter dem Ladentisch stand ein Kobold. Wie bei allen Vertretern dieses Volks zierten auch seinen langen Bart eingeflochtene bunte Bänder. Diese gaben Auskunft darüber, welchem Klan er angehörte. Er war hochgewachsen und hager, hatte rote Augen, auberginenfarbene Haut und Hundeohren. Die Lederschürze, die er sich vor den Bauch gebunden hatte, starrte vor Waffenöl.

Als ich eintrat, unterbrach er die Arbeit an einem Radschloss für eine Muskete, hob den Kopf und blickte mich durchdringend mit seinen riesigen Augen an.

»Womit kann ich dienen?«, fragte er.

»Ich möchte etwas verkaufen.«

»Tut mir leid, da seid Ihr hier falsch«, erklärte er muffig, verlor sofort jedes Interesse an mir und beugte seine lange Nase wieder über das Schloss. »Verkaufen könnt Ihr drei Häuser weiter die Straße rauf.«

Na gut, zog ich halt weiter …

»Nicht so hastig, Schlappohr«, erhob sich da ein tiefer Bariton, und aus einem Nebenraum tauchte ein gesetzter Gnom mit einem gepflegten Bart auf, der eine Kiste mit Feuerbienen für Pistolen heranschleppte. »Lass er mich sehen, was er anzubieten hat … der werte Elf.«

Das war seinerseits eine schier unglaubliche Höflichkeit, fast schon, als hätte er mich Freund genannt. O ja, mochten auch alle Gnome miese Iltisse sein, jeder einzelne bereit, die Welt von uns Elfen zu befreien – aber wenn sie ein Geschäft wittern, treten persönliche Vorbehalte bei ihnen stets zurück.

Ich legte meine Waffe auf den Ladentisch.

Der Gnom wischte sich gründlich die Hände ab, verriet jedoch mit keiner Geste sein Erstaunen. Der Kobold vermochte seine Gefühle weitaus schlechter zu verbergen als sein Kompagnon und schielte immer wieder zu dem Schwert herüber, obgleich er vorgab, hingebungsvoll am Schloss zu werkeln.

Der Kümmerling zog die Klinge aus der Scheide, schätzte rasch Balance wie Schärfe ein und fuhr ein paarmal mit der Waffe durch die Luft, worauf ein scharfes Pfeifen ertönte. Danach setzte er sich ein Monokel ein und untersuchte penibel die geschmiedeten Ornamente.

Ich zeigte keine Eile, sondern beobachtete, wie sich die Lippen des Gnoms kaum merklich bewegten: Die unerschütterliche Ruhe des Winzlings hatte einen Riss davongetragen. Schließlich richtete er seinen Blick wieder auf mich.

»Ich spare mir jede Feilscherei«, erklärte er. »Das würde sowohl die Klinge als auch den Meister, der sie geschaffen hat, beleidigen. Wir beide wissen genau, dass diese Waffe in eurem Volk Elwergaret genannt wird. Das Schwert der Garde Eures Königs oder Eurer Königin. Geschmiedet haben es Gnome, eine Familie, die bereits seit dreihundert Jahren nicht mehr existiert. Der Stahl stammt von Euch, aus Euren Wäldern, enthält aber eine geringfügige Beimischung von Erz aus Westheim. Doch auch bei dem Erz ist das Wertvollste die Nahrung für die Flamme, in der das Metall geschmolzen wird: Erst die mächtigen Eichen verleihen ihm seine erstaunlichen Eigenschaften. Eure Lage muss verzweifelt sein, Elf, wenn Ihr Euch dazu durchgerungen habt, Euch von diesem Schatz zu trennen.«

Der Kobold verzog das Gesicht, denn er billigte die Worte seines Partners in keiner Weise: Wie konnte der eine Ware loben, die zum Ankauf stand?!

»Das Schwert mag ein Schatz für Gnome und Sammler sein. In meinen Wäldern stellt es dagegen keine Seltenheit dar«, erwiderte ich unerschütterlich. »Wollt Ihr es kaufen?«

»Nein, tut mir leid. Aber über so viel Geld verfüge ich nicht.« Mit einem bedauernden Gesichtsausdruck schob er die Klinge in die Scheide zurück.

»Nennt mir Euren Preis.« Ich konnte es mir schlicht und ergreifend nicht leisten, noch länger durch die Geschäfte zu streifen, nur um in Erfahrung zu bringen, wer mir am meisten für das Schwert bot.

Die beiden Kompagnons sahen sich an.

»Vierhundert Louisdors in Edelsteinen«, sagte der Gnom schließlich. »Dazu noch vierzig in Münzen.«

Daraufhin stierten mich beide an, offenbar in der Erwartung, ich würde in schallendes Gelächter ausbrechen und sie für verrückte Halsabschneider erklären.

»Legt noch eine Pistole samt Munition und ein Galgerre obendrauf. Außerdem bräuchte ich noch ein paar Artefakte.«

»Welche?«

»Eins, das den Angriff einer mit einem Zauber belegten Klinge abwehren kann, eine Feuerkette, falls vorhanden, und einen Einhülser.«

»Eine Feuerkette habe ich nicht, stattdessen könnte ich aber einen Explosiven Atem anbieten. Einverstanden?«

»Einverstanden. Ich möchte, dass sie unauffällig sind.«

»Wenn Ihr etwas Zeit habt, kann ich sie in die Knöpfe Eurer Jacke einarbeiten«, erklärte er. »Dann bemerken sie nur Magier bei einer sorgfältigen Überprüfung.«

»Hervorragend.«

Damit hatte ich bei einer etwaigen Begegnung mit den Quesallen einen weiteren Trumpf in der Hand. Oder im Knopfloch ...

»Ein Galgerre werden wir Euch nicht geben können, diese kurzen Elfenschwerter verkaufen wir grundsätzlich nicht«, sagte der Kobold, fügte aber in der Annahme, ich würde mir die Sache deswegen anders überlegen, rasch hinzu: »Aber eine vergleichbare Klinge können wir Euch selbstverständlich überlassen. Soll ich Euch eine zeigen?«

»Ja.«

Die beiden verschwanden, wobei sie sich alle Mühe gaben, nicht ein kleines Freudentänzchen aufzuführen. Ich warf derweil einen letzten Blick auf die Klinge. Die bevorstehende Trennung schmerzte mich nicht. Das Schwert hatte nicht mir gehört, sondern war mir zusammen mit anderen Dingen für die Flucht gegeben worden. Abgesehen davon war es wegen des wertvollen Griffs viel zu auffällig und obendrein für einen Flieger zu schwer. Gut, ein Schwert wie dieses fuhr durch jede Rüstung wie durch Butter – nur kämpfte man in der Luft meist mit anderen Waffen. Solche Klingen taugten eher für die Garde, die sich bekanntlich liebend gern Grenzscharmützel mit den Orks oder Gnomen lieferte.

Als der Kobold zurückkam, reichte er mir schweigend einen langen Dolch mit blattförmiger Klinge. Eine solide Hieb- und Stichwaffe aus hervorragendem Stahl, eine Arbeit der Gnome, wie das Zeichen des Klans der Gorhen, der besten Waffenschmiede dieses unterirdischen Stammes, bezeugte.

»Bestens«, äußerte ich meine Zufriedenheit.

Ich befestigte den Dolch an meinem Gürtel und lud die Pistole, indem ich in den Lauf statt einer Kugel eine Kapsel mit einer wütend zischenden Feuerbiene schob. In dieser Sekunde kam auch der Gnom zurück und baute vier kleine Türme aus schweren Goldmünzen vor mir auf. Daneben legte er einen kleinen, unscheinbaren Beutel.

Ich schüttete drei Edelsteine auf meinen Handteller. Ein Blick genügte, um ihre Reinheit zu erkennen.

»Damit wären wir quitt, werter Gnom«, sagte ich. »Mit Euch

Geschäfte zu machen ist das reinste Vergnügen, meine Herren.«

»Wenn Ihr noch etwas in der Art dieses Schwerts habt, kommt gern jederzeit wieder«, forderte mich der Gnom zum Abschied auf.

Als ich auf die Straße hinaustrat, empfing mich bereits finstere Abenddämmerung. Während ich zurück zum Hafen ging, hörte ich aus dem Dämonengebrüll am Himmel vertraute Töne heraus. Eine Einheit von *Silberquellen* setzte zur Landung an.

Meine Häscher waren in der Stadt eingetroffen.

3. KAPITEL, *in dem meine Schwierigkeiten längst nicht abnehmen, sondern – im Gegenteil – noch reichlich anwachsen*

Nun, da die Quesallen in der Stadt waren – wie schnell würden sie mich da aufspüren? Wäre der Ort nur etwas kleiner gewesen, hätte ich gesagt, in ein paar Stunden. So aber blieb zumindest ein Hauch von Aussicht, ihnen doch noch zu entkommen. Bisher hatte ich nichts unversucht gelassen, diese Häscher zu verwirren und auf eine falsche Fährte zu setzen. Einer von ihnen müsste meine Libelle bewachen, ein anderer jenes Luftschiff im Auge behalten, für das ich mir eine Karte gekauft hatte, wieder ein anderer die Stadt nach mir durchkämmen.

All das sollte sie so viel Zeit kosten, dass sie nicht rechtzeitig auf jenes Schiff stießen, das mich an Bord nehmen würde.

Doch selbst wenn wir einander über den Weg liefen, stünden mir die sieben Mörder nicht geschlossen gegenüber. Immerhin etwas.

Bis zum Abflug blieben mir noch rund drei Stunden. Da ich seit zwei Tagen nichts gegessen hatte, beschloss ich, das Versäumnis nachzuholen, und kehrte in eine Schenke ein. Die offene Veranda lag in hellem Licht, Musik spielte, und es wimmelte von Gästen.

Da obendrein das Essen hervorragend war, wollte ich den Abend gerade glücklich und zufrieden genießen, als sich ein Steinmensch unaufgefordert zu mir an den Tisch setzte.

Seine raue, rötliche Haut erinnerte an Granit und schimmerte feucht im Licht der Laternen, fast als wäre dieses Wesen bis eben durch den Regen spaziert. Tief in den dunklen Höhlen seiner Augen tanzte je ein bläulicher Funke. Kein sonderlich angenehmer Anblick, ehrlich gesagt. Und wahrlich nicht dazu angetan, Freundschaft mit dem Kerl zu schließen.

»Du bist Flieger, oder?«, fragte er mich unumwunden, um dann zu erklären: »Mir ist der Ring der Bändigung an deinem Finger aufgefallen.«

Knirschend bewegte er seine Steinlippen, um ein entwaffnendes Lächeln auf sein Gesicht zu zaubern.

»Ich hätte dir ein Angebot zu unterbreiten, das dich neugierig machen dürfte.«

Ich sah keinen Grund, jemanden vor den Kopf zu stoßen, der mir Arbeit anbot – schließlich erledigte der ja damit nur seine Arbeit. Deshalb bedeutete ich ihm mit einem Nicken fortzufahren.

»Mein Auftraggeber sucht erprobte Flieger für Aufträge verschiedenster Art.« Er legte eine Pause ein, offenbar erwartete er meinerseits die Frage, um was für Aufträge genau es sich handle. Da ich mich jedoch in Schweigen hüllte, schob er von sich aus weitere Einzelheiten nach: »Er stellt gerade eine neue Gruppe zusammen und zahlt gutes Geld. Das sollte eigentlich die Neugier aller, die Abenteuer, den Himmel und ihre Unabhängigkeit lieben, wecken.«

»Ich werde über deinen Vorschlag nachdenken.«

»Wenn du zu dem Schluss kommst, dass er dir zusagt, finde dich morgen Mittag an der Anlegestelle achtzehn ein«, teilte mir der Steinmensch noch mit, ehe er grußlos in der lärmenden Menge verschwand.

Wie diese *Aufträge verschiedenster Art* für alle, die Abenteuer, den Himmel und so weiter und so fort lieben, enden, wusste ich genau: mit einer Schlinge um den Hals, einer Feuerbiene im Nacken oder einem lieblichen Aufprall deiner abgeschossenen Libelle. Denn niemand hat Piraten, die Handelsschiffe überfallen, ins Herz geschlossen. Wenn ich unter mein bisheriges Leben einen Schlussstrich gezogen hatte, hieß das aber noch lange nicht, dass ich mein neues als Räuber der Lüfte beginnen wollte.

Beim Verlassen der Schenke sah ich zu, mich von einem Haufen sturzbesoffener, gelb bemützter Zwerge fernzuhalten. Diese buckligen, rotnäsigen Burschen hatten sich offenbar vor einem kleinen Scharmützel mit finsteren grünhäutigen Orks Mut angetrunken. Ihre Gegner hatten zu diesem Zweck teuren Maisschnaps in sich hineingekippt. Beide Parteien stellten wiederum den Gegenstand eingehender Betrachtung seitens einiger zotteliger, hundeartiger Goblins dar, die am Boden kauerten und aus tiefen Tonschüsseln irgendein glibbriges Zeug mampften. Diese Burschen mischten sich nur zu gern in jede Keilerei, bissen dir in die Wade und stibitzten dir im allgemeinem Tumult nicht nur deinen Geldbeutel, sondern auch deine Unterhosen.

Inzwischen begriffen auch die Wirtsleute, dass gleich ein unglaubliches Tohuwabohu losbrechen würde, sodass sie einen Groll zu Hilfe riefen. Diese Mischwesen aus Mensch und Troll – breitschultrige Muskelberge mit flachen Gesichtern – stellt man gern als Rausschmeißer ein. Zu Recht, wie sich zeigte: Ein Blick des Herrn Groll genügte, damit die Zwerge ihre ungeteilte Aufmerksamkeit einzig dem Salat aus Möhren und Kohl zuwandten.

Zurück im Hafen, begab ich mich schnurstracks zum Schiff. Der Laufgang war heruntergelassen, vor ihm stand ein Minotaurus aus der Hafenwache Posten.

»Die Mannschaft und der Kapitän sind noch in der Stadt«, teilte er mir mit. »Aber ich habe Befehl, dich an Bord zu lassen.«

Er wies mit dem Finger hinter sich auf den Laufgang.

»Geh steuerbord bis zum Ende runter«, fuhr er fort. »Deine Hängematte ist die letzte im Unterdeck. Wenn die Mannschaft zurückkommt, sage ich ihnen, dass du bereits da bist.«

Ich stapfte an dem Minotaurus vorbei aufs Schiff. Dort fiel mir als Erstes ein auf Hochglanz polierter Bronzespiegel auf, der an der Wand hing, eine unglaubliche Rarität auf solchen Schiffen. Eine Laterne spendete trübes Licht, sodass ich mir die Zeit nahm, mein Spiegelbild zu mustern. Die kurz geschnittenen Haare, die Staub und Dreck grau gefärbt hatten, entsprachen so überhaupt nicht den Vorstellungen, die mein Volk von einem anständigen Kopfputz hegte. An mir hing diese sackartige Kleidung der Menschen, an die ich mich nie gewöhnen würde, meine

Augäpfel waren durchzogen von einem feinen roten Netz geplatzter Äderchen.

Trotz des Elixiers sollte ich mich endlich einmal ausschlafen …

Den Weg durch das schummrige Schiffsinnere fand ich ohne Mühe. In einem Gang brannte auf einem Tisch mit schwacher Flamme eine Kerze nieder. An ihm saß jemand aus der Mannschaft, allerdings mit dem Rücken zu mir. Mit einem knappen Gruß ging ich an ihm vorbei.

»Mögen uns der Goldene Wald, die Sterne und die Weisheit der Kyralletha schützen«, vernahm ich daraufhin.

Die Worte waren in der Sprache meines Volks gesprochen worden, in Leyre, singend und ohne jeden Hinweis auf einen Akzent. Nun gut – so platzen Hoffnungen …

Hatten sie mich also gefunden.

Trotzdem bedeutete das noch nicht das Ende der Geschichte.

»Weißt du«, erwiderte ich ebenfalls in Leyre, »in letzter Zeit nehme ich Abstand von diesem Gruß. Ich beginne nämlich an der Weisheit der guten Kyralletha zu zweifeln.«

»Als ob es Euch zustände, ein Urteil über Kyrallethas Weisheit zu fällen, Led!« Den Titel für Elfen der höchsten Schicht spie er förmlich aus. »Euch würde doch nicht einmal ein Kind weise nennen, denn selbst ein Kind weiß, dass nur ein Dummkopf seinem Shellan den Befehl verweigert.«

Ich sah den Elfen, unter dessen Augen sich die roten Linien einer Tätowierung dahinschlängelten, bloß grinsend an. Hielt er mich also für einen törichten Einfaltspinsel aus adliger Familie, der zu verwöhnt war, um klar zu denken und vernünftig zu handeln. Sollte mir recht sein.

Denn so glaubte er, ich stünde bereits mit dem Rücken zur Wand. Ich gab dieser Vermutung neue Nahrung und zeigte mich am Boden zerstört, dass er mich aufgespürt hatte.

»Wieso bist du eigentlich allein?«, wollte ich wissen. »Wo hast du denn deine Freun…?«

Mitten im Wort verstummte ich und hob widerwillig beide Arme. Jemand presste mir ein rasiermesserscharfes Galgerre an den Hals.

Immerhin hatte ich mit meinem frechen Auftritt einen weiteren Häscher aus dem Dunkel gelockt. Blieb die Frage, ob da noch mehr lauerten.

Gut, das würde sich zeigen.

»Und die anderen dürften auch bald eintreffen«, kündigte der Quesall an, um dann seinen Kumpan aufzufordern: »Durchsuche ihn!«

Die Klinge entfernte sich keinen Fingerbreit von meiner Kehle, als der hinter mir stehende Elf mit der freien Hand meine Kleidung abklopfte. Ich büßte die Pistole, den Dolch und die Louisdors ein. Die Steine, die ich sicher im Futter des Jackenkragens versteckt hatte, fand der Kerl zum Glück ebenso wenig wie die Artefakte in den Knöpfen. Meine Schultertasche ereilte jedoch das Schicksal, dass ihr Inneres nach außen gekehrt wurde und der gesamte Inhalt auf dem Tisch landete.

»Setzt Euch, Led Lasserelond«, verlangte der Quesall. »Wir haben ein Wörtchen miteinander zu reden.«

»Ach, und ich habe immer geglaubt, Quesallen verzichteten auf jedes Gespräch.« Ich schielte auf den Würfel mit dem Dämon, der inmitten all meiner anderen Habseligkeiten auf dem Tisch lag.

»Gelegentlich tun wir das auch. In Eurem Fall hat mir der Shellan jedoch aufgetragen, Euch lebend abzuliefern.«

Ich spürte den Atem des zweiten Meuchelmörders in meinem Nacken.

»An Euch soll nämlich ein Exempel statuiert werden. Damit andere Abtrünnige genau wissen, was ihnen droht.«

»Aber was, wenn ich aller Welt davon berichte, dass mir befohlen wurde, meine Gefährten abzuschießen? Wobei das Ganze auch noch so aussehen sollte, als steckten die Orks dahinter, damit der Shellan endlich einen neuen Krieg anzetteln kann. Und all das wiederum nur, damit die gute Dame Kyralletha das Gebiet unseres Landes zu erweitern vermag.«

»Ihr habt beim Tribunal kein Wort davon verlauten lassen, da werdet Ihr es jetzt wohl auch kaum tun. Zumal Ihr genau wisst, welche Folgen das hätte: Nicht nur Ihr würdet des Verrats angeklagt, sondern auch die Elfen Eures Geschwaders. Eine solche Wendung wollt Ihr ja wohl nicht in Kauf nehmen, oder?«

»Wohin soll das eigentlich noch alles führen? Wenn Elfen mittlerweile andere Elfen töten, nur um einen Vorwand zu haben, den Orks ans Leder zu gehen ...« Ich schüttelte den Kopf. »Wenn das so weitergeht, wird bald kaum noch jemand von uns übrig sein. Dann stirbt das Volk, und Ellatheyra mit ihm.«

»Warum bringt Euch der Krieg gegen die Orks mit einem Mal so auf? Als ob Ihr nicht schon oft genug gegen dieses Pack gekämpft hättet!«

»Weil ich nicht die Absicht habe, meine Freunde in den sicheren Tod zu schicken, nur damit der Shellan seine ehrgeizigen Pläne verwirklichen kann.«

»Hat der Shellan also recht, wenn er der Ansicht ist – wie im Übrigen auch andere Kommandeure der Kyralletha und diese selbst –, dass Ihr an unserem Sieg zweifelt.« Der Mann schüttelte enttäuscht den Kopf. »Wir jedoch siegen stets.«

»Das ohne Frage – allerdings ist der Preis dafür zu hoch. Im Großen Wald gibt es immer weniger Elfen. Und wer noch durch ihn streift, hält die Vergangenheit nicht mehr in Ehren, sondern lebt einzig in der Gegenwart und verschwendet keinen Gedanken an die Zukunft. All diese Kriege haben uns bereits die besten Männer entrissen, die ehrlichsten, treuesten, kühnsten und zuverlässigsten. Die Feiglinge jedoch kauern hinter Bäumen und sitzen alles aus. Und da wagt es irgendjemand, von mir zu verlangen, meine Gefährten zu töten, damit ihr Tod einen neuen Krieg auslöst, der uns weitere Brüder raubt. Deshalb ist es müßig, in einem Krieg von einem Sieger zu sprechen – denn der Krieg kennt nur einen Sieger: den Tod!«

»Für ebendiese Worte wird man Euch hängen, trotz Eures edlen Bluts.«

Mit einem Seufzer öffnete ich den obersten Knopf meiner Jacke. Für den Bruchteil einer Sekunde spürte ich die Wärme, die das Artefakt darin verströmte.

»Ihr habt mich rasch gefunden«, murmelte ich, während ich den Abstand zu meinem Gegenüber einschätzte.

Der im Artefakt gespeicherte Zauber würde ihn nicht erreichen.

»Nicht so schnell, wie wir es gewünscht hätten. Ihr habt Eure Spuren mit Verstand verwischt, für einen Stümper zumindest in einer ganz erstaunlichen Weise, und uns damit gezwungen, uns zu trennen. Doch ich jage seit über dreißig Jahren Abtrünnige wie Euch und hatte es in dieser Zeit schon mit Elfen zu tun, die weitaus durchtriebener waren als Ihr. Aber auch sie habe ich gefunden.«

Ich ließ die Schultern hängen. Sollte er ruhig denken, dass ich kurz davor war, endgültig alle Hoffnung fahren zu lassen. Gleichzeitig spähte ich in den Gang, durch den ich gekommen war.

»Hoffst du etwa darauf, dass die Mannschaft zurückkommt?«, fragte der Quesall. »Da muss ich dich leider enttäuschen. Doch was will man schon erwarten, wenn man *Menschen* traut? Uns jedenfalls hat es kaum etwas gekostet, den Kapitän samt Mannschaft dazu zu bringen, das Schiff zu verlassen.«

Ich fummelte wie ratlos an dem zweiten Knopf meiner Jacke herum. Diesmal bohrte sich mir Kälte in die Finger.

»Können wir uns vielleicht … friedlich ins Benehmen setzen?«, stammelte ich.

»Bedauerlicherweise nicht, Led. Das Einzige, womit ich Euch trösten kann, ist, dass Ihr schon bald den Goldenen Wald wiedersehen werdet.«

»Verstehe«, murmelte ich. »Außerdem muss man wohl auch verlieren können.«

Daraufhin stieß ich den schweren Tisch zur Seite und stürzte mich auf den Kerl. Die Klinge des zweiten Quesallen pfiff an meinem Ohr vorbei – woraufhin um mich herum eisige Funken aufsprühten: Das Verteidigungsartefakt tat sein Werk.

Ich rammte dem Meuchelmörder vor mir die Faust ins Gesicht und schnappte mir seine eine Hand. Das hinderte ihn jedoch nicht daran, mit einer Klinge in der anderen zum Angriff auf meine Nieren anzusetzen.

Abermals sprühten Eisfunken, abermals rettete mich das Artefakt. Der Quesall befreite sich derweil jedoch aus der Umklammerung seiner Hand, vollführte einen Rückwärtssalto und ging nun seinerseits zusammen mit seinem Kumpan zum Angriff über.

Da die Kerze in dem Gemenge längst erloschen war, lag alles in Finsternis, sodass ich blindlings mit dem Explosiven Atem zuschlagen musste. Der Zauber wütete im Raum und warf die Quesallen zu Boden. Trotzdem musste das Verteidigungsartefakt ein drittes – und damit letztes – Mal seine Pflicht erfüllen. Danach erfreute ich mich nur noch des Einhülsers, der mir in dieser Lage jedoch kaum von Nutzen sein dürfte.

Im Schein des durch den Explosiven Atem verursachten Feuers sah ich, dass einer der beiden Quesallen mit unnatürlich verdrehtem Kopf am Boden lag. Der andere stapfte jedoch mit gebleckten Zähnen auf mich zu.

Ein fahlrosafarbenes Licht hüllte ihn ein, ein Hinweis darauf, dass auch er eine Reihe von Verteidigungsartefakten einsetzte.

»Gebt auf, Led«, zischte er. »Ich bringe Euch auf alle Fälle in den Goldenen Wald zurück, es liegt jedoch bei Euch, ob Ihr unversehrt dort eintrefft oder nicht.«

Ohne mich um ihn und seine Drohungen zu scheren, hechtete ich zu dem Würfel mit dem gefangenen Dämon, der in eine Ecke gerollt war.

»Treffen wir uns doch in der Kehrseitenwelt wieder, du Meuchelmörder!«, schrie ich.

Dann sah ich nur noch, wie dem Quesallen die Augen schier aus den Höhlen traten, als ich den Würfel mit aller Kraft auf den Boden knallte …

Ein Klumpen brennender Luft schoss zur Decke hoch. Der Dämon gewann endlich die heiß ersehnte Freiheit zurück. Was bedeutete, dass zumindest unmittelbar um uns herum alles in die Luft flog.

Als ich wieder zu mir kam, wogten Wassermassen über mich hinweg. Nur der blutrote Widerschein eines Feuers rechts von mir gab mir Auskunft, wo eigentlich oben und unten war.

Ich tauchte zwischen uralten, auf dem Wasser treibenden Planken, Segeln, Fetzen und weiß die Kehrseite was sonst noch für Müll auf. Japsend rang ich nach Atem. Das Leben war mir gerade ein zweites Mal geschenkt worden, denn entgegen allen Regeln des Weltengebäudes war ich nicht gestorben, obwohl ich doch in tausend Teilchen hätte zerfetzt werden müssen, nachdem ich den Dämon freigesetzt hatte. Im Grunde ein guter Anlass für ein Fest …

Bei der Explosion war ich ziemlich weit aufs Meer hinaus katapultiert worden, sodass mich ein gewaltiges Stück von den Piers trennte. Auf diesen heulten sich gerade die Lathimeren die Kehle aus dem Leib. In der Ferne meldete man mit »Feuer!«-Schreien, dass jenes Schiff, auf dem ich mich bis eben befunden hatte, brannte. Auf verschiedenen Nachbarschiffen löste man deswegen ebenfalls Alarm aus. Der Dämon hatte wirklich gründlich gewütet, bevor er in die Kehrseitenwelt abzog.

Aber was soll's? Letzten Endes verdankte ich ihm, dass ich meinen Häschern noch einmal entkommen war, auch wenn ich nun ohne Schiff und ohne meine *Silberquelle* dastand. Immerhin war ich noch am Leben – was man von den beiden Quesallen nicht behaupten konnte.

Ich schwamm zum äußersten Pier. Als sich meine Hände um die rostigen, mit glitschigen Algen überzogenen Bügel schlossen, krachte es hinter mir ohrenbetäubend. Das Feuer auf dem Luftschiff hatte sich zum Käfig des dort tätigen Dämons vorgefressen, der sich daraufhin seine Freiheit ebenfalls mit einer Explosion zurückerobert hatte. Kurz loderte noch eine smaragdgrüne Flamme auf, dann verschwand der Dämon mit einem dumpfen Klatschen in der Kehrseitenwelt. Das Schiff glich danach einem Berg verbogenen Metalls und brennender Planken.

Als ich mich am Pier hochzog, war ich nass wie ein Goblin, den ein paar Werwölfe aus einer Laune heraus ins Wasser geworfen hatten. Schnellen Schrittes machte ich mich davon. Doch kaum trat ich in den Lichtkegel einer Laterne, schlug neben meiner Schläfe ein eisblauer Pfeil in die Wand einer Lagerhalle ein. Von seiner Spitze sickerte Raureif über die Bretter.

Ich wirbelte herum.

»Der Himmel soll euch holen!«, stieß ich aus.

Vom anderen Ende des Hafens kamen zwei Elfen auf mich zugerannt.

Die Quesallen hatten den Hafen erobert wie Ratten einen Kornspeicher.

Ich stürzte davon, wobei ich eine ganze Herde von Halblingen über den Haufen rannte, die das Feuer löschen wollten. Die kleinen bärtigen Wesen mit den behaarten Füßen purzelten durcheinander, ließen die Eimer fallen und schimpften fürchterlich. Für eine Entschuldigung nahm ich mir – wie ich zu meiner Schande gestehe – keine Zeit, denn ein zweiter Eispfeil flog bereits knapp über meine Schulter hinweg und verschmolz dann mit der Dunkelheit.

Bei meiner Flucht aus dem Hafen wäre ich nun beinahe auch noch einer Einheit von Wachtposten in die Arme gelaufen.

»Da unten brennt's!«, schrie ich den Männern zu. »Da steckt jemand Schiffe in Brand! Mit magischen Pfeilen!«

Vielleicht hätten sie mir nicht geglaubt – wenn nicht ein weiterer Pfeil aus der Dunkelheit herausgeschossen wäre, sich in einen der Posten gebohrt und diesen in eine Eisstatue verwandelt hätte.

»Zu den Waffen!«, schrie ihr Befehlshaber, worauf sich die Einheit mit lautem Gebrüll in den Kampf stürzte.

Ich rannte ebenfalls los, allerdings in die entgegengesetzte Richtung und in der Hoffnung, meine Verfolger seien anderweitig beschäftigt ...

Eine geschlagene Stunde lang verwischte ich meine Spuren, dann gönnte ich mir in einem Park eine Rast, setzte mich unter einen Baum und atmete tief durch. Zu meiner Libelle bräuchte ich jetzt gar nicht erst zurückzukehren, schließlich besaß ich keinen Dämon mehr, der die *Silberquelle* hätte in die Luft bringen können. Blieb die Frage, was die fünf Quesallen, die noch am Leben waren, nun unternahmen. Einer würde mich sicher bei meinem Vögelchen erwarten. Ein zweiter dürfte sich wohl bei dem Luftschiff herumtreiben, für das ich eine Karte gekauft hatte, und dort bis zum Abflug ausharren. Einer sollte auch die *Silberquellen* der Quesallen bewachen, für den Fall, dass ich die Frechheit besäße, mir eines ihrer Aeroplane *auszuleihen*.

Dann waren da noch die beiden, die sich an den Piers herumtrieben und denen ich die Wache auf den Hals gejagt hatte. Selbstverständlich würden sie sich nicht auf eine Schlägerei mit den Ordnungshütern einlassen, sondern sich tunlichst aus dem Staub machen. Die Wahrscheinlichkeit, dass ich ihnen in die Arme lief, war nicht sehr groß. Was mir jedoch Sorgen bereitete, war, dass sie versuchen würden, Zeugen meiner Flucht aufzutreiben, und mit ihrer Hilfe auf meine Fährte stießen.

Bei der Landung hatte ich im alten Teil des Hafens hinter den Lagerhallen einige kleine Luftschiffe ausgemacht. Auf sie setzte ich jetzt meine letzte Hoffnung. Vielleicht brächte mich ja eines von ihnen aus der Stadt heraus.

Damit war die Sache entschieden. Ich würde doch noch einmal in den Hafen zurückkehren.

Auf dem Weg dorthin durchquerte ich den westlichen Teil der Stadt. Er war sauber, machte einen anständigen Eindruck – und lag in tiefem, von den Stadtwachen behütetem Schlaf. Als mich die Posten erblickten, musterten sie mich eindringlich, stellten jedoch keine Fragen.

In den Straßen standen etliche Ahornbäume, die mir mit lauem Wind zuflüsterten, mich ja zu sputen.

An einem großen Springbrunnen, den die Figur eines sich aufbäumenden Pferdes schmückte, rief ich mir die Karte der Stadt in Erinnerung, wie ich sie mir aus der Luft eingeprägt hatte. Eine dunkle Gasse würde mich zu der alten, halb verfallenen Festungsmauer bringen, in deren Schutz arme Menschen und Nicht-Menschen ihre windschiefen kleinen Häuser errichtet hatten.

Posten ließen sich hier weit und breit keine blicken, dafür gab es jede Menge Rattenmenschen und höchst seltsame Wesen mit glatter Haut, die ich zum ersten Mal sah. Sie kreischten aufgeregt und jagten sich gegenseitig das Futter ab. Immer wieder endete ein Streit in einer Schlägerei. Zwei Menschen untersuchten derweil aufs Sorgfältigste die Taschen von ein paar Saufbrüdern und zogen nach getaner Arbeit in Richtung eines Abwasserkanals ab. Obwohl sie mich dabei eingehend musterten, verzichteten sie darauf, auch mich um mein Hab und Gut zu bringen.

Mit einem Mal erklang in der Dunkelheit ein erstickter Schrei, dem ein tiefes Heulen folgte, von dem mir ganz anders wurde. Ich blieb stehen und lauschte. Nach ein paar Sekunden kam eine zierliche Frau aus dem Dunkel herausgerannt, huschte über die in Mondlicht getauchte Straße und rannte in einen Tordurchgang. Kurz darauf eilte ihr eine Gestalt in schwarzem Umhang nach.

Mir weitere Unannehmlichkeiten aufzuhalsen wäre töricht, doch ich hatte die Frau wiedererkannt. Es war Kamilla, jene Fliegerin, die mit dem zänkischen Gnom unterwegs war. Anscheinend brauchte sie Hilfe. Ohne lange nachzudenken, folgte ich deshalb dem seltsamen Paar.

In einer schmalen Sackgasse, die finster wie ein Grab war und von hohen Häusern gesäumt wurde, holte ich die beiden ein. Kamilla presste sich gegen eine Hauswand und krümmte sich vor Schmerz. Vor ihr stand der Unbekannte.

»Ich hasse Diebe«, zischte er.

»He!«, rief ich.

»Vorsicht!«, schrie Kamilla.

Doch der Unbekannte wirbelte bereits herum und holte mit dem Arm aus. Ein Margudier. In seiner Hand funkelte ein kurzer Stab. Unwillkürlich sprang ich zurück. Der Stab heulte und spuckte einen ganzen Schwarm von irgendwelchen schwarzen Widerlingen aus, die auf die Stelle zuschossen, an der ich bis eben noch gestanden hatte. Noch bevor mich der Kerl ein zweites Mal mit einem Zauber angreifen konnte, stürzte ich mich auf ihn, warf ihn zu Boden und riss ihm mit aller Kraft den Stab aus der geschuppten Hand.

Der Ganove zischte und bleckte seine Zähne. Ein kräftiger Schlag mit seinem eigenen Stab ließ ihn zurücksacken, zwei weitere sorgten dafür, dass er sich nicht mehr rührte.

Sofort eilte ich zu der Fliegerin, die inzwischen am Boden lag. Dass es um sie nicht zum Besten stand, war mir klar: Der scharfe metallische Geruch nach Menschenblut ist mit nichts zu verwechseln. Am Bauch, an der Brust und den Schultern hatte sie schwere Wunden davongetragen.

»Ich werde dir helfen«, redete ich auf sie ein. »Ich suche gleich einen Heiler.«

»Dazu ist es zu spät«, erwiderte sie. »Ich bin bereits tot. Flihal auch. Bitte ... nimm das.«

Sie drückte mir einen Gegenstand in die Hand, der sich sehr kalt anfühlte.

»Wir konnten es nicht verstecken, vielleicht ... gelingt es dir«, hauchte sie. »Bring ... es weg von hier ... Und übergib es ...«

Doch wem, das sollte ich nicht mehr erfahren: Kamilla war tot. Ich schloss ihr die Augen und betrachtete, was sie mir gegeben hatte. An einer feinen Kette baumelte ein mondsichelförmiger Anhänger, allem Anschein nach eine Bronzearbeit. Den Innenrand zierten matte schwarze Steine, die ziemlich hässlich waren.

Magie nahm ich keine wahr. Das Schmuckstück selbst mochte vielleicht einen Kupferling wert sein. Seinetwegen würde also nur ein Verrückter morden. Angesichts der bisherigen Ereignisse wäre es jedoch wahrscheinlich trotzdem am klügsten, das Stück in dieser dunklen Gasse zurückzulassen – aber selbstverständlich legte ich mir die Kette um und schob den Anhänger in den Ausschnitt meines Hemdes.

Anschließend betrachtete ich den Stab genauer, der mir fast das Leben geraubt hätte. Diese widerwärtigen Symbole, welche die Margudier für ihre dunklen Zauber benötigten.

Damit saß ich nun wirklich in der Tinte. Um Margudier machte man nämlich besser einen großen Bogen. Und wo einer war, da drückten sich noch mehr herum. Obendrein waren diese *Echsen* noch schlimmer als sämtliche Quesallen, der Shellan und die Kyralletha zusammen!

Ich warf den Stab weg und eilte davon.

In diesem Teil der Stadt gab es nur Gassen, die sehr düster, aber keineswegs verlassen waren. Mit meinem feinen Ohr nahm ich ein leises Heulen wahr. Sofort suchte ich in einer dunklen Nische Schutz. Gerade noch rechtzeitig, denn schon im nächsten Augenblick schoss eine fliederfarbene Kugel an mir vorbei, die mit Zahnrädern ratterte und mit winzigen Flügeln schlug.

Ohne Frage hielt dieses Ding nach mir Ausschau. Ich wartete also in meinem Versteck ab, bis es verschwunden war – nur dass sich plötzlich alles um mich herum drehte und Nebel aufzog. Als ich endlich wieder klar sehen konnte, presste mir jemand einen kalten, gerippten Metallstab gegen das Kinn. Eben. Wo einer ist, da ... Mir blieb nichts anderes übrig, als reglos zu verharren.

»Die Hände! Ssstreck die Hände vor!«

Es gelang mir noch, den letzten Knopf an meiner Jacke zu berühren, während ich die Arme langsam hochhob, damit der Margudier sah, dass ich keine Waffe bei mir trug.

»Warum denn gleich zu Gewalt greifen?«, säuselte ich. »Wir können doch alles wie verständige ... Nicht-Menschen klären.«

»Wo issst dasss, wasss sssie dir gegeben hat?«, zischte der Zauberer daraufhin bloß.

Die geschuppte Schnauze dieses Eidechsenmannes mit den wütenden gelben Augen schob sich vor mein Gesicht, der grellrote Hals blähte sich furchterregend. Mir war klar, dass es ihn seine ganze Selbstbeherrschung kostete, mir nicht den Garaus zu machen.

»Ich ssschwöre beim Atem meiner Grabgruft, wenn du mir nicht verrätsssst, wo ...«

In diesem Augenblick tat endlich der Einhülser sein Werk. Die nächsten zehn Sekunden sollte ich sorgfältig nutzen ...

Bis auf mich schien die ganze Welt in Sirup zu versinken. Ich schlug den Arm des Margudiers zur Seite und rammte ihm die Handkante vor die Kehle. Seine Augen weiteten sich in zäher Langsamkeit, und noch langsamer kippte er nach hinten. Damit gab ich mich jedoch nicht zufrieden. Noch während er im Fallen begriffen war, verpasste ich ihm einen Faustschlag gegen den geschuppten Kopf, eine Reihe von Schlägen gegen die Brust und einen Kinnhaken. Danach ging ich einen Schritt nach hinten, um ihn vors Schienbein zu treten und dorthin, wo sich bei allen Zweibeinern die Nieren befinden.

Für den Margudier war ich jetzt bloß ein verschwommener Fleck, der Schläge auf ihn hageln ließ. Allerdings beschleunigte sich der Lauf der Zeit in dieser Sekunde, sodass der Zauberer schreiend zu Boden krachte. Ein Mensch oder ein Elf wäre nach dieser Attacke ganz gewiss ausgeschaltet gewesen, dieser Bursche jedoch wirkte lediglich etwas benommen, vielleicht hatte er sogar die Orientierung verloren – aber *ausgeschaltet* war er nicht.

Nicht einmal seinen Stab hatte er fallen lassen. Grinsend richtete er ihn auf mich.

In dieser Sekunde allerdings sprang ihm ein zartpfirsichfarbenes Fellknäuel mit einem Kampfschrei ins Gesicht und verbiss sich in seine Augen. Da ließ selbst der Margudier den Stab fallen.

Jenes Tier, das ich aus der Kiste befreit hatte, schlitzte dem kreischenden Echsenmann mit seinen Krallen die geschuppte Visage auf. Da am Gürtel des Margudiers eine Schneide hing, nutzte ich die Gelegenheit, den Dolch blankzuziehen und ihn dem Mann in die Brust zu treiben. Sechs Zoll guter Stahl töten auch einen Zauberer. Anschließend packte ich meinen Retter ohne viel Federlesens beim Nacken und stürmte mit ihm davon.

Der zottlige Liebhaber von Stiefeln und Tabak verhielt sich zumindest eine Weile ruhig. Irgendwann hustete er. Als selbst das nicht half, brachte er sein Missfallen, getragen zu werden, mit einem Biss noch deutlicher zum Ausdruck. Kaum lockerte ich meinen Griff, plumpste er zu Boden. Immerhin rannte er mir aber nach.

»Da issst er!«, schrie da ein weiterer Margudier in der Dunkelheit. Ich floh in eine dunkle Gasse. Gleichzeitig schossen zwei Stäbe an mir vorbei – und ein Schwarm dieser dunklen Widerlinge zermalmte die Ziegel einer Hauswand. Feine Steinkiesel prasselten zu Boden.

Ich kletterte geschwind über einen hohen Zaun. Dreipfot – wie ich das Tier bei mir nannte – blieb mir dicht auf den Fersen.

Wir hörten die Verfolger noch fluchen, dachten jedoch gar nicht daran, darauf zu warten, bis auch sie dieses Hindernis überwunden hatten …

Als ich endlich im alten Teil des Hafens ankam, tagte es bereits. Der Wind hatte gedreht, das Meer toste über die Riffe und schuf aus den hoch schäumenden Wellen eine blendend weiße Mauer.

Zwischen leeren Tonnen und Kisten, großen Flechtkörben und alten Segeln wuselten geschäftig Ratten hin und her. Dreipfot fauchte sie mit kehligen Lauten an, verzichtete jedoch auf eine Schlägerei.

»Bleibst du jetzt bei mir?«, fragte ich ihn.

Selbstverständlich erhielt ich keine Antwort.

»Ich muss die Stadt verlassen, wenn es dir hier also gefällt, sollten wir uns jetzt trennen.«

Erneut blieb jede Antwort aus, denn der kleine Kerl war mit dem Vertilgen dessen beschäftigt, was irgendjemand noch von einem Apfel übrig gelassen hatte.

An einem der Piers lag einsam ein Luftschiff. Es hatte eine Länge von höchstens vierzig Schritt und war so flach, dass es fast mit der Hafenanlage verschmolz. An dem mit Metallplatten verkleideten hölzernen Rumpf ragte ein kurzer Bugspriet vor. Das Deck säumte ein Schanzkleid, das die Mannschaft davor schützte, während des Flugs über Bord zu gehen. Ein Schaufelrad fehlte, dafür war das Schiff zu klein.

Am Heck gab es lediglich einen kleinen Aufbau für das Steuerrad, Masten mit Ausgucken und Waffentürme fehlten jedoch völlig.

Ein kräftiger Groll schleppte gerade Säcke aufs Schiff. Er trug eine kurze Weste und Hosen, die bis zu den Knien aufgekrempelt waren. Obwohl – wie die monströse Nase und der riesige Mund bewiesen – durch seine Adern ein Saft mit einem gewaltigen Schuss Trollblut floss, wirkte sein Gesicht ausgesprochen einnehmend. Seine Augen funkelten spöttisch und riefen keineswegs den Eindruck hervor, man hätte einen geistlosen Muskelberg vor sich.

Nachdem ich an der Schiffswand den Namen *Bohnenranke* abgelesen hatte, wanderte mein Blick den Laufgang hinauf an Deck. Dort stand eine Frau, die alle geladenen Säcke ins Logbuch eintrug. Sie war hochgewachsen und braun gebrannt und trug Männerkleidung: einen Gehrock, ein weißes Hemd, Pumphosen und einen Dreispitz auf dem grauen, mit einem schwarzen Band zu einem kurzen Zopf zusammengebundenen Haar.

Neben ihr saß ein buckliger Zwerg, der in einer Hand eine Laterne hielt, um ihr zu leuchten, während sie ihre Einträge vornahm, in der anderen ein Tintenfass.

»He! Ihr da an Bord!«, rief ich. »Könnte ich wohl kurz mit dem Kapitän reden?«

»Ich bin ganz Ohr.« Ihre Stimme war voll und kräftig.

»Nehmt ihr einen Gast an Bord?«

Das trug mir die gesteigerte Aufmerksamkeit aller ein, der Groll unterbrach sogar das Beladen.

»Wohin willst du überhaupt?«, wollte der Zwerg in mürrischem Ton wissen.

»Egal, Hauptsache, weit weg von hier.«

»In dem Fall bist du bei uns genau richtig«, sagte die Frau, ehe sie erneut einen Blick in ihr Buch warf und etwas abhakte. »Vor wem bist du denn auf der Flucht, junger Mann?«

»Vor unfreundlichen Menschen.«

»Vor denen fliehen alle«, erklärte der Zwerg grinsend.

»Passagiere brauchen wir eigentlich nicht«, erklärte die Frau, die sich mir nun wieder zuwandte und den Ring der Bändigung an meinem Finger entdeckte. »Aber Flieger schon. Mein zweiter Steuermann hat sich auf den Inseln irgendein Fieber eingefangen und ist deshalb ausgefallen. Ich selbst bin nicht mehr die Jüngste, sodass ich nicht ununterbrochen hinterm Steuerrad zu stehen vermag. Wärst du bereit, mich abzulösen?«

»Sicher.«

Notfalls hätte ich auch die Planken geschrubbt, da schreckte mich eine Schicht am Ruder dieses abgetakelten Luftschiffs doch nicht ab.

»Hast du schon mal schwere Schiffe gelenkt?«, nahm mich der

Zwerg ins Verhör. »Oder hast du dein Leben lang nur Pirouetten in einem Aeroplan gedreht?«

»Ich habe auch schon schwere Schiffe geflogen.«

»Dann ist die Sache also entschieden«, sagte die Frau und klappte das Logbuch zu. »Du kannst an Bord kommen. Gehört dieses Tier zu dir? Fängt es Ratten?«

»Und wie!«, antwortete ich, während ich auf Dreipfot hinabsah. Der erklomm geschickt meine Schulter und rammte mir vorsorglich seine Krallen in die Jacke, damit es mir ja nicht in den Sinn kam, ihn an Land zurückzulassen.

»Dann würden wir uns über seine Gesellschaft auch freuen«, versicherte die Kapitänin. »Hast du Gepäck?«

»Nur das, was ich am Körper trage.«

Mit diesen Worten ging ich den Laufgang hoch zur Kapitänin. Als ich neben ihr stand, fiel mir auf, dass wir beide gleich groß waren.

»Ich bin Lass«, stellte ich mich vor.

»Ein sehr kurzer Name für einen Elfen, der einen solchen reinen Akzent hat. Aber gut, wenn du es so willst, bleiben wir bei Lass. Ich bin Giulia, und das ist mein Erster Offizier Glauforhefnikhschnitz«, stellte sie mir den Zwerg vor.

»Und ich verbitte mir jede Abkürzung meines Namens!«, knurrte Herr Glaufor-wie-auch-immer-man-sich-das-auf-Anhieb-merken-und-aussprechen-sollte.

»Eine Abkürzung würde mir nie über die Lippen kommen.«

»Wir fliegen zur Schildkröteninsel. Du weißt, wo das ist?«

»Nein.«

»Sie liegt noch hinter dem Südlichen Kontinent und gehört zur Pfauenkette, die sich ihrerseits den Vereinten Inseln angeschlossen hat«, erklärte mir Giulia.

»Das ist wirklich weit weg. Und damit genau das Richtige für mich.«

»Ruhy, zieh den Laufgang ein!«, befahl Giulia dem Groll. »Glauforhefnikhschnitz, wir brechen in zwei Minuten auf.«

»Aye, aye, Kapitänin«, antworteten Groll und Zwerg wie aus einem Munde.

Giulia bedeutete mir, ihr ins Unterdeck zu folgen. Dort stand in einer Ecke ein an den Boden festgeschraubtes Bett.

»Du siehst erbärmlich aus, Elf«, teilte sie mir unumwunden mit. »Schlaf dich also erst einmal aus, bevor ich mir ansehe, wie du dich hinterm Ruder machst.«

Sie brauchte mich nicht lange zu überreden. Ich zog die Kleidung aus, die nach meinem unfreiwilligen Bad immer noch nass war, verteilte sie über den Boden und schlüpfte unter die Decke. Gerade stiegen wir in die Luft auf. Und noch ehe wir Kurs aufgenommen hatten, war ich bereits eingeschlafen. Mit einem leise schnurrenden Dreipfot an meiner Seite.

4. KAPITEL, *in dem wir ein fernes Eiland ansteuern*

Wir hatten den Westlichen Kontinent inzwischen längst hinter uns gelassen.
Seit ein paar Wochen übernahm ich die Aufgaben des Steuermanns. Jeder Tag vergrößerte den Abstand zwischen mir und dem Goldenen Wald, den Quesallen und der Kyralletha.
Die ersten Tage folgte unser Luftschiff einer viel genutzten Handelsroute über das Meer. Anschließend flogen wir über einen riesigen, gebirgigen Kontinent hinweg, den mein Volk den Äußersten nannte, die Menschen jedoch den Südlichen. Ein paarmal landeten wir in Häfen, um unseren Proviant aufzustocken, dann setzten wir den Weg zur Schildkröteninsel fort.
Hinter dem Südlichen Kontinent breitete sich erneut Meer aus, doch war es völlig anders als das, das ich kannte: eine schier endlose Fläche türkisfarbenen Wassers, gesprenkelt mit kleineren und größeren Inseln. Die Schildkröteninsel lag tatsächlich irgendwo am anderen Ende der Welt, obendrein in ewiger Sonne. Diese Gegend galt vor allem jenen Fliegern, die mit dem Gesetz nicht gerade auf gutem Fuß standen, als Ort ihrer kühnsten Träume. Ruhy hatte mir von diesen liebreizenden Zeitgenossen bereits allerlei Geschichten erzählt …
Im Übrigen ließ sich dieses Luftschiff wesentlich leichter steuern als ein Aeroplan, obwohl es im Grunde wie ein riesiges, behäbiges Plätteisen wirkte. Und auch wenn es ziemlich langsam war und keine atemberaubende Höhe erreichte, war ich froh, wieder den Himmel zu pflügen und über einen Dämon zu gebieten. Giulia nahm ich gern einen Teil ihrer Pflichten ab, im

Grunde sogar – sehr zu ihrer unsagbaren Freude – einen größeren als nötig.

Auch jetzt stand ich hinterm Steuerrad. Die magische Kugel vor mir flackerte gerade auf, was hieß, dass wir den Kurs ändern mussten. Sofort bewegte ich das Steuer in die entsprechende Richtung.

Neben Giulia, Glaufor-irgendwas, Ruhy, mir und Dreipfot gehörte zur Mannschaft der *Bohnenranke* noch ein weiteres Mitglied, der bereits angejahrte Koch Miguel, ein wahrer Meister darin, selbst aus widerwärtigstem Abfall noch ein durchaus essbares Mahl zuzubereiten. Die meiste Zeit hielt er sich in seiner Kombüse auf, uns leistete er nur hin und wieder Gesellschaft. Heute war so eine Ausnahme. Da saß er auf einem umgedrehten Eimer bei uns, sah zum Horizont hinüber und biss herzhaft in einen Apfel, den er in der Tasche seiner weißen Schürze mitgebracht hatte. Sobald Dreipfot der Obstgeruch in die Nase stieg, beendete er sein Sonnenbad und grunzte fordernd. Miguel grinste bloß, zog ein Messer hervor, schnitt ein kleines Stück ab und warf es dem pfirsichfarbenen Knäuel hin. Dreipfot fing die Gabe im Flug auf. Mit lautem Schmatzen gab er anschließend allen kund, wie zufrieden er mit seinem Leben war.

»Der ist ganz schön faul geworden«, bemerkte Miguel. »Schläft den ganzen Tag nur noch und leert unsere Speisekammer.«

»Womit sollte er sich auch beschäftigen?«, verteidigte Ruhy das Tier. Auch der Groll sonnte sich gerade und lag, einzig mit einem Lendenschurz bekleidet, ausgestreckt auf den Planken. »Schon in den ersten fünf Tagen hat er alle Ratten gefangen, Glaufi zwei Paar Schuhe aufgefressen und mir die Hälfte meiner kandierten Früchte – was sollte er da jetzt noch tun?! Allerdings hat Glaufi noch ein paar Schuhe, und die hätten es seit Langem nötig, angenagt zu werden.«

»Ich höre jedes Wort!«, schrie der Zwerg da, der am Bug stand. »Entweder erzieht ihr dieses Untier endlich, oder ich verpasse ihm einen derartigen Tritt, dass er über Bord geht und sich am freien Flug ergötzen kann!«

»Das sind völlig haltlose Drohungen«, entgegnete ich grinsend. »Giulia hat Dreipfot ins Herz geschlossen, das weißt du genau. Vergreifst du dich an dem Tier, befördert sie dich Dreipfot mit einem Tritt hinterher – damit auch du dich am freien Flug ergötzt!«

»Überhaupt nagt er deine Schuhe nur an, weil du ihm sein Essen nicht gönnst und einen Deckel auf seine Schüssel getan hast«, sagte Ruhy.

»Hör doch endlich mit dieser Geschichte auf! Da wollte ich mir lediglich einen Spaß mit ihm erlauben!«

»Jetzt erlaubt er sich eben einen Spaß mit dir.«

Der Zwerg verzog das Gesicht und drohte Dreipfot mit der Faust. Der befand sich jedoch am Achterdeck und damit außer Reichweite Glaufors. Als das pfirsichfarbene Knäuel die Drohgebärde sah, drehte es sich nur um und streckte der Sonne beleidigt seinen Bauch entgegen.

Man musste Dreipfot jedoch lassen, dass er sich seine Fahrkarte bisher ehrlich verdient hatte. Bereits am ersten Tag an Bord hatte er Giulia sechs fette, glänzende Ratten vor die Füße gelegt, ordentlich nebeneinandergereiht, damit alle Anwesenden seine Heldentat gebührend würdigten. Und als Giulia jeden erlegten Nager einzeln am rosafarbenen nackten Schwanz packte und über Bord beförderte, hatte Dreipfot glückselig geschnauft.

In den folgenden Tagen sollte dieses Ritual zur schönen Tradition werden. Insgesamt flogen vierundzwanzig Ratten Richtung Erde und Meer. Danach gab es schlicht und ergreifend keine mehr.

Er hatte sich in der Kombüse eingerichtet und nahm am Frühstück, am Mittagessen und selbstverständlich auch am Abendbrot der Mannschaft teil, jeweils mit einer eigenen Schüssel vor der Nase. In der übrigen Zeit sonnte er sich oder unterzog den Frachtraum einer peniblen Inspektion, um sich zu vergewissern, dass die Luft nicht womöglich neue Ratten hervorgebracht hatte. War auch das erledigt, sprang er mir nur zu gern vor den Füßen herum.

Ansonsten verbrachte er seine Mußestunden – also die Zeit,

in der er nicht Jagd auf Glaufors Schuhe machen musste, nicht aß, schlief, den Frachtraum untersuchte oder mir vor den Füßen herumsprang – mit großer Begeisterung auf meiner Schulter, um meinem Gesang zu lauschen. Meist stimmte ich elfische Lieder an. Eigentlich sang ich auch gar nicht, sondern brummte eher, was aber dennoch seine ungeteilte Zustimmung fand. Jedenfalls fing Dreipfot dann leise zu gackern an und blähte sich auf wie eine Kröte in den Orksümpfen.

»Du hast lange genug am Steuerrad gestanden, Lass«, sagte Ruhy nun. »Geh und hau dich aufs Ohr.«

»Aber ich bin wirklich nicht müde«, versicherte ich. »Die paar Stunden fallen doch überhaupt nicht ins Gewicht. Vor allem weil du dir hier, ganz im Unterschied zu einem Aeroplan, jederzeit die Füße vertreten kannst.«

»Wenn du weiterhin so einen Arbeitseifer an den Tag legst«, entgegnete Miguel grinsend, »wird Giulia dich noch fest anheuern.«

»Mit ebendieser Absicht trage ich mich«, ließ sich Giulia, die gerade zu uns stieß, da vernehmen. »Glauforhefnikhschnitz! Hast du die Route für morgen berechnet?«

»Der Kurs ist schon längst auf der schwarzmagischen Tafel eingetragen, Kapitänin«, antwortete der Zwerg schnippisch, während er seine limonengelbe Mütze drehte und wendete, als hielten sich in dieser zwei Dutzend Dreipfots versteckt.

Giulia nahm den Dreispitz ab, sah sich rasch die Kursberechnungen an, nickte zufrieden und gab die Änderungen in die magische Kugel ein. Ich drehte daraufhin das Steuerrad nach rechts.

»Geh dreihundert Yard höher«, verlangte Giulia außerdem von mir.

»Aye, aye, Kapitänin.«

Ich hantierte, bis der Dämon aufbrüllte und der Bug unseres Schiffes sich hob, um widerwillig in größere Höhen aufzusteigen.

»Dieser Dämon zeichnet sich dagegen nicht gerade durch seinen Arbeitseifer aus. Ist es schon lange her, dass er die Kehrseitenwelt verlassen hat?«

»Ja«, antwortete Giulia. »Es stimmt, er ist schwach – aber ein guter Dämon für ein großes Schiff wie dieses kostet dich nun einmal ein halbes Vermögen. Vor allem seit die Gnome – mögen sich diese Wichte in ihrem Bart verheddern – die Preise erneut angezogen haben. Deshalb müssen wir uns mit diesem abgetakelten Kerlchen behelfen. Allerdings hoffe ich inständig, dass endlich ein zweiter Anbieter für Dämonen auftaucht, der diesen Kurzen die Preise verdirbt.«

Darauf erwiderte ich nichts. Die Menschen wissen über die Gnome nicht, was wir Elfen über sie wissen, geschweige denn, dass sie ahnten, weshalb es zwischen unserem Volk und diesen Burschen einst zu einem besonders blutigen Krieg gekommen ist.

Es ist nicht gerade ein Kinderspiel, einen Dämon aus der Kehrseitenwelt herauszulocken. Genauer gesagt, es ist selbst für einen erfahrenen Dämonologen ein Unterfangen, das ihn das Leben kosten kann. Deshalb gab es früher am Himmel nur sehr wenige Flieger. Das änderte sich erst, als die Gnome ein Artefakt entwickelten, mit dem es nunmehr ein Leichtes war, einen Dämon zu besorgen.

Damit war dieser Stamm auf eine Goldader gestoßen. Die nächsten dreihundert Jahre beuteten die Gnome diese neue Quelle nach Kräften aus. Sie wurden unermesslich reich und sorgten dafür, dass es am Himmel nur so von Luftschiffen und Aeroplanen wimmelte.

Irgendwann kamen elfische Aufklärer jedoch dahinter, welcher Preis für diese Entwicklung zu zahlen war. Die Angehörigen meines Volkes schlichen sich bei den Gnomen ein und retteten einige unserer Brüder aus den Folterkammern dieser unterirdischen Brut. Die dem Tod entkommenen Elfen berichteten uns dann, dass für den Einsatz dieses Artefakts ein Blutopfer nötig sei und die Kehrseitenwelt den Dämon erst freigebe, wenn dieses grausames Ritual vollzogen worden war.

Nun wusste mein weit entfernter Vorfahr, der damalige Kyrall, was unsere Welt dafür zahlte, dass sie das Fliegen gelernt hatte.

Seitdem sind tausend Jahre vergangen. Ich male mir lieber nicht aus, wie viele Angehörige unterschiedlicher Rassen, die von den Gnomen in kriegerischen Auseinandersetzungen gefangen genommen oder in Friedenszeiten schlicht und ergreifend entführt worden waren, ihren Kopf auf den Opferaltar der Gnome legen mussten, damit andere sich in die Lüfte aufzuschwingen vermochten.

Damit auch ich selbst fliegen konnte.

Doch selbst ich, der ich außerstande bin, mir ein Leben ohne das Fliegen vorzustellen, verabscheue den Preis, der dafür zu zahlen ist.

Genau wie einst meine Vorfahren es taten, als sie davon erfuhren.

Deswegen war es zwischen Westheim und Ellatheyra zu jenem schrecklichsten Krieg in unserer beider Geschichte gekommen. Und alle, die den wahren Grund dafür nicht kannten, zeihen uns Elfen noch heute der Blutrünstigkeit.

Damals starben viele große Krieger meines Volks. Ihre Leichen pflasterten den Weg ins Königreich der Gnome. Indem sie dieses zerstörten, zwangen die Elfen die Kümmerlinge in die Knie. Doch als die Wichte die Kapitulation unterschreiben sollten, besann sich mein ferner Vorfahr eines anderen. Und zerstörte das Artefakt nicht.

Mir sind seine Beweggründe schleierhaft. Noch heute frage ich mich, wer ihn zu dieser Kehrtwende überredet hat und warum. Vielleicht hat er begriffen, wie sehr sich die Welt bereits verändert hatte. Oder eingesehen, dass man das Rad der Zeit nicht zurückdrehen kann. Und Tausenden von Fliegern den Himmel nicht mehr nehmen durfte ...

Deshalb durften die Gnome das Artefakt behalten. Fregatten und Schoner zogen unverändert hoch oben zwischen den Wolken ihre Bahn. Und nicht ein Volk erfuhr je, was der Preis für einen Dämon war.

Weder die eingeweihten Sterngeborenen noch die hochgestellten Gnome erzählten anderen Rassen, wie und warum es zu diesem grausamen Krieg gekommen war. Damit niemand in

Versuchung geriet, sich das Artefakt anzueignen. Oder selbst ein vergleichbares zu schaffen.

Sicher, man könnte jetzt meinen, wir hätten diesen Krieg umsonst geführt, wenn doch eh alles beim Alten bliebe. Das sah allerdings nur auf den ersten Blick so aus. Im Grunde änderte sich nämlich einiges. Die Gnome töteten nun keine Menschen, Elfen oder Halblinge mehr, diese Lektion hatten sie aus ihrer Niederlage gelernt. Fortan wählten sie für dieses schreckliche Ritual ausschließlich Angehörige ihres eigenen Volkes aus, die sich etwas hatten zuschulden kommen lassen. Da deren Zahl jedoch sehr gering war, schnellten die Preise für Dämonen bald in die Höhe.

Als Giulia sich deshalb wünschte, es möge doch endlich jemand auftauchen, der den Gnomen den Markt streitig machte, hoffte ich daher nur, dies möge nie geschehen. Jedenfalls nicht, wenn dafür dieses Artefakt nötig war.

Eines Tages setzte sich Giulia neben mich, wedelte sich mit dem Dreispitz Luft zu, holte eine Pfeife aus der Tasche ihres Gehrocks und begann sie mit einem Tabak aus duftenden Nelken und Gewürzen zu stopfen.

»Die Hitze in diesen Breitengraden setzt mir zu«, stöhnte sie. »Nur gut, dass wir morgen endlich die Schildkröteninsel erreichen.«

»Auf die freue ich mich schon«, sagte ich, nachdem ich einen Schluck warmen Wassers aus der Flasche getrunken hatte.

»Glaub mir, viel Sehenswertes hat sie nicht zu bieten. St. Vincent und ein paar kleinere Städte, dazu ein Dutzend Dörfer, Berge und undurchdringlicher Wald. Die Hälfte der Bevölkerung besteht aus finsteren Burschen. Ohne äußerst strenge Gesetze, einen noch strengeren Statthalter, die Patrouille und die Wache wärst du selbst am Boden bei diesem Pack deines Lebens nicht sicher.«

»Du hast nicht viel für diese Insel übrig, oder?«

»Ruhy hat das ganz treffend ausgedrückt«, antwortete sie, nachdem sie kurz nachgedacht hatte. »Die Schildkröteninsel kann man nur aus tiefstem Herzen hassen oder leidenschaftlich wegen ihrer Freiheit lieben.«

»Wenn sie trotz allem Freiheit bietet, scheint sie mir nicht schlecht zu sein«, murmelte ich.

»Nur dass diese Freiheit jede Menge Gefahren mit sich bringt. Am Himmel ziehen mehr Luftpiraten ihre Bahn als Aeroplane der Patrouille. Dein Leben ist auf diesem Eiland keinen halben Louisdor wert. Der Statthalter setzt, wie gesagt, alles daran, die Piraten im Zaum zu halten – aber es gelingt ihm nicht in jedem Fall.«

»Und er hat das Sagen auf der Insel?«

»Ja, und zwar nicht nur auf der Schildkröteninsel, sondern auf der ganzen Pfauenkette. Auf der Schildkröteninsel liegt nur sein Palast.«

»In der auch die Armee untergebracht ist?«, wollte ich wissen.

»Auf allen großen Inseln sind Einheiten der Armee stationiert. Über der Pfauenkette kreisen ständig Staffeln, die gegen Luftpiraten kämpfen. Neben der Armee gibt es aber noch die Patrouille.« Giulia ließ einige aromatisch duftende Rauchringe aufsteigen, die im Nu zum Heck schwebten. »Auch sie sorgt für Ordnung am Himmel, obendrein begleitet sie Schiffe mit wertvoller Fracht. Die Patrouille nimmt übrigens nur die verwegensten und erfahrensten Flieger auf.«

»Du hast die Wache und den Zoll noch vergessen, Kapitänin«, mischte sich nun Ruhy ein.

»Zur Wache gibt es nicht viel zu sagen. Sie kümmert sich um alle Streithälse auf der Erde und verfrachtet sie in den Kerker. Und der Zoll ... der ist wie überall. Er kontrolliert die Fracht, zieht Gebühren ein und jagt Schmuggler.«

»Fängt er sie auch?«

»Manchmal. Einige Waren dürfen nicht auf die Insel eingeführt werden, worauf es aber wirklich ankommt, ist, dass alle magischen Artefakte auf der Schildkröteninsel strikt verboten sind. Es gibt eine entsprechende Verbotsliste, die sogenannte Farblose Liste, und die ist sehr lang. Den größten Teil machen selbstverständlich Artefakte aus, die für dunkle Magie gebraucht werden und töten oder ein Wesen aus dem Jenseits herbeirufen können. Jede Form von schwarzer Magie wird auf den Vereinten Inseln jedoch streng bestraft. Die Liste enthält aber auch noch einige Artefakte, die für Verteidigungs- oder Angriffszauber benötigt werden. Auch sie stuft der Statthalter als viel zu gefährlich ein, als dass er zusehen würde, wie einfache Bürger mit solchen Dingern herumwerkeln. Vor allem da es auf der Schildkröteninsel kaum *einfache Bürger* gibt, sondern meist nur durchtriebene Gauner. Die würden sich aber nur gegenseitig umbringen, vielleicht auch die wenigen unbescholtenen Insulaner morden oder gar nach einem neuen Statthalter schreien. Auf diesem Ohr ist der Alte jedoch taub.«

»Verstehe«, brummte ich.

»Deshalb dürfen nur die Diener des Inselstaates oder Armeeangehörige Kampfartefakte bei sich haben.«

»Was selbstverständlich die Nachfrage auf dem Schwarzmarkt in die Höhe treibt«, ergänzte Ruhy.

Ich drehte unterdessen das Steuerrad ein wenig herum, um Kurs zu halten.

»Genauso ist es«, bestätigte Giulia. »Der Schmuggel wächst und gedeiht. Hin und wieder fängt der Zoll zwar ein paar Schmuggler, vor allem wenn diese ihn nicht schmieren, zur Abschreckung wird auch schon mal jemand gehängt ...«

»Eine wirklich bemerkenswerte Gegend«, sagte ich.

»Das ganz gewiss. Aber wir kommen in so einige bemerkenswerte Gegenden, das darfst du mir glauben«, entgegnete Giulia. »Falls du daran Gefallen finden solltest, würde ich dich und Dreipfot in die Mannschaft aufnehmen. Ich könnte einen guten Steuermann brauchen. Was sagst du zu dem Vorschlag?«

»Ich werde darüber nachdenken«, suchte ich zu einer diplomatischen Antwort Zuflucht.

Denn ich wollte ihr ungern postwendend einen Korb erteilen. Nur fragte ich mich, ob ich, der ich den größten Teil meines Lebens in Kriegen zugebracht hatte und schnelle Aeroplane gewöhnt war, mich je mit einem derart schwerfälligen Luftschiff anfreunden könnte, in dem obendrein ein halb verreckter Dämon steckte.

»Tu das«, entgegnete Giulia. »Und jetzt lass mich ans Steuerrad, meine Schicht fängt an.«

Ich überließ ihr das Ruder, setzte mich an die Reling und baumelte mit den Füßen in der Luft, während tief unter mir das abendliche Meer dahinglitt. Dann holte ich die Kette, die mir Kamilla kurz vor ihrem Tod in die Hand gedrückt hatte, aus dem Ausschnitt meines Hemdes.

Die Fliegerin hatte mich gebeten, das Schmuckstück aufzubewahren – und es irgendjemandem zu übergeben. Wem, würde ich nie mehr erfahren. Die Margudier waren hinter diesem Stück her und hatten seinetwegen bereits den Gnom und Kamilla getötet. Jetzt hielt ich es in Händen – und wusste rein gar nichts damit anzufangen.

»Was ist? Wirst du Giulias Vorschlag annehmen?«, unterbrach Ruhy, der sich vorsichtig neben mir niederließ, meine Überlegungen.

»Willst du mit jemandem wetten?«

»Käme ich nie drauf, würde ja doch nur verlieren. Schließlich ist die Sache klar. Du bist ein Flieger, dessen Herz an einem Aeroplan hängt. Dir steht ins Gesicht geschrieben, dass du es nicht erträgst, so ruhig dahinzuzuckeln. Aber keine Sorge, Giulia wird nicht am Boden zerstört sein, wenn du ihr eine Absage erteilst. Aber wenn ein erfahrener Men… Elf vor ihr steht, dann kann sie gar nicht anders, dann versucht sie, ihn anzuheuern.« Er setzte ein strahlendes Lächeln auf. »Sie legt Wert auf eine gute Mannschaft.«

»Fliegst du schon lange mit ihr?«

»Seit sechs Jahren. Seit ich auf meiner alten Kriegsfregatte abgemustert habe. Mir unterstand das Quarterdeck, und ich war Kommandeur der Enterbrigade.«

»Hätte ich im Leben nicht vermutet«, gab ich zu.

»Du bist doch auch kriegserprobt, oder?«, gab der Groll zurück und zwinkerte mir wissend zu. »Glaub mir, einen Kampfflieger erkenne ich eine Meile gegen den Wind.«

»Sag mal«, wechselte ich das Thema, »was für Ware lädt die *Bohnenranke* eigentlich auf der Schildkröteninsel?«

»Wir kaufen dort Meeresnüsse, die wir dann auf dem Westlichen Kontinent zum dreifachen Preis wieder verkaufen.«

»Meeresnüsse?«

»Mhm. Das sind Nüsse, die sind achtmal so groß wie die normalen. Ungefähr so.« Ruhy breitete die Arme aus. »Wenn wir da sind, wirst du sie mit eigenen Augen sehen. Davon gibt es auf der Insel nämlich jede Menge. Weil sie auf den Kontinenten nicht wachsen, spricht Glaufi von *exotischen* Nüssen. Glaufi! Erkläre uns doch mal auf deine gescheite Weise, was es mit diesen Nüssen auf sich hat!«

»Die Meeresnüsse sind der Hauptbestandteil eines Likörs, den die Menschen in den südlichen Ländern sehr schätzen. Auch die Kobolde befeuchten mit ihm ganz gern ihre Kehle«, erklärte der Zwerg. »Deshalb ist der Verkauf dieser Nüsse ein einträgliches Geschäft.«

»Wobei wir sogar noch einträglichere Geschäftchen tätigen werden«, bemerkte Ruhy grinsend.

»Halt die Klappe!«, blaffte Glauforhefnikhschnitz ihn an.

Ruhy zuckte nach diesem Rüffel bloß die Schultern. Dreipfot jedoch baute sich vor Glaufors nackten Füßen auf und klapperte wild mit den Zähnen. Fluchend trat der Zwerg nach ihm, doch Dreipfot brachte sich mit einem Sprung nach hinten in Sicherheit. Unter wütendem Geknurr sträubte er das Nackenfell.

»Es reicht!«, rief Giulia. »Das gilt für euch beide.«

»Irgendwie schnappt dieser Glaufor ziemlich leicht ein«, sagte ich zu Ruhy.

»Stimmt schon, er geht schnell in die Luft«, bestätigte dieser. »Aber mit mehr als ein bisschen Gepolter ist bei ihm nicht zu rechnen. Außerdem ist er der beste Steuermann, den du finden kannst. Mit der schwarzmagischen Tafel bringt er wahre Wunder zustande, sodass selbst unser Dämon das Letzte gibt. Wenn's brenzlig wird, ist das nicht zu verachten.«

Für einen Groll hatte Ruhy eine enorm klare Aussprache, außerdem konnte er sogar lange Sätze bilden und logisch denken.

»Und? Wird es oft brenzlig?«

»Dem Himmel sei Dank nicht. Aber in der Nähe der Schildkröteninsel solltest du besser beide Ohren spitzen.« Er lächelte mich freundlich an und schielte zu meinen Ohren hin. »Damit du ein Luftschiff schon von Weitem hörst. Die Patrouille kann letzten Endes nicht überall sein, und am Himmel wimmelt es hier von Piraten und anderem Gesocks. Deshalb ist es eigentlich auch klüger, sich einem Handelszug anzuschließen. Den begleiten entweder Aeroplane oder – wenn die Fracht sehr wertvoll ist – Kampfluftschiffe.«

Damit endete dies Gespräch. Allerdings sollte ich mich bereits am nächsten Abend daran erinnern …

Glaufor schwirrte auf dem Achterdeck herum, eilte aber mit einem Mal unter Deck, um mit einem kupfern funkelnden Fernrohr zurückzukehren und mit diesem den Horizont abzusuchen. Nach einer Weile wischte er das Okular ab, nur um danach erneut in die Ferne zu spähen.

»Was ist?«, wollte Ruhy wissen, der eigens das Schärfen seines Säbels unterbrach, um die Frage zu stellen.

»Wir haben ein Schiff am Heck!«, schrie Glaufor mit hoher Stimme, wie ich sie bei ihm bisher noch nie gehört hatte. »Hole Giulia!«

Fluchend stapfte der Groll zu der Luke, die in den Frachtraum führte.

»Kriegen wir Schwierigkeiten?«, wollte ich von Glaufor wissen.

»Kann ich noch nicht sagen. Dafür ist das Ding bisher zu weit weg.«

»Was gibt's, Glauforhefnikhschnitz?«, fragte Giulia, kaum dass sie zu uns stieß.

»Eine Schaluppe! Ohne Erkennungszeichen, Kapitänin! Aber offenbar haben die zur Jagd auf uns geblasen!«

Der kleine schwarze Punkt am Himmelsgewölbe ließ sich mit bloßen Augen nur schwer ausmachen.

»Lass, übernimm du das Ruder! Behalte den bisherigen Kurs bei!«

»Aye, aye, Kapitänin!«

»Miguel, löse Glauforhefnikhschnitz ab! Und du setz dich an deine schwarzmagische Tafel und hol aus dem Dämon heraus, was herauszuholen ist. Versuchen wir, die Herren abzuhängen.«

»Das wird nicht klappen«, entgegnete der Zwerg. »Wenn sie wollen, holen sie uns ein, selbst wenn wir volle Kraft voraus fliegen.«

»Tu, was ich gesagt habe!«, brüllte Giulia.

Unterdessen kam Ruhy unter dem Gewicht einiger Steinplatten völlig gekrümmt aus dem Frachtraum zurück. Als er sie an Deck ausbreitete, sah ich, dass Runen in sie eingeritzt waren. Oh, oh, ein Verteidigungsartefakt!

Die Finger des Zwergs flitzten bereits über die schwarzmagische Tafel, ein quadratisches Holzbrett, das in jede Schultertasche passen würde. Der Rand war mit Einlegearbeiten aus wertvollen Rubinen und Elfenbein verziert. Die Edelsteine bändigten den Dämon, das Elfenbein sorgte für genauere Berechnungen. Rechts befand sich ein kurzer kupferner Griff, mit dem einige bronzene Zahnräder in Bewegung gesetzt wurden, die irgendwo im Innern des flachen Brettes versteckt lagen. Die Oberseite der Tafel nahm ein schwarzer Spiegel ein, in dem mir unverständliche Zeichen auflöderten oder dauerhaft leuchteten.

Glaufor zeichnete mit den Fingern ein Muster auf den Spiegel und kurbelte den Griff, bis die Symbole verschmolzen, in der Tiefe des Spiegels ein eisiges Licht aufschimmerte und ein leises Grabesstöhnen zu hören war. Angesichts der Schnelligkeit, mit der Glaufor seine Bewegungen ausführte, musste er ein wahrer Meister dieser vertrackten Berechnungen sein.

Während ich das Steuerrand hielt, befreite Giulia einen leichten Blitz von der Schutzhaube und montierte ihn auf eine drehbare Vorrichtung. Die glänzend polierte bronzene Waffe brachte genauso gute Entladungen zustande wie ein Gewitterhimmel. Sie eignete sich hervorragend im Kampf gegen Aeroplane, zeigte aber wenig Wirkung bei größeren Zielen. Und eine Schaluppe war ein ausgesprochen großes Ziel. Hier bräuchten wir eine Kanone, vorzugsweise eine vierzig Pfund schwere. Die hätte unser alter Kahn allerdings nie im Leben tragen können.

Der zweite Blitz befand sich backbord. Auf dem Achterdeck gab es zudem einen leichten Bienenwerfer mit zwei Läufen und großem rundem Richtaufsatz, den Miguel gerade in aller Gemütsruhe an einen Bienenstock anschloss, in dem die Feuerbienen bereits grimmig summten.

Der Dämon im Frachtraum heulte dumpf und unzufrieden, die Planken unter uns zitterten – aber immerhin schoss das Schiff nun mit doppelter Geschwindigkeit vorwärts.

»Hervorragend«, rief Giulia dem Zwerg zu.

»Lange halten wir das aber nicht durch! Da würden uns die Magischen Siegel durchbrennen!«

»Wann holt die Schaluppe uns ein?«

»In anderthalb, mit etwas Glück in zwei Stunden.« Glaufor warf einen prüfenden Blick auf seine Tafel und nickte sich dann selbst zu, zufrieden mit der Antwort, die er Giulia gegeben hatte. »Bis zum Einbruch der Dunkelheit bleiben aber noch drei Stunden. Abhängen werden wir die also nicht.«

»Vielleicht ja doch«, sagte ich, während ich das Steuerruder drehte. »Gegen Abend ziehen Wolken auf. In denen könnten wir uns mit etwas Glück verstecken.«

Der Zwerg nickte gedankenversunken und starrte schon wieder auf seine Tafel, um sich zu vergewissern, dass er den Dämon unter Kontrolle hatte.

»Fertig!«, teilte Ruhy uns nun mit.

Er hatte alle Steintafeln in besondere Kehlen der Planken geschoben. Jetzt zuckten silbrige Blitze über sie hinweg, die von feinen Kupferrohren zu Spulen an der Reling weitergeleitet wurden. Diese begannen prompt zu pfeifen und zu knistern und schufen bereits in der nächsten Minute einen magischen Schild. All diese Vorbereitungen ließen Dreipfot, nebenbei bemerkt, nicht gleichgültig: Er flitzte aufs Achterdeck und bellte den Feind hinter uns wütend an.

»Was wollen die eigentlich von uns?«, fragte ich den Groll. »Wir haben schließlich nichts Wertvolles geladen.«

»Man findet immer was, das sich zu Geld machen lässt.«

»Was tust du da, Lass?«, erkundigte sich Giulia, der aufgefallen war, dass wir tiefer gingen.

»Ich gehe auf fünfhundert Yard runter, Kapitänin. Dann sind wir näher an der Kehrseitenwelt, das dürfte den Dämon noch stärker ergrimmen. Außerdem sind wir leichter als unsere Verfolger – und damit in diesen Höhen wendiger als sie. Vielleicht können wir uns das zunutze machen.«

Vom Wind zusätzlich getrieben, schossen wir die nächste Stunde vorwärts. Das Schiff tanzte förmlich, wenn Glaufor dem Dämon einen neuerlichen *Peitschenhieb* verpasste. Nur ließ sich die Sonne leider sehr viel Zeit, um im Meer zu versinken und uns von ihrer Glut zu befreien.

Bisher setzte die Schaluppe ihre Jagd unverdrossen fort. Der Augenblick, da sie uns einholte, schien nicht mehr fern. Und dann konnte sie das Feuer auf uns eröffnen …

Während Ruhy die Musketen lud, starrte er unverwandt zu der ins Meer kriechenden Sonne. Eine tropische Nacht ist eine vortreffliche Gelegenheit, sich gleichsam in Luft aufzulösen, das wussten alle, wir ebenso wie unsere Verfolger.

Im Übrigen blieb die Mannschaft erstaunlich ruhig. Niemand zeigte Panik. Aber gut, sie durchpflügten den Himmel auch nicht zum ersten Mal und kannten die Gefahren, die hier oben lauerten. Giulia brachte allen Kaffee aus der Kombüse. Glaufor nahm dankbar einen Schluck, den Blick dabei fest auf seine Tafel gerichtet, die nach all seinen Berechnungen bereits kurz vorm Schmauchen war.

»Kannst du ermitteln, wo und wie sie möglicherweise angreifen?«, fragte ich ihn.

»Nur auf der Grundlage der allgemeinen Erfahrungswerte. Was die Schaluppe eigentlich aushecke und welche Überraschungen sie womöglich an Bord hat, weiß ich ja nicht.«

»Trotzdem – würdest du es versuchen? Es könnte uns helfen.«

Inzwischen hatte die Schaluppe, die vierzig Yard über uns dahinflog, derart aufgeschlossen, dass ihre Einzelheiten zu erkennen waren. Vor allem der gierige Bugspriet. Das Schiff war zehnmal größer als unseres, ein wahres Untier, das einem fliegenden gepanzerten Flusspferd ähnelte. Die Nieten an den Metallplatten wirkten wie glänzende Pickel. An den Seiten drehten sich riesige Schaufelräder.

»Sie nehmen Verbindung auf!«, schrie Miguel, der die Unbekannten durch das Fernrohr beobachtete. »Sie verlangen, dass wir die Flagge einziehen, beidrehen und sie zu uns *einladen*!«

»Die haben hier überhaupt nichts zu verlangen!«, knurrte Giulia.

»Da bin ich ganz deiner Ansicht, Kapitänin!«

Daraufhin holte Miguel aus einer Kiste mehrere Signalfeuer, aus denen er eine beleidigende Antwort zusammenstellte. Der Bug der Schaluppe war im Nu von Rauch umwölkt. Allerdings schoss auch eine Kugel über uns hinweg.

»Immerhin können sie lesen«, murmelte ich. »Miguel, achte auf ihre Kanoniere! Sobald sie die Waffen tiefer ausrichten, gib mir Bescheid!.«

»Alles klar.«

»Die Kanonen taugen nicht viel«, erklärte Giulia. »Zwölfpfünder! Als ob sie uns damit etwas anhaben könnten!«

»Wie lange hält unser Schild?«, erkundigte ich mich.

»Ein Weilchen schon noch. Ansonsten hängt es ganz davon ab, womit ihre Kugeln gefüllt sind.«

In den nächsten zehn Minuten gaben die Feinde sieben Salven auf uns ab. Zweimal trafen sie sogar, aber die Geschosse prallten an der silbrigen Kuppel ab, die um die *Bohnenranke* herum loderte.

»Die holen uns ein«, brummte Glaufor, der über die schwarzmagische Tafel gebeugt dasaß und seine Berechnungen anstierte.

»Wenn die glauben, ich überlasse denen so ohne Weiteres mein Schiff, dann haben sie sich geirrt«, zeterte Giulia.

»Wenn sie uns frontal erwischen, rettet uns der Schild nicht mehr«, sprach ich die unangenehme Wahrheit aus, über die ich die letzten Minuten nachgedacht hatte. »Deshalb schlage ich vor, dass wir die Entermannschaft doch einladen, zu uns an Bord zu kommen, damit sie auf jede Schießerei verzichten. Eine andere Möglichkeit zu überleben sehe ich nicht.«

»Von einem solchen Weg, die eigene Haut zu retten, habe ich noch nie gehört«, grummelte Glaufor.

Trotzdem riss ich das Ruder erst nach links und anschließend scharf nach rechts, um die *Bohnenranke* zu einem völlig irren Ritt über den Himmel zu zwingen. Sollten unsere Feinde ruhig denken, wir seien in Panik geraten.

»Um uns zu entern, müssen sie auf der Höhe bleiben, auf der sie jetzt fliegen. Gingen sie tiefer, wäre es bei der Bauweise der *Bohnenranke* für die Entermannschaft kein Leichtes, zu uns an Bord zu kommen – das sehe ich doch richtig, oder?«

»Ja.«

»Wenn wir dann die beiden Blitze und den Bienenwerfer auf ihr Steuerrad ausrichten, müssten wir ihren Schild eigentlich durchbrechen können. Bei einem Treffer könnten sie ihr Schiff aber nicht mehr lenken ...«

»Vernichtet wären sie jedoch nicht«, stellte Giulia klar. »Was hätten wir dadurch also gewonnen?«

»Zeit. Eine halbe Stunde mit Sicherheit, vielleicht sogar fünfzig Minuten. Bevor sie ihre Schaluppe wieder unter Kontrolle haben, müssen sie sich jeden Beschuss aus dem Kopf schlagen. Wenn dein Schiff die ganze Zeit von einer Seite auf die andere schlingert, dann ...«

»Das könnte klappen«, unterstützte Glaufor meinen Vorschlag.

»Miguel! Teile ihnen mit, dass wir die Segel streichen, wenn sie uns am Leben lassen!«, befahl Giulia. Dann wandte sie sich wieder an mich. »Ich hoffe inständig, dass wir damit die richtige Entscheidung getroffen haben.«

»Glauforhefnikhschnitz«, rief ich. »Sorge dafür, dass der Dämon im Bruchteil einer Sekunde mit voller Kraft loslegen kann. Wir werden nämlich ordentlich Fersengeld geben müssen.«

»Ruhy! Geh von den Blitzen weg!«, verlangte Giulia. »Wir geben auf, hast du das nicht verstanden?! Jedenfalls sollen die das glauben! Miguel, das gilt auch für dich! Und sperrt Dreipfot ein, nicht dass wir am Ende über den Burschen stolpern.«

Was Dreipfot selbst davon hielt, weggesperrt zu werden, brachte er mit einem äußerst beredten Klappern seiner Kiefer zum Ausdruck. Zur weiteren Absicherung schoss er wie ein Blitz zum Bug, wo er außer Reichweite war von uns, die wir seine Freiheit beschneiden wollten.

Mittlerweile hatten wir die Geschwindigkeit derart gedrosselt, dass man durchaus hätte behaupten können, wir kröchen über den Himmel. Flögen wir auch nur noch ein wenig langsamer, würden wir abstürzen. Die Schaluppe gewann mit jeder Minute an Größe. Der spitze, ungleichmäßig bemalte Kiel schob sich über uns. Als der dunkle Schatten uns schluckte, meinte ich, ein riesiger Raubvogel würde sich auf die *Bohnenranke* stürzen. Die Luftpiraten fuchtelten mit Musketen, Entersäbeln und Schwertern, fluchten und grölten. Uns hielten sie für sichere Beute, die keinen Widerstand mehr leisten würde. Die Sturmflügel, bisher als zusätzlicher Schutz gegen einen etwaigen Beschuss an den Schiffskörper geschmiegt, wurden ausgeklappt. Ein paar Kerle bauten sich auf ihnen auf und zielten mit ihren Gewehren nach uns.

»Können die uns gefährlich werden?«, wollte ich von Giulia wissen.

»Nein, denn der Schutzschild steht noch, ich habe bloß die Kuppel gelöscht, sodass sie nicht mehr zu sehen ist. Es kommen aber nach wie vor keine Kugeln durch.« Dann wandte sie sich an Glaufor. »Bist du bereit?«

»Ich warte nur noch auf deinen Befehl«, schrie der Zwerg.

»He! Ihr da! Ihr kriegt Besuch! Wir wollen uns euren Kahn mal ansehen!«, erscholl von oben eine Stimme – und von den Sturmflügeln wurden fast drei Dutzend Taue heruntergelassen.

Gleich Spinnen hangelten sich die Piraten an ihnen herab, angefeuert von ihren Kumpanen, die an Deck bleiben mussten. Als sie uns fast erreicht hatten, schrie ich aus voller Kehle: »Feuer frei!«

Glaufor rammte mit voller Wucht eine lange gerippte Silbernadel in den Spiegel der schwarzmagischen Tafel. Sie drang mühelos in diesen ein, fast als wäre es kein Spiegel, sondern das Fleisch von irgendjemandem. Der Dämon heulte markerschütternd auf, wir schossen vorwärts, als wären vor unser Bötchen sämtliche Pferde des Todes gespannt. Die beiden Blitze und der Bienenwerfer feuerten ihre Geschosse mehr oder weniger gleichzeitig ab. Die blauen Lichtknäule und die roten Feuerbienen trafen alle denselben Punkt. Der Schild, der den Boden des feindlichen Luftschiffs schützte, flackerte und barst. Die rechte Hälfte des Steuerrads verwandelte sich binnen Sekunden in Kleinholz.

»Haltet euch fest!«, schrie ich – und riss das Ruder scharf nach links.

Das Schiff krängte gefährlich. Ich wäre beinahe gefallen, und alles, was nicht festgeschraubt war, segelte in die Tiefe. Dreipfot trieb jaulend die Krallen in die Planken. Wir legten quasi eine Kehre von hundertundachtzig Grad hin, um in die entgegengesetzte Richtung zu verschwinden.

Einige Piraten sprangen trotzdem zu uns herunter. Acht Burschen traten dabei allerdings unter entsetztem Geschrei den langen Flug in die Tiefe an. Vier von ihnen landeten jedoch auf der *Bohnenranke*. Der Rest dieses Packs kroch die Taue wieder hoch. Miguel richtete sofort den Bienenwerfer auf sie und schickte ihnen einen ganzen Schwarm Insekten hinterher. Die Bienen kappten die Taue mit den daran baumelnden Menschen und Nicht-Menschen und legten es darauf an, die Aufbauten am Heck zu durchschlagen und die Kajüten zu versengen.

»Haltet euch fest!«, schrie ich erneut und riss das Ruder ein zweites Mal herum.

Abermals wurden wir kräftig durchgeschüttelt, nur legten wir uns diesmal auf die andere Seite. Nach diesem Manöver schnappte sich Ruhy zwei der vier Piraten am Kragen und warf sie über Bord.

Ein Halbork zog daraufhin mit wütendem Schrei den Entersäbel blank und stürzte sich auf Miguel, doch Glaufor stellte sich dem Kerl mutig entgegen und feuerte einen Schuss aus der Muskete auf ihn ab.

»Pass auf!«, schrie ich, um Giulia zu warnen. »Rechts!«

Sie riss den Blitz herum und feuerte eine Salve in einen bärtigen Kerl, der daraufhin sofort zu Asche zerfiel.

»Nehmt ihr Heck unter Beschuss!«, brüllte ich. »Sofort!«

Die beiden Blitze und der Bienenwerfer eröffneten prompt das Feuer. Da die Bullaugen der Schaluppe nicht mit Panzerplatten geschützt waren, fingen die Kajüten auf der Stelle Feuer. Qualm wölkte auf.

Ich stieg mit der *Bohnenranke* auf, dabei immer wieder den Kurs wechselnd, damit wir kein allzu leichtes Ziel abgaben.

Hinter uns donnerte die nächste Salve. Die Geschosse erwischten uns jedoch bereits nicht mehr, sondern gingen unter dem Kiel in die Luft. Die Wucht der Explosion trug unser kleines Schiff vorwärts wie eine riesige Welle. Die Steintafeln in den Planken rumpelten, in der magischen Kugel tobte ein Schneesturm, sodass ich die Flugkarte nicht mehr erkennen konnte, der hintere Teil des Schanzkleids war abgerissen worden, im Heck und an den Seiten klafften einige Löcher, am Bug züngelte eine Flamme.

»Ihr Hurensöhne!«, schrie Giulia, die überhaupt gern mal zu unflätigen Ausdrücken griff. »Sollen euch doch sämtliche Meeresdämonen holen! Sollen euch die Möwen die Augen aushacken, ihr widerwärtigen Matschgesichter!«

Die Antwort der Schaluppe bestand in einem weiteren Beschuss, doch die Kugel verfehlte uns um sechzig Yard.

»Die schlingern wie ein Hai mit abgeschnittenen Flossen«, frohlockte Glaufor.

»Wir sollten uns nicht zu früh freuen«, gab Miguel zu bedenken, der einen neuen, wütend surrenden Bienenstock anschleppte. »Wenn die uns einholen, reicht ein Schuss, um uns zu erledigen.«

»Nur müssen sie uns erst mal einholen«, entgegnete Glaufor. »So schnell, wie die gerade sind, kann das aber noch ein Weilchen dauern. Solange sie ihr Schiff nicht wieder flottgemacht haben, dümpeln sie bloß harmlos in unserem Kielwasser herum.«

Ruhy löschte derweil fluchend das Feuer, wobei er geschäftig mit Eimern hin- und herrannte.

Dreipfot erklomm mal wieder meine Schulter, die er wohl für den sichersten Ort in diesem ganzen Durcheinander hielt, und grunzte mir fragend ins Ohr. Ich streichelte sein Fell, worauf er zufrieden schnurrte. Anschließend beobachtete er gespannt, wie die Schaluppe mit ungeschickten Bewegungen erneut die Verfolgung aufnahm.

5. KAPITEL, *in dem wir auf der Schildkröteninsel eintreffen*

Als die stockfinstere tropische Nacht anbrach, hängten wir die Piraten endlich ab. Bis dahin hatten sie noch gehofft, uns zu erwischen. Selbst in der Dämmerung hatten sie noch Leuchtkugeln abgeschossen. Zu unserem Glück besaßen sie jedoch nicht genug von den Dingern – die ihnen denn auch prompt in dem Moment ausgingen, als die Dunkelheit sich vollends breitmachte.

Da gingen wir deutlich tiefer und drehten nach Südwesten ab. Außerdem löschten wir sämtliche Lichter, sicherten den Bienenwerfer, das Rettungsboot, die Türen sowie alles, was sonst noch einen Laut hätte von sich geben können. Unser Plan ging auf: Die Schaluppe flog an uns vorbei.

Danach brachten wir die *Bohnenranke* in den kalten und dichten Wolken in Sicherheit. Ich zog mir eine mit Pelz gefütterte Jacke an, streifte Handschuhe über und wickelte mir einen Schal um den Hals, um nicht zu erfrieren, während Glaufor die limonengelbe Leinenmütze gegen eine Strickmütze derselben Farbe tauschte. Der Tag hatte ihn völlig ausgelaugt. Gerade beendete er seine letzten Berechnungen, legte unsere Route fest, bestimmte den neuen Kurs, speiste diese Angaben für mich in die magische Kugel ein und legte sich schlafen.

»Die finden uns nicht mehr«, sagte Ruhy. »Dafür reicht deren Hirnschmalz nicht! Wenn wir doch bloß ein schnelleres Schiff und eine größere Mannschaft hätten ... Dann könnten wir diese Dreckskerle übertölpeln und ihnen eine volle Ladung vor den Bug setzen. Selbst wenn sie schon in die Luft fliegen, würden die nicht wissen, wie ihnen geschieht!«

Dennoch stapfte er zum Bug, um Ausschau zu halten. Die nächsten Stunden wechselten wir kein Wort miteinander. Ich stand den größten Teil der Nacht hinterm Steuerruder, bis dann Giulia irgendwann wieder an Deck kam.

»Hau dich aufs Ohr«, forderte sie mich auf, während sie ihre warme Fliegerjacke mit dem Kragen aus weißem Fell schloss. »Jetzt bin ich dran.«

»Aye, aye, Kapitänin.«

»Lass«, rief sie mir noch hinterher, als ich schon auf dem Weg ins Unterdeck war. »Du hast hervorragende Arbeit geleistet.«

Ich lächelte ihr zu.

Bevor ich mich hinlegte, weckte ich noch Glaufor, der in einer Hängematte schlief.

»Was ist?«, fragte er benommen. »Ist es schon Zeit für mich?«

»Ja. Deine Schicht beginnt.«

Er stülpte sich die Strickmütze auf den Kopf.

»Du hast uns wahrlich geholfen, Elf«, murmelte er.

Aus seinem Mund war das ein gewaltiges Lob.

»Vor allem dank deiner Berechnungen«, blieb ich ihm deshalb nichts schuldig. »Mit denen hast du mich wirklich in Staunen versetzt.«

»Och, das war doch gar nichts«, entgegnete Glaufor mit zufriedenem Grinsen. »Es gab schon Herausforderungen, da bin ich tatsächlich ins Schwitzen geraten. Aber das hier ... das war doch Kinderkram.«

Ohne darauf noch ein Wort zu erwidern, legte ich mich schlafen.

Als Dreipfot mich weckte, konnte sich Giulia kaum noch auf den Beinen halten.

»Hast du etwa schon ausgeschlafen?«, fragte sie.

»Ich brauche nicht viel Schlaf«, antwortete ich.

Das stimmte. Wir Elfen kommen grundsätzlich mit viel weniger Schlaf aus als Menschen. Und können länger als sie ganz auf ihn verzichten. Allein aus diesem Grund hatte ich mich bei meiner Flucht überhaupt so lange in der Luft zu halten vermocht.

»Man könnte geradezu neidisch werden«, murmelte Giulia.

»Komm«, forderte ich sie auf, »ich löse dich ab.«

»Dann hole ich dir aber wenigstens noch einen Kaffee«, sagte sie, bevor sie mir das Ruder überließ.

Glaufor stand am Bug und starrte angestrengt in den fahlen Nebel, der um uns herum waberte. Am Morgen waren Wolken aufgezogen, sodass unser Schiffchen sich gleichsam durch Watte bewegte.

Frierend überprüfte ich die Höhenangabe und stellte den Kragen meiner Jacke auf.

Alles um uns herum war trüb und fahl. Als Giulia zurückkam, goss sie erst dem hustenden Glaufor, dann mir Kaffee ein.

»Willst du nicht besser tiefer gehen?«, wollte der Zwerg von ihr wissen.

»Und dort sonst wem begegnen?!«, parierte Giulia. »Nein, wir bleiben hübsch in den Wolken. Nach dieser kleinen Auseinandersetzung mit den Luftpiraten taugt unser Schild nichts mehr. Wenn wir ohne ihn auf eine weitere Horde von Dreckskerlen treffen, wird die uns Feuer unterm Hintern machen.«

»Hast ja recht«, stimmte Glaufor ihr zu. »Ein solches Zusammentreffen wäre weitaus schlimmer, als wenn ich mir in dieser Lausekälte hier oben einen Schnupfen einfange.«

Eine Stunde später zeigte sich endlich die Sonne. Es wurde wärmer, und die Wolken lichteten sich, als wir uns unvermittelt unter blauem Himmel in grellem Licht wiederfanden. Aus der Wolkenwand, die nun hinter uns lag, drang jedoch das Brüllen eines fremden Dämons. Kurz darauf tauchte ein Luftschiff auf.

»Hol mich doch die Kehrseite!«, stieß Giulia verblüfft aus. »Wenn das nicht die *Donner* von Kapitän Nord ist!«

Eine halbe Meile vor uns zog ein schneeweißer Klipper über den Himmel. Es war ein Schiff von vollendeter Schönheit, obgleich kein einziger Elf an ihm mitgewirkt hatte. Klipper sind die schnellsten Schiffe der schweren Klasse. Wir Elfen nennen sie *nalalle'ina*, Himmelsjäger.

Der längliche Schiffskörper, der mit funkelnden weißen Panzerplatten verkleidet war, erinnerte an einen Delphin, die riesigen Schaufelräder schillerten in einem perlmuttfarbenen Glanz, auf dem offenen Deck ragten Waffentürme auf, an der Reling zogen sich Reihen von Kanonen hin, am Heck erhob sich ein hoher, ebenfalls mit Panzerplatten verkleideter Aufbau, in dem die Kajüte des Kapitäns untergebracht war. Entlang des spitzen Kiels gab es blitzende Rohre, die für noch größere Geschwindigkeit sorgten, an den ausgebreiteten Sturmflügeln hingen Aeroplane, genauer *Hammer der Tiefe.*

»Hol mich doch die Kehrseite!«, schrie Glaufor. »Das nenn ich einen glücklichen Zufall!«

»Nimm Verbindung zu ihm auf und melde, dass wir uns ihnen gern anschließen würden«, befahl Giulia. »Sag ihnen, dass wir freie Händler auf dem Weg zur Schildkröteninsel sind und nenne unseren Heimathafen sowie Namen und Nummer unseres Schiffs!«

Sofort schoss Glaufor die Signalfeuer in der nötigen Reihenfolge ab.

Daraufhin kamen aus den Wolken über uns zwei *Hammer* heraus.

Dicke weiße Panzerplatten schützten sie, an den Sturmflügeln waren langläufige Bienenwerfer angebracht, und durch die Schlitze am Bug ließen sich die Flammen des arbeitenden Dämons erkennen. Um beide Schiffe flirrten magische Schilde.

Die schweren Aeroplane der Gnome protzten mit ihrer ungefügigen, aber ohne jede Frage bedrohlichen Schönheit. Vor allem auf mittleren Höhen stellten sie echte Untiere dar, die es durchaus mit den elfischen *Silberquellen* aufnehmen konnten.

Auf dem massiven Rumpf eines der beiden Vögel war eine Hand dargestellt, die eine durchgestrichene Streitaxt gepackt hielt. Die Streitaxt war das Wappen des Karhener Klans, der bei den Kümmerlingen im Ruf stand, die besten Krieger hervorzubringen. Dass die Waffe durchgestrichen war, bedeutete wiederum, dass ein ausgestoßener Vertreter dieses Klans hinterm Steuerknüppel saß. Außerdem zierte den Bug noch eine Unzahl kleiner purpurroter Streitäxte. Jede von ihnen bedeutete ein abgeschossenes gegnerisches Aeroplan.

»In der Libelle sitzt ein Ausnahmeflieger«, bemerkte ich.

»Nord nimmt keine anderen in seine Flotte auf«, erklärte Giulia. »Die besten sind ihm gerade gut genug.«

Eines der Aeroplane heftete sich uns in einem Abstand von etwa hundert Yard ans Heck und richtete in ziemlich eindeutiger Art und Weise einen Bienenwerfer auf uns.

Überraschende Gefühle stiegen in mir auf. Man hatte schon oft auf mich geschossen, häufig genug, ohne auch nur auf mich zu zielen. Aber jedes Mal hatte ich in meiner *Silberquelle* gesessen, nicht an Deck eines Luftschiffs gestanden, das so alt war, dass sich jeder Gedanke daran, den Kampf aufzunehmen, von selbst verbot.

Die zweite *Hammer der Tiefe* flog derart dicht an uns her, dass ich, wenn ich es denn gewollt hätte, mühelos auf ihren Sturmflügel hätte hinüberspringen können. Die Fliegerin – eine Frau mit einer Brille, die die Hälfte ihres Gesichts einnahm und sie wie eine Libelle aussehen ließ – trug einen Helm, aus dessen Schlitzen Ohren herausragten, die noch größer waren als meine. Eine Angehörige des Nachtvolks ... Giulia hob den Arm, um ihr einen Gruß zuzuwinken.

Daraufhin lächelte die Frau, wobei sie äußerst spitze Zähne entblößte. Von ihren Abschüssen kündeten keine aufgezeichneten Streitäxte, sondern Sterne. Ihre Zahl war nicht gerade gering ...

»Sie antworten!«, teilte uns Glaufor mit, der förmlich am Fernrohr klebte. »Sie haben nichts dagegen, dass wir uns ihnen anschließen. Allerdings sollen wir uns ihnen nicht auf mehr als zweihundert Yard nähern, weder den Kurs noch die Höhe ändern und die bisherige Geschwindigkeit beibehalten.«

»Hast du das gehört, Lass?«

»Hab ich, Kapitänin. Dieser Nord – ist das ein Mensch?«

»Ja. Er ist auf der ganzen Pfauenkette bekannt. Und sein Schiff, die *Donner*, erst recht. Piraten halten sich in der Regel möglichst fern von ihm.«

»Weshalb wir der *Donner* möglichst auf den Leib rücken«, erklärte Ruhy.

»Und warum ist dieses Schiff so berühmt?«, fragte ich weiter.

»Weil es an unserem schönen Himmel schon etliche Großtaten vollbracht hat«, antwortete Glaufor. »Nicht nur, dass es einmal im Kampf ein Schlachtschiff der Rotbärte-Bande in Kleinholz verwandelt hat, obwohl es doch nur halb so schwer ist, nein, es hat auch die Blockade des Meeresvolks an der Sandinsel durchbrochen und damit alle Insulaner gerettet. Und glaub mir, nicht jeder wagt es, sich gegen die Krashshen zu stellen.«

»Allerdings war Nord nicht allein«, sagte Giulia. »Er hatte zwei Gefährten, sie bildeten ein geradezu legendäres Trio. Kapitän Wu flog die *Steinstumpf*, Nord seine *Donner*, und Alissa, die als Letzte dazugestoßen ist, die *Fuchsschwanz*. Die drei verband eine tiefe Freundschaft. Außerdem bildeten sie das pfiffigste und erfolgreichste Geschwader am Himmel. Zusammen vollbrachten sie wahre Wunder. Nach der Kriegsflotte des Statthalters galten sie als die bedrohlichste Kraft in den Lüften. Vor ein paar Jahren jedoch kam es bei den Purpurfelsen zum Krieg zwischen Menschen und Margudiern. Nord flog als Erster der drei dorthin, Wu und Alissa folgten ihm kurze Zeit später nach.«

»Angeblich gab es dort ein echtes Gemetzel«, mischte sich nun Ruhy ein. »Das nur die *Donner* überlebt hat. Die Schiffe von Wu und Alissa gingen mit Mann und Maus unter.«

»Dieses Unglück hat die Schildkröteninsel natürlich schwer getroffen. Viele Flieger hatten die beiden in ihr Herz geschlossen«, sagte Giulia. »Nord war danach nicht mehr derselbe. Die nächsten Jahre hat er die Insel nicht betreten, sein Schiff war nur noch in nördlichen Landen unterwegs. Und auch jetzt verwöhnt er die Pfauenkette nicht gerade mit seiner Anwesenheit.«

»Die Gnome dürften Wu allerdings keine Träne nachgeweint haben«, bemerkte Glaufor. »Der Ork steckte ihnen wie eine Gräte im Hals, weil er mit diesen verrückten bärtigen Aufschneidern nie viel Federlesens gemacht hat!«

»Du hast die Gnome wohl auch nicht gerade in dein Herz geschlossen?«, fragte ich den Zwerg.

»Wer hat das schon? Nein, die Gnome mag niemand. Und das Gleiche gilt für euch lichte Elfen. Ihr seid nämlich keinen Deut besser. Was im Übrigen auch für die Orks zutrifft. Nicht zu vergessen die Kobolde und Leprechauns. Und über die Halblinge, Oger und Menschen wollen wir an dieser Stelle lieber großzügig hinweggehen.«

»Du bist ein Rassist!«, antwortete ich unter schallendem Gelächter.

»Ich bin ein vom Leben geprüfter Zwerg, der seinen Buckel diesem wie jenem Gesindel verdankt. Aber die Gnome sind vermutlich die schlimmsten aus dem ganzen Misthaufen. Das solltest du doch wohl am besten wissen, Elf! Seid ihr nicht lange genug verfeindet?! Wie lange dauert das jetzt schon an? Siebenhundert Jahre? Das ist doppelt so lange wie eure Feindschaft mit den Orks. Und wie viel Leid es in all der Zeit gegeben hat! Fast hundert Kriege und Tausende von Leichen auf beiden Seiten! Trotzdem bekämpft ihr euch noch immer.«

»Das stimmt nicht. Wir haben Waffenstillstand geschlossen.«

»Solche Kleinigkeiten vergessen die Gnome gern, wie du selbst ganz genau weißt. Oder willst du etwa behaupten, sie greifen nicht nach einer Pistole oder einer Axt, wenn sie eine Elfenfratze sehen?!«

»O ja, das will ich behaupten. Es sind unangenehme Zeitgenossen, das bestreite ich nicht, aber für gewöhnlich lassen sie sich nicht ohne Grund auf eine Auseinandersetzung ein.«

»Da braucht man nur an Lazaworha zu denken, wo sie ja *nicht ohne Grund* einen deiner Artgenossen ermordet haben«, höhnte Giulia, die gerade das Fernrohr wegsteckte. »Habt ihr daraufhin nicht ziemlich in Westheim gewütet?«

»Sie haben einen meiner dunklen Brüder umgebracht, woraufhin diese mehrere Ausflüge ins Gebiet der Gnome unternommen haben. Das ja. Dabei wurden ein Dutzend Schlachtschiffe und drei Kampfgeschwader vernichtet. Dann hielten diese Bartwichte es für geboten, sich zu entschuldigen und freizukaufen. Die grundsätzlichen Missverständnisse mit den Gnomen sind aber schon lange bereinigt. Wenn heute nicht offiziell Krieg herrscht, rühren wir einander nicht an. Eben damit es nicht offiziell zum Krieg kommt. Wenn du mich fragst, ist das ein ausgesprochen kluger Zug von uns allen.«

Giulia schüttelte bloß grinsend den Kopf.

Irgendwann tauchte unter uns eine Reihe von Inseln auf. Mitten im türkisblauen Meer lagen da diese grünen Tupfer mit ihrer blendend weißen Sandbordüre. Im Wasser machte ich außerdem Korallenriffe aus, gegen die wie irrsinnig Wellen schlugen.

Dreipfot, der spüren musste, dass er bald wieder an Land umherspringen durfte, hüpfte wie toll über die Schiffsplanken und ließ in seiner Aufregung sogar das Mittagessen ausfallen. Unablässig spähte er in die Tiefe, auf die unter uns vorbeiziehenden Inseln und Inselchen, und fragte sich wohl, welche von ihnen uns aufnehmen würde. Doch noch erschienen und verschwanden diese Eilande, denn die Pfauenkette dehnte sich über fast neunhundert Meilen aus.

»Sie teilen etwas mit!«, schrie Glaufor, der eine Kette von Signalfeuern an Bord der *Donner* ausgemacht hatte. »Sie verabschieden sich und wünschen uns noch viel Glück.«

»Sag ihnen Dank für die Begleitung. Lass, geh etwas nach links! Wir haben es geschafft, hier wird uns niemand mehr behelligen.«

Die *Donner* drehte ab und gewann an Höhe. Die beiden anderen *Hammer der Tiefe* folgten ihr augenblicklich. Schon bald war keines der Schiffe mehr am Horizont zu erkennen …

Ansonsten konnten wir uns allerdings nicht über einen Mangel an Aeroplanen beklagen.

»Die Schildkröteninsel scheint sich ja einiger Beliebtheit zu erfreuen«, bemerkte ich.

»Ohne Frage«, antwortete Giulia. »Außerdem ist diese Route besonders sicher und wird daher am meisten genutzt.«

»Und hier werden wirklich keine Schiffe angegriffen?«

»Doch, schon, aber ausgesprochen selten. Weißt du, die Piraten bekommen nach jedem Überfall Schwierigkeiten mit der Patrouille – und die ist wie Nord: Sie macht mit diesem Pack nicht viel Federlesens. Deshalb verzichten die meisten klugerweise auf irgendwelche Sperenzchen.«

»Trotzdem gibt es auf der Pfauenkette noch genug Banden«, widersprach Glaufor. »Denk nur an die des Schwarzen Agg, die vom Einäugigen Ufin, die Rotbärte, die Wilden Eber … alle kannst du gar nicht aufzählen. Einige von ihnen haben ganze Staffeln von Aeroplanen. Oder große Luftschiffe. Sie haben das Gebiet unter sich aufgeteilt, und für kleine Kaufleute wie uns ist es besser, nicht mit ihnen zusammenzustoßen.«

»Warum unternehmen die Vereinten Inseln nichts gegen dieses Geschmeiß?«

»Weil da die große Politik ein Wörtchen mitzureden hat, Elf«, sagte Glaufor kichernd. »Die Banden überfallen nämlich nur Schiffe aus anderen Gebieten, vor allem wenn sie vom Kontinent kommen und reich beladen sind. Und ein Teil der Beute landet eben in den Krallen der Beamten der Vereinten Inseln, dafür verzichten diese im Gegenzug darauf, der Bande Schwierigkeiten zu machen.«

»Die Banden greifen wirklich niemals Schiffe der Vereinten Inseln an«, betonte Ruhy. »Aber was fremde Länder angeht … warum sollten sie auf die Rücksicht nehmen?!«

»Hinzu kommt, dass einige Piraten sogar eigene Inseln haben. Falls du nicht gerade Kapitän Nord bist, solltest du es dir besser zweimal überlegen, in die Nähe dieser Räubereilande zu fliegen. Das könnte dich nämlich glatt deinen Kopf kosten. Du musst wissen, dass diese Kerle draufgängerischer sind als die Truppen vom Statthalter. Ein ganzes Atoll haben sie bereits in ihre Gewalt gebracht, indem sie zahllose Luftschiffe ausgeraubt haben.«

»Muss ja wirklich lustig zugehen auf den Vereinten Inseln.«

»Ach was, eigentlich ist alles viel ruhiger, als es klingt«, wiegelte Giulia ab, die eine Einheit von Aeroplanen im Auge behielt. Sie erinnerten ein wenig an *Betörerinnen* und flogen über uns hinweg. »Selbst die großen Banden verzichten nämlich lieber darauf, sich mit der Patrouille anzulegen, von der Armee ganz zu schweigen.«

»Allerdings wissen diese Dreckskerle in der Regel, wo Kriegsaeroplane ihre Kreise ziehen und meiden diese Gegenden dann«, spie Glaufor aus. »Aber ich räume durchaus ein, dass es heute viel ruhiger ist als früher. Damals konnte man nur mit sicherem Schutz zum Himmel aufsteigen, andernfalls wäre man in Stücke gerissen worden. Daher sind die Vereinten Inseln eine feine Sache. Erst sie haben aus diesem Tollhaus ein solides Heim gemacht.«

»Und dass die Gesetzeshüter bestechlich sind ...«, bemerkte Giulia seufzend. »Wo wäre das nicht der Fall?«

»Aber hier gilt eindeutig die Losung: Wer zahlt, hat das Recht auf seiner Seite. Und hast du kein Geld, verstoße besser nicht gegen das Gesetz«, polterte Glaufor unbeirrt, während er einen sehnsüchtigen Blick auf die leere Kaffeekanne warf. »Aber ... da wären ja auch schon unsere Herren Gesetzeshüter.«

Fünf schwarze *Rüpel* mit spitzem Bug tauchten auf. Diese schweren Aeroplane der Menschen hatten sehr spitze Flügel und eine Art Schwalbenschwanz. Während des Flugs verbargen sich die Räder im Bauch. Als die Vögel an uns vorbeischossen, hörten wir das tiefe, unangenehme Heulen ihrer Dämonen.

Außerdem sah ich, dass bei einem der Aeroplane die Panzerung beschädigt war. In ihr klafften riesige Löcher. Einzig die Meisterschaft des Fliegers hielt diese Libelle noch in der Luft.

»*Rüpel*«, stieß ich aus. »Das erklärt, warum die Patrouille die stärkste Kraft am Himmel ist. Es sind einfach hervorragende Aeroplane.«

»Vielleicht sogar bessere als eure *Silberquellen*?«, stichelte Glaufor.

»Sie sind etwas langsamer, das ist aber auch alles. In dieser Gegend dürfte man jedoch lange suchen, ehe man ihresgleichen findet.«

»Das stimmt.«

»Land in Sicht!«, schrie Ruhy da.

Giulia spähte mit zusammengekniffenen Augen zum Horizont, an dem sich jetzt eine felsige Insel abzeichnete.

»Flieg die Insel von Osten an«, bat sie mich dann. »Im Norden ist das Ufer zu rau, außerdem gibt es dort Berge.«

»Aye, aye, Kapitänin. Glauforhefnikhschnitz, sei so gut, berechne den Kurs für die Landung neu und speise ihn mir in die magische Kugel ein. Ich kenne die hiesigen Landestrifen ja nicht.«

»Wo soll er landen?«, wollte der Zwerg von Giulia wissen.

»Bei Tull in Nest«, antwortete sie nach kurzer Überlegung.

Wir krochen so langsam dahin, dass ich mich ausgiebig umsehen konnte. Die Schildkröteninsel war inzwischen alles andere als ein kleiner Punkt im Meer. Das riesige, gebirgige Eiland war mit giftgrünen Wäldern überzogen und auf seine Art sogar schön. Glitzernde Wasserfälle schossen an rosafarbenen Felsen hinab. An den Ufern wuchsen mächtige Bäume mit schirmartigen Kronen. Weiße Streifen schäumender Wellen brandeten an den nicht minder weißen Strand.

»Wie viele Städte gibt's doch noch gleich auf dieser Insel?«, fragte ich Giulia.

»Sechs. Wir steuern die Hauptstadt an, St. Vincent. Die anderen fünf ziehen sich entlang des Ufers von einem Ende der Insel zum anderen. Meinst du, du kriegst unseren Vogel gelandet?«

Ich blickte auf die magische Kugel.

»Ganz bestimmt«, antwortete ich im Brustton der Überzeugung. »So was mache ich im Schlaf.«

Giulia nickte zufrieden. Ich drosselte die Geschwindigkeit noch weiter und bewegte mich über der breiten Bucht auf die große Stadt zu, die am Ufer lag und förmlich in eine zwischen grünen Bergen liegende Schlucht hineinkroch.

Die Piers in Nest drängten sich am Fuß eines hohen Bergs. Letzterer bot einen hervorragenden Orientierungspunkt. Seinen Gipfel überspannte eine gläserne Kuppel. Auf dieser schlugen Feyer unablässig mit ihren Flügeln, um Licht zu spenden. Die Piers selbst warteten mit Hebevorrichtungen zum Be- und Entladen sowie Signalmasten für nächtliche Landungen auf.

Kaum ein Platz war besetzt, sodass man uns auf Giulias Signal hin umgehend eine Anlegestelle zuwies.

»Wir sollen zum vierten Pier, Lass«, teilte sie mir mit.

Daraufhin brachte ich das Schiff langsam an der genannten Stelle runter, dabei strikt auf Ruhys Befehle achtend, der sich weit über die Reling beugte und den Abstand im Auge behielt.

Als die *Bohnenranke* sanft beim Aufsetzen zitterte, berührte ich mit dem Ring der Bändigung die Magischen Siegel. Der Dämon murrte zwar kurz, schlief dann aber brav ein.

Ruhy und Miguel ließen den Laufgang hinunter, den die Anlegemannschaft sicher befestigte. Die beiden verließen die *Bohnenranke* als Erste.

»Da wären wir also«, sagte Glaufor.

Dreipfot schoss an Land, sprang schier verrückt vor Freude wild um Ruhy herum und hätte vor Begeisterung fast gewinselt. Ich teilte seine Freude. Hier dürften wir sicher sein.

Am liebsten hätte ich mir auf der Stelle zumindest das schweißgetränkte Hemd, wenn nicht gar die ganze Kleidung vom Leib gerissen, um dazustehen, wie Mutter Natur mich geschaffen hatte. An eine solche Hitze war ich einfach nicht gewöhnt. Selbst in den schlimmsten Zeiten war es in meiner *Silberquelle* kühler als auf dieser Insel.

Während des Flugs war mir die Hitze gar nicht aufgefallen. Sobald wir jedoch landeten, fanden wir uns in einer Schwüle wieder, die nicht schlechter war als das Dampfbad der Trolle. Nicht einmal der Dame Kyralletha hätte ich gewünscht, unsere kühlen Wälder gegen diese Glut eintauschen zu müssen.

»Ruhy, du bleibst an Bord und bereitest alles für den Zoll vor«, ordnete Giulia an und drückte dem Groll einen Stapel Papiere sowie das Logbuch in die Hand. »Glauforhefnikhschnitz, vergiss die Frachterlaubnis nicht, und du, Miguel, schnapp dir die beiden Körbe. Lass, hilf ihm bitte.«

Ich kam ihrer Bitte nach und nahm einen der schweren Körbe an mich, die mit leuchtend roten Früchten gefüllt waren, die ich nicht kannte.

»He! Aber wagt es ja nicht, einen Fuß in eine Schenke zu setzen!«, schrie der Groll uns hinterher. »Jedenfalls nicht ohne mich!«

Bis auf die Hafenarbeiter und ein paar ausgemergelte Hunde, die mit heraushängender Zunge im Schatten der Palmen lagen, begegnete uns auf unserem Weg niemand. Dreipfot sprang munter um uns herum, seine Kräfte, so schien es, waren unerschöpflich. Die Gluthitze trübte seine Laune nicht im Mindesten.

»Du solltest dir andere Kleidung zulegen«, riet mir Giulia. »Elfenstoffe findest du hier zwar beim besten Willen nicht, aber die Arachnaren sind keine schlechteren Weber und Schneider. Im Leguanviertel lebt eine Familie, der ein kleiner Laden gehört. Sieh dort mal vorbei. Denn deine Sachen sind völlig ungeeignet für die hiesigen Wetterverhältnisse.«

»Da schaue ich bestimmt mal vorbei«, versicherte ich. »Wohin gehen wir jetzt?«

»Wir müssen Gebühren in die Inselkasse zahlen, die *Bohnenranke* registrieren lassen und uns zum Zoll begeben. Die Bürokratie, du verstehst …«

»Ich habe angenommen, die Zöllner kämen aufs Schiff.«

»Normalerweise ist das auch so. Aber mich kennt jede Krabbe auf dieser Insel, sodass ich in den Genuss einer gewissen Vorzugsbehandlung komme. Wenn ich jetzt bei ihnen auftauche und ein paar Papiere ausfülle, geht es nachher auf dem Schiff schneller. Auf diese Weise sparen wir also Zeit.«

»Sie will sagen, *sie* spart Zeit«, schnaubte Glaufor. »Ausfüllen muss die Papiere nämlich *ich*.«

Am Ende der Piers saß vor einem sperrangelweit aufstehenden Tor ein Gesetzeshüter auf einem Hocker und schlummerte, einen Strohhut tief in die Stirn geschoben. Als er unsere Schritte vernahm, schauderte er zusammen und zeigte dann auf eine Hütte mit einem Dach aus Palmenblättern. Giulia trat als Erste ein, wir folgten ihr.

Es gab nur einen einzigen Raum. In ihm standen ein Tisch, zwei Korbstühle und ein wackliger Waffenschrank. Zwei Zöllner schoben Dienst. Sie steckten in zerknitterten, offenen Uniformen mit einem Schildkrötenemblem auf dem Ärmel. Einer von ihnen wedelte sich mit Papieren Luft zu. Er war füllig, hatte Triefaugen und entblößte beim Lächeln unter seinem dichten schwarzen Bart strahlend weiße Zähne. Sein Gefährte, ein hagerer, verhärmt wirkender Bursche, aß gerade gebratenen Fisch, sodass er lediglich kurz zu uns herüberschielte, seine Mahlzeit jedoch nicht unterbrach.

»Guten Tag, Herr Santiago«, begrüßte Giulia den Oberzöllner.

»Herzlich willkommen auf unserer gastfreundlichen Insel, Herrin Vargas. War der Flug angenehm?«

»Von einem kleinen Zusammenstoß mit einer namenlosen Schaluppe nordöstlich von hier abgesehen, schon, danke der Nachfrage.«

»Dass die es immer noch wagen«, stieß Santiago aus und schnalzte mit der Zunge, während er einer Schublade einen Stoß Papiere entnahm. Diese hielt er Glaufor hin, um anschließend Tinte und eine Feder vor ihn zu schieben. »Diese Kerle haben den kleinen Händlern bereits große Schwierigkeiten bereitet. Außerdem haben sie all ihre Leute aus den Kerkern befreit und dabei die Ratten gleich auch noch auf freien Fuß gesetzt. In der letzten Woche haben sie einen Kurier der Insel abgeschossen, sodass mittlerweile eine Belohnung auf ihren Kopf ausgesetzt ist. Die Patrouille hat schon zwei Einheiten ausgeschickt, die sie fassen sollen, bisher aber ohne Erfolg.«

»Wir haben ihr Schiff angeschossen«, sagte ich. »Wenn sich die Patrouille also beeilt, dürfte sie in der Luft leichtes Spiel haben.«

Der Zöllner sah mich zweifelnd an.

»Angeschossen? Womit? Habt Ihr etwas an Bord, das härter ist als der Schädel dieses verehrten Herrn?« Der Dicke wies mit seinem schmutzigen Finger auf Glaufor.

»Wir hatten Glück«, erklärte Giulia lächelnd, »denn wir konnten ihr Ruder untüchtig machen.«

»Wo genau seid Ihr denen begegnet?«, mischte sich nun der andere Zöllner ein, der über diesen Neuigkeiten sogar seinen Fisch vergaß.

»Im Quadrat einhundertzweiundvierzig«, gab Glaufor Auskunft, der mit bewunderungswürdiger Geschwindigkeit Haken an die nötigen Stellen in den Papieren setzte.

»Wir werden die Patrouille davon in Kenntnis setzen«, versicherte der Zöllner und wandte sich wieder seinem Fisch zu.

Auf ein Zeichen Giulias hin stellte Miguel nun den Korb mit Früchten auf den Tisch.

»Ich weiß, dass Ihr Feuerpflaumen liebt, Herr Santiago«, bemerkte Giulia.

»Aber das wäre doch nicht nötig gewesen, Herrin Vargas«, erwiderte der Zöllner grinsend – und der Korb verschwand unterm Tisch. »Dazu ist diese Ware doch viel zu selten und zu kostbar.«

»Ach was, das ist doch nur ein bisschen Obst!«

»Und der Kern ist derselbe wie immer?«, fragte der Dicke mit einem Blick auf meinen Korb.

»Ja.«

»Also dreißig Prozent vom Verdienst ...«

»Diesmal sind es nur zwanzig.«

»Ob das reicht? Schließlich muss ich immer mehr Untergebene schmieren, damit sie schweigen. Ist es nicht so, Frederico?«

»Ganz genau«, bestätigte der andere Zöllner, der gerade den Fischschwanz abnagte und auf den um seine Füße streichenden Dreipfot hinunterlinste.

»Dann einigen wir uns auf fünfundzwanzig. Ist das nicht möglich, war das die letzte Ladung, die wir auf diese Insel bringen. Bei dreißig Prozent kommen wir einfach nicht länger auf unsere Kosten, und das wisst Ihr genau.«

»Also gut, fünfundzwanzig«, lenkte der Dickwanst ein. »Bietet die Ware aber nicht auf dem Markt im Osten an, dort hat die Wache ein allzu scharfes Auge, seit dem Schwiegervater des Statthalters dort ein gefälschtes Bild verkauft worden ist.«

Keine Ahnung, was da Wertvolles in den Früchten versteckt war, aber ich würde meine Nase ganz bestimmt nicht in Dinge stecken, die mich nichts angingen.

Schließlich waren die Papiere ausgefüllt, die Gebühren bezahlt, und der Zöllner hatte die Güte, seine Aufmerksamkeit auf mich zu lenken.

»Dieser Mann gehört zu Euch, Herrin?«, erkundigte er sich bei Giulia mit einem Blick auf mich.

»Er ist mein Steuermann.«

»Ein Elf. Nicht uninteressant ... Euer Volk stattet uns nur selten einen Besuch ab. Den letzten Elfen habe ich vor drei Jahren gesehen, auf einem Luftschiff, das lediglich über uns hinweggeflogen ist. Beabsichtigt Ihr, lange bei uns zu bleiben?«

»Das wird sich finden.«

»Verstehe«, brummte der Zöllner. »Wenn Ihr nicht in der nächsten Woche wieder abfliegt, braucht Ihr ein Papier für den Aufenthalt und die Genehmigung der Behörden für die Einreise.«

»Seit wann das denn?!«, empörte sich Glaufor. »Von einem solchen Gesetz höre ich zum ersten Mal!«

»Da braucht Ihr nur einmal zur Wand zu gehen und die Bestimmung zu lesen!«, fuhr ihn der Dickwanst an und zeigte auf die gegenüberliegende Wand, an der etliche Papiere hingen. »*Für Orks, Elfen und Werwölfe ist eine Aufenthaltserlaubnis nötig.*«

»Und wo bekomme ich die?«, wollte ich wissen.

»Ganz einfach. Ihr schreibt einen Antrag, und den reicht Ihr im Amt für überinsulanische Beziehungen ein. Der Berater des Statthalters benötigt übrigens auch eine Abschrift. Falls die Papiere nicht verloren gehen und das Gesuch bewilligt wird, erhaltet Ihr in zwei bis drei Monaten die Erlaubnis, auf unserer wunderbaren Insel zu weilen.«

»Das ist rassistisch«, zischte Glaufor.

»Das ist das Gesetz, mein Guter.«

»Und was soll er in diesen zwei bis drei Monaten tun?«

»Er kann sich bei den Piers aufhalten, falls er das möchte. Möchtet Ihr das?«

»Nein«, antwortete ich.

»Welche anderen Möglichkeiten gibt es?«, erkundigte sich Giulia in freundlichem Ton.

»Ehrlich gesagt, gar keine. Aber weil wir gute, alte Bekannte sind, Herrin Vargas, und wenn Ihr bereit seid, für Euren Steuermann zu bürgen ...«

»Das bin ich.«

»Dann kann ich die nötigen Papiere binnen weniger Minuten ausstellen. Gegen eine kleine Gebühr, versteht sich.«

Ich wollte schon sagen, dass ich kein Geld bei mir hatte – die Steine im Kragen meiner Jacke musste ich ja erst verkaufen –, doch Giulia lächelte den Zöllner geradezu entzückt an.

»Diese kleine Gebühr entrichten wir doch gern, Herr«, erklärte sie. »Möglicherweise fällt sie für uns sogar noch etwas geringer aus, wo wir doch gute, alte Bekannte sind?«

»Das tut sie«, räumte der Zöllner großherzig ein, »vor allem, da meine Großmutter Elfen wohlgesonnen war. In ihrer Jugend hat sie einmal einen von Euch in unserem Dorf gesehen. Von dem hat sie mir noch auf ihre alten Tagen erzählt. Also, Herrin, sechs Louisdors ...«

Das war eine horrende Summe für ein einziges Stück Papier. Uns allen entglitten die Gesichtszüge, und Glaufor war kurz davor, diesen Kerl zu den Krabben zu wünschen. Deshalb fügte der Zöllner rasch hinzu: »... sechs Louisdors wären offiziell zu entrichten. Für Euch jedoch, aufgrund unserer Bekanntschaft, stelle ich alles für dreieinviertel Louisdors aus.«

»Abgemacht.«

Er holte einen Antrag heraus und begann ihn auszufüllen.

»Danke«, flüsterte ich Giulia zu, »ich werde dir das Geld bei nächster Gelegenheit zurückgeben.«

»Zerbrich dir darüber nicht den Kopf«, entgegnete sie. »Ich ziehe das von deinem Sold ab. Immerhin bist du ja tatsächlich mein Steuermann und hast hervorragende Arbeit geleistet. Außerdem hast du als Mitglied der Mannschaft – wenn auch nur als vorübergehendes – Recht auf einen Anteil an unserem Gewinn.«

Giulia blickte vielsagend auf den Korb, den ich hereingetragen hatte.

»Übrigens, Elf, während Ihr wartet, könnt Ihr Euch schon einmal mit den wichtigsten Gesetzen der Insel vertraut machen«, sagte der Dickwanst und nickte erneut hinüber zu den Papieren an der Wand.

Die wichtigsten Gesetze waren überschaubar. Zwei, um genau zu sein: Man sollte dem Statthalter Respekt zollen und keine Aufstände anzetteln. Weitaus stärker fesselte meine Aufmerksamkeit der Aushang daneben: Bei ihm handelte es sich um eine elend lange Liste von Artefakten, die nicht auf die Insel eingeführt werden durften. Das musste diese Farblose Liste sein, von der Giulia mir bereits berichtet hatte.

»Wenn Ihr etwas davon mit Euch führt, gebt es lieber gleich ab, dann will ich beim ersten Mal noch ein Auge zudrücken.

Denn sobald Ihr diese Linie überschreitest, werde ich ungemütlich, falls ich ein entsprechendes Artefakt bei Euch finde.« Der Dickwanst wies auf einen verblichenen gelben Streifen, der auf den Boden gepinselt worden war. »Die Herrin Giulia bringt Salz auf die Insel und tarnt es ein wenig, um nicht allzu horrende Abgaben dafür zu zahlen. Das stört mich nicht weiter. Aber dunkle Artefakte – da hört der Spaß auf. Das verzeiht kein Zöllner. Auch wenn du ihn noch so sehr schmierst, nicht. Für einen Mord mag es mitunter eine Rechtfertigung geben – für den Schmuggel von diesem dunklen Mist niemals. Falls Ihr mir nicht glaubt, werft nur einen Blick aus dem Fenster.«

Ich folgte der Aufforderung: An Galgen verschmurgelten Tote in der brütenden Sonne.

»Ich habe keine Artefakte dabei«, versicherte ich.

»Dann ist ja alles bestens. Herrin Vargas, wir müssen uns das Schiff ansehen, daran kann ich leider nichts ändern. Die Pflicht will es so.«

»Selbstverständlich. Ruhy wartet bereits auf Euch und wird Euch alles zeigen.«

»Wir kommen am Abend vorbei«, kündigte Frederico an und schob den Teller weg. Danach griff er nach einem merkwürdigen Gegenstand, irgendeiner Art Glaswürfel, um uns durch diesen zu mustern.

»Treffer«, rief er zufrieden aus. »Ein Artefakt am Hals des Elfen.«

»Dann lass uns das mal sehen, Sterngeborener.« Auf dem Gesicht des Dickwanst stand deutlich die Frage geschrieben, die ihn gerade beschäftigte: Wie kann man nur so dämlich sein?

Ich zog die Kette der toten Kamilla, dieser Fliegerin, aus dem Ausschnitt meines Hemds und hielt ihm den Anhänger hin.

»Das ist lediglich ein Schmuckstück.«

»Meine Augen sagen mir da aber etwas anderes«, parierte Frederico und streckte die Hand aus. »Gib mal her!«

Nach kurzem Zögern reichte ich ihm die Kette. Beide Zöllner untersuchten den Anhänger aufmerksam.

»Sichere Anhaltspunkte mache ich keine aus«, brummte der

Dickwanst. »Nur einen schwachen Lichthof. In der Liste ist das Ding jedenfalls nicht aufgeführt. Wirklich merkwürdig ... Und Ihr behauptet, es sei lediglich ein Schmuckstück? Wo habt Ihr es her?«

»Ich habe es in einem Hafen von einem Kupferhändler gekauft«, log ich. »Und ich spüre keine Magie in ihm.«

»Das werden wir gleich genauer wissen. Hol die Kröte!«

Prompt eilte Frederico hinaus.

»Bekommen wir Schwierigkeiten?«, wollte Giulia von mir wissen.

»Keine Ahnung«, antwortete ich ehrlich. »Mir hat niemand gesagt, dass es sich bei dem Anhänger um ein Artefakt handelt.«

»Verbrecher tarnen ihre verbotenen magischen Spielsachen häufig als wertlosen Tand«, erklärte der Dickwanst. Er musste über ein ausgesprochen feines Gehör verfügen. »Aber wir werden gleich wissen, was es damit auf sich hat. Selbst wenn in ihm Magie steckt, dürfte es sich allerdings kaum um ein Kampfartefakt oder ein dunkles Amulett handeln. Daher ist das Äußerste, was Euch droht, eine Geldstrafe.«

Als Frederico zurückkam, hielt er eine mit Blasen übersäte giftgelbe Kröte von der Größe eines gesunden Ferkels in Händen. Kaum sah Dreipfot diese Kreatur, nahm er Reißaus und brachte sich unterm Schrank in Sicherheit.

Frederico pflanzte die Kröte auf den Tisch. Sie stierte mich an, ohne auch nur einmal zu blinzeln, und blähte sich noch stärker auf. Ehrlich gesagt, befürchtete ich schon, sie würde gleich platzen.

»He!«, rief ich aus, als Santiago ihr den Mund aufpresste und den Anhänger auf die Zunge legte.

»Keine Angst, sie wird es nicht schlucken«, versicherte er.

Die nächste Minute geschah irgendwie rein gar nichts. Dieser gelbe Quaker starrte immer noch wie blöd auf einen Punkt, der einzig für ihn von Bedeutung war.

»Worauf warten wir eigentlich?«, fragte ich Frederico.

»Darauf, dass sie ihre Farbe verändert«, antwortete er. Im Übrigen leicht verdrossen. »Anscheinend hat sie aber nicht die

Absicht. Also handelt es sich tatsächlich bloß um ein Kinkerlitzchen. Das Glas muss eine Macke haben.«

Santiago verpasste der Kröte wütend einen Hieb mit der Faust, worauf diese brav das Maul aufriss und aller Welt den Anhänger zur Ansicht darbot.

»Da waren wir wohl etwas voreilig«, brummte er und reichte mir das Schmuckstück.

Ich nahm es an mich und steckte es in die Tasche.

»Der Antrag ist ausgefüllt. Wenn ich nun um das Geld bitten dürfte. Außerdem habe ich noch eine Frage. Wem gehört dieses Tier?«

Er nickte in Dreipfots Richtung, der gerade unter dem Schrank hervorgekrochen kam.

»Mir«, antwortete ich.

»Dann muss ich noch einen viertel Louisdor verlangen. Um die Reinlichkeitsgebühr für Tiere kommt niemand drum herum.«

Giulia presste die Lippen aufeinander, händigte ihm aber noch die fehlende Münze aus. Eifrig setzte er einen Stempel unter meine Aufenthaltserlaubnis, um sie mir dann mit strahlendem Lächeln zu überreichen.

»Herzlich willkommen auf der Schildkröteninsel, Elf!«

6. KAPITEL, *in dem ich mich auf eine Wette einlasse*

Solange die Sonne den Himmel noch nicht vollends erklommen und das Eiland in einen glühenden Gnomenschmiedeofen verwandelt hatte, rekelte sich Dreipfot morgens stets auf dem Fensterbrett und grunzte vor Vergnügen. Da Letzteres in einer schier unglaublichen Lautstärke geschah, war dann auch für mich an Schlaf nicht mehr zu denken.

»Dir auch einen guten Morgen«, murmelte ich heute, als ich mich aus der Hängematte schälte.

Dreipfot schielte daraufhin äußerst beredt zum Schrank hinüber. Wo ich ihm nun schon mal das Leben gerettet hatte, sollte ich seiner Ansicht nach gefälligst auch ordentlich für ihn sorgen und ihn folglich rechtzeitig füttern. Vorzugsweise mit jenem ach so leckeren Kokosgebäck, das im obersten Fach des Schranks wartete. Diese Leckerei vertilgte er mit verblüffender Schnelligkeit. Wie im Übrigen auch Mangos, Papayas, Ananas, Kokosnüsse, Avocados, Krabben, geröstete Bananenscheiben und alles, was er sonst noch zwischen seine spitzen Zähne bekam. Wenn er wollte, konnte er sich in dieser Angelegenheit auch erstaunlich eigenständig zeigen. Schaffte ich es nämlich nicht, ihm zu gegebener Zeit Gebäck hinzustellen, trieb er sein Essen sonst wo auf. So hatte er in der Zeit, da wir nun auf der Insel weilten, ordentlich zugelegt und wog spürbar mehr.

Verschlafen stellte ich ihm eine Schüssel mit gerösteten Kokosscheiben hin. Während es sich mein kleiner Gefährte schmecken ließ, nahm ich in aller Eile etwas Obst zu mir. Nach wie vor bereiteten mir meine begrenzten Geldmittel Sorge. Giulia hatte zwar nicht mit Sold gegeizt, doch ich hatte mich geweigert, die volle Summe anzunehmen, und den Großteil ungeachtet ihrer Einwände für die Ausbesserung der *Bohnenranke* bereitgestellt.

Danach hatte ich mir neue Kleidung kaufen müssen. Das bisschen, was mir dann noch geblieben war, reichte gerade hin, um mein Zimmer und Essen zu bezahlen. In gewisser Weise war das Ganze sogar komisch: Von heute auf morgen war aus einem reichen Elfen ein mitteloser Flüchtling geworden – der allerdings ein paar Hundert Louisdors in Form von Edelsteinen bei sich trug.

Die Steine, die mir der Waffenhändler noch in der Uferstadt gezahlt hatte, fielen hier auf der Insel jedoch unter ein kreuzdämliches Gesetz. Verkaufte ich sie offiziell, musste ich fast achtzig Prozent vom Gewinn abtreten. Versuchte ich, die Steine unter der Hand loszuschlagen, drohten mir eine horrende Geldstrafe und drei Monate Kerker. Da ich dem Statthalter die Louisdors aber nicht in den Rachen werfen wollte, ließ ich mir mit dem Verkauf der Steinchen Zeit.

Und suchte stattdessen fieberhaft nach Arbeit. Verschiedene Orte, an denen Flieger gebraucht wurden, hatte ich bereits aufgesucht. Die Angebote sagten mir jedoch durch die Bank nicht zu: Ich wollte niemanden angreifen, entern oder abschießen.

Die Lage auf der Insel sah nicht rosig aus, darauf hatte Giulia mich allerdings schon vorbereitet, als sie abgeflogen war: »In dieser Gesellschaft gibt es viele zwielichtige Menschen und Nicht-Menschen. Da ist es für einen anständigen Mensch... Elfen schwierig, eine anständige Arbeit zu finden. Deshalb hoffe ich sehr, das du dich nie gegen dein Gewissen entscheiden musst, Lass.«

Da ich jedoch mein ganzes Leben hinter dem Knüppel eines Kampfaeroplans zugebracht hatte, war ich des Krieges müde. Eben deswegen befand ich mich ja auf der Flucht ... Folglich wollte ich diesen Weg auf keinen Fall fortsetzen. Gut, der Begriff *Krieg* traf in diesem Zusammenhang vielleicht nicht ganz zu. Es ging lediglich um höchst fragwürdige Arbeitgeber, die Flieger für höchst fragwürdige Aufträge suchten. Drei Meilen gegen den

Wind war klar, dass diese Flieger Handelsschiffe ausrauben und Aeroplane der Rivalen abschießen sollten. Einem Banditen eins vor den Bug zu setzen, bitte, damit käme ich klar. Aber selbst zum Banditen werden …? Morden und rauben um des Geldes willen – das war nichts für mich.

Ich hätte gern Handelszüge begleitet, Menschen wie Waren an ihr Ziel gebracht. Wahlweise wäre ich auch mit Freuden am Himmel Patrouille geflogen. Doch eine solche Arbeit hatte mir noch niemand angetragen. Deshalb saß ich am Boden fest und hoffte ebenso auf mein Glück wie auf ein entsprechendes Angebot.

Die *Bohnenranke* war zum Westlichen Kontinent aufgebrochen. Mir war der Weg dorthin jedoch versperrt, sodass ich – sah ich einmal von Dreipfot ab – völlig einsam auf der Schildkröteninsel zurückgeblieben war. Giulia und ihre Leute würden erst nach dem Monat der Unwetter wieder auf die Insel kommen, einer Zeit mit viel Regen, in der sich nur Selbstmörder zum Himmel aufschwängen.

Nach dem Frühstück stand mir ein Treffen mit einem weiteren Arbeitgeber bevor.

»Ich gehe jetzt«, sagte ich Dreipfot. »Willst du mitkommen?«

Er hatte es sich unterdessen auf dem Bett gemütlich gemacht. Da er auf meine Frage nur mit den Zähnen klapperte, ging ich von einer abschlägigen Antwort aus.

»Dann könntest du mir wenigstens viel Glück wünschen«, murmelte ich. »Aber gut, wenn nicht, dann nicht. Im Übrigen würde ich es begrüßen, wenn du die Schuhe unserer Nachbarn nicht anrührst.«

Ich hatte ein Zimmer im ersten Stock eines großen Hauses gemietet, in dem die Vertreter der unterschiedlichsten Völker beisammen wohnten, die sonst nicht gerade gut miteinander auskamen. Hier dagegen herrschte eitel Sonnenschein. Niemand ging mit Fäusten oder Gezeter auf den anderen los, ja, nicht mal Trunkenbolde randalierten. Und davon, dass sich jemand ins Zimmer seines Nachbarn schlich, um dort etwas zu stibitzen, konnte selbstverständlich auch keine Rede sein.

Nein, in diesem Haus war es ruhig, ja, geradezu mucksmäuschenstill – denn der Besitzer war ein alter Oger, den alle nur Schiefnase nannten. Falls jemand nicht weiß, wie ein Oger aussieht: Die Burschen sind noch größer als Orks und Grolle, allerdings etwas kleiner als Trolle. Sie haben graue Haut, schwarze Augen, spitze Zähne – und legen bei jeder Auseinandersetzung die Wucht eines Schlachtschiffs an den Tag. Als der Himmel allen Wesen Kraft geschenkt hat, da hat er sie besonders großzügig bedacht. Falls es also irgendjemandem in diesem Haus doch einfallen sollte, über die Stränge zu schlagen, erhob sich Schiefnase bloß aus seinem Korbstuhl – in ihm saß er, um Patiencen zu legen und Rum in sich hineinzukippen –, trug ein finsteres Gesicht zur Schau, bewaffnete sich mit einer Keule und machte sich, mit seinem Holzbein polternd, auf, für Ordnung zu sorgen.

Für gewöhnlich reichte allein das Gepolter mit dem Holzbein aus, damit allenthalben Ruhe und Frieden einkehrten …

Heute hatte Schiefnase seinen Stuhl auf die Veranda hinausgetragen. Den Kopf mit einem Hut geschützt, schlürfte er teuren Rum und genoss den herrlichen Tag.

Als er mich bemerkte, verzog er den Mund zu einem Grinsen, entblößte dabei einige Zahnlücken und winkte mir mit seiner Pranke einen Gruß zu.

»Prachtvolles Wetter heute, was?«, fragte er.

»Wirklich wunderbar«, erwiderte ich und schirmte meine Augen ab, um zu beobachten, wie irgendein Anfänger unbeholfen in Grube, einem weiteren Landeplatz der Insel, runterging. Wenn er seinen Vogel nicht noch einmal hochriss und die Geschwindigkeit nicht drosselte, könnten wir nur noch seine Knochen einsammeln … »Was war denn das gestern Nacht für eine Krakeelerei?«

»Konntest du deswegen nicht schlafen?«, fragte der Oger besorgt und kratzte sich langsam die Nase, die ungemein an eine Eierpflanze erinnerte. »Da haben irgendwelche Dämlacks vor dem Haus Streit angefangen. Als einer meiner Gäste, der Halbling Po, sich wegen des Lärms beschwert hat, haben sie ihm den Mund verboten. Daraufhin habe ich ihnen erklärt, dass sie nicht das Recht haben, einem meiner Gäste irgendwas zu verbieten. In Zukunft werden sie jedenfalls keinen Radau mehr machen. Und du? Hast du schon Arbeit gefunden?«

»Leider nicht.«

»Wenn du doch bereit bist, dich auf ein etwas gewagteres Unternehmen einzulassen, gib mir Bescheid. Dann könnte ich dir was besorgen, bei zuverlässigen Leuten, bei denen du im Grunde eine ruhige Kugel schiebst.«

»Und beim Schieben einer solch ruhigen Kugel«, höhnte ich, »hast du vermutlich auch dein Bein verloren?«

Aus irgendeinem Grund fing er schallend zu lachen an, womit er glattweg einen Esel erschreckte, der einen Karren den Berg hochzog.

»Nein, ganz bestimmt nicht«, erklärte er dann japsend. »Aber mal ehrlich, du als alter Flieger brauchst ein Aeroplan, kein behäbiges Luftschiff. Und sollte dich doch jemand abschießen, geht alles so schnell, dass du gar nicht begreifst, wie dir geschieht. Mit einem abgerissenen Bein wirst du dich danach sicher nicht herumplagen müssen«

»Du verstehst es wirklich, einen aufzumuntern.«

»Nicht wahr?«, sagte er, wobei er schon wieder aus voller Kehle lachte. »Aber glaub mir: Wenn du auf dieser Insel eine anständige Arbeit findest, ist dir meine Hochachtung sicher.«

Er streckte die geballte Faust aus, ich schlug mit meiner dagegen. Diese Geste ersetzte bei den Ogern den Handschlag und muss als durch und durch manierliche Form der Begrüßung gelten, die sich – beispielsweise – krass gegen die der Menschenfresser abhob, die sich gegenseitig eins über den Schädel zogen.

»Viel Glück«, wünschte er mir.

Leider half auch das nicht. Der Arbeitgeber war ein sabbernder Kerl mit unsteten, verschlagenen Augen, der mir unter wildem Gestotter eine »saubere Sache« anbot, für die ich fast fünfhundert Meilen zu einer Insel im Süden der Pfauenkette fliegen sollte. Dafür stellte er mir zwei Louisdors pro Monat und sicheren Schutz gegen Überfälle rivalisierender Banden in Aussicht.

Lächelnd erklärte ich ihm, dass er diese Summe ja wohl nicht ernst meinen könne. Als er daraufhin ansetzte, mir zu erklären, zwei Louisdors seien geradezu königlich, verabschiedete ich mich und ging.

Aus irgendeinem Grund wollte ich in der Schildkröteninsel einfach nicht mein neues Zuhause sehen, sondern gedachte, möglichst schnell zu meinen dunklen Brüdern weiterzuziehen. Allmählich begriff ich aber, dass ich vor dem Monat der Unwetter nicht von diesem Eiland wegkäme. Danach fände sich vielleicht ein Luftschiff, das mich zu den dunklen Elfen brächte. Bis dahin würden jedoch alle Schiffe in den Docks liegen und das schlechte Wetter abwarten.

Außerdem verschärfte dieser Monat meine Geldsorgen: Wenn ich nichts verdiente, könnte ich nicht weiterfliegen – doch Arbeit würde ich in dieser Zeit nicht finden ...

Die Katze biss sich in den Schwanz.

Neben dem Landestreifen, den ich gerade entlanglief, schwebten zwei Feyer, die winzige Harpunen trugen. Die goldlockigen Geschöpfe mit den dreieckigen Gesichtern und den großen unschuldigen Augen darin schlugen unaufhörlich mit ihren durchscheinenden Flügeln, damit diese ausreichend Licht abgaben, sodass sie erkennen konnten, was für ein Tier sich in den Büschen versteckte.

»Braucht ihr Hilfe?«, fragte ich die beiden.

»Das wäre kaum sportlich!«, empörte sich einer der Feyer. »Mit Hilfe fängt man sich sein Essen nicht!«

Das Tier selbst, eine gestreifte Beutelratte, scherte sich indes wenig um die Regeln eines sportlichen Wettkampfs und brachte sich in einem Erdbau in Sicherheit, sodass den beiden Jägern nichts anderes übrig blieb, als unter lautem Geschimpfe weiterzufliegen und nach neuer Beute Ausschau zu halten.

Die ersten Fischer kamen bereits mit ihrem Fang zurück. Sie breiteten prächtige silbrige Thunfische, grellrote Zackenbarsche und grünliche Seeaale am Ufer aus und harrten der Kundschaft.

Als die Mittagszeit heranrückte, begab ich mich in die *Kehrtwende*, eine Schenke im Hafenviertel. Auf dem Dach des Hauses thronte ein altes, längst fluguntüchtiges Aeroplan, genauer eine *Mücke*, die in verschiedenen Blautönen bemalt war.

Sämtliche Flieger liebten diese Einrichtung, die rund um die Uhr geöffnet hatte – und stets gerammelt voll war, selbst tagsüber, wenn andere Schenken unbesucht blieben und mit dem Schicksal haderten, weil sie niemanden vor Einbruch der Dunkelheit anzulocken vermochten.

In die *Kehrtwende* kam man, um ein Gläschen zu trinken, andere Flieger zu treffen, die letzten Neuigkeiten durchzuhecheln und Geschäfte abzuschließen. Anfangs wurde ich noch etwas misstrauisch beäugt, denn Elfen traf man auf der Schildkröteninsel ungefähr so viele, wie man Goldlouisdors auf offener Straße fand. Mit anderen Worten: keine. Nach und nach gewöhnte man sich jedoch an meine Ohren und achtete nicht weiter auf mich.

In der gut besuchten Schenke fiel mir als Erstes ein reichlich außergewöhnliches Gespann auf, ein Leprechaun in Gesellschaft eines Orks. Das feuerrote Haupt- und Backenbarthaar dieses Kauzes war gesträubt wie das einer Katze. Bei der Zusammenstellung seiner Garderobe legte er eine Vorliebe für Farbvielfalt an den Tag, wie ich sie noch nie erlebt hatte: Zu einem grünen Wams trug er einen Zylinder, lilafarbene Kniebundhosen mit gelben Knöpfen, knallrote Strümpfe und Schuhe derselben Farbe, verziert mit Silberschnallen.

Sein Gegenüber, der Ork, war ein echter Muskelberg, auf dessen dunkelgrüner Fratze ein grimmiger Ausdruck lag, der von den aus dem Unterkiefer herausragenden Fangzähnen noch verstärkt wurde. Seine winzigen Äuglein hakten sich kurz an meinem Blick fest, wanderten dann aber gelangweilt weiter.

Vor sehr langer Zeit hätten die Orks beinahe mein ganzes Volk ausgelöscht und den Großen Wald vernichtet. Damals setzten wir unsere letzten Kräfte frei und lehrten sie am Ende tatsächlich Mores. Seitdem herrschte zwischen unseren Völkern – sozusagen – ein brüchiger Frieden. Nur in jüngerer Vergangenheit war es noch einmal zu einem kleinen Grenzkonflikt gekommen, der freilich keinen Monat währte. Verluste brachte er beiden Seiten trotzdem ausreichend.

Ich fand lediglich einen Platz am Tresen, zwischen einem Werwolf und einem friedlich schlummernden Liliputaner. Dieser kleine Kerl war kaum größer als mein Handteller und unrasiert und hatte zottiges, verfilztes Haar. Auch er trug Kniebundhosen, dazu einen roten Überrock. Seine Schuhe hatte er sich anstelle eines Kissens unter den Kopf geschoben. Neben ihm stand ein Becher mit Malzschnaps, für ein derart kleines Geschöpf also geradezu ein Eimer.

Anna, die freundliche Besitzerin der *Kehrtwende*, bereitete gerade aus allerlei Zutaten ein Getränk für eine Frau aus dem Nachtvolk zu. Deren Haut schimmerte golden, die großen Augen glichen leuchtenden Bernsteinen. Als sie meinen neugierigen Blick auffing, lächelte sie, wobei sie ihre nadelscharfen Zähne entblößte. Dann nahm sie Anna ein Glas Milch ab, die mit Schokoladensirup und Rum angereichert worden war.

Da erkannte ich die Fliegerin: Sie hatte in einer *Hammer der Tiefe* gesessen und Giulia zugewinkt, als wir der *Donner* begegnet waren.

»Sei gegrüßt, Lass«, sprach mich Anna an. »Wie stehen die Dinge?«

»Unverändert. Aber ich beklage mich nicht.«

»Eine vernünftige Einstellung. Für dich das Übliche?«

Sie goss mir einen großen Becher Kaffee ein, den wir Elfen nicht weniger schätzten als einen erlesenen Wein. Und der Kaffee dieser Insel war, wie ich zugeben musste, weit besser als der auf dem Kontinent.

Nur sollte es mir heute nicht vergönnt sein, ihn zu genießen. An den Werwolf neben mir, der mich schon die ganze Zeit über finster beäugt hatte, trat ein Mensch heran. Die beiden wechselten ein paar Sätze miteinander, dann wandte sich der Mann an mich.

»Ich habe dich noch nie in der Luft gesehen«, bemerkte er. »Bist du sicher, dass du einen Vogel hochbringst?«

Er hatte ein Pferdegesicht, das durch eine gebrochene Nase und böse funkelnde Augen nicht eben verschönert wurde.

»Musst du schon wieder rumstänkern, Gavez?«, mischte sich Anna ein. »Aber eins solltest du wissen: Wenn du noch eine Schlägerei anfängst, hast du heute zum letzten Mal einen Fuß in die *Kehrtwende* gesetzt!«

»Ich wollte nur sagen«, wandte sich der Kerl Anna zu, »dass etliche auf der Schildkröteninsel glauben, der Elf pudere ihnen das Hirn. Dass er den Ring der Bändigung nur gefunden hat und jetzt trägt, damit alle ihn für einen Flieger halten. Aber niemand weiß, wer er eigentlich ist. Warum ihm also glauben?«

»Weil Schiefnase für ihn gebürgt hat.«

»Schiefnase ist ein Narr, der inzwischen auch sein letztes bisschen Verstand verloren hat. Was bringt der denn noch zustande, außer Kapitän Nord in den Dreck zu ziehen?! Seinen Hintern hat er jedenfalls schon seit hundert Jahren nicht mehr in die Luft erhoben!«

»Sagst du ihm das auch ins Gesicht, du Held?«, wollte ich von diesem Gavez wissen.

»Ach, du versteckst dich wohl gern hinter dem breiten Rücken des Ogers, ja, Elf? Nur ist der leider gerade nicht hier. In dieser Sekunde stehst du ganz allein da!«

»Wen auch immer wir gefragt haben – niemand hat gesehen, was du am Himmel taugst«, stieß der Werwolf ins gleiche Horn wie sein Kumpan. »Und jede Arbeit, die man dir anbietet, lehnst du ab!«

»Was werft ihr mir eigentlich vor?«, fragte ich, während ich gelangweilt an meinem Kaffee nippte.

»Zottel und ich glauben«, antwortete der Mensch, »dass du ebenso wenig ein Flieger bist wie ich eine Hafenhure.«

»Da würde ich an deiner Stelle ganz vorsichtig sein«, mischte sich die Frau aus dem Nachtvolk ein. »Du gäbst nämlich eine wunderbare Hafenhure ab.«

Der Liliputaner, der – wie sich nun zeigte – gar nicht geschlafen hatte, brach in schallendes Gelächter aus.

»Die hat's dir aber gegeben, was, Gavez?«

»Halt die Klappe, du Staubkorn!«, knurrte Gavez. »Ihr Elfen sollt ja angeblich hervorragende Flieger sein. Nur kann man euch auf unserer Insel suchen wie eine Nadel im Heuhaufen. Und findet man doch mal einen, ist der irgendwie im Nu wieder weg.«

Hier und da erhob sich Gelächter.

»Uns alle würde daher brennend interessieren«, fuhr Gavez fort, »was so ein Elf tatsächlich in der Luft zustande bringt. Beweise uns, dass du ein Aeroplan fliegen kannst und nicht als Frachtgut in irgendeinem durchlöcherten Luftschiff auf die Schildkröteninsel gebracht worden bist!«

Auch diese Äußerung traf auf große Begeisterung bei den anderen Gästen, die in lautes Gejohle ausbrachen. Zwar hatte kaum jemand von ihnen etwas gegen mich, doch waren alle auf ein Vergnügen erpicht, das sich ein wenig von dem üblichen Glas Rum unterschied. Es wäre eine Sünde, einen solchen Wunsch nicht zu erfüllen.

»Nur habe ich nicht die geringste Lust, irgendwas zu beweisen, Kumpel«, sagte ich.

»Ach, nicht?«, höhnte dieser Gavez, um dann in den Raum zu rufen: »Alle mal hergehört! Ich bin bereit, mich auf eine Wette einzulassen! Sollte dieser Elf es schaffen, sich in die Lüfte aufzuschwingen und mir eine Minute am Schweif zu bleiben, gebe ich ihm einen aus!«

»Komm schon, Jungchen!«, drängte der Liliputaner. »Lass dich nicht lange bitten!«

»Zeig ihm, was du wert bist!«, verlangte ein anderer Gast.

Ich betrachtete die Gesichter um mich herum. Alle warteten auf meine Entscheidung. Auf diese Wette einzugehen wäre die reinste Kinderei. Ich hatte es nicht nötig, irgendwem irgendwas zu beweisen. Andererseits … andererseits war es eine vortreffliche Gelegenheit, etwaigen Arbeitgebern eine Kostprobe meines Könnens zu liefern.

»Du willst mir einen ausgeben?«, hakte ich nach und sah die Gäste forschend an, die gespannt an meinen Lippen hingen. »Findest du nicht, ein Rum für mich allein ist etwas wenig angesichts der großen Töne, die du spuckst? Sagen wir doch, dass du in dem Fall eine Runde schmeißt. Einverstanden?«

Er wechselte einen Blick mit dem Werwolf, der kaum merklich nickte.
»Einverstanden«, antwortete er.
Worauf die gesamte Schenke ein begeistertes Gegröle anstimmte.

Da sich die Geschichte im Viertel wie ein Lauffeuer verbreitet hatte, durften wir uns etlicher Zuschauer erfreuen. Nicht nur, dass jeder Tagedieb es für seine Pflicht hielt, diesem Humbug beizuwohnen, nein, auch Flieger, Jungen aus der Umgebung, Seeleute von den Schonern, die Wache und einige Burschen in den dunklen Fliegeranzügen der Patrouille hatten sich eingefunden.
Sogar die unvermeidlichen Buchmacher tauchten auf, zwei geschniegelte Herren mit weißen Perücken, grünen Gehröcken mit Silberknöpfen, Strümpfen und Kniebundhosen. Sie nahmen Wetteinsätze an, schrieben mit Kreide Kurse auf eine große Schiefertafel, gaben Bescheinigungen aus und sammelten Louisdors ein. Die Zahl derer, die auf diese Weise ihr Glück versuchen wollten, war beeindruckend. Und freiheraus: Selbst ich hätte gewettet, wenn sich in meiner Tasche auch nur eine Münze gefunden hätte.
Der Liliputaner, der fürchterlich nach Malzschnaps stank, nahm mich gewissermaßen unter seine Fittiche. Nachdem er minutenlang auf mich eingeredet hatte, fragte ich ihn: »Hast du eigentlich auch einen Namen, mein kleiner Freund?«
»Ich verbitte mir jede Anspielung auf meine Größe, Jungchen! Das ist mein wunder Punkt! Im Übrigen heiße ich Bufallon Trigellon der Sechzehnte.«
»Dann fließt in deinen Adern königliches Blut?«
»Das fließt in den Adern von allen Liliputanern!«, erwiderte er lachend. »Falls du verstehst, was ich damit meine. Und falls du es nicht verstehst, soll es mir auch recht sein. Der Sechzehnte bin ich deshalb, weil meine Mutter – möge sie auf Hockergröße heranwachsen – mich als sechzehntes Kind auf die Welt gebracht hat. Also, Jungchen, jetzt lass dir eins gesagt sein: Gavez ist ein

guter Flieger, einer der besten auf unserer schönen Insel. Allerdings stimmt bei ihm im Oberstübchen nicht alles. Deshalb rate ich dir dringend, auf der Hut zu sein.«

»Weshalb hilfst du mir eigentlich?«

»Unterstellst du mir etwa unlautere Beweggründe? Wenn ja, recht hast du, Jungchen, denn ich koch dabei in der Tat mein eigenes Süppchen. Gavez macht mir in der *Kehrtwende* nämlich das Leben schwer, indem er mich nie in Ruhe schlafen lässt. Außerdem haben meine Verwandten viel Geld auf dich gesetzt. Deshalb habe ich beschlossen, dir mit Rat und Tat zur Seite zu stehen. Oh, Tull will seine Rede vom Stapel lassen, höre also ja aufmerksam zu, Jungchen!«

Bei diesem Tull handelte es sich um den Leprechaun in der grellen Kleidung. Offenbar schwang er bei dem Wettfliegen das große Wort.

»Gavez wird als Erster in die Luft steigen, der Elf folgt ihm«, tönte er. »Er muss sich binnen drei Minuten an Gavez' Heckflosse heften und darf sich eine Minute lang nicht abschütteln lassen. Beide haben so zu fliegen, dass wir sie sehen, also über der Bucht und dem Küstenabschnitt der Stadt. Ihr könnt euch sogar bei mir in Nest kostenfrei in die Lüfte erheben. Gibt es jemanden, der dem Elf ein Aeroplan zur Verfügung stellt?«

»Ja, mich!«, meldete sich ein rundlicher Alter mit einem weißen, traurig herabhängenden Bart und buschigen Augenbrauen.

»Das habe ich mir gedacht! Walross ergreift diese günstige Gelegenheit natürlich beim Schopf!«, meinte Bufallon kichernd. »Er hat mit Gavez noch eine alte Rechnung offen. He, Walross! Walross!«

Der Liliputaner fuchtelte mit beiden Armen. Trotz seiner geringen Größe besaß er eine gewaltige Stimme. Doch auch ohne dieses Geschrei stapfte der alte Flieger bereits auf uns zu.

»Komm mit, Lass, ich zeige dir meinen Vogel«, forderte Walross mich auf.

Woher wusste er meinen Namen?

»He! Etwas langsamer!«, schrie Bufallon. »Ich bin nicht so schnell wie ihr!«

Kurzerhand setzte ich ihn mir auf die Schulter. »Aber fall mir nicht runter«, sagte ich.

»Spar dir deine klugen Ratschläge, Jungchen«, brummte er. Als ihm jedoch dämmerte, dass ich ihn auch wieder absetzen konnte, zauberte er ein strahlendes Lächeln auf seine Lippen. »Selbst wenn ich noch so viel getrunken habe – mich wirft nichts zu Boden. Ist es nicht so, Walross?«

Der Alte stieß lediglich ein Schnauben aus.

»Gavez ist ein Widerling«, wandte er sich dann an mich. »Genau wie sein zottliger Kumpan. Aber er ist ein ausgezeichneter Flieger. Ich hoffe, du weißt, worauf du dich einlässt.«

»Was hast du für ein Aeroplan?«, ließ ich seine Frage unbeantwortet.

»Eine *Betörerin* der allerersten Bauart. Ein Zweisitzer.«

»Und womit tritt Gavez an?«

»Mit einer *Mond*.«

Beide Aeroplane wurden von Menschen gebaut, die *Betörerin* konnte dem Vergleich mit einer *Mond* jedoch nicht standhalten, denn in Letzterer saß ein wesentlich stärkerer Dämon, sie glitt gleichmäßiger durch die Luft und war um einiges schneller.

»Keine Sorge, mein Vögelchen ist sehr wendig«, erklärte Walross. Offenbar spiegelten sich meine Zweifel auf meinem Gesicht wider. »Und in geringer Höhe hat die *Mond* ihr rein gar nichts entgegenzusetzen.«

»Vielen Dank für die aufmunternden Worte«, sagte ich, »aber eine Schwalbe kann nun einmal nicht mit einem Falken mithalten, egal wie wendig sie ist. Hat Gavez eine *Mond*, wie sie im Krieg eingesetzt wird? Ein mittleres Aeroplan?«

»Genau. Und ich habe ein leichtes, das für Aufklärungszwecke geeignet ist. Mit ihm habe ich den Himmel schon von Nord nach Süd und von West nach Ost abgeflogen, und es hat mich nicht ein Mal im Stich gelassen. Du solltest dieses Wettfliegen also nicht zu früh verloren geben!«

»Oh, ich habe gewiss nicht die Absicht, es zu verlieren«, erklärte ich. »Was hast du für einen Dämon?«

»Einen alten, dafür aber sehr grimmigen«, mischte sich Bufallon ein.»Und vor einem Monat hat Walross sämtliche Magischen Siegel erneuert.«

»Was du nicht alles weißt«, murmelte der Alte. »Die Fußhebel sind etwas steif, vor allem wenn man nicht daran gewöhnt ist. Aber der Dämon ist brav. Und noch etwas: Wenn du noch nie mit einer *Betörerin* geflogen bist, dann merke dir, dass sie selbst bei sehr geringer Geschwindigkeit keine Sperenzchen macht. Und auf der Erde kannst du mit ihr ohnehin anstellen, was du willst.«

Inzwischen hatten wir Nest erreicht. Zottel hatte bereits die grüne *Mond* aus der Halle geholt. Der Sitz des Fliegers lag unter einer bruchfesten Glashaube, die ihn gegen Wind und Wetter schützte.

»Wir warten nur noch auf dich, Elf«, schrie mir Gavez entgegen.

Walross' *Betörerin* hatte bestimmt schon vierzig, wenn nicht gar fünfzig Jährchen auf den Flügeln. Hier und da blätterte die graugelbe Farbe ab. Allerlei Flicken und Nieten wiesen darauf hin, dass sie in Kämpfen bereits öfter durchlöchert worden war.

»Sie sieht schlechter aus, als sie fliegt«, versicherte Walross und holte einen Tabaksbeutel heraus. »Komm jetzt von dem Elf runter, Bufallon.«

Ich half dem Liliputaner beim Abstieg.

»Lass dich bloß nicht von ihm abhängen, Jungchen«, schärfte er mir ein. »Meine Verwandten hoffen auf ein paar klimpernde Münzen in ihren Taschen.«

Ich stieg ein. Der Sitz für den Flieger lag hinter dem des Steuermanns. Es war wirklich eine der ersten *Betörerinnen*, die hergestellt worden waren. Eine derart kärgliche Ausstattung war mir mein Lebtag noch nicht begegnet. Abgesehen davon, wiesen die Fußhebel, der Knüppel, die magische Kugel, die Verankerung für die schwarzmagische Tafel und das Leder des Sitzes deutliche Abnutzungsspuren auf.

»Nur damit du Bescheid weißt: Die Bienenstöcke sind leer, ich habe gerade kein Geld, sie nachzufüllen.«

»Wann bist du das letzte Mal mit diesem Vögelchen aufgestiegen?«, fragte ich, nachdem ich auf dem harten Sitz Platz genommen und den ledernen Riemen zugeknöpft hatte und mir einen näheren Blick auf alles gönnte.

Im Bauch von Gavez' *Mond* brüllte der Dämon bereits mit stumpfem Ton.

»Vor fünf Tagen«, antwortete Walross. »Da war ich acht Stunden mit der *Betörerin* in der Luft. Glaub mir, Lass, das ist ein zuverlässiger Vogel. Sonst hätte ich ihn dir nicht angeboten.«

»Das ist nicht gelogen, vertraue ihm also ruhig«, mischte sich Bufallon ein, wobei er das ganze Gewicht seiner kleinen Gestalt in seine Stimme legte. »Was freilich nicht bedeutet, dass du nicht eine ordentliche Portion deiner Meisterschaft brauchst!«

Ich fuhr mit der Hand über die magische Kugel, um sie in Betrieb zu setzen, und gab die üblichen Werte ein. Der Dämon ließ sich mit dem Erwachen reichlich Zeit, anscheinend hatten die Siegel nicht sofort auf meinen Ring angesprochen. Schließlich ging jedoch ein leichtes Zittern durch das Aeroplan. Die magische Kugel flackerte, bis sie gleichmäßig leuchtete. Ich legte einige Hebel um und räumte dem Dämon volle Bewegungsfreiheit ein.

»He, Lass!«, rief Walross in dieser Sekunde. »Soll ich dir eine Pistole leihen?«

»Wozu das denn?«

»Damit du dir eine Kugel in den Kopf jagen kannst, falls du meinen Vogel kopfüber in die Erde rammst, das Ganze aber überleben solltest! Was *ich* danach mit dir anstellen würde, wäre wesentlich unangenehmer als ein Kopfschuss!«

O ja, nach solchen Worten hob man doch gern ab.

»Wir wollen doch auf ein etwas besseres Ende hoffen!«, schrie ich zurück und setzte das Aeroplan in Bewegung.

Gavez' *Mond* war bereits abgeflogen, jetzt setzte ich ihr nach. Die *Betörerin* brauchte einen erstaunlich kurzen Anlauf, um sich in die Lüfte zu schwingen. Zunächst blieb ich recht dicht über dem Ufer, an dem sich die Zuschauer zusammendrängten. Über der Bucht steigerte ich die Geschwindigkeit, schraubte mich in einer Spirale höher hinauf in die Luft und nahm die Verfolgung auf. Der Dämon erwies sich in der Tat als ausgesprochen fügsam, sodass der Vogel mühelos zu steuern war. Ein Jauchzen schwoll in meiner Brust an: Endlich war ich wieder am Himmel, endlich flog ich wieder. Womit, das war mir völlig einerlei.

Sobald ich zu Gavez aufschloss, ging er in den Sturzflug, nur um dann jäh die Geschwindigkeit zu drosseln, bis er fast in der Luft stand.

Beinahe wäre ich tatsächlich an ihm vorbeigerauscht. Doch da ich im letzten Augenblick erahnt hatte, was er beabsichtigte, konnte ich ihm einen Strich durch die Rechnung machen. Nun steigerten wir beide die Geschwindigkeit wieder und legten ein paar Achten hin, sehr zum Vergnügen aller Schaulustigen. Gavez hoffte zweifellos darauf, dass die Sonne mich blenden würde, denn ich trug weder einen Helm noch eine Brille. Und sein Plan ging auf. Ich verlor die *Mond* aus den Augen, musste höher gehen und beidrehen, um ihn wieder zu entdecken: Er flog dreihundert Yard unter mir parallel zum Ufer dahin.

Allerdings riss auch Gavez auf der Suche nach mir den Kopf immer wieder herum. Ich nutzte seine Verwirrung, näherte mich ihm auf hundert Yard und gab der Versuchung nach, sein Aeroplan ins Fadenkreuz zu nehmen.

»Peng, peng«, murmelte ich.

Nun ging das Spektakel erst richtig los. Vermutlich hätten uns alle Gnome mit ihren Fahrgeschäften auf Jahrmärkten darum beneidet. Gavez versuchte, mich abzuhängen, ich aber blieb stur an seiner Schwanzflosse kleben. Dieser Mensch war wirklich ein erstklassiger Flieger. In zwanzig Sekunden vollbrachte er alle Wunder, die ein Kriegsflieger auf dem Kasten haben muss, und verlangte mir bei einzelnen Einlagen eine solche Beschleunigung ab, dass mir schwarz vor Augen wurde.

Trotzdem wiederholte ich immer nur dieselben beiden Wörter: »Peng, peng.«

Zu bedauerlich, dass er sie nicht hörte. Wahrscheinlich hätten sie ihn gewaltig aufgebracht.

Seine *Mond* ging erneut in den Sturzflug, den sie erst unmittelbar über dem Wasser beendete. Doch auch damit gelang es ihm nicht, mich zu einer Bruchlandung zu zwingen.

Schließlich war die Minute vorüber. Ich hatte gewonnen. Gavez würde eine Runde schmeißen müssen. Nachdem ich zu ihm aufgeschlossen hatte, flogen wir ein Weilchen nebeneinander, bis er scharf nach oben ging, um mir zu bedeuten, dass er keinen Wert auf meine Gesellschaft legte. Sollte mir recht sein. Seine Freundschaft wollte ich nämlich nicht gewinnen.

Ich flog nach Nest zurück, drosselte die Geschwindigkeit, warf einen flüchtigen Blick auf die magische Kugel und ging tiefer. Am Ufer wartete bereits die Menge auf mich. Mit einem Mal begannen die kleinen Figuren jedoch, in alle Richtungen auseinanderzustieben. Ich schaute nach hinten und sah, dass sich die *Mond* an meinen Schwanz gehängt hatte.

Sofort riss ich den Knüppel nach links. Die *Betörerin* drehte brav ab – und entging gerade noch einem Schwarm Feuerbienen.

Der Bursche hinter mir hatte ganz entschieden nicht die Absicht, mich friedlich landen zu lassen. Immerhin kam mir nun einer der Vorteile der alten *Betörerin* zupass: ihre Wendigkeit.

Ich entwischte Richtung Meer und schlug erst einen Haken nach links, dann nach rechts, um dem Beschuss zu entgehen. Die Bienen brachten das Wasser bereits zum Kochen. Gavez musste in seiner Wut sein letztes bisschen Verstand verloren haben, denn er feuerte blindlings. Da wir inzwischen wieder über der Insel dahinflogen, kriegten die Palmen und sogar einige Häuser in der Nähe ordentlich etwas ab.

»Und was sagst du dazu?«, murmelte ich, als ich dem Dämon das Letzte abverlangte und ihn zwang, das Aeroplan senkrecht in die Höhe zu tragen.

Doch selbst mit diesem Manöver schüttelte ich Gavez nicht ab. Deshalb ging ich prompt wieder in den Sturzflug und hielt auf die Kasernen der Patrouille zu. Mit leeren Bienenstöcken hatte ich einfach keine andere Wahl, erwidern konnte ich das Feuer ja nicht.

Bei diesem verzweifelten Ausbruchsversuch raspelte ich mit dem Bauch des Aeroplans beinahe ein Hausdach ab. Was mir *missglückte*, erledigten kurz darauf Gavez' Bienenwerfer: Sie spalteten das Haus in zwei Hälften, und eine hohe Flamme züngelte auf.

Damit hatte der Spaß ein Ende. Noch länger hier zu kreisen, brächte alle am Boden in Gefahr. Deshalb drehte ich zum Wald und den Bergen ab, wobei ich aus dem Aeroplan herausholte, was der Dämon hergab. Die *Betörerin* beschrieb einen großen Kreis, und ich hoffte, die Patrouille würde nicht mehr allzu lange auf sich warten lassen. So war es denn auch, zum Glück. Als sich unter mir der in Nebel gehüllte Wald abzeichnete, näherten sich von rechts zwei schwarze *Rüpel*.

Die Patrouille erkundigte sich gar nicht erst, was hier eigentlich vor sich ging, geschweige denn, dass sie uns höflich bat zu landen. Nein, Gavez' *Mond* ging schlicht und ergreifend in einer Feuerwolke auf, die rauchenden Überreste krachten im Wald zu Boden.

Ich behielt meinen Kurs stur bei, nur um die Patrouille ja nicht mit etwas gegen mich aufzubringen, das sie als Fluchtversuch verstehen könnte.

Die eine *Rüpel* heulte tief und heftete sich mir an die Schwanzflosse. Das andere Aeroplan flog neben mir einher. Der behelmte Flieger bedeutete mir mit einer Geste, ich möge sofort landen. Ich nickte, steuerte Nest an und setzte den Vogel auf dem Boden ab.

Neben den Hallen für die Aeroplane hatten sich bereits jede Menge Schaulustige eingefunden. Obwohl ich die Geschwindigkeit bei der ersten Bodenberührung noch weiter zurücknahm, tuckerte die *Betörerin* noch hundert Yard weiter, ehe sie vor der johlenden Menge stehen blieb. Erst jetzt machten sich die beiden *Rüpel* wie ein eingespieltes Gespann davon. Dafür eilte jedoch die Wache herbei, Burschen in purpurroten Uniformen. Tull redete bereits auf ihren Leutnant, einen jungen Mann mit einem goldenen Degen am Gürtel, ein.

Ein Teil der Menge begrüßte mich mit freundlichem Gejohle und Beifall. Vermutlich hatten sie ordentlich an meinem Sieg verdient. Bufallon kletterte mit Walross' Hilfe auf einen Flügel und spähte zu mir ins Aeroplan.

»Dem hast du's ordentlich gegeben, Jungchen!«, rief er. »Den Leuten ist fast der Unterkiefer runtergeklappt, als du deine Saltos am Himmel geschlagen hast! Wirklich, dem hast du's gezeigt, Jungchen! Selbst ich bin sprachlos vor Begeisterung! Nur um die Runde tut es mir leid! Die wird Gavez jetzt mit Sicherheit nicht schmeißen.«

»Und mein Mädchen hat nicht eine Schramme davongetragen! Gut gemacht!«, lobte mich Walross, als ich zu ihnen heraussprang. »Du bist wirklich guter Flieger, Elf! Dass der alte Vogel noch so flattern kann!«

»Wenn du die Bienenstöcke geladen hättest, wäre es für alle noch spannender geworden«, bemerkte ich. »Aber die *Betörerin* kann sich wirklich noch sehen lassen. Hab Dank, dass du sie mir überlassen hast.«

»Ich danke dir, dass du mir die Freude gemacht hast, sie zu fliegen«, erwiderte er und klopfte mir auf die Schulter. »Gavez hat mich im Sechsstundenrennen zweimal abgeschossen. Aber nun hat er ja endlich seinen letzten Flug hinter sich! Wegen der Wache brauchst du dir übrigens keine Gedanken zu machen. Tull hat ihnen erklärt, wie die Dinge liegen. Dich wird niemand behelligen.«

Gut, für die Wache war die Geschichte damit vielleicht erledigt – sicher aber nicht für Gavez' Kumpan, diesen Werwolf Zottel. Der warf mir einen hasserfüllten Blick zu. O nein, diese Geschichte war mit Sicherheit noch nicht ausgestanden.

7. KAPITEL, *das, wie bei der Ziffer Sieben nicht anders zu erwarten, ein glückliches ist*

Es war so früher Morgen, dass selbst die Fischer noch auf den Wellen in Sicht waren. Die Feyer in Nest mussten nach wie vor die Flügel schlagen. Die Aeroplane, die in der letzten Stunde zum Himmel aufgestiegen waren, konnte man an den Fingern einer Hand abzählen.

Die Luft roch frisch, das Meer brandete sanft, die rotblütigen Bäume leuchteten weithin und verströmten einen betörenden Duft. Um ihre mächtigen Stämme schossen Kolibris, deren Gefieder trüb wirkte, weil die Sonne sich noch nicht hoch genug erhoben hatte. Dreipfot sprang über den Strand und grub seine Krallen immer wieder in irgendeinen Bau, den die Krabben über Nacht angelegt hatten. Erfolg bei der Jagd war ihm indes keiner beschieden. Deshalb zeigte er sich entzückt, als er neben einer Palme eine herabgefallene Kokosnuss fand, und nagte diese sofort an, wobei er mir einen vorwurfsvollen Blick zuwarf, der wohl besagte: Sieh her, womit ich mich begnügen muss, weil du mir kein ordentliches Frühstück serviert hast.

Ich saß auf einem glatten Stein am Strand und wartete darauf, dass sich die Sonnenstrahlen durch die Decke der majestätischen rosafarbenen Wolken bohrten. Das ging auf der Schildkröteninsel stets mit erstaunlicher Schnelligkeit vor sich. Eine grelle Explosion blendete einen für den Bruchteil einer Sekunde, dann erklomm die Sonne das Himmelsgewölbe, um den östlichen Teil des Eilands, angefangen bei den Gipfeln der Waranenberge bis hin zu den Elendsvierteln an der Küste, in ihr Licht zu tauchen.

Unmittelbar darauf stieg über dem aufgeheizten Wald Dampf

in die Luft, der die Bäume in einen undurchdringlichen Schleier hüllte, sich dann widerwillig mit den Wolken vereinte und nach Schemen abzog, einer großen Insel am anderen Ende der Bucht, wo eine ganze Kolonie von Halblingen lebte.

Eine gepanzerte Barke der Gnome kam nun langsam, ja, geradezu gemütlich aufs Ufer zugeflogen. Mit ihrem Kiel rührte sie fast das Wasser auf, während der Dämon im Bauch des Luftschiffs finster knurrte.

Die Seitenwände zeigten die Farbe geschwärzten Stahls, die Waffentürme drohten jedem, der es wagen sollte, sich dem Schiff zu nähern, mit ihren Geschossen – und der Schiffsname verschlug mir fast die Sprache: *Allerkühnster allerstärkster allersiegreichster Margus von Fragus der Erste und Langbärtige.*

Aber klar! Wer sollte denn sonst auf dieser Barke das Sagen haben, wenn nicht der allerkühnste, allerstärkste und allersiegreichste Margus von Fragus der Erste und Langbärtige? Das sah diesen Gnomen mal wieder ähnlich! Die glaubten allen Ernstes, solch elend lange Wortungetüme würden ein Schiff gegen alles Böse feien, während feindliche Spione ihn sich niemals einzuprägen vermöchten.

Noch vor zweihundert Jahren hatten die Gnome deshalb sogar alle naslang die Namen ihrer Schiffe geändert. Doch statt damit die Spione zu verwirren, geriet am Ende ganz Westheim in Aufruhr, weil die Admiralität zwei Geschwader und einen Handelszug vermisste, dessen Galeonen bis an die Reling mit Gold beladen waren. Allerdings wusste niemand mit Sicherheit, ob und wenn ja, unter welchem Namen diese Schiffe erfasst worden waren. Ja, es kamen sogar Zweifel auf, dass es sie je gegeben hatte.

Notgedrungen änderten die Kümmerlinge danach ihr Gesetz, um Wirrwarr dieser Art zukünftig zu vermeiden. Immerhin spürten sie die Geschwader wieder auf, wenn auch an völlig anderer Stelle als vermutet. Die Galeonen blieben jedoch verschwunden. Es gab Gerüchte, sie seien abgestürzt und in der Kehrseitenwelt gelandet. Meiner Ansicht nach hat aber einfach einer der Gnomenklane sie klammheimlich gekapert. Wie auch immer, dem Admiral, der auf den ständigen Namensänderungen bestanden hatte, weil er – und dafür hatte er es unter den Kümmerlingen zu einer gewissen Berühmtheit gebracht – überall Spione witterte, wurde erst der Bart abgenommen, dann – nach reiflicher Überlegung, versteht sich – auch der Kopf, damit ihm fürderhin keine derart glorreichen Einfälle in selbigen kämen.

Gerade flog die Gnomenbarke an mir vorbei, um bei den Piers zu landen. Ich konnte sie nur blinzelnd beobachten, da in dieser Sekunde die Sonne am Horizont auflohte. Im Nu hatte sie sich jedoch hinter graue Wolken zurückgezogen, den ersten Vorboten kommenden Regens und Sturms.

Bis zum Monat der Unwetter blieben nur noch zwei Tage. Noch kamen durchaus Luftschiffe an, doch sämtliche Preise krochen bereits in die Höhe, wie stets, wenn sich außergewöhnliche Zeiten ankündigen. Mittlerweile kreisten alle Gespräche um jenen bitteren Monat, in dem man nicht fliegen konnte, um die *Donner*, die in die Docks des Statthalters gebracht worden war, um in dieser Zeit dort ausgebessert zu werden, und selbstverständlich um das aufsehenerregende Auftauchen Kapitän Nords beim Herbstball Seiner Durchlaucht.

Aus alldem, was mir bislang zu Ohren gekommen war, reimte ich mir zusammen, dass sich dieser Nord auf der Insel ausgesprochener Beliebtheit erfreute. Er galt als vom Glück gesegneter, reicher Mann und ganz ohne Frage als erfahrener Kapitän, der keine Gefahr scheute. Sicher, es gab auch Stimmen – hauptsächlich von Neidern –, die etwas gegen ihn einzuwenden hatten. Die meisten Menschen und Nicht-Menschen gingen vor Nord jedoch geradezu auf die Knie und verehrten ihn als lebende Legende.

Doch in jedem Fall schien es, als wäre ich der einzige Mann auf der ganzen Schildkröteninsel, dem völlig einerlei war, dass die *Donner* sich ein paar Jahre nicht gezeigt hatte, was in der Schlacht bei den Purpurfelsen geschehen war, wer den Bugspriet des legendären Schiffes zerstört hatte und warum um alles in der Kehrseite Kapitän Nord eine solche Unsumme für eine neue dreiläufige Waffe zahlte. Diese Waffe montierten die Gnome übrigens auch gleich hier in den Docks aufs Achterdeck ... Nein, das Einzige, was mich beschäftigte, waren die kommenden Unwetter – denen ich fast ohne einen Louisdor in der Hinterhand entgegensah. In diesem Monat würde ich erst recht nichts verdienen. Wen auch immer ich gefragt hatte, man hatte mir versichert, in dieser Zeit würde nur in die Lüfte aufsteigen, wer rein gar nichts mehr zu verlieren hatte.

Im kommenden Monat dürfte ich mir also kaum Geld für eine Fahrkarte zu meinen dunklen Verwandten verdienen, denn kein etwaiger Arbeitgeber würde es wagen, seine Fracht in den Stürmen zu verlieren. Deshalb stellte ich mich innerlich langsam auf ein Gespräch mit Schiefnase ein. Der Oger kannte einfach jeden auf dieser Insel, er würde mir jemanden vermitteln können, der sich für jene Steine erwärmte, die mir der Gnom für das Elwergaret gezahlt hatte, und mich nicht bei der Wache anschwärzte.

»Ein anderer Ausweg bleibt uns wohl nicht, oder?«, fragte ich das Schicksal in Gestalt von Dreipfot.

Doch das Schicksal war zu sehr damit beschäftigt, die süße Kokosmilch aus der aufgenagten Nuss aufzulecken und dabei vor Vergnügen zu grunzen und zu ächzen.

»Nehmen wir das als Bestätigung meiner Schlussfolgerungen«, sagte ich und stand auf. Allmählich röstete mich die Sonne selbst durch die Wolkendecke hindurch. »Ich gehe jetzt in die *Kehrtwende*, Dreipfot. Begleitest du mich?«

Ohne sich von seinem Leckerbissen loszureißen, zuckte er nur mit der Hinterpfote, um mir auf diese Weise zu verstehen zu geben, dass ihn derartige Nebensächlichkeiten gerade wenig zu fesseln vermochten.

»Vielleicht hat Anna etwas für dich, das noch leckerer ist.«

Die pfirsichfarbene Kugel drehte mir das verschmierte Gesicht zu, auf dem – das schwöre ich beim Himmel – ein nachdenklicher Ausdruck erschien. Schließlich ließ er von der Kokosnuss ab und sprang an einigen immergrünen Sträuchern entlang, dies freilich mit einer Miene, die keinen Zweifel daran ließ, dass er mir einen sehr großen Gefallen tat.

Die *Kehrtwende* war, wie ich schon sagte, rund um die Uhr

geöffnet. Anna wechselte sich mit einem Mann namens Pallasch ab, einem jungen Burschen mit braun gebranntem Gesicht, zahllosen feinen Zöpfen und einem grün-rot-gelben Fliegerschal um den Hals, den er nie ablegte.

»Guten Morgen«, begrüßte ich ihn.
»Ebenso«, erwiderte er, während er sich eine Zigarette drehte.
»Du hast gestern Abend eine Mordsschlägerei verpasst.«
»Ach ja? Und was war diesmal der Anlass?«
»He, Mann, bis zum Sechsstundenrennen bleibt nur ein Monat, da kochen die Gefühle langsam hoch. Man hat irgendeinem Buchmacher vorgeworfen, falsches Spiel zu spielen – und schon wurden die Fäuste geschwungen. Erst die Wache hat sie wieder zur Vernunft gebracht. Was nimmst du?«
»Einen Kaffee mit Rum.«
»Und deine kleine Kakerlake?« Er nickte zu Dreipfot hinunter, der neben meinen Füßen hockte. Als ich mit der Antwort zögerte, fügte Pallasch hinzu: »Geht auf Kosten des Hauses. Anna hat einen Narren an dem Biest gefressen, deshalb hat sie angeordnet, dass wir ihn durchfüttern.«
»Dann nimmt er das Übliche.«
»Gebäck und Milch, wird serviert. Und du? Bist immer noch knapp bei Kasse, was, Mann? Wundert mich nicht. Dieser Monat ist einfach nicht für Flieger gemacht.«
»Für Schankwirte dagegen umso mehr.«
»Das kannst du laut sagen«, bestätigte er und zündete sich seine Zigarette an. »Alle Mannschaften hocken am Boden fest. Da fließt das Geld in Strömen in unsere Kasse. Glaub mir, in ein paar Tagen findest du bei uns keinen freien Platz mehr. Aber für dich heißt das natürlich, dass du weiterhin Däumchen drehen musst.«

Er holte eine Schale gerösteter, mit Zucker bestreuter Bananenscheiben aus dem Schrank und stellte sie auf den Boden vor Dreipfot hin, um anschließend, offenbar von dem Gedanken an künftige Einnahmen beflügelt, meinen Kaffee in ein Wunder zu verwandeln. Als er mir die dampfende Schale servierte, raunte er: »Vielleicht solltest du mal mit Anna reden. Sie kann dir bestimmt helfen, schließlich zählen auf dieser Insel einzig und allein gute Beziehungen.«

»Mach ich, danke.«

Pallasch wandte sich nun einem anderen Gast zu. Als er danach laut mit dem Geschirr klirrte, schlug Bufallon, der auf dem Tresen schnarchte, ein Auge auf. Kaum sah er mich, fing er an, wild mit den Armen zu fuchteln.

»Alle Achtung, Jungchen!«, brabbelte er.

Er war sturzbetrunken.

»Brauchst du nicht einen Steuermann? Ich wäre hervorragend dafür geeignet.«

»Verwechselst du mich vielleicht mit jemandem?«, fragte ich ihn. »Ich habe ja nicht mal ein Aeroplan.«

»Das lässt sich ändern. Vor allem jetzt, wo alle wissen, was für ein Ausnahmeflieger du bist.« Er hickste laut und hielt sich die kleine Hand vor den Mund. »Oh ... Glaub mir, die ganze Insel spricht von den Pirouetten, die du am Himmel gedreht hast. Walross ist für seine *Betörerin* schon eine Unsumme angeboten worden.«

»Und? Hat er sie verkauft?«

»Bitte?! Das Vögelchen hat eine *Mond* geschlagen! Jetzt schickt Walross sie natürlich ins Sechsstundenrennen. Und nach dir haben sich auch schon etliche Menschen und Nicht-Menschen erkundigt. Dein Duell gegen Gavez ist wirklich das Gespräch des Tages – noch vor dem Monat der Unwetter und den Schmugglern.«

»Was für Schmuggler?«, hakte ich nach.

»Spendierst du mir einen Schluck von deinem Kaffee?«, fragte er, statt zu antworten. »Sonst birst mir gleich der Schädel, als wäre ein Schlachtschiff in ihn reingeknallt.«

»Der ist aber mit Rum.«

»Und genau das brauche ich jetzt, Jungchen.« Der kleine Wicht stellte sich kurz entschlossen auf die Zehenspitzen und spähte in meine Schale. »Durch mich muss ein wahrer Feuerstrom schießen!«

Da er schon wieder hickste, gab ich etwas Kaffee auf einen Teelöffel und legte diesen auf den Tresen.

»Was ist das nun für eine Geschichte mit den Schmugglern?«, wollte ich wissen.

»Wache und Zoll ist es gelungen, zwei Narren festzunehmen. Stell dir vor – die hatten doch tatsächlich Kummerdecken dabei.«

»Diese Tarnumhänge, wie sie Mörder benutzen?«

»Genau die! Mit denen schleichst du dich an wen auch immer an, ohne dass dich irgendein Amulett verrät. Dann, ritsch, ratsch …« Der Liliputaner fuhr sich mit der Hand über die Kehle. »… und das war's. Keine Ahnung, wem die beiden Schmalhirne diese Kummerdecken bringen wollten, aber ich glaube, sie bereuen inzwischen zutiefst, sich auf die Sache eingelassen zu haben. Ich jedenfalls würde ungern mit einem Strick um den Hals am Galgen baumeln. Bleibt die Frage, wem die Wache die beschlagnahmte Ware anbietet.«

»Bitte?!«, fragte ich verständnislos. »Werden die Umhänge denn nicht in Gegenwart von Zeugen vernichtet?«

»Sag mal, bist du von vorgestern, Jungchen?! Wer würde denn deiner Ansicht nach bitte schön fast tausend Louisdors verbrennen?! Der müsste doch krank im Oberstübchen sein! Nein, sie verbrennen irgendwelche Umhänge – aber die Kummerdecken landen auf dem Schwarzmarkt. Der Verkauf bringt ihnen ein hübsches Sümmchen ein, und die Wache hört es nun einmal zu gern, wenn in ihren Taschen die Louisdors klimpern. Genau wie wir alle, im Übrigen. Was glaubst du denn, warum man Schmugglern das Leben auf unserer wundervollen Insel so sauer macht?! Doch nur, weil sie ihr Geld nicht mit den hohen Herren teilen wollen. Das betrübt selbige natürlich ungemein. Und wenn sie betrübt sind, baumelt bald jemand am Galgen. So ist das nun mal, Jungchen.«

»Kannst du auch mal den Mund halten?«, mischte sich Pallasch ein, der sich die Zigarette zwischen die Zähne geklemmt hatte. »Schließlich musst du nicht alle Welt mit deinem Wissen erfreuen!«

»Als ob nicht alle Welt ohnehin davon wüsste!«, ereiferte sich Bufallon.

»Das schon, nur posaunt nicht alle Welt ihr Wissen auch heraus. Die Wände haben nämlich mitunter Ohren«, sagte er, und sein Blick wanderte zu einem Halbling, der ein Glas umklammert hielt.

»Nun übertreib mal nicht«, winkte Bufallon ab. »Das ist mein Vetter, von dem hab ich nichts zu befürchten.«

»Dein Vetter? Aber ihr gehört doch unterschiedlichen Völkern an«, wunderte ich mich, während ich aus den Augenwinkeln heraus beobachtete, wie Dreipfot unter einen der Tische kroch und sich das Fell putzte.

»Was du nicht alles von verwandtschaftlichen Beziehungen verstehst, Jungchen!«

Irgendwie hatte er recht, in dieser Hinsicht war ich absolut unbeleckt. Zu meiner Ehrenrettung sei jedoch gesagt, dass das Volk der Elfen im Allgemeinen und meine Familie im Besonderen gern sämtliche Verwandtschaftsbezeichnungen durcheinanderbrachte.

»Gut, Jungchen, vielen Dank für den Kaffee«, erklärte Bufallon unter herzhaftem Gähnen. »Ich hau mich ein paar Stunden aufs Ohr, bevor hier das allgemeine Tohuwabohu losbricht. Vergiss mich nicht, wenn du eine Arbeit gefunden hast, Jungchen. Ich bin der beste Steuermann in diesem Loch. Ich gehörte sogar schon mal zu einer Mannschaft, die das Sechsstundenrennen gewonnen hat!«

Nach diesen Worten streckte er sich auf dem Tresen aus, deckte sich mit einer Serviette zu und schnarchte los.

»Warum Anna den nicht rausschmeißt!«, bemerkte Pallasch kopfschüttelnd. »Ich versteh das nicht.«

»Der Grund dürfte in beider Vergangenheit zu finden sein«, mischte sich eine Frau ein, die vor wenigen Minuten in die *Kehrtwende* gekommen war. »Im Übrigens ist er tatsächlich ein ganz passabler Steuermann. Zumindest bei Wettflügen. Ansonsten ist er leider zu betrunken, als dass ich ihm mein Leben anvertrauen würde. Deshalb kommt er auch kaum vom Boden weg.«

Als ich genauer hinsah, erkannte ich in ihr die Fliegerin aus Nords Mannschaft wieder, jene Frau aus dem Nachtvolk. Sie hatte sich den Helm unter die Achsel geklemmt, während über ihrer Schulter ein kleiner Rucksack hing, aus dem der Griff einer Klinge herausragte.

»Ich bin übrigens Nahywa«, stellte sie sich vor und streckte mir die kleine Hand entgegen.

Ich ergriff sie vorsichtig.

»Und ich bin Lass«, sagte ich.

»Möchtest du etwas trinken?«, fragte Pallasch sie.

»Besser nicht«, antwortete Nahywa bedauernd. »Das muss warten. In einer Stunde lichten wir nämlich die Anker.«

Ja, zugegeben, damit verblüffte sie uns beide.

»Kapitän Nord bleibt nicht auf der Insel? Er schwingt sich ein paar Tage vor Ausbruch der Stürme in die Lüfte?!«, fragte Pallasch und drückte seine Zigarette am Tresen aus. »Wohin geht die Reise denn?«

»Keine Ahnung«, antwortete sie. »Es ist irgendeine Sache, die keinen Aufschub duldet. Deshalb bin ich gekommen, um mich zu verabschieden.«

»Du musst etwas für Gefahren übrighaben«, brummte Pallasch.

»Es ist Nord, der etwas für Gefahren übrighat«, stellte sie klar. »Ich halte mich lediglich an seine Befehle.« Dann wandte sie sich an mich. »Eigentlich habe ich dich gesucht, Lass. Hier.«

Sie holte aus einer Tasche ihres Fliegeranzugs ein Blatt Papier, das mehrfach zusammengefaltet war.

»Ich weiß, dass du Arbeit suchst. Vielleicht kann er dir weiterhelfen.«

»Danke!«, sagte ich, von dieser Wendung völlig verwirrt.

»Gavez und sein verflohter Kumpan haben viele gegen sich aufgebracht«, erklärte Nahywa. »Vor sehr langer Zeit einmal hat er einen Freund von mir abgeschossen. Du hast dafür gesorgt, dass er niemandem mehr Schwierigkeiten bereitet. Diese Gefälligkeit war ich dir also schuldig. Aber gut, jetzt muss ich los. Viel Glück!«

»Einen klaren Himmel!«, verabschiedete Pallasch sie – ein Wunsch, dem ich mich gerne anschloss.

Sie lächelte uns noch einmal zu, wobei ihre winzigen Katzenzähne kurz aufblitzten, dann verließ sie die Schenke.

»Sag mal«, wandte ich mich an Pallasch, nachdem ich den Zettel gelesen hatte, »was weißt du so über Tull?«

Pallasch sah mich erstaunt an, doch nach einer Weile verzogen sich seine Lippen zu einem Grinsen.

»Ich vergesse immer, dass du neu auf der Insel bist, Mann«, gab er zu. »Tull ist, wie du bereits weißt, der Herr in Nest. Darüber hinaus ist er ein kleiner, gefräßiger Hai, der dir den Kopf abbeißt, wenn du die Spitze deines kleinen Fingers in sein Maul steckst. Ein raffgieriger, aalglatter Kerl ist er!«

»Dann weiß ich ja, mit wem ich es zu tun bekomme.«

»Hat Nahywa dir etwa geraten, dich an Tull zu wenden?«

»Mhm.«

»In dem Fall ...« Er dachte kurz nach. »Also, eigentlich ist das gar kein schlechter Gedanke. Falls du imstande bist zu feilschen. Und auf der Hut zu sein. Sonst verkaufst du ihm nämlich ganz nebenbei deine Seele!«

Nest war neben Grube, Loch und Meeresbrise einer der vier privaten Plätze, auf denen Aeroplane landen und abfliegen konnten. Abgefertigt wurde ausnahmslos jeder, vorausgesetzt, er zahlte.

Die beiden Bahnen in Nest gingen einmal Richtung offenes Meer, einmal – und dieser Streifen stellte höhere Ansprüche an den Flieger – in Richtung der Waranenberge. Der legendäre Hügel von Nest war völlig ausgehöhlt, sodass in ihm Stellplätze für Aeroplane, Werkstätten, Lager und dergleichen mehr Platz fanden. Tull thronte in der Glaskuppel oben auf dem Hügel, wo er sämtliches Geschehen in der Luft im Blick hatte.

Der Leprechaun hatte mit Nest kein schlechtes Geld gescheffelt: Sein sprichwörtlicher Topf quoll bereits von Louisdors über, der Regenbogen über ihm strahlte mit voller Kraft.

Durch eine Allee mit hohen, kunstvoll beschnittenen Palmen, deren Vanilleduft mir die heiße Luft entgegentrug, lief ich auf Nest zu. Der Eingang wurde von zwei Halborks bewacht.

»Das ist Privatgelände, Spitzohr!«, herrschte mich einer der beiden an. »Und ich kann mich nicht erinnern, dass du zu unsern Fliegern gehörst.«

»Ich will zu Tull«, sagte ich und hielt ihm den Zettel hin.

»Was soll ich mit dem Wisch?!«, blaffte er erneut. »Als ob ich lesen könnte!«

»Lass ihn durch«, mischte sich jetzt der andere ein. »Soll Tull entscheiden, wie weiter.«

»Weiter? Weiter wird er uns als Erstes entlassen«, knurrte der andere. Trotzdem trat er zur Seite und ließ mich durch.

Die eine Bahn für Aeroplane endete genau vor dem Hügel. Als ich in diesen hineinspähte, sah ich, wie gerade zwei riesige Ladeflächen von gewaltigen Schwung- und Zahnrädern in Bewegung gesetzt wurden. Diese wurden ihrerseits mit Dampf angetrieben, der durch Rohre aus der Tiefe hochgepumpt wurde. Arbeiter entluden beide Aeroplane und schickten sie anschließend in die unterirdische Aufbewahrungshalle, um hier oben Platz zu sparen.

Die Wände wurden von Stahlrippen verstärkt, die Decke von Säulen getragen. All das wirkte ausgesprochen durchdacht und solide. Vermutlich hatte Tull Gnome mit dieser Arbeit beauftragt. Diese Kümmerlinge richten dir ja selbst unter der kleinsten Anhöhe einen unterirdischen Palast ein.

In einem Holzverschlag hockten vier Lathimeren. Die geschuppten, kulleräugigen Wesen mit den langen Hälsen besaßen einfach widerliche, durchdringende Stimmen. Da sie jedoch völlig zahm waren, setzte man sie ein, damit sie notfalls Alarm schlugen.

Als ich am Käfig vorbeilief, steckte ein Lathimer die Schnauze zwischen den Stäben hindurch und stieß einen markerschütternden Laut aus, mit dem er Dreipfot derart erschreckte, dass dieser unter ein Aeroplan huschte. An diesem hantierten zwei Gnome herum. Sie beseitigten verreckte Feuerbienen, die unter der Panzerung klebten, wobei sie lautstark darüber fluchten, dass irgendein Mistkerl verdammt viele dieser Insekten in den Vogel gejagt hatte.

Eine Eisentreppe, die sich als Spirale nach oben wand, führte zur Glaskuppel hinauf. Dort war im matten Licht von Glühwürmchen eine Metallrampe zu erkennen. Dreipfot sprang wieder zu mir und eilte bereits die Stufen hoch, ich folgte ihm.

Oben angelangt, atmete ich erst einmal tief durch, bevor ich an die Tür klopfte.

»Ich kaufe nichts!«, klang es mir in zänkischem Ton von drinnen entgegen. »Freie Plätze für Aeroplane gibt es auch keine. Oder höchstens für zehn Louisdors im Monat!«

Trotzdem trat ich ein. Kurz musste ich wegen des grellen Lichts die Augen zusammenkneifen: Der Raum wurde von Sonnenstrahlen durchflutet. Kühlreben verhinderten, dass sich das Glas überhitzte und die Luft sich in Drachenflammen verwandelte. Begeistert schaute ich hinaus. Die Aussicht auf die Meeresbucht und die Landestreifen hätte herrlicher nicht sein können.

An einer der durchsichtigen Längswände zog sich ein gläserner Tresen mit zahllosen Schnapsflaschen hin. In der Mitte des Raums stand auf einem schweren Bronzegestell eine schwarzmagische Tafel von der Größe eines Wandspiegels. Sie gab Auskunft über das Wetter und Aeroplane im Anflug. Unter der Decke pulste sanft eine magische Kugel. Der Tür gegenüber – und von dieser durch einen unglaublichen Abstand getrennt – prunkte ein massiver Tisch. Hinter diesem saß Tull.

Er lümmelte sich in einem Sessel, die Beine auf die Tischplatte gelegt. Die Silberschnallen an seinen auf Hochglanz polierten Schuhen blitzten im Sonnenlicht. Die leuchtend türkisblauen Strümpfe, das giftgelbe Hemd, die himbeerrote Weste und die Hosen von gleicher Farbe sowie der giftgrüne Zylinder trieben mir förmlich die Tränen in die Augen.

Der Herr und Gebieter von Nest überprüfte etwas auf einem Rechenbrett aus Elfenbein, und sein Blick huschte über mich hinweg – fraglos hätte er mich am liebsten hochkant hinausgeworfen –, kehrte dann jedoch zurück. Sobald er mich erkannte, brachte er ein strahlendes Lächeln zustande.

»Ah, der Elf«, sagte er. »Nahywa hat mir gesagt, dass du Arbeit suchst. Ich hätte dir ein Angebot zu machen.«

In diesem Augenblick ging die Tür auf, und ein Ork trat ein. Auch ihn hatte ich schon einmal gesehen. Da hatte er zusammen mit Tull in der *Kehrtwende* gesessen, an dem Tag, als ich mich auf den Wettflug mit Gavez eingelassen hatte. Der Kerl durfte als Musterexemplar seines Volkes gelten, soll heißen, er war massiv, einen Kopf größer als ich, muskulös, grünhäutig, hatte böse rote Äuglein, dafür aber gar nicht so kleine Fangzähne und trug schwere Goldringe in den Ohren. Er nickte mir kurz zu.

»Ich bin doch nicht zu spät, oder?«, fragte er Tull.

»Du kommst gerade rechtzeitig«, erwiderte dieser. »Lass, gieß dir ein, was immer du willst. He!«, fuhr er den Ork an. »Bist du Lass?! Das Angebot galt ausschließlich für ihn.«

Der Ork hatte zu einer Flasche Schnaps gegriffen.

»Tull«, knurrte er, »wenn du willst, dass wir eine normale Geschäftsbeziehung aufbauen, dann solltest du bei solchen Kleinigkeiten nicht knausern.«

Tull schüttelte daraufhin jedoch bloß den Kopf.

»Setzt euch!«, verlangte er dann.

Dreipfot drückte sich mit gierigem Blick an der Tür herum, neben der kleine Schuhe mit Diamantspangen standen. Ihm lief bereits Sabber aus dem Mund, und er klapperte lustvoll mit den Kiefern.

»Du solltest dein Tierchen im Zaum halten«, sagte der Leprechaun. »Die Schuhe kosten mehr als sein erbärmliches Leben.«

»Dreipfot, wag es ja nicht, dich an den Schuhen zu vergreifen«, warnte ich meinen Gefährten.

Er zeigte sich sogar brav und kroch unter den Hocker, auf dem der Ork saß. Dieser zuckte nicht mal mit der Wimper.

»Kommen wir also zum Geschäftlichen«, brachte Tull mit einem schweren Seufzer heraus, während er zu einem der Landestreifen hinausspähte, dem sich gerade eine grellrote *Nashorn* näherte. »Unsere prachtvolle Insel muss in letzter Zeit einige Schwierigkeiten bei der Zustellung von Briefen beklagen. Genauer gesagt, von Eilpost, die den Empfänger zu einer bestimmten Zeit erreichen soll. Seit zwei Monaten versucht man in den verschiedenen Ämtern, den Haushalt abzustimmen. Vergeblich.

Die einen sind bereit, den Lohn für die Kuriere zu bewilligen, aber nicht die Gebühren für die Benutzung der Bahnen zum An- und Abflug. Die anderen wiederum wollen der Gilde der Briefzusteller die Louisdors nicht in den Rachen werfen, seit diese die Gebühren für die Zustellung diplomatischen Schriftverkehrs erhöht hat. Kurz und gut, seit zwei Monaten werden überhaupt keine Briefe mehr befördert. Selbst meine Enkelkinder warten schon seit über einer Woche auf eine Karte von mir. Da ich jedoch einige Bekannte in den Ämtern habe, bin ich mit dem Vorschlag an sie herangetreten, einen privaten Kurierdienst aufzubauen. Mittlerweile sind sogar fast alle Papiere ausgefüllt. Offiziell wird dieser Dienst dem Amt für Briefwesen unterstehen. Die Mitarbeiter, darunter also auch ich …« Tull kicherte. »… gelten als Dienstpflichtige der Insel. Das bringt gewisse Privilegien mit sich.«

»Offiziell unterstehen die Kuriere also dem Amt für Briefwesen«, wiederholte ich. »Und tatsächlich?«

»Eine gute Frage, Elf. Letzten Endes wohl mir. Von der Schildkröteninsel erhalten sie die Embleme für ihre Fliegeranzüge und ein Aeroplan zur kostenfreien Miete. Das Gehalt zahle jedoch ich ihnen, die Aufträge erteile ebenfalls ich.«

»Bislang hört sich das ja alles sehr einfach an«, bemerkte ich.

»Eine Nachfrage«, mischte sich der Ork ein. »Was hast du davon, Tull?«

»Wie ich bereits sagte, schmeckt es mir nicht, dass gegenwärtig keine Briefe zugestellt werden. Deshalb würde ich dem Statthalter gern diese Sorge abnehmen, solange die Ämter noch über Gelder streiten und sich mit der Gilde ins Benehmen zu setzen versuchen. Das täte ich selbstverständlich unentgeltlich. Zumindest fast unentgeltlich«, schob er grinsend hinterher. »Sollte ich wirklich dafür sorgen, dass wichtige offizielle Depeschen nicht in den Regalen Schimmel ansetzen, würden mir gewisse Privilegien bei Abgabeleistungen eingeräumt. Ferner würde man mich nicht mit überflüssigen Buchprüfungen und Revisionen quälen. Das Ganze würde sich für mich also rechnen, selbst wenn ich den Kurieren Lohn zahlen muss.«

Er sah erst mich, dann den Ork eingehend an.

»Diese Arbeit würde ich gern euch anbieten. Bedenkt, dass ihr keine schlichten Briefzusteller wäret. Ihr sollt nicht langsam wie ein Goblin, der zu viele Bananen in sich hineingestopft hat, durch die Luft zuckeln. Nein, meine Kuriere wären die Vorhut aller Zusteller, der Schnelle Blitz, ausschließlich für diplomatischen Schriftverkehr zuständig.«

Tull hielt kurz inne, um Dreipfot zu beobachten, der gerade versuchte, ein Bein des Tresens anzunagen. Offenbar schmeckte es ihm jedoch nicht, sodass er unter den Hocker des Orks zurückkroch. Der Leprechaun verdrehte kurz die Augen, fuhr dann aber mit seinen Ausführungen fort. In seiner Stimme schwangen nun deutliche Töne der Verärgerung mit, dass wir uns bisher immer noch nicht zu seinen Worten geäußert hatten und nur mit steinernen Mienen dasaßen.

»Ihr erhaltet ein festes Gehalt«, zählte er auf. »Jeden Monat, das bitte ich zu würdigen. Ihr bräuchtet euch weder mit dem Zoll noch mit der Patrouille herumzuschlagen, vorausgesetzt, ihr verstoßt nicht gegen irgendwelche Gesetze. Als offizielle Kuriere der Insel hättet ihr zudem das Recht, Verteidigungsartefakte aus der Farblosen Liste bei euch zu tragen, wenn auch nur solche der untersten Kategorie.«

»Stimmt schon«, bemerkte der Ork nun, »all das ist nicht zu verachten.«

»Dann nenne uns doch jetzt einmal die Nachteile«, verlangte ich von Tull.

»Ich bin Arbeitgeber«, giftete er. »Da sollte ich die Arbeit vor zukünftigen Mitarbeitern ja wohl loben, nicht herabsetzen!«

»Was, wenn zu viel Arbeit anfällt«, gab der Ork zu bedenken. »Ich habe gehört, dass Kuriere mitunter überhaupt keinen Fuß mehr auf festen Boden setzen, sondern ständig in der Luft sind, um den *dringenden Schriftverkehr* auszuliefern. Außerdem geht diese Arbeit mit gewissen Gefahren einher. Erst kürzlich ist wieder ein Kurier abgeschossen worden. Und gestern sind zwei wegen Schmuggel gehängt worden.«

Das Missfallen, das Tull diese Einwände bereiteten, spiegelte sich deutlich auf seinem Gesicht wider.

»Trink deinen Malzschnaps, Ogg, und halt den Mund!«, fuhr er den Ork an. »Also: Wenn euch die Arbeit reizen könnte – ich bräuchte erfahrene Flieger. Mit dir, Ogg, habe ich schon gesprochen. Und dich, Elf, habe ich in der Luft gesehen, ich denke, die Arbeit wäre was für dich.«

»Was für ein Aeroplan bekämen die Kuriere?«

»Das Amt für Briefwesen stellt eines zur Verfügung, doch was für eins genau, weiß ich nicht. Darum konnte ich mich noch nicht kümmern, schließlich habe ich die ganze Zeit mit dem Ausfüllen der Papiere zugebracht. Aber sie haben versprochen, schon in den nächsten Tagen einen Vogel vorbeizuschicken. Dieses Aeroplan überlassen sie uns, wie ich bereits sagte, zur kostenfreien Nutzung. Stellplätze, die Bahn für An- und Abflug sowie die Wartung hier in Nest kommen von mir. Ihr müsst den Vogel lediglich fliegen.«

»Wir?« Ich linste zu dem Ork hinüber.

»Ogg wird dein Steuermann«, erklärte Tull. »Er kennt die Vereinten Inseln wie seine Westentasche. Oder spricht etwas gegen ihn?«

Ich zuckte bloß die Achseln.

»Was ist mit dir?«, wandte sich der Leprechaun an den Ork.

»Er fliegt gut, alles andere spielt keine Rolle«, sagte dieser.

»Damit wäre das ja geklärt«, äußerte sich Tull erfreut. »Gibt es sonst noch Fragen?«

»O ja, eine, die entscheidende. Wie viel zahlst du uns?«

Sofort verengten sich Tulls Augen.

Betont langsam griff er nach dem Rechenbrett und schob die Kugeln von links nach rechts und von rechts nach links.

»Bei der gegenwärtigen Auftragslage, dazu noch das kostenfreie Aeroplan durch das Amt ... zwei Louisdors im Monat.«

»Zwei Louisdors?!«, fragte dieser Ogg und verschluckte sich am Schnaps. »Dafür, dass wir acht oder neun Stunden in der Luft verbringen?! Willst du mich verschaukeln, Tull – mich, einen vorzüglichen Steuermann, nicht irgendeinen Narren?!«

»Also gut, fünf.«

»Zehn«, verlangte ich.

»Zehn?!«, rief Tull und schnellte aus seinem Sessel hoch. »Ihr habt euch vorher abgesprochen, oder?«

»Wir haben uns vorher nicht einmal gekannt«, stellte ich in ernstem Ton klar. »Zehn Louisdors im Monat. Für jeden von uns. Das ist ein angemessener Lohn für diese Arbeit.«

»Das ist Wucher!«

»Dafür verzichten wir auf Sonderleistungen und übernehmen etwaige Zusatzausgaben selbst. Zehn Louisdors, nicht mehr, nicht weniger. Wenn du damit einverstanden bist, fange ich gleich heute an.«

Der Leprechaun kaute nachdenklich auf seiner Unterlippe.

»Zehn …« Er schob erneut die Kugeln auf dem Rechenbrett hin und her. »Das heißt, ihr würdet mich im Jahr zweihundertvierzig Louisdors kosten. Nicht zu vergessen die Ausgaben für die Wartung … Mhm … Aber gut, abgemacht.«

Er hielt uns irgendwelche Papiere hin.

»Das ist der Vertrag«, sagte er. »Unterschreibt ihn. Morgen bekommt ihr Uniformen und Embleme. Das Aeroplan erwarte ich in den nächsten Tagen.«

Ehe ich unterschrieb, las ich mir den Vertrag aufmerksam durch. Er war in Ordnung.

»Wie sieht es mit einem Vorschuss aus?«, fragte ich.

Tull japste vernehmlich, doch da wuselte Dreipfot schon wieder um seine Schuhe herum, sodass unser künftiger Arbeitgeber rasch zwei Louisdors aus einem Lederbeutel fingerte.

»Und jetzt habe ich genug von euch. Macht, dass ihr wegkommt, bevor ich meine Großzügigkeit bedauere. Sobald alles seine Ordnung hat, werde ich euch für den ersten Auftrag holen lassen.«

Ogg nahm die eine Münze an sich und ließ sie in seiner Tasche verschwinden. Ich tat es ihm nach. Gemeinsam verabschiedeten wir uns von Tull.

»Ich hoffe, wir kommen miteinander klar, Elf«, sagte Ogg, als er hinter mir die Treppe hinunterging.

»Wenn wir schon miteinander in einem Aeroplan sitzen wollen, solltest du dich daran gewöhnen, dass ich Lass heiße.«

»Von mir aus«, brummte Ogg. »Lass.«

Herzlich war das nicht gerade, aber gut, ich wollte ja nicht sein bester Freund werden. Schweigend durchquerten wir die Halle. Erst als wir aus ihr heraustraten, fragte Ogg: »Hast du Kampferfahrung?«

Mir war klar, dass er dabei an Kämpfe gegen die Orks dachte.

»Die Antwort auf deine Frage kennst du genau«, sagte ich.

Er nickte mit mürrischem Gesichtsausdruck und stapfte ohne jeden Abschiedsgruß davon.

8. KAPITEL, *in dem ein Wind geht, der keinesfalls günstig zu nennen ist*

Der Himmel hing tief und zeigte eine dunkelgraue Farbe. Nicht ein Aeroplan durchpflügte ihn. Alle Vögel standen am Boden, mit Segeltuch abgedeckt und sicher verankert, um besserer Zeiten zu harren. Die Flieger vergnügten sich in den Schenken und Freudenhäusern und gaben das übers Jahr verdiente Geld aus. Auch sie warteten darauf, dass der Monat der Unwetter vorüberging.

Der Wind wütete. Jeden einzelnen Fensterladen forderte er heraus. Er fegte durch die Kronen der Palmen, wühlte die Wellen in der Bucht auf und trieb den Staub in den Straßen vor sich her. Die Sonne versteckte sich schon seit ein paar Tagen hinter Wolken. Die leuchtenden Farben der Insel waren stumpf geworden: Das türkisblaue Meer wirkte nun wie eine braune, brodelnde Pfütze, die zuweilen auf den graublauen Sand schwappte, um wütend ihren Schaum auf ihn zu speien. Sämtliche Blüten hatten sich geschlossen, das Grün an den Zweigen erschien wie ausgelaugt. Am Horizont wogte bleigrauer Nebel, Regenwolken sammelten ihre Kräfte, um an die Schildkröteninsel heranzurücken und sie mit Strömen von Dreck zu überziehen.

Jede Nacht öffnete der Himmel seine Schleusen, nur damit am Morgen eisiger Dauerregen diese Sturzbäche ablöste. Die Palmenblätter knatterten wie die Gewänder zum Leben erweckter Mumien, die Kokosnüsse fielen mit dumpfem Aufprall zu Boden und drohten jedem, der sich in die Nähe der Palmen wagte, den Schädel einzuschlagen.

Der einzige Vorteil in diesen Tagen war der, dass es sich etwas abgekühlt hatte.

Dreipfot allerdings freute sich von Herzen über diesen Wetterumschwung und rannte vom Keller bis hinauf zum Dachboden wie toll durchs ganze Haus. Die Nachbarn hielten ihn für ein Wesen, dem ich irgendwelche Kunststücke beigebracht hatte. Ich selbst hegte freilich meine Zweifel daran, dass dieser pfirsichfarbene Filou auch nur auf schlichte Befehle wie »Sitz!«, »Platz!« und »Fass!« hören würde. Obwohl: Bei Letzterem gäbe es womöglich Aussichten auf Erfolg, einfach, weil er liebend gern in etwas hineinbiss. Das galt insbesondere für Körperteile von Wesen, die er nicht mochte. Zum Beispiel den Korbflechter im Erdgeschoss, der sich vor Dreipfots Zähnen nur mithilfe von Stöcken retten konnte. Die Feindschaft der beiden rührte daher, dass der Mann in einer üblen Laune einmal nach dem Tier ausgeholt hatte.

Wetterbedingt saß ich also tatenlos da. Weil ich nicht in die *Kehrtwende* gehen wollte, spielten Schiefnase, Walross und ich auf der verglasten Veranda Karten. Mir war das Glück hold, und ich gewann einen ganzen Haufen kleiner Münzen.

»Kapitän Nord muss dir was von seinem legendären Glück abgegeben haben«, brummte Walross, nachdem er sich auf die Finger gespuckt hatte, um die Karten neu zu mischen.

»Allmählich hängt mir dieser Nord wirklich zum Hals raus!«, knurrte Schiefnase. »Fang also besser nicht wieder von dem an! So ein toller Hecht ist der Kerl nun auch wieder nicht!«

»Dass du Nord nicht leiden kannst, wissen wir«, erwiderte Walross unerschütterlich.

»Stimmt! Ich bin unter Kapitän Wu geflogen, auf der *Steinstumpf*, der Schwester der *Donner*. Ich kenne Nord also. Die Hälfte der Flieger erträgt diesen Mann nur, weil er gutes Geld zahlt. Aber Geld, mein guter Walross, ist nicht alles im ...«

In der Tür erschien der zerzauste und völlig durchgeweichte Bufallon.

»He, Jungchen!«, keuchte er. »Tull sucht dich!«

»Bist du jetzt sein Laufbursche?!«, grummelte Schiefnase, der sich darüber ärgerte, in seinen Ausführungen unterbrochen worden zu sein.

»Ich tue nur einem Freund einen Gefallen«, parierte Bufallon. »Und Lass ist mein allerbester Freund.«

»Das ehrt mich.«

»Tull hat gesagt, dass euer Aeroplan da ist«, setzte mich der Liliputaner ins Bild.

»Du kannst jetzt nicht weggehen!«, empörte sich Walross. »Nicht jetzt, wo ich endlich dieses Blatt habe. Außerdem sind für Schaufelrad drei Spieler nötig.«

»Keine Sorge, Bufallon wird mich vertreten«, beruhigte ich ihn, wobei ich bereits den Hocker zurückschob, den Liliputaner vom Boden aufhob und ihn auf dem Tisch absetzte.

»So weit kommt's noch!«, giftete Schiefnase. »Der hat doch nie Geld!«

»Soll er meins nehmen.«

»Ich danke dir, Jungchen«, rief Bufallon begeistert. »Denen werde ich schon zeigen, wie man zockt, darauf kannst du Gift nehmen!«

»Und du willst wirklich jetzt los – bei diesem Regen?!«, setzte Schiefnase zu einem weiteren Versuch an, mich zum Bleiben zu überreden, obwohl er bereits wusste, dass er scheitern würde. »Bis nach Nest ist es ein ziemlicher Weg ...«

»Da hat er recht«, tönte Bufallon. »Du solltest dir eine andere Unterkunft suchen, Jungchen. In der Nähe von Nest.«

Dieser Vorschlug trug dem Liliputaner selbstverständlich sofort einen verärgerten Blick des Ogers ein.

»Stimmt schon«, murmelte Schiefnase dann aber, nachdem er sich die Sache offenbar noch einmal hatte durch den Kopf gehen lassen. »Wäre gut, wenn du nicht bei jedem Auftrag durch die halbe Stadt rennen müsstest.«

»Solltest nicht gerade du mich von einem solchen Vorhaben abbringen und mir darlegen, dass es kein besseres Heim als dein Haus gibt?«, entgegnete ich, während ich meine regenfeste Jacke vom Haken nahm.

»Das würde ich darlegen, wenn dein Vogel in Grube oder Meeresbrise stehen würde. Flieger wollen nun mal in der Nähe ihres Aeroplans wohnen. Mein bescheidenes Haus liegt aber doch etwas abseits von Nest. Deshalb solltest du dir tatsächlich etwas einfallen lassen, auch wenn es schwer ist, eine so anständige Unterkunft wie diese für einen derartigen Spottpreis zu finden. Aber jetzt geh besser, bevor es wieder kübelt. Wir reden später noch mal in Ruhe darüber.«

Ich verabschiedete mich von ihnen und machte mich auf den Weg. Es ging ein feiner Nieselregen, der in den Blättern rauschte und den rötlichen Sand auf den Straßen tränkte. In Nest wartete Ogg bereits auf mich.

Er stierte ausdruckslos zu der Wolkendecke über den Waranenbergen hoch. Über dem Meer hatte es sich dicht bezogen, dort prasselte der Regen in schrägen Fäden auf die Wellen.

»Weißt du, was Tull von uns will?«, fragte er.

»Angeblich ist unser Aeroplan eingetroffen.«

Die Antwort entlockte dem Ork nur ein misstrauisches Schnauben.

Im Grunde teilte ich seine Zweifel. Der Leprechaun hatte uns zwar versprochen, der Vogel würde in ein paar Tagen angeflattert kommen – geglaubt hatten wir das aber beide nicht. In der Regel brauchen die Dinge auf diesen Inseln ihre Zeit. Vor allem, wenn auch noch ein Amt seine Finger im Spiel hat.

Misstrauisch betraten wir die Halle für Aeroplane. Tull sprach gerade mit zwei hünenhaften Dämonologen, die eine finstere Miene aufgesetzt hatten und kurze, mit Silberstickerei verzierte Westen trugen. Als der Leprechaun uns bemerkte, bat er uns mit einer Handbewegung, uns kurz zu gedulden. Sobald er das Gespräch beendet hatte, kam er, mit seinem Spazierstock den Takt schlagend, herüber.

»Meinen Glückwunsch«, sagte er und zog einen versiegelten Umschlag aus einer Tasche seines Gehrocks, den er mir übergab. »Das wäre euer erster Auftrag. Ihr müsst dieses Schreiben so schnell wie möglich abliefern. Es kommt vom Statthalter persönlich.«

»Vielleicht können wir uns zuerst einmal das Aeroplan ansehen«, gab Ogg zu bedenken.

»Es ist vor einer Stunde hier eingetroffen. Gerade führen meine

Leute die letzte Überprüfung durch. Ihr könnt es in zehn Minuten in Augenschein nehmen, wenn die Dämonologen ihre Arbeit an den Magischen Siegeln beendet haben.«

»Und wohin sollen wir das Schreiben bringen?«, erkundigte ich mich.

»Nach La Plata.«

»Das sind fast vierhundert Meilen«, murmelte Ogg, dem ins Gesicht geschrieben stand, was er von diesem Auftrag hielt. »Das Wetter wird immer schlechter, Tull. Im Süden toben bereits Stürme, die uns bald erreichen werden.«

»Die Benji versichern, dass die Gewitterfront noch vier Stunden sehr tief hängen wird. Wenn ihr euch westlich davon haltet, könnt ihr über ihren Rand hinwegfliegen, ohne Schaden zu nehmen.«

»Einverstanden«, sagte ich. »Aber ich warne dich gleich: Vierhundert Meilen über offener See bei schlechtem Wetter – da muss man mit dem Schlimmsten rechnen. Wenn bei euch wirklich solche Stürme toben, wie alle behaupten, dann kommen wir vielleicht nie an unser Ziel. Von dem Schreiben des Statthalters ganz zu schweigen.«

»Genau wegen dieser Gefahren zahle ich euch zehn Louisdors im Monat. Ich konnte dem Statthalter seine Bitte doch nicht abschlagen. Also schwingt euch in die Lüfte!«

Ich spähte hinaus.

Der Regen pladderte noch immer, die Wolken zogen sich dichter und dichter zusammen, vom Meer pfiffen Windböen heran. Gewittergeruch schwängerte die Luft. Ogg trat zu mir und schnaufte schwer, als er den tief hängenden Himmel betrachtete.

»Wenn die Benji nicht lügen«, murmelte er, »dann könnten wir es tatsächlich schaffen. Wir würden die Gewitterfront überfliegen, bevor sie uns einholt.«

Ich nickte nachdenklich. Der Wind gefiel mir nicht. Bei Einbruch der Nacht durften wir mit Sturm rechnen. Vierhundert Meilen bei diesem Wetter … Wir sollten alles daransetzen, La Plata noch bei Tage zu erreichen.

»Ich vermute«, sagte ich, »unsere Fahrkarte gilt nur für den Hinweg. Auf die Schildkröteninsel werden wir wohl erst nach dem Unwetter zurückkommen.«

»Sehe ich auch so.«

»In dem Fall«, mischte sich Tull ein, »bin ich bereit, euch ausnahmsweise je zwei Louisdors zu zahlen. Damit ihr euch auf La Plata nicht langweilt.«

»Zu großzügig«, sagte ich, während ich das Schreiben in eine Tasche des Fliegeranzugs steckte. »Aber gut, wir brechen sofort auf.«

»Ich hätte nie gedacht, dass Elfen so rasch einlenken«, murmelte Tull, der durch meine prompte Einwilligung ein wenig verwirrt schien.

»Das hat einen schlichten Grund. Wenn wir diesen Brief nicht abliefern, schließt der Statthalter deinen Laden«, entgegnete ich. »Dann stehe ich wieder ohne Arbeit da. Das würde ich wirklich gern vermeiden. Und wenn die Wettervoraussage der Benjis zutrifft, können wir es vermutlich schaffen.«

»Stimmt, das Unwetter braut sich erst zusammen«, bemerkte nun auch Ogg. »Und jetzt rück mal unsere Louisdors raus«, verlangte er dann von Tull und streckte die Hand aus.

Der Leprechaun presste die Lippen aufeinander, legte ihm jedoch vier Goldmünzen auf den Handteller.

»Aber dass mir diese Großzügigkeit unter uns bleibt«, zischte Tull.

»Das versteht sich doch von selbst«, beteuerte Ogg. »Die Münzen werden uns da oben bestimmt ein wenig wärmen.«

Ich beobachtete weiter schweigend den Himmel und die Geschwindigkeit, mit der die Wolken dahinzogen.

»Ein Ork und ein Elf in einem Aeroplan! Das glaubt mir doch niemand!«, brummte Tull. »Und jetzt kommt mit, dann zeig ich euch euren Vogel.«

Erneut mit seinem Stock den Takt schlagend, brachte er uns zu einer dunkelblauen *Nashorn* erster Bauart. Männer in grauen Fliegeranzügen wuselten um sie herum.

»Da hätten wir die Schöne«, prahlte Tull. »Das Amt für Briefwesen hat sich sehr freigiebig gezeigt, indem es dieses Aeroplan aus seinen Beständen herausgenommen und Nest überlassen hat.«

Die *Nashorn* war ein mittelgroßes Aeroplan der Orks, das sie damals für den Krieg gegen die Gnome gebaut hatten. Es wirkte ziemlich kastig, und der Bug sah aus, als wäre die Spitze mit einem Messer gekappt worden. Das Fahrgestell verschwand in der Luft unter den Flügeln. Dieser Vogel war einfach, zuverlässig und – wie alle Aeroplane der Orks – ein wenig störrisch. Bei starkem Gegenwind verweigerte die *Nashorn* gern mal den Gehorsam oder führte einen Befehl nur mit Verzögerung aus.

In diesem alten Aeroplan saß der Flieger hinter dem Steuermann, genau wie in der *Betörerin*. Ich fuhr mit der Hand über die Kanone, die unterm Bug hervorragte.

»Nicht gerade neu«, fasste ich meinen Eindruck zusammen, »aber ganz zufriedenstellend.«

»Wer würde uns denn schon ein neues Aeroplan überlassen?«, fragte Tull mit einem theatralischen Seufzer. »Nein, wir sollten dankbar sein, dass wir wenigstens diesen Vogel erhalten haben. Etwas Besseres werden wir wohl unser Lebtag nicht bekommen.«

»Was haben wir für einen Dämon?«, erkundigte ich mich.

»Den Dämon haben die Flieger vom Amt wieder mitgenommen. Deshalb habe ich einen von uns eingesetzt, den wir noch vorrätig hatten. Wegen des Wetters habe ich einen besonders starken gewählt. Der bringt euch selbst bei Sturm noch aus der Kehrseitenwelt raus.«

»Wenn das mal stimmt«, murmelte Ogg. »Wir müssen nämlich einfach durch dieses Unwetter kommen!«

Er trat an das Aeroplan heran, nahm die schwere Tasche von der Schulter und warf sie auf den Sitz des Steuermanns.

»Tull, wir wollen hoch hinaus, da brauchen wir Luftblasen«, erinnerte ich den Leprechaun. »Außerdem warme Jacken, durch die kein Wasser dringen kann. Und wie wär's mit einer Art Ofen?«

»Ich habe euch ein Artefakt einsetzen lassen, das sieben Stunden lang für Wärme sorgt. Ihr werdet also nicht erfrieren.«

»Das treibt mir die Tränen in die Augen«, flüsterte Ogg, während er auf den Flügel kletterte. »Wenn das nicht der beste Arbeitgeber auf der ganzen Welt ist!«

»Glaub mir«, zischte Tull, der ein feines Gehör hatte, »wenn es nicht um ein Schreiben des Statthalters ginge, hätte ich mich nicht einmal halb so großzügig gezeigt, wie ich es getan habe.«

»Besorg mir lieber neue Wetterkarten«, verlangte Ogg von ihm. »Außerdem eine Voraussage für die Entwicklung des Sturms, zu den Schwankungen des Luftdrucks und zur Höhe der Gewitterfront.«

Als ich auf meinem Sitz Platz nahm, hatte Ogg die schwarzmagische Tafel bereits am Brett vor sich befestigt. Sie unterschied sich rein äußerlich stark von jener, die ich bei Glaufor gesehen hatte, war wesentlich schlichter gearbeitet. Ein schnörkelloser Bronzerahmen, Bernsteineinlagen in den Ecken und ein zerkratzter Spiegel – und alles zeugte davon, dass die Tafel bereits sehr lange in Gebrauch war.

»Die ist schon ziemlich alt, oder?«, sagte ich.

»Mhm, ein Erbstück«, erklärte Ogg, der einen Silberdraht mit einer Rubinklammer an der Tafel verankerte. Schon in der nächsten Sekunde zeigte mir meine magische Kugel die verschiedenen Karten.

Nachdem ich mir die gerade eben überprüften Magischen Siegel angesehen hatte, machte ich mich mit den Fußhebeln vertraut, die erstaunlich leichtgängig waren.

»Ich brauche noch ein paar Minuten«, teilte Ogg mir mit.

»Lass dir ruhig Zeit.«

In den Bienenstöcken saßen genügend Feuerbienen. Ein Mann, der bis eben das Glas geputzt hatte, warf uns Luftblasen zu, die wir an den Kragen unserer Jacken feststeckten.

»Der Dämon ist gut gezügelt«, rapportierte Ogg. »Wir könnten uns in die Lüfte erheben.«

Ich berührte die Magischen Siegel mit dem Ring der Bändigung, um den Dämon zu wecken. Durch die *Nashorn* lief ein leichtes Zittern, in ihrem Bauch brüllte es auf, die Geräte am Brett vor mir fingen an zu leuchten, über die magische Kugel lief eine Reihe von Funken.

Tull winkte uns mit seinem Stock noch einen Gruß zu.

»Verliert den Brief nicht!«, rief er.

»Keine Sorge«, erwiderte Ogg. »Den werden wir unversehrt abliefern.«

»Es ist alles bestens!«, lobte ich den Mann, der das Aeroplan gewartet hatte, nachdem ich sämtliche Vorrichtungen überprüft hatte.

»Viel Glück!«, wünschte er uns.

Sobald er vom Flügel hinuntergesprungen war, lenkte ich den Vogel zum Hallenausgang.

Der Regen hatte weiter zugenommen. Die durchgeweichten Feyer am anderen Ende des Streifens löschten die roten Lichter an ihren Flügeln und ließen die grünen aufscheinen. Ich gewährte dem Dämon volle Bewegungsfreiheit, und die *Nashorn* schoss mit tiefem Heulen vorwärts, gewann zunehmend an Geschwindigkeit.

Tull hatte wirklich nicht gegeizt, der Dämon taugte etwas. Bereits auf der Mitte der Bahn zog ich den Knüppel zu mir, sodass unser Vogel vom Boden abhob. Der Regen trommelte aufs Glas, doch der Wind trug die Tropfen sofort davon. Ich steigerte die Geschwindigkeit noch ein wenig, drehte mich um und sah, wie unter mir Nest immer kleiner wurde.

»Wie sind die Werte?«, erkundigte ich mich bei Ogg.

»Einwandfrei«, antwortete er. »Der Dämon arbeitet wie ein Uhrwerk.«

Da mir die *Nashorn* noch etwas behäbig vorkam und meine Befehle nicht allzu freudig auszuführen schien, flog ich noch eine Kurve über der Bucht von St. Vincent, den Hafen und die Wohnviertel, bevor ich höher stieg und Kurs auf unser Ziel aufnahm.

Unter uns war es grau und verregnet. Für den Bruchteil einer Sekunde wurde alles in Nebel getaucht, dann sah ich die Insel noch einmal, bevor wir uns endgültig in die Wolkendecke bohrten.

Das Wetter verschlechterte sich unablässig. Um uns herum erinnerte alles an die Kehrseitenwelt. Jedenfalls stellte ich mir diese so vor wie das, was uns umgab: fahles Licht, graue, blaue, purpurrote, violette und schwarze Wolkenstreifen, die am Himmel hingen, wahre Berge, die unseren Vogel wohl am liebsten zermalmt hätten, als wäre das Aeroplan tatsächlich ein schutzloser Sperling.

Wir flogen am Rand über die Wolkendecke hinweg, in der größtmöglichen Höhe. Selbst hier oben spürten wir jedoch das Unwetter. Trotz des wärmenden Artefakts froren wir. Inzwischen mussten wir längst durch die Luftblasen atmen, die wir vor Mund und Nase geschoben hatten. Ich war zwar schon öfter bei Gewitter unterwegs gewesen, aber in diesen Breitengraden war alles etwas anders als auf dem Kontinent ...

Nachdem wir etwa die Hälfte des Weges hinter uns gebracht hatten, drehte sich Ogg zu mir um und schrie: »Die Werte für den Dämon fallen!«

»Wie stark?«

»So stark, dass wir besser runtergehen sollten!«

»Mitten rein in diese Gewitterwolken?«

»Eine andere Wahl haben wir nicht.«

Er hatte ja recht. Eher würden wir noch das schlimmste Gewitter überstehen als den Ausbruch eines Dämons, wenn seine Magischen Siegel durchgebrannt waren.

Kaum brachte ich die *Nashorn* etwas tiefer, fanden wir uns in undurchdringlicher Finsternis wieder. Feuchtigkeit überzog das ganze Aeroplan – und verwandelte sich sofort in eine dünne Eisschicht. Ogg betätigte umgehend einen Hebel, um eine Luke im Boden zu öffnen, aus der magische Feuer herauszüngelten, die über unseren Vogel rannen und das Eis schmolzen.

Durch wattigen Nebel und dicke Wolken brachte ich uns noch weiter runter. Erst anderthalb Meilen über dem Boden beendete ich dieses Manöver. In dieser geringen Höhe würden wir bleiben, bis der Dämon frische Kräfte gesammelt hatte und für einen neuerlichen Anstieg bereit war.

Wir flogen durch Platzregen und heulenden Wind dahin. Selbst die schwere *Nashorn* geriet ins Zittern.

Ogg schien förmlich über der schwarzmagischen Tafel zu zaubern, um den besten Kurs für uns zu ermitteln.

Plötzlich zuckte ganz in unserer Nähe ein Blitz auf. Donner folgte. In einer gewaltigen schwarz-violetten Wolke loderte eine gigantische Flamme, die eine Reihe von rasch aufeinanderfolgenden purpurroten Entladungen ausspie – und uns förmlich in sich aufsaugte. Unter dem Brüllen des anwachsenden Sturms drangen wir tiefer und tiefer in sie vor. Und dann wollten wir unseren Augen nicht mehr trauen …

Unmittelbar vor uns hing eine Schwarze Windhose, die aus dem Meer selbst zu wachsen schien. Direkt am Kraterrand lag, stark krängend, ein schneeweißer Klipper. Seine Geschützpforten standen weit offen, der Waffenturm am Achterdeck war umgerissen, im Aufbau am Heck klaffte ein Loch.

Die *Donner* von Kapitän Nord.

Er kämpfte tapfer gegen die Urgewalten. Mit einem Mal gab die *Donner* Schüsse mit einem Bienenwerfer ab. Die Insekten bahnten sich einen Weg in die Wolken und suchten ein Ziel, das nur sie kannten. Noch im selben Atemzug feuerte auch die dreiläufige Kanone los, und drei leuchtende Kugeln pfiffen ins Unbekannte.

Und dann verbrannte mich die Kette, die mir Kamilla vor ihrem Tod gegeben hatte und die jetzt um meinen Hals baumelte, mit Kälte.

Wie eine behäbige Schildkröte oder ein großer Käfer kroch aus dem Nebel ein schwarzes Luftschiff heraus, dessen Seiten mit Dornen besetzt waren. An Deck brannte trotz des Unwetters ein Feuer. Das durfte doch nicht wahr sein!

Eine Kriegsfregatte aus Margudien!

So beschädigt, wie die beiden Luftschiffe vor uns waren, mussten sie sich mitten in diesem Unwetter bereits einige Zeit einen erbitterten Kampf geliefert haben. Wer aus ihm am Ende als Sieger hervorgehen würde, ließ sich beim besten Willen nicht sagen.

Unterdessen gerieten selbst wir in die Schusslinie. Ich zog den Knüppel scharf herum, damit die *Nashorn* nach rechts auswich.

Die Kugeln waren von der *Donner* gekommen … Ogg drehte sich entsetzt zu mir um.

»Weg hier!«, las ich von seinen Lippen ab.

Das sah ich genauso. Unter diesen Umständen würde sich niemand die Mühe machen festzustellen, ob wir Freunde oder Feinde waren.

Schon näherte sich uns eine zweite *Hammer der Tiefe* und nahm den Beschuss auf. Doch auch diesmal gelang es mir, uns außer Reichweite zu bringen.

Während ich jedoch meine Haken schlug, geriet ich in gefährliche Nähe der Margudier.

Gerade feuerte die *Donner* eine weitere Salve auf die Fregatte der Echsen ab. Die magischen Geschosse zerrissen die Seite des Gegners, sodass im Bauch des Giganten grelles Licht auflloderte. Aus allen Geschützpforten, zerschlagenen Fenstern und offenen Luken schossen leuchtend gelbe Strahlen heraus.

Unsere *Nashorn* wurde derart durchgeschüttelt, dass ich die Gewalt über sie verlor – und wir geradewegs auf den Trichter der Schwarzen Windhose zutrieben. Ich sah noch, wie Rauch und Feuer vom verheerten Schiff der Margudier aufstiegen und die Mannschaft der *Donner* zum Entern ansetzte, ehe …

Keine Ahnung, ob nur wenige Sekunden oder eine ganze Stunde verging. Jedenfalls hielt uns eine echte Naturgewalt gefangen, schleuderte uns herum und wollte uns die Flügel abbrechen – bis sie uns endlich wieder ausspuckte.

Die magische Kugel zerfiel in zwei Hälften und wirkte daraufhin wie eine offene Wunde. Sie pulste mit einem erlöschenden Licht, um uns mitzuteilen, dass wir in Lebensgefahr schwebten.

Doch ungeachtet aller Schäden – der Schwanz war durchlöchert, das Glas über mir geborsten, sodass Regen ins Aeroplan prasselte – hielten wir uns noch in der Luft. Viel Zeit, etwas zu unternehmen, blieb uns allerdings nicht mehr. Zwei magische Siegel waren bereits durchgebrannt, das letzte war kurz davor.

Ich beugte mich vor und schlug Ogg auf die Schulter.

»He! Was jetzt?!«

Keine Antwort.

Ich löste den Riemen, zog einen Kasten unter dem Sitz hervor und entnahm ihm ein Fläschchen mit einem Elixier, das die Zwerge hergestellt hatten. Nachdem ich es mit den Zähnen entkorkt hatte, hielt ich Ogg die Flasche unter die Nase.

Das half. Er öffnete prompt die Augen und sah sofort auf die schwarzmagische Tafel.

»Sieht nicht gut aus!«, knurrte er.

Widersprechen konnte ich ihm da nicht. Wenn das letzte Siegel auch noch durchbrannte, würde der Dämon nicht mehr zu zügeln sein. Dann würde er uns samt Aeroplan in tausend Stücke reißen.

Ogg setzte die magischen Feuer frei. In der *Nashorn* dürften wir kaum noch einmal Verwendung für sie finden. So aber leuchteten sie, brannten hell wie Sterne, als wollten sie uns ihre Dankbarkeit bezeugen, dass wir sie nicht dem Tod überließen. Danach löste der Ork die Drähte von der schwarzmagischen Tafel und steckte sie in seine Tasche. Mit einem Fausthieb zerschlug er die Glashaube des Aeroplans. Ich legte die *Nashorn* auf den Rücken – und schon im nächsten Augenblick stürzten wir aus dem sterbenden Vogel.

9. KAPITEL, *in dem wir lernen, unter Wasser zu atmen*

Wir fielen durch finstere Nacht, durch Eis, Regen und Wind, der uns den Atem raubte. Immerhin sorgte ein Artefakt dafür, dass unter mir eine weiche und warme Kuppel entstand, die den Fall bremste.

In der Tiefe brüllte das Meer.

Als abermals ein Blitz zuckte, sahen wir graue Wellen, die so hoch wie ein einstöckiges Haus aufwogten und auf die wir zuschossen. Ich schaffte es gerade noch, ein letztes Mal tief durchzuatmen, ehe die Naturgewalten über mir zusammenschlugen.

Die Wellen wirbelten mich herum und pressten mich nach unten. Hinab zum Grund.

In einen unendlichen Strudel hinein.

Bis ich dann von diesem widerlichen, bitteren Wasser unvermittelt wieder ausgespuckt wurde.

»Es kommt noch eine!«, schrie Ogg. »Pass auf!«

Immerhin machten wir das Rettungsfloß aus dem Aeroplan aus. Wir fassten sofort nach den Leinen und kletterten auf die kleine schwimmende Insel.

Noch im selben Augenblick wurde das Floß von der anrollenden Welle in die Tiefe gepresst. Unter Wasser krängte es, bahnte sich dann aber wieder einen Weg nach oben. Kaum aus dem Wasser aufgetaucht, stieß Ogg einen kräftigen Fluch aus.

Mein Hals kratzte und brannte, die nächsten Minuten konnte ich nur husten. Sobald ich wieder zu reden vermochte, brachte ich meine größte Sorge zur Sprache: »Wir sind zweihundert Meilen von der nächsten Insel entfernt.«

»Bei dem Wetter würden wir auch untergehen, wenn sie näher dran wäre«, erwiderte Ogg.

Zweihundert Meilen. Selbst bei strahlendem Sonnenschein war das unvorstellbar weit. Die Meeresströmung, der Mangel an Trinkwasser und die Hitze dürften verhindern, dass wir diese Insel je erreichten, auch wenn wir Tag und Nacht ruderten. Aber bei Sturm?! Diesmal saßen wir wirklich in der Tinte – und ich hatte keine Vorstellung, wie wir da wieder herauskommen sollten.

Immerhin ließ sich auf dem Floß ein Gummizelt aufstellen, das eigens dafür gedacht war, Schiffbrüchige gegen Regen oder sengende Sonne zu schützen. Wir bauten es auf, kauerten uns hinein, sahen einander finster an und lauschten auf den Wind und die Wellen, die um uns herum tobten. So stark, wie wir hin und her geschleudert wurden, hätte man denken können, das Floß durchpflüge nicht das Meer, sondern den Himmel. Immer, wenn es von einer besonders hohen Welle emporgerissen wurde, meinte ich, wir würden einen Salto hinlegen – der mit einem tödlichen Absturz endete.

Die Natur kam nicht eine Minute zur Ruhe. Der Dauerregen prasselte auf die dünne Zeltwand, der Wind zerrte wie wahnsinnig an dem Floß. Es war so kalt, dass ich mit den Zähnen klapperte. Unter normalen Umständen warte ich niemals darauf, dass das Schicksal eine Entscheidung für mich trifft, sondern nehme mein Leben selbst in die Hand. Nur waren dies hier keine *normalen Umstände*. Mir blieb gar nichts anderes übrig, als abzuwarten.

Ogg saß nass und mürrisch in einer Zeltecke. Er hatte die Beine angezogen, die Augen geschlossen und versuchte, warm zu werden. Genau wie ich.

»Sieht nicht gut für uns aus, oder?«, brachte er nach stundenlangem Schweigen heraus.

»Ein Elf und ein Ork sitzen bei einem Unwetter in einem Rettungsfloß ... Hört sich an wie der Beginn eines jener Witze, die Bufallon so gern erzählt.«

Ogg brach in schallendes Gelächter aus. Keine Ahnung, was

ihn derart belustigte, aber dieses Lachen schmolz das Eis, das unsere Völker sonst voneinander trennte.

Mit einem Mal machte ich im Heulen des Sturms ein tiefes Dröhnen aus. Der Wind übertönte es allerdings fast vollständig. Die Frage, ob ich mir ein Geräusch nur einbilde, quält mich eigentlich nie, denn wir Elfen haben ein weit schärferes Gehör als die meisten anderen Wesen. Deshalb täuschen wir uns selbst bei feinsten Tönen nicht. Und richtig: Als ich weiter in den Sturm hineinlauschte, wiederholte sich jenes Geräusch, das meine Aufmerksamkeit auf sich gezogen hatte. Und mit jedem Mal klang es näher.

»Hörst du das auch?«, wollte ich von Ogg wissen.

»Nein«, gab er zu, ohne jeden Schimmer, worauf ich anspielte.

»Es ist, als würde jemand ein Horn blasen.«

»Das sind Krashshen!«, kam Ogg die Erleuchtung.

»Das hat uns gerade noch gefehlt ...«

Auf der Schildkröteninsel hatte ich schon von diesem Meeresvolk gehört. Es hatte sehr lange gegen die Vereinten Inseln gekämpft, bis sich beide Seiten am Ende einigten. Die Krashshen hörten auf, Schiffe oder tief fliegende Aeroplane anzugreifen, und setzten keine Truppen mehr auf einzelnen Inseln ab. Die Bewohner der Pfauenkette mieden im Gegenzug jene Gewässer, in denen die fischköpfigen Wesen lebten. Sie verzichteten ferner darauf, schwarze Perlen in der Nähe von Krashshen-Kolonien zu suchen und Delfine zu jagen, deren Fleisch Dämonologen für ihre Arbeit brauchten. Daraufhin hatte ein brüchiger Frieden Einzug gehalten ...

»Mit uns Landeiern kennen die Fischköpfe kein Erbarmen«, sagte Ogg. »Schon gar nicht, wenn wir ihnen als abgestürzte Flieger auf den Kopf fallen!«

Das Dröhnen rührte also von Meeresmuscheln her. Es erklang jetzt ganz in unserer Nähe.

Mit einem Mal krängte unser Floß, fand sein Gleichgewicht zwar bald wieder – wurde dafür aber in die Höhe gerissen. Es erstarrte in der Luft, als würde es sich nicht mitten im tosenden Meer befinden, sondern auf festem Boden.

»Hören wir mal, was sie von uns wollen«, sagte ich und steckte den Kopf in Regen und Sturm hinaus.

Wir schwebten vierzig Yard über dem Wasser, auf dem Rücken eines riesigen Meerestiers, das wie eine Kreuzung aus Tiefsee- und Tintenfisch anmutete. Am Kopf dieses Ungetüms ragte ein Fühler auf, an dessen Ende eine Kugel saß, die alles um sich herum mit einem kalten, fahlgrünen Licht übergoss. Gerade kamen drei Krashshen hinter der kammartigen Rückenflosse dieses Monstrums hervorgewatschelt. Die Abgesandten des Meeresvolks waren hochgewachsen, ihr Körper mit großen Schuppen überzogen. Sie hatten groteske Fischköpfe und Schwimmhäute an den Füßen. Zwei von ihnen trugen spitze Dreizacke, der dritte hielt eine große Kammmuschel in den Händen.

»Wer seid ihr?«, fragte Letzterer.

Ich deutete auf den Aufnäher am Ärmel meines Fliegeranzugs.

»Kuriere!«, sagte ich. »Wir sind in den Sturm geraten und abgestürzt!«

Er betrachtete das Emblem aufmerksam. Es stellte einen versiegelten Umschlag mit Flügeln dar. Schließlich bedeutete er uns, ihm zu folgen.

»Und wohin?«, fragte Ogg verständnislos.

»Nach unten«, antwortete der Krashshe.

Er lief vorneweg, wir folgten ihm, die beiden mit den Dreizacken bildeten den Abschluss unserer kleinen Prozession.

Der Krashshe blieb an einem Loch im Rücken des Ungeheuers stehen. Als ich in es hineinspähte, sah ich einen Schlund, der zu einem ölig schimmernden schwarzen Boden führte. Aus den Wänden dieses seltsamen Schachts ragten glimmernde Platten heraus. Über diese Dinger machte sich der Krashshe an den Abstieg. Als ich mich anschickte, ihm zu folgen, sagte Ogg: »Ich hoffe, dieser Tunnel führt nicht geradewegs in den Magen dieses Monstrums.«

Die Platten schienen aus Fischknorpel zu bestehen, vielleicht stimmte das ja sogar. Der anhaltende Regen drohte bereits, den schmalen Schacht zu fluten. Nach zehn Yard trafen meine Füße endlich auf Boden, der freilich leicht zitterte. Die gerippten

Wände und die Decke gaben ein mattes, unangenehmes Licht ab, das mir prompt Tränen in die Augen trieb.

Der Raum, in den uns der Schacht gebracht hatte, war recht klein. In ihm roch es streng nach Meer und frischem Fisch. Der erste Krashshe setzte sich in einen Korallensessel und schob die Hände mit den Schwimmhäuten in eine weiße gallertartige Masse, die von zahllosen Gefäßen durchzogen wurde. Durch diese *Adern* strömte eine halb durchscheinende Flüssigkeit, die als *Blut* zu bezeichnen meine Zunge sich schlicht und ergreifend weigerte.

Offenbar wurde das Ungeheuer über diese Gallerte gesteuert. Dahinter ragte eine durchsichtige Wand auf, durch die die tosenden Wellen und der nun im Wasser liegende Fühler zu sehen waren.

Ogg und einer der beiden Krashshen stellten sich neben mich. Der andere Meeresbewohner berührte mit seinen Fingern eine Wand, die daraufhin erzitterte, platzte und den Durchgang in einen anderen Raum freigab. Dieser wurde ebenfalls von unangenehmem grünen Licht erhellt. An der Decke verliefen dicke Stränge, über die immer wieder fahle Lichtklumpen zuckten. Sobald der Krashshe diesen Raum betreten hatte, schloss sich die Wand hinter ihm wieder.

»Ihr seid in unsere Gewässer eingedrungen, Kuriere«, sagte der Krashshe neben Ogg. Die Bewegungen seines lippenlosen Mundes wirkten geradezu komisch, das Sprechen bereitete ihm einige Mühe, und seine Aussprache war weit schlechter als die seines Gefährten mit der Muschel.

»Das wissen wir«, sagte Ogg. »Und es tut uns leid, dass wir euch auf den Kopf gefallen sind.«

»Für uns habt ihr wohl keine Post?«, fragte der Krashshe, nachdem er ebenfalls in einem Korallensessel hinter der Gallerte Platz genommen hatte.

Anscheinend sollte das ein Witz sein, denn ich hatte nie gehört, dass irgendwer dem Meeresvolk Briefe oder Pakete schickte.

»Nein«, antwortete Ogg ernst. »Wir waren auf dem Weg nach La Plata. Ihr könnt uns nicht zufällig dorthin bringen?«

»Doch, das können wir«, sagte der Krashshe nach längerem Nachdenken. »Kurieren helfen wir. Anderen Wesen nicht.«

»Anderen Wesen?«, hakte ich nach.

»Die uns heute auch schon auf den Kopf gefallen sind«, sagte der Krashshe. »Das waren viele.«

Erst da begriff ich, dass er auf den Kampf zwischen Nord und den Margudiern anspielte. Jemand hatte ihn gewonnen, jemand war ins Meer gestürzt. Ich hoffte nur, dass Nahywa ihn überlebt hatte.

Der Krashshe mit dem Dreizack fingerte in einer Tasche herum, die aus festen Algen geflochten war, und holte aus ihr zwei Tiere heraus, die ein wenig wie Krabben aussahen, allerdings keine Scheren besaßen. Ihr Anblick war ekelerregend.

»Setzt euch die an den Hals!«

»Weshalb sollten wir das tun?«, wollte Ogg misstrauisch wissen.

»Weil du nicht unter Wasser atmen kannst.«

Ich nahm das widerwärtige Wesen an mich und presste es gegen meine Kehle. Die scharfen Beine mit den winzigen Zähnen kitzelten meine Haut. Wärme umspielte meinen Hals, fast als ob ich mir einen Wollschal umgebunden hätte. So unangenehm war dieses Viech gar nicht …

»Kommt mir vor, als wäre ein Albtraum Wirklichkeit geworden«, murmelte Ogg. Aber auch er setzte sich den Gliederfüßler an die Kehle.

Der Schacht, durch den wir in den Fischbauch gelangt waren, wurde unvermittelt mit einer Haut verschlossen.

»Sobald es feucht wird, müsst ihr damit atmen«, sagte der Krashshe.

Danach presste er beide Hände auf die Gallerte. Ein Beben lief durch den Raum. Ich sah durch die durchscheinende Wand, wie wir immer weiter unter Wasser tauchten. Dieses kletterte erst auf ein Viertel der Wand, dann auf die Hälfte – und schließlich flutete es den Raum.

»Habt keine Angst zu atmen«, schärfte uns der Krashshe noch einmal ein.

Das Wasser reichte mir mittlerweile bis zu den Knien und stieg im Nu. Schon wanderte es mir die Schenkel hoch und umspülte meine Brust. Schließlich schlug es über meinem Kopf zusammen. Das Ganze dauerte nicht länger als zehn Sekunden. Ogg und ich starrten einander mit weit aufgerissenen Augen an, genau wie Ratten, die in eine Falle geraten waren. Dann schickte ich mich in das Unvermeidliche, zwang mich zu glauben, dass stimmte, was der Krashshe gesagt hatte – und tat vorsichtig den ersten Atemzug.

Zu meiner Verblüffung verschluckte ich mich nicht. Das Tier an meinem Hals erlaubte es mir vielmehr, ruhig und tief zu atmen. Ganz so, als befände ich mich nicht in einem Raum, in dem das Wasser bis zur Decke stand.

Ogg zögerte noch. Als ihm jedoch die Lungen zu platzen drohten, atmete auch er durch. Auf seinem Gesicht spiegelte sich deutlich die Verblüffung. Als er diesem Erstaunen auch mit Worten Ausdruck geben wollte und den Mund öffnete, stiegen jedoch nur einige Luftblasen auf.

Da halfen nicht einmal sämtliche Orkflüche etwas.

Ich hatte immer geglaubt, unter Wasser herrsche absolute Stille. Es gab hier aber nicht weniger Geräusche als in einem Wald bei Nacht. Hier schnaufte es, dort stöhnte es wehmütig, und an wieder anderer Stelle schrie es markerschütternd. Und das Meer schien die ganze Welt mit seinem Gesang zu erfüllen, sein Lied auch in meinen Ohren widerzuhallen.

Unser Riesenfisch tauchte in immer größere Tiefe. Die Leuchtkugel an seinem Fühler vertrieb sogar die eigentlich undurchdringliche Finsternis um uns herum. Die beiden Krashshen achteten nicht auf uns. Ogg saß mit angezogenen Beinen am Boden, fing gedankenverloren die an ihm vorbeiziehenden türkisfarbenen Luftbläschen ein und schaute durch die durchsichtige Wand hinaus. Viel zu sehen gab es allerdings nicht.

Das änderte sich erst nach einer Stunde, als uns ein Artgenosse unseres Ungetüms entgegenkam. Der Riesenfisch hatte scharfe Zähne, Glupschaugen, spitze purpurrote Flossen und gleich mehrere Fühler. Seine Leuchtkugel blinkte ein paarmal zur Begrüßung. Die beiden großen Tiere zogen aneinander vorbei wie Luftschiffe.

Dann schälte sich aus der Dunkelheit ein steiler Berg heraus, der von purpurroten Korallenzweigen umrankt wurde. Als wir an ihm vorbeischwammen, sah ich, dass am Grund die zahllosen Lichter einer Tiefseestadt brannten.

Je weiter wir schwammen, desto mehr Lichtpunkte bemerkte ich. Schon bald meinte ich, in jener geheimnisvollen Tiefe müsse ein echter Feuerfluss strömen.

Es funkelte, glitzerte, loderte und explodierte dort unten. Der Feuerfluss glich mehr und mehr rauchendem Perlwein, der seine Funken über den Grund tanzen ließ. Zu diesem Reigen lud er glitzernde blaue Quallen mit großen, flammenden Tentakeln ebenso ein wie gewaltige Tintenfische, die ein orangefarbenes und purpurnes Licht verströmten ...

In einer solchen Tiefe dahinzugleiten kam mir wie ein Flug über einer riesigen Stadt vor, nur unendlich schöner. Wenn ich auch selbst nicht zu sagen vermochte, warum, aber dieser Tanz von Farben, dieser grandiose lautlose Salut erinnerte mich an den Goldenen Wald. Nur mit Mühe unterdrückte ich den Wunsch, nach draußen zu stürmen und mit ausgebreiteten Armen in immer größere Tiefen zu laufen, mitten hinein in den Flammenreigen.

Man musste sich in dieses Meer einfach verlieben. Selbstverständlich könnte es mir niemals den Wald ersetzen, aber ich war glücklich, etwas zu sehen, das ebenso zauberhaft und schön war ...

Nach ein paar Stunden machte sich unser Fisch wieder an den Aufstieg. Der Meeresgrund versank in Dunkelheit, die Stadt wurde unter den Wassermassen begraben. Als wir an die Oberfläche gelangten und das Wasser aus dem Innern des Fisches abfloss, erhob sich einer der beiden Krashshen aus seinem Korallensessel und nahm uns die Krabben ab.

»Wir sind da, Erdenmenschen«, verkündete er. »Achtet darauf, uns nicht noch einmal auf den Kopf zu fallen.«

Die Haut vor dem Schacht zog sich zurück. Wir kletterten

hinauf zum Rücken des Fisches. Von dort aus sprangen wir auf eine steinerne Landzunge, die weit ins Meer hineinragte.

Sobald wir auf dem Festland waren, tauchte das Meeresungeheuer mit lautem Schnaufen ab. Ogg und ich blieben allein am Ufer zurück.

Es regnete wie gehabt, aber immerhin wurde es bereits etwas heller. Die Palmen, denen der vom Meer kommende Wind etliche Blätter abgerissen hatte, zeichneten sich deutlich gegen den kaffeebraunen Himmel ab. Die Wellen brandeten krachend gegen die Steine, kalte Gischt spritzte in alle Richtungen.

»Ich glaube, da drüben verläuft ein Pfad«, sagte ich und wies auf einige immergrüne Sträucher, zwischen denen ich einen schmalen Weg ausgemacht zu haben meinte. Vorsichtig über die glitschigen Steine stakend hielten wir darauf zu.

»Wenn wir irgendjemandem erzählen«, murmelte Ogg, »dass wir durch eine Schwarze Windhose gefallen sind, die Krashshen uns in ihrem Fisch mitgenommen haben und wir uns nach alldem noch des Lebens freuen, glaubt uns das doch kein Mensch.«

»Sollten wir hier tatsächlich einen Monat feststecken, haben wir genug Zeit, uns die *nötigen* Einzelheiten zu dieser Geschichte einfallen zu lassen«, erwiderte ich grinsend. »Kennst du diese Insel zufällig?«

»Ja, ich war schon ein paarmal hier«, sagte Ogg, während er sich umsah. »Die Krashshen haben uns irgendwo im östlichen Teil abgesetzt. Der ist unbewohnt. Die Stadt liegt im Norden. Aber die Insel ist nicht so groß, in drei Stunden haben wir sie erreicht. Dann gehen wir in eine anständige Schenke, essen was ...«

»Zuerst geben wir aber den Brief ab«, unterbrach ich ihn. »Danach können wir uns in aller Ruhe unserem Vergnügen widmen.«

»Einverstanden«, sagte Ogg. »Hoffentlich hat dieses Schreiben die Stunden im Wasser gut überstanden ... Es trägt doch das Siegel des Statthalters, oder?«

»Ja.«

»Dann ist alles in Ordnung. Dieses Siegel schützt es nämlich gegen Feuer und Wasser. Selbst wenn der Brief am Grund des

Meeres liegen oder in den Krater eines Vulkans fallen würde, sollte er das also unbeschadet überstehen.«

Ich schob meine Hand in die Tasche, in die ich den Brief gesteckt hatte, und runzelte die Stirn.

»Gib mal her«, verlangte Ogg, den mein Gesichtsausdruck das Schlimmste annehmen ließ.

Das Schreiben war in einem erbärmlichen Zustand. Das Siegel war eingerissen, die Tinte, mit der die Anschrift geschrieben war, derart verlaufen, dass wir nicht einen Buchstaben entziffern konnten.

»Merkwürdig«, murmelte Ogg, als er mir das durchweichte Papier abnahm, um sich den Abdruck im Siegellack genauer anzusehen. »Selbst eine Kanonenkugel kann das Siegel des Statthalters nicht beschädigen ... schlichtes Meerwasser aber schon?!«

Er pulte ein wenig mit dem Fingernagel am Siegel: Es zerfiel endgültig.

»Was uns bisher widerfahren ist, das ist zu verschmerzen«, sagte ich zu Ogg. »Aber dass wir unseren Auftrag nicht ausführen können, das wird ein großes Fragezeichen hinter unseren weiteren Werdegang setzen.«

»Du ziehst voreilige Schlüsse«, hielt Ogg dagegen. »Glaub mir, diese Sache stinkt zum Himmel.«

Er spähte in den Umschlag.

»Dieser Dreckskäfer!«, rief er aus. »Diese Schmeißbohne! Dem reiß ich den Kopf ab! Sobald wir wieder auf der Schildkröteninsel sind!«

Er schüttelte den Inhalt aus dem Umschlag und hielt mir einen perlmuttfarbenen Schmetterling hin, der höchstens so groß war wie der Nagel meines kleinen Fingers.

»Du weißt, was das ist?«, fragte Ogg.

»Ich ahne es«, antwortete ich und stierte auf den Falter. »Und wenn meine Ahnung zutrifft, gefällt mir diese Geschichte überhaupt nicht.«

»Glaub mir, Lass«, knurrte Ogg, »uns stehen große Schwierigkeiten ins Haus.«

10. KAPITEL, *in dem wir eine eigene Firma gründen und uns den Kopf zerbrechen, wo wir das Startkapital herbekommen*

Der Himmel war so klar, dass ich die Schildkröteninsel schon von Weitem ausmachte, zumal ihre Umrisse nicht mit denen eines anderen Eilands zu verwechseln waren.

Eine alte *Witwe*, ein großes Aeroplan, das Platz für zwei Passagiere bot, hatte uns von La Plata hierher mitgenommen.

Sobald der Flieger den Vogel am Boden absetzte, sprang Ogg heraus.

»Tull dürfte schon sehnsüchtig auf uns warten«, zischte er. »Bereiten wir ihm also endlich die Freude, uns wiederzusehen …«

Der Leprechaun saß an seinem Tisch, eine in einen Goldrahmen gefasste Brille auf der Nase, und stopfte in aller Gemütsruhe eine himbeerrote Socke. Als wir eintraten, warf er uns einen leicht verwunderten Blick zu.

»Gibt es euch also doch noch«, begrüßte er uns. »Und ich habe schon gedacht, die Kehrseite hätte euch verschluckt.«

»Oh, ich nehme an, wir haben unser Leben einzig deinen unermüdlichen Gebeten zu verdanken«, knurrte ich. »Wie laufen die Geschäfte?«

»Das kann ich erst sagen, wenn ich weiß, wie ihr euch als Kuriere gemacht habt. Wo ist eigentlich das Aeroplan? Ich habe euch gar nicht landen sehen.«

»Die *Nashorn* ist abgestürzt.«

»Schlecht«, stieß er aus. »Das Amt für Briefwesen wird euch kein zweites Aeroplan zur Verfügung stellen. Das haben sie mir glasklar zu verstehen gegeben. Nur gut, dass die Versicherung die Kosten übernimmt … Wie konnte das geschehen?«

»Wir sind in eine Schwarze Windhose geraten«, antwortete Ogg.

Von der *Donner* wollten wir Tull nichts erzählen. Für diese Heimlichtuerei gab es zwar keinen Grund, doch Ogg hatte mich überzeugt, dass eine solche Neuigkeit auf der Schildkröteninsel besser nicht die Runde machen sollte.

»Das soll ein Scherz sein, oder?! Seit dreißig Jahren hat in den ersten Tagen des Monats der Unwetter niemand eine Schwarze Windhose gesehen!«

Geschichten über diese Schwarze Windhose – sie zerhackte selbst große Luftschiffe spielend und schleuderte die Späne hoch bis zu den Sternen – kannte jeder Bewohner der Pfauenkette. Wir hatten ungeheures Glück gehabt, dass wir in sie hineingeraten waren, als sie ihre ganze grausame Kraft noch nicht voll entfaltet hatte, sondern gerade erst im Entstehen war.

»Dann sind wir eben die Ersten seit dreißig Jahren«, parierte ich. »Wir konnten uns gerade noch retten, die *Nashorn* hatte leider weniger Glück.«

»Zu schade … wirklich bedauerlich …«, murmelte Tull gedankenversunken. »Und La Plata? Was ist mit der Insel? Habt ihr es zu ihr geschafft?«

»Wir kommen gerade von dort zurück.«

»Dann habt ihr das Schreiben übergeben?«

»Tja, das ist eine ganz besondere Geschichte, Tull. Wir sind nämlich im Wasser gelandet, sodass der Brief … ein wenig aus dem Leim gegangen ist.«

Seine Gesichtszüge versteinerten förmlich. Seine Augen verengten sich hinter den dicken Gläsern der Brille zu Schlitzen. Diese Neuigkeit verdaute er deutlich schlechter als die vom Verlust des Aeroplans.

»Was heißt das?«

»Die Tinte war völlig verlaufen«, erklärte Ogg bekümmert, »sodass wir die Anschrift einfach nicht entziffern konnten. Deshalb haben wir den Umschlag weggeschmissen.«

Tull nahm die Brille ab und legte sie behutsam auf den Tisch.

»Ich fasse es nicht«, hauchte er.

»Wenn du willst, erklären wir dem Statthalter alles«, säuselte ich. »Dich trifft an dem Unglück schließlich nicht die geringste Schuld.«

»Ganz richtig«, stieß Ogg ins selbe Horn. »Einem der Schreiber Seiner Gnaden muss ein Fehler unterlaufen sein. Ganz bestimmt hat er die Siegel verwechselt, sonst wäre der Brief doch nie so durchgeweicht ...«

»Ihr malt euch ja nicht aus, welche Schwierigkeiten mich nun erwarten.«

»Es ist doch nur ein Brief, nimm es also nicht so schwer.«

»Weshalb habt ihr ihn bloß weggeschmissen, ihr Narren?«, stöhnte Tull.

»Wie gesagt, wir haben den *Umschlag* weggeschmissen«, betonte ich. »Den Inhalt jedoch nicht. Hier!« Ich legte ihm den perlmuttfarbenen Schmetterling auf den Tisch. »Der gehört ja wohl dir.«

Tulls Blick huschte zur Tür, doch eine mögliche Flucht würde ich vereiteln, das war ihm klar. Ogg grinste den Leprechaun so herausfordernd an, dass dieser deshalb eine andere Flucht antrat. Nach vorn.

»Haben eure Mütter euch nicht beigebracht, dass man die Briefe anderer nicht öffnet?«

»Meine Mama«, zischte Ogg, »hat mir beigebracht, diejenigen nicht ungeschoren davonkommen zu lassen, die ihre Freunde ans Messer liefern. Vor allem dann, wenn dies Messer nicht nur im übertragenen Sinne zu verstehen ist.«

»Nun mal halblang«, polterte Tull. »Du willst dich doch wohl nicht zu einem Verhalten hinreißen lassen, das du nachher bereust! Mir ist ein kleiner Fehler unterlaufen – aber das passiert doch wohl jedem einmal, oder etwa nicht?!«

»Das war kein kleiner, das war ein unverzeihlicher Fehler, Tull«, stellte ich richtig. »Wenn die Zöllner ein Artefakt aus der Farblosen Liste bei uns entdeckt hätten, würden wir jetzt bestenfalls im Kerker schmoren, wahrscheinlich aber am Galgen baumeln.«

»Aus dem Kerker hätte ich euch schon rausgeholt«, erklärte er sofort.

»Genau wie jene beiden Narren, die vor einem Monat gefangen genommen wurden?«, giftete Ogg. »Denn die haben doch auch für dich gearbeitet, oder?«

»Die sind ...«

»Ja?!«

»Ja, sie haben für mich gearbeitet«, strich Tull die Segel und fiel in seinem Sessel förmlich in sich zusammen. »Aber sie sind selbst schuld! Sie haben es übertrieben, deshalb ist man auch auf sie aufmerksam geworden! Mit euch verhält es sich ganz anders. Euch hat nie eine Gefahr gedroht.«

»Wieso das nicht?«, hakte ich nach.

»Im Monat der Unwetter arbeitet der Zoll nicht, weil ja eh niemand fliegt. Deshalb hätte man euch nie überprüft. Obendrein habe ich einen Vertrag mit dem Amt für Briefwesen geschlossen. Ihr untersteht also der Insel, solche Kuriere überprüft man doch nicht!«

»Du hast deinen privaten Kurierdienst also nicht aufgebaut, um ein paar Privilegien bei den Abgabezahlungen zu erhalten, sondern um Schmuggelware zu befördern ...«

»Das eine schließt das andere nicht aus.«

»Deine Ehrlosigkeit würde mich vielleicht sogar begeistern, wenn du uns nicht mit in diese Geschichte hineingezogen hättest«, gestand ich. »Glaub mir, das ist die reine Wahrheit! Schließlich hört man nicht alle Tage, dass ein geachteter Insulaner, ein reicher und erfolgreicher Geschäftsmann schmuggelt.«

»Tu nicht so, als wärt ihr beide noch feucht hinter den Ohren«, blaffte Tull mich an. »Auf unserer schönen Insel gehen alle Wesen, die etwas auf sich halten, dem Schmuggel nach.«

Ogg näherte daraufhin bloß seine geballten Fäuste Tulls Gesicht.

»Was wollt ihr?!« Schweißtropfen traten auf die Stirn des Leprechauns. »Mein Blut?!«

»Ganz genau!«, spie Ogg aus. »Du hast uns Schmuggelware untergeschoben! Für die Lass und ich auch noch unser Leben aufs Spiel gesetzt haben, weil wir in diesem Sturm losgeflogen sind! Selbstverständlich können wir nichts beweisen, und einen großen Fisch wie dich lässt man sowieso in Ruhe. Dein Wort ist letzten Endes gewichtiger als das von uns beiden zusammen. Deshalb werden wir der Wache nichts stecken. Nein, wir klären das hier und jetzt. Mit *wir* meine ich dich, mich und meine Fäuste. Die wollen nämlich schon seit einem Monat unbedingt Bekanntschaft mit deiner Nase schließen!«

»Ogg!«, schrie Tull und sprang auf. »Lass, halte diesen wahnsinnigen Ork auf!«

»Weshalb sollte ich?«, fragte ich gelassen zurück.

»Ich bin bereit, alles wiedergutzumachen. Wie viele Louisdors wären nötig, damit ihr diese Angelegenheit vergesst?«

»Wie hoch«, wollte Ogg wissen, »schätzt du denn die Gefahr ein, der wir uns ausgesetzt haben?«

Tull ließ sich erleichtert in den Sessel zurückfallen und tupfte sich mit einem lilafarbenen Taschentuch die Stirn trocken.

»In Anbetracht der Tatsache, dass alles glimpflich ausgegangen ist und ihr heil und unversehrt nach Hause zurückgekehrt seid«, holte er aus, »erscheinen mir dreißig Louisdors angemessen.«

Ogg sah mich fragend an, ich zuckte die Achseln.

»Fünfzig«, verlangte Ogg in unnachgiebigem Ton. »In Anbetracht der Tatsache, dass wir dir den Inhalt des Briefes zurückgegeben haben.«

Tull strahlte über beide Backen. Die Angelegenheit war vom Tisch …

»Bitte sehr«, sagte er, nachdem er uns die Münzen abgezählt hatte. »Damit wäre das erledigt.«

»Noch nicht ganz«, widersprach ich, worauf seine roten Brauen sich prompt ein Stelldichein über der Nasenwurzel gaben. »Wir haben dir ein Angebot zu unterbreiten.«

»Nur zu!«

»Nach eingehender Beratung sind wir zu dem Schluss gekommen, dass wir dir gern unsere Dienste als Sonderkuriere anbieten würden. Die gegen eine entsprechende Vergütung äußerst *seltene Ware* zustellen.«

»Wenn der Ork das gesagt hätte«, platzte Tull unter schallendem Gelächter heraus. »Aber du! Meine Güte, wie wählerisch du anfangs warst! Wolltest dir bei einer Arbeit einfach nicht die Hände schmutzig machen!«

»Tull, ich habe meine Heimat verlassen, weil mir der Krieg zum Hals heraushing. Ich bin es müde, zu kämpfen, zu töten und im Kampf meine Freunde zu verlieren. Deshalb wollte ich hier nicht erneut hinter dem Knüppel eines Kriegsaeroplans sitzen oder Handelszüge ausrauben. Aber einmal im Monat ein Päckchen abliefern – warum denn nicht?«

»Und welchen Vorteil hätte ich davon?«, fragte Tull daraufhin. »Immerhin müsste ich euch mit meinen Lieferanten und Käufern bekannt machen.«

»Zum einen wissen wir über deinen kleinen Nebenverdienst ohnehin Bescheid«, erklärte Ogg grinsend. »Du kannst dich aber darauf verlassen, dass wir das nicht an die große Glocke hängen ...«

»Darum möchte ich auch gebeten haben.«

»... zum anderen sind wir gute Flieger. Wäre das nicht der Fall, hättest du uns nicht angeheuert.«

»Gute Flieger – denen beim ersten Flug das Aeroplan abschmiert«, stichelte Tull. »Damit ist euer Ruf ... doch etwas angekratzt. Euren Auftrag habt ihr nämlich nicht ausgeführt.«

»Trotz des Sturms haben wir die Fracht gerettet«, widersprach ich. »Andere hätten ein solches Unwetter gar nicht überlebt.«

»Wo du recht hast, hast du recht« lenkte Tull ein. »Also, was verlangt ihr?«

»Fünf Prozent deines Gewinns«, legte Ogg die Karten auf den Tisch.

Als Tull daraufhin zum Widerspruch ansetzte, hob ich die Hand und gebot ihm Schweigen.

»Wir feilschen nicht, Tull«, stellte ich klar. »Das ist ein angemessener Preis. Wir sind größeren Gefahren ausgesetzt als du, sowohl in der Luft als auch durch die Zöllner.«

»Was, wenn sie euch einmal schnappen? Dann führen doch alle Wege zu mir! Ganz so gefahrlos ist mein Part also nicht.«

»Nun übertreib nicht! Selbst in dem Fall gehst du nicht das

geringste Risiko ein. Woher sollst du denn wissen, was die Briefe enthalten, die wir zustellen?! So gesehen, könntest du auch das Amt für Briefwesen des Schmuggels anklagen.«

»Aber fünf Prozent ...«

Er verstummte kurz, dann nickte er.

»Gut, heute ist wohl nicht mein Tag«, sagte er schließlich. »Wenn mich ein Ork und ein Elf über den Tisch ziehen ... Also, einverstanden. Allerdings habt ihr ein ernsthaftes Problem: Euch fehlt das Aeroplan.«

»Vielleicht könnten wir uns in deiner Halle einmal umsehen«, schlug Ogg vor.

»He, he, werd jetzt nicht unverschämt, Ork! Ich bin bereit, euren Dienst in Anspruch zu nehmen, aber ich gebe euch kein Aeroplan! Außerdem habe ich nur einen verfügbaren Vogel, ebenfalls eine *Nashorn*. Aber die hat bereits neunzig Jahre auf dem Buckel, und der Dämon in ihr noch mehr. Die Magischen Siegel taugen kaum noch was. Allein bei dem Gedanken, mit diesem Vogel in die Luft aufzusteigen, kriege ich eine Gänsehaut. Wenn ich also von ihm abrate, dann will das schon etwas heißen.«

»Was schlägst du stattdessen vor?«

»Kauft euch ein Aeroplan. Oder mietet eins. Ich kann euch Geld vorstrecken. Gegen entsprechende Zinsen, versteht sich.«

»Ein Aeroplan ist kein Glas Rum, das kostet einiges«, gab ich zu bedenken. »Die Schulden würden wir in zehn Jahren nicht abgezahlt haben. Ich habe aber nicht die Absicht, mich auf diese Weise zu deinem Sklaven zu machen.«

»Dann müsst ihr euch selbst etwas einfallen lassen. Ich werde selbstverständlich mit dem Amt für Briefwesen reden, könnte mir aber vorstellen, dass sie vorerst auf meine Dienste verzichten. Wenn ihr tatsächlich für mich als Schmuggler arbeiten wollt, müsst ihr wohl selbst sehen, wo ihr einen Vogel auftreibt. Bis dahin kann ich euch leider nicht weiterhelfen.«

»Wo sollen wir bloß Geld für ein Aeroplan auftreiben?!«, murmelte Ogg. »Ein Vogel, der etwas taugt, kostet achthundert Louisdors! Und für den Dämon müssen wir noch mal so viel ansetzen!«

»Keine Sorge, uns wird schon was einfallen«, munterte ich ihn auf. »Und während wir uns über diese Frage den Kopf zerbrechen, wird uns wenigstens nicht langweilig.« Dann wandte ich mich noch einmal dem Leprechaun zu. »Dir noch einen erfolgreichen Tag, Tull.«

»Seht zu, dass ihr einen Vogel auftreibt«, schärfte er uns ein. »Und vergesst nicht: Ihr könnt das Geld jederzeit von mir leihen. Gegen einen jährlichen Zins von fünfundvierzig Prozent.«

Mit dieser Beteuerung im Ohr verließen wir ihn.

Ogg eilte nach Hause, während ich die *Kehrtwende* ansteuerte und mich fragte, ob es nicht allmählich an der Zeit wäre, mich nach einem Käufer für die Steine umzusehen. Doch selbst die vierhundert Louisdors, die ich für sie wohl bekäme, würden nicht ausreichen, um ein Aeroplan kaufen zu können. Schon komisch: In meinem vergangenen Leben hatte ich mir über Geld nie den Kopf zerbrechen müssen ... Aber gut, inzwischen führte ich ein neues Leben, mit völlig neuen Regeln und Bedingungen.

Ich war nicht mehr Kommandant einer Einheit, geschweige denn Angehöriger der Großelfen – ich war nur noch ein Kurier ohne Aeroplan.

Mit diesen Gedanken betrat ich die *Kehrtwende*. Hinter dem Tresen stand Anna. Als sie mich sah, strahlte sie mich an.

»Herzlich willkommen zurück auf der Insel, Lass«, begrüßte sie mich. »Ich habe gehört, dass du zu Beginn der Unwetter von hier aufgebrochen bist.«

»Sei gegrüßt, Anna«, erwiderte ich. »Ja, genau so ist es gewesen.«

»Der Himmel muss dir wirklich gewogen sein, Jungchen«, erklang irgendwo hinter dem Tresen Bufallons Stimme. »Ich kannte schon einige verzweifelte Burschen, die bei ähnlichem Wetter in die Lüfte aufgestiegen sind. Nur wurde von denen nie einer wiedergesehen. Anna, heb mich mal hoch! Ich will mir Lass anschauen!«

Die Frau setzte den Liliputaner auf den Tresen.

»Gut gemacht, Jungchen!«, sagte er und streckte mir seine

winzige Hand entgegen. »Hast du schon ein paar Münzen zur Seite gelegt?«

»Wofür das?«

»Wie, *wofür*?! Selbstverständlich für das Sechsstundenrennen, das in einer Woche stattfindet! Da wetten alle!«

»Ich ganz bestimmt nicht!«

»Sag mal, Anna, ist dieser Elf vielleicht gerade eben erst aus dem Ei geschlüpft?! He, Margayd!«, rief er zu einem dunkelhäutigen Flieger, der an einem der Tische saß. »Du warst doch schon bei den Buchmachern, oder?«

»Leider, ja«, antwortete dieser mit einem schweren Seufzer. »Jetzt weint mein Geldbeutel bittere Tränen. Im letzten Jahr habe ich nämlich eine enorme Summe verloren.«

»Aus ebendiesem Grunde setze ich nie Geld«, erklärte ich.

Eine zottelige Kugel schlug voller Wucht gegen meine Schulter, grunzte wütend, sprang nach unten und schnappte nach meinem Finger. Der Biss war nicht besonders schmerzhaft, aber so, dass ich mich schuldig fühlte, Dreipfot derart lange allein gelassen zu haben.

»Tut mir leid, mein Freund, ich wollte wirklich nicht so lange wegbleiben«, entschuldigte ich mich bei ihm. »Allerdings bin ich ganz froh, dass du mich nicht begleitet hast. Die Reise war nämlich ziemlich feucht.«

»Er hat wirklich sehr unter deiner Abwesenheit gelitten«, sagte Anna, die gerade für einen grimmigen, grauhäutigen Troll ein Getränk aus Rum, blauem Likör und Ananassaft mischte. Der Aufnäher am Fliegeranzug wies den Burschen als Angehörigen der Patrouille aus. »In seinem Kummer hat er mir meine sämtlichen Vorräte an gerösteten Bananenscheiben weggefuttert.«

»Ich werde dafür aufkommen.«

»Vergiss es. Er hat sich sein Futter auf ehrliche Weise verdient, indem er alle Ratten im Keller gefangen hat.«

»Jetzt hört doch mal endlich mit diesem Viech auf!«, mischte sich Bufallon wütend ein. »Es gibt Wichtigeres, über das wir reden müssen. Das Sechsstundenrennen zum Beispiel, das ist schließlich das bedeutendste Wettfliegen auf den Vereinten Inseln!«

»Freut mich, dass du dich so dafür begeistern kannst«, erwiderte ich gleichmütig, während ich Dreipfot kraulte.

Bufallon beäugte mich, als stimme bei mir im Oberstübchen nicht alles. »Das Sechsstundenrennen ist *das* Ereignis auf der Schildkröteninsel«, verkündete er dann in gewichtigem Ton. »Da treten die besten Flieger gegeneinander an, während die miesesten ...« Er verzog das Gesicht. »Die miesesten Flieger wetten. Mit etwas Glück kann man dabei immerhin ein stattliches Vermögen gewinnen. Ich könnte dir zum Beispiel raten, auf wen du setzen sollst, du würdest ganz gewiss nicht leer ausgehen. Im Gegenteil! Was sagst du zu diesem Vorschlag? Und wenn du gewinnst, dann beteiligst du mich mit ... sagen wir, fünf Prozent. Das ist wirklich nicht viel.«

»Und wenn ich verliere?«, fragte ich grinsend. »Verkaufst du dann deine Schuhe, um meinen Verlust zu ersetzen?«

»Mach dich nicht über mich lustig!«, herrschte er mich an. »Ich habe bereits dreimal am Sechsstundenrennen teilgenommen und einmal sogar gewonnen. Gut, das ist lange her ... Zu schade, dass ich jetzt keinen zweiten Mann habe ... Ich kenne diese Strecke nämlich in- und auswendig. Und einen Sieger wittere ich drei Meilen gegen den Wind.«

»Tut mir aufrichtig leid, Bufallon, aber ich habe bei Wetten um Geld einfach kein Glück, deshalb kannst du auf mich nicht zählen.«

»Solltest du es dir dennoch überlegen, weißt du ja, wo du mich findest, Jungchen. Teilnehmen willst du wohl auch nicht?«

»Du vergisst, das ich kein Aeroplan habe.«

»Stimmt ja«, murmelte er enttäuscht. »Und ohne Aeroplan lässt sich da wirklich nichts machen. Zu schade. Denn wenn du das Rennen gewonnen hättest, dann hättest du sogar noch mehr Geld machen können als mit einer Wette.«

»Wie hoch ist denn das Preisgeld?«

»Für den ersten Platz eintausendfünfhundert Louisdors, plus Anteile von den Buchmachern. Ah!«, meinte er kichernd. »Ich lese dir doch von der Nasenspitze ab, dass die Sache dich nun nicht mehr gleichgültig lässt!«

Ich erwiderte nichts, dachte aber scharf nach …

Am nächsten Morgen ging starker Regen nieder. Die Waranenberge lagen hinter dickem Nebel verborgen, das Wasser prasselte auf St. Vincent ein, sickerte durch die Decke meines Zimmers und bildete auf dem Boden eine riesige Pfütze. Dreipfot betrachtete diese Lache freilich als Geschenk des Himmels. Er sprang vom Bett, badete ausgiebig und verlangte dann von mir, dass ich ihm das Fenster öffnete. Er kroch auf den Sims hinaus, saß eine Minute im Regen, fing mit dem Maul die Tropfen auf, sprang zu einer Palme hinüber und kletterte über sie hinunter auf die Straße.

Als auch ich ausgehbereit war, nahm ich die Kette der toten Fliegerin vom Tisch, hängte sie mir um den Hals – und runzelte die Stirn. Sie kam mir ungewöhnlich kalt vor, fast wie damals, als wir den Kampf zwischen der *Donner* und der Fregatte der Margudier beobachtet hatten.

Seltsam … Allmählich war es mir nicht mehr ganz geheuer, dieses Schmuckstück zu tragen. Vielleicht sollte ich es besser an einem sicheren Ort verstecken. Gleich nach dem Treffen mit Ogg, der mich hier abholen wollte.

Ich ging ins Erdgeschoss hinunter, trat auf die Vortreppe hinaus, auf der ich durch einen Dachvorsprung gegen den Regen geschützt war, der nur die beiden untersten Stufen erreichte. Auf ihnen saß ein älterer Halbling. Der Bursche mit den behaarten Beinen und der grauen Lockenmähne lebte in einem Raum im Keller. Seine vielköpfige Familie wuselte meist auf dem Hof herum, während er die Enkelkinder hütete.

Der Halbling hieß Po.

»Ich habe gehört«, sprach er mich an, »dass Bufallon dich zu einer Wette beim Sechsstundenrennen überreden will.«

»Gibt es auf dieser Insel eigentlich auch Dinge, die geheim bleiben?«, fragte ich grinsend zurück.

Daraufhin stieß er ein gackerndes Lachen aus.

»Hier kennt halt jeder jeden, da machen Gerüchte schnell die Runde. Wenn ich dir einen Rat geben darf: Hör nicht auf Bufallon. Ich kann mich nicht erinnern, dass er jemals viel Geld bei einer Wette gemacht hätte. Diesmal glaubt er, dass Gruke gewinnt, ein Kobold, der als Sieger aus den letzten drei Sechsstundenrennen hervorgegangen ist.«

»Aber du siehst das anders?«

Der Halbling rieb sich die Nase, über die Regentropfen liefen. »Es gibt viele vorzügliche Flieger, aber das Glück ist eine launische Dame. Gruke kann nicht immer gewinnen. Es gibt auch andere Anwärter auf den Sieg. Ich nenne nur Grieß, Alexander aus dem Vergessenen Viertel, den Ork Arr, Schnapsdrossel und Lachmöwe. Aber auch Nahywa, die Kommandeurin von Nords Fliegerstaffel, dürfen wir nicht vergessen. Allerdings weiß ich nicht, ob sie rechtzeitig zum Rennen zurück sein wird, denn Nord ist noch vor dem Monat der Unwetter von hier weggeflogen. Dann wäre da noch Zottel, und was ihn angeht, gebe ich dir sogar einen kostenlosen Rat.«

»Einen kostenlosen Rat bekommt man auf dieser Insel selten zu hören«, sagte ich. »Umso gespannter bin ich.«

»Hüte dich vor ihm! Zottel hat sich bereits öfter abfällig über dich geäußert. Vor ein paar Tagen hat er sich mit den Wilden Ebern eingelassen, das ist eine Bande von Luftpiraten. Zusammen mit denen will er dich fertigmachen. Pass also auf dich auf!«

»Das werde ich. Danke, dass du mich gewarnt hast. Darf ich fragen, warum du das getan hast?«

»Weil wir Nachbarn sind. Das ist doch Grund genug, oder?«

Seine Augen funkelten vergnügt, und ich verstand, dass ich den wahren Grund für sein Verhalten nie erfahren würde.

»Sag mal«, versuchte ich es trotzdem noch auf einem anderen Weg, »täusche ich mich, oder kann auf dieser Insel niemand Zottel leiden?«

»Werwölfe sind nicht gerade für ihre gute Kinderstube bekannt ... Aber was will man machen, so sind sie nun einmal.« Dann deutete er nach links. »Ist das nicht zufällig dein Steuermann?«

Es war tatsächlich Ogg. Ich verabschiedete mich von Po und ging dem Ork entgegen, um gemeinsam mit ihm die *Tränen der Meerjungfrau* aufzusuchen, eine Schenke ganz in der Nähe.

Zu unserer beider Überraschung trafen wir in ihr Nahywa. Sie saß an einem Tisch in der hintersten Ecke, in Gesellschaft eines breitschultrigen, grauhaarigen Mannes, der durch einen Strohhalm Mangosaft schlürfte.

Als sie meinen Blick auffing, lächelte sie mir zu, wenn auch ihre eigentliche Aufmerksamkeit weiter ihrem Gegenüber galt. Ich schenkte ihr ein strahlendes Lächeln. Ogg nahm auf einem knarrenden Stuhl Platz und holte etwas aus seiner Tasche.

»Ich habe die Sache einmal durchgerechnet. Hier, sieh mal!« Er legte die schwarzmagische Tafel vor mich hin und drehte ein wenig an den Zahnrädern, damit die Zahlen deutlicher hervortraten. »Nach meinen Berechnungen bräuchten wir für ein gutes Aeroplan rund tausend Louisdors.«

»Tausend?«, japste ich.

»Die Preise auf der Insel sind eben höher als auf dem Kontinent.«

»Sicher ... Also, wir brauchen einen zuverlässigen Vogel, ein schnelles und wendiges Aeroplan für uns beide, sonst können wir die Kurierarbeit gleich vergessen.«

»Eine *Mond* oder eine *Rüpel* werden wir uns nicht leisten können, daher sollten wir eher an eine *Witwe* oder eine *Betörerin* denken.«

»Die *Witwe* ist ein schweres Kriegsaeroplan, das meist eingesetzt wird, um große Luftschiffe zu zerstören«, hielt ich dagegen. »Das ist nichts für uns. Und die *Betörerin* scheint mir, ehrlich gesagt, auch nicht gerade die glücklichste Lösung.«

»Sie ist auf alle Fälle besser als eine *Mücke*.«

»Und du glaubst, tausend Louisdors reichen?«

»Für das Aeroplan schon. Aber das sind ja noch nicht alle Kosten. Wir brauchen noch magische Schilde, Kanonen und Bienenstöcke. Dann müssen die Magischen Siegel überprüft und die Fußhebel eingestellt werden. All das kostet Geld. Und den Dämon habe ich noch gar nicht erwähnt ... Alles in allem sollten wir also noch einmal tausend Louisdors ansetzen.« Daraufhin tippte Ogg mit dem Finger auf die schwarzmagische Tafel, um mir die Endsumme zu zeigen.

»Um diese Summe zusammenzubekommen«, bemerkte ich seufzend, »müssten wir einen Handelszug der Gnome überfallen und die ganze Fracht rauben.«

»Ich könnte vielleicht zweihundert auftreiben … Wie viel hast du denn, wenn ich fragen darf?«

»Vierhundert«, antwortete ich leise.

»Das ist ja schon mal nicht schlecht!«, rief Ogg begeistert aus. »Dann haben wir noch das Geld von Tull. Ich werde mit meinen Leuten reden, die auf dieser Seite der Bucht leben. Sie leihen mir vielleicht etwas. So um die zweihundertzwanzig müssten da noch einmal zusammenkommen. Allerdings bräuchten wir dann immer noch über tausend …«

»Ich habe eine Idee, wie wir an Geld kommen könnten. Falls du nichts gegen wahnsinnige Vorschläge einzuwenden hast, versteht sich.«

»Wenn du mich fragst, ist es höchste Zeit für wahnsinnige Vorschläge«, erklärte Ogg mit unerschütterlicher Ruhe. »Ich zum Beispiel habe bereits mit dem Gedanken gespielt, alles, was ich habe, auf den Sieger im Sechsstundenrennen zu setzen.«

»Das ist zu gewagt. Ich bin nicht bereit, blindlings auf mein Glück zu vertrauen. Nein, wir müssen die Sache selbst in die Hand nehmen. Was sagst du daher zu dem Vorschlag, das Rennen zu gewinnen?«

Ogg riss die Augen auf und rieb sich das Kinn.

»Mhm«, brummte er nach einer Weile. »Du müsstest Gruke übertrumpfen. Und nicht nur ihn, sondern auch die anderen Anwärter auf den Sieg, darunter auch sie.« Ogg nickte in Nahywas Richtung. »Versteh mich jetzt bitte nicht falsch, du bist ein hervorragender Flieger, ich habe selbst miterlebt, wozu du imstande bist … aber die anderen nehmen nicht zum ersten Mal an diesem Rennen teil, sie kennen alle Tücken der Strecke. Abgesehen davon bleibt da immer noch die Tatsache, dass wir kein Aeroplan haben. Und ich habe nicht die geringste Vorstellung, woher wir eines kriegen könnten.«

»Stimmt, das ist ein Teufelskreis. Wir brauchen ein Aeroplan, um das Rennen zu gewinnen, damit wir uns ein Aeroplan kaufen können. Ich werde mit Schiefnase reden. Vielleicht kann er uns weiterhelfen.«

»Und ich höre mich bei den Orks um«, sagte er und stand auf. »Jetzt gleich. Heute Abend treffen wir uns dann in der *Kehrtwende*. Bis dahin klappere ich auch noch Nest, Grube, Loch und Meeresbrise ab, vielleicht höre ich ja von jemandem, der sein Aeroplan verleiht.«

Er stürmte förmlich aus der Schenke, sodass ich ihm nicht einmal gutes Gelingen für sein Vorhaben wünschen konnte.

11. KAPITEL, *in dem ich mein neues Heim besichtige*

Sobald der Regen geendet hatte, lösten sich die Wolken auf, und die Waranenberge traten wieder aus dem Nebel hervor. Die Sonne sengte vom Himmel, verdampfte das Regenwasser am Boden, auf den Dächern und den Palmblättern. Dreipfot sprang durch die Pfützen und schreckte dabei die leuchtend blauen oder himbeerroten Schmetterlinge auf, die zu Dutzenden über ihnen tanzten.

»He, Lass!«, rief da jemand. »Warte mal!«

Ich drehte mich um und sah Nahywa.

»Sei gegrüßt!«, sagte ich.

»Hast du vielleicht eine Minute Zeit?«

»Aber sicher.«

Heute trug sie keinen Fliegeranzug, sondern eine leichte Bluse und hellgrüne Hosen mit unzähligen Taschen. An ihrem Gürtel hingen zwei Pistolen.

»Schiefnase hat mir gesagt, dass du nach einem Zuhause in der Nähe von Nest suchst.«

»Vermietest du Zimmer?«

»Ich nicht, aber eine Freundin von mir hat ein Gästehaus, das seit langer Zeit leer steht. Sie ist allerdings etwas wählerisch. Dafür wohnt sie in der Straße der Pelikane und Schwäne. Willst du es dir einmal ansehen? Wir könnten sogar gleich bei ihr vorbeigehen.«

»Gern.«

»Dann komm«, sagte Nahywa. »Ich glaube, es ist besser, wenn ich euch einander vorstelle. Sie ...« Nahywa verstummte kurz, als suchte sie nach dem passenden Wort, nur um am Ende ganz auf eine Erklärung zu verzichten. »Ach was, du wirst es ja selbst sehen. Wir müssen hier lang.«

Sie zeigte in die Richtung. Wir bogen in eine noch immer regenfeuchte Straße ein, die von duftenden tropischen Blumen sowie von Bäumen mit rötlicher Rinde und öligen Blättern gesäumt wurde.

»Hab übrigens Dank, dass du mich an Tull vermittelt hast.«

»Doch nicht dafür. Als ich gehört habe, dass der Leprechaun einen guten Flieger sucht, habe ich gleich an dich gedacht. Der Aufnäher am Ärmel verrät mir, dass er dich als Kurier eingestellt hat. Wie kommst du mit ihm zurecht?«

»So weit ganz gut«, antwortete ich. »Wir haben eine gemeinsame Sprache gefunden.«

»Du meinst, ihr sprecht über Geld, Gehalt und Gewinne?« fragte sie lachend zurück. »Und der Ork, der mit dir an einem Tisch gesessen hat – ist das dein Steuermann?«

»Richtig. Ich habe gehört, dass dein Volk sich mit den Orks überworfen hat.«

»Das stimmt nicht, Lass. Ich gehöre dem Stamm der Weißen Höhle an, und wir kommen recht gut mit den Orks klar. Aber andere Klane des Nachtvolks haben gegen sie gekämpft, das ist richtig. Sie leben allerdings weiter oben. Meine Familie dagegen hat ihre Höhle in sehr großer Tiefe. Was an der Erdoberfläche vor sich geht, kümmert sie überhaupt nicht. Deshalb habe ich nicht die geringsten Vorbehalte gegen Orks.«

»Wahrscheinlich war es nicht einfach für dich, Fliegerin zu werden. Wo euer Volk doch nur selten einen Fuß vor die Höhlen setzt, um die große weite Welt zu erkunden ...«

»Das kannst du laut sagen«, stieß sie seufzend aus. »Wir leben sehr zurückgezogen und strikt nach den Geboten unserer Vorfahren. Eines davon verlangt, die Tagesoberfläche zu meiden. Aber einmal sind Händler aus dem Geschlecht der Menschen zu uns gekommen. Sie boten Salz und Wärmesteine an, deshalb durften sie unsere Höhlen überhaupt nur betreten. Wir Kinder hatten damals viel Glück. Wir wurden nicht von anderen Angehörigen des Nachtvolks verschmaust und durften uns recht frei bewegen. Zumindest unter Tage. So sind wir zu den Klanen in den oberen Schichten hochgeklettert und haben uns die Menschen angeguckt. Einer von ihnen hat uns erzählt, es gebe über der Erde keine Decke, sondern nur den endlosen Himmel, an dem Aeroplane und Luftschiffe ihre Bahnen ziehen. Er hatte einige Bilder dabei, die er gezeigt hat, während er seine Geschichten erzählte. Seitdem wollte ich nur noch eins: fliegen!«

Ich hörte ihr zu, ohne sie zu unterbrechen.

»Ständig malte ich mir aus«, fuhr sie fort, »wie ich durch die größte Höhle bei uns fliegen würde. Und ich habe mich gefragt, was das wohl ist: der Himmel. Ein paar Jahre lang hatte ich jede Nacht ein und denselben Traum: Ich springe vom höchsten Stalagmiten und breite die Arme aus. Doch statt zu fliegen, falle ich in die Tiefe. Nicht einmal im Traum hat die Höhle es mir erlaubt zu fliegen, vom wirklichen Leben ganz zu schweigen. Deshalb floh ich. Sobald ich das erste Mal hinter dem Steuerknüppel eines Aeroplans gesessen habe, hörten diese Albträume dann sofort auf«, sagte Nahywa lächelnd. »An dem Tag habe ich verstanden, dass ich nie wieder fallen würde. Was ist mit dir? Wie hat es dich zum Himmel verschlagen?«

Verlegen suchte ich nach den richtigen Worten.

»Da meine Familie …«, begann ich, »recht angesehen ist, setzte man auf mich als Erben große Hoffnungen. Ich wurde ihnen allerdings nicht gerecht, denn ich bin nach altem Brauch in Magie unterwiesen worden, zeigte jedoch nur beschämend schwache Anlagen dafür. Dann hat mein Onkel mich einmal in seiner *Silberquelle* mitgenommen. Der alte Elf kannte seinen Neffen weit besser als die Lehrer der Magie. Danach wollte ich Flieger werden. Meine Familie hat sich anfangs dagegen ausgesprochen, doch meine Fähigkeiten in der Luft überzeugten sie schließlich. Es war letztlich besser, einen hervorragenden Flieger in der Familie zu haben als einen schlechten Magier. Diesen Schritt habe ich nie bereut.«

»Kommen die Zauberer in deinem Volk nicht aus den Adelsfamilien?«

»In der Regel schon«, antwortete ich. »Aber wie heißt es doch: Keine Regel ohne Ausnahme.«

Nicht einmal Nahywa gegenüber wollte ich zugeben, dass die Kyralletha meine Cousine war. Im Zweifelsfall könnte mir diese Tatsache auf der Schildkröteninsel gefährlich werden.

Als über uns ein Aeroplan dahinflog, legte Nahywa den Kopf in den Nacken, um ihm nachzusehen.

»Aber es ist doch wirklich einmalig zu fliegen, oder?«, bemerkte sie versonnen. »Hoch oben in der Luft zu sein, über Wälder und Hügel hinwegzusausen und freie, wirklich freie Sicht zu haben. Bis zum Horizont alles zu sehen.«

»Stimmt, das ist einmalig. Manchmal habe ich den Eindruck, ich fange erst an, richtig zu leben, wenn ich vom Boden abhebe.«

»Deshalb sind wir Flieger aus Sicht derjenigen, die niemals in die Lüfte aufsteigen, wohl auch ein wenig sonderbar«, erwiderte Nahywa. »Dass wir leiden, wenn wir festen Boden unter den Füßen haben. Die *Donner* wird zurzeit flottgemacht und noch eine ganze Weile in den Docks bleiben. Deshalb sitze ich auf dieser Insel fest.«

»Hat sie schwere Schäden davongetragen?«

»Es geht so. Ehrlich gesagt, hat sie wohl schon Schlimmeres erlitten. Frag mich aber nicht genauer danach, da wüsste ich nicht zu antworten, ich bin ja erst wenige Jahre in der Mannschaft. Aber als sie an den Purpurbergen gekämpft haben, sollen bei ihr hinterher keine zwei Planken mehr nebeneinander gewesen sein. Immerhin kann ich jetzt am Sechsstundenrennen teilnehmen, das habe ich gerade eben erfahren, als ich mit Roch gesprochen habe.« Als sie begriff, dass mir der Name nichts sagte, erklärte sie: »Das ist der Mensch, mit dem ich an einem Tisch gesessen habe, als du in die Schenke gekommen bist. Er ist Erster Offizier und damit die rechte Hand von Kapitän Nord.«

»Die Schäden an der *Donner* habt ihr den Margudiern zu verdanken, nicht wahr?« Sie sah mich erstaunt an. »Wir sind damals in diese Schwarze Windhose geraten, als ihr ...«

»Dann wart ihr das in der alten *Nashorn*?«

»Genau.«

»Aber diese Windhose hat euch förmlich verschlungen!«

»Es war uns vergönnt, diese kleine Unannehmlichkeit zu überleben. Die *Nashorn* haben wir allerdings verloren. Nach dem Absturz haben uns dann die Krashshen geholfen und nach La Plata gebracht. Warum habt ihr diesen Zauberern eigentlich einen vor den Bug geknallt?«

»Mit denen hat Kapitän Nord noch eine alte Rechnung offen. Seit den Kämpfen an den Purpurfelsen geben sie keine Ruhe. Die Mannschaft hasst sie, und Kapitän Nord allen voran, denn wegen dieser Echsen hat er seine besten Freunde verloren, Wu und Alice. Wenn wir ihnen am Himmel begegnen, endet das stets in einem Gefecht. Daran dürfte sich auch in Zukunft nichts ändern. Dass ausgerechnet jetzt ein Kreuzer der Echsen zur Schildkröteninsel gekommen ist, macht die Sache natürlich auch nicht besser.«

»Was haben die Margudier denn hier verloren?!«

»Das weiß niemand. Auf alle Fälle dürfen sie das Gelände von Grube nicht verlassen.«

Heute Morgen war die Kette eiskalt gewesen! Da mussten diese drei Echsen eingetroffen sein! Waren sie meinetwegen hier? Oder vielmehr wegen Kamillas Schmuckstück?

Nach zweihundert Yard blieb ich unvermittelt stehen.

»Halt!«, verlangte ich von Nahywa und packte sie bei der Schulter.

»Was ist?«, fragte sie und sah sich erstaunt um.

»Jemand hat eine Pistole gespannt.«

»Bist du sicher? Ich habe nämlich nichts gehört.«

»Glaub mir, zwanzig Schritt von uns wurden gerade Hähne gespannt. Hinter dem Haus da lauern zwei Gestalten, zwei weitere halten sich hinterm Zaun versteckt.«

Ich vertraute meinem Gehör zu sehr, als dass ich jetzt weitergegangen wäre. Das Spannen von Pistolenhähnen deutet bekanntlich nur selten auf friedliche Absichten hin. Nein, jemand dürfte eine Falle aufgestellt haben – in die zu tappen ich nicht beabsichtigte.

»Gibt es noch einen anderen Weg zum Haus deiner Freundin?«, wollte ich von Nahywa wissen, während ich mich aufmerksam umschaute. Inzwischen hatte ich mich auch selbst mit einer Pistole bewaffnet.

»Die Straße des Hibiskus würde uns auch ... Bei der Kehrseite!«, rief sie aus und legte die Ohren an den Kopf wie eine wütende Katze. »Zu spät!«

In unserem Rücken tauchten zwei Burschen auf. Zwei weitere sprangen über den Zaun und versperrten uns den Weg, das dritte Paar kam hinterm Haus hervorgehuscht.

Es war eine illustre Gesellschaft, gekleidet in die dreiviertellangen Hosen der Seeleute, mit Westen über dem nackten Oberkörper und mit limonengelben Kopftüchern. Und selbstverständlich trugen alle Waffen. Vier von ihnen waren Menschen, einer ein Halbork – und der Letzte mein guter, alter Bekannter Zottel.

»Ich übernehme die hinter uns«, erklärte Nahywa kalt und richtete gleich beide Pistolen auf die Menschen.

Die zeigten sich nicht sonderlich beeindruckt und trotteten gemächlich weiter auf uns zu.

»Wir haben noch eine Rechnung offen, Elf«, sagte Zottel da. »Wegen Gavez. Und du, Fliegerin, kannst abziehen, du bist hier überflüssig.«

»Und mir die Keilerei entgehen lassen?«, entgegnete Nahywa lachend. »Auf gar keinen Fall! Deine Freunde sind offenbar neu auf der Insel, deshalb warne ich euch jetzt im Guten: Zieht ab! Denn wenn ihr uns auch nur ein Härchen krümmt, bekommt ihr es mit der ganzen Mannschaft der *Donner* zu tun!«

»Sie gehört zu Nord?«, japste einer der Menschen.

»Ja, der Himmel soll dich holen!«, brüllte der Werwolf. »Und?! Spielt das etwa irgendeine Rolle?«

»Und ob!«, knurrte der Mensch – und steckte die Pistole hinter den Gürtel. Die anderen folgten seinem Beispiel. »Das hättest du uns vorher sagen sollen. Diese blutdürstigen, rachsüchtigen Kerle will ich nicht zum Feind haben! Nord kennt kein Erbarmen, wenn jemand sich an seinen Leuten vergreift!«

»Stimmt«, pflichtete ihm der Halbork bei. »Hauen wir ab!«
»Nichts da, ihr Feiglinge!«, schrie Zottel, aber die anderen rannten bereits davon. Der Werwolf sah Nahywa hasserfüllt an.
»Nur eine Handvoll Frau – aber alle haben Angst vor dir!«, zischte er. »Aber was, wenn du nicht deine mächtigen Freunde hättest? Was würdest du denn dann machen?!«
»Dann würde ich dich ohne jede Vorwarnung umbringen«, setzte sie ihn gelassen ins Bild.
»Und wir beide«, sagte ich, denn ich sah, dass Wachtposten auf uns zukamen, »klären alle Fragen am Himmel.«
»Darauf kannst du Gift nehmen«, erwiderte Zottel.
»Solche Widerlinge wie dich kenne ich genau!«, fuhr Nahywa ihn an, während sie die Pistolen in die Halfter zurücksteckte. »Ihr nachtragenden Schweine gebt erst Ruhe, wenn Blut geflossen ist!«
»Was für ein Glück, dass du bei mir warst«, sagte ich, sobald der Werwolf abgezogen war. »Anscheinend hat dieses Pack wirklich Angst vor Nord.«
»Das hat es. Der Kapitän lässt niemanden ungeschoren davonkommen, der sich mit Angehörigen seiner Mannschaft anlegt. Würde er das, könnte sein Ruf Schaden nehmen. Deshalb legt er großen Wert darauf, dass alle wissen, was er mit solchen Wesen anstellt, seien es nun Menschen oder Nicht-Menschen.«
Die Ordnungshüter gingen an uns vorbei, ohne uns zu behelligen. Offenbar hatten sich alle Fragen erübrigt, als sie den Aufnäher auf meinem Ärmel bemerkt hatten, der mich als Kurier im Dienste der Insel auswies.
Die Straße der Pelikane und Schwäne war leise, grün, heimelig und lauschig wie eine Wiese der Halblinge. Nest lag ganz in der Nähe. Immer wieder setzten Aeroplane zur Landung an ...
Die Straße mündete an einem Ende in einen Platz mit drei Kokospalmen, an der anderen Seite in ein Netz aus Gassen. In diesen brodelte das Leben, tobten Kinder herum, roch es nach gekochtem Essen, reifen Früchten und selbstverständlich nach Vanille, dem allgegenwärtigen Gewürz auf den Vereinten Inseln, das auch auf den Kontinent geliefert wurde.

»Hier ist es.«

Nahywa war an einer mit Blumen bemalten Pforte stehen geblieben. Trotz des zarten Schmucks wirkte diese solide und stabil. Genau wie der hohe, von Weinreben umrankte Zaun. An den Reben prangten bernsteinfarbene Trauben.

Nahywa griff nach einer Ranke, zog sanft daran – und die Pforte öffnete sich. Die Pflanze selbst schien sich danach aus Nahywas Fingern zu winden und zurückzuziehen …

Der Garten war erstaunlich groß, sauber und gepflegt. Wohin der Blick auch fiel, überall gab es prachtvolle Blumenbeete. Die roten, weißen, gelben, blauen, orangefarbenen und rosaroten Töne der Blumen verliehen der Welt gleich ein bunteres und fröhlicheres Antlitz.

Neben einem Brunnen, der mit grau-blauen Steinen verkleidet war, wuchsen purpurrot gestreifte Orchideen. Diese wiederum wirkten streng und majestätisch. In der hinteren, dicht verschatteten Ecke sprudelte mit sanftem Rauschen aus dem Astloch eines betörend duftenden Baums ein kleiner Bach heraus.

Hinter dem Brunnen standen zwei Häuser. Das eine lag im Schatten einer alten Akazie, war sehr groß und hatte weiße Mauern sowie eine hohe Vortreppe.

Das andere war kleiner, ja, regelrecht winzig, wirkte dafür aber ungeheuer gemütlich. Über die gesamte rechte Wand zogen sich – genau wie am Zaun und an der Pforte – Weinreben, unter dem offenen Fenster lag ein herrliches Hortensienbeet.

Drei weitere Akazien standen wie Soldaten an dem mit sauber gefegten, grünen Platten ausgelegten Weg. Als wir an ihnen vorbeigingen, griff Nahywa mit einem Mal nach meiner Hand und lächelte sanft.

»Neben denen solltest du nicht stehen bleiben«, erklärte sie.

»Sind sie gefährlich?«

»Mitunter schon.«

Sie zog mich zu dem großen Haus.

»Warte bitte an der Treppe«, verlangte sie. »Und geh um Himmels willen nirgends hin! Fass auch die Blumen nicht an!«

Ich nickte bloß und verzichtete vorerst auf jede Nachfrage. Die nächsten Minuten beobachtete ich hingerissen die bunten Schmetterlinge, die über den Blumen flatterten, und lauschte darauf, wie dicke Hummeln über dem Klee so tief summten, als wären es überladene *Witwen*. Ein metallen schimmernder grüner Kolibri schoss wie ein Blitz an mir vorbei. Der winzige Vogel verharrte über einer Girlande aus kelchförmigen, goldenen Blüten und sammelte mit seiner langen Zunge deren Nektar. Seine Flügel glichen Nebel, der sich verzog: Sie schlugen zu schnell auf und ab, als dass ein Auge ihre Bewegung hätte wahrnehmen können.

»Das kommt überhaupt nicht infrage!«, erklang es wütend hinter mir aus dem offenen Fenster. Die Stimme der Unbekannten war hoch, klar und sehr jung. »Das kann ja wohl nicht dein Ernst sein!«

»Aber du lebst ganz allein!«, antwortete Nahywa genauso wütend. »Wie lange steht das Gästehaus denn jetzt schon leer?«

»Seit du es verlassen hast, um auf der *Donner* zu fliegen. Das bedeutet aber nicht, dass ich jemand anders dort hineinlasse.«

»Aber ...«

»Der Kerl macht mir mit Sicherheit die Blumen kaputt oder trampelt in den Beeten herum! Und dann knöpfen ihn sich meine Freunde vor ...«

»Glaub mir, damit musst du bei ihm nicht rechnen.«

»Alle Flieger sind gleich ... na ja ... gut, du bist eine Ausnahme.« Die Unbekannte senkte jetzt die Stimme. »Sag ihm also bitte, dass ich das Haus nicht vermiete.«

»Wenn du ihm eine Absage erteilen willst«, empörte sich Nahywa, »dann mach das gefälligst selbst!«

»Gut!«

Manchmal bedauerte ich, ein derart ausgezeichnetes Gehör zu haben. Die Frau wollte also keinen Mieter. Schade! Denn dieser Ort war irgendwie verwunschen – und damit wie geschaffen für einen Elfen.

Die Tür flog auf, und die Unbekannte erschien auf der Vortreppe, neben der ich wartete. Ihre Füße befanden sich folglich genau auf der Höhe meiner Augen. Langsam wanderte mein Blick die Beine hoch – die ausgesprochen lang, wohlgeformt, braun gebrannt und einfach einmalig waren.

Die Frau trug eine leichte Tunika aus leuchtend grünem Stoff, die ihren Körper kaum verhüllte. Das honigfarbene Haar fiel ihr über die Schultern, die veilchenblauen Augen sahen mich mit einem Ausdruck höchster Verwunderung an.

Wir standen einander gegenüber wie zwei Statuen, beide wie vor den Kopf geschlagen. Schließlich hüstelte Nahywa und durchbrach damit die Stille. Kaum kam ich wieder zu mir, verbeugte ich mich tief vor der Unbekannten.

»Ein Elf!«, rief diese. »Und sogar mit guten Manieren!« Dann drehte sie sich Nahywa zu: »Du hast mir nicht gesagt, dass dein Freund ein Sterngeborener ist!«

»Das sollte eine Überraschung sein«, erklärte Nahywa und blinzelte mir zu.

»Die ist dir gelungen.«

»Ich habe mir überlegt, dass er der einzige Mieter wäre, für den du vielleicht noch einmal eine Ausnahme machen würdest«, erklärte Nahywa. »Die Dregaikas und die Sterngeborenen sind doch entfernt miteinander verwandt, oder?«

Das stimmte eigentlich nicht. Vielmehr hielten wir Elfen die Hüterinnen der Ernte und Schwestern der Pflanzen für Göttinnen, die sich nur in Ausnahmefällen dazu herabließen, unsere Wälder zu besuchen. Die letzte Dregaika war vor fast dreihundert Jahren in den Großen Wald gekommen. Von diesem Besuch zeugte noch heute ein Eichenwald von nie da gewesenen Ausmaßen. In ihm hatte meine reizende Cousine mittlerweile ihre Residenz errichtet.

Jener Wald war noch heute von Magie getränkt, und jeder Elf, der ihn aufsuchte, fand sich allein mit der Natur wieder, mit seiner Vergangenheit, kehrte in Zeiten zurück, in denen unser Volk es noch nicht gelernt hatte, zum Himmel aufzusteigen ...

Doch wir verehrten die Gebieterinnen des Lebens nicht nur für ihre Weisheit, ihre Umgänglichkeit und Güte, sondern auch für die Hilfe, die sie unserem Wald damals erwiesen hatten, als er während eines besonders blutigen Krieges beinah von den Orks niedergebrannt worden wäre.

Die Dregaikas zeigten sich uns, wie gesagt, nur selten. Ich selbst hatte bisher erst eine von ihnen gesehen, sodass meine Verwunderung über diese Begegnung wohl nur zu verständlich sein dürfte. Eine Gebieterin über das Leben auf einer tropischen Insel – das war ungefähr wie ein Feuergeist inmitten der Gletscher des Eisigen Königreichs. Ihrem Gesicht nach zu urteilen hatte jedoch auch sie nicht erwartet, auf der Schildkröteninsel je einem Elfen zu begegnen.

»Ich bin Riolka«, stellte sie sich vor und streckte mir die schmale Hand entgegen.

»Und mein Name ist Lass, Herrin.«

»Verzichten wir doch auf jedes *Herrin*, Lass. Du möchtest dir also gern mein Gästehaus ansehen«, sagte sie und stieg die Treppe herunter. »Dann komm mit.«

Ohne sich davon zu überzeugen, ob ich ihr auch folgte, ging sie an mir vorbei und hielt auf das von Wein umrankte Häuschen zu. Für den Bruchteil einer Sekunde streifte mich der Duft nach frischen Brombeeren und Honig.

»Ich warte hier auf euch«, rief Nahywa.

Das Gästehaus war im Innern so anheimelnd, wie das Äußere vermuten ließ. Es bestand aus einem großen, hellen Raum mit einem massiven Schrank in der Ecke, einem Bett, über das ein Netz zum Schutz gegen Moskitos gespannt war, einem soliden Tisch und einem Korbstuhl. An der Wand hing ein Quecksilberbarometer, auf dem Fensterbrett standen leuchtend blaue Blumentöpfe.

Alles war sauber und glänzte, nirgends gab es auch nur ein Staubkörnchen, die Luft war frisch, die Farben erfreuten das Auge. Die Dregaika ließ mich in Ruhe alles ansehen. Als sie das zufriedene Lächeln auf meinem Gesicht bemerkte, lächelte sie mich ebenfalls an.

»Diese Treppe führt auf den Dachboden. Dort gibt es eine Hängematte, falls du nicht gern in einem Bett schläfst. Außerdem kannst du deine Sachen dort oben unterbringen.«

»Sehr schön«, sagte ich.
»Essen bereite ich dir nicht zu, ich vermiete lediglich das Haus.«
»Das genügt mir völlig. Gibt es sonst noch irgendwelche Dinge, die ich wissen sollte?«
»Achte meine Pflanzen«, antwortete sie. »Reiß sie nicht heraus und zertritt sie nicht. Sonst kann ich nicht mehr für mich bürgen. Aber gut, das brauche ich dir nicht zu sagen! Du als Sterngeborener weißt das ohnehin.«
»Ich werde ihnen mit größtem Respekt begegnen.«
»Daran hege ich nicht den geringsten Zweifel.« Sie trat dicht vor mich hin, sodass mich Hitze einhüllte. »Dann habe ich noch eine Bitte. Eine persönliche. Bringe keine Frauen hierher, die eifersüchtige Ehemänner oder hitzige Verwandte haben. Diese Art von ungebetenen Gästen bedeuten in der Regel einzig Schwierigkeiten.«
»Auch daran werde ich mich halten. Allerdings habe ich ... ein Haustier.«
»Das Pflanzen frisst?«
»Nein, eher Fleisch. Falls es hier Ratten gibt, wäre er eine echte Rettung.«
»Ratten gibt es hier keine, die Pflanzen seien gepriesen«, sagte Riolka. »Gut, das Tier sei mir willkommen, du darfst es mitbringen. Denn du nimmst das Haus doch, oder?«
»Ja.«
»Ohne nach dem Preis zu fragen?«, spottete sie, und ihre veilchenfarbenen Augen funkelten.
»Wie hoch ist er denn?«
»Sagen wir ... zehn Sol im Monat. Oder würden die dich an den Bettelstab bringen?«
Das war nur ein Sol mehr als bei Schiefnase.
»Nein, das kann ich verschmerzen.«
»Dann sei mir herzlich willkommen«, sagte Riolka und drückte mir den kleinen Schlüssel für mein neues Haus in die Hand.

12. KAPITEL, *in dem ich in die Geheimnisse des Sechsstundenrennens eingeweiht werde*

Gleich hinter den Ananasplantagen floss im Osten St. Vincents ein Fluss, dessen Strömung hier unten am Strand sehr langsam, ja, geradezu verschlafen war. In dem dunkelbraunen Wasser trieb Schlamm.

Dieser Fluss entsprang in den Waranenbergen, schlängelte sich durch dichte Wälder, ergoss sich in Wasserfällen über Klippen, bildete Stromschnellen und schoss ins Tal, in dem er seine Behändigkeit völlig einbüßte, um mit majestätischer Grazie dem Meer entgegenzutreiben und dieses mit seinem Schmutz zu färben.

Aus der Luft sah die Mündung in dem sonst türkisfarbenen Meer aus, als wollte jemand die vollkommene Natur lästern.

Außer mir war niemand am Strand. Mein Ziel war der Wald, der sich nur einen Steinwurf entfernt erhob. Allerdings musste ich mich dafür erst durch messerscharfes Gras schlagen. Die Halme waren so hoch, dass ich außer ihnen nicht das Geringste sah. Einmal störte ich eine kleine grüne Schlange auf, die fast mit dem Gras verschmolz. Das Biest zischte und versuchte, mich zu beißen, ich brachte mich jedoch rechtzeitig in Sicherheit. Danach achtete ich besser darauf, wohin ich meine Füße setzte.

Irgendwann gelangte ich zu einer Lichtung, unmittelbar vorm Wald. An ihrem Rand suchte ich mir einen Baum, den höchsten von allen, um dessen silbrig-braunen Stamm sich Lianen wanden. Einen passenderen Ort für ein Versteck hätte ich mir nicht wünschen können.

Auf einen Spaten hatte ich verzichtet, weil ich in der Stadt keine unnötige Aufmerksamkeit hatte erregen wollen. Deshalb musste ich die dicke Schicht verfaulter Blätter mit dem Dolch abtragen, damit ich die Kette in eine kleine Mulde legen konnte. Anschließend gab ich wieder Erde und verfaulte Blätter auf die Stelle und trat alles mit dem Fuß glatt. Nun wies nichts mehr darauf hin, dass hier etwas versteckt worden war.

Falls ich dieses Schmuckstück noch einmal bräuchte, wüsste ich, wo ich es fand …

Zurück in der Stadt, packte ich meine wenigen Habseligkeiten zusammen, verabschiedete mich von Schiefnase und siedelte zu Riolka über. Dreipfot begleitete mich selbstverständlich und machte sich in unserem neuen Heim sofort auf die Suche nach Tierbauten, durchpflügte den Garten wie ein kleiner pfirsichfarbener Hai, schnupperte in einem fort und überprüfte noch den entlegensten Winkel aufs Sorgsamste.

Ratten fand er tatsächlich keine, dafür machte er jedoch einer schwarzen Schlange, die sich unter einer Bank eingerichtet hatte, den Garaus und schleifte sie zur Vortreppe, um sie Riolka vor die Füße zu legen. Als die Dregaika das giftige Tier erblickte, das sich in ihrem Garten häuslich niedergelassen hatte, nahm sie es mit zwei Fingern hoch und warf es einer ihrer Akazien zu. Dreipfot dagegen erhielt zur Belohnung – und zu seiner unbeschreiblichen Freude – eine Schale Honig.

»Jetzt wird er dir keinen Fußbreit mehr von der Seite weichen«, warnte ich sie. »So, wie du ihn verwöhnst.«

Sie lächelte bloß.

Daraufhin ging ich zu dem Bach im Garten, um mich zu waschen. Im Gras neben ihm lag ein goldschimmernder Kamm. Als ich mich bücken und ihn aufheben wollte, rief Riolka mit wütender Stimme: »Rühr ihn ja nicht an!«

Fragend sah ich sie an. Riolka war an mich herangetreten. Auf ihrer schönen Stirn hatten sich Zornesfalten eingegraben.

»Ich habe gedacht, du hättest ihn verloren«, sagte ich kleinlaut, ohne zu verstehen, welches Vergehen ich mir eigentlich hatte zuschulden kommen lassen.

»Ich meine nicht dich, Lass!«, versicherte sie und gebot dann mit strenger Stimme. »Bleib sofort stehen!«

Zaghaft schielte ich hinter mich – und versteinerte. Die alte Akazie war kurz davor, mich mit ihren lanzenartigen Zweigen aufzuspießen wie einen Käfer. Und, was mir noch nie widerfahren war: Ich hatte nicht einmal gehört, wie sich der Baum auf seinen Wurzelstelzen an mich herangeschlichen hatte.

Mit einem unzufriedenen Knarzen zog die Akazie sich zurück, wobei sie wild von einer Seite auf die andere schwankte. Ihre drei Kumpane, die sich ebenfalls aus der Erde befreit hatten und voller Vorfreude an mich herangeschlichen waren, erzitterten unter dem zornigen Blick Riolkas derart, dass von ihren Zweigen weiße Blütenblätter rieselten.

»Nimm ihnen das bitte nicht übel. Sie kennen dich ja noch nicht«, sagte Riolka zu mir. »Aber ich werde nachher ein ernstes Wörtchen mit ihnen reden. Wir haben hier lange allein gelebt, da sind sie etwas verwildert und nun eifersüchtig auf sämtliche männlichen Wesen.«

»Wenn du sie zur Einsicht bringen könntest, würdest du mir das Leben ohne Frage erleichtern. Andernfalls müsste ich meine Sachen vielleicht wieder packen ...«

»Keine Sorge, wir werden alle bestens miteinander auskommen«, versicherte sie mir, drehte sich um und funkelte mit ihren veilchenfarbenen Augen die Bäume erneut an. Deren Zweige krümmten sich in Vorahnung weiterer Unannehmlichkeiten noch stärker als bisher.

Als ich Riolka verließ, schloss ich die Pforte sorgsam hinter mir. Voller Freude, von ein paar wild gewordenen Bäumen noch nicht zum Düngemittel verarbeitet worden zu sein, eilte ich zu Ogg.

Da alle Tische in der *Kehrtwende* besetzt waren, stand Ogg mit verkniffenem Gesichtsausdruck am Tresen und trank statt seines geliebten Malzschnapses einen sprudelnden Fruchtsaft.

»Sei gegrüßt, Ogg. Und du auch, Pallasch«, sprach ich meinen Geschäftspartner sowie den Mann hinter dem Tresen an. »Was ist denn hier los? So voll habe ich es ja noch nie erlebt ...«

»Das Sechsstundenrennen steht vor der Tür. In diesem Jahr richtet es die Schildkröteninsel aus, sodass schon bald mit noch mehr Menschen und Nicht-Menschen zu rechnen ist. Sie kommen von allen anderen Inseln zu uns«, mischte sich Anna ins Gespräch, zwischen deren Lippen wie stets eine selbst gedrehte Zigarette klemmte. »Nur gut, dass wir uns ausreichend Vorräte zugelegt haben. Das Eis wird aber vermutlich trotzdem knapp werden. Willst du was trinken?«

»Ich nehme das Gleiche wie Ogg. Aber falls möglich mit etwas mehr Eis.«

Pallasch seufzte, holte hinter dem Tresen eine Blechkiste hervor, an deren Wand ein Gefrierartefakt klebte. Aus dieser Kiste gab er einige Würfel Eis in ein hohes Glas.

»Das ist das letzte Mal, Mann«, erklärte er. »Obwohl das Artefakt schon arbeitet wie eine Kühlanlage für einen Dämon, der zehn Stunden lang sein Äußerstes gegeben hat, kommen wir mit der Eisherstellung nicht mehr nach.«

»Was soll das Gejammer?«, bemerkte Ogg, der gedankenversunken am Strohhalm nuckelte. »Gut, du hast alle Hände voll zu tun – aber dafür macht ihr auch einen hübschen Gewinn. Der dürfte doch fast genauso hoch sein wie im Monat der Unwetter.«

»Den machen wir aber nur, wenn uns nicht vorher die Vorräte ausgehen«, konterte Pallasch, als er mein Glas mit Fruchtsaft auffüllte. »Auf der Veranda im hinteren Hof gibt es übrigens noch einen Tisch, den könnt ihr haben, wenn ihr wollt.«

Das wollten wir. Und ohne das Tellergeklapper aus der Küche, die gleich nebenan lag, und das Schnarchen Bufallons, der in einer kleinen Hängematte schlief, wäre an diesem Ort nicht das Geringste auszusetzen gewesen.

»Was gibt's Neues?«, erkundigte sich Ogg.

»Einiges. Zum einen habe ich ein neues Zuhause gefunden. Zum anderen liegt eine wunderbare Begegnung mit Zottel hinter mir.«

Ich erzählte ihm kurz von der Geschichte.

»Dass dieser Werwolf so blöd ist!«, bemerkte Ogg. »Du bist ein Kurier dieser Insel, da könntest du dich ohne Weiteres bei der

Wache über ihn beschweren. Glaube mir, die würden kein Erbarmen mit ihm kennen. Allerdings ließe sich die Sache auch einfacher regeln: Ein Wort – und ich zieh dem Kerl eins über den Schädel.«

Dieser Vorschlag überraschte mich. Ogg wollte sich meinetwegen prügeln ...

»Das ist nicht nötig«, versicherte ich. »Mit dem komme ich schon irgendwie selbst klar. Und ehrlich gesagt, bereitet mir das Sechsstundenrennen gerade mehr Kopfzerbrechen als Zottel. Uns läuft die Zeit davon – und wir haben immer noch kein Aeroplan. Oder hast du irgendetwas erreicht?«

Sofort verdüsterte sich seine Miene.

»Wo ich auch gewesen bin«, knurrte er, »nichts. Du kriegst alte Aeroplane, die sich kaum noch in die Luft erheben, und wenn doch, dann trudeln sie gleich wieder zu Boden wie eine Axt, die du hochgeworfen hast. Mit diesen lahmen Enten gewinnst du das Rennen jedenfalls nicht.«

»Das Sechsstundenrennen?«, ertönte da die verschlafene Stimme Bufallons. »Hat hier jemand das Rennen erwähnt? Ihr braucht ein Aeroplan ...? Wollt ihr etwa doch daran teilnehmen?!«

»Was geht dich das an?«, grummelte Ogg. »Schlaf einfach weiter!«

»O nein!«, empörte sich Bufallon. »Wenn meine Freunde Hilfe brauchen, mache ich kein Auge zu!«

»Seit wann bin ich dein Freund?«, fragte Ogg.

»Gut, bei dir können wir womöglich davon ausgehen, dass du nicht mein Freund bist. Aber der Elf – das ist mein allerbester Freund!«

Als Ogg mich verblüfft ansah, hob ich nur ahnungslos die Arme. Wenn man Bufallon zuhörte, konnte man fast meinen, er und ich, wir seien Brüder.

»He! Glotzt mich nicht so an!«, rief er jetzt. »Hebt mich lieber auf den Tisch! Oder soll ich weiter zu euch rüberbrüllen?!«

»Wir führen aber gerade ein sehr vertrauliches Gespräch«, erklärte Ogg verstimmt.

»Ich hör sowieso jedes Wort!«

»Dieser kleine Erpresser ist *dein* Freund, Lass«, erklärte Ogg, und sein Gesichtsausdruck gab mir zu verstehen, dass ich die Entscheidung treffen musste.

»Gut«, sagte ich, »auf den Tisch mit ihm! Schlimmer kann es eh nicht mehr werden.«

»Wenn du meinst ...«

Daraufhin setzte ich Bufallon neben mein Glas auf den Tisch. Der Liliputaner stellte sich sofort auf die Zehenspitzen, beugte sich über das Getränk und schnupperte.

»Bei allen Geistern des Himmels!«, entfuhr es ihm entsetzt. »Wie bringt ihr dieses Gebräu runter?! Das ist sprudelnder Fruchtsaft! Ist bei euch im Oberstübchen noch alles in Ordnung?! Denn wenn ja, dann frage ich mich, warum ihr keinen Rum bestellt!«

»Weil *wir* den nicht nötig haben.«

»Aber *ich* schon. Komm schon, Jungchen, bestell mir ein Gläschen! Ich will es ja gar nicht umsonst. Im Gegenzug biete ich euch meine Dienste an! Denn ich bin der Fachmann erster Wahl, wenn es um das Sechsstundenrennen der Vereinten Inseln geht! Wenn ihr mich in die Mannschaft nehmt, werdet ihr das bestimmt nicht bereuen!«

»Ich bereue schon«, murmelte Ogg, »dass Lass dich auf den Tisch gesetzt hat.«

»Sag mal, Bufallon, wovon sprichst du eigentlich?«, fragte ich den Liliputaner. »Von was für einer Mannschaft? Das Rennen fliegt man doch allein. Oder höchstens mit einem Steuermann.«

»Ja – Narren fliegen allein«, erklärte Bufallon großspurig. »Den Sieg erringt man aber nur, wenn eine Mannschaft die Sache in die Hand nimmt. Jemand muss dem Flieger eine Übersicht über die anderen Teilnehmer zusammenstellen, ihre Schwächen und Stärken auflisten. Man muss mit den Leuten sprechen, die die Aeroplane warten, die letzten Vorhersagen zum Wetter einholen und die ganze Strecke planen. Das ist eine gewaltige Aufgabe, Jungchen. Und nicht weniger wichtig als die des Fliegers.

Ihr braucht unbedingt jemanden, der in großem Maßstab für euch denkt. Strategisch!«

»Er hat recht«, gab Ogg kleinlaut zu. »Gruke hat auch einen ganzen Trupp am Boden. Schnapsdrossel und Lachmöwe ebenfalls. Eine Bodenmannschaft ist wirklich eine Hilfe. Aber ob der Liliputaner mit einer solchen Riesenaufgabe klarkommt? Meiner Ansicht nach ist er dafür zu kl…«

»Spar dir jede Bemerkung über meine Größe! Das ist mein wunder Punkt! Im Übrigen werde ich hervorragend mit dieser Aufgabe klarkommen und euch dafür nur ein Prozent eures Gewinns abverlangen. Falls ihr gewinnt, versteht sich. Für den Anfang werde ich erst mal ein Aeroplan auftreiben.«

»Bestens!«, erwiderte Ogg lachend. »Und wenn dir das tatsächlich gelingt, bist du in der Mannschaft! Ehrenwort!«

»Dann besorgt mir schon mal einen Rum!«

Ogg stand seufzend auf, setzte Bufallon auf den Boden und ging in den Schankraum. Der Liliputaner zog seine Hosen hoch, setzte eine gewichtige Miene auf und brach auf, um ein Aeroplan zu besorgen.

Als Ogg zurückkam, hielt er ein kleines Glas Rum in der Hand.

»Meinst du, er treibt wirklich ein Aeroplan für uns auf?«, fragte er, als er sich wieder setzte.

»Er hört und sieht eine Menge, schließlich ist er Dauergast in der *Kehrtwende*«, erwiderte ich. »Deshalb würde es mich gar nicht wundern, wenn er uns tatsächlich helfen kann.«

»In dem Fall würde ich noch heute unsere Anmeldung einreichen und die Gebühr für die Teilnahme entrichten.«

»Wie hoch ist die denn?«, wollte ich wissen.

»Zehn Louisdors pro Mann.«

»Oh …«, presste ich heraus. »Und jetzt weih mich mal in die Regeln ein. Ich nehme an, man muss von Punkt A nach Punkt B fliegen, und es gewinnt, wer als Erster ankommt.«

»Du hast wirklich gar keine Ahnung«, erklärte Ogg lachend.

»Bis heute war mir dieses Sechsstundenrennen auch völlig einerlei.«

»Ich fasse es nicht!«, ließ sich Bufallon mit einem Mal vernehmen. »Was für ein Unikum! Nicht den blassesten Schimmer vom Sechsstundenrennen hat er, will aber daran teilnehmen! Aber gut, bei Elfen überrascht das nicht!«

Der Liliputaner thronte auf Walross' Schulter und ließ sich von diesem auf die Veranda hinaustragen.

»Jungchen!«, tönte er weiter. »Glaub mir, du willst den Kopf in die Schnauze eines Krokodils stecken und hast nicht die geringste Ahnung, was das für ein Tier ist!«

Walross setzte Bufallon wieder auf dem Tisch ab, begrüßte uns und zog einen freien Stuhl heran.

»Oh! Rum! Diese Sprache verstehe ich«, entzückte Bufallon sich und umarmte das Glas. »Das ist etwas anderes als euer Kindergesöff! Fruchtsaft! Sprudelnd! Übrigens wird Walross euch sein Aeroplan zur Verfügung stellen. Wie ihr seht: auf mich ist Verlass!«

»Du gibst uns deine *Betörerin*?«, fragte ich begeistert nach.

»Warum nicht? Ich habe gesehen, was du hinterm Steuerknüppel zustande bringst«, antwortete Walross und strich sich über den Bart. »Mal sehen, wie ihr beide euch nun im Rennen schlagt.«

»Und was verlangst du dafür?« Ogg vergaß nie die Zahl, die auf seiner schwarzmagischen Tafel unter *Kosten* eingetragen war.

»Nichts«, versicherte Walross. »Da braucht ihr gar nicht so zu gucken, ihr Grünschnäbel! Warum bei der Kehrseite sollte ich euch schröpfen? Seid einfach unter den ersten zehn, dann werde ich mein Aeroplan bei der Auktion zu einem guten Preis verkaufen.«

Ich sah Ogg verständnislos an.

»Zwei Tage nach dem Rennen findet auf der Schildkröteninsel die jährliche Auktion für Aeroplane statt«, erklärte er daraufhin. »Da tauchen immer zahllose Sammler auf, die alles für einen Vogel geben, der am Rennen teilgenommen hat. Vor allem natürlich, wenn er als einer der Ersten ins Ziel geflattert ist. Je besser er war, desto mehr kann man für das Aeroplan also verlangen. Wenn wir unter den ersten zehn sein sollten, dürfte Walross das Doppelte für die *Betörerin* bekommen.«

»Ich will sie schon lange verkaufen und mir ein neues Aeroplan zulegen«, sagte Walross. »Was meint ihr also zu meinem Vorschlag?«

»Er könnte besser nicht sein«, antwortete ich. »Vielen Dank!«

»Allerdings habe ich keinen Bienenwerfer.«

»Den besorge ich euch auch«, erklärte Bufallon, der bereits das halbe Glas geleert hatte. »Die Bienen werden freilich sehr wild sein, frisch aus dem Wald sozusagen. Fragt mich also besser nicht, wo ich sie eingefangen habe. Auf alle Fälle liefere ich sie unmittelbar nach den Ausscheidungen.«

»Was für Ausscheidungen?«, hakte ich nach. »Und was beim Himmel haben Bienenwerfer bei einem Wettflug zu suchen?«

»Ausscheidungen müssen schon sein, Jungchen, sonst gäbe es schlicht und ergreifend mehr Teilnehmer als Mücken in einem Sumpf! Einen Tag vor dem Rennen werden deshalb Flüge veranstaltet, die man erst einmal gewinnen muss, um beim Sechsstundenrennen antreten zu dürfen. Dafür müsst ihr von der Schildkröteninsel zur Baseninsel und zurück fliegen. Außerdem schweben am Himmel in unterschiedlicher Höhe noch fünfzehn Tore. Je mehr man von denen durchfliegt, desto besser, denn das gibt Punkte, die zählen.«

»Entscheidend ist jedoch eine gute Taktik, Lass«, schob Ogg noch hinterher. »Fliegst du durch sämtliche Tore, verlierst du Zeit und Geschwindigkeit. Dann kommst du als Letzter an und verlierst. Fliegst du durch gar kein Tor, sammelst du nicht die nötigen Punkte, dann übertrumpfen dich andere, die ein paar Tore bewältigt, aber vielleicht etwas länger für den Flug gebraucht haben als du. Zum Sechsstundenrennen werden aber nur die vierzig Flieger mit der besten Zeit zugelassen, die gleichzeitig möglichst viele Tore bewältigt haben.«

»Gut, das verstehe ich noch«, sagte ich. »Aber was hat es mit den Bienenwerfern auf sich?«

»Das werd ich dir erklären, Jungchen. Beim eigentlichen Rennen muss man verschiedene Inseln abfliegen. Bei der Schildkröteninsel geht es los, dann kommen die Baseninsel, die Vogelinsel, die Märcheninseln und noch ein Dutzend anderer kleiner und großer Eilande. Auch über diesen Inseln schweben Tore, durch die man fliegen muss.«

»Hört sich ja nicht so schwierig an.«

»Wart's ab, Jungchen. Die Strecke sieht nämlich noch fünf wirklich knifflige Hindernisse vor. Da wären als Erstes die Zielscheiben über der Vogelinsel. Fünf für jedes Aeroplan. Sie alle wollen getroffen sein, sonst darfst du eine Strafrunde drehen. Das kostet Zeit. Daher hoffe ich, dass du ein guter Schütze bist.«

Bufallon trabte mit gewichtigen Schritten über den Tisch und fuchtelte mit den Armen, ganz Inbegriff eines Wesens, das gerade sein Steckenpferd ritt.

»Als Nächstes gilt es, bei der Regenbogeninsel an Luftstreitkräften vorbeizukommen, ohne die vorgegebene Strecke zu verlassen. Wenn du das tust, scheidest du auf der Stelle aus.«

»Wobei diese Streitkräfte die Absicht haben, auf die Teilnehmer zu schießen. Sehe ich das richtig?«

»Absolut, Jungchen. Aber gerade das macht das Rennen ja so reizvoll ... Das nächste Hindernis ist die Unwirtliche Insel, ein Eiland, über dem der Himmel ewig bezogen ist. Da muss man eine lange, gewundene Schlucht durchfliegen. Übrigens meist bei Regen.«

»Und danach? Die vierte Herausforderung ...?«

»Donnergott«, antwortete Bufallon grinsend. »Das ist die Insel, die am weitesten entfernt liegt. Bei ihr handelt es sich um einen großen, fauchenden Vulkan, der ständig beißenden Feueratem ausstößt und Lavageschosse in die Gegend speit. An dieser Prüfung scheitern stets etliche Teilnehmer.«

»Bei der Hitze dürften die Luftströmungen regelrecht verrücktspielen«, murmelte ich. »Außerdem macht sich an Vulkanen die Kehrseitenwelt bemerkbar, da bocken wahrscheinlich die Dämonen.«

»Völlig richtig«, bestätigte Walross. »In der Vergangenheit sind über dieser Insel schon etlichen Fliegern die Magischen Siegel durchgebrannt. Außerdem ist das Tor nicht einfach zu bewältigen. So dicht, wie es am Lavastrom liegt, musst du die Geschwindigkeit genau berechnen, sonst heißt es: gute Nacht!«

»Das fünfte und letzte Hindernis liegt nur vierzig Minuten von der Schildkröteninsel entfernt. Es ist ein Korallenriff. Über ihm darf man … schießen.«

»Auf die anderen Flieger?«, vermutete ich.

»Richtig. In früheren Rennen wurden die führenden Flieger oft genau über diesem Riff abgeschossen, sodass am Ende diejenigen gewonnen haben, auf die niemand auch nur einen Louisdor gesetzt hatte. Immerhin ist es aber die einzige Stelle, wo man auf andere Aeroplane schießen darf. Wenn du das Feuer irgendwo sonst eröffnest, schnappt dich die Patrouille.«

»Ihr auf den Inseln versteht es wirklich, euch zu amüsieren.«

»Soll das heißen, du hast es dir anders überlegt?«, fragte Ogg.

»Nein. Denn wie sollten wir sonst an die nötigen Louisdors für ein Aeroplan kommen?«

»Dann sollten wir gleich die Gebühr für unsere Teilnahme entrichten«, sagte Ogg und stand auf. »Und mit Übungsflügen anfangen. Die Zeit drängt.«

13. KAPITEL, *in dem das Sechsstundenrennen ausgetragen wird*

Obwohl die Sonne noch nicht aus dem Meer herausgekrochen war, wuselte bereits alles um die Aeroplane herum. Bisher hatte ich eine solche Aufregung nur einmal erlebt – und da hatte ein Krieg begonnen, und die Staffeln mussten schnellstens zur Front geschickt werden.

Die Dämonologen überprüften die Magischen Siegel, die Mitarbeiter aus Grube zogen die letzten Schrauben fest. Schließlich nahmen alle ihre Plätze ein und warteten darauf, dass von einem Turm aus das Zeichen für den Abflug gegeben wurde.

Ogg und ich waren noch bei Dunkelheit hier eingetroffen und hatten einen erstaunlich nüchternen Bufallon vorgefunden. Er stritt bis zur Heiserkeit mit Walross über die Frage, ob ein Teil der Verkleidung von der *Betörerin* abgenommen werden sollte, damit das Aeroplan leichter wurde. Walross war strikt dagegen und meinte, wir würden möglicherweise noch dankbar für eine solide Panzerung sein.

Bei den Ausscheidungsflügen waren wir bei fast fünfhundert Mitstreitern als Sechsunddreißigste durchs Ziel gegangen.

Bufallon, der gestern noch die Ruhe selbst gewesen war, zeigte sich heute völlig aufgelöst. Ständig murmelte er etwas, kaute an den Fingernägeln und gab mir unablässig kluge Ratschläge. Er und Walross hatten die Nacht unter dem Flügel der *Betörerin* zugebracht. Der eine, weil er an Verfolgungswahn litt und fürchtete, jemand würde unser Aeroplan mutwillig beschädigen, der andere, weil er einfach nicht nach Hause gehen und damit Gefahr laufen wollte, irgendetwas zu verpassen.

»Könntest du dich vielleicht ein wenig beruhigen?«, bat ich Bufallon. »Es ist alles in Ordnung. Du brauchst also nicht wie ein verschrecktes Häslein durch die Gegend zu hüpfen. Wirklich, mein Freund, sieh dich mal im Spiegel an, du bist weiß wie ein Laken!«

»So redest du nur, weil dir das Rennfieber abgeht, Jungchen!«, presste er mit Zähneklappern heraus, während er die Hände in den Taschen vergrub. »Wenn du es hättest, wäre es mit deiner Ruhe nämlich auch vorbei. Dieses Rennen ist schließlich *das* Ereignis!«

»Dann solltest du dich darauf freuen, statt dich derart aufzuregen«, riet ich ihm und wandte mich anschließend an Ogg. »Ist alles fertig?«

Ogg setzte sich gerade ein Monokel mit mechanischer Blende vors Auge, um ein letztes Mal die Magischen Siegel und Kühlkristalle zu überprüfen.

»O ja«, erklärte er und stülpte sich den Helm unmittelbar auf ein buntes Kopftuch. »Die Bienenstöcke sind randvoll, da hat sich Bufallon tatsächlich ins Zeug gelegt. Übrigens scheint Nahywa dich zu suchen.«

Ich drehte mich um und sah die Fliegerin aus dem Nachtvolk, die neben einer schneeweißen *Hammer der Tiefe* stand. Sie winkte mich zu sich.

»Du sollst nicht mit unseren Rivalen sprechen!«, fuhr Bufallon mich an, als ich zu ihr gehen wollte. »Sonst entlockt sie dir sämtliche Geheimnisse.«

»Haben wir denn irgendwelche Geheimnisse?«, fragte Ogg.

Was Bufallon ihm antwortete, hörte ich schon nicht mehr, da ich bereits auf dem Weg zu Nahywa war.

»Freut mich, dass du die Ausscheidungen überstanden hast«, sagte sie. »Ich bin gespannt, wie du dich im Rennen schlägst. Hast du schon gehört, dass Zottel auch teilnimmt?«

»Ja.«

»Er tritt mit einer violetten *Mond* mit roten Kreisen an. Du solltest ihn vermutlich besser im Auge behalten.«

»Das werde ich.«

»Wir sehen uns dann in der Luft«, sagte Nahywa lächelnd.
»Viel Glück!«

Ich erwiderte den Wunsch.

»Was hat sie von dir gewollt?«, fiel Bufallon über mich her, kaum dass ich wieder bei unserem Aeroplan angelangt war.

»Sie hat mich gewarnt, dass Zottel uns wohl Schwierigkeiten bereiten wird.«

»Pah! Der soll mal zum Korallenatoll kommen, dann sieht er, was es heißt, sich mit uns anzulegen! Also vergesst den! Denkt einzig an das Rennen!«

»Ehrlich gesagt, denke ich nur daran, den Buchmachern noch rasch einen Besuch abzustatten«, gestand Ogg und griff nach der Tasche, die unter einem der Flügel lag. »Gehen wir, Lass! Und Walross ... der rechte Bienenwerfer hakt etwas. Kriegst du das noch hin?«

»Dauert keine drei Minuten«, versicherte er und schnappte sich einen Schraubenschlüssel.

Wir liefen unterdessen zu einer Baracke, die lediglich aus ein paar Säulen und einem Dach bestand. Hier herrschte ein unglaubliches Gewusel. Alle schrien, tätigten ihre Wetten und drängten sich neben großen Tafeln, auf denen mit Kreide die Nummern der Teilnehmer geschrieben waren. Mit einem Mal rief mich eine bekannte Stimme. Als ich mich umdrehte, sah ich Ruhy und Glauforhefnikhschnitz.

»Das sind alte Freunde von mir«, sagte ich zu Ogg, der mir einen fragenden Blick zuwarf.

»Wenn du mit ihnen reden willst, ich schaff das hier auch allein«, meinte dieser.

»Wann seid ihr denn angekommen?«, fragte ich den grinsenden Groll und den mürrischen Zwerg bei der Begrüßung.

»Heute Nacht.«

»Und wo sind Giulia und Miguel?«

»Auf der *Bohnenranke*«, antwortete Ruhy. »Sie füllen die Papiere zum Löschen der Ladung aus. Die Gelegenheit wollten wir nutzen, uns die Füße zu vertreten.«

»Dich darf man aber auch keine Sekunde allein lassen«, stichelte Glaufor. »Denn dann meldest du dich prompt zu diesem Wahnsinn an. Wie ist's, sehen wir uns heute in der *Kehrtwende*?«

Wir verabredeten uns, danach wartete ich auf Ogg, damit wir gemeinsam zu unserem Vogel zurückkehren konnten.

»Siehst du diese purpurne *Stilett*?«, fragte er und zeigte auf ein Aeroplan mit einem ausgesprochen spitzen Bug. »Die gehört dem Sieger vom letzten Jahr, Gruke. Die goldene *Witwe* daneben ist der Vogel von Schnapsdrossel und Lachmöwe. Da drüben sind Grieß und Arr. Und dein guter, alter Freund Zottel ist auch schon vor Ort.«

Der Werwolf hatte uns ebenfalls bemerkt. Prompt bleckte er die Zähne und fuhr sich mit einem seiner kralligen Finger quer über den Hals.

»Wenn den in seinem Hass mal nicht der Schlag trifft«, zischte Ogg. »Und er vom Himmel fällt wie ein reifer Apfel vom Baum.«

»Ach, der«, entgegnete ich. »Gehen wir lieber zu unserem Vogel zurück, es bleibt nicht mehr viel Zeit.«

»Wo habt ihr gesteckt?!«, fauchte Bufallon, sobald er uns sah. »Bis zum Abflug sind es nur noch fünfzehn Minuten!!«

Walross hielt mir einen Schal hin, den ich mir sogleich um den Hals wickelte. Bufallon kam nach einer Weile tatsächlich zu der Einsicht, dass es sich durchaus empfähle, uns die letzten klugen Ratschläge mit auf den Weg zu geben, statt uns die ganze Zeit anzubrüllen.

»Es ist alles bestens, Jungchen!«, wandte er sich an mich. »Achte nicht auf die anderen, sondern lege einfach eine gute Zeit vor. Bleibe ganz ruhig, ich rege mich schon an deiner Stelle auf«, beteuerte er und fing an zu gickeln, nur um dann erneut zu schreien: »He! Kss, kss, kss! Was willst du da?! Na gut, von mir aus, steig ein!«

Dreipfot sprang wie ein Blitz auf meinen Sitz. Ganz ohne Frage hatte er nicht die geringste Absicht, am Boden zurückzubleiben.

»Heute wird daraus leider nichts, mein Freund«, sagte ich, packte ihn am Nacken und beförderte ihn wieder nach draußen.

»Aber ich komme ganz bestimmt zurück, noch ehe du sämtliche gerösteten Bananenscheiben vertilgt hast.«

Walross nahm mir das Tier ab.

»Du kennst mein Mädchen, Lass!«, sagte er uns noch. »Sie wird euch nicht enttäuschen.«

»Und jetzt rein mit euch!«, trieb Bufallon uns an. »Die Zeit drängt.«

Ich sprang auf den Flügel.

»Was soll das denn?«, fragte ich, als ich sah, wie ein paar Männer einen funkelnden Zylinder seitlich an der *Betörerin* befestigten.

»Mithilfe dieses Dings verfolgen die Wettkampfrichter euren Flug und überzeugen sich davon, dass ihr die Regeln nicht verletzt. Und die Zuschauer werden in magischen Kugeln, die in jeder Schenke und auf jedem Platz aufgestellt wurden, ebenfalls beobachten können, was in der Luft vor sich geht, Jungchen.«

»Willst du damit etwa andeuten, dass die ganze Insel das Rennen verfolgen kann?«

»Genau das. Bereitet dir das irgendwie Probleme?«

Erst in dieser Sekunde begriff ich, dass ich in der Tinte saß. Jeder konnte mich sehen, wenn er nur wollte. Das bedeutete eine Aufmerksamkeit, die ein Mann auf der Flucht sich schlicht und ergreifend nicht leisten durfte.

Nur gab es jetzt kein Zurück mehr.

»Nein, damit habe ich überhaupt keine Probleme«, versicherte ich, während ich den Riemen anlegte.

Schon in der nächsten Minute hatten wir uns in die Lüfte erhoben. Links von uns flog eine *Mond*, rechts die purpurrote *Stilett* Grukes. Wir reihten uns in die Startformation ein – vier Reihen zu je zehn Aeroplanen – und drehten vor Beginn des Rennens eine erste Runde.

Sobald unter uns eine Kanone donnerte, räumte ich dem Dämon völlige Bewegungsfreiheit ein. Die *Betörerin* heulte zusammen mit neununddreißig anderen Aeroplanen auf. Das Rennen hatte begonnen ...

Die erste Stunde schien auf wenige Minuten zusammengeschrumpft zu sein. Alle kämpften darum, möglichst weit vorn zu fliegen. Am Ende bildeten wir eine Kette von mehreren Meilen. Ogg und ich hatten den sechsundzwanzigsten Platz erobert, den wir sicher verteidigten. Da die *Betörerin* nur eine solide mittlere Geschwindigkeit zustande brachte, hängten uns Aeroplane mit einem kräftigeren Dämon auf gerader Strecke, wo es nicht auf geschickte Manöver ankam, spielend ab.

Die Kette führten einige Burschen an, die ich nicht kannte. Sie lagen so weit vor uns, dass ich lediglich zwei kleine schwarze Punkte am Horizont ausmachte. Nahywa befand sich sieben Plätze vor uns, Gruke nahm den dreizehnten Platz ein, drängte jedoch nicht weiter nach vorn, sondern wartete auf eine günstige Gelegenheit, die Spitze ohne Mühe zu erreichen.

Nach der zweiten Stunde kam es hinter uns zu einem Zusammenstoß. Es musste ein Streit zwischen zwei Aeroplanen entbrannt sein, mit der Folge, dass der eine Vogel im Meer landete und der andere nur noch im Kriechflug über den Himmel zog und schon bald auf den letzten Platz zurückfiel, zur unsagbaren Enttäuschung aller, die um dieses Aeroplan bangten.

»Geh hundertfünfzig Yard höher!«, schrie Ogg, der sich zu mir umgedreht hatte. »Da haben wir Rückenwind! Warum also unserm Dämon nicht ein wenig die Arbeit erleichtern und gleichzeitig die Geschwindigkeit des Aeroplans erhöhen?«

Als ich den Knüppel zu mir zog, bemerkte ich, dass einige andere Flieger auf den gleichen Gedanken gekommen waren.

Im Meer tauchte nun die Vogelinsel auf, die wie ein Auge wirkte: Grüner Wald bildete die Pupille, weißer Strand die Iris, eine türkisfarbene Lagune den Augapfel. Über ihr schwebten die Zielscheiben. Im Nu riss die Kette der Teilnehmer, fast wie eine Perlschnur, sodass Aeroplane nach oben und unten, nach links und nach rechts schossen, jeweils auf ihre Ziele zu. Sie alle hofften, nur Treffer zu landen und von einer Strafrunde verschont zu bleiben.

Für uns hingen fünf goldene Kugeln mit einem Purpurstreifen in unterschiedlichen Höhen in der Luft. Ich hielt auf die erste zu. Die beiden Bienenwerfer spuckten ihre Insekten aus – und die Kugel explodierte in sonnengelbem Licht. Unverzüglich nahm ich mir die zweite Kugel vor, die sich zweihundert Yard rechts von uns befand.

Ein Schuss.

Eine goldene Explosion.

Eine scharfe Kehre und die Beschleunigung pressten mich in den Sitz. Die dritte Kugel tauchte nur ganz kurz in meinem Fadenkreuz auf. Trotzdem …

Ein Schuss.

Und die Feuerblume erblühte …

Mit den Feuerbienen musste ich unbedingt haushalten. Wer wusste denn, ob uns nicht noch ein Luftgefecht bevorstand. Bei der vierten Kugel würde ich jedoch scheitern, wenn ich nicht einen wahren Schwarm in ihre Richtung schickte …

Treffer!

Durch das Donnern der Bienenwerfer hörte ich, wie Ogg in seiner harten Orksprache einen Freudenschrei ausstieß. Die letzte Kugel stellte dann keine Herausforderung mehr dar.

»Geschafft!«, rief Ogg und reckte, ohne sich zu mir umzudrehen, den Daumen hoch.

An uns flogen die Aeroplane vorbei, die eine Strafrunde drehen mussten, wobei sie versuchten, sich wenigstens gegenseitig zu überholen. Wir selbst hatten uns an diesem ersten Hindernis vom sechsundzwanzigsten auf den neunten Platz vorgekämpft.

Nun hielten wir auf einen riesigen Regenbogen zu, der sich zur Freude sämtlicher Leprechauns dieser Welt als farbenprächtige, perlmutt schillernde Brücke von einem Horizont zum anderen spannte: Wir näherten uns der Regenbogeninsel.

Sämtliche Aeroplane gingen höher. Die Patrouille zog sich vorübergehend zurück und schlug einen gewaltigen Bogen um das Eiland. Sie würde uns erst wieder eskortieren, wenn wir dieses Kanonenhindernisrennen hinter uns gebracht hatten.

Dafür schwebten mehrere Plattformen am strahlend blauen Himmel. Auf diesen standen schwere Kanonen. Entging man dem ersten Angriff, hatte man im Grunde gewonnen, denn es dauerte zu lange, diese Dinger nachzuladen.

Ein Treffer indes war nicht zu unterschätzen. Gut platziert, verwandelte so ein Geschoss ein Aeroplan in Sägemehl …

Binnen einer Minute hatten wir die erste Plattform erreicht. Für diese *Hürden* waren alte Schiffe umgearbeitet worden. Rauch hüllte sie ein. Schon pfiffen uns die ersten Geschosse um die Ohren. Einige von ihnen explodierten neben uns in der Luft, andere streiften Aeroplane vor uns, sodass Splitter und Scherben umherspritzten.

Mehrere Aeroplane gingen jedoch auch in grellen Explosionen auf. Zwei Vögel, die so durchlöchert waren, dass man sie bereits als Siebe bezeichnen musste, fielen strudelnd in die Tiefe. Die Flieger retteten sich durch einen Sprung ins Meer. Aus einem dritten Aeroplan quoll seitlich dichter weißer Rauch heraus. Trotzdem hielt es sich noch am Himmel, blieb aber bald weit hinter den anderen zurück.

Ein weiteres Geschoss pfiff unmittelbar auf uns zu. Ich rettete uns in letzter Sekunde, indem ich die *Betörerin* auf die Seite legte.

»Nach rechts!«, schrie Ogg mit einem Mal.

Ich führte den Befehl sofort aus und entging so gerade noch einem Zusammenstoß mit Zottels *Mond*.

Der Werwolf legte prompt eine Kehrtwende ein, um uns wieder vor den Bug zu kommen. Ich verhinderte das jedoch, indem ich mit voller Kraft davonschoss.

Nun brauchten wir nur noch durch das Tor über der Insel, dann konnten wir die Unwirtliche Insel ansteuern, ein langes Eiland, das von einer gewaltigen Schlucht in zwei Hälften gespalten wurde.

Hier hing alles von Oggs Berechnungen ab. Unterliefe ihm auch nur der geringste Fehler, der uns veranlasste, den Sturzflug zu früh aufzugeben, könnten wir unseren Platz einbüßen. Gäben wir den Sturzflug jedoch zu spät auf – würden wir die Nase unseres Aeroplans mit voller Wucht in den Fluss am Boden der Schlucht bohren.

Über der Insel hingen Wolken. Sobald wir in die weiße Watte eintauchten, prasselten Regentropfen auf uns. Immer wieder blitzte die Unwirtliche Insel samt Schlucht kurz auf.

Ogg berechnete die Windgeschwindigkeit, den Winkel des Sturzfluges sowie den Abstand zum Fluss am Grund der Schlucht. Kaum war er fertig, speiste er mir die Ergebnisse in die magische Kugel ein. Ich brachte die *Betörerin* auf die gewünschte Bahn.

Mit einem Mal schossen wir aus der Wolkendecke heraus. Die orange-braune Erde schien zum Greifen nah. Dann waren wir auch schon in der Schlucht, in sie hineingeraten wie ein Goblin, den ein Troll mit einem Tritt in einen Kasten für Abfälle befördert hatte. Rechts und links huschten spitze Felsvorsprünge an uns vorbei. Ich zog den Knüppel mit beiden Händen zu mir, um nicht noch tiefer zu gehen und am Ende den Fluss aufzuwühlen.

Dank Oggs genauer Berechnungen hatten wir Zottel abgehängt, denn dieser wollte nicht in dem gleichen steilen Winkel wie wir in die Schlucht hineinfliegen. Mit diesem Vorsprung jagten wir zwischen den Felswänden der Nummer acht nach, einer hellbraunen *Brüllaffe*.

Bei schlechtem Wetter und noch schlechterer Sicht stellt der Flug durch eine enge Schlucht für jeden Flieger eine Herausforderung dar. Versuchst du, ihn allzu schnell hinter dich zu bringen, kannst du mühelos an den Felswänden zerschellen.

Ich biss mir so stark auf die Unterlippe, dass sie blutete. Mir durfte keine Krümmung in dieser Schlucht entgehen. Jeder Fehler könnte tödlich enden. Inzwischen trennten unsere Nasenspitze kaum mehr als zwei Yard vom Schwanz der *Brüllaffe*. Damit nahm mir der Vogel einiges von der Sicht ...

Kaum hatten wir die nächste Biegung hinter uns gebracht, empfing uns ein kurzer, völlig gerader Abschnitt. Ich ging so tief, dass wir mit dem Bauch beinah das Wasser streiften, tauchte unter der *Brüllaffe* hinweg und schoss weiter ...

Nach drei Stunden teilte mir meine magische Kugel mit, dass Alexander auf dem ersten Platz lag und der Ork Arr vom sechsten auf den zweiten Platz geklettert war. Ihm saß Nahywa im Nacken. Als Vierter flog Gruke, der Sieger in den letzten drei Jahren. Unmittelbar hinter ihm kam jemand von den Wilden Ebern, dann ein Mensch von der Violetten Insel, dann Schnapsdrossel und Lachmöwe und schließlich, an achter Stelle, wir. Die *Brüllaffe* hatten wir abgehängt, sie kämpfte jetzt mit Zottel um den neunten Platz.

»Du kannst ohne Kursänderung auf den Vulkan zuhalten!«, teilte mir Ogg mit.

Da hatte ich die Rauchsäule am Horizont jedoch schon selbst ausgemacht. Sie erinnerte von der Form her ein wenig an die Eichen meiner Heimat. Der Rauch quoll in Höhen, in die sich kein Aeroplan mehr aufschwingen konnte. Dann wurde er von tosenden Winden erfasst und nach Südwesten getragen, damit er nach hundert, vielleicht auch tausend Meilen als staubiger Regen über dem Meer und über den unbewohnten Randinseln niederging.

»Ein atemberaubender Anblick, oder?«, fragte Ogg.

»Wir müssen verrückt sein«, murmelte ich, »uns diesem Ungetüm zu nähern!«

»Du sagst es!«, erwiderte Ogg lachend, während er die gläserne Abdeckung unseres Vogels schloss, damit die Asche nicht auf uns rieselte.

Bis zum Vulkan blieben noch vierzig Minuten Flug. Aber selbst aus dieser Entfernung wirkte er bereits bedrohlich. In seinem Innern wütete eine grausame Kraft – die noch die gefährlichsten Artefakte der Farblosen Liste in den Schatten stellte.

Im Vergleich zu den übrigen Inseln der Pfauenkette nahm sich Donnergott wie ein schwarzer Papagei aus. Auf diesem Eiland gab es nicht das geringste bisschen Grün, keine türkisfarbenen Buchten, keine weißen Strände. Es bestand einzig aus verbranntem Stein, erkalteter Lava, Geysiren, die ihr heißes Wasser bis zu hundert Yard in die Höhe spuckten, sowie aus bleigrauem, schmutzig gelbem oder dunkelviolettem Rauch. Ein Insel gewordener Albtraum ...

Wir hatten ganz bestimmte Vorstellungen, wie wir die Insel hinter uns bringen wollten. Erkennen konnten wir kaum noch etwas, dazu wirbelten zu viele winzige Ascheteilchen in der Luft herum. Außerdem schien es, als führe jemand mit scharfen Krallen über jeden einzelnen Metallgegenstand unseres Aeroplans. Der Weg durch diese Rauchsäule bedeutete ein Unterfangen für jemanden, der nichts mehr zu verlieren hatte …

Also für uns.

Den aberwitzigen Plan, direkt über den Krater hinwegzufliegen, hatte Bufallon vorgeschlagen. Es war eine erlaubte Abkürzung.

»Dann mal los!«, rief Ogg.

Ein paar Sekunden flogen wir noch parallel zu den Aschewolken, die der Berg ausspuckte – dann tauchten wir in sie ein.

Dunkelheit umschloss uns. Nur der Spiegel der schwarzmagischen Tafel, meine magische Kugel und einige Lämpchen neben dem Knüppel spendeten ein fahles Licht.

Die Schwarze Windhose fiel mir ein, denn auch jetzt wusste ich kaum noch, wo oben und unten war. Mir blieb nichts anderes übrig, als mich auf jene Perlschnur zu verlassen, die in meiner magischen Kugel blinkte und mir den Weg anzeigte.

Die *Betörerin* wurde von einer Seite auf die andere geworfen. Mal riss es uns zwanzig Yard in die Höhe, mal fielen wir dreißig Yard in die Tiefe. Die Luft heulte, stöhnte und krachte. Das Aeroplan sah sich einem ununterbrochenen Beschuss aus kleinen Sandkörnern ausgesetzt. Einmal flackerten alle unsere Hilfsmittel, als wollten sie gleich erlöschen, aber das geschah dann doch nicht, dem Himmel sei Dank.

Die *Betörerin* glich inzwischen einem betrunkenen Gnom, war stur und überhaupt nicht mehr zu lenken. Ogg und ich umklammerten unsere Knüppel, um nur ja den Kurs zu halten.

»Da!«, schrie ich und atmete tief durch, als unser Vogel wie ein Komet mit einem Ascheschweif aus der blaugrauen Wolke herausschoss. »Rechts über uns!«

Die schneeweiße *Hammer der Tiefe* Nahywas …

»Jawoll!«, schrie Ogg und reckte die Faust in die Höhe. »Mit dieser Abkürzung haben wir uns auf den vierten Platz vorgekämpft!«

Ich hielt es allerdings für verfrüht, in Jubel auszubrechen, mussten wir doch erst noch eine Fläche glühender Lava hinter uns bringen. Der Atem der Untiefe heizte das Innere unseres Aeroplans im Nu auf. Feuergeister schienen unter Geschrei und Gejohle einen wilden Tanz aufzuführen. Funken sprühten, Lavageschosse fielen vom Himmel, ein gewaltiger Flammenfluss schoss über die Hänge des Vulkans ins Meer und ließ dort gigantischen kochend heißen Dampf aufquellen.

Das Tor schwebte unmittelbar hinter der Insel. Erst als wir es durchflogen, stieß auch ich einen erleichterten Seufzer aus. Ogg klappte so schnell wie möglich die Glashaube hoch, damit frische Meeresluft zu uns hereinströmte.

Als er sich zu mir umdrehte, grinste er mich an und reckte den Daumen nach oben.

»Gute Arbeit!«, sagte er. »Und jetzt bring unseren Vogel nach Hause!«

Nahywa hatte ihre Fähigkeiten ebenfalls eindrücklich unter Beweis gestellt. Ihr Aeroplan befand sich hundert Yard vor uns, mitten in meinem Fadenkreuz. Bis zum Korallatoll, wo Luftgefechte erlaubt waren, war es nur noch ein Katzensprung.

»Schießt du auf sie?«, erkundigte sich Ogg.

»Nein.«

»Dann zerbrich dir mal den Kopf darüber, wie du sie überholen kannst«, verlangte er, »ohne dass *sie* dir ein paar Feuerbienen in den Hintern schießt.«

»Ganz einfach, indem ich mich in den Wolken verstecke.«

»Nur gibt es hier kaum Wolken. Und wenn doch, sind die sehr weit oben. Da könnten wir beim Aufstieg leicht unseren Platz einbüßen.«

»Vertraue mir!«

»Ich hoffe, du weißt, was du tust«, erwiderte er. »Schließlich stehen anderthalbtausend auf dem Spiel.«

Nachdem er sich umgedreht hatte, schüttelte ich nur den Kopf. Anderthalbtausend … Es ging um lächerliche anderthalbtausend! Wenn meine Cousine davon erführe, dass ich auf eine derart läppische Summe angewiesen war, dürfte sie sich scheckig lachen. *Armer Schlucker* wäre vermutlich noch das harmloseste Etikett, das sie mir verpassen würde – und das der Wahrheit nahekam, zumindest angesichts der Vermögensverhältnisse meiner Familie.

Aber ehrlich gesagt, war ich froh, dass ich den Wert des Geldes mittlerweile zu schätzen wusste. Dass ich dafür mein Leben von Grund auf hatte ändern müssen, schien mir ein durchaus angemessener Preis.

»Noch eine Minute bis zum Atoll!«, teilte Ogg mir mit.

Ich drehte mich um und sah die *Stilett* Grukes hinter mir, die unablässig aufholte. Auch Zottels *Mond* war schon wieder nahe. Der Werwolf versuchte, sich in eine günstige Angriffsposition zu bringen.

»Ich gehe jetzt nach oben!«, kündigte ich an.

Nachdem wir steil zu den Wolken aufgestiegen waren, flogen wir in der untersten Schicht weiter, sodass wir die Aeroplane unserer Gegner gerade noch zu erkennen vermochten.

»Wir sind zwei Plätze zurückgefallen!«, murrte Ogg. »Was hast du jetzt vor?«

»Zu warten!«

»Bitte?!«

»Auf Grukes *Stilett*. Die hat vier vierläufige Bienenwerfer! Schlimmer wäre nur eine *Rüpel* am Schwanz! Glaub mir, der Kobold würde uns mit einer Salve in Fischfutter verwandeln. Da ziehe ich doch ein taktisches Verhalten vor.«

Das Korallenriff lag als schwarzer Schatten im türkisfarbenen Wasser unter uns. In den unzähligen Meeresknochen brodelte das Leben Tausender Fische. Über ihnen bildeten die Wellen einen weißen Kamm.

»Es geht los«, murmelte Ogg.

Nahywa hatte einen vor ihr fliegenden Gegner mit Salven überzogen, während Gruke scharf zur Seite abdrehte und so versuchte, Zottel zu entkommen.

»Sollen sie die Sache erst einmal unter sich ausmachen!«, sagte ich.

»Ich will nur hoffen, dass Gruke Zottel erledigt.«

Das hoffte ich auch. Aber vergeblich. Der Werwolf heizte dem Kobold ordentlich ein. Und eines musste man Zottel lassen: Er war ein hervorragender Schütze. Gruke schlug allerlei Haken, um aus der Schussbahn zu gelangen, aber dennoch traf Feuerbiene um Feuerbiene die purpurrote *Stilett*. Schließlich ging Grukes Vogel in Flammen auf und trudelte, zwei lange kohlschwarze Rauchschleier nach sich ziehend, in die Tiefe.

»Soll die Kehrseite dich doch holen!«, schrie Ogg.

Ich presste nur die Zähne aufeinander, denn ich hatte bereits bemerkt, dass die *Mond* auf uns zuschoss.

»Wir brauchen alle Kraft für den Dämon!«, befahl ich. »Lösche die Schilde!«

»Aber ...«

»Los! Wir müssen jetzt schnell sein!«

Wenn Zottel Schwierigkeiten wollte, bitte, die konnte er haben. Der Himmel sei mein Zeuge: Ich war nicht auf ein Gefecht erpicht, aber noch weniger wollte ich Gruke in die Tiefe folgen.

Wir hielten aufeinander zu, uns dabei gegenseitig mit Salven überziehend, die jedoch kaum Schaden anrichteten. Dann unterlief Zottel der entscheidende Fehler: Er beschrieb eine unvollständige Kehre und bot mir die günstige Gelegenheit, mich ihm dicht an den Schwanz zu heften.

Unsere Geschwindigkeit, den Raum um uns herum und den Horizont – all das nahm ich nur noch am Rande meines Bewusstseins wahr. Meine Welt war zusammengeschmolzen auf das Fadenkreuz und den grellgrünen Punkt darin. Dieser bewegte sich vierhundert Yard über uns. Ich behielt ihn im Fadenkreuz – und eröffnete das Feuer.

Vier lange Sekunden donnerten die Bienenwerfer unter unseren Sturmflügeln, spuckten Hunderte ergrimmter Insekten aus. Die ersten zehn Feuerbienen brachten die Glashaube der *Mond* zum Bersten. Splitter glitzerten in der Sonne. Das Aeroplan geriet ins Schlingern – und löste sich langsam in seine Bestandteile auf.

Ich verfolgte nicht einmal, wie es nach und nach ins Meer fiel, sondern drehte ab, um dem schwarzen Rauch zu entkommen.

Dabei bemerkte ich in der Ferne auf dem türkisfarbenen Meer einen purpurnen Punkt, aus dem immer noch Rauchringe aufstiegen: Trotz der ernsthaften Schäden an seinem Aeroplan hatte Gruke es geschafft, die *Rüpel* auf dem Wasser zu landen. Der Kobold war wirklich ein erstklassiger Flieger.

Mit einem Mal schoss Nahywa aus den Wolken links von uns heraus. Die Nase der *Hammer der Tiefe* war völlig verrußt. Zugleich verließen wir den Bereich, in dem geschossen werden durfte. Wegen Nahywas Waffen hatte ich mir aber sowieso keine Sorgen gemacht. Wegen ihrer Geschwindigkeit schon. Und die nahm zu – langsam, aber sicher.

Seite an Seite gingen unsere Aeroplane in den Sturzflug über. Nahywa blickte aufmerksam nach vorn. Sie würde bis zur letzten Sekunde kämpfen, das war klar. Alexander würden wir beide nicht mehr einholen, dazu hatte er bereits einen allzu großen Vorsprung herausgeflogen. Der Gewinner des Sechsstundenrennens stand fest. Blieb die Frage, wer sich den zweiten Platz sicherte. Und damit tausend Louisdors. Keiner von beiden hegte die Absicht, freiwillig darauf zu verzichten.

»Dann wollen wir doch mal sehen, wer beim Fallen den längeren Atem hat!«, überschrie ich das Geheul der Dämonen.

Und während wir immer noch im Sturzflug aufs Meer zuschossen, hängte ich Nahywa ab: Sie musste die *Hammer der Tiefe* eher aus dem Sturzflug herausbringen als wir, ein Nachteil des schweren Aeroplans – den sie jedoch sogleich in einen Vorteil umzumünzen wusste, indem sie uns wieder einholte. Das erste der purpurrot pulsenden Tore, die auf dem letzten Stück vorm Ziel schwebten, erreichten wir wieder Seite an Seite.

Wie ein Paar Delfine legten Nahywa und wir die Yards zurück, uns gegenseitig belauernd, sodass uns auch nicht die geringste Bewegung des anderen entging, als wären wir ein Ganzes.

Wir schossen an den purpurroten Explosionen der Tore vorbei, die fast zu einer einzigen geraden Linie verschmolzen. Ich hielt den Knüppel in stählernem Griff umklammert, über meine Schläfen rann Schweiß, meine Beine schienen mit den Fußhebeln verwachsen …

Nahywa war eine sture Kämpferin. Davon, sich mit dem dritten Platz zu begnügen, konnte bei ihr keine Rede sein. Der Dämon der *Hammer der Tiefe* war etwas stärker als unserer. Und er war genauso stur wie die Fliegerin hinterm Knüppel, trieb das Aeroplan entschlossen vorwärts. Schließlich holte Nahywa einen winzigen Vorsprung heraus. Diese Viertel Körperlänge würde über zweiten und dritten Platz entscheiden …

Das Ufer kam bereits in Sicht, die Berge, der in Nebel gehüllte Wald, die Hänge mit den rötlichen Maisfeldern. In diesem Augenblick loderte es in unserem Aeroplan ganz kurz purpurrot auf. Danach brüllte der Dämon nicht mehr, sondern stieß einen ohrenbetäubenden Schrei aus. Die Wucht der Beschleunigung presste mich schmerzhaft in den Sitz: Ogg hatte eine Rubinnadel in die Magischen Siegel gerammt, um den Dämon auf diese Weise anzupeitschen. Die *Betörerin* schloss zur Spitze der *Hammer* auf, schob sich vor diese – und pfiff als Erste über jenen Streifen hoch über dem Waffenkammerplatz von St. Vincent, der das Ziel anzeigte.

Ogg riss die Faust hoch und stieß einen Triumphschrei aus. Nur einen Sekundenbruchteil später stimmte ich ein – denn auch als Zweiter geht man bei dem legendären Sechsstundenrennen nicht jeden Tag durchs Ziel.

14. KAPITEL, *in dem geschieht, was ich immer befürchtet habe*

»Unn … das sage isch dir, Jungschen. Du bist überhaupt …«, brabbelte Bufallon sturzbetrunken, ehe er sein Gesicht endgültig in Dreipfots Fell vergrub und ohrenbetäubend zu schnarchen anfing.

»Der braucht nichts mehr!«, erklärte Ruhy lachend.

»Oh, er ist lediglich trunken vor Freude«, beteuerte Ogg grinsend. »Du hättest ihn sehen sollen, als uns der Statthalter die Zahlungsanweisung für unsere Louisdors überreichte. Wie eine frisch geprägte Münze hat er gestrahlt! Tja, und dann hat er einen ganzen Eimer Rum geleert …«

»Er ist ja nicht der Einzige, der sich einen angetrunken hat«, sagte Glaufor. »Ganz St. Vincent ist stockbesoffen.«

»Klar!«, bestätigte Ogg und öffnete eine neue Flasche. »Der eine musste seinen Kummer runterspülen, der andere seiner Freude freien Lauf lassen. Und der Rest hat aus Anhänglichkeit mit den ersten beiden mitgetrunken.«

»Wer will's ihnen verübeln?«, meinte Ruhy. »Das Sechsstundenrennen ist vorbei, und ein paar sind ziemlich reich geworden, während manch andere nur die Buchmacher reich gemacht, aber selbst ihr ganzes Hab und Gut verloren haben.«

Am Himmel herrschte Stille. Niemand flog mehr, die Schoner und Fregatten lagen vor Anker. Die Mannschaften zechten am Strand, die Schenken und Wirtshäuser scheffelten Geld, Rum und Tequila flossen in Strömen. In den Straßen wurden Schweine, Fische, Garnelen und zarte Meeresigel zubereitet, durch die ganze Stadt wogte der Duft von gebratenem Fleisch.

Ogg und ich, wir feierten unseren Sieg mit Bufallon, Walross, Schiefnase, Nahywa, Glaufor, Ruhy, Giulia, Miguel und selbstverständlich mit Dreipfot. Letzterer aß heute für vier und blähte sich derart auf, dass er glatt als gut gemästetes Ferkel durchgegangen wäre.

Wir saßen bereits seit einigen Stunden auf der überdachten Veranda der *Kehrtwende*. Unter der Decke hing eine riesige magische Kugel, in der gerade zum sechsten Mal die eindrucksvollsten Augenblicke des Sechsstundenrennens gezeigt wurden. Zum Beispiel der, wie unsere *Betörerin* in die Schlucht eintauchte.

»Euer Auftritt wird Schule machen, Lass«, behauptete Giulia, die mit dem Blick der erprobten Fliegerin das Rennen verfolgte. »Das war ein einmaliger Sturzflug.«

»Danke.«

»Ich hätte im Leben nicht gedacht, dass mein Mädchen dergleichen noch zustande bringt«, gestand Walross grinsend.

Der alte Flieger war in glänzender Stimmung, denn er durfte auf ein gutes Geschäft bei der Auktion hoffen. Schon jetzt gab es erste Anfragen …

Nun trat ein älterer Halbling an unseren Tisch, in dem ich Po erkannte, meinen einstigen Nachbarn im Hause Schiefnases.

»Ich grüße die Sieger«, wandte er sich an uns. »Ihr habt heute jeden einzelnen Zuschauer in Staunen versetzt. Und damit dies hier verdient.«

Daraufhin warf er einen schweren Lederbeutel auf den Tisch.

»Was ist das?«, fragte ich und griff zögernd nach dem Geld.

»Po verdingt sich als Buchmacher«, erklärte Schiefnase. »Beim Sechsstundenrennen nimmt er keine Wetten auf die Sieger an, sondern nur darauf, wer wen abschießt. Das Sümmchen dürftet ihr euch mit Zottels Abschuss verdient haben.«

»Völlig richtig«, bestätigte Po, der neugierig Bufallon und Dreipfot betrachtete, die mittlerweile ineinander verknäult einträchtig schnarchten. »Auf der Insel gilt die Regel, dass man demjenigen, der einen Teilnehmer des Rennens abgeschossen hat, fünf Prozent bezahlt, wenn der Gewinn über einhundert Louisdors liegt. Und da etliche Menschen und Nicht-Menschen darauf gewettet haben, dass du Zottel ausschaltest, stehen dir zweihundert Louisdors zu.«

»Die können wir wahrlich brauchen«, sagte Ogg, klaubte das Geld mit seiner Pranke vom Tisch und ließ es in seiner Tasche verschwinden. »Was ist? Leistest du uns Gesellschaft?«

»Das geht leider nicht, meine Enkelkinder warten«, antwortete Po. »Einen angenehmen Abend noch.«

»Das ist eine willkommene Aufstockung unseres Kapitals«, stellte Ogg hochzufrieden fest, kaum dass Po gegangen war. »Allmählich rückt der Kauf eines guten Aeroplans in greifbare Nähe. Aber wir haben auch wirklich hart gekämpft, nicht wahr, Lass?«

Ich nickte.

»Übrigens zahlt aufgrund eines Befehls des Statthalters bei der Auktion niemand Abgaben an die Insel, wenn er ein Aeroplan oder Luftschiff kauft oder verkauft«, sagte Giulia. »Deshalb kommen ja auch jedes Jahr von der ganzen Pfauenkette etliche Flieger zu diesem Ereignis her. Das steigert eure Aussichten, einen Vogel zu erstehen, zusätzlich.«

»Stimmt, die Auktion erfreut sich außerordentlicher Beliebtheit«, fügte Walross hinzu. »Kapitän Nord hat sogar seine *Donner* bei einer gekauft.«

Als Schiefnase den Namen des legendären Kapitäns hörte, verzog er wie üblich das Gesicht, verkniff sich aber immerhin jede abfällige Bemerkung.

»Wir gehen auch zur Auktion«, sagte Nahywa, die einen purpurroten Käfer vom Tisch auf ihren Finger krabbeln ließ und ihn vorsichtig auf das Geländer der Veranda setzte. »Im letzten Gefecht haben wir eine *Hammer* verloren, eine zweite ist stark beschädigt worden und wird wohl ausgemustert. Wir brauchen also dringend Ersatz.«

»Bloß haben Lass und Ogg nicht so viel Geld wie dein Kapitän Nord«, murmelte Schiefnase. »Sie können nur darauf hoffen, dass ein halbwegs anständiges Aeroplan für eine etwas geringere Summe angeboten wird. Wenn ich da an die Auktion vor drei Jahren denke ... Da sah es völlig mau aus, sodass viele Flieger mit leeren Händen abgezogen sind ... Oh, Gruke! Wie ist das werte Wohlbefinden?«

Der bärtige Kobold trat an unsere Runde heran. Sein Zopf war bereits grau, sein Gesicht von Falten durchzogen, die Tätowierung des Klans auf der linken Wange verblasst.

»Dank deiner Gebete habe ich ja auch diesen Absturz überlebt.«

Er stellte eine Flasche Rum vom Fassungsvermögen einer Gallone auf den Tisch. Das Etikett verkündete stolz: *Atacames*.

Sofort klappte Bufallon ein Auge auf.

»Gut gemacht, Jungschen«, lallte er – und döste wieder ein.

»Vielen Dank, dass ihr Zottel abgeschossen habt«, wandte sich Gruke an uns und setzte sich auf einen freien Stuhl. »Wenn ich meinen Vogel nicht erst noch aus dem Wasser hätte ziehen müssen, wäre ich schon früher zu euch gekommen.«

»Hat er ordentlich was abgekriegt?«

»Könnte schlimmer sein«, antwortete Gruke. »Die Ausbesserungen sind bereits in vollem Gange. Die nächsten paar Monate muss ich mir wohl an Land um die Ohren schlagen. Aber immerhin wird mich der Gedanke trösten, dass dieser Zottel sich nie wieder an meiner *Stilett* vergreift ... Ich habe gehört, ihr wollt zur Auktion?«

»Wir spielen mit dem Gedanken«, sagte Ogg.

»Mein Neffe ist Gehilfe des Auktionators. Ich werde ihm sagen, dass ihr kommt, dann kriegt ihr Karten für die erste Reihe. Kostenlos.«

»Danke«, sagte ich.

»Das hast du dir ehrlich verdient, Elf. Und mein Neffe ist sowieso völlig begeistert von euch beiden. Nutzt eure Berühmtheit also, solange es geht.«

»Berühmtheit?«, echote ich mit finsterer Miene.

»Aber klar!« Er zwinkerte mir verschwörerisch zu. »Ruhm, Verehrung und allgemeine Liebe. Hättet ihr auch noch Alexander geschlagen, würde man euch vermutlich auf Händen tragen. Dann würdet ihr jetzt auch nicht hier sitzen, sondern beim Festmahl im Palast des Statthalters.«

»Das ist aber kein Grund für euch, Trübsal zu blasen«, bemerkte Schiefnase grinsend. »Auch die Zweitbesten bekommen noch genug Aufmerksamkeit ab. In ein paar Wochen redet man bestimmt sogar auf dem Kontinent vom Sechsstundenrennen. Dann werden alle Menschen und Nicht-Menschen sehen wollen, wie Lass und Ogg in die Schlucht einfliegen und über den Krater hinwegschießen. So was kriegt man schließlich nicht in jedem Jahr geboten.«

O ja, ich hätte niemals an diesem Rennen teilnehmen dürfen. Doch das Rad der Zeit ließ sich leider nicht zurückdrehen. Am Ende aber würde mir diese *Aufmerksamkeit*, da war ich mir ganz sicher, noch gewaltige Schwierigkeiten einbrocken ...

Mitten in der Nacht trieb Dreipfot seine Krallen in meinen Arm. Widerwillig schlug ich die Augen auf.

Mein Zustand hätte erbärmlicher nicht sein können. Gestern Abend hatten wir erst der Flasche *Atacames* den Garaus gemacht, waren dann an den Strand gegangen, hatten Langusten gebraten, Unmengen von Mischgetränken mit Kokoslikör in uns hineingekippt und – damit diese sich nicht einsam fühlten – noch Tequila hinterhergeschüttet ...

Nun plagten mich fürchterliche Kopfschmerzen, ein rostiger Geschmack auf der Zunge und eine Art Schüttelfrost. Aber ob die tatsächlich vom Schnaps kamen? Solche Symptome zeigten wir Elfen eigentlich nur, wenn wir mit einem Betäubungszauber angegriffen wurden ...

Ohne Dreipfot wäre ich jedenfalls nicht aufgewacht. Dieser kauerte mit angehaltenem Atem neben mir und spähte in die tiefe, unnatürliche Finsternis, die sich im Raum breitgemacht hatte. Durch das Fenster hätte eigentlich der Vollmond hereinspähen müssen, doch ich sah rein gar nichts. Auch der Schrank an der gegenüberliegenden Wand und die Tür wurden von der Dunkelheit geschluckt. Trotzdem wusste ich, dass wir nicht allein waren.

Meinen Ohren war nämlich ein leises Rascheln nicht entgangen. Und inzwischen war ich mir völlig sicher, dass jemand Magie einsetzte: Das Geräusch war so leise, als stammte es aus einer anderen Welt. Dergleichen brachte nur ein Zauber zustande.

Anscheinend statteten uns also Einbrecher einen Besuch ab. Das war nicht weiter verwunderlich, denn nach dem Rennen wollen sich genug üble Kreaturen auf Kosten anderer bereichern. Zu uns waren die Kerle jedoch umsonst gekommen: Die Zahlungsanweisung lag bei Ogg. Diese konnte obendrein nur von ihm oder mir in der Gnomenbank in klingende Louisdors verwandelt werden, jedem anderen würden die Bartwichte schlicht und ergreifend nichts auszahlen.

Dennoch gaben mir diese Räuber zu denken: Wieso setzten sie Magie ein? Und wie waren sie an Riolkas Akazien vorbeigekommen?

Ohne mich zu rühren, lauschte ich.

Allem Anschein nach sahen die Kerle in der Dunkelheit hervorragend, sonst hätten sie sich nie derart leise zu bewegen vermocht. Ganz langsam schob ich die Hand unters Kopfkissen. Meine Finger berührten den glatten Pistolengriff.

Darauf schien Dreipfot nur gewartet zu haben. Er sprang zu Boden. Ich lauschte einige Sekunden angespannt weiter auf die Geräusche. Sobald das Schloss in der Schranktür knackte, zog ich die Waffe unterm Kissen hervor, spannte den Hahn und schoss.

Der Knall schien den Himmel selbst zu spalten. Ich rollte mich samt Decke aus dem Bett, wobei ich schmerzhaft mit dem Ellbogen auf dem Boden aufschlug. Ein tiefer Schrei erklang, der mir durch Mark und Bein fuhr. Wie ein Frosch brachte ich mich auf allen vieren in Sicherheit.

Mit diesem Angriffsschrei musste Dreipfot sich auf einen Gegner gestürzt haben, denn gleich darauf hörte ich einen Schmerzensschrei, und irgendetwas ging scheppernd zu Bruch. Prompt verzog sich die Dunkelheit.

Das Fenster war im hereinfallenden Mondlicht nun wieder ebenso gut zu erkennen wie die von einer Feuerbiene zerlegte Schranktür, die Federn des Kopfkissens in der vom Pulver blaugrauen Luft, Dreipfot, der fremdes Blut ausspuckte, eine zerbrochene Flasche mit einem magischen Elixier und die Silhouetten von zwei ungebetenen Gästen.

Margudier!

Die beiden Echsen richteten ihre Stäbe auf mich und zischten wütend. Ich hob die Arme. Im selben Moment peitschten jedoch die pikenden Zweige der alten Akazie durch die Tür herein. Ohne viel Federlesens schnappten sie sich einen der Margudier und rissen ihn in Stücke.

Der zweite Kerl richtete allerdings den Stab auf den Baum und eröffnete das Feuer. Er begriff jedoch sehr schnell, dass er damit nichts ausrichtete. Daraufhin floh er kurzerhand durchs Fenster. Ich setzte über den Toten hinweg und zwängte mich an den Ästen der aufgebrachten Akazie vorbei, denn ich wollte dem Margudier auf keinen Fall durchs Fenster folgen: Riolka würde es mir nie verzeihen, wenn ich das Blumenbeet davor zertrampelte.

Die dunkle Silhouette rannte durch den in Mondlicht getauchten Garten. Ein dritter Margudier eilte aus dem Schatten zu ihm. In Riolkas Haus flammte Licht auf, die Dregaika trat auf die Vortreppe heraus. Sofort zielte einer beiden Schufte mit seinem Stab auf sie.

»Achtung!«, warnte ich sie, denn mir war klar, dass ich den Angriff nicht mehr würde verhindern können.

Das übernahm dann allerdings jemand anders.

Ein Strauch mit grellorangefarbenen Blüten spuckte einen ganzen Schwarm Stacheln auf den Margudier. Dieser wich schreiend vor Schmerz zurück – dem nächsten Strauch in die Zweige. Diese wanden sich um ihn, pressten ihn zusammen und brachen ihm alle Knochen.

»Alles in Ordnung?«, fragte ich Riolka, kaum dass ich bei ihr war.

»Nein!«, schrie sie und wandte sich zu den drei Akazien am Weg. »Habt ihr auch schön geschlafen?!«

»Das sind Margudier. Sie haben einen Zauber eingesetzt und ...«

»Das sehe ich selbst! Bringt mir den Kopf desjenigen, der die Chrysanthemen zertreten hat!«

Eine Akazie knarzte laut und anhaltend und setzte dann sofort dem entflohenen Margudier nach. Indem sie ein gewaltiges Loch in den Zaun riss, stürmte sie auf die Straße. Ich schaffte es gerade noch, auf den Stamm aufzuspringen und mich an den Zweigen festzuhalten.

Zu meinem Glück war der Baum vollends damit beschäftigt, einen Zahn zuzulegen, sodass er sich um mich gar nicht kümmerte. Wie ein Pferd – wenn auch eher mit der Grazie und Entschlossenheit eines wütenden Nashorns – galoppierte er die Straße hinunter.

Die Akazie schien genau zu wissen, welche Richtung sie einschlagen musste, obwohl nirgends jemand zu sehen war. Ohne die Geschwindigkeit zu drosseln, rannte sie einen Zaun ein. Der Hund des Hauses jaulte verängstigt auf. Wir hetzten so schnell durch den Garten, dass ich die Zweige eines Passionsblumenstrauchs und die Ecke einer Scheune nur aus den Augenwinkeln heraus wahrnahm.

Am anderen Ende des Grundstücks riss die Akazie den Zaun ebenfalls nieder und stürmte dann in eine Gasse. Morgen früh würde der Hausherr wohl annehmen, ein Elefant habe ihn heimgesucht ...

Die Akazie stürzte indes unverdrossen weiter, scherte sich nicht einmal darum, dass jemand entsetzt aufschrie und eilig davonhuschte oder dass sie mit der Krone eine Wäscheleine herunterriss. Ein Kissenbezug blieb dabei sogar in ihren Zweigen hängen, ein anderes Stück landete in meinem Haar.

»Pass doch auf, wo du hinrennst!«, fluchte ich, während ich mir das Hemd eines unbekannten Besitzers vom Kopf klaubte. »Überhaupt – wo willst du hin?! Bleib sofort stehen!«

Das tat sie jedoch erst, als ich heftig mit der Handfläche gegen ihre raue Rinde schlug.

»Dreh um! Bring mich nach Nest!«

Die Akazie knirschte mürrisch.

»Der Kerl rennt nach Grube. Dort sind die Gassen derart eng, da kommst du sowieso nicht durch! Und ein Steinhaus reißt auch du nicht ohne Weiteres ein, das ist schließlich kein Holzzaun! Also bring mich nach Nest, dann schnapp ich ihn mir in der Luft!«

Erneut antwortete mir ein unzufriedenes Knarzen, obendrein stampfte der Baum wütend mit den Wurzeln.

»Kannst du fliegen?«, versuchte ich es anders. »Und wenn wir durch die ganze Stadt nach Grube rasen, würde früher oder später bestimmt die Wache auf dich aufmerksam. Dann bekäme Riolka Unannehmlichkeiten. Aber Nest ist gleich um die Ecke. Bring mich also dorthin, und ich jage ihm mit einem Aeroplan nach!«

Dieser Plan überzeugte die Akazie. Sie eilte im Rückwärtsgang aus der engen Gasse, wobei sie mit den Zweigen ein Fenster einschlug, und stürmte nach Nest.

Ich klammerte mich an die Äste und biss die Zähne fest aufeinander, da sie sonst bei diesem wilden Ritt unablässig geklappert hätten.

All meine Gedanken galten den Margudiern. Die waren ohne Frage meinetwegen auf der Insel. Denn obwohl es den Echsen verboten worden war, das Gelände von Grube zu verlassen, hatten sie mir einen Besuch abgestattet.

Den sie gut vorbereitet hatten, denn sie hatten gewusst, dass sie im Haus einer Dregaika auf starke Magie angewiesen waren. Als sie dann den Schrank aufbrachen – sicher in der Hoffnung, Kamillas Kette zu finden –, war zu ihrem unsagbaren Unglück jedoch ein bissiger Dreipfot in ihrer Nähe gewesen …

Der flüchtige Margudier würde die Schildkröteninsel mit Sicherheit verlassen. Der Einsatz schwarzer Magie würde ihn sein Aeroplan kosten – und sein Leben.

Ich musste also um jeden Preis verhindern, dass er entkam. Sonst würde er nur mit Verstärkung anrücken. Doch ich wollte nicht noch einmal aufwachen und dann womöglich gleich zwanzig Margudiern gegenüberstehen, die alle auf meinen Kopf erpicht waren.

Als wir Nest erreichten, drosselte die Akazie jäh die Geschwindigkeit. Sofort sprang ich ab.

»Gehe jetzt nach Hause!«, forderte ich sie auf. »Sag Riolka, dass ich mich um alles kümmere.«

Sie stieß mich mit den Wurzeln sanft vorwärts, drehte sich um und stapfte davon. Ich eilte zum Hügel.
»Wer ist der Chef der Nachtschicht?«, fragte ich einen der Männer Tulls.
»Ignatius. Das ist der da drüben. Der die Papiere für die Abflüge ausfüllt«, antwortete dieser und zeigte auf einen hochgewachsenen weißhaarigen Mann, der irgendetwas in Listen eintrug.
»Sei gegrüßt, Elf«, sprach Ignatius mich an, als ich auf ihn zustiefelte. »Das war ein hervorragendes Rennen.«
»Danke. Ich soll Walross' *Betörerin* vor der Auktion noch einmal im Flug überprüfen.«
»Aber sicher«, erwiderte er. »Sie steht da hinten, die Feyer geben dir grünes Licht.«
»Vielen Dank!«
»Tull werde ich von diesem Flug wohl besser nichts sagen«, meinte er grinsend, um dann hinzuzufügen: »Ich habe nämlich noch nie gesehen, dass jemand ohne Fliegeranzug in ein Aeroplan steigt. Noch dazu nur in Unterhosen. Ist das ein elfischer Brauch?«
Was sollte ich darauf antworten? Ich war halt in dem aus dem Haus gerannt, was ich beim Schlafen trug ...
»Etwas in der Art«, murmelte ich bloß.
»Hab ich mir gleich gedacht«, erwiderte er unter schallendem Gelächter. »Einen guten Flug!«
Keine zwei Minuten später saß ich in der *Betörerin* und bereitete fieberhaft den Abflug vor. Vor allem musste ich wissen, wie es nach dem Rennen mit dem Vorrat an Feuerbienen bestellt war. Rosig sah es nicht aus ...
Die Feyer hatten bereits geschlafen, sodass sie jetzt ausgesprochen mürrisch ihre Lichter entzündeten und mir unmissverständlich zu verstehen gaben, ich solle mich sputen, damit sie endlich weiterschlummern könnten.
Vom warmen Nachtwind getragen, schwang ich mich in die Lüfte. Einzig der Mond und die wenigen Lichter in St. Vincent, die noch in den Fenstern einiger Nachteulen brannten, erhellten den Himmel.

Das Meer glich einem See geschmolzenen Silbers, die Waranenberge Platinbarren und der Wald einem dunklen Fleck. Am Ufer reihten sich wie auf einer feinen Perlenkette Schenken und Wirtshäuser aneinander, in denen letzte Gäste saßen.

Über Nest befanden sich nur sieben Aeroplane, die mit magischen Lichtern ausgestattet waren. Vier von ihnen setzten gerade zur Landung an, kamen für mich also nicht infrage. Drei verließen die Insel jedoch. Nur dass nicht einer dieser Vögel eine *Hauer* der Margudier war. Deshalb drehte ich in Richtung Grube ab und zog über diesem Gelände meine Bahnen. Der Platz, wo das Aeroplan dieser vermaledeiten dunklen Zauberer gestanden hatte, war leer.

Also hatte ich recht gehabt. Der Kerl wollte die Insel verlassen. Aber wo sollte ich ihn jetzt suchen?

Das Wetter war vorzüglich, die Nacht völlig wolkenlos, sternenklar und in Mondlicht getaucht. Über dem Meer hatte ich eine einmalige Sicht.

Ich zog einen großen Kreis mit einem Durchmesser von zwanzig Meilen um die Insel – und endlich sah ich einen dreizackigen Schatten. Er bewegte sich sehr schnell, zwei Meilen über mir. Die Signallichter hatte er gelöscht, damit niemand auf ihn aufmerksam wurde.

Ich riss den Knüppel zu mir und steigerte die Geschwindigkeit aufs Äußerste. Ich beabsichtigte, unter der *Hauer* hinwegzutauchen und ihr eine Salve in den Bauch zu jagen. Doch gerade als ich sie im Fadenkreuz hatte und schon schießen wollte, drehte sie jäh ab und ging tiefer.

Nun gut, würde ich halt der verfluchten Echse an der Stelle auflauern, an der sie den Sturzflug beendete. Leider begriff ich jedoch noch in derselben Sekunde, dass der Margudier mich hereingelegt hatte: Er war nämlich wie vom Himmel verschluckt.

Ich trat einen der Fußhebel durch, bis mein Vogel sich aufbäumte wie ein Pferd und einen schier unglaublichen Salto rückwärts vollführte – und nun seinerseits gerade noch grellgrünen Geschossen entkam.

Walross' Vogel war wirklich wendig, alle Achtung …

Die magischen Kugeln pfiffen mir nur so um die Ohren, sausten über, unter und neben mir vorbei. Mit meinen Pirouetten nahm ich dem Margudier allerdings jede Möglichkeit, in Ruhe auf mich zu zielen. Ich selbst wartete geduldig auf eine günstige Gelegenheit zum Gegenangriff.

Was dauerte.

Der Margudier war ein vorzüglicher Flieger, es gelang mir einfach nicht, ihn abzuschütteln. Wir beide vollführten Kehren mit geradezu unglaublichen Winkeln, gingen jäh in den Sturzflug, stiegen steil auf und überschlugen uns, bis der Mond zu einer endlosen gelben Straße zerfloss.

Obwohl die alte *Betörerin* bereits ächzte, hatte ich nicht die Absicht, klein beizugeben. Jene vertraute unsichtbare Kraft presste mich in den Sitz, lastete auf meinen Schultern und schnürte mir die Kehle ab, bis mir schwarz vor Augen wurde.

Ich wusste, was ich tat – denn niemand verkraftet die Beschleunigung besser als wir Elfen. Der Margudier würde die Segel streichen müssen, sonst würde es ihm … sehr schlecht ergehen.

Kaum hörte der Beschuss auf, sah ich, dass meine Rechnung aufgegangen war: Die *Hauer* trudelte in die Tiefe. Der Margudier hatte bei der ständigen Beschleunigung das Bewusstsein – und folglich auch die Gewalt über sein Aeroplan – verloren.

Erst gut zwanzig Sekunden später kam er offenbar wieder zu sich und beendete den Sturzflug. In dieser Zeit hatte ich bereits sechs Bienenschwärme zum breiten Rumpf der *Hauer* geschickt. Trotzdem hielt sich der Margudier noch am Himmel. Er verfügte eben über ein sehr solides und starkes Aeroplan.

Schon wollte er mich wieder unter Beschuss nehmen, diesmal von vorn. Ich feuerte einige kurze Salven ab, erzielte noch drei Treffer – und endlich quoll unter seinem rechten Flügel Rauch auf.

Da flackerte allerdings meine magische Kugel auf: Die Feuerbienen in den Bienenstöcken reichten nur noch für eine einzige Salve. Das zwang mich abermals, auf eine günstige Gelegenheit zu warten. Kreisend stiegen wir sechs Meilen auf, in Schichten eisiger Luft, kalter Sterne und ewiger Nacht.

Als der Margudier sich mir näherte, zeichnete sich die Silhouette seines Aeroplans gegen den Vollmond ab. Obwohl bereits wieder grüne Geschosse auf mich zupfiffen, wich ich nicht aus, sondern bot ihm sogar den verwundbaren Bauch meines Vogels dar. Gleichzeitig nahm ich ihn allerdings ins Fadenkreuz ...

Meine Kanonen donnerten ein letztes Mal, ehe sie nur noch leise knisterten: Die Bienenstöcke waren leer.

Der Margudier hatte seine Gelegenheit verpasst. Ich nicht. Und während die *Hauer* als flammende Kugel in die Tiefe stürzte, freute ich mich am Himmel meines Lebens.

Das Aeroplan schlug in der Nähe einer kleinen unbewohnten Insel ins Meer. Das Wasser schien bis zum Himmel hochzuspritzen. Ich kreiste ein paarmal über der Stelle seines Absturzes, um mich zu überzeugen, dass die Echse wirklich tot war. Als ich den Rückflug antrat, regte sich in mir die schwache Hoffnung, die Margudier nun ein für alle Mal los zu sein.

Noch vor Sonnenaufgang war ich wieder zu Hause. Die Straße der Pelikane und Schwäne ähnelte inzwischen einer Rennstrecke für Mammuts. Alles war niedergetrampelt worden, die Zäune eingerissen, die Scheunen verheert, die Wände der Steinbauten zerkratzt, das Pflaster aufgerissen und die Bäume entwurzelt. Zum Glück führte jedoch keine der Spuren eindeutig zu Riolkas Pforte.

Die Akazie, die mich nach Nest gebracht hatte, lauerte am Eingang. Ich nahm an, entweder um ihn zu bewachen oder um auf mich zu warten. Wie sich zeigte, lag ich mit Letzterem richtig: Als ich an ihr vorbeiging, bog sie einen Ast nach unten, versperrte mir den Weg und knarzte leise. In diesem Geräusch meinte ich eine Frage zu vernehmen.

»Den Kopf konnte ich leider nicht mitbringen«, antwortete ich deshalb. »Aber der Kerl wird uns trotzdem nie wieder Schwierigkeiten bereiten.«

Daraufhin zog sich der Ast zurück, und ich durfte weitergehen. Anscheinend fanden wir allmählich eine gemeinsame Sprache.

In Riolkas Haus brannte kein Licht. Da ich sie nicht wecken wollte, verschob ich meinen Bericht auf morgen.

In meinem Zimmer herrschte eine fürchterliche Unordnung: Auf dem Boden klebte Blut, aber immerhin war die Leiche verschwunden. Sie dürfte wohl bereits den Garten düngen ... Dreipfot saß auf dem Fensterbrett und putzte voller Hingabe mit seiner dunkelvioletten Zunge sein pfirsichfarbenes Fell.

»Ohne dich wäre ich diese Nacht verloren gewesen«, begrüßte ich ihn.

Daraufhin sprang er sofort zu Boden, raste zu dem zertrümmerten Schrank, ließ sich auf den Hintern plumpsen und blähte sich auf, was ihm das Aussehen einer Kröte mit Fell verlieh. Ich zündete eine Kerze an und holte ein ganzes Päckchen gerösteter Kokosscheiben heraus, die ich ihm in eine Blechschüssel füllte.

»Die hast du dir wirklich verdient!«

Das Bett war ein Bild des Jammers: Die Matratze, die Decke, das Laken und das Kopfkissen hatte der Zauber der Margudier völlig durchlöchert. Der Wand und dem Boden war es nicht besser ergangen, sodass sich dort tiefe schwarze Furchen hindurchzogen. Trotz meiner Müdigkeit räumte ich erst einmal auf. Nachdem ich Wasser aus dem Bach geholt hatte, schrubbte ich den Boden. Anschließend kehrte ich die Scherben zusammen, die von der zerschlagenen Flasche mit dem Elixier stammten, das für diese undurchdringliche Finsternis gesorgt hatte. Den restlichen Müll stopfte ich in einen Sack, den ich mir vom Dachboden besorgt hatte. Und erst danach legte ich mich wieder schlafen.

15. KAPITEL, *in dem ich das Vermögen der Gebrüder Lass & Ogg aufstocke und das Heim eines Orks kennenlerne*

Der nächste Tag begann für mich nicht morgens, sondern erst mittags. Ogg und ich wollten eine letzte Bestandsaufnahme unserer Gelder vornehmen, um uns über die genaue Summe klar zu werden, die uns zur Verfügung stand.

Bevor ich aufbrach, lud ich beide Pistolen, die ich besaß, und holte aus einem Versteck die Flammen der Tiefe, also jene Steine, mit denen der gnomische Waffenhändler in Uferstadt das Elwergaret bezahlt hatte.

In dem verwüsteten Beet vor meinem Fenster fuhrwerkte eine bucklige Alte herum, die geradezu schauerlich anzusehen war: Sie hatte eine stumpfe graue Mähne und eine Hakennase und trug nur irgendwelche Fetzen am Leib. Ihre von Falten zerfressenen Hände strichen zart und behutsam über die toten Chrysanthemen – die daraufhin zögerlich zu neuem Leben erwachten, die Blütenblätter spreizten und die Stängel zitternd aufrichteten

»Guten Tag«, begrüßte ich sie.

Sie drehte mir den Kopf zu – und aus dem zerfurchten Gesicht funkelten mich klare junge Augen an, die von einem Veilchenblau waren, das jeden betören würde.

»Wir haben miteinander zu reden, Lass«, verkündete die Alte mit der vollen Stimme der Dregaika. Im ersten Schreck fuhr ich sogar zusammen.

»Riolka?!«, presste ich heraus.

Die Frau seufzte bloß – und verwandelte sich. Danach stand wieder jene langbeinige Schönheit mit honigfarbenem Haar vor mir, deren Körper von einer kurzen Tunika nur schlecht verborgen wurde. Der Unterschied zwischen den beiden Gestalten hätte nicht krasser sein können.

»So ist es ... äh ...«, stammelte ich, »so ist es etwas besser.«

Dregaikas können unterschiedliche Gestalten annehmen, das wusste ich. Allerdings hätte ich nie im Leben erwartet, dergleichen einmal mit eigenen Augen zu sehen.

»Hättest du vielleicht die Güte, mir zu erklären, welche Ungeheuer meine Blumen zertrampelt haben?«, nahm sie mich wütend ins Verhör. »Und würdest du deine Freunde bitten, in Zukunft etwas behutsamer zu sein?!«

»Nur waren das nicht unbedingt Freunde, sondern gemeine Diebe.«

Riolka lachte ungläubig, beugte sich vor, klaubte etwas vom Boden auf und warf es mir zu. Es war ein Stab der Margudier.

»*Gemeine Diebe* setzen keine Artefakte margudischer Zauberer ein. Die sind übrigens auf sämtlichen Inseln der Pfauenkette verboten. Genau wie im Rest der zivilisierten Welt. Ich wäre daher froh, wenn du dieses Ding sofort aus meinem Haus schaffen würdest.«

»Selbstverständlich«, murmelte ich und verstaute den Stab in meiner Tasche.

»Steckst du in Schwierigkeiten?«

»Ich hoffe nicht.«

»Das hoffe ich ebenfalls. Denn ich ertrage Mieter nur so lange, wie meine Pflanzen nicht unter ihrer Anwesenheit leiden. Wenn dich also das nächste Mal eine von diesen *Echsen* besucht, sei so freundlich und kläre alle Fragen mit ihr, *bevor* sie meinen Garten verunstaltet.«

»Mach ich.«

»Wunderbar«, erwiderte sie. »Im Übrigen musst du dein Bett selbst wieder in Ordnung bringen. Und die Kosten für die Möbel, die Matratze und die Bettwäsche setze ich dir mit auf die Rechnung.«

»Das scheint mir nur recht und billig.«

»Dann wünsche ich dir noch einen guten Tag, Lass.«

Daraufhin widmete sie sich wieder den Chrysanthemen. Ich eilte davon, froh darüber, nicht vor die Tür gesetzt worden zu sein.

Bevor ich Ogg aufsuchte, machte ich noch einen Abstecher zu Schiefnase. Vor der Eingangstür lag ein riesiger zottiger Hund, der mich verschlafen anblinzelte, aus Anstand träge mit dem Schwanz wedelte und mich widerspruchslos eintreten ließ, damit er rasch wieder einnicken konnte.

In dem mit alten Möbeln und Rumkisten vollgestellten Raum saß außer Schiefnase, der mit einem Hölzchen in seinem Mund herumstocherte, noch Po am Tisch. Da der Stuhl für den Halbling zu groß war, baumelte er vergnügt mit den Beinen, während er aus einem purpurroten, weiß gepunkteten Becher Kaffee trank.

»Komme ich zu spät?«, fragte ich. »Habt ihr schon gewartet?«

»Du hast uns jedenfalls genug Zeit gelassen, damit wir uns alle versammeln können«, antwortete Schiefnase. »Po ist nämlich der Käufer deiner Ware.«

»Dann zeig uns mal, was du anzubieten hast«, forderte der Halbling mich auf.

Ich setzte mich an den Tisch, holte die in Papier gewickelten Edelsteine heraus und schob sie zu Po. Dieser stellte den Kaffeebecher ab, wischte die Hände an einem Taschentuch ab, nahm einen Stein an sich, stand auf und trat vors Fenster, um ihn im Licht anzusehen.

»Du erstaunst mich immer wieder«, gestand Schiefnase. »Dass du so lange auf den Dingern rumgesessen hast, ohne ein Wort zu sagen!«

»Bisher bestand keine Notwendigkeit, sie zu verkaufen.«

»Klar, so was macht man nicht unüberlegt«, sagte er. »Schließlich kannst du dafür gut und gern ein Jährchen hinter Gitter wandern, denn wer Gnomenschätze zu verkaufen hat, muss das auf offiziellem Wege tun.«

Po kehrte wieder zum Tisch zurück und polierte nun jeden Stein einzeln mit einem Seidentuch.

»Ich will es ganz offen sagen«, brachte er schließlich heraus, jedes Wort dabei in die Länge ziehend. »Das ist erstklassige Ware. Aus den tiefsten Gnomenschächten. Aber das Äußerste, was ich dir für sie geben kann, sind dreihundertundfünfundsiebzig Louisdors.«

»Po, du kennst ihren wahren Wert genau«, empörte ich mich, denn die vorgeschlagene Summe entzückte mich nicht gerade.

»Das tu ich«, gab Po unumwunden zu. »Aber einen guten Preis würde ich für sie nur auf dem Kontinent erzielen, wo man mir die Steine mit Kusshand abnehmen würde. Auf der Schildkröteninsel sieht die Sache jedoch anders aus. Wer will schon wegen ein paar Klunkern hinter Gitter wandern? Deshalb werde ich jede Menge Lauferei haben, um sie zu loszuschlagen. Daher ist mein Angebot im Grunde sogar entgegenkommend. Ein Freundschaftsdienst, sozusagen, denn ich kenne dich, außerdem bürgt Schiefnase für dich. Wenn dir der Preis nicht zusagt, versuche ruhig, jemand anders die Steine zu verkaufen. Und wenn das nicht klappt, kannst du dich bedenkenlos noch einmal an mich wenden.«

Die Absicht, mit diesen Gnomensteinen die ganze Insel abzuklappern, hegte ich nun wahrlich nicht ...

»Gut, ich bin mit dem Preis einverstanden«, sagte ich deshalb.

»Dann hole ich das Geld«, erklärte Po und ging zur Tür. »Ich bin gleich wieder da.«

»Danke, dass du mich an Po vermittelt hast«, wandte ich mich an Schiefnase, sobald der Halbling das Zimmer verlassen hatte. »Ich wäre nie im Leben draufgekommen, dass er den Schwarzmarkt bedient.«

»Das Äußere täuscht häufig«, erwiderte Schiefnase und kratzte sich den Bauch. »Der Halbling hat in diesem Viertel das Sagen, auch wenn er bei mir mit seiner ganzen Schar Verwandter im Keller haust. Falls es irgendwelche Schwierigkeiten mit den hiesigen Ordnungshütern gibt, kann er jede Meinungsverschiedenheit aus der Welt räumen. Wenn er möchte, versteht sich.«

Als Po zurückkam, legte er einen schweren Lederbeutel auf den Tisch.

»Es sind Münzen zu zehn Louisdors, zähl sie ruhig nach«, sagte er. »Falls du noch etwas hast, das mich interessieren könnte, wende dich nur an mich. Notfalls kann ich dich auch immer an einen anderen Aufkäufer weiterleiten.«

Ich schob Schiefnase eine Münze im Wert von zehn Louisdors hin und ergänzte sie um drei Münzen zu je einem Louisdor. Das war sein Anteil für die Vermittlung.

»Mit dir Geschäfte zu machen, ist stets das reinste Vergnügen«, stellte er fest, während das Geld in seiner Pranke verschwand.

»Dito.« Dann wandte ich mich wieder dem Halbling zu. »Und was sagst du *dazu*, Po?«

Nach diesen Worten zog ich den Stab des Margudiers aus der Tasche.

Die nächsten Sekunden hing Schweigen in der Luft.

»Warum schleppst du diesen Dreck in mein Haus?«, knurrte Schiefnase dann. »Ich weiß nicht, und ich will es auch gar nicht wissen, wo du den Posten dreiundvierzig aus der Farblosen Liste gefunden hast – aber ich gebe dir dreihundert Louisdors dafür.«

»Nun mal halblang!«, mischte sich Po ein. »Die Ware hat er *mir* angeboten! Vierhundert, Lass!«

»Fünfhundert«, schob Schiefnase nach.

»Siebenhundertundfünfzig.«

»Das sind fast hundert mehr als der Schwarzmarktpreis«, knurrte Schiefnase. »Was, bei der Kehrseite, denkst du dir eigentlich …?«

»Ich habe einen Käufer dafür. Was ist? Gehst du noch höher?«

»Nein. Aber da dieses Geschäft in meinem Haus abgeschlossen wurde, kommst du mir nicht so billig davon. Ein magisches Artefakt in den eigenen vier Wänden, das bedeutet ein gewaltiges Risiko. Deshalb verlange ich zehn Prozent – die du bezahlst, nicht der Elf.«

»Von mir aus«, stimmte Po sofort zu. »Hauptsache, Lass ist mit dem Preis einverstanden.«

Selbstverständlich war ich das.

»So viel Bares habe ich allerdings nicht dabei. Würdest du

auch eine Anweisung für die Bank annehmen? Die Gnomenbank, meine ich.«

»Was für eine Frage!«

Er zog ein schwarzes Buch aus seinen speckigen Kniebundhosen, bat Schiefnase mit einem Blick um Tinte und Feder, trug eine Summe in die Anweisung ein und setzte seine verschnörkelte Unterschrift darunter.

»Hier!«, sagte Po und hielt mir das Papier hin. »Gehen wir davon aus, dass dies der Beginn einer lang währenden Zusammenarbeit ist.«

Damit war mein Vermögen binnen einer Stunde beträchtlich angewachsen. Dem Besuch bei Ogg sah ich nun schon viel aufgeräumter entgegen.

Das Haus meines Geschäftspartners lag in einem ruhigen Viertel, nur einen Steinwurf vom Statthalterberg entfernt und inmitten von schattigen Avocadoalleen und Bächen, die von den Waranenbergen herunterschossen. In der ganzen Straße war es das einzige Grundstück mit grünem Tor. Ich griff nach dem Ring in dem eisernen Löwenmaul und klopfte.

Es dauerte ziemlich lange, bis endlich schwere Schritte zu vernehmen waren. Der Stahlriegel wurde zur Seite geschoben, das Tor geöffnet. Vor mir stand ein Ork, der noch kräftiger und zudem anderthalb Kopf größer als Ogg war. Aus dem Unterkiefer ragten Fangzähne auf, und in dem grünen Gesicht mit dem wilden Ausdruck funkelten kleine böse Äuglein.

»Besserduhaustabsolangedunochineinemstückbist«, ratterte er herunter und versuchte, das Tor wieder zu schließen. Ich hatte jedoch bereits einen Fuß in den Spalt geschoben.

»Ich möchte zu Ogg«, sagte ich. »Er erwartet mich.«

»In einem Orkhaus wartet niemand auf einen Elfen!«

»Dann möchte ich nicht in deiner Haut stecken, wenn dein Bruder erfährt, dass du mich nicht reingelassen hast, Egg«, antwortete ich freundlich und nannte aufs Geratewohl den Namen eines der drei Brüder Oggs.

Damit geriet die Angelegenheit gleich in ein anderes Fahrwasser, denn allem Anschein nach hatte der Ork nicht die Absicht, es auf einen Streit mit seinem Bruder ankommen zu lassen. Er schnaufte wie ein Wasserbüffel und trat zur Seite.

»Ich bin Ugg, nicht Egg«, knurrte er. »Mach das Tor hinter dir zu!«

Er schnappte sich die Streitaxt, die er gegen einen Baum gelehnt hatte, und stapfte voraus. Sowohl sein Rücken als auch sein Gang drückten tiefste Verachtung für Elfen im Allgemeinen und mich im Besonderen aus.

Im Hof trafen wir auf zwei weitere Orks, massive Kerle mit wütenden Visagen und enormen Muskeln. Da Ugg mich empfangen hatte, mussten das Egg und Igg sein. Sie sortierten am Boden liegende Avocados: Die reifen wanderten in Körbe, die angefaulten ins Gras. Mir klappte fast der Unterkiefer runter, schließlich sah man Orks öfter mit einer Streitaxt und blutrünstiger Entschlossenheit in den Augen als bei hauswirtschaftlichen Tätigkeiten.

»Wir haben Besuch!«, knurrte Ugg.

»Ein Elf!«, spie der rechts vom Korb fassungslos aus.

»Muss der neue Kumpel von unserm Bruder sein«, giftete der links und verzog angewidert das Gesicht. »Dieser Schande unseres Stamms.«

»Ihr bringt ihn zu ihm. Ich habe noch zu tun«, verlangte Ugg und ließ uns stehen, um Holz zu hacken. Dabei verstand er es vortrefflich, so zu tun, als hätte ich mich in Luft aufgelöst.

»Was hast du hier verloren, Spitzohr?«, zischte der Linke.

»Frag das Ogg«, antwortete ich in freundlichem Ton. »Wenn er dir das nicht erklären kann, werde ich es schon gar nicht können.«

Die beiden knirschten mit den Zähnen. Der Rechte zerquetschte sogar eine völlig unschuldige Avocado in seiner Pranke. Ohne Frage juckte es beiden in den Fäusten, mich mit ein paar Zahnlücken zu beglücken.

»Was meinst du, Igg?«, grummelte der Linke. »Sollen wir dem die Rübe einschlagen?«

»Und was sagen wir dann Ogg?«, entgegnete der andere. »Dass er über seine eigenen Füße gestolpert ist?«

Die beiden Orks redeten über mich, als wäre ich gar nicht vorhanden. Aber gut, in uns Elfen sahen sie halt nur eine Art Möbel oder einen anderen unbelebten Gegenstand.

»Das ist ein vernünftiger Einwand, Egg«, sagte ich zu diesem Igg, wobei ich es bewusst darauf anlegte, wie ein Dummkopf dazustehen.

»Ich bin Igg!«, fuhr mich der Ork an. »Er ist Egg!«

»Ach ja?«, tat ich verwundert. »Und ich habe gedacht, dass er Ugg ist. Dann ist also der, der Holz hackt, nicht Igg?«

Die beiden wechselten einen finsteren Blick miteinander.

»Ist der wirklich so dämlich?«, fragte der eine. »Oder tut der bloß so?«

Ohne diese Frage zu beantworten, starrten sie mich großäugig wie zwei Eulen an. Hofften sie vielleicht, die Lösung auf meiner Stirn zu lesen? Ich grinste lediglich.

»Angeblich bist du ja ein guter Flieger«, wandte sich Igg nun an mich. »Aussehen tust du aber wie ein Plätteisen!«

»Danke, Egg. Du bist wirklich sehr liebenswü…«

»Ich bin Igg!«, polterte der Ork. »*Er* ist Egg!«

»Entschuldige, *Igg*. Aber da ihr beide gleichermaßen unerzogen und unhöflich gegenüber euren Gästen seid, ist es für mich nicht ganz leicht, euch auseinanderzuhalten.«

»Dann wollen wir die Sache für dich etwas vereinfachen«, donnerte Igg und richtete sich zu seiner ganzen beeindruckenden Größe auf. »Merk dir einfach, dass *ich* dir deinen leeren Schädel einschlage.«

»Igg!«, erklang da eine energische Stimme. »Du kommst sofort hierher!«

Vorm Haus stand eine kleine alte Orkin in einem leuchtend bunten Kittel. Ihre Arme hatte sie vor der Brust verschränkt, für ihren Sohn hatte sie nur einen äußerst tadelnden Blick übrig. Igg linste verzweifelt zu Egg hinüber, doch der tat so, als wäre er mit nichts anderem als der Avocadoauslese beschäftigt. Ugg schwang das Beil noch entschlossener, sodass die Späne über den ganzen Hof flogen.

Mit hängenden Schultern trottete Igg zu der Orkin.

»Kopf runter«, sagte sie.

Nachdem ihr Sohn der Aufforderung gefolgt war, stellte sie sich auf die Zehenspitzen und packte ihn flink wie ein Eidechse am Ohrläppchen, um dieses nach unten zu ziehen.

»Aua!«, jammerte Igg mit erstaunlich hoher, verängstigter Stimme, die durch nichts mehr an das tiefe Knurren erinnerte, mit dem er sich an mich gewandt hatte. »Mama, womit habe ich das verdient?!«

»Wie oft habe ich dir schon gesagt, dass du höflich zu Gästen sein sollst?! Was meinst du denn, was sie sonst von deinen Manieren denken?! Oder von mir als Mutter – wenn ich dir noch nicht mal anständiges Verhalten beibringen kann?!«

»Aber, Mama!«, versuchte sich Igg zu rechtfertigen. »Er ist ein Elf!«

Mit dieser Äußerung fing er sich prompt eine Ohrfeige ein. Der Knall war so laut, als ob dem Ork eine Kokosnuss auf den Kopf gefallen wäre.

»Bring mich nicht auf die Palme, Sohnemann! Sonst sitzt du heute Abend vor einem leeren Teller!« Die gestrenge Orkin hielt Igg noch ein paar Sekunden am Ohrläppchen, bis sie meinte, er müsse die Lektion begriffen haben, und ihn freigab. »Und für euch zwei gilt dasselbe!«

»Ja, Mama«, pressten Ugg und Egg heraus, ohne von ihrer jeweiligen Arbeit aufzublicken.

»Guten Tag, Lass«, wandte sich die Orkin dann an mich. »Ich bin die Herrin Gu. Gehen wir hinein, ich zeige dir Oggs Zimmer.«

Ich folgte ihr ins Haus.

»Entschuldige bitte das Verhalten meiner Söhne«, sagte sie. »Ihr Vater ist vor zwanzig Jahren im Krieg gegen die Elfen gestorben. Im Unterschied zu ihrem großen Bruder haben sie ihre dummen Vorurteile nie überwunden. Jetzt kriege ich sie natürlich nicht mehr geradegebogen. Versprich mir aber, dass du Ogg kein Wort davon sagst, sonst liest er ihnen die Leviten.«

»Ich werde ihm nichts sagen. Habt Ihr früher auf dem Kontinent gelebt, Herrin Gu?«

»Ja. Ogg wollte dann, dass wir alle hierherkommen, denn bei uns hat es nur noch Krieg gegeben, sodass man seines Lebens nicht mehr sicher war. Da haben wir es hier auf der Schildkröteninsel tatsächlich viel besser. Aber meine drei Jüngsten haben diesen Schritt trotzdem nie gebilligt.«

Vor der Treppe blieben wir stehen.

»Oggs Zimmer ist da oben. Ich kümmere mich jetzt weiter um das Essen. Du isst doch mit uns, oder, Lass?«

So herzlich, wie sie mich empfangen hatte, wollte ich ihr keinen Korb geben. Bei meiner Zusage strahlte sie zufrieden, dann eilte sie in die Küche. Ich blickte ihr nach. Jemand aus meinem Volk hatte ihren Mann ermordet. Ich wusste, wie schwer es war, den Hass zu überwinden.

Nachdenklich stieg ich in den ersten Stock hinauf.

Die Tür zu Oggs Zimmer stand auf, er selbst war jedoch nirgends zu entdecken. Ich trat ein und sah mich in aller Ruhe um. Der Raum war groß, hell, mit einer hohen Decke und einem runden Fenster, das sich über die ganze Wand streckte und im Grunde wie ein Bullauge in den alten Orkgaleonen wirkte. Von der Decke baumelte an Schnüren eine winzige *Nashorn* herab, auf dem Nachttisch stand, wenn auch noch unvollendet, die *Rache der Morgendämmerung*, die einst das Flaggschiff des vierundzwanzigsten Orkgeschwaders gewesen war. Den Schiffskörper, den spitzen Bugspriet und die grün-gelbe Bemalung kannte ich nur zu gut ...

Seinerzeit hatte uns dieses Schiff eine Menge Unannehmlichkeiten bereitet, indem es an der Südgrenze all unsere Handels- und Frachtschiffe zerstört hatte.

An den Wänden hingen Karten von den Vereinten Inseln, Übersichten über die Landestreifen aller Inseln der Pfauenkette, Aufzeichnungen zu den Luftströmen, alte Wettervorhersagen, Angaben zu den Piratenhöhlen, Listen mit Handelsrouten und Sternenkarten.

In den Regalen standen unzählige Bücher, Titel wie *Regeln bei der Dämonenbändigung, Höchstschub zur Nachtzeit, Orientierung bei tiefer Wolkendecke, Grundlagen für die Arbeit mit der schwarz-*

magischen Tafel, Der Rechenschieber, Die Stabilisierung der Magischen Siegel, Besonderheiten der Sternenkarte für die südliche Halbkugel, Jahreszeitlich bedingte Wetterveränderungen im Gebiet des Wendekreises ... Das waren alles äußerst seltene Werke, auf deren Besitz jeder Steuermann stolz wäre.

Auf dem Tisch stand in einem Rahmen das Bild eines Orks. Er war so alt wie Ogg, hatte aber dichtere Brauen und längere Fangzähne. Auf dem Fliegeranzug der Armee machte ich das Emblem der Rauchenden Schilde aus, einer legendären Orkstaffel, während den Kragen die Spiegel des Kommandeurs der Einheit zierten.

»Wartest du schon lange?«, fragte Ogg, als er ins Zimmer trat.

»Nein. Ist das dein Vater?«

Er nickte.

»Er hat viele Orden«, bemerkte ich. »Den Ruhmesodem, den Wacholderzapfen und den Purpurpilz. Der wird für Tapferkeit im Kampf verliehen, oder?«

»Meine Mutter sagt immer, dass er besser am Leben geblieben wäre, statt all diese Dinger einzuheimsen«, brummte Ogg so mürrisch, dass klar war: Er wollte das Thema wechseln. »Haben meine Herren Brüder irgendwelche Sperenzchen gemacht?«

»Überhaupt nicht«, antwortete ich.

»Wahrscheinlich hat Mama dich gebeten, mir nichts zu sagen«, vermutete er. »Aber gut, vergessen wir das, wir haben Wichtigeres zu tun.« Er nickte in Richtung der schwarzmagischen Tafel. »Morgen ist die Auktion. Da sollten wir wissen, wie viel Geld wir tatsächlich zur Verfügung haben. Wirf mal einen Blick auf die Zahlen!«

Die gesamte Oberseite der schwarzmagischen Tafel war mit einer feinen verschnörkelten Schrift ausgefüllt.

»Also ... was wäre da? Tausend Louisdors Preisgeld. Davon gehen zehn für Bufallon und etwas für die Arbeiter, die das Aeroplan gewartet haben, den magischen Schild, die Dämonologen und all das ab. Damit blieben noch neunhundertfünfzig Louisdors.«

»Nicht schlecht für den Anfang.«

»Meine Verwandten haben mir etwas geborgt, ohne Zinsen darauf zu verlangen. Einhundertachtzig Louisdors. Dazu kommt mein eigenes Geld, sodass wir bei zweihundertzehn Louisdors wären. Mit dem Preisgeld und den zweihundert Louisdors von Po für den Abschuss von Zottel sind wir dann bei …« Er senkte die Stimme. »… bei eintausenddreihundertsechzig Louisdors.«

»Warte mal! Du hast doch unser Geld auf unseren Sieg gesetzt. Aber wir sind nicht als Erste im Ziel angekommen. Wie viel haben wir verloren?«

»Nichts«, antwortete Ogg grinsend. »Im Gegenteil, wir haben ein nettes Sümmchen gewonnen.«

»Weil die Buchmacher den Verstand verloren haben und uns einen prallen Beutel Goldlouisdors geschenkt haben?«

»Glaubst du an Wunder?! Nein, ich habe es mir in letzter Sekunde überlegt und auf die ersten drei gesetzt. Weil ich dachte, das würde unsere Aussichten erhöhen.«

»Was soll ich dazu sagen?«, fragte ich. »Muss ich beleidigt sein, weil du bis zum Schluss nicht an unseren Sieg geglaubt hast? Oder mich freuen, weil du so umsichtig warst? Wie viel haben wir erhalten?«

»Einhundertachtzig Louisdors.«

»Nicht schlecht. Damit wären wir bei tausendfünfhundertundvierzig Louisdors. Das ist sogar etwas mehr als das Preisgeld für den Gewinner.«

»Stimmt schon. Trotzdem reicht es noch nicht«, fasste er zusammen und stieß einen schweren Seufzer aus. »Ich habe mir die Aushänge für die Aeroplane angesehen. Es sind insgesamt nur sechsundzwanzig Vögel, von denen obendrein sechs auch noch die reinsten Schrottberge sind, die sich wohl nur dann in die Lüfte erheben würden, wenn du sie von einer Klippe stößt. Bei zwölf liegt das Anfangsgebot bereits weit über unseren Möglichkeiten. Damit bleiben noch acht, und um die wird man sich schlagen. Deshalb zählt jeder Louisdor …«

Ich schob ihm den Lederbeutel hin.

»Das sind dreihundertfünfundsiebzig Louisdors«, erklärte ich. »Und hier hätten wir noch eine Zahlungsanweisung.«

Ogg starrte wie benommen auf das Papier.

»Hol mich doch die Kehrseite!«, rief er, nachdem er sich gefasst hatte. »Das sind noch mal über tausend! Und erst die Gesamtsumme! Ich schwöre es beim Himmel, Lass! Zweitausendsechshundertfünfundsechzig! Das bedeutet ein wirklich gutes Aeroplan! Hast du vielleicht jemanden überfallen?«, fragte er grinsend. »Oder deine Seele den margudischen Zauberern verkauft?!«

Als er die Echsen erwähnte, verzog ich das Gesicht.

»Unsere Seelen sind bei denen nicht so beliebt, dass sie dafür auch noch zahlen würden«, sagte ich. »Auf solche Geschäfte lassen sich die Margudier nur mit einigen wenigen Menschen ein. Die anderen Rassen sind für sie überhaupt nicht von Interesse.«

»Dem Himmel sei Dank. Übrigens, falls du das noch nicht gehört hast: Diese Mistechsen haben gestern Nacht die Insel verlassen. Angeblich führen die Zöllner immer noch ein Freudentänzchen auf.«

»Und nicht nur sie. Auch ich bin … ganz froh darüber.«

»Was hast du denn mit denen zu schaffen?«, hakte Ogg nach.

»Heute Nacht haben mir die Margudier einen Besuch abgestattet.«

Ogg maß mich mit einem Blick, als hätte ich einen schlechten Witz vom Stapel gelassen. Ich atmete tief ein und erzählte ihm die ganze Geschichte.

16. KAPITEL, *in dem bewiesen wird, dass ein Freund mitunter mehr wert ist als alles Geld*

Das Gericht der Schildkröteninsel war bekannt dafür, Piraten und Schmugglern ein *Schuldig!* an den Kopf zu knallen und sie dann zum Galgen zu schicken. Eben hier sollte heute die Auktion stattfinden.

Ogg erhielt am Eingang eine Tafel mit der Nummer dreiundzwanzig. Diese musste er heben, wenn wir für ein Aeroplan bieten wollten. Wir setzten uns auf eine harte Bank im großen Saal, in dem ein Bild des Statthalters an der Wand prangte. Am Eingang standen in alter Tradition zwei Gardisten in purpurroter Uniform. Hinter der Richterbank thronte heute Tull, der das Amt des Auktionators ausübte.

Ogg war das reinste Nervenbündel. Ständig sah er sich um, holte eine Tabakspfeife aus der Tasche, steckte sie sich unangezündet zwischen die Zähne, drohte, das Mundstück durchzubeißen, und stopfte die Pfeife wieder in die Tasche.

»Ganz ruhig, mein Freund«, sagte ich. »Wenn es nicht klappt, finden wir bestimmt irgendwo anders ein Aeroplan.«

Er schielte bloß mürrisch zu mir herüber, stieß einen schweren Seufzer aus und tastete erneut die Tasche aus dickem Stoff ab, die all unser Geld enthielt. Sie war bis zum Rand mit Goldmünzen vollgestopft und so schwer, dass ich sie nicht einmal anheben konnte. Selbst Ogg hatte seine ganze Kraft aufbieten müssen, um sie hierherzubringen. Trotzdem befürchtete er ständig, man würde sie uns *kurzerhand* stibitzen. Dabei hatte sich uns auf dem Weg zum Gericht nicht mal jemand genähert. Oggs finstere Visage wirkte nicht gerade sonderlich einladend ...

Ein junger Offizier im Rock eines Hauptmanns ersten Ranges trat nun an unsere Bank. Seine ganze Erscheinung – angefangen bei der gepuderten Perücke bis hin zu den weißen Hosen und dem goldenen Degen, bei dem ein Artefakt am Griff jeden Stich verstärkte – zeugte davon, dass dieser Herr nicht gerade am Hungertuch nagte. Zunächst beäugte er uns, als wären wir der reinste Abschaum, dann jedoch erkannte er uns – und setzte sich zu uns.

»Ihr seid ein vorzügliches Rennen geflogen, meine Herren«, sagte er.

»Vielen Dank für das Lob«, entgegnete Ogg.

»Und nun wollt Ihr ein neues Aeroplan erwerben?«

»Wir wollen uns zumindest ansehen, was im Angebot ist«, antwortete ich in gelangweiltem Ton. »Und Ihr?«

»Ich möchte Eure *Betörerin* für meine Sammlung erstehen.«

»Die gehört uns gar nicht, wir hatten sie bloß geliehen.«

»Das ist mir bereits bekannt.«

Daraufhin sah ich mich um und entdeckte Walross. Er hob die Hand, begrüßte uns alle und winkte mich zu sich.

»Bin gleich wieder da«, teilte ich Ogg mit, der mich aber anscheinend gar nicht hörte, weil er ganz in seine beunruhigenden Gedanken versunken war.

»Einen wunderschönen guten Morgen«, schnaufte Walross. »Hör mal, ein Mann aus Nest hat mir gesteckt, dass du meinen Vogel heute Nacht entführt hast. Danach habe ich mir die Bienenstöcke angesehen. Die sind ratzekahl leer. Muss ich jetzt zufälligerweise mit unangenehmen Fragen seitens der Patrouille rechnen?«

»Nein«, antwortete ich und sah ihm fest in die Augen.

»Dann ist ja alles bestens«, erklärte Walross und verlor sofort jedes Interesse an diesem Thema. »Ist bei euch noch ein Platz frei? So ganz allein blase ich Trübsal.«

»Dann nichts wie zu uns mit dir.«

In dieser Sekunde betraten Nahywa, Roch und noch ein Mann den Saal. Der Unbekannte war hochgewachsen und braun gebrannt, hatte ein offenes Gesicht, helle Augen und eine kleine

Narbe auf dem sauber rasierten Kinn. Er wirkte noch recht jung, zumindest unter vierzig. Als Nahywa ihm etwas sagte, sah er zu mir herüber, hakte sich an meinem Blick fest und nickte mir einen Gruß zu. Ich erwiderte die Geste. Danach gingen die beiden Männer zu ihren Plätzen, während Nahywa auf mich zukam.

»Das ist Kapitän Nord«, erklärte sie. »Er hat das Rennen beobachtet, und ihm hat gefallen, wie du mich abgehängt hast.« Sie boxte mich freundschaftlich in die Seite. »Wir lichten noch heute die Anker. Der Statthalter hat uns um einen kleinen Gefallen gebeten.«

»Ist etwas geschehen?«

»Wir sollen mal einige Inseln der Pfauenkette in Augenschein nehmen«, antwortete sie. »Du hast vielleicht gehört, dass die drei Margudier die Insel verlassen haben, was die Patrouille aber völlig verschnarcht hat. Jetzt sind die Echsen spurlos verschwunden. Allerdings soll es noch in der Nacht ihres Abzugs in der Nähe von Fagott, einer felsigen Nachbarinsel, ein Luftgefecht gegeben haben. Die Patrouille konnte jedoch keinerlei Hinweise darauf entdecken. Vor ein paar Tagen haben sich außerdem einige Inseln an die Admiralität gewandt und ihr mitgeteilt, dass die Margudier auch ihnen einen Besuch abgestattet haben, aber gleich wieder abgezogen sind.« Sie beugte sich zu mir vor und senkte die Stimme. »Vielleicht suchen sie ein verlorenes Schiff.«

Klar doch. Deshalb durchwühlten sie auch meinen Schrank ... O nein, diese Echsen suchten etwas ganz anderes. Etwas Mondsichelförmiges ...

»Und?«, fragte ich Nahywa. »Wird das ein gefährlicher Ausflug für die *Donner*?«

»Keine Ahnung«, gab Nahywa zu. »Nord meint jedenfalls, dass seien margudische Spione in Aeroplanen gewesen und irgendwo am Himmel würde sicher noch ihr Mutterschiff warten. In der Admiralität sieht man das genauso. Bleibt die Frage, was die Margudier hier eigentlich wollen. Die Patrouille hat bereits die Verteidigung der Insel verstärkt, und den Fregatteneinheiten wurde der Urlaub gestrichen, die müssen jetzt die nähere Umgebung abfliegen. Wir sollen uns ein paar entferntere Inseln vornehmen.«

»Aber ihr untersteht doch gar nicht dem Statthalter.«
»Ja und? Kapitän Nord wird der Insel doch wohl einen persönlichen Gefallen erweisen dürfen«, sagte Nahywa. »Gleich nach der Auktion brechen wir auf.«
Ihr Blick huschte über meinen offenen Kragen.
»Sag mal, wo hast du denn die Kette gelassen?«, fragte sie.
»Von der habe ich mich heute mal getrennt.« Das war noch nicht mal gelogen. Nur eben nicht die ganze Wahrheit.
Nahywas Blick wanderte wieder zu Nord.
»Wir sehen uns bestimmt noch«, verabschiedete sie sich.
Daraufhin kehrte auch ich zu Ogg zurück. Walross saß nun neben ihm. Hinter ihm hatte Giulia Platz genommen.
»Guten Morgen«, begrüßte ich sie. »Ich hätte nicht erwartet, dich hier zu treffen.«
»Ich will mich mal umsehen«, sagte sie.
Doch da trat bereits Tull hinter die Richterbank und schlug mit einem Holzhammer auf diese.
»Ruhe bitte, meine Damen und Herren!«, verlangte er. »Ruhe! Wir wollen nun anfangen. Wenn ich also darum bitten dürfte, dass alle ihre Plätze einnehmen und ihr Geld bereithalten.«
Jemand lachte, obwohl das sicher kein Scherz Tulls war. Wenn es ums liebe Geld ging, scherzte ein Leprechaun nie.
»Bevor wir beginnen, möchte ich alle daran erinnern, dass die Bezahlung unmittelbar nach Abschluss der Auktion zu erfolgen hat. Das kann mit klingenden Louisdors, aber auch mit einer Zahlungsanweisung geschehen, sofern es sich um eine geachtete und solide Bank handelt, versteht sich, welche die Erlaubnis hat, auf unserer wundervollen Insel Geldgeschäfte zu tätigen. Ihr alle habt die Aeroplane bereits gesehen und wisst, weshalb Ihr hier seid. Sparen wir uns jede Lobhudelei, jedes Anpreisen und dergleichen, denn dafür ist unser aller Zeit zu kostbar. Die Luftschiffe liegen am vierten Pier, die Aeroplane warten in den Hallen von Meeresbrise auf ihren neuen Besitzer. Ihr erhaltet Zugang zu Euren ersteigerten Posten, sobald Ihr gezahlt habt und das Amt für Eigentumsfragen das Geschäft anerkannt hat. Gibt es hierzu noch Fragen?«

Ein ablehnendes Gemurmel antwortete ihm.

»Für alle, die es nicht wissen oder gerade eben erst aufgewacht sind, betone ich noch einmal: Bei dieser Auktion müssen die Gebote beständig gesteigert werden. Den Zuschlag erhält, wer das höchste Gebot für einen Posten abgibt. Um zu bieten, muss man ein Zeichen geben, das alle Anwesenden sehen können. Ferner muss ein Gebot wenigstens um den Mindestzuschlag erhöht werden. Nach den Regeln dieser Auktion liegt dieser für Luftschiffe bei dreihundert Louisdors, für schwere Aeroplane bei vierzig Louisdors und für mittlere bei dreißig.« In dieser Sekunde reichte der Gehilfe Tull ein Papier, das der Leprechaun rasch überflog. »Beginnen wir also. Zunächst werden die großen Luftschiffe versteigert. Posten Nummer eins ist die zwölfkanonige Schaluppe *Gewitter* mit Heimathafen Grehel auf dem Westlichen Kontinent. Sie wurde wegen Einfuhr eines Artefakts aus der Farblosen Liste beschlagnahmt. Verkäufer ist demnach die Schildkröteninsel. Das Anfangsgebot liegt bei fünfzehntausend Louisdors.«

Fünf Gnome mit mürrischer Miene hatten ein ausgesprochenes Interesse an diesem Schiff. Sie überboten alle anderen und erhielten für eine stattliche Summe bereits nach vierzig Sekunden den Zuschlag. Daraufhin drückten sie sich gegenseitig die schwieligen Hände. Auch das nächste Schiff sicherten sie sich, dann unterlagen sie jedoch einer bleichen Gestalt, die einen schnellen Schoner erstand. Die nächsten vier Posten, fünf bauchige Galeonen, die als Frachter taugten, kaufte die Schildkröteninsel, indem sie bereits mit dem ersten Gebot alle Rivalen aus dem Feld schlug.

Ogg starrte ununterbrochen auf seine Papiere und Berechnungen und murmelte lautlos etwas vor sich hin. Bei unserem jetzigen Vermögensstand – im Grunde schuldete ich den nächtlichen Räubern also Dank – kamen für uns nicht mehr nur acht, sondern zehn Vögel infrage. Eine *Witwe* schied aus, denn dafür wäre noch ein Heckschütze nötig gewesen, die *Maulwurfsgrille*, dieser schwere Zerstörer der Orks, bockte gern in geringen Höhen, sodass ich ihr mein Leben nicht anvertrauen wollte. Außerdem wollten wir ein zweisitziges Aeroplan. Damit blieben für uns zwei *Stiletts*, zwei *Rüpel*, vier *Monde*, eine *Betörerin* der letzten Bauart und eine *Haken*, ein leichtes Schiff der Alwen. Ihr gab ich den Vorzug, denn die Alwen hatten die Baupläne von uns Elfen geklaut. Deshalb war dieser Vogel von allen genannten auch der wendigste und schnellste.

Die Luftschiffe waren recht schnell versteigert. Nur beim letzten Posten, einer bei einem Gefecht stark beschädigten Fregatte, kam es zu einem heißen Duell zwischen der Admiralität und der Handelsgilde. Wie nicht anders zu erwarten, gewannen es die Kaufleute.

Damit waren endlich die Aeroplane an der Reihe. Wir beobachteten schweigend, wie man sich um Vögel stritt, die uns nicht zusagten. Zunächst wechselte ein verrosteter Schrotthaufen den Besitzer, dann ergatterte ein Freund von Anna eine *Witwe*, während sich die Mannschaft irgendeines Schoners eine *Maulwurfsgrille* zulegte.

»Posten Nummer neunundvierzig! Eine *Betörerin* der ersten Bauart!«, kündigte Tull an. »Zweiter Platz beim Sechsstundenrennen. Das Anfangsgebot liegt bei eintausend Louisdors.«

»Tausenddreißig!«, rief jemand und hob seine Tafel. Walross drehte sich sofort um, damit er den Bieter in Augenschein nehmen konnte.

»Tausendsechzig!«, überbot ihn ein Kobold.

»Tausendneunzig!«, schrie ein Mensch.

»Tausendzweihundert!«, donnerte der Hauptmann ersten Ranges da.

»Es sind tausendzweihundert von Nummer sechs geboten!«, wiederholte Tull entzückt. »Bietet jemand mehr? Tausendzweihundert zum ersten ...«

»Tausendzweihundertdreißig!«, schrie der Kobold und funkelte wild mit den Augen.

»Kommt schon«, murmelte Walross und kreuzte zwei Finger, um sich selbst Glück zu wünschen. »Setzt noch eins drauf!«

»Tausenddreihundert!«, trumpfte Ogg mit einem Blick zum Hauptmann auf.

»Ihr wollt sie kaufen?«, fragte dieser fassungslos.

Diese Frage hätte ich Ogg auch gern gestellt.

»Wir kennen sie schließlich bereits«, antwortete ich stattdessen. »Unserer Ansicht nach ist sie wie geschaffen für uns.«

»Eintausenddreihundert von Nummer dreiundzwanzig! Bietet jemand mehr?«

»Eintausendvierhundertundfünfzig!«, schrie der Hauptmann und warf uns einen herausfordernden Blick zu.

Ogg schüttelte daraufhin nur den Kopf und stieg aus.

Andere jedoch nicht. Schließlich ging der Hammer bei einer Summe von eintausendneunhundertzweiundvierzig Louisdors auf die Richterbank nieder. Walross rieb sich zufrieden die Hände. Er hatte seinen alten Vogel für eine Summe verkauft, die den tatsächlichen Wert der *Betörerin* mindestens um das Doppelte überstieg.

»Ich schulde euch einen Rum«, flüsterte Walross, bevor er davoneilte, um alle Papiere für den Abschluss des Verkaufs auszufüllen. »Einen ganzen Eimer Rum!«

Der Kobold kaufte eine andere *Betörerin*. Auch bei den vier *Monden* überbot man uns. Damit blieben nur noch fünf Aeroplane im Angebot.

Langsam geriet ich ins Schwitzen.

»Posten Nummer fünfundfünfzig. Eine *Rüpel*, die zu Kriegszwecken eingesetzt werden kann, amtlich geführt unter der Nummer dreihundertundsechs. Das erste von zwei gleichartigen Aeroplanen. Das Anfangsgebot liegt bei eintausendneunhundert Louisdors.«

»Tausendneunhundertundvierzig!«, schrie Ogg sofort.

»Tausendneunhundertundachtzig!«, übertrumpfte ihn ein Gnom, der völlig von seinem Bart zugewachsen war, nun aber eigens von der Bank aufsprang.

»Fünftausend für Posten Nummer fünfundfünfzig und genauso viel für Posten Nummer sechsundfünfzig!«

Ich drehte mich um und hielt nach demjenigen Ausschau, der förmlich in Geld schwimmen musste. Kapitän Nord! Er hatte die Hand lässig erhoben. Nahywa saß neben ihm und strahlte glücklich.

»Dieser verdammte Hurensohn ...«, zischte Ogg. »Damit können wir natürlich nicht mithalten.«

»Herr Nord weiß«, erkundigte sich Tull, »dass bei einem Kauf von zwei Posten nach den Regeln der Auktion zehn Prozent der genannten Summe an den Auktionator zu zahlen sind, sofern der zweite Posten noch gar nicht ausgerufen wurde?«

Der Mann, um den sich so viele Legenden rankten, nickte.

»Es sind fünftausend Louisdors für jeden der beiden Posten geboten!«, sagte Tull daraufhin. »Bietet jemand mehr? Fünftausend zum Ersten! Fünftausend zum Zweiten! Es geht wirklich niemand mehr mit? Fünftausend zum Dritten! Verkauft an Kapitän Nord!«

Noch ehe ich meiner Enttäuschung freien Lauf lassen konnte, wurden schon die beiden *Stiletts* zum Kauf angeboten. Das Anfangsgebot entsprach dem der *Rüpel*, der Preis kletterte dann aber rasch auf dreitausend für die eine und dreitausendzweihundert für die andere.

Ogg seufzte schwer. Auch dieser Zuschlag war nicht an uns gegangen.

»Kopf hoch«, tröstete ich ihn. »Die meisten haben schon bekommen, was sie wollten. Jetzt bieten viel weniger mit. Und es ist immer noch eine *Haken* im Angebot.«

Der Gehilfe des Auktionators flüsterte Tull etwas zu.

»Wir haben eine kleine Veränderung bekannt zu geben, verehrte Damen und Herren«, verkündete der Leprechaun daraufhin mit lauter Stimme. »Der Posten Nummer neunundfünfzig ist von seinem Besitzer zurückgezogen worden!«

Ein missbilligendes Gejohle folgte. Ogg spuckte enttäuscht aus und fluchte wild in seiner Orksprache.

»Als Ausgleich stellt unser Haus ein Aeroplan zur Verfügung, das sich noch in unserem Lager befindet. Es ist eine *Hornisse*, ein zweisitziges Aeroplan, ursprünglich für Kriegszwecke gedacht, aber mittlerweile zur friedlichen Nutzung umgebaut. Die vorderen Kanonen wurden abmontiert. Unter den Flügeln finden sich zwei doppelläufige Kanonen des Kalibers AA Glühwürmchen. Die Bienenstöcke sind erweitert, sodass sie eintausend Feuerbienen mehr aufnehmen können. Flieger und Steuermann werden durch Panzerplatten geschützt, ein magischer Schild ist vorhanden. Die Magischen Siegel sind erneuert worden, ein Dämon fehlt jedoch. Das Anfangsgebot liegt bei eintausendvierhundert Louisdors. Steigerungen müssen mit mindestens einhundert Louisdors erfolgen. Möchte jemand ein Angebot abgeben?«

Ogg und ich sahen uns nur an.

»Verschwinden wir von hier«, sagte er zerknirscht. »Das ist offenbar nicht unser Tag.«

Recht hatte er. Wozu sollten wir bei diesem Aeroplan mitbieten? Egal, wie gut es sein mochte, es besaß keinen Dämon – und den würden wir uns nach Erwerb des Vogels nicht mehr leisten können.

»Eintausendsechshundert Louisdors zum Ersten!«, hörten wir Tull. »Bietet jemand mehr?«

In dieser Sekunde kam mir die Erleuchtung!

»Biete!«, verlangte ich aufgeregt von Ogg.

»Bitte?!«, fragte dieser fassungslos. »Dem Vogel fehlt der Dämon. Wir haben nie so viel ...«

»Eintausendsechshundert Louisdors zum Zweiten!«

Ich riss Ogg die Tafel aus der Hand und streckte sie so hoch, als wollte ich damit die Decke durchbohren. Der Hammer, der bereits über der Richterbank schwebte, hielt inne.

»Tausendsiebenhundert!«, schrie ich.

»Bietet jemand mehr?«

»Tausendachthundert!«, ging ein Gnom mit.

»Zweitausend!«, übertrumpfte ich ihn sofort.

»Was soll das?!«, zischte Ogg und zog mich am Ärmel. »Hast du den Verstand verloren?!«

»Vertraue mir!«, sagte ich und befreite meinen Arm aus seinem Griff. »Ich weiß genau, was ich tue.«

»Zweitausenddreihundert!«, spie der Gnom wütend aus.

Tull sah mich fragend an. Ich sagte nichts.

»Bietet jemand mehr? Zweitausenddreihundert zum Ersten! Zweitausenddreihundert zum Zweiten! Und zweitausenddrei...«

»Zweifünf!«, schrie ich, als der Kümmerling sich bereits zufrieden die Hände rieb.

Ogg schlug die Hände vors Gesicht und seufzte schwer. Daran, dass bei mir im Oberstübchen etwas nicht stimmte, bestand für ihn offenbar kein Zweifel mehr.

»Zweitausendfünfhundert!«, frohlockte Tull. »Bietet jemand mehr? Zweitausendfünfhundert zum Ersten!«

»Lass, bist du sicher, dass du weißt, was du tust?«, wollte Giulia wissen, die sich zu mir vorgebeugt hatte.

Ich nickte. Der Gnom stopfte sich die Bartenden zwischen die Zähne. Seine Augen waren blutunterlaufen.

»Zweitausendfünfhundert zum Zweiten!«

Unentschlossen hob der Kümmerling seine Tafel. Ich knirschte mit den Zähnen.

»Was bedeutet das, mein Herr?«, fragte Tull sofort. »Gebt Ihr ein Angebot ab?!«

»Zweitausendsechshundert!«, krächzte der Gnom mit halb erstickter Stimme.

»Dem Himmel sei Dank!«, stieß Ogg erleichtert aus. Nun mussten wir aussteigen …

Ich schwieg enttäuscht. Mein Plan hatte nicht geklappt. Schade!

»Biete, Lass«, flüsterte Giulia mir zu. »Geh um den Mindestaufschlag höher.«

»Zweitausendsechshundert zum Ersten!«

»Ist das dein Ernst?«, hauchte ich zurück.

»Wenn du deiner Sache so sicher bist, leihe ich dir fünfhundert. Die gibst du mir irgendwann zurück.«

»Zweitausendsechshundert zum Zweiten!«

»Zweitausendsiebenhundert!«, platzte ich heraus, wobei ich mich fühlte wie ein aus der Asche wiedergeborener Feuervogel.

»Bietet jemand mehr?«

Tull, der gesamte Saal und ich – wir alle starrten den Gnom voller Erwartung an.

Der schüttelte jedoch bloß den Kopf, sprang von der Bank auf, rammte die Hände in die Hosentaschen und stapfte davon.

»Zweitausendsiebenhundert zum Ersten! Zweitausendsiebenhundert zum Zweiten! Und zweitausendsiebenhundert zum Dritten!« Der Hammer ging auf der Richterbank nieder. »Verkauft an Nummer dreiundzwanzig!«

17. KAPITEL, *in dem wir uns einen Dämon zulegen und die Geduld eines Leprechauns auf die Probe stellen*

»Haben Elfen eigentlich noch was anderes als dumme Ideen, Theorien und Pläne im Kopf?«, brummte Ogg.
Er saß an Deck, den Oberkörper gegen die Reling gelehnt, ließ die Beine baumeln, nahm immer wieder einen Zug aus der Pfeife und spähte aufs Meer hinunter, das einhundert Yard unter uns lag.
»Warum hast du dich dann überhaupt mit mir eingelassen?«, fragte ich, als ich Dreipfot, der mit offenem Mund erwartungsvoll am Bug hockte, in hohem Bogen eine Erdnuss zuwarf.
Er sprang in die Luft, schnappte die Nuss, landete und sperrte den Mund noch weiter auf als bisher, um einen Nachschlag zu fordern. Notfalls würde er ewig hochspringen –Hauptsache, er kriegte weiterhin etwas zu futtern.
»Das ist den Umständen geschuldet gewesen«, antwortete Ogg nun grinsend. »Aber welches Wesen mit Verstand hätte eine solche Unsumme für diese *Hornisse* geboten?«
»Du streitest aber nicht ab, dass wir jetzt ein erstklassiges Aeroplan unser Eigen nennen?«
»Das nicht. Ich streite aber auch nicht ab, dass wir keinen Dämon dafür haben.«
»Du immer mit deinem Dämon ...« Ich warf Dreipfot die nächste Nuss zu. »Wenn ich mich nicht gewaltig geirrt habe, besitzen wir in weniger als zwei Stunden einen Dämon.«
»Glaub mir, mein Freund, ich wäre ruhiger, wenn wir den schon hätten. Bis dahin musst du leider damit rechnen, dass ich dich mit meiner Nörgelei geradewegs ins Grab befördere. Denn

wir haben nicht einen Louisdor mehr, dafür jedoch Schulden ... Wie sollen wir da an einen Dämon kommen?«

»Wegen der Schulden brauchst du dir nicht den Kopf zu zerbrechen«, mischte sich Giulia ein, die am Ruder stand. »Die können warten. Außerdem finden wir vielleicht eine andere Form der Bezahlung: nicht mit klingender Münze, sondern mit einem kleinen Gefallen.«

»Einem kleinen Gefallen?«, hakte sich Ogg sofort misstrauisch an dem Wort fest. »Was bitte meinst du damit?«

Giulia grinste Glaufor vielsagend an. Dieser besserte gerade den Kurs der *Bohnenranke* nach, indem er die Einstellungen auf der schwarzmagischen Tafel änderte.

»Das Geld habe ich euch geliehen, weil ihr meine Freunde seid, nicht weil ich irgendwelche Hintergedanken hatte«, versicherte Giulia. »Wenn ihr einer etwas ungewöhnlichen Form der Rückzahlung nicht zustimmt, nehmen wir euch das auch nicht übel. Dann gebt ihr mir halt Louisdors.«

»Hören wir uns deinen Vorschlag doch erst mal an, Kapitänin«, erwiderte ich, worauf Dreipfot prompt mit den Zähnen klapperte, anscheinend um sich meiner Äußerung anzuschließen.

»Ich habe vom Kontinent eine Ware mitgebracht, die jetzt im Frachtraum versteckt ist. Da ich auf der Schildkröteninsel mittlerweile bekannt genug bin, wird unser Schiff dort längst nicht mehr genau durchforstet. Na ja, du weißt, wie das abläuft«, meinte sie mit einem Augenzwinkern in meine Richtung. »Auf anderen Inseln gelten wir jedoch als Fremde.« Die *Bohnenranke* ging nun etwas tiefer. »Kurz und gut, ich habe heiße Ware, die ich ausliefern sollte, was mir bisher aber nicht geglückt ist.«

»Wir sind den Zöllnern gerade noch einmal entwischt«, bemerkte Ruhy, der die Scharniere einer *Blitz* schmierte. »Wenn wir diese Ware aber nicht ausliefern, sollten wir uns auf dem Kontinent besser nie wieder blicken lassen.«

»Was ist das für Ware?«, wollte Ogg wissen.

»Eine Gerte des Lichts«, raunte Giulia.

Ich stieß einen Pfiff aus. Dieses Schwert zerschlug nicht nur jede Rüstung, sondern auch einen magischen Schild. Und selbstverständlich stand die Klinge auf der Farblosen Liste. Sie auszuliefern dürfte in der Tat kein Kinderspiel sein.

»Warum glaubst du, dass wir schaffen, woran du gescheitert bist?«

»Weil ihr Kuriere seid. Niemand überprüft Kuriere, euch winkt man einfach nur durch.«

»Stimmt schon«, sagt Ogg. »Aber noch hockt unser Vogel am Boden ...«

»Dann lasst uns über die Angelegenheit noch einmal reden, wenn ihr euch wieder in die Lüfte schwingen könnt. Übrigens nähern wir uns Fagott. Lass, weißt du noch, auf welcher Seite der Insel das Aeroplan ins Meer gestürzt ist?«

»Hm«, sagte ich, stand auf und gab die Schale mit den Nüssen Ogg, »ich denke, wir müssen beim Korallenriff suchen.«

»Das Wetter ist heute gut, und es gibt keinen Wellengang«, murmelte Glaufor, der sich seine limonengelbe Mütze vom Kopf zog. »Wenn das Aeroplan überm Korallenriff abgestürzt ist, müssten wir es sehen. Ruhy, geh mal zum Bug. Ich schaue hier runter, vielleicht entdecken wir ja etwas. Kapitänin, sollen wir Fagott einmal umrunden?«

»Ja«, entschied Giulia. »Außerdem sollten wir auf dreißig Yard runtergehen. Könnte vielleicht jemand in die Kombüse gehen und Miguel bitten, Kaffee zu kochen?«

Die *Bohnenranke* glitt dicht über das leuchtend blaue Wasser hinweg und umrundete die felsige Insel. Die Wellen schlugen gegen das Korallenriff, das sich fast dreihundert Yard vom Ufer entfernt fand. Zwischen ihm und dem Strand lag eine Lagune mit glasklarem Wasser.

»Da!«, schrie Ruhy ein paar Minuten später und zeigte auf eine Stelle im Wasser. »Fünfzig Yard rechts von uns. Drosselt die Geschwindigkeit!«

Giulia legte einen Hebel um, woraufhin die *Bohnenranke* mit leichtem Summen über der Wasseroberfläche zum Stehen kam. Ogg und ich beugten uns über die Reling und spähten nach unten.

Im Wasser ließ sich ein schwarzer Schatten erkennen, der ein wenig an einen Dreizack erinnerte. Das Luftschiff hatte sich mit der Nase in den Sand gebohrt. Hinter ihm zog sich ein breiter Schweif aus Bruchstücken dahin.

»Was sagst du jetzt?«, fragte ich Ogg.

»Dass du Glück hast, dass ich kein Gremlin bin. Diese Burschen sind abergläubisch und fassen nichts an, was den Margudiern gehört.«

»Für uns beide gilt das aber nicht.«

»Dem musst du ordentlich eins vor den Bug geknallt haben«, sagte Glaufor.

»Das war reines Glück.«

»Das kannst du laut sagen«, grummelte Ogg. »Der hätte die *Betörerin* mühelos in Staub verwandeln können.«

Wir warfen erst einmal den Anker aus.

»Anker im Grund!«, rief Ruhy kurz darauf.

Ogg zog sich das Hemd über den Kopf.

»Wir gehen beide runter!«, teilte er mir mit. »Wie weit ist es bis zum Boden? Sieben Yard? Acht?«

»Das werden wir gleich wissen«, sagte Ruhy und versenkte ein Lot im Wasser. »Siebeneinviertel.«

Ich zog mein Hemd ebenfalls aus, sodass ich nur noch in knielangen Hosen dastand.

»Bleib noch hier oben«, bat ich Ogg. »Ich will mich erst mal allein umsehen. Du solltest nicht zu früh ermüden, denn vielleicht brauchen wir deine Kraft noch.«

Nachdem ich mir die einem Schwammtaucher abgekaufte Brille aufgesetzt hatte, sprang ich kopfüber ins Wasser. Ich steuerte auf das Tau des Lots zu, holte noch einmal tief Luft und tauchte möglichst senkrecht in die Tiefe.

Das Wasser war so salzig, dass es mich immer wieder nach oben tragen wollte. Ohne das Tau, an dem ich mich festklammerte, wäre ich aufgeschmissen gewesen. Schon bald meinte ich, mein Trommelfell würde platzen, außerdem wurde mir schwindelig. Daraufhin hielt ich mir die Nase zu und atmete durch sie aus. In meinem Ohr war ein ganz leises Knacken zu hören, danach ging es mir sofort besser.

Die *Hauer* der Margudier lag so, dass der Schatten der *Bohnenranke* nicht auf sie fiel. Sonnenstrahlen huschten über die schwarze, raue Oberfläche des Schiffsrumpfs. Als ich auf ihn zuschwamm, nahm ich aus den Augenwinkeln die Beschädigungen wahr: Der Schwanz war beim Absturz zerstört worden, die Seiten waren verkohlt und ein Flügel abgerissen. Und dann hatten meine Feuerbienen noch etliche Löcher im Metall hinterlassen.

Über dem linken Sitz war die Glashaube zerschlagen. Der Margudier war über dem Knüppel zusammengesackt und bereits reichlich von den Fischen benagt worden. Zum Glück gab es hier am Riff keine Haie. Und die kleineren Fische jagten mir keine Angst ein.

Noch ein paar kräftige Züge, und ich hatte den Grund erreicht. Ich sah mich rasch um, dann stieg ich wieder auf.

Die gleißende Sonne blendete mich. Ich klammerte mich am Tau fest, rang nach Atem und ließ die ersten Fragen unbeantwortet.

»Der Dämon ist noch in dem Vogel«, sagte ich dann. »Da bin ich mir ganz sicher, denn andernfalls hätte er bei seinem Ausbruch das Aeroplan völlig zerstört. Bug und mittlerer Teil sind aber noch völlig unbeschädigt.«

»Puh!«, stieß Ogg erleichtert aus.

»Es gibt aber eine Schwierigkeit. Der Vogel hat sich mit dem Bauch tief in den Sand gegraben. Wir müssen den Dämon also durch den Bug befreien.«

»Wie stellst du dir das vor?! Der ist gepanzert!«

»Giulia, leihst du uns vielleicht vorübergehend die Gerte des Lichts?«, fragte ich die Kapitänin. »Mit der könnten wir die Panzerplatten aufschneiden und die Nieten an der Luke abheben.«

»Stimmt«, sagte sie zögernd. »Das könnte tatsächlich klappen.«

»Allerdings dürfte uns das Ganze selbst dann ein paar Stunden kosten«, gab Ogg zu bedenken. »Wir müssen immer wieder auftauchen und Luft holen, schließlich sind wir keine Krashshen.«

»Wir wechseln uns ab«, sagte ich. »Dann geht es wenigstens etwas schneller.«

»Ich helfe euch«, bot Ruhy an. »Bei Panzerplatten können die Kräfte eines Grolls nicht schaden.«

»Gern«, dankte ich ihm. »Dann lasst uns anfangen.«

»He! He!«, schrie Tull und sprang von seinem Stuhl auf. »Was beim Himmel soll das?! Haben eure Mütter euch nicht beigebracht, dass man erst anklopft?! Was, wenn ich in Unterhosen dagestanden hätte?!«

»Glaub ja nicht, deine himmelblaue Unterhose könnte mich schockieren«, entgegnete Ogg, als er mir in Tulls Arbeitszimmer folgte.

»Sehr witzig«, murmelte dieser, während er einen Berg von Louisdors in der Schreibtischschublade verschwinden ließ.

»Tut mir leid, dass wir dich beim Geldzählen stören.«

»Das ist euer gewöhnlicher Zeitvertreib«, knurrte er. »Mich zu stören, meine ich. Was wollt ihr?«

Ogg ging an die Bar, nahm eine Flasche Malzschnaps aus dem Regal, betrachtete sie, stellte sie zurück und setzte die Inspektion fort, bis er eine noch nicht angebrochene fand.

Tull warf mir einen verzweifelten Blick zu.

»Ich habe nicht die geringste Absicht, ihn an seinem Tun zu hindern«, erklärte ich.

»Ihr bringt mich noch an den Bettelstab«, stöhnte Tull. »Ich hatte eine ganze Kiste von diesem Schnaps – aber jeder Besuch von euch kostet mich eine Flasche.«

»Wie behandelst du heute nur deine Gäste?!«, grummelte Ogg, entkorkte die Flasche und schnupperte daran. »Mhm … ein wenig Apfel, ein Hauch von Eiche … Kein schlechter Tropfen. Auf deine Gesundheit, Tull! Möge dein Topf immer voller Gold sein und ihn nie jemand unterm Regenbogen finden.«

»Ein Topf voller Gold – so haben es unsere Großväter gehalten. Ich ziehe es vor, mein Geld in die Bank zu tragen … aber jetzt zu euch beiden!« Er wies mit zwei Fingern auf uns. »Ihr verhagelt mir zurzeit gewaltig die Stimmung. Warum musstet ihr unbedingt Zottel abschießen, auf dessen Sieg ich einen Haufen Geld gesetzt hatte?«

»Warum das denn?«, fragte ich verwundert. »Schließlich war er nicht der einzige Anwärter auf den Sieg!«

»Ohne dich und deine Kanonen hätte er aber gewonnen! Ich habe gehört, dass es zwischen euch gewisse Missverständnisse gegeben hat – aber hättest du den Werwolf nicht wenigstens noch so lange ertragen können, bis mir die Buchmacher meinen bescheidenen Gewinn ausgezahlt hätten?«

»Ich lege in der Regel nicht besonders viel Geduld an den Tag, wenn man mich in ein Sieb verwandeln will.«

»Dann hättest du mir wenigstens sagen müssen, was du vorhast«, giftete er, um danach jäh das Thema zu wechseln: »Außerdem habt ihr die *Hornisse* gekauft, die ich auf der Auktion angeboten habe.«

»Das war dein Aeroplan?« Ogg setzte sogar die Flasche ab.

»Ja. Es hat seit über fünf Jahren in der Halle gestanden.«

»Dann freu dich doch. Du hast es verkauft und ein paar Tausend dafür erhalten. Was meckerst du da noch?«

»Das ist eine lange Geschichte. Das Aeroplan wurde von einem meiner Schuldner konfisziert und mir gewissermaßen als Unterpfand überlassen. Allerdings ohne Dämon, sodass ich es bisher einfach nicht loswerden konnte.«

»Warum hast du nicht einfach einen Dämon besorgt?«

»Bin ich eine Fee, die sich Geld aus der Luft zaubert?! Nein, hier ist ein starker Dämon nötig, für den die Gnome ihren Preis verlangen ...«

»Trotzdem verstehe ich immer noch nicht, warum du auf uns wütend bist«, unterbrach ich ihn.

»Meine Männer glauben, dass dieses Aeroplan verflucht ist und ...«

»Verflucht?«, hakte Ogg nach. »Wie kommen deine Leute denn darauf?«

»Keine Ahnung. Vielleicht ist das alles nur dummes Gerede. Aber hier hat mal irgend so ein abergläubischer Alter gearbeitet, der ständig etwas davon gebrabbelt hat, dass der Vogel verflucht sein müsse, sonst hätte ihn längst jemand gekauft. Ein paar Dummköpfe haben ihm sogar geglaubt. Ich habe darauf einen

Zauberer hinzugezogen, und der hat mir versichert, es gebe keinen Grund zur Beanstandung.«

»Warum lehnst du dich dann jetzt nicht zufrieden in deinem Sessel zurück?«, wollte Ogg wissen.

»Weil diese Geschichte sich auf die Stimmung in Nest auswirkt. Und wenn die allgemeine Stimmung schlecht ist, kann sich leicht ein Unglück ereignen. Wenn das geschieht, heißt es, eure *Hornisse* sei schuld daran. Dann verschlechtert sich die Stimmung noch mehr. Daraufhin dauert es ganz bestimmt nicht mehr lange, bis sich das nächste Unglück ereignet. Und jedes einzelne kostet mich eine Stange Geld. Daher müsste dieser Vogel dringend abflattern. Nur wird das nicht geschehen! Weil ihr Hungerleider kein Geld habt, auch noch einen anständigen Dämon zu kaufen! Vermutlich habt ihr nicht mal Geld für einen unanständigen!«

»Genau deswegen sind wir zu dir gekommen!«, sagte Ogg.

»O nein!«, entrüstete sich Tull und sprang auf. »Schlagt euch das aus dem Kopf! Ich werde euch nichts leihen, borgen oder stunden. Nicht einmal für tausend Prozent! Ich habe ja selbst kaum noch Geld!«

»Dir platzt doch die Schublade vor Louisdors!«, widersprach Ogg und deutete mit dem Flaschenhals auf den Tisch.

»Das ist meine Schublade! Wenn die vor Louisdors platzt, geht euch das überhaupt nichts an!«, brüllte er. »Und jetzt verschwindet! Ich muss die Berichte meiner Buchhalter prüfen! Kommt wieder, wenn ihr einen Dämon habt! Unterdessen könntet ihr allerdings schon mal euren Schrotthaufen abholen! Damit der meine Männer nicht länger in Angst und Schrecken versetzt!«

»Lass die Katze aus dem Sack«, bat Ogg mich nun.

Ich holte einen kleinen Würfel aus meiner Tasche, den ich vor Tull auf den Tisch stellte. Der Käfig war aus goldenem Draht geschaffen, in seiner Mitte wütete eine dunkelviolette Wolke. Zu behaupten, Tull gingen die Augen über, wäre eine glatte Untertreibung.

»Wo habt ihr den her?!«

»Den hat Lass in einer Müllgrube in den Elendsvierteln der Goblins gefunden.«

»Klar doch«, zischte Tull den Ork an, ehe er sich über den Dämonenkäfig beugte. »Beim Himmel! Ihr Schwachköpfe! Der bricht gleich aus!«

Er eilte zu einem Sprachrohr an der Wand.

»He!«, brüllte er. »Schickt Braudin zu mir hoch! Sofort! Zack, zack!«

Aus dem Rohr drang ein dumpfes Dröhnen. Tull kam nachdenklich zum Schreibtisch zurück.

»Wozu habt ihr den angeschleppt?!«, fragte er. »Da hättet ihr ja auch gleich eine Kugel mit brennender Lunte mitbringen können! Das Ding kann schließlich jederzeit in die Luft gehen!«

»Wir haben ihn hierhergebracht, damit du Braudin rufst, der sich um alles kümmern und den Dämon in unser Aeroplan einsetzen soll«, antwortete Ogg und stellte die leere Flasche ab. Er schielte zur Bar, verzichtete jedoch darauf, sich eine neue Flasche zu nehmen, als er sah, wie Tull die Gesichtszüge entglitten.

»Habt ihr eigentlich eine Vorstellung davon, was die Arbeit eines Dämonologen kostet?«, japste er. »Kratzt also schon mal eure Louisdors zusammen!«

»Diese Arbeit wirst du bezahlen.«

»Ich?«, fragte Tull ungläubig. »Hört mal, ich bin kein Märchenprinz, der mit Geld um sich wirft! Und für euch zwei werde ich ganz gewiss nicht einen müden Louisdor ausgeben. Ich lade noch nicht einmal meine Verwandten in der Schenke ein. Und ihr seht nun mit Sicherheit nicht aus wie Verwandte von mir, da genügt ein Blick.«

»Ganz zu schweigen davon, dass wir nicht solch wunderbare Diamantenspangen an den Schuhen haben«, entgegnete ich. »Trotzdem wirst du bezahlen, Tull. Und zwar ohne Wenn und Aber. Weil es sich nämlich für dich rechnet. Und du gehörst zu den Leprechauns, die ihren Vorteil niemals aus den Augen verlieren.«

»Gut«, stieß er aus und verschränkte die Arme vor der Brust, »das stimmt, ich bin ein Leprechaun des Geschäfts. Deshalb werde ich mir eure Darlegungen anhören. Ich hoffe nur, sie sind ebenso überzeugend wie eure Fähigkeit, mich zur Weißglut zu bringen.«

»Erstens, wenn Braudin dafür sorgt, dass der Dämon nicht ausbricht, dann bleibt dir Nest samt der wunderbaren Glaskuppel und der Bar, die meinen Freund stets in Entzücken versetzt, erhalten.«

Ogg grinste, Tull blickte finster drein.

»Zweitens: Ist unser Vogel in Ordnung, werden sich deine Arbeiter nicht länger vor ihren Aufgaben drücken können und haben keinen Grund mehr, eine Zulage zum Lohn zu verlangen, weil dieses *verfluchte* Aeroplan hier steht. Drittens: Sobald wir in der Luft sind, bist du mit Sicherheit schlagartig dein Sodbrennen los. Viertens: Wie ich gehört habe, ist das Amt für Briefwesen ausgesprochen unzufrieden, dass du deinen Pflichten als Kurierunternehmer nicht nachkommst, obwohl dir doch etliche Privilegien bei den Abgabeleistungen eingeräumt wurden. Willst du vielleicht demnächst wieder Schmiergelder zahlen? Und fünftens: Dein kleines Geschäft – und du weißt, welches ich meine – ist auf Tarnung angewiesen. Allein deswegen hast du dich ja überhaupt mit dem Amt für Briefwesen eingelassen. Steigen wir erst wieder in die Lüfte, wird deine heiße Ware prompt ausgeliefert. Das wären fünf sehr überzeugende Gründe dafür, dass *du* die Arbeit des Dämonologen bezahlst. Und zwar ohne zu murren.«

Tull maß mich mit einem finsteren Blick. In dieser Sekunde klopfte es an die Tür.

»Herein«, rief der Leprechaun.

Ein hochgewachsener, bärtiger Mensch in der Weste eines Dämonologen trat ein. Sein Blick huschte über uns hinweg und blieb erst an dem Dämon hängen. Er trat an den Tisch heran und beugte sich über den Käfig, um diesen genau zu betrachten.

»Was meinst du, Braudin?«, erkundigte sich Tull. »Wirst du den zügeln können?«

»Ja«, antwortete dieser einsilbig.

»Dann mach dich an die Arbeit.«

»Erhalte ich mein Geld von den beiden?«, fragte er mit einem kurzen Blick in unsere Richtung.

»Nein, von mir«, antwortete Tull. »Mach ihn so schnell wie möglich einsatzbereit! Dann baue ihn in die *Hornisse* ein und sorge dafür, dass der Vogel abflattern kann.«

»Das wird einen Tag dauern.«

»Das reicht völlig.«

Der Dämonologe zog sich Seidenhandschuhe an, holte aus seiner Tasche ein Gerät mit Saugnäpfen, griff damit nach dem Käfig und ging hinaus.

»War's das?«, fragte Tull giftig.

»Ja«, versicherte ich.

»Dann macht, dass ihr mir aus den Augen kommt. Ihr habt mich schon genug Zeit gekostet.«

»Eine Sache wäre da noch zu klären«, sagte Ogg. »Unser alter Vertrag besteht noch immer. Wir liefern Briefe aus, dafür zahlst du uns ein ...«

»Ich leide nicht an Altersschwachsinn«, fiel Tull ihm ins Wort. »Ich weiß genau, was wir vereinbart haben.«

»Wir können kostenfrei in Nest landen und abfliegen, ebenso verlangst du nichts von uns, wenn wir das Aeroplan bei dir abstellen und warten lassen.«

»Ja, ja, schon gut. Aber echte Ausbesserungen müsst ihr selbst tragen, das habt ihr mir damals zugesichert. Wenn ihr mir irgendetwas zerstört, übernehmt ihr ebenfalls die Kosten dafür. Und Feuerbienen stelle ich euch auch nicht zur Verfügung. Ich bin kein Imker, der sich hier Bienenstöcke hält.«

»Dann sind wir uns ja alle einig«, sagte ich.

Als wir Tull verließen, grinste Ogg zufrieden.

»Na, Kompagnon, was sagst du jetzt?«, fragte er. »Kommen die Dinge nicht allmählich in die richtige Bahn?«

Ich hoffte inständig, dass er recht hatte.

18. KAPITEL, *in dem mir das Weltengebäude beweist, dass es unmöglich ist, seiner Vergangenheit zu entkommen*

Beäugt von einer kalten Sonne, flogen wir über bauschige Wolken dahin. Ogg schlief auf dem Sitz vor mir, ich hing meinen Gedanken nach. Seit einem Monat waren wir nun mit der *Hornisse* unterwegs. Inzwischen hatten wir die gesamte Pfauenkette abgeflogen. Dies war der erste Flug, in dem Ogg auf zusätzliche Überprüfungen verzichtete, auf die Sicherheit der Magischen Siegel vertraute – und schlummerte.

Ogg hatte beschlossen, schmutziges Grau zieme dem Aeroplan von Kurieren nicht. Deshalb hatte er Farbe besorgt und unseren Vogel gestrichen, sodass er nun mit breiten goldenen und schwarzblauen Streifen prunkte. Die Bienenwerfer und Lüftungsgitter hatte er poliert, das Fahrgestell purpurrot angemalt. Damit leuchteten wir weithin und zogen alle Aufmerksamkeit auf uns. Genau darauf hatte Ogg es jedoch abgesehen: Wir waren die reinsten Papageien, schon auf eine Meile gut zu sehen, sodass sich alle rasch an unseren Anblick gewöhnten und niemand mehr überflüssige Fragen stellte. Selbst die Patrouille nicht.

Außerdem hatte Ogg behauptet, es sei eine orkische Tradition, einem Aeroplan einen Namen zu geben.

»Hast du vielleicht einen Vorschlag?«, hatte er wissen wollen.

»Schwalbe«, hatte ich geantwortet.

Daraufhin war Bufallon, der uns an diesem Tag Gesellschaft leistete, aufgesprungen.

»Das ist es, Jungchen!«, hatte er gerufen. »Dieses Ding ist ohne Frage eine Schwalbe!«

Daraufhin war ich zur Admiralität gegangen und hatte den

Namen eintragen lassen. Schon in der Woche darauf hatten die Leute in Nest von unserem Vogel ausschließlich als *Schwalbe* gesprochen.

Über einen Mangel an Arbeit hatten wir uns im letzten Monat nicht beklagen können. Wir waren zwischen den einzelnen Inseln hin und her geflogen, hatten dringende Depeschen und diplomatische Korrespondenz zugestellt und zweimal Tulls Sonderfracht ausgeliefert.

An manchen Tagen waren wir über zehn Stunden in der Luft gewesen.

Dreipfot hatte unseren Kauf übrigens aufs Entschiedenste begrüßt. Unmittelbar unter Oggs Sitz gab es eine geräumige Nische, in der früher zusätzliche Ausrüstung des Steuermanns untergebracht worden war, mit der sich die *Hornisse* in einen Aufklärer hatte verwandeln können. Da wir darauf natürlich verzichten konnten, hatte Dreipfot die Nische zu seiner Höhle erklärt, die er partout nicht verlassen wollte. Ihn beim Fell zu packen und hervorzuziehen, empfahl sich im Übrigen ganz und gar nicht, denn bei dieser Gelegenheit wusste er seine Zähne meisterlich einzusetzen.

»Also gut«, hatte ich deshalb gesagt. »Nehmen wir dich mit. Aber wehe, du störst uns.«

Seitdem begleitete er uns häufig. Ihm machten weder das Geschüttel noch der Lärm oder irgendwelche Pirouetten etwas aus. Außerdem verhielt er sich wirklich immer brav. Wenn wir Briefe zustellten oder den Zoll bezahlten, trieb er sich stets in der Nähe der *Hornisse* herum oder untersuchte die nähere Umgebung. Wie durch ein Wunder war er aber immer rechtzeitig zum Abflug zurück.

Jetzt schlummerte er in seiner Höhle, während ich flog und leise ein altes Elfenlied sang. Bis ich tiefer gehen musste, blieben mir noch vierzig Minuten. Bei Einbruch der Dämmerung würden wir auf der Flamingoinsel eintreffen. Dort hatten wir zwei wichtige Aufgaben zu erledigen: Päckchen und Briefe abzugeben und Giulias Gerte des Lichts dem Käufer zu überbringen.

Der Wolkenteppich unter uns zog sich fast zweihundert Meilen dahin. Danach machte ich eine Kette kleiner, unbewohnter Inseln aus. Außerdem erblickte ich zweihundert Yard unter uns die dreieckige Silhouette irgendeines Schoners. Kurz darauf erreichten uns die *Picken*, die ihn begleiteten. Also gehörte das Luftschiff Gnomen. Die Aeroplane bedeuteten uns, wir möchten uns ihnen zu erkennen geben.

Ich drehte die *Schwalbe* so, dass sie das Emblem der Kuriere, einen Umschlag mit goldenen Flügeln, auf der Seitenwand erkennen konnten. Daraufhin kehrten sie zu ihrem Schoner zurück.

Nach weiteren zwanzig Minuten fielen mir vor uns vier schwarze Punkte auf. Sie flogen in Kampfformation, sodass ich unverzüglich die Bienenwerfer in Bereitschaft brachte und Ogg weckte.

»Ob die es auf uns abgesehen haben?«, fragte er.

»Ich glaube nicht, dass sie auf einen Brief oder ein Päckchen warten.«

Die drei *Nashörner* und die eine *Maulwurfsgrille* kamen uns zügig entgegen. Auf den Bug waren Schweineköpfe gemalt: die Wilden Eber, eine der größten Banden von Luftpiraten in dieser Gegend ...

»Hast du das gesehen?!«, keuchte Ogg, der sich zu mir umgedreht hatte. »Die *Maulwurfsgrille* hat unterm Bauch einen Schnapper!«

Einen Schnapper durfte man nicht auf die leichte Schulter nehmen, denn er verwandelte jedes Deck in Sägemehl, kroch zum Dämon vor und fraß ihn. Das war dann das Ende eines Flugs ...

»Jetzt kann ich mir eigentlich nicht mehr vorstellen, dass die uns angreifen«, sagte ich. »Mit einem Schnapper geht man doch nicht auf ein Kurieraeroplan los! Dem gibt man fettere Beute zu fressen!«

Zum Beispiel jenen Gnomenschoner, der uns vorhin begegnet war. Trotzdem wollte ich lieber kein Risiko eingehen und brachte unsere *Schwalbe* etwas tiefer, dabei auf die Wolkendecke vierzig Meilen vor uns zuhaltend.

»Du willst das Schicksal nicht herausfordern?«, fragte Ogg.

»Richtig. Falls die irgendeine Schweinerei ausgeheckt haben, brauchen sie keine Zeugen, die den Ordnungshütern stecken könnten, wohin sie geflogen sind. Deshalb ziehe ich es vor, dass wir uns in den Wolken in Sicherheit bringen. Lass uns einen Haken von sechzig Meilen schlagen, damit wir uns der Flamingoinsel von Westen nähern. Am besten berechnest du gleich den Kurs neu.«

In den Wolken war es so kalt, dass sich am Glas sofort Feuchtigkeit absetzte, die sich im Nu in Eis verwandelte. Immerhin drohten der *Schwalbe* hier keine Gefahren. Ich nahm den neuen Kurs auf und schoss wieder aus der Wolkendecke hinaus. Kurz darauf ging die Sonne am Horizont unter.

In der purpurroten Abenddämmerung tauchte vor uns die Flamingoinsel auf, ein langes Eiland mit drei großen Städten, unzähligen Seen und Zuckerrohrfeldern. In der Luft war nun ordentlich was los, denn hier kreuzten sich einige große Handelsrouten der Vereinten Inseln.

Ogg schickte Signalfeuer in die Luft. Sie beleuchteten die *Schwalbe* und baten um Landeerlaubnis.

Fast umgehend erhielten wir Antwort.

»Geh auf dreihundert Yard runter«, sagte Ogg mir. »Du musst vor der Landung noch kreisen, denn wir müssen eine *Witwe* vorlassen. Gleich danach sind wir aber dran. Der Landestreifen ist am Zuckertor.«

Die *Witwe* flog eine Viertelmeile vor uns. So, wie sie bockte und die Geschwindigkeit drosselte, musste hinterm Knüppel ein absolut unerfahrener Flieger sitzen. Deshalb hielt ich ausreichend Abstand, damit er seinen Vogel in aller Ruhe zu Boden bringen konnte.

Die Stadt Peleleo erstrahlte mit grellen Lichtern. Je tiefer wir gingen, desto schneller wichen ihre Dächer, Plätze und Parks zurück, während uns der breite, von Leuchttürmen in helles Licht getauchte Landestreifen entgegendrängte. Als uns nur noch vierzig Yard vom Boden trennten, nahm ich die Streifenmitte ins Fadenkreuz. Danach klappte ich das Fahrgestell aus, zügelte den

Dämon noch weiter, besserte ein paarmal die Neigung unserer *Schwalbe* mit den Fußhebeln nach und berührte sanft die Erde. Zunächst raste ich noch über sie hinweg, dann bog ich deutlich langsamer auf die erste Rollbahn ein. Die Feyer, die vor uns hergeflogen waren, zeigten mir die Stelle, an der ich unseren Vogel abstellen konnte, und drehten ab, um das nächste Aeroplan in Empfang zu nehmen.

Sobald Ogg die Glashaube hochklappte, sprang Dreipfot ins Freie hinaus.

»Hier ist es aber kühl«, sagte der Ork, während er die schwarzmagische Tafel in die Tasche steckte.

»Machst du Witze? Im Vergleich zum Kontinent ist das hier der reinste Glutofen!«

»Im Vergleich zur Schildkröteninsel ist es kühl«, sagte Ogg, nahm Helm und Brille ab und warf beides auf den Sitz. »Ich schlage vor, dass wir morgen früh zurückfliegen.«

»Soll mir recht sein. Dann können wir uns wenigstens ausschlafen.«

»Ich kenne ein Wirtshaus, den *Kaktus*. Dort bekommst du hervorragendes Essen, und die Zimmer sind auch nicht übel. Erledigen wir unsere Arbeit und kehren dann dort ein.«

Inzwischen kamen bereits zwei Zöllner auf uns zu.

»Habt Ihr die Papiere für die Fracht dabei?«, fragte einer von ihnen.

»Wir haben keine Fracht«, antwortete ich, als ich aus dem Aeroplan sprang. »Nur Briefe und Päckchen.«

»Und was ist in den Päckchen enthalten?«, fragte der Vorgesetzte der beiden.

»Das wissen wir nicht.«

»Was ist mit einem Packzettel?«

»Den haben wir.«

»Dann zeigt ihn!«

Ogg öffnete ein Fach im Boden des Aeroplans, zog eine schwere Tasche mit Briefen heraus und übergab sie mir. Es folgten einige Schachteln und Rollen, die ich auf den Boden legte. Die Zöllner gingen den Packzettel durch, fanden jedoch nichts, was ihre Aufmerksamkeit erregte. Die längliche Rolle mit dem Siegel des Amts für Briefwesen – um das zu erhalten, hatten wir sogar Tulls Klagen und Jammern ertragen – schauten sie sich nicht einmal genauer an. Es mussten schon sehr triftige Gründe vorliegen, wenn der Zoll diplomatischen Schriftverkehr öffnete.

»Was ist in der Tasche?«

Ich ließ die Zöllner einen Blick hineinwerfen.

»Briefe«, murmelten sie enttäuscht.

»Was hattet Ihr denn erwartet?«, fragte Ogg grinsend. »Wir sind Kuriere, keine Händler.«

»Schmuggelware gibt es immer.«

»Wir sind rechtschaffene Kuriere.« Ogg stieg noch einmal in das Aeroplan und holte eine Flasche Rum heraus. »Und haben immer etwas für den Zoll übrig. Das ist für Euch, auf unsere Bekanntschaft. Wir werden in diesem Monat bestimmt noch öfter kommen.«

Die beiden tauten sofort auf, nahmen die Flasche an sich, wünschten uns einen guten Abend, vermerkten in ihrem Dienstbuch, dass sie uns überprüft hatten, und händigten uns eine Abschrift mit Siegel aus, sodass wir das Gelände verlassen durften.

»Das war so einfach, als hättest du einem Liliputaner eine kandierte Frucht stibitzt«, bemerkte Ogg grinsend, nachdem die beiden abgezogen waren.

»Bei Bufallon hättest du da deine Schwierigkeiten. Ganz zu schweigen davon, was geschähe, solltest du je versuchen, ihm ein Glas mit Tequila wegzunehmen. Ich gehe ins *Kojote* und liefere Giulias Fracht aus«, schlug ich vor, während ich aus dem Fliegeranzug schlüpfte und mir gewöhnliche Kleidung anzog. »Du könntest derweil hier alle Formalitäten für die Briefe und Päckchen erledigen. Das dürfte einige Stunden dauern, schließlich bekommst du es mit Amtsträgern zu tun, außerdem ist es bereits Abend. Wir treffen uns dann im *Kaktus*.«

»Wenn ich mal nicht eher da bin«, verabschiedete Ogg mich.

Bevor ich das Gelände verließ, schaute ich jedoch noch schnell in der Halle für Aeroplane vorbei, wo ich die Patrouille fand.

»Ich möchte einen möglichen Überfall melden«, teilte ich den

Männern mit.« »Wir haben Wilde Eber am Himmel gesehen, und zwar kurz nachdem ein Gnomenschoner an uns vorbeigekommen ist. Würde mich nicht wundern, wenn die Piraten den Kümmerlingen ein bisschen am Bart zupfen wollen.«

Am Himmel trieben sich einfach zu viele Banditen herum. Wenn ich helfen konnte, ihre Zahl etwas zu verringern, und den Händlern das Leben damit erleichterte, würde es über der Pfauenkette deutlich ruhiger zugehen. Vielleicht würde dann auch Giulia nicht mehr auf solche Schaluppen stoßen wie die, die uns damals, auf dem Weg zur Schildkröteninsel, beinahe geentert hätte.

»Ein Schoner?«, fragte der braun gebrannte Offizier zurück. »Das wird doch nicht der sein, der vor drei Stunden abgeflogen ist? Der hat Silber geladen, oder, Lukas?«

»So ist es, Leutnant«, antwortete der bärtige Soldat, der sich mit dem Handrücken über die Stirn wischte.

»Kannst du uns zeigen, wo du die Piraten und das Schiff gesehen hast?«, fragte der Offizier und legte mir eine Karte vor.

Ich wies auf die beiden Punkte. Die beiden Männer der Patrouille sahen sich ratlos an.

»In der Nacht werden wir die nicht finden«, erklärte der Leutnant schließlich. »Trotzdem … Versuchen wir es. Vielen Dank, Elf!«

»Erfolgreiche Jagd!«, wünschte ich ihnen.

Am Ausgang hielt mich der Wachhabende an und wollte, dass ich die Rolle bei ihm abgab.

»Ja und?«, sagte er, als ich ihm das Papier der Zöllner zeigte. »Alle Postlieferungen sind in dem Gebäude dort drüben zu lassen. Die Empfänger müssen sie selbst abholen.«

»Aber das ist Diplomatenpost«, widersprach ich. »Siehst du das Siegel hier? Die muss ich *zustellen*. Und zwar so schnell wie möglich. Das darf auf keinen Fall bis morgen warten.«

»Das ist nicht erlaubt.«

»Dann gib mir das schriftlich!«

»Wie – schriftlich?«

»Wenn ich diese Rolle nicht ausliefere, dann möchte ich dem

Kommandanten der Wache, der schon sehnlichst darauf wartet, ein Schriftstück mit deinem Namen und Dienstgrad vorlegen, damit er weiß, wer die Zustellung verhindert hat. Meine Arbeit kostet nämlich viel Geld.«

»Gut, geh halt durch«, meinte der Diensthabende daraufhin. »Aber rasch, bevor ich es mir anders überlege.«

Besser hätte es gar nicht laufen können. Jetzt musste ich die Ware nur noch abgeben, und unsere Schulden bei Giulia wären beglichen.

Peleleo war eine große Stadt, die sich am Südufer erstreckte. Die ärmeren Viertel lagen dicht am Meer, zwischen den Landestreifen und Piers. Die Reichen wohnten wie bei uns auf der Schildkröteninsel auf Hügeln. Damit sie auf alle anderen herabsehen konnten.

In den breiten Straßen waren die Laternen bereits angezündet worden. Als ich einen älteren Menschen mit einem Strohhut auf dem Kopf nach dem Weg zum *Kojote* fragte, beschrieb er ihn mir und versicherte, bis zur Schenke seien es nur noch zwanzig Minuten.

Inzwischen stieg eine Einheit von *Rüpeln* über der Stadt auf, gleich darauf eine weitere. Die Patrouille machte sich auf die Suche nach den Wilden Ebern ...

Da man in Peleleo irgendeinen Feiertag beging, brieten die Besitzer von Schenken, Wirtshäusern und Bauchläden Meerschweine, von denen jedes so groß war wie ein gut gemästetes Ferkel. Ihr Fleisch erfreute sich auf dieser Insel der gleichen Beliebtheit wie Rum und Krabbensalat.

Auf den offenen Veranden herrschte allenthalben lustiges Treiben. Gelächter erklang, Weinflaschen wurden entkorkt, das angekündigte Feuerwerk in allen Farben ausgemalt ... Zwei massive Trolle mit weißen Schürzen vorm Bauch hängten quer über eine Straße bunte Lampen auf. Ein Ork schickte mir einen Fluch hinterher, auf den ich jedoch nicht ansprang. Wenn jemand keine Elfen mochte, war das sein Pech. Ich war jedenfalls nicht auf diese Insel gekommen, um eine Schlägerei anzufangen – und damit die Aufmerksamkeit der Wache auf mich zu lenken.

Der *Kojote* war eine Schenke der besonderen Art: Der Schnaps kostete hier dreimal so viel wie anderswo. Dafür durften die Gäste als unentgeltliche Beigabe aber auch die Tänzerinnen beglotzen. Im Raum drängten sich die unterschiedlichsten Wesen, und es dröhnte, als wäre ich in ein Hornissennest getreten.

Die Gäste grölten, kippten Rum in sich hinein und verschlangen die sich um irgendwelche Pfeiler windenden Tänzerinnen förmlich mit Blicken. Wie sollte ich in diesem Gewusel den Abnehmer der Ware finden? In meiner Not stapfte ich geradewegs auf einen grobschlächtigen Halbork zu, der hier als Rausschmeißer arbeitete.

»Ich suche Mark«, sagte ich ihm. »Denn ich habe ein Geschenk für ihn.«

Der Halbork schielte auf meine Rolle. Danach schien er in seinem Kopf erst einmal irgendwelche anspruchsvollen Rechenaufgaben zu lösen …

»Setz dich an den Tresen«, verlangte er schließlich von mir. »Man ruft dich.«

Er gab dem Mann hinterm Tresen ein Zeichen, einem stämmigen Kerl, in dem allem Anschein nach das Blut eines Menschen, eines Orks und eines Hobgoblins zusammenflossen: Seine Haut war grün, seine Nase jedoch lang und schmal. Das Gesicht prägten spärliches Haar und riesige Warzen. Er stellte ein Glas mit einer trübblauen Flüssigkeit vor mich hin, in der kleine Teilchen funkelten. Ob da goldener Sand drin schwamm …? Als der Mann eine brennende Kerze an das Getränk hielt, entzündete sich auf diesem eine grüne Flamme.

»Geht das auf Kosten des Hauses?«, erkundigte ich mich.

»Das hängt ganz davon ab, was Mark sagt«, antwortete der Mann, ohne die Miene zu verziehen.

Ich beäugte das Glas mit dem Goldsand, hob es an, trank aber vorsichtshalber nichts davon. Weiß der Himmel, was die da reingemischt hatten. Vielleicht reichte ein Schluck von diesem Feuergetränk, damit es mich von den Beinen haute …

Zwei blutjunge Gnome, die noch nicht mal hinter ihren Bärten verschwanden, kippten je einen Eimer Bier in sich hinein.

Offenbar nicht den ersten, wie ihre knallroten Gesichter nahelegten. Und auch nicht den zweiten.

»Auf dich, meine Schöne!«, schrie einer der beiden und linste zu einer Frau aus einer mir unbekannten Rasse hoch. Diese rekelte sich in einem stählernen Käfig, der unter der Decke hing.

Ein paar Drachoniden – Wesen, die wegen der geschuppten Haut leicht mit Margudiern zu verwechseln waren – ächzten zufrieden und schlugen mit den Fäusten auf den Tisch, um eine braun gebrannte Tänzerin aus dem Geschlecht der Menschen anzufeuern.

Mittlerweile war die Flamme in meinem Glas erloschen. Auch ich schaute mich um, schließlich verlangte dafür niemand Geld. Am Eingang des *Kojote* gab es einen Auflauf, denn ein Minotaurus mit braunem Zottelfell begehrte unter wütendem Schnauben Einlass. Er wurde von zwei muskelbepackten Grollen aufgehalten. Und wenn jemand mit einem Minotaurus fertig wurde, dann diese beiden, die sogleich mit gut eingespielten Gesten ans Werk gingen.

Daraufhin gab sich der Minotaurus sofort friedlich, zeigte mit dem Finger auf eine teure Flasche Perlwein und klimperte mit den Louisdors. Die beiden Kraftpakete wandten sich kurz einem schmalbrüstigen Mann zu, der diese Auseinandersetzung von der Galerie im oberen Teil des Raumes aus beobachtet hatte. Sobald er nickte, ließen die beiden Rausschmeißer den Minotaurus eintreten.

Inzwischen hatte der unübertroffene Stern dieser Einrichtung die Bühne betreten. Und dass es sich bei der Dame um den Stern handelte, stand außer Zweifel. Das Gemurmel und Gegröle, das Pfeifen und Gejohle verstummte im Nu. Dafür war nun Musik zu hören.

Bei der Tänzerin handelte es sich um eine dunkle Elfin mit anthrazitfarbener Haut, funkelnden violetten Augen und blauem Haar, das sie hoch am Scheitel zu einem Zopf zusammengebunden hatte. Sie schlang geschmeidig ein Bein um den Pfeiler, beugte sich zurück …

Meine entfernte Verwandte wusste mit ihrer Grazie, Schönheit und Biegsamkeit zu bestechen. Mühelos glitt sie von einer Pose in die nächste über. Sie war genauso schön wie Kyralletha, meine Cousine, die Herrscherin von uns lichten Elfen, nur dass die Schönheit dieser dunklen Schwester wilder, angriffslustiger und keineswegs sanft war.

Ich ließ meinen Blick durch den Saal wandern. Die Augen der Zuschauer leuchteten verzückt. Die Gnome hatten ihr Bier vergessen, der Minotaurus seine Flasche Perlwein, der Mann hinterm Tresen die Bestellungen, die Muskelpakete das Rausschmeißen, irgendein Goblin den Geldbeutel, den er erst halb aus der Tasche eines Menschen gezogen hatte. Zumindest dieser kleine Dieb sollte meiner Ansicht nach seine Erstarrung abschütteln, bevor die Elfin ihren Tanz beendet hatte. Sonst könnten die Rausschmeißer ihm Ärger machen. Wenn sie wieder zu sich gekommen waren ...

Ich hatte den Eindruck, dass ich der einzige Gast war, der dem Zauber dieser Darbietung nicht erlag. Möglicherweise hing das damit zusammen, dass eine Elfin tanzte. Vielleicht aber auch damit, dass ich Riolka kannte. Denn wenn die Dregaika sich in ihrer jugendlichen Gestalt um diesen Pfeiler gewunden hätte, dann wäre ihre Wirkung mit Sicherheit der eines Kanoneneinschlags gleichgekommen: Man hätte die Leichen derer, die vor Begeisterung der Schlag getroffen hatte, mit Karren wegschaffen müssen.

Noch ehe der Tanz zu Ende war, kam der Halbork wieder zu mir.

»Mark wartet auf dich«, teilte er mir mit. »Komm mit!«

Ich warf einen letzten Blick auf die Elfin, dann folgte ich dem Halbork in die Küche.

Hier arbeitete man mit Volldampf. Salat wurde gehackt, Soßen angerührt, Brot gebacken und Fleisch gebraten, Teller gespült, Gläser, Kelche und Becher. Wir durchquerten den Raum und begaben uns in den ersten Stock hinauf, wo auf einem Hocker ein kräftiger bebrillter Troll saß, der in einem Buch las. Als er uns sah, stand er auf und legte seine Lektüre beiseite.

»Pistolen und Klingen musst du abgeben«, setzte er mich ins Bild.

Ich gab ihm widerspruchslos meine Waffen. Dennoch tastete er mich rasch ab, wobei er mich kaum mit den Fingerspitzen berührte.

»Was ist in der Rolle?«

»Die Ware.«

Der Halbork öffnete die Tür und bedeutete mir einzutreten. Er folgte mir dicht auf den Fersen, sodass ich seinen Atem in meinem Rücken spürte.

An einem Tisch saß ein weißblonder, spitzohriger Mann, der mich forschend ansah. Schließlich stand er auf und verbeugte sich, wie es die Etikette verlangte: sehr tief und mit der rechten Hand auf dem Herzen.

»Mögen uns der Goldene Wald, die Sterne und die Weisheit der Kyralletha schützen! Seid gegrüßt, Led Lasserelond.«

Nach diesen Worten richtete er sich nicht wieder auf. Anscheinend beabsichtigte er, sich auch weiterhin an die Regeln eines Königreichs zu halten, das am anderen Ende der Welt lag.

»Mögen die Sterne jedes Haus für immer schützen, Herr ...«, antwortete ich ihm daher in Leyre, der Elfensprache.

»Belassen wir es doch bei Mark, Led. Denn so nennt man mich hier auf der Flamingoinsel.«

Von mir aus. Viel wichtiger war für mich eh etwas anderes: Woher kannte der Elf meinen Namen? Woher wusste er, wie ich aussah? All das stank nach Schwierigkeiten ...

»Zieht keine voreiligen Schlüsse, Led!« Er war älter als ich, jener unbekannte Elf und Besitzer dieser erstaunlichen Einrichtung. Und er las in meinem Kopf wie in einem offenen Buch. »Ich bin ein Freund.« Dann wandte sich Mark in der allen verständlichen Sprache an den Halbork: »Du kannst uns allein lassen. Warte vor der Tür!« Danach galt seine ungeteilte Aufmerksamkeit wieder mir. »Setzt Euch, Led! Wollt Ihr etwas trinken?«

»Ich würde es vorziehen, wenn wir unser Geschäft abwickeln und ich wieder gehen kann.«

»Selbstverständlich«, erwiderte er völlig ruhig.

Daraufhin legte ich die Rolle auf den Tisch. Als Mark das Siegel bemerkte, zog er verwundert die Brauen hoch, verkniff sich aber jede Bemerkung. Schweigend erbrach er das Siegel und wickelte die breite, in einer neuen Scheide steckende Klinge aus.

»Einfach einmalig. Doch wenn es kein Geheimnis ist, würde ich gern erfahren, wieso sich ein Großelf als Schmuggler verdingt.«

»Ich tue nur einer Freundin einen Gefallen.«

»Die bereits vor über einem Monat hätte liefern sollen!«

»Es gab unvorhergesehene Schwierigkeiten beim Zoll. Meine Freundin konnte leider die nötige Erklärung nirgends finden.«

»Verstehe«, sagte er und deutete ein Lächeln an. »Euch jedenfalls bin ich zu Dank verpflichtet, dass Ihr mir diese Ware überbracht habt. Damit betrachte ich das Geschäft mit unserer gemeinsamen Freundin als abgeschlossen.«

»Dann empfehle ich mich jetzt.«

»Noch eine Minute, Led«, entgegnete er. »Ich kenne Eure Familie, mein Vater hat einst in der Garde gedient. Damit zwischen uns gar nicht erst Missverständnisse aufkommen, möchte ich eine Sache klarstellen.«

»Ja?«

»Ich habe den Goldenen Wald vor beinahe zwanzig Jahren verlassen. Mir ist einerlei, was dort vor sich geht. Allerdings habe ich gehört, dass sich die gegenwärtige Kyralletha nicht gerade durch ihre Weisheit hervortut. Eure Großmutter war wesentlich klüger und hätte ihre Verwandten nie am Galgen baumeln lassen. Obwohl Neuigkeiten uns nicht besonders schnell erreichen, habe ich doch gehört, dass Ihr des Verrats beschuldigt werdet, weil Ihr junge Elfen nicht in den Krieg führen wolltet.« Das Lächeln war aus seinem Gesicht verschwunden. »Ich habe Euch beim Sechsstundenrennen gesehen. Nur habe ich bis heute nicht angenommen, dass wir uns einmal von Angesicht zu Angesicht gegenüberstehen.«

»Und ich habe nicht angenommen, dass mich auf dieser Insel jemand kennt.«

»Oh ... ich sehe Euch zum ersten Mal. Aber Eure Augen ... sie zeigen die gleiche Farbe von Topasen wie die der Kyralletha. Oder anderer Elfen Eurer Familie. Ein Irrtum ist kaum möglich, zumindest nicht, wenn man selbst ein Elf ist. Lasst mich noch einmal betonen, dass der Goldene Wald weit weg ist und ich kein Anhänger Eurer Cousine bin. Hier in Peleleo lebe ich mein eigenes Leben und führe mein kleines Geschäft. Mit alldem bin ich ausgesprochen zufrieden. Ich habe nicht die Absicht, mich in die Angelegenheiten der Herrscherfamilie zu mischen. In der Regel erinnere ich mich auch nicht an diejenigen, die mir Ware bringen, wenn Ihr versteht, was ich meine, Led.«

»Durchaus.«

»Dann lasst mich Euch trotz allem sagen, dass meine Männer in der Stadt einige unserer Brüder gesehen haben. Sie sind mit *Silberquellen* hierhergekommen, und die Haut unter ihren Augen ist mit roten Tätowierungen verziert.«

Mein Herz fing prompt zu rasen an. Quesallen! Die treuen Hunde des Shellan schnüffelten hier herum!

Das waren keine guten Neuigkeiten.

»Meiner Ansicht nach suchen diese Elfen Euch. Daher wäre es wohl ratsam, wenn Ihr umgehend wieder abfliegt, Led.«

»Das werde ich auch.«

»Ich könnte Euch einige meiner Leute mitgeben, damit Ihr ungehindert zu Eurem Aeroplan gelangt.«

»Vielen Dank, aber das schaffe ich schon allein.«

Als ich bereits hinausgehen wollte, rief mir Mark noch hinterher: »Led Lasserelond! Wolltet Ihr denn nie zurück?«

»Nach Hause?«

»Ja.«

»Dort wartet nur der Galgen auf mich«, antwortete ich mit traurigem Lächeln.

»Ihr seid der einzige Erbe der Herrscherfamilie, von Eurer Cousine abgesehen. Ihr könntet um Euren Platz kämpfen ...«

»Sie ist die Kyralletha ... Mark. Wenn auch eine schlechte, mit einer dunklen Seele. Aber sie ist die rechtmäßige Herrscherin. Ich habe nur den zweiten Platz in der Thronfolge inne. Und wegen dieses Throns werde ich keinen Krieg unter unseren Brüdern und Schwestern anfangen. Denn einzig wegen des Krieges habe ich den Goldenen Wald verlassen.«

»Ja, das … kann ich verstehen«, sagte Mark und rieb sich die Brauen. »Zumal etliche Geschwader nötig wären, um den Ahornthron zu erobern. Und auch Elfen, die Euch in der Heimat unterstützen. Hier sind wir viel zu weit vom Goldenen Wald entfernt … Aber falls Ihr eines Tages zurückkehrt, denkt an mich. Ich bin jederzeit bereit, unter Eurem Banner zu kämpfen.«

»Mögen die Sterne Euren Weg schützen«, erwiderte ich nur und ging.

Völlig aufgewühlt eilte ich raschen Schrittes durch die Straßen. Ich hoffte, Ogg noch irgendwo beim Aeroplan zu erwischen, damit wir beide die Insel umgehend verlassen könnten. In Peleleo gab es inzwischen zu viele Wesen, die mein Gesicht kannten.

Mark hatte gesagt, die Quesallen seien mit *Silberquellen* gekommen. Dort, wo Ogg und ich gelandet waren, hatte ich jedoch keine gesehen. Sie mussten also einen anderen Platz gewählt haben. Das war schon einmal ein Vorteil, denn so würden wir uns nicht rein zufällig in die Arme laufen. Und vielleicht gelang es Ogg und mir ja sogar, uns noch vor jeder Begegnung mit diesen Herren in die Lüfte zu schwingen.

Nur war Flucht letztlich keine Lösung. Wenn die Quesallen sich bereits auf der Flamingoinsel herumtrieben, war es nur eine Frage der Zeit, bis sie herausfanden, auf welchem Eiland ich mich versteckte.

Deshalb musste ich mich unbedingt auf der Schildkröteninsel darauf vorbereiten, ihnen einen heißen Empfang zu bereiten.

In den nächtlichen, festtäglich gestimmten Straßen schienen sich alle zu vergnügen. Niemand verschwendete auch nur einen Gedanken an irgendwelche Unannehmlichkeiten. Doch nachdem ich am Fischmarkt vorbeigelaufen war, lag plötzlich alles um mich herum verlassen da.

Sämtliche Menschen und Nicht-Menschen hatten sich in Luft aufgelöst, fast wie Windgeister. Selbst die Wachtposten, die sich vor einer Minute noch in einer Ecke des Viertels gelangweilt hatten, waren wie vom Erdboden verschluckt …

Sofort zog ich die Pistolen. Kampflos würde ich mich den

Quesallen nicht ergeben. Doch es waren gar keine Elfen, die auf mich zukamen. Die fünf Gestalten, die mich umzingelten, waren in dunkle, goldbestickte Umhänge gehüllt. In ihren spindeldürren Händen hielten sie Stäbe, die Gesichter waren mit Schuppen überzogen.

Margudier!

Meine Pistolen verwandelten sich prompt in Wasser, das mir zwischen den Fingern hindurchrann, ohne dass ich auch nur einen Schuss aus ihnen abgegeben hätte. Einer meiner Gegner presste mir seinen Stab gegen den Nacken, ein anderer, ein hochgewachsener Margudier mit einer schwarzen Zeichnung um die Augen – was aussah, als trüge er eine Maske –, trat dicht an mich heran und maß mich mit einem Blick voller Hass.

»Du hasst etwasss, dasss unsss gehört. Gib esss zzzurück, und wir versssprechen dir einen leichten Tod.«

»Ich habe keine Ahnung, wovon du sprichst.«

Er verzog das Gesicht und rammte mir den Stab unters Kinn. Meine Haut fühlte sich sofort wie taub an.

»Rück lieber mit der Sssprache rausss. Sssonssst nehme ich dich mit aufsss Ssschiff und verwandle dich in ein leblosssesss Ssstück Fleisssch, Sssterngeborener. Wo issst esss?«

»Weit weg. Auf dem Festland.«

Der Margudier seufzte, nahm den Stab weg, grinste mich an und zeigte mir dabei seine Schlangenzähne – um mir dann mit aller Kraft seine Faust in den Magen zu rammen. Mich vor Schmerzen krümmend, ging ich zu Boden und rang krampfhaft nach Luft.

»Wo issst esss?«

In dieser Sekunde fiel neben mir eine Flasche zu Boden. Aus ihrem schmalen Hals spritzten nach allen Seiten dunkle Tropfen. Fliederfarbener Rauch quoll auf …

Es folgte Donner und ein himbeerroter Blitz, der von einem der Dächer herunterzuckte. Um mich herum stank es nach dunkler Magie. Der Geruch ähnelte dem von Menschenblut, er war scharf und metallen. Jemand schrie mir etwas ins Ohr, während die Wand eines Hauses in der Nähe einstürzte und einen der

Margudier unter sich begrub. Danach schluckte der Rauch erst die Straße – und dann die Echsen.

Ich machte das, was mir am vernünftigsten schien: Ich stemmte mich auf alle viere hoch und kroch davon.

»Lassst ihn nicht entkommen!«, vernahm ich einen wütenden Schrei.

Jemand zog mir etwas über den Schädel, Glas ging klirrend zu Bruch.

»Wir brauchen den Ssssterngeborenen lebend!«

Es folgte eine weitere Explosion, danach war alles still. Ich floh, lief aber einem Margudier in die Arme, fiel zu Boden, sprang wieder auf, stürzte davon und hechtete aus dem violetten Rauchschleier.

»He! Hierher!«, rief mir jemand in Leyre zu, allerdings mit einem merkwürdigen Akzent. »Rasch!«

Eine dunkle Elfin, deren Haar hoch am Kopf zu einem Zopf zusammengebunden war, stand in einer Gasse. Ich erkannte die Tänzerin aus dem *Kojote* und zögerte nicht, ihr zu folgen.

»Frag mich jetzt nichts!«, zischte sie. »Lauf, so schnell du kannst.«

Die Elfin hatte die purpurroten Bänder, die ihren Körper kaum bedeckt hatten, gegen Kleidung eingetauscht, mit der sie in den Straßen weniger auffiel: ein Hemd, das bis zu den Knien reichte, und weite Hosen. Um ihren rechten Arm schimmerte vom Ellbogen bis zu den langen schwarzen Fingernägeln eine halb durchscheinende himbeerrote Kugel.

Dunkle Elfen können bei Nacht genauso gut sehen wie bei Tage, darin unterscheiden sie sich nicht von uns lichten Elfen. So führte mich die Tänzerin durch die finstersten Tordurchgänge, immer weiter weg von den festtäglich geschmückten Straßen, in Gegenden, wo wir auf stinkende Abwasserkanäle, verfaultes Obst, Rattenmenschen, die uns aus Nischen heraus anzischten, und Goblins trafen.

Schließlich blieben wir stehen.

»Ich glaube, wir haben sie abgehängt«, sagte sie, nachdem sie noch einmal gelauscht hatte. »Bist du verletzt?«

»Nur mein Stolz.«

Ich sah, wie ihre Zähne in der Dunkelheit aufblitzten.

»Freut mich, dich kennenzulernen, lichter Bruder. Du kannst mich Miu nennen.«

»Miu?«, fragte ich zurück, denn dieser Name stand in keiner elfischen Tradition.

»Das ist ein Tarnname für eine junge, künstlerisch tätige Frau, die nicht wünscht, dass ihre Verwandten erfahren, womit sie sich in ihrer Freizeit beschäftigt«, erklärte sie und zwinkerte mir zu. »Mir wurde ja gesagt, dass die Quesallen dich suchen. Aber anscheinend hast du noch mehr Verehrer, darunter sogar Margudier ...«

Ich schwieg nur.

»Gut, lass uns verschwinden, bevor die Dreckskerle die ganze Stadt durchkämmen. Hier hast du eine Pistole. Wo steht dein Aeroplan?«

»Neben dem Zuckertor. Vielleicht sollte ich aber vorher noch in den *Kaktus*, möglicherweise wartet dort ein Freund auf mich.«

»Sind etwa noch mehr lichte Elfen auf die Insel gekommen?«

»Er ist ein Ork.«

»Das glaub ich nicht!«, stieß sie aus. »Von meinen lichten Brüdern hätte ich nie erwartet, dass sie sich so *kosmopolitisch* geben.«

Das himbeerrote Licht um ihren Unterarm erlosch. Sie huschte wie ein Schatten voran. Ich schaffte es kaum, ihr zu folgen. Das musste man sich einmal vorstellen: eine dunkle Elfin, eine Schamanin, die zur Unterhaltung der Gäste in einer Schenke tanzte! Selbst ich fragte mich inzwischen, ob ich sie mir an diesem Pfeiler nur eingebildet hatte ...

Zwanzig Minuten später hatten wir das Hafenviertel erreicht.

»Wir sind da, lichter Bruder«, sagte Miu und packte mich beim Arm. »Da drüben wartet dein Aeroplan. Was ist jetzt mit deinem Freund?«

»Ich werde den Posten am Ausgang fragen, ob Ogg das Gelände verlassen hat. Wenn ja, gehe ich in den *Kaktus*.«

»Dann begleite ich dich dorthin.« Da ich keinen Einspruch erhob, fügte sie hinzu: »Mark hat mich gebeten, auf dich aufzupassen. Er würde mir nie verzeihen, wenn ich dich jetzt im Stich ließe.«

Gut, sollte mir recht sein.

Wir huschten aus der Dunkelheit heraus und eilten auf das Tor zu. Und wie ein Dämon aus einem Würfel sprangen uns prompt mehrere Quesallen entgegen. Drei Kerle versperrten uns den Weg, einer baute sich in einer Querstraße auf. Ein weiterer Meuchelmörder erhob sich auf einem Hausdach in der Nähe und richtete den Bogen auf mich.

Fünf.

Eine geschlossene Einheit.

Ich trat vor, um Miu zu decken – was diese ausgesprochen erheiterte.

»Wie edel und fürsorglich unsere lichten Brüder doch sind. Aber wenn hier jemand wen verteidigt, dann ich dich. Vergiss das nicht!«

Eine Reihe von Blitzen löste sich von ihren Fingern. Einer der Mörder fiel sofort aufs Pflaster. Sein Körper war völlig verkohlt. Nun erschien ein schwarzer Dreizack in Mius Hand. Sie schleuderte ihn auf einen schwarzhaarigen Quesallen. Dieser schaffte es nicht mehr, sich zu ducken, und knallte nach kurzem Flug gegen die Wand.

Während Miu dem Kerl den Rest gab, schoss ich auf den Bogenschützen, der bereits die Sehne gespannt hatte. Die Feuerbiene traf seinen Bauch – und prallte ab, ohne den geringsten Schaden anzurichten. Ein Artefakt schützte den Burschen.

Dieser schickte in aller Ruhe seinen Pfeil auf den Weg, der an mir vorbeipfiff und sich in Mius Schulter bohrte. Ein Gefrierzauber sickerte über die Tänzerin.

Wütend riss sie den anderen Arm nach oben, doch es war zu spät, einen Gegenzauber zu wirken, denn schon drang ein zweiter Pfeil in ihre Brust ein. Ich fing die fallende dunkle Elfin auf und bettete sie sanft auf den Boden, den Blick fest auf ihre vor Wut und Hilflosigkeit lodernden Augen gerichtet.

»Das klingt bald wieder ab«, versicherte ich ihr.

Dann zog ich die Klinge blank und wartete, dass die Quesallen kamen. Der Bogenschütze blieb zwar auf dem Dach, aber die beiden letzten Überlebenden hier unten marschierten mit gezückten Galgerres auf mich zu.

»Wir haben erst gegen Morgen mit Euch gerechnet, Lasserelond«, begrüßte mich der Ältere der beiden und verbeugte sich theatralisch vor mir. In seinem kalten, gleichgültigen Gesicht leuchteten türkisfarbene Augen. »Ihr wollt doch nicht gegen uns kämpfen, oder, Led?«

»Wenn es sein muss.«

»Das würdet Ihr nicht überstehen.«

»Selbstverständlich nicht. Allerdings braucht ihr mich lebend. Sonst wird die Kyralletha sehr enttäuscht sein. Und wenn sie in schlechter Stimmung ist, dann wird sich der Shellan diejenigen vornehmen, die ihr die Laune vermiest haben.«

»Das ist ... höchst bedenkenswert. Was sind Eure Bedingungen?«

»Dass ihr unsere schwarze Schwester nicht anrührt. Dann komme ich mit euch, ohne Widerstand zu leisten. Dann werde ich euch nicht die geringsten Schwierigkeiten bereiten, das schwöre ich bei den Sternen.«

»Gut, einverstanden, wir werden der Elfin kein Haar krümmen. Das schwöre auch ich bei den Sternen.«

Ich warf meinen Dolch zu Boden und beugte mich zu Miu hinunter. Der Zauber würde tatsächlich bald nachlassen.

»Ich danke dir für alles«, sagte ich zu ihr. »Und übermittle meine Dankbarkeit auch unserem gemeinsamen Freund.«

Der Quesall mit den türkisfarbenen Augen hatte für die hilflose Schamanin nur ein gleichgültiges Grinsen übrig.

»Nach Euch, Led«, sagte er. »Ihr werdet bereits seit sehr langer Zeit zu Hause erwartet.«

19. KAPITEL, *in dem ich wieder nach Hause gebracht werde*

Ein Frachtraum voller Säcke mit Rohrzucker war zu meiner Zelle erklärt worden. In der Decke gab es ein winziges Stahlgitter, durch das wenigstens etwas Licht fiel. Die Tür war von außen verriegelt. Auch sie hatte ein Gitter auf Augenhöhe, durch das ab und an ein Posten hereinspähte. Gesellschaft leisteten mir nur die Ratten. Sie fiepten ständig in dunklen Ecken, huschten durch den Raum, nagten Löcher in die Säcke und fielen über den Zucker her.

Immerhin bekam ich anständiges Essen. Glücklicherweise erprobte auch niemand seine Fäuste an mir. Die Quesallen wollten mich offenbar tatsächlich nicht als verkrüppelten, ausgemergelten Haufen Knochen zu Hause abgeben, sondern als gefährlichen Aufständischen, der es gewagt hatte, einen Befehl der Kyralletha in Zweifel zu ziehen.

Ich saß gegen eine Wand gelehnt am Boden und lauschte auf das schwache Brüllen des Dämons, das Knirschen der Zahnräder, das Knattern der Schaufelräder und das Zischen des Dampfs in den Klappen der kupfernen Rohre. Ich hatte nicht den geringsten Zweifel daran, dass das Ziel unseres Flugs jener Ort war, an dem ich auf gar keinen Fall sein wollte: der Große Wald mitsamt Shellan und Kyralletha.

Zu meiner Überraschung wurde ich nicht in einer *Silberquelle* zurückgebracht, sondern an Bord einer Schaluppe, die sie eigens dafür gemietet hatten. Die elfischen Aeroplane saßen während des Flugs unter den Flügeln des Luftschiffs.

»Ihr habt euch ja gründlich vorbereitet«, hatte ich gesagt, als ich an Bord gegangen war.

»Weil wir nicht daran gezweifelt haben, Euch zu schnappen«, hatte einer der Elfen geantwortet.

»Eure Selbstgefälligkeit ist nicht zu überbieten.«

»Oh, wir wissen genau, was wir wert sind. Und der Shellan weiß das auch.«

Es war ein geradezu komischer Zug des Schicksals, dass ich sowohl die Schaluppe als auch die Mannschaft kannte: Diese Burschen hatten damals versucht, die *Bohnenranke* zu entern. Allerdings erkannte keiner von ihnen mich wieder. Für sie alle war ich nur irgendein Gefangener, den die großzügigen Elfen, die versprochen hatten, nach dem Eintreffen auf dem Kontinent noch weitere Louisdors herauszurücken, ans Ziel gebracht haben wollten.

Nach vier Tagen bequemten sich auch erstmals die Quesallen zu mir. Einer der drei bezog neben der Tür Posten, die beiden anderen betraten meine Zelle. Sie nannten mir nicht ihre Namen, ich fragte sie nicht danach. Der mit den türkisfarbenen Augen – ich nannte ihn bei mir den Alten, denn er hätte mein Vater sein können – setzte sich auf einen Zuckersack und maß mich mit einem vergnügten Blick. Der andere – ein junger Bursche mit langem schwarzen Haar, das zu zahllosen Zöpfen geflochten war, in deren Enden bunte Bänder eingeflochten waren – blieb stehen, die Hand auf den Schwertgriff gelegt.

»Seid Ihr mit der Unterkunft zufrieden, Led?«

»Wenn man bedenkt, dass ich sie mir nicht selbst ausgesucht habe, und ferner bedenkt, welches Ziel wir ansteuern, dann kann ich sagen: Ja, es behagt mir hier durchaus. Danke der Nachfrage. Meine liebwerte Cousine hat bisher offenbar noch keine Neigung gezeigt, mir meine Titel zu entziehen – wenn man mich immer noch Led nennt?«

»Wir sind etwas überstürzt aufgebrochen«, sagte der Alte. »Sofort nach Eurer Flucht aus dem Gefängnis. Vielleicht hat sich inzwischen etwas geändert, von dem wir noch nichts wissen – wir waren schließlich ebenso lange nicht im Goldenen Wald wie Ihr.«

»Eure Treue der Kyralletha gegenüber verdient Respekt. Nicht jeder hätte nach dem Misserfolg in der Uferstadt die Suche fortgesetzt. Die meisten wären wohl in den Wald zurückgekehrt.«

»Wir führen die Befehle des Shellans stets aus. Und er hat uns befohlen, nur mit Euch zurückzukehren.«

»Das sieht ihm ähnlich. Aber mir kommt selbstverständlich zupass, dass ihr ihm derart treu ergeben seid.«

»Inwiefern?«

»Wenn ihr sterbt, weiß niemand mehr, wo ich bin. Schließlich seid ihr nicht zurückgekehrt, um dem Shellan Bericht zu erstatten.«

Auf Schwarzhaars Gesicht spiegelte sich eine Belustigung wider, als hätte ein Kind eine Albernheit von sich gegeben.

»Ich versichere Euch, Led, wir haben nicht die Absicht zu sterben. Aber wenn Ihr Euch mit Träumen trösten wollt, bitte, ich habe nichts dagegen«, sagte der Alte. »Hoffnung dürftet Ihr Euch nämlich nur machen, wenn Ihr aus Zucker ein Schwert formen könntet und laut brüllend an Deck stürmen würdet. Was Euer Zuckerschwert dann einem Galgerre entgegenzusetzen hätte, müsste sich freilich auch noch zeigen. Da Euch der Große Wald aber nicht einmal mit der Gabe der Magie ausgezeichnet hat, sieht die Sache für Euch wirklich schlecht aus. Ich fürchte, das Einzige, was Euch noch geblieben ist, das ist Euer Stolz.«

»Wie fühlt es sich denn an«, fragte Schwarzhaar grinsend, »einer Familie von Großelfen zu entstammen und keine magischen Anlagen zu haben?«

»Immerhin weiß ich«, erwiderte ich, »wer meine Familie ist.«

Damit hatte ich seinen wunden Punkt erwischt. Seine Finger pressten sich so fest um sein Schwert, dass die Knöchel weiß hervortraten. Quesallen werden aus armen Familien rekrutiert, häufig sind es ausgesetzte Kinder.

»Zu schade, dass ich Euch nicht die Ohren abschneiden darf, Led«, zischte er.

»Tja, mein Kopf zählt halt nur, wenn die Ohren noch dran sind.«

»Dafür werde ich mit umso größerem Vergnügen zusehen, wie er Euch am Ende abgehackt wird, damit alle wissen, was mit Verbrechern geschieht.«

»Dann wappne dich mit Geduld, du Meuchelmörder.«

»Von der haben wir alle überreichlich«, mischte sich der Alte ein. »Wollt Ihr nicht ein kleines Spiel wagen, Led?«

Der Quesall entnahm seiner Tasche ein Brett für Syhelwe, ein beliebtes Spiel unter uns Elfen.

»Warum nicht«, sagte ich.

Das runde Spielfeld war in zwei Felder unterteilt. In jeder Hälfte gab es drei große Strecken, eine kurze, eine mittlere und eine lange, sowie unzählige Nebenwege. In der Mitte des Spielfelds lag ein silberner See, die Wiege aller Elfen. Ziel war es, den eigenen Baum vor dem des Gegners zum See zu bringen. So einfach sich das anhörte, am Ende entschied eine Mischung aus Glück beim Würfeln und Taktik bei der Wegwahl über Sieg oder Niederlage.

Ich stürmte mit meiner Eiche recht schnell vorwärts, blieb dann aber an einer Kreuzung stecken, sodass der Alte mich einholte.

»Auf wie viele Siege könnt Ihr zurückblicken, Led?«, fragte er unvermittelt.

»In diesem Spiel? Das habe ich seit meiner Kindheit nicht mehr gespielt, daher ...«

»In Luftgefechten.«

»Auf viele.«

»Auf mehr als alle anderen Flieger, da bin ich mir ganz sicher. Der Kommandeur der Goldenen Pfeile ... Ihr habt an acht Kriegen teilgenommen, Led – ist es da wirklich so schwer, in einen neunten zu ziehen?«

»Du warst wahrscheinlich noch in keinem einzigen Krieg. Außerdem bist du ein Quesall, und Männer wie du leben vom Morden. Du kannst unser beider Erfahrung also nicht miteinander vergleichen. Ich töte nicht gern, schon gar nicht in einem Krieg, für den es keinen Grund gibt.«

»Die Kyralletha sieht das etwas anders.«

»Herrscher sind selten bereit, die Verluste, die das Volk hinnehmen muss, in die Waagschale zu werfen. Nicht einmal dann, wenn diese Verluste für das ganze Königreich verhängnisvoll sind.«

»Es sind Worte wie diese, die Euch an den Galgen bringen.«

»Wegen dieser Worte würde man mir nicht ein Härchen krümmen«, entgegnete ich. »Nein, dein Shellan ist höchst ehrgeizig, er möchte sich vor der Kyralletha auszeichnen. Deshalb braucht er mich.«

»Ihr versteht es, Euren Verrat in schöne Worte zu kleiden«, murmelte er und würfelte. Er erkannte bereits, dass ich gewinnen würde.

»Was du Verrat nennst, das nenne ich Aufrichtigkeit. Würde ich darauf verzichten, dann würde ich mich selbst verraten. Das aber könnte ich nicht ertragen. Deshalb unterwerfe ich mich keinen Befehlen, die ich für sinnlos halte, ganz im Unterschied zu euch Quesallen. Denn ich habe nicht die Absicht, Müttern zu sagen, dass ihre Söhne in einem Krieg gefallen sind – der einzig aus einer Laune der Kyralletha heraus angefangen wurde.«

»Sie ist die Herrscherin. Ihre Befehle sind Gesetz. Selbst für jemanden wie Euch, einen Elfen, durch dessen Adern das gleiche Blut fließt wie durch ihre. Wir alle sind verpflichtet, ihr zu gehorchen.«

»Ach ja? Und würdest du dir auch die eigene Klinge in den Leib rammen, wenn der Shellan dich darum bittet – um ihr eine Freude zu bereiten?!« Mein Baum hatte den See erreicht. »Ehrlich gesagt, kann ich mir kaum vorstellen, dass du das tun würdest, noch dazu mit vor Glück verzückter Miene. Im Übrigen habe ich gewonnen.«

Der Alte steckte das Brett wieder weg.

»Das sind nichts als Worte«, knurrte er.

»Stimmt.«

»Habt Ihr keine Angst zu sterben, Led?«

»Ich fürchte den Tod genauso wie du, Quesall. Wie ihn alle fürchten, was auch immer sie behaupten mögen. Aber wenn ich sterbe, dann habe ich wenigstens versucht zu verhindern, dass

Elfen in einem sinnlosen Krieg zugrunde gehen. Unsere Zahl ist zu gering, als dass wir es uns erlauben dürften, Leben aus einer Laune heraus zu vergeuden.«

Der Alte verzog das Gesicht und verließ zusammen mit Schwarzhaar meine Zelle. Sie überließen mich der Aufsicht eines Mannes der Mannschaft. Dies war ein kräftiger, gedrungener Kerl mit zotteligem Bart und verschlagenem Blick sowie mit zwei Narben, die ein Kreuz in seinem Gesicht bildeten.

»Angeblich bist du gefährlich, Spitzohr«, brummte er, als er mir am Abend mein Essen brachte. Die Schüssel stellte er zehn Schritt vor mir auf den Boden, die ganze Zeit hielt er eine Pistole auf mich gerichtet.

»Ich bin vor allem reich«, erwiderte ich. »Du könntest dir tausend Louisdors verdienen.«

Ein braver Hund hätte sich nicht verlässlicher verhalten können. Aber gut, die Verbindung der Wörter *tausend* und *Louisdors* hat nun einmal eine geradezu magische Wirkung.

»Was hast du gesagt?«, japste der Mann.

»Ich habe gesagt, dass du tausend Louisdors bekommst. Ganz für dich allein. Wenn du mir einen kleinen Gefallen tust.«

»Auf so was lasse ich mich nicht ein!«, erklärte er im Brustton der Überzeugung und verließ die Zelle, dabei laut mit der Tür schlagend.

Mir sank jedoch keineswegs der Mut. Die Magie dieser Worte würde mich nicht im Stich lassen, das wusste ich. Sie würde die ganze Nacht über auf den Mann einwirken, ihm unterschiedliche Dinge vorgaukeln, eines verführerischer als das andere. Er würde sich ausmalen, was er sich für diese Unsumme kaufen könnte. Und schon morgen, wenn er mir das Frühstück brachte, würde ich in seinen gierigen Augen den Abglanz dieses Zaubers entdecken.

Und tatsächlich ...

»Du hast von tausend Louisdors gesprochen«, sagte er, als er den Teller mit dem Spiegelei auf den Boden stellte. Diesmal schon wesentlich dichter vor mir.

»Ja. Und mein Angebot gilt auch heute noch.«

»Hast du überhaupt so viel Geld?«

Schweigend zog ich aus der Tasche einen Louisdor, den ich unter meiner Schuhsohle versteckt hatte. Der Mann hing wie betört am goldenen Haken.

»Wieso haben sie dir das nicht weggenommen?«, fragte er ungläubig und beleckte sich die trockenen Lippen.

»Weil Elfen sich nicht für Geld interessieren. Menschen dafür aber umso mehr.« Ich warf ihm die Münze hin, die er geschickt auffing, um sofort mit einem Biss zu prüfen, ob sie auch echt war. »Die anderen neunhundertneunundneunzig warten hier auf dich.«

Sein gieriger Blick huschte über die Zuckersäcke. Dieser erstaunlich einfältige Mann ahnte offenbar nicht einmal, wie viel tausend Louisdors in kleinen Münzen wiegen.

»Falls du mit dem Gedanken spielst, alle Säcke zu durchforsten: Davon würde ich dir abraten. Damit lenkst du nur die Aufmerksamkeit der anderen auf dich. Aber mit denen willst du ja wohl nicht teilen, oder?«

»Ich kann dich umbringen«, sagte er und richtete die Pistole auf mein Gesicht.

»Und dann meine Leiche fragen, wo das Geld versteckt ist?«

Fluchend stiefelte er hinaus und schlug die Tür hinter sich zu. Seinen Louisdor hatte er selbstverständlich nicht in meiner Zelle vergessen.

Ich machte mich daraufhin an eine Untersuchung des Frachtraums. Nach drei Stunden, in denen ich etliche Säcke mit Zucker verschoben hatte, war mir das Glück hold: Ich entdeckte sechs Körbe mit Kaffee – und einen großen Ballen aufgewickelten limonengelben Wollfadens.

Dem Himmel sei Dank!

Faden! Daraus ließ sich eine Schnur anfertigen. Und was immer Schwarzhaar auch gesagt hatte: Über geringe magische Anlagen verfügte ich denn doch. Für das, was ich plante, würden sie vollends ausreichen.

»Wie lebt man denn so ohne den Großen Wald?«, fragte mich der Alte.

Wir spielten abermals Syhelwe, während Schwarzhaar Wache schob. Trotz meiner entspannten Haltung blieb er äußerst aufmerksam.

»Es ist zu ertragen«, antwortete ich. »Das Leben im Palast ist zwar ausgesprochen bequem, aber auch mein jetziges hat seine Vorzüge. Du solltest es auch einmal versuchen.«

»Ganz bestimmt nicht«, antwortete er. »Ich habe ja schon während der Jagd auf Euch Sehnsucht nach zu Hause bekommen. Mein Blut erlaubt es mir nicht, außerhalb des Waldes zu leben.«

»Bist du sicher, dass du kein Verwandter meiner Cousine bist, Quesall? Sie ist nämlich genauso stur wie du.«

»Tut mir leid, ich bin nicht von Adel. Aber ich bin ein Elf. Was ich von Euch ... nicht mehr mit Sicherheit sagen kann. Sich mit diesem ganzen Abschaum, Räubern und dreckigen Kreaturen gemein zu machen, von denen wir die meisten nicht einmal in unser Königreich ließen ... Das bringt nur ein Verräter fertig, der vergessen hat, dass in seinen Adern das Blut eines Sterngeborenen fließt. Damit verhöhnt Ihr all Eure Freunde aus der Vergangenheit. Alle, die an Euch geglaubt haben.«

Er beendete das Spiel, indem er mich mit einem Vorsprung von vier Feldern schlug, war also höchst zufrieden mit sich, dass ihm heute gelungen war, woran er gestern noch gescheitert war.

»Jemand wie ich hat keine Freunde, Quesall, das scheinst du vergessen zu haben. Ich hatte Lehrer und Mentoren, Schüler und Anhänger, Diener und Gefährten im Geschwader. Aber Freunde hat der Cousin der Kyralletha nicht. Deshalb sind diejenigen, die du als Abschaum bezeichnest, als Räuber und dreckige Kreaturen, meine ersten wahren Freunde.«

»Die Welt außerhalb des Waldes hat euch verdorben, Led, der Galgen wird das jedoch wieder richten. Für heute reicht es mit den Würfeln ... In fünf Tagen landen wir übrigens auf dem Südlichen Kontinent und steigen dort in ein schnelleres Schiff um. Euer Heimweh wird also bald gestillt sein.«

Nachdem die Quesallen gegangen waren, flocht ich bis zum Abendessen aus den Fäden eine Schnur. Es klappte eher schlecht als recht.

»Gekochtes Gemüse?«, fragte ich, als mein Aufpasser mir meine Schüssel hinstellte. »Wunderbar!«

»Die tausend Louisdors …«, knurrte er. »Was für einen Gefallen soll ich dir dafür tun?«

»Bei der Summe würde mir eine sehr scharfe Klinge vorschweben.«

»Vergiss es!«

»Kostet die etwa noch mehr?«

»Für wie blöd hältst du mich eigentlich, Spitzohr?! Sobald ich dir ein Messer bringe, schlitzt du mir die Kehle auf!«

Da ich ihn nicht verschrecken wollte, drang ich nicht weiter in ihn.

»Gut. Dann mache ich dir einen anderen Vorschlag. Wenn wir uns dem Kontinent nähern, lässt du mich raus.«

»Damit du in die Pulverkammer rennst und uns in die Luft jagst?!«

»Damit ich mit einem Luftkissen ausgestattet über die Reling springe. Du besorgst mir dieses Artefakt und kriegst dein Geld, ich haue ab, und wir beide sind sehr glücklich.«

»Man würde mir den Kopf abreißen.«

»Denk noch mal in aller Ruhe darüber nach! Schließlich kannst du alles auf mich schieben. Dafür bräuchtest du nur die Tür einzuschlagen. Oder sie aufzusägen.«

»Gut, ich denke darüber nach.«

Nach diesen Worten ging er wieder, dieser unentschlossene, aber gierige und dumme Mensch.

»Ich tu, was du willst«, sagte er am nächsten Morgen. »Aber vorher will ich das Geld!«

»Ich zeige dir den Sack, in dem es versteckt ist.«

»Aber auf der Stelle!«

»Nein«, fuhr ich ihn an. »Das mach ich erst, wenn ich sicher bin, dass du deinen Teil unseres Abkommens erfüllt hast.«

»Ohne Geld lasse ich dich nicht raus, Elf! Ohne Geld mach ich nicht einen Finger für dich krumm!«

»Zeig mir das Luftkissen, dann zeig ich dir den Sack.«

Er spähte noch einmal im schummrigen Frachtraum umher, als hoffte er, das Gold würde irgendwo aufblitzen. Dann ging er.

Jetzt musste ich auf eine günstige Gelegenheit warten. Sie ergab sich überraschend schnell, bereits am nächsten Tag – als ich gerade die Schnur fertig geflochten und sie unter einen Sack geschoben hatte.

Mit einem Mal heulte der Dämon laut auf. Die Schaluppe ging jäh höher und steigerte die Geschwindigkeit.

»Merkwürdig ...«

Während des bisherigen Fluges hatte ich mich mit dem Stil des Kapitäns vertraut gemacht. Er überstürzte nie etwas. Er behielt immer die Höhe bei, in der das Schiff gleichmäßig dahinflog. Nur gegen Abend ging er etwa zehn Yard runter, um in die Wolkendecke über dem Meer abzutauchen. Jetzt aber hatten wir Mittag. Trotzdem hatte er beschlossen, den Dämon anzutreiben ...

Dafür musste es einen Grund geben.

Da der Dämon in diesem Schiff weitaus stärker war als der in einem Aeroplan, meinte ich, hinter der Wand, wo er arbeitete, tobe ein ganze Herde wütender Monster, so laut brüllte das Biest.

Entweder verfolgte der Kapitän jemanden, oder jemand verfolgte uns. Eine andere Erklärung gab es nicht. Als ich die Wand auf der linken Seite berührte, fand ich meine Überlegungen bestätigt: Sie war eiskalt. Die Kühlanlagen arbeiteten mit voller Kraft ...

Stark auf die rechte Seite geneigt, legte sich das Schiff in eine Kehre.

Das war ein Ausweichmanöver!

Wir hatten jemanden an der Schwanzflosse ...

Während ich noch überlegte, ob mir das möglicherweise nutzte, wurde Alarm geschlagen. Da ratterten bereits die Bienenwerfer von Aeroplanen, die über uns hinwegflogen. Ihnen antworteten Kanonen, die schepperten, als würden Metallfässer auf dem Boden umfallen.

Die Aeroplane griffen noch dreimal an, überzogen das Oberdeck und die Aufbauten mit Feuer. Danach herrschte einige Minuten Stille. Die Schaluppe drosselte die Geschwindigkeit allerdings nicht. Die Geschichte war also noch nicht zu Ende ...

Und dann brachte ein gewaltiges Krachen das Schiff zum Beben.

»Hol mich doch der Himmel!«, rief ich aus.

Nach dem dritten Schuss der Angreifer wurde ich hochgeschleudert, landete aber glücklich auf den Säcken. Anstelle des Kapitäns wäre ich jetzt schon vor Scham gestorben.

Der Dummkopf hatte nicht einmal einen magischen Schild aufgestellt!

»Hol mich doch der Himmel!«, wiederholte ich, während ich die Schnur an mich nahm. Ich musste aus meiner Zelle!

Die Wucht der Salven deutete darauf hin, dass uns eine Korvette unter Beschuss nahm. Und zwar mit einer Vierzigpfünder!

Über mir liefen die Leute aufgeregt hin und her, schrien und fluchten. Ich erinnerte mich noch bestens an die Bewaffnung des Schiffs, eine Zwölfpfünder. Mit der konnte die Schaluppe eine Menge gegen Schiffe wie die *Bohnenranke* ausrichten – aber nichts gegen diese Korvette.

Eine weitere Kehre zwang mich, die Arme auszubreiten, als wäre ich ein Seiltänzer, sonst wäre ich gestürzt. Der Kapitän versuchte, Haken zu schlagen, was ihm aber allem Anschein nach nicht so recht glückte.

Entweder würden wir also gleich in Sägespäne verwandelt oder geentert werden. In letzterem Fall bestand für mich zumindest die schwache Aussicht, dieses Geschüttel zu überleben. Vor allem, wenn ich endlich auch selbst zur Tat schritte.

Ich biss mir in den Daumen und fuhr damit über die Schnur, um sie mit Blut zu beschmieren. Meine magische Gabe war nicht stark entwickelt, für diese Sache würde sie jedoch ausreichen.

Dann legte ich die Schnur vor die Tür.

Das war's. Jetzt konnte ich nur noch abwarten.

Abermals krachten die Kanonen der Angreifer. Das klang bereits sehr nah ...

Ein schweres Geschoss traf die Metallverkleidung, sodass im Frachtraum alles bebte. Für den Bruchteil einer Sekunde schwebte ich wie ein Vogel in der Luft, landete dann aber so geschickt, dass ich insgeheim bedauerte, keine Zuschauer zu haben.

»Die Kehrseite soll euch alle holen!«, zischte ich.

Die Angreifer hatten die Schaluppe inzwischen derart beschädigt, dass das Brüllen des Dämons immer schwächer wurde und seine Kraft spürbar nachließ.

Die Takelage knarzte, die Schaufelräder heulten, und die Mannschaft schrie völlig aufgelöst herum. Obendrein musste das Steuerrad ausgefallen sein, denn wir flogen nur noch geradeaus, verzichteten auf jedes Manöver. Da die Korvette bisher keinen weiteren Schuss abgegeben hatte, vermutete ich, sie wolle seitlich aufschließen, um dann eine Salve abzugeben.

Wenn doch bloß mein Aufpasser mit dem Luftkissen käme! Erhöre meine Gebete, Himmel! Ich wende mich so selten an dich, da könntest du mir diesen Wunsch doch erfüllen …

Alle sechs Kanonen backbord krachten los. Gleich darauf erfolgte die Antwort, eine gewaltige Salve auf unsere Schiffswand, mehr oder weniger frontal abgegeben. So dürfte es sich anfühlen, wenn ein Troll einem seine Keule über den Schädel zieht.

Das konnte doch keine Korvette sein! Das musste mindestens eine Fregatte sein!

Im Frachtraum lag alles in graublauem Rauch. In einer Wand klaffte ein Loch, durch das ich meinen Kopf stecken konnte – mehr aber auch nicht. An Deck rief man noch immer panisch zu den Waffen. Die schwer beschädigte Schaluppe wollte sich auf keinen Fall entern lassen … Die Bienenwerfer ratterten, die Blitze zischten, die Musketen donnerten. Doch die Kanonen der Feinde gaben schon wieder ihre Salven auf uns ab. Ein Schrapnell heulte auf und fegte alle nieder, die sich nicht rechtzeitig in Sicherheit gebracht hatten.

Die Natur hatte mein Volk mit einem feinen Gehör beschenkt. Daher nahm ich sogar unter Kanonenbeschuss das Fiepen der Ratten wahr. Oder Schritte, die auf den Frachtraum zuhielten.

Schwarzhaar spähte durch das Fenster, konnte in all dem Rauch jedoch nur mit Mühe etwas erkennen.

»Was hat das zu bedeuten?«, fragte ich.

Er riss die Tür auf und trat mit gezücktem Dolch ein. Genau in diesem Augenblick überschlug sich an Deck der Lärm. Der Kampf gegen die Entermannschaft hatte begonnen.

Mit dem Eintreffen des Quesallen war mir, ehrlich gesagt, der Mut gesunken. Das war nicht mein dummer Aufpasser. Aber entweder lenkte ihn der Lärm ab, oder er sah generell nicht gern nach unten – jedenfalls wand sich die Schnur, die mit meinem Blut getränkt war und meine geheimsten Wünsche kannte, ungehindert um sein Bein und zog ihn zu Boden.

Zu mehr reichten meine magischen Anlagen nicht aus. Doch mehr, als Schwarzhaar zum Fallen zu bringen, wollte ich ja auch gar nicht.

Als ich über ihn hinwegsprang und in den Gang stürmte, hörte ich noch, wie er die Klinge hob.

Als Erstes schlug ich die Tür hinter mir zu und schob den Riegel vor. Schwarzhaar gebührte jedoch alle Anerkennung, denn er trieb das Galgerre bereits durchs Gitterfenster in der Tür. Ich konnte mich gerade noch wegducken.

Meine linke Wade schmerzte, mein Hosenbein war mit Blut getränkt. Hatte mich dieser Dreckskerl doch erwischt, als ich über ihn hinweggesetzt war! Als ich mein Bein abtastete, stellte ich allerdings fest, dass es nur eine Fleischwunde war, wenn auch eine tiefe.

»Jetzt darfst du mal ein Weilchen da drin hocken«, teilte ich Schwarzhaar mit.

Er antwortete mir jedoch nicht, sondern bearbeitete weiter mit der Klinge die Tür. Es dürfte ihn noch mindestens zehn Minuten in Anspruch nehmen, sie zu öffnen – genau die Zeit, die ich brauchte, um mich mit etwas Spitzem zu bewaffnen. Noch besser mit etwas, das Feuer spie.

Was sollte ich jetzt tun? Solange der Kampf am Oberdeck anhielt und mich sowohl Freund wie Feind abstechen könnte, mied ich diesen Ort besser. Aber einfach die Hände in den Schoß zu legen, das brachte ich auch nicht fertig.

Da donnerten Schritte die Treppe herunter. Drei Gestalten sprangen in den Gang, eine ziemlich kräftige und zwei kleinere. Die beiden Gnome sah ich zum ersten Mal – aber den ersten Burschen hätte ich nur schwerlich mit jemandem verwechselt.

»Leide ich jetzt schon unter Sinnestäuschungen?«, stieß ich aus.

»Wenn du jemand anders erwartet hast, mein Freund«, antwortete Ogg, dessen Gesicht mit roter Farbe bemalt war, während die Streitaxt in seiner Hand bis zum Griff von Blut glitzerte, »dann ja.«

Schwarzhaar gab selbst jetzt keine Ruhe und arbeitete wie ein Hammerwerk, um sich einen Weg in die Freiheit zu bahnen. Ogg blickte mürrisch zur Tür.

»Geh da nicht rein«, riet ich ihm. »Der Kerl ist gefährlich.«

Wie zur Bestätigung meiner Worte versuchte Schwarzhaar Ogg, der zu dicht an die Tür zum Frachtraum herangetreten war, durch das Gitter mit dem Schwert zu kitzeln. Der Ork wehrte den Angriff jedoch mühelos mit der Streitaxt ab.

»Ist das einer von denen, die dich entführt haben?«

»Mhm.«

»Mach nur die Tür auf, du grünes Stinktier«, tönte Schwarzhaar, »dann reiße ich dir und diesem Verräter die Eingeweide raus!«

»Der spuckt aber große Töne«, sagte Ogg.

Daraufhin sprang einer der Gnome zur Tür, zog ohne jede Vorwarnung eine Pistole und entlud sie in Schwarzhaars Gesicht.

»Ich hasse Elfen!«, zischte er.

»Vor allem, wenn sie meine Freunde klauen«, schob Ogg hinterher.

20. KAPITEL, *in dem ich den Preis der Freiheit erfahre*

»Wenn ihr fertig seid, werte Herren«, sagte der andere der beiden Gnome, nachdem er Schwarzhaar das Galgerre abgenommen hatte, »dann lasst uns nach oben gehen.«

»Wo du recht hast, hast du recht«, sagte der Gnom, der den Quesall erschossen hatte, ein graubärtiger Bursche. »Die anderen überprüfen immer noch die Offizierskajüten. Hier unten kann also sonst wer lauern. Möglicherweise würden sogar wir da den Kürzeren ziehen.«

»Deine Witze waren auch schon mal besser, Gedher!«, schnaubte der erste Gnom und sah dann mich an. »Ich nehme an, wir sind deinetwegen hier, oder, Spitzohr? Und ich hoffe sehr, dass du für den Kapitän von immenser Bedeutung bist. Andernfalls müsste mir nämlich mal jemand erklären, warum bei allen unterirdischen Rülpsern wir derart viel Aufhebens machen, um einen Elfen zu befreien. Und jetzt lasst uns endlich wieder raufgehen!«

Daraufhin eilten wir zur Treppe nach oben.

»Was wollten die von dir?«, fragte Ogg.

»Das erkläre ich dir nachher«, antwortete ich, während Ogg mir eine seiner Pistolen reichte. »Wir sollten wirklich erst mal von hier verschwinden.«

»Oben scheint schon alles ruhig zu sein«, grummelte Gedher. »Haben die denn nicht ein ganz klein wenig von dem Vergnügen für mich aufgehoben?! Immerhin untersteht mir das Quarterdeck!«

»Du musst dich gerade beschweren«, sagte der andere Gnom,

der als Erster die Treppe hochstiefelte. »Als ob du nicht hier runtergestürmt wärst und das Spitzohr befreit hättest! Da oben ist dein Stellvertreter offenbar bestens zurechtgekommen.«

»Du weißt ja nicht, was du sagst, Wedhal! Der Kerl kann sich morgens nicht mal die Schuhe binden!«

»Dafür haben wir eine hervorragende Klinge erbeutet«, sagte Wedhal und strich geradezu liebevoll über das Galgerre. »Du verlangst doch nicht etwa von uns, dass wir sie wieder herausrücken, oder, Spitzohr?«

»Ich habe keinerlei Verwendung dafür.«

»Dann sind wir uns ja einig! He, ihr da oben! Wir sind's! Wedhal und so! Wir kommen jetzt rauf! Spart euch also eure Kugeln!«

»Seit wann schießen wir auf euch?«

»Und was war im letzten Monat, als Legusamo und ich die Treppe hochkamen und ihr uns für Feinde gehalten habt?! Ein zweites Mal kann ich getrost darauf verzichten!«

»Quatsch nicht!«, drängelte Gedher, »sondern schieb dich vorwärts!«

Wedhal fletschte die Zähne, stiefelte aber weiter. Immer wieder musste er über Tote klettern, die auf den Stufen lagen. Schließlich erreichten wir das Waffendeck. Hier befanden sich fast dreißig Menschen und Nicht-Menschen. Sie schleppten eifrig große und kleine Fässer sowie Kisten heran. Inmitten des Gewusels ragte ein kahler Mann in dunkelgrünem, mit kupfernen Knöpfen besetztem Gehrock auf, der die Ruhe selbst war und ein dickes Buch in Händen hielt.

»Wir haben sechs Fässer Pulver mit der roten Markierung verschossen!«, schrie er über das ganze Deck. »Besorgt also sechs neue und bringt sie zu uns an Bord! Außerdem will ich den ganzen Vorrat ihrer Feuerbienen! Dann brauchen wir vierzig Gallonen Wasser und alles, was kreucht und fleucht!«

»Auch die Hühner?«, fragte ein unrasierter Halbling.

»Ich habe doch gesagt: alles! Was gedachtest du denn zu futtern?! Der Smutje liegt mir seit Tagen in den Ohren, dass unsere Vorräte zur Neige gehen!«

»Dann sollten wir sie jetzt schleunigst aufstocken!«, pflichtete ihm ein Steinmensch bei.

Auch hier lagen etliche Leichen. Die Planken waren durch die Explosion von Handwurfgeschossen verkohlt. Ein Gremlin nickte den beiden Gnomen freundlich zu, sah mich neugierig an und stopfte sich genüsslich ein Stück Zucker in den Mund. Ich sollte ihn mal in meine Zelle bringen – er würde vor Begeisterung außer sich geraten.

Unser eigentliches Ziel war aber das Oberdeck. Dort musste ich im hellen Sonnenlicht erst einmal blinzeln. Gleichzeitig sog ich die frische Luft der Freiheit tief in mich ein. Sie roch scharf nach Pulver, bitter nach Blut, streng nach verbranntem Metall und erstickend nach Tod. In purpurnen Lachen lagen zwei Dutzend Tote. Die meisten Mitglieder der Mannschaft hatten die Kaperung jedoch überlebt, sodass sich fast sechzig Gefangene im mittleren Teil des Schiffs zusammendrängten. Sie sahen ziemlich verängstigt aus, was mich durchaus nicht verwunderte, schließlich handelte es sich bei ihrem Aufpasser um einen riesigen rothaarigen Troll. Der Bursche war mit einer Muskete bewaffnet, schnaufte wild und hatte noch zwei Dutzend Kerle an seiner Seite, deren äußere Erscheinung nicht den geringsten Zweifel daran ließ, dass sie, ohne zu zögern, der eigenen Großmutter die Kehle aufschlitzen würden.

»Das nenn ich eine Überraschung!«, stieß ich hervor, als ich das Schiff erblickte, das mich gerettet hatte.

Es war weder eine Korvette noch eine Fregatte, sondern ein blendend weißer Klipper mit schneeweißer Panzerung und purpurrot leuchtenden Schaufelrädern.

»Was hast du Nord für meine Rettung versprochen?«, wollte ich von Ogg wissen.

»Nichts«, antwortete er. »Sie hatten einfach gerade Zeit und verspürten den Wunsch nach einer kleinen Rauferei ...«

Ich schnaubte skeptisch. Nord sollte mir völlig selbstlos geholfen haben? Mag sein, dass ich mich meinem Schicksal gegenüber undankbar zeigte, aber mir kam sofort die Frage in den Sinn, welche Rechnung er uns für meine Rettung noch vorlegen würde.

»Was will er von mir?«, fragte ich Ogg deshalb noch einmal.

»Wirklich nichts«, versicherte Ogg. »Als ich ihn um Hilfe gebeten habe, hat er sofort zugestimmt. Und Nahywa hat ihn bedingungslos unterstützt.«

Roch stand auf der schmalen Brücke, die zwischen beide Schiffe gelegt worden war, die kräftigen Arme hinterm Rücken verschränkt. Auf den Fußspitzen wippend, erwartete er uns.

»Da wäre dein Elf«, murmelte Gedher. »Genau so, wie du ihn haben wolltest, ganz und in einem Stück.«

»Gut gemacht«, lobte Roch ihn. »Nord wird zufrieden sein.«

»In dem Fall hoffen wir darauf, heute ein Gläschen leeren zu dürfen«, tönte Wedhal – und eilte mit Gedher zu den anderen Mitgliedern der Entermannschaft, um sich der Plünderung der Schaluppe anzuschließen.

»Guten Tag, Kurier«, begrüßte Roch mich nun. »Freut mich, dass du gesund und munter bist.«

»Vielen Dank für die Rettung!«

»Danken musst du dem Kapitän. Wir haben nur seine Befehle ausgeführt.«

Mit einem Mal krachte es in der Schaluppe ohrenbetäubend.

»Die Kehrseite soll euch holen!«, brüllte Roch. »Was geht da vor?! Erste Brigade! Seht mal nach, was da los ist!«

Neun Gestalten, darunter Wedhal und Gedher, eilten laut stampfend ins Unterdeck.

»Stellt das Beladen ein! Es geht niemand mehr runter, bis die Leute die Sache überprüft haben!«, befahl Roch weiter. »Lies, frag den Kapitän, was mit den Gefangenen geschehen soll!«

Eine kleine Gestalt huschte an uns vorbei auf den Klipper, kehrte jedoch umgehend zurück.

»Die sollen in eine Barkasse!«, rapportierte Lies. »Der Kapitän hat nicht vor, eigens Platz für sie zu schaffen. Sollen sie sich also vom Himmel machen!«

»Legusamo, nimm das bitte in die Hand! Gib den Gefangenen eine Barkasse und einen Ring der Bändigung. Dann sollen sie davonfliegen, bevor ich es mir anders überlege.«

Kurz darauf kam Gedher mit völlig verrußtem Gesicht und

angesengtem Bart die Treppe hoch, Wedhal im Schlepptau, der sich Blut von der Stirn wischte.

»Dieses spitzohrige Pack!«, knurrte er. »Niedermachen sollte man das!«

»Diese verfurzten Elfen!«, brüllte auch Gedher, schielte dabei aber zu mir herüber. »Da waren noch zwei dieser Dreckskerle! Mit roten Tätowierungen in den Visagen! Und mit diesen Dingern hier in Händen!«

Er wies auf zwei Galgerres, die er sich unter den Arm geklemmt hatte.

»Die haben fünf von unseren Leuten zerraspelt, als wären es Kokosnüsse. Dann hat Wedhal sie aufgehalten, indem er ein Handwurfgeschoss in den Raum gepfeffert hat!«

»Danach hast du die Spitzohren von der Wand abkratzen können!«

»Und mich fast auch noch!«, polterte Gedher. »Du hast das Ding genau vor meine Füße geschleudert, du Höhlenrülpser!«

»Aber nur, weil ich wusste, dass du noch dreimal zur Seite springst!«

»Das zahle ich dir heim!«, versprach Gedher. »Wart's nur ab!«

»Diese Elfen haben dich gefangen gehalten?«, fragte Roch mich.

»Ja.«

»Dann kann man sie wohl kaum als deine Freunde bezeichnen?«

»Ich würde sogar behaupten«, sagte ich, »das sei ganz und gar unmöglich.«

Mir fiel ein Stein vom Herzen: Die drei Quesallen waren tot. Sie würden nie mehr nach Hause fliegen oder jemandem hinterbringen, wo ich mich versteckte.

Die Welt war sehr groß. Wenn die Kyralletha mich finden wollte, würde sie lange suchen müssen. Meine Vergangenheit würde mich nicht mehr einholen.

Diesmal hatte ich mich endgültig von ihr verabschiedet.

»Nun, wenn du ihnen keine Träne nachweinst, dann herzlich willkommen an Bord! Wir laden jetzt noch die Gefangenen in die Barkasse, danach ziehen wir ab.«

»Und jetzt will ich endlich deine Geschichte hören«, sagte Ogg und fasste mich am Arm.

»Da musst du dich noch etwas gedulden«, erwiderte ich und wandte mich an Roch. »Kann jemand die Leichen aufs Oberdeck der Schaluppe bringen?«

»Hast du nicht gerade gesagt, das seien nicht deine Freunde?«, fragte dieser.

»Das sind sie auch nicht. Aber ich würde sie trotzdem gern nach den Bräuchen meines Volkes bestatten.«

Die Quesallen hätten nicht gezögert, mich zu töten, aber sie dort unten zu lassen, hieße, sie dem Großen Wald vorzuenthalten. Ihm schuldete ich jedoch schon diejenigen, die in Uferstadt gestorben waren, denn ihre Körper dürften wohl kaum nach den alten Traditionen bestattet worden sein.

»Wir haben nur wenig Zeit.«

»Es dauert nicht länger als ein paar Minuten.«

»Also gut«, willigte Roch ein.

Auf seinen Befehl hin wurden die Leichen nebeneinander am Bug gebettet.

»Soll ich dich allein lassen?«, erkundigte sich Ogg.

»Das brauchst du nicht.«

Ich knöpfte die Gürtel der Quesallen auf und zog die gelbe Spange ab, legte sie auf die Toten und sprach die Worte der Befreiung, den Blick auf die Kokons warmen, die Leichen einhüllenden Lichts gerichtet. Eine Wolke aus goldenen Samen stieg zum Himmel auf ...

»Was geschieht nun?«, fragte Ogg. Wie so viele andere auch hatte er den Kopf in den Nacken gelegt und schaute den davonfliegenden Funken neuen Lebens nach.

»Wir Elfen sind Kinder des Waldes«, antwortete ich. »Er schenkt uns das Leben, daher stehen wir Sterngeborenen in seiner Schuld. Wenn ein Elf stirbt, bekommt der Wald die Kraft, die er für unser Leben geopfert hat, zurück. Irgendwann wird einer dieser Samen zu einer wunderschönen Eiche herangewachsen sein.«

»Willst du damit sagen, dass jeder Baum des Großen Waldes früher mal ein Elf gewesen ist?«

»Frag mich nicht, was zuerst da gewesen ist: Eiche oder Elf«, erwiderte ich. »Heute jedenfalls sind ihre Schicksale unauflöslich miteinander verbunden.«

Als Ogg und ich über die wacklige Brücke zur *Donner* gingen, eilten einige Gestalten mit einer Trage an uns vorbei.

»Die Verletzten hierher!«, brüllte der kugelrunde Bootsmann. »Lies! Ich brauche Verbandszeug! Und zwar sofort!«

Wir traten an die Reling, um niemandem im Weg zu stehen, und sahen zu, wie die Barkasse mit den Gefangenen abflog, die Enterhaken abgeschlagen und dadurch beide Schiffe getrennt wurden.

»Wie hast du mich überhaupt gefunden?«, fragte ich Ogg.

»Ich habe ewig im *Kaktus* gesessen und langsam angefangen, mir Sorgen zu machen. Dann kam diese dunkle Elfin zu mir. Anfangs habe ich, ehrlich gesagt, geglaubt, sie sauge sich die ganze Geschichte aus den Fingern … Doch ohne sie würde ich mich heute noch fragen, was mit dir geschehen ist. Ich bin der Schaluppe dann sofort nach. Gegen Morgen habe ich bereits ihre Lichter ausgemacht. Aber was hätte ich allein gegen sie ausrichten können? Deshalb bin ich noch einmal zurück, um Hilfe zu holen und die Patrouille zu alarmieren. Das hätte ich auch gleich gemacht – nur war die Patrouille ja auf der Jagd nach den Wildern Ebern. Auf dem Weg zurück bin ich dann der *Donner* begegnet. Sie haben unsere *Schwalbe* erkannt, ich habe mit Kapitän Nord gesprochen – und hier wären wir.«

»Trotzdem glaube ich, dass er mir eine Rechnung für diese Rettung vorlegt. Nord ist ein viel beschäftigter Mann, der stellt doch nicht die eigenen Vorhaben hintan und setzt das Leben seiner Mannschaft aufs Spiel, nur um einen Kurier zu retten … Glaub mir, die Sache hat einen Haken. So viel menschliche Güte und Selbstlosigkeit kann es gar nicht geben.«

»Im Grunde stimme ich dir zu, aber ich hatte einfach keine andere Wahl. Außerdem hat er keine Bedingungen gestellt. Und du willst ja jetzt wohl nicht behaupten, die etwaige Rechnung wäre schlimmer als die Gefangenschaft!«

»Das behaupte ich bestimmt nicht.«

»Nord hat auch gar nicht lange gezögert, und von seinen Offizieren hat sich keiner über den plötzlichen Kurswechsel gewundert.«

»Wahrscheinlich sollte ich mal mit ihm reden.«

»Da musst du warten, bis er dich ruft«, sagte Ogg. »Hier herrscht nämlich eine eigene Ordnung.«

»Verstehe«, murmelte ich, während ich die Überreste der *Silberquellen* betrachtete, die unter den Sturmflügeln der Schaluppe angebracht waren. Nahywas Staffel hatte sie während des Angriffs völlig zerstört. »Was ist eigentlich mit unserer *Schwalbe*?«

»Unser Vögelchen haben sie direkt unter den Kiel gespannt«, antwortete Ogg. »An Bord und unter den Sturmflügeln war kein Platz mehr. Aber wir kommen über eine Strickleiter am Bug zu ihm runter.«

»Und Dreipfot? Ist er in Peleleo geblieben?«

»Glaubst du etwa, ich wäre ohne ihn aufgebrochen? Er ist hier und hält von früh bis spät in der Kombüse Wache.«

»He! Legusamo!«, rief der Bootsmann dem Kommandeur der Sturmbrigade zu, einem Mann mit türkisfarbenem Tuch um den Kopf. »Wie lange wollt ihr noch auf dem Kahn rumtrödeln?!«

»Wir sind fertig!«

»Dann zünde die Lunte an!«, mischte sich nun Roch ein, der als einer der Letzten auf die *Donner* kam und das Logbuch des Feindes in Händen hielt. »Diese Schaluppe sollte schon längst zum Firmament aufsteigen!«

Legasumo tat, wie ihm geheißen, blies auf die Lunte, damit sie nicht wieder erlosch, warf das Geschoss auf die Schaluppe und sprang zur *Donner* herüber, wo ihn Wedhal und Gedher auffingen.

Die Dämonen in unserem Klipper heulten, die Schaufelräder setzten sich in Bewegung, und die *Donner* nahm mit einer scharfen Kehre Fahrt auf, um einen möglichst großen Abstand zwischen sich und jenes fliegende Pulverfass zu bringen.

Ein großer Teil der Mannschaft hatte sich backbord versammelt. Alle beobachteten gespannt die Schaluppe, die in der Luft hing und ihres Schicksals harrte. Auch Ogg und ich gehörten zu den Zuschauern. Gedher, der sich eine Pfeife angesteckt hatte, stand neben uns und deutete mit einem Nicken auf das Galgerre, das zu Füßen Wedhals lag.

»Du hast nicht noch mehr Bekannte mit solchen Dingern, Spitzohr?«, erkundigte er sich. »Für die bekommt man zurzeit gutes Geld. Also, wenn du dich noch mal entführen lässt wie eine Jungfrau, gib uns Bescheid. Wir retten dich mit Freuden. Du lässt dann deine Samenkörner zum Himmel aufsteigen, und wir kriegen die Klingen.«

»Du denkst wirklich an alles«, sagte ich. »Bei der nächsten Entführung schicke ich dir bestimmt eine Karte.«

»Nahywa sagt, dass du ein erstklassiger Flieger bist. Stimmt doch, oder, Wedhal?«

»Er und Ogg haben beim Sechsstundenrennen den zweiten Platz belegt.«

»Mit Rennen verplempere ich nicht meine Zeit. Der wahre Wettkampf findet im Kampf ohne Regeln statt, wenn die Streitäxte geschwungen werden«, erklärte Gedher großspurig. »Alles andere ist eines echten Mannes nicht würdig.«

In diesem Augenblick explodierte die Schaluppe. Flammen züngelten hoch, es donnerte, und brennende Brocken mit einem gewaltigen Rauchschweif trudelten durch die Luft. Die Mannschaft der *Donner* grölte begeistert. Kurz darauf blies Roch jedoch schon in seine Pfeife und beendete den Spaß.

»Alle auf ihre Posten! Kanoniere! Reinigt die Waffen! Papay! Ich brauche einen Bericht für den Ersten Offizier! Die Leichtverletzten zu den Heilern! Alle anderen können sich ausruhen!«

Daraufhin verliefen sich die Zuschauer wieder. Zwei *Hammer der Tiefe* flogen von hinten an uns heran und näherten sich den Sturmflügeln. Sobald die Dämonen blockiert waren, wurden die Aeroplane dicht an die *Donner* herangezogen und in Anlegekehlen festgemacht.

Die Flieger klappten die Glashauben zurück und kamen über Strickleitern an Bord. Nun setzten auch die beiden *Rüpel* zur

Landung an, während zwei *Hammer* eine Viertelmeile nach oben gingen, um unserem Schiff Deckung zu geben.

Als Nahywa das Deck erreichte, nahm sie den Helm vom Kopf, wickelte den purpurroten Seidenschal ab und strahlte mich an.

»Herzlich willkommen auf der *Donner*, Lass!«, begrüßte sie mich. »Ich bin froh, dass wir dich da rausholen konnten.«

»Vielen Dank! Ihr seid gerade noch rechtzeitig gekommen.«

»Was wollte dieses Pack von dir?«

»Ein paar alte familiäre Probleme mit mir klären.«

»In dem Fall ist dir mein Mitleid sicher. Die liebe Familie bereitet einem manchmal wirklich Kopfschmerzen. Vielleicht hält man es deshalb in meinem Volk für ein Glück, als Waise aufzuwachsen.«

»Du ahnst gar nicht, was du da sagst«, bemerkte Ogg. »Aber bei euch, dem Nachtvolk, läuft eben alles über den Kopf.«

»Aber bei den Orks essen die Eltern auch nur selten die eigenen Kinder. In meinen Höhlen ist das Leben hart«, hielt Nahywa dagegen. »Da hatte ich mit meiner Familie sogar noch Glück. Außerdem war mir das Schicksal gewogen, und ich bin aus den Höhlen herausgekommen und habe eine andere Welt kennengelernt, die weit freundlicher ist als die, die mich in meiner Kindheit umgeben hat.«

»Nahywa!«, rief der Bootsmann. »Nord erwartet dich und deine Freunde.«

»Wir kommen«, versicherte sie, um uns dann hinter sich herzuwinken.

Dreipfot passte mich an der Treppe ab, sprang mir geschickt auf die Schulter, plusterte sich auf, quakte los und zeigte mit jeder Geste, dass er sehr glücklich über meine Rettung war. Dennoch begleitete er uns nicht, denn er hatte Wichtigeres zu tun: In der Kombüse wurde gerade das Essen zubereitet.

Zwei Decks tiefer liefen wir einen breiten, mit Holz verkleideten Gang entlang. Hier unten waren die Messe und die Kajüten der Offiziere untergebracht. An einer schweren Stahltür standen zwei Soldaten in Paradeuniform und mit Musketen in Händen Wache.

»Das ist ja wie auf einem Kriegsschiff«, murmelte ich. »Eine Ehrenwache vor der Kapitänskajüte ...«

»Nord hat viel für Disziplin übrig«, sagte Nahywa nur.

Die Kajüte war erstaunlich geräumig. Vier große Bullaugen standen offen, die stählernen Blenden davor waren hochgeklappt. Sonnenstrahlen spielten im Kristall eines prächtigen Lüsters. An den Wänden reihte sich Mahagonitruhe an Mahagonitruhe. Aus einer holte ein Bediensteter gerade Tafelsilber.

An der einen Wand hingen eine Muskete und ein Entersäbel, an einer anderen unzählige Karten und eine riesige schwarzmagische Tafel, die vom Boden bis zur Decke reichte.

Kapitän Nord saß an einem massiven Tisch, blätterte rasch das Logbuch der gekaperten Schaluppe durch und hörte sich Rochs Bericht an.

Auch der kahle Herr im grünen Gehrock war anwesend, den ich bereits auf der Schaluppe gesehen hatte, als er angeordnet hatte, was alles beschlagnahmt werden sollte. Er schrieb schon wieder etwas in sein dickes Buch, lauschte dabei aber immer wieder auf den Vortrag und nickte zustimmend.

Der Gnom Gedher stopfte gerade seine Pfeife, ließ sich durch unser Eintreten jedoch derart ablenken, dass ein großer Teil des Tabaks in seinem Bart landete. Missmutig presste er die Lippen aufeinander und klaubte unter wütendem Geschnaufe die Krümel aus dem Haar.

Auf dem Stuhl ihm gegenüber saß im Schneidersitz ein Hobgoblin mit gelbem, verwarztem Gesicht und Froschlippen, der sich immer wieder über sein rechtes Lid strich und in einem fort hickste.

Ein helläugiger junger Mensch, der ständig lächelte, lehnte mit einer Schulter gegen einen schweren Schrank. Er war besser angezogen als alle anderen, mit teuren Schuhen, einem eleganten Wams und mit Manschettenknöpfen. Er begrüßte uns wie alte Freunde und blinzelte Nahywa verschmitzt zu.

»Sieben Tote, zwölf Verletzte«, rapportierte Roch unterdessen weiter. »Einer aus der zweiten Schicht ist schwer verletzt, er hat eine Kugel in der Lunge. Aber der Heiler scheint ihm helfen zu können. Die Vorräte an Wasser, Proviant und Pulver wurden aufgestockt. In den Frachträumen haben wir hauptsächlich Zucker vorgefunden. Diesen haben wir nicht konfisziert. Dafür haben wir in der Kajüte des Kapitäns eine ganze Truhe mit Münzen entdeckt, fast zehntausend Louisdors. Ich habe Herrn Grey die Anordnung erteilt, zehn Prozent mehr als sonst an diejenigen zu verteilen, die sich im Kampf besonders ausgezeichnet haben, ebenso an die Verwundeten.«

»Gut«, sagte Nord mit volltönender, kraftvoller Stimme. Genauer, mit der Stimme eines Mannes, der seinen Wert kannte, der daran gewöhnt war, Befehle zu erteilen, und erwartete, dass jeder dieser Befehle befolgt wurde. Er tippte mit dem Finger auf das beschlagnahmte Logbuch. »Wir haben übrigens die *Blitzschnell* vernichtet, die auf zwölf Inseln der Pfauenkette gesucht wird. Für ihre Zerstörung ist eine Belohnung ausgesetzt. Damit hat sich dieser ungeplante Ausflug als erstaunlich ertragreich herausgestellt, denn wir werden uns die Belohnung von der Admiralität der Schildkröteninsel selbstverständlich auszahlen lassen. Grey, bereite bitte den entsprechenden Antrag vor!«

Der Mann im Gehrock nickte und legte die Feder beiseite. »Wenn das alles wäre, dann würde ich, mit deiner Erlaubnis, gehen. Es gibt noch viel zu tun. Unsere Verkleidung wurde beschädigt, außerdem braucht das rechte Schaufelrad neue Nieten und eine zusätzliche Schaufel.«

»Und auch die Dampfklappen müssen erneuert werden«, rief ihm Roch in Erinnerung.

»Völlig richtig.«

»Ohne einen derart erstklassigen Schatzmeister wären wir aufgeschmissen«, sagte der Kapitän, der ihn mit einem Nicken entließ, um dann die strahlend blauen Augen auf mich zu richten und mir mit einem Lächeln die Hand entgegenzustrecken. »Lass, herzlich willkommen an Bord!«

»Seid gegrüßt, Kapitän«, sagte ich, als ich ihn mit Handschlag begrüßte. »Und habt Dank für meine Rettung.«

»Gern geschehen«, versicherte er grinsend. »Darf ich Euch meine Offiziere vorstellen? Nahywa, die Kommandeurin meiner

Staffel, kennt Ihr ja schon. Gedher habt Ihr offenbar auch bereits kennengelernt. Er ist Meister des Quarterdecks und Kommandeur der fünften Enterbrigade.«

Der Gnom nahm einen schmatzenden Zug an seiner Pfeife, begrüßte mich aber nicht noch einmal.

»Das ist mein Erster Offizier, Roch. Wir sind von Anfang an gemeinsam auf der *Donner* geflogen. Meiner Ansicht nach kennt er das Schiff besser als ich.«

»Höchstens ein ganz kleines bisschen, Kapitän«, bemerkte Roch grinsend, während er mich mit seinen kalten Augen maß.

Als Nächstes zeigte Nord auf den Hobgoblin mit Schluckauf.

»Das ist Papay! Er ist Kanonenmeister und, das versichere ich Euch, ein erstklassiger obendrein. Und dieser Geck ist Herr Nicolas. Er ist unser Steuermann. Übrigens, Herr Nicolas, wir müssen einen neuen Kurs berechnen.«

»Wohin fliegen wir, Kapitän?«

»Zur Schildkröteninsel, nehme ich an?« Nord sah mich fragend an.

»Das ist nicht nötig. Wir haben ein Aeroplan und kennen den Weg. Weder Ogg noch ich wollen Eure Zeit länger in Anspruch nehmen als nötig, Kapitän.«

»Aber ich bestehe darauf, Lass«, entgegnete Nord mit einem strahlenden Lächeln. »Erstens weil ich Euch einladen möchte, mit mir und meinen Offizieren zu Abend zu essen. In meiner Truhe wartet seit unserem letzten Flug zum Kontinent ein vorzüglicher Wein. Den werdet Ihr doch nicht ablehnen? Zum anderen habe ich einige Fragen an Euch. Keine, die Euch beunruhigen sollten, ganz gewiss nicht. Sie sind ausschließlich der Neugier geschuldet.«

»Selbstverständlich werden wir sie alle beantworten«, versicherte Ogg, nachdem er mir einen vielsagenden Blick zugeworfen hatte. »Sofern wir dazu in der Lage sind.«

»Aber nicht jetzt. Mein Bursche wird Euch zu gegebener Zeit zum Abendessen rufen. Und nun entschuldigt uns bitte, es warten Angelegenheiten auf mich, die keinen Aufschub dulden. Nahywa, du bleibst hier.«

Er stand auf und verabschiedete uns mit einem Handschlag.

»Komm, ich zeige dir unsere Kojen«, sagte Ogg. »Wir haben eine winzige Hundehütte neben der Kombüse zugeteilt bekommen. Heute Abend hören wir, was sie von uns wissen wollen – und dann nichts wie weg.«

Das hätte ich am liebsten gleich getan. Die Einladung zum Abendessen war jedoch in einer Form ergangen, dass wir sie nicht hatten ablehnen können.

Und – nicht zu vergessen: Nord und seine Mannschaft hatten mir das Leben gerettet. Da sollte ich mich schon allein aus Höflichkeit beim Essen blicken lassen.

Ogg hatte gewaltig übertrieben: Den Raum, den wir im dritten Zwischendeck erhalten hatten, konnte man wahrlich nicht als Hundehütte bezeichnen. Im Gegenteil, er wirkte ungemein behaglich. Neben den beiden hochklappbaren Betten enthielt er eine Kommode und einen Tisch, beides am Boden festgeschraubt. Als die Schiffsglocke sechs schlug, machten Ogg und ich uns zu einem kleinen Spaziergang auf dem Waffendeck auf.

Hier herrschte Halbdunkel. Das Brüllen der Dämonen war nur gedämpft zu vernehmen. Die bronzenen Kanonen waren abgedeckt und sicher befestigt. Am anderen Ende des Decks pfiff der Wind durchs Lüftungsgitter. Die Kühlanlagen arbeiteten mit voller Kraft, sodass Ogg erschauderte.

»Tull hat vermutlich schon seinen Zylinder aufgefressen, weil er so lange nichts von uns gehört hat«, sagte er.

»Der alte Hai würde uns nur vermissen, wenn wir eine Sonderfracht für ihn ausliefern sollten«, widersprach ich. »Aber er hat selbst gesagt, dass vor Mitte des nächsten Monats nichts anfällt.«

»Dafür dürften sich Berge von gewöhnlicher Post angesammelt haben. Hör mal ... ich habe eine Frage.« Ogg rieb sich verlegen das Kinn. »Wenn du nicht magst, brauchst du sie mir nicht zu beantworten. Diese Frau ... also diese dunkle Elfin ... sie hat gesagt, dass du ein Großelf bist.«

»Das stimmt.«

»Haben die bei den lichten Elfen nicht das Sagen? Ich meine, sie stellen die Königin, oder?«

»Richtig.«

»Dann ist mein Freund und Geschäftspartner also ein Verwandter der Königin?«

»Wir haben keine Königin, sondern nur den Kyrall und die Kyralletha. Aber das sind letzten Endes bloß andere Namen für die gleichen Sachen.«

»Ich habe schon viel über diese ... deine Familie gehört ...«

»Sie war einst bedeutend«, sagte ich. »Heute würde ich das nicht mehr von ihr behaupten. Die Nachfahren sind außerstande, in einer Welt, die in Veränderung begriffen ist, zu leben. Es werden noch einhundert, vielleicht auch zweihundert oder gar fünfhundert Jahre vergehen, und von uns werden nur noch Legenden übrig sein. Schon heute wären wir wohl ohne all die Sagen und Mythen über unsere einstige Größe dem Untergang geweiht.«

»Du musst es wissen, du bist ein Elf. Außerhalb eures Königreichs erzählt man sich allerdings ganz andere Geschichten. Dass euer Geschlecht nach über tausendjähriger Herrschaft ... sag mal, welchen Platz nimmst du eigentlich in der Thronfolge ein? Gehörst du zu den ersten fünfzig?«

»Mhm«, brummte ich. »Schon.«

Ogg begriff, dass ich die Frage, wie viele Verwandte vor mir Anspruch auf den Ahornthron erhoben, nicht näher betrachten wollte, und wechselte – wenn auch ungern – das Thema.

»Aber die Krone reizt dich nicht?«, fragte er.

»Richtig.«

Und das war mein völliger Ernst.

Über uns schlug es sieben. Unmittelbar darauf kam der Bursche des Kapitäns zu uns. »Der Kapitän erwartet Euch«, teilte er uns in feierlichem Ton mit. »Wenn Ihr mir bitte folgen wollt!«

In der Messe hatten sich die Offiziere bereits versammelt. Nahywa winkte uns fröhlich von einem Tisch aus zu und lud uns ein, uns zu ihr und Nord zu setzen. Gedher füllte sich vergnügt den Teller und leerte einen Bierkrug.

303

Der Koch hatte sich gewaltig ins Zeug gelegt, das Mahl war erlesen, der Wein, den der Bursche brachte, köstlich.

»Wie gefällt Euch das Schiff, Lass?«, erkundigte sich der Kapitän in Leyre.

Ich zog erstaunt eine Braue hoch, antwortete ihm jedoch in der Elfensprache.

»Bisher habe ich noch nicht viel gesehen«, sagte ich. »Aber der erste Eindruck ist überwältigend. Woher kennt Ihr die Sprache meines Volks, wenn ich fragen darf?«

»Der Erste Offizier von Alissa, der Kapitänin der *Fuchsschwanz*, war ein Elf. Er hat es mir beigebracht. Allerdings war ich kein allzu gelehriger Schüler.«

»Ihr stellt Euer Licht unter den Scheffel. Für einen Menschen habt Ihr eine sehr klare Aussprache.«

»Ich bin schon froh, dass Ihr mich verstehen könnt«, sagte Nord und wechselte in die Sprache über, die alle verstanden. »Ich bedauere freilich, dass mein Lehrer meine Fortschritte nicht mehr beurteilen kann. Er ist zusammen mit der Mannschaft der Fregatte ... untergegangen.«

Sofort breitete sich in der Messe betretenes Schweigen aus. Roch, der mit Papay gesprochen hatte, fragte: »Du erzählst ihm von der *Fuchsschwanz*?«

»Ja. Im Krieg gegen die Margudier haben wir viele gute Freunde verloren.«

»Das stimmt«, erwiderte Roch. »Unser Sieg kam eher einer Niederlage gleich. Von den drei Schiffen hat nur die *Donner* überlebt.«

»O ja, damals ist es heiß hergegangen!«, gab nun auch Gedher seinen Senf dazu. »Der Himmel war das reinste Tollhaus. Abstürzende Aeroplane, brennende Decks, Kugeln, die dir um die Ohren pfiffen, Schrapnellgefauche, Magie – es gab alles, was du dir denken kannst. Trotzdem habe ich mit einer Handvoll Männern zum Entern geblasen und den Echsen ordentlich eingeheizt!«

»Die *Steinstumpf* von Kapitän Wu ist von zwei Schlachtschiffen in die Zange genommen worden. Er wurde abgeschossen, als er uns Deckung beim Rückzug gab. Und die *Fuchsschwanz* ...« Nord verstummte kurz, wobei sein Gesicht sich verfinsterte. »Alissas Schiff ist abgestürzt und wurde von der Kehrseite geschluckt.«

»Bitte?!«, hakte Nicolas erstaunt nach. »Das hast du bisher nie erwähnt!«

»Ist das überhaupt möglich?«, fragte Nahywa.

»Leider ja.«

»Aber ... warum hast du uns das bisher verschwiegen?«, flüsterte Nahywa.

»Weil wir alle uns nicht gern an dieses Unglück erinnern«, antwortete Roch an Nords Stelle. »Deshalb weihen wir Neulinge in der Mannschaft nicht gleich in sämtliche Einzelheiten unserer Vergangenheit ein. Manche Dinge muss man mit eigenen Augen gesehen haben, sonst glaubt man sie einfach nicht.«

Über Nahywas Gesicht huschte ein Ausdruck des Missfallens, denn sie begriff die Anspielung nur zu gut, die in diesen Worten mitschwang. Allerdings ging sie auf die Spitze nicht weiter ein.

Nicolas drehte sein Glas nachdenklich hin und her.

»Von der Kehrseitenwelt geschluckt«, murmelte er. »Ich hätte nie im Leben angenommen, dass sie ein derart großes Schiff verschlingen kann. Es stimmt schon, man will das einfach nicht glauben ...«

»So war es aber!«, polterte Gedher und knallte den Bierkrug auf den Tisch. »Alissa und ihre ganze Mannschaft wurden einfach weggesaugt!«

»Aber wie?«, wollte ich wissen. »Steckte womöglich dunkle Magie dahinter?«

»Eben die, Spitzohr. Magie. Dunkle«, stieß Gedher aus. »Diese verfurzte dunkle Magie!«

»Sie dümpeln immer noch in der Kehrseitenwelt herum, denn bisher konnten wir sie nicht retten, sosehr wir uns auch bemüht haben«, bemerkte Roch düster. Seine kalten Augen blickten noch kälter drein. »Wir hoffen jedoch, dass wir jetzt die Möglichkeit dazu bekommen. Falls Nahywa sich nicht getäuscht hat und ihr uns tatsächlich helfen könnt.«

»Wir?«, fragte Ogg und legte die Gabel ab. »Wie sollten wir helfen können? Weder Lass noch ich sind Zauberer. Wir sind bloß schlichte Kuriere.«

»Die Margudier wollten die Purpurberge aus einem ganz bestimmten Grund erobern«, erklärte Roch. »Dort gibt es nämlich einen Zugang zur Kehrseitenwelt – und auf den waren sie erpicht. Das sind sie immer noch, denn sie beabsichtigen die Macht über die Kräfte jener Welt zu erlangen. Als wir sie von dort verjagt haben, da haben wir ihnen also einen dicken Strich durch die Rechnung gemacht. Unserer Ansicht nach wollten sie die Grenze zwischen den beiden Welten zerstören.«

»Ist das denn überhaupt möglich?«, wandte sich Nahywa an Kapitän Nord.

»Ja. Sie haben ein Artefakt geschaffen, und ich habe gesehen, was sie damit anrichten. Nur mit seiner Hilfe konnten sie Alissas Schiff in die Kehrseitenwelt schicken!«

»Wenn wir damals nicht gesiegt hätten«, ergänzte Roch, »dann würde die Welt, die wir kennen, heute nicht mehr bestehen. Dann wären längst sämtliche Dämonen der Kehrseitenwelt zu uns gestürmt und hätten hier alles zerstört, was sich ihnen in den Weg stellt. Nach unserem Sieg haben wir den Echsen das Artefakt selbstverständlich abgenommen. Es steht noch immer im Frachtraum der *Donner*. Leider konnten wir es bisher aber nicht einsetzen. Dafür ist nämlich ein Schlüssel nötig – und von dem ist die eine Hälfte bei den Margudiern geblieben. Wir haben jahrelang versucht, den Echsen diese Hälfte abzujagen, aber stets ohne Erfolg. Vor einiger Zeit war uns das Schicksal jedoch hold, und zwei Leute von uns haben den Schlüssel gestohlen. Danach wurden sie aber – nach allem, was wir wissen – getötet ... Damit hatten wir erneut jede Hoffnung verloren, etwas an der Lage zu ändern ...«

»Dies ist die Hälfte des Schlüssels, die wir damals an uns bringen konnten.« Nord holte eine Kette mit einem mondsichelförmigem Anhänger aus seiner Tasche. Es war das genaue Abbild jenes Schmuckstücks, das mir Kamilla vor ihrem Tod anvertraut hatte. »Vor einiger Zeit habe ich diese Kette Nahywa gezeigt. Sie hat mir gesagt, dass auch Ihr eine solche Kette besitzt. Zunächst meinte ich, sie müsse sich irren. Doch dann sprach ganz Peleleo plötzlich von Margudiern, die versucht haben, irgendeinen Elfen zu entführen. Da seid Ihr mir wieder eingefallen.«

»Dann war meine Rettung von Eurer Seite also doch nicht ganz selbstlos?« Ich ließ mich gegen die Stuhllehne zurücksacken. »Aber letzten Endes muss ich meinem Schicksal wohl dankbar sein, dass es mir diese Kette in die Hände gespielt hat, sonst würde ich demnächst ohne jeden Zweifel am Galgen baumeln.«

»Nahywa versichert, dass Ihr die Kette zurzeit nicht tragt«, sagte Nord in scharfem Ton. »Stimmt das?«

Bildete ich mir das bloß ein – oder hielten tatsächlich alle gespannt die Luft an?

Sollte ich lügen? Dazu bestand eigentlich kein Anlass. Nord hatte mir nichts getan. Obendrein wollten er und die Mannschaft weitere Leben retten, indem sie die *Fuchsschwanz* aus der Kehrseitenwelt herausholten.

Und wenn ich die Kette endlich loswürde, hätten auch die Margudier kein Interesse mehr an mir. Auch nicht zu verachten ...

»Ich habe die Kette auf der Schildkröteninsel versteckt.«

»Na?!«, rief Gedher begeistert aus und schlug sich mit der offenen Hand auf den Schenkel. »Hab ich's euch nicht gesagt?!«

Nord lächelte und wechselte einen triumphierenden Blick mit Roch.

»Dem Himmel sei Dank!«, stieß Papay aus. »Du hast wie immer ein feines Näschen bewiesen, als du zur Jagd auf die Schaluppe geblasen hast. Zusätzlich muss uns das Glück selbst die Schaufelräder in Bewegung gehalten haben!«

»Überlässt du uns den Schlüssel?«, fragte Roch.

»Sobald wir die Schildkröteninsel erreicht haben, kriegt ihr ihn.«

»Wie bist du an ihn herangekommen?«

»Auf dem Westlichen Kontinent habe ich in einer Stadt zwei Flieger getroffen. Einen Gnom und eine Menschenfrau. Sie waren auf der Flucht vor den Margudiern. Die Frau, Kamilla, hat mir vor ihrem Tod die Kette anvertraut. Leider hat sie es nicht mehr geschafft, mir zu sagen, was ich damit machen soll. Gehörten die beiden zu Euch?«

»Ja.«

»Ich hab immer gewusst, dass sie den Echsen das Ding abjagen!«, tönte Gedher erneut. »Und jetzt, Kapitän, holen wir die *Fuchsschwanz* endlich nach Hause, oder?«

21. KAPITEL, *in dem Nord bekommt, was er will*

»Sag mal, Lass«, brummte Ogg am nächsten Tag, als wir am Bug saßen, »glaubst du eigentlich ein Wort von dem, was Nord uns da erzählt hat?!«

Er drehte sich um, um sich zu vergewissern, dass uns niemand hörte, und fuhr mit gesenkter Stimme fort: »Dass die Margudier die Grenze zwischen den Welten einreißen wollen, damit die Dämonen zu uns rüberstürmen?! Unsere Welt gefällt denen doch gar nicht, sonst würden sie aus kaputten Aeroplanen ja nicht schnurstracks zurück in die Kehrseitenwelt abhauen! Hast du schon mal zufällig mit einem Dämon zu tun gehabt, der nicht mehr gebändigt ist?«

»Schon einige Male. Du hast recht, wenn sie ausbrechen, sind sie völlig wild und kehren schnellstens in ihre Heimat zurück.«

»Warum stellt Nord es dann so dar, als ob die Margudier die Grenze zwischen den Welten zerstören möchten, damit die Dämonen bei uns alles dem Erdboden gleichmachen?! Die Biester würden doch um keinen Preis zu uns kommen!«

»Das habe ich mich auch schon gefragt«, gab ich zu. »Gut, Margudien ist für uns alle ein Buch mit sieben Siegeln. Wer weiß, vielleicht haben ihre Zauberer ja tatsächlich eine Möglichkeit gefunden, die Dämonen vor ihren Karren zu spannen.«

Da Papay gerade auf uns zukam, unterbrachen wir unser Gespräch erst einmal.

»Ich hab euch doch versprochen, euch das Schiff zu zeigen«, sagte er. »Dann kommt mal mit, Kuriere!«

Und wahrlich, eine Besichtigung der *Donner* lohnte! Sechs Decks, riesige Fachträume, geräumige Kajüten und eine solide Panzerung. Im stählernen Rumpf saßen insgesamt drei Dämonen. Zwei von ihnen arbeiteten ständig, sodass die *Donner* anderthalb mal so schnell war wie andere Schiffe ihrer Klasse. Den dritten Dämon hielten die Magischen Siegel in einem künstlichen Schlaf, er diente nur als Ersatz.

»Wir setzen nie alle drei Dämonen gleichzeitig ein«, erklärte Papay.

»Die haben euch wahrscheinlich ein stattliches Vermögen gekostet«, vermutete Ogg. »Ihr müsst ja förmlich in Louisdors schwimmen.«

»Teuer waren die Biester, das kannst du laut sagen«, erwiderte Papay. »Aber für die *Donner* ist Nord das Beste gerade gut genug. Letzten Endes macht sich das auch bezahlt. Wenn wir jetzt ins Unterdeck gehen würden, kämen wir zu den Werkstätten und Lagern. Außerdem stehen dort die Landungsschiffe. Ich will euch aber lieber mein Reich zeigen. Auf zu den Kanonen!«

Am Oberdeck reihten sich auf jeder Seite zehn Vierzigpfünder aneinander. Dazu kam noch das dreiläufige Monstrum, eine Sechzigpfünder, die auf einer drehbaren Vorrichtung am Bug thronte.

»Sie trifft selbst auf vier Meilen jedes Ziel!«, pries Papay dieses Wunderwerk strahlend vor Stolz an. »Mit ihr holen wir jedes Schiff vom Himmel, das sich mit uns anlegt!«

Auf dem Achterdeck stand noch eine weitere Vierzigpfünder. Diese Kanone wurde von zwei Wurfgeschützen, Zwillingsbienenwerfern auf Dreifüßen entlang der Reling und leichten Blitzen zur Abwehr von Aeroplanangriffen ergänzt.

Im zweiten Zwischendeck stünden, wie Papay ausführte, als wir zum Bug zurückgingen, hinter den Geschützpforten neun Fünfzigpfünder auf jeder Seite.

»Mit unseren magischen Kugeln durchbohren wir jede Stahlwand!«, brüstete sich Papay.

»Wenn man die Kanonen und eure sagenhafte Schnelligkeit miteinander malnimmt und dann noch die Fähigkeit dazurechnet, schnell an Höhe zu gewinnen ...« Ogg grinste. »Ihr dürftet es mit jeder Fregatte aufnehmen können ...«

»Pah! Eine Fregatte mag bessere Waffen haben als wir, aber die reichen längst nicht so weit! Diese Schöne hat uns einen Berg Louisdors gekostet.« Papay strich sanft über die auf Hochglanz polierte dreiläufige Waffe. »Morgen veranstalten wir ein Übungsschießen, dann könnt ihr sie im Einsatz erleben. Mit ihr erledigen wir jeden Gegner.«

»Auch ein Schlachtschiff?«, fragte ich grinsend.

»Wenn der Kapitän dieses Schlachtschiffs nicht gerade mit Verstand gesegnet ist, dann auch ein Schlachtschiff mit seinen einhundertundzwanzig Kanonen«, behauptete Papay im Brustton der Überzeugung. »Wenn ihr wollt, zeige ich euch noch die Kapitänsbrücke mit ihren fünf magischen Kugeln.«

»Daraus wird wohl nichts, denn ich entführe dir Lass«, mischte sich da Nahywa ein. »Ich habe vier freie Stunden. Möchtest du mal eine *Rüpel* fliegen?«

»Das würde mich schon reizen«, gab ich zu.

»Dann sehen wir uns doch mal ein wenig in der Gegend um.«

»Was genau schwebt dir vor?«, fragte ich, als wir zu einem der Sturmflügel liefen. »Ein reiner Erkundungsflug?«

»Eher ein kleines Luftgefecht«, sagte sie grinsend und reichte mir einen Helm und eine Brille. »Dann mal hoch mit dir! Wir sehen uns drei Meilen weiter oben!«

Ich kletterte über die Reling, griff nach der Strickleiter und hangelte mich zu der einen *Rüpel* hinunter. Neunhundert Yard unter mir lag das Meer. Ich berührte die Magischen Siegel mit dem Ring der Bändigung, klappte die Glashaube herunter und hob die Hand, um den Leuten zu bedeuten, dass ich zum Abflug bereit sei. Sobald diese die stählernen Befestigungen gelockert hatten, stürzte die *Rüpel* nach unten.

Noch während ich mich im freien Fall befand, entfaltete der Dämon seine Kraft. Die *Donner* blieb weit über mir zurück. Nachdem ich ausreichend an Geschwindigkeit gewonnen hatte, ging ich erst in eine horizontale Flugbahn über und stieg dann auf, um nach Nahywa Ausschau zu halten.

Als ich sie einholte, drehten wir noch einen Kreis über der *Donner*, dann schossen wir davon. Nach etwa einer Stunde lieferten wir uns ein kleines Luftgefecht.

Nahywa zeichnete sich durch einen kraftvollen Angriffsstil aus. Sie war erbarmungslos. Unterlief mir auch nur der kleinste Fehler, nutzte sie ihn.

Über den Wolken probten wir am klaren Himmel Angriff und Abzugsmanöver. Ich tat so, als nähme ich sie unter Beschuss, entwich ihr unter die Wolkendecke und wehrte ihre Angriffe ab – bis ich über dem Meer fünf schwarze Punkte sah. Sie bewegten sich sechshundert Yard unter mir Richtung Norden. Drei von ihnen erkannte ich auf Anhieb, da ihre Umrisse klar an einen Dreizack erinnerten.

Hauer.

Die beiden letzten musste ich genauer betrachten, weshalb ich mich über das Fadenkreuz beugte. Magische Geräte ermöglichten es mir, das Bild größer zu sehen. Die Schiffskörper glichen Zucchini. Ihre Bugspitzen waren stumpf, am Schwanz saßen vertikale Sturmflügel. *Asseln*, ohne Frage. Diese schweren Zerstörer hatten die Margudier den *Witwen* der Menschen und den *Maulwurfsgrillen* der Orks nachempfunden.

Noch ehe sie mich entdeckt hatten, stieg ich wieder auf und durchbohrte die Wolkendecke. Nahywa bemerkte mich rasch und schloss zu mir auf. Ich bedeutete ihr, mir zu folgen. Kaum gingen wir wieder unter die Wolkendecke, sah auch Nahywa die Einheit der Margudier.

Ich wusste genau, was sie dachte: Wir durften diese Schiffe nicht zur *Donner* vordringen lassen. Ein Überraschungsangriff von *Asseln* konnte selbst ihr Schaden zufügen. Das mussten wir um jeden Preis verhindern.

Immerhin hatten wir gegenwärtig das Überraschungsmoment noch auf unserer Seite …

Als wir uns formierten, hielt ich mich etwas rechts von Nahywa, um nicht in ihre Schusslinie zu geraten. Anschließend versetzte ich die Bienenwerfer in Bereitschaft.

Nahywa eröffnete das Feuer. Ich nahm dasselbe Aeroplan unter Beschuss wie sie. Die Kanonen donnerten, zwölf grau-purpurne Geschosse suchten sich ihr Ziel und rissen eine der *Asseln* in Stücke.

Sofort nahmen wir uns den nächsten Vogel vor. Nachdem wir seinen Rumpf durchlöchert hatten, stiegen wir höher.

Vier Meilen.

Viereinhalb.

Fünf.

Dann legten wir einen Salto hin und pfiffen im Sturzflug in die Tiefe.

Zwei schwarze Punkte kamen uns mit ungeheurer Geschwindigkeit entgegen. Wir schossen das vordere Aeroplan ab, indem wir unser Feuer erneut gemeinsam auf ein Ziel lenkten. Trudelnd fiel die *Assel* wie eine flammende Fackel ins Nichts. Das zweite Aeroplan sann selbstverständlich auf Rache. Doch während es sich vor Nahywas Angriff in Sicherheit brachte, geriet es in mein Fadenkreuz. Ich schickte ihm eine Salve entgegen, die ihm den linken Flügel abriss.

Als wir beidrehten, war unter der Wolkendecke niemand mehr. Weder eine beschädigte *Assel* noch eine *Hauer*. Die Margudier mussten in den Wolken Schutz gesucht haben. Wir flogen noch ein paar Runden, in der Hoffnung, sie zu entdecken, jedoch vergeblich. Deshalb kehrten wir zur *Donner* zurück.

Wir mussten Nord warnen, dass die Echsen sich in der Nähe herumtrieben.

Die Wachen auf der Donner wurden verstärkt, alle Schotten waren dicht, die Kanonen bereit gemacht. Nord war mit der *Donner* über die Wolkendecke gegangen, damit der Feind uns nicht hinterrücks überraschte.

Die Schützen hatten sich warme Kleidung angezogen und Luftblasen vor Mund und Nase geschoben. Alle sechs Aeroplane flogen Patrouille. Gedher schärfte seine Streitaxt, dabei unflätige Flüche ausstoßend, mit denen er der Hoffnung Ausdruck verlieh, man werde ihm wenigstens ein paar Echsen übrig lassen.

Ogg und ich, wir saßen mit einigen anderen aus der Mannschaft in der Messe. Die Stimmung hätte bedrückter nicht sein können. Jeder grübelte darüber nach, wie die Margudier uns hatten finden können.

»Im Monat der Unwetter haben wir eine margudische Fregatte auseinandergenommen«, sagte einer der Helfer des Bootsmannes. »Aber anscheinend haben wir den Himmel noch nicht vollständig von diesem Echsenpack befreit.«

»Stimmt, ihr müsst ein gewaltiges Luftschiff übersehen haben«, bemerkte ich. »Das eine ganze Staffel an Bord hat. Sonst ließen sich diese Aeroplane nicht erklären ...«

»Ein solches Mutterschiff wäre viel zu groß, als dass es jemand hätte übersehen können«, gab Ogg zu bedenken.

»Oder jemand hat es bemerkt, nur war es das Letzte, was er in seinem Leben gesehen hat. Die Aeroplane dürften ihn abgeschossen haben.«

»Kokolores!«, entrüstete sich Wedhal. »Man kann sich gegen alles und jeden wehren!«

»Lass! Ogg!«, rief Roch. »Zum Kapitän!«

»He, Kumpel, diesen Ton verbitte ich mir«, knurrte Ogg. »Wir gehören nicht zu dieser Mannschaft. Wir brauchen also nicht gleich zu sputen, wenn der Herr Nord uns ruft. Etwas höflichere Manieren also, wenn ich bitten darf!«

Roch runzelte verärgert die Stirn, verkniff sich jedoch jede Erwiderung und ging zurück zum Kapitän.

»Nord solltet ihr euch nicht zum Feind machen«, riet Wedhal uns. »Und der Kapitän ruft niemals jemanden zu sich, wenn es nicht wirklich dringend ist.«

»Ist ja gut«, sagte Ogg und erhob sich. »Wir gehen ja schon!«

Nord hatte die Uniformjacke gegen einen Fliegeranzug getauscht, den Dreispitz gegen einen Helm. Nicolas berechnete den Kurs und hob nicht einmal den Kopf, als wir eintraten.

»Aber wenn du das Schiff jetzt verlässt ...«, murmelte Roch.

»Du weißt genau, was auf dem Spiel steht!«, fiel ihm Nord ins Wort. »Wir brauchen den Schlüssel! Auf der *Donner* kommst du bestens ohne mich zurecht. Ah ... Lass und Ogg, da seid Ihr ja.

Wir brechen noch in der Nacht auf, damit wir am Morgen die Schildkröteninsel erreichen. Sollten die Margudier uns tatsächlich folgen, nehmen sie sich die *Donner* vor – aber nicht unsere kleine Einheit.«

»Unsere kleine Einheit?«, echote Ogg.

»Zwei Aeroplane werden zur Sicherheit der *Donner* zurückbleiben. Alle anderen fliegen zur Schildkröteninsel. Ich will vier Burschen aus der Entermannschaft mitnehmen, für den Fall, dass die Margudier bereits in St. Vincent auf uns warten.«

»Ihr solltet besser einen Zauberer mitnehmen«, sagte ich.

»Unser Zauberer ist bei den Purpurfelsen gestorben. Und Ersatz für ihn zu finden ist nicht so einfach. Deshalb müssen wir uns ohne diese Form der Unterstützung behelfen. Seid Ihr bereit, umgehend loszufliegen?«

»Ja.«

Die Schwalbe hing nach wie vor unterm Kiel. Wir mussten uns daher über eine ziemlich lange Strickleiter hinunterhangeln, wobei der Wind das Ganze auch nicht gerade leichter machte. Dreipfot fiepte ungeduldig. Er freute sich, dass es nach Hause ging und er wieder Riolkas Garten durchpflügen konnte. Seinem Gesichtsausdruck nach zu urteilen, hatte er nicht die Absicht, sich in den nächsten Monaten noch einmal in die Lüfte zu erheben.

Ich selbst fühlte mich dagegen wie neugeboren: Endlich saß ich wieder in unserer *Hornisse*.

Den größten Teil der Nacht verbrachte ich hinterm Knüppel. Dann überließ ich ihn kurz Ogg, um ein wenig zu schlafen, wachte jedoch bereits bei Tagesanbruch wieder auf.

»Wir sind da. Nord fliegt an der Spitze«, teilte Ogg mir mit. »Allem Anschein nach will er in Nest landen.«

Die vier schneeweißen Aeroplane vor uns gingen in der Tat schon tiefer. Daraufhin hielt auch ich auf die Mitte der Bucht zu. Die Sonne stieg rasch auf, beleuchtete erst die Waranenberge, dann ganz St. Vincent. Im Tiefflug glitten wir über den Stadtrand hinweg, den blühende Trompetenbäume in eine fliederfarbene

Pracht verwandelten. Wir brachten genügend Abstand zwischen die einzelnen Aeroplane, denn nur so war eine sichere Landung gewährleistet. Nords Vögel landeten auf dem allgemeinen Streifen, wir neben dem Eingang, unserem Stammplatz in Nest. Tull verfolgte das Geschehen mit verdrießlicher Miene.

»Anscheinend haben wir ihn wieder mal verärgert«, sagte Ogg.

»Ihr zwei kommt mir gerade recht!«, zischte Tull, der seinen Blick nicht von den weißen Aeroplanen Nords löste. »Was bei der Kehrseite habt ihr mir jetzt schon wieder eingebrockt?«

»Gar nichts«, beteuerte ich freundlich. »Es gibt wirklich nicht den geringsten Anlass, dass du dich aufregst.«

»Ob ich mich aufrege oder nicht, entscheide immer noch ich!«, bellte Tull. »Und jetzt will ich wissen, wo ihr geschlagene anderthalb Wochen gesteckt habt! Was glaubt ihr denn, wer in der Zeit die Post zustellt?! Und wenn ihr schon die Güte habt, wieder aufzutauchen – warum dann ausgerechnet mit diesem Nord?!«

»Hast du etwa Grund, den legendären Kapitän zu fürchten?«

»Er vertritt seltsame Ansichten. Deshalb halte ich mich von ihm fern!«

»Ich habe ihn eingeladen«, erklärte Ogg daraufhin im Ton größter Gelassenheit.

»Seit wann zählt der Kapitän der *Donner* zu deinen Freunden?«, fragte Tull misstrauisch.

»Hör mal, Tull, wir haben was zu erledigen«, beendete ich das Geplänkel. »Nord macht dir bestimmt keinen Ärger, darauf hast du mein Wort.«

»Trotzdem wär's mir lieber, ihr würdet euch ebenfalls von ihm fernhalten. Der Kerl geht im Haus des Statthalters ein und aus. Wenn dieser Tugendbold etwas von unserem kleinen Geschäft erfährt, dann ...«

»Das wird er nicht«, versicherte ich.

»Das will ich doch hoffen!«

Bevor Nord uns erreichte, verschwand Tull. Außer dem Kapitän waren noch Wedhal, Gedher, ein gedrungener Steinmensch namens Pfropf und ein rotgesichtiger Mensch mit einem von

Narben übersäten Gesicht und gebrochener Nase – daher sein Name Bruchnase – zur Schildkröteninsel gekommen.

Die beiden Gnome waren bewaffnet, als brächen sie in einen Krieg auf. Es fehlten eigentlich nur noch auf Räder montierte Kanonen, die sie an einer Schnur hinter sich herziehen konnten. Gedher entging nicht, wie mein Blick über die fünf Pistolen an seinem Schultergehänge, den Entersäbel, die Streitaxt auf seinem Rücken und die Tasche voller Artefakte wanderte.

»Du wirst noch dankbar sein, dass ich mich mit Vorräten eingedeckt habe«, grummelte er.

»Eher hoffe ich, dass deine Vorräte gar nicht nötig sein werden.«

»Lass?«, sagte Nord da. »Wohin müssen wir?«

»In den östlichen Teil der Stadt. Zum Fluss.«

»Worauf warten wir dann noch?!«, stieß Wedhal ungeduldig aus. »Vorwärts, Spitzohr! Meine Axt verlangt nach einer Keilerei!«

»Immer sachte, Wedhal!«, ermahnte ihn Nord. »Ich würde es vorziehen, wenn wir alles ohne Aufsehen und Blutvergießen über die Bühne bringen.«

In der Stadt erregte unsere illustre Gesellschaft größte Aufmerksamkeit. Alle, aber wirklich alle – selbst Goblins und streunende Hunde – starrten uns an.

»Was glotzen die so?«, knurrte Gedher, der in jeder Hand eine Pistole hielt.

»Du hast noch Reste vom Frühstück im Bart«, erklärte Pfropf. Bruchnase grinste breit über den Witz und entblößte dabei seine erstaunlichen Zahnlücken.

Gedher strich sich fluchend mit der Hand durch den Bart, durchkämmte ihn, riss sich verzweifelt einige Büschel heraus, verstand dann jedoch, dass man ihn veräppelt hatte wie einen einfältigen Gremlin.

»Ihr Schmeißbohnen!«, polterte er. »Euch stopf ich allen 'ne Ratte in den Schlund!«

Nord legte ihm beruhigend die Hand auf die Schulter.

»Du darfst dich über die Blicke nicht allzu sehr wundern«,

sagte er. »Schließlich schleppst du das gesamte Waffenarsenal der *Donner* mit dir. Wahrscheinlich denken alle in dieser Stadt, du wolltest die Schildkröteninsel erobern und dich zu ihrem neuen Herrscher aufschwingen. Seit dem letzten Krieg hat hier schließlich niemand mehr einen Gnom in Harnisch gesehen.«

Damit hatte der Kapitän recht. Bei der hiesigen Schwüle und Hitze waren Gnome in schwerer Rüstung ein … ein einmaliger Anblick.

»Vielleicht starren dich aber alle auch nur deswegen an, weil deine Rüstung nicht vollständig ist«, bemerkte Pfropf beiläufig. »Du hast den Helm vergessen.«

»Wir haben überhaupt nichts vergessen«, fuhr Wedhal ihn an. »Wenn du bei dieser Hitze einen Helm trägst, fängt dein Hirn doch an zu schmurgeln wie in einem Topf.«

»Dein Hirn? Besitzt ihr Gnome denn so was überhaupt?!«

»Wir schon. Es sind die Steinmenschen, die keins haben. Deren Schädel ist nicht mehr als ein Pflasterstein.«

»Nur dass ihr Gnome alle Arten von Steinen verehrt. Euer ganzes Leben umgebt ihr euch mit denen.«

»Küss mir doch den Allerwertesten!«

So ging das mit diesen Burschen in einem fort.

Dann erreichten wir den Fluss.

»Da drüben ist es«, sagte ich und wies auf den höchsten Baum hinter der Lichtung.

»Ein besseres Versteck hättest du wohl nicht finden können?!«, schimpfte Wedhal und wischte sich den Schweiß ab, der ihm in Strömen über das kupferrote Gesicht floss. »Hier wimmelt es doch nur so von Schlangen!«

»Die Biester mag er nicht«, setzte mich Pfropf ins Bild. »Seit vor sieben Jahren eine Riesenschlange einen Gnom gefressen hat. Wahrscheinlich hat sie ihn für ein Schwein gehalten. Jedenfalls lebt Wedhal seitdem in der Angst, auch ihm würde mal so ein schwachsichtiges Biest über den Weg kriechen.«

»Halt die Schnauze!«

»Auf der Schildkröteninsel gibt es keine großen Schlangen«, sagte Ogg. »Nur giftige.«

»Du verstehst es, einen aufzumuntern!«

Gedher sah Ogg an, der unverwandt zurückstarrte.

»Das Spitzohr soll vorangehen«, sagte der Gnom schließlich. »Sonst verlaufen wir uns noch auf dem Weg zu diesem Baum!«

Grinsend schlug ich mich ins hohe Gras.

Es war heiß, die Mücken surrten, Federvieh gackerte. Kapitän Nord hielt eine geladene Pistole in der Hand und bewegte sich lautlos vorwärts. Die Gnome fluchten jedoch so laut, dass jeder etwaige Margudier uns noch in einer Entfernung von einer Meile hätte hören können.

Wedhal hatte der Streit so erbost, dass er sogar seine Ängste vergaß und auf mich zugestiefelt kam.

»Was schleichst du so, Elf?!«, fuhr er mich an. »Jetzt zeige ich dir einmal, wie echte Männer durchs Gras stürmen!«

Eine solche Darbietung wäre nicht unbedingt nötig gewesen, denn ich wusste, wie Gnome *durchs Gras stürmen*: mit Äxten, laut aufstapfend und ohne auch nur einen Blick für die Pflanzenwelt um sich herum übrig zu haben. Auch jetzt trottete das Gnomenpärchen vorneweg, dabei einen breiten Streifen niedergewalzten Grases zurücklassend – auf ihm hätte mühelos ein Aeroplan landen können – und schnaufend wie eine ganze Büffelherde.

Als wir die Lichtung fast erreicht hatten, stopfte Gedher seinem Freund von hinten ein Büschel Gras in den Ausschnitt und brüllte ihm ins Ohr: »Eine Schlange!«

Sofort schrie Wedhal auf, sprang wild herum, begann auf das unsichtbare Untier einzuschlagen und rannte kreischend davon. Pfropf krümmte sich vor Lachen, Nord schüttelte schicksalsergeben den Kopf.

»Die reinsten Kinder«, murmelte er und wandte sich dann an Gedher. »Das wird Wedhal dir ewig nachtragen.«

»Das übersteh ich schon. Immerhin habe ich ihm jetzt heimgezahlt, dass er mir auf der Schaluppe ein Wurfgeschoss vor die Füße geknallt hat.«

Wedhal wartete mit vor Wut verzerrtem Gesicht auf der Lichtung auf uns. Die Axt hielt er nach wie vor bereit, anscheinend voller Bedauern, dass er sie bislang nicht hatte einsetzen können.

»Keine Schlägereien!«, warnte Nord ihn. »Klärt das, nachdem wir die *Fuchsschwanz* gerettet haben.«

Daraufhin steckte Wedhal die Axt mit theatralischem Bedauern weg, blitzte den grinsenden Gedher aber unter seinen buschigen Augenbrauen hervor wütend an.

»Wart's nur ab!«, drohte er ihm schließlich noch mit der Faust. »Wenn wir uns mal allein auf dem Schiff begegnen.«

»Dann wollen wir die Kette mal ausgraben«, sagte ich und trat an den höchsten Baum heran.

Ich zog den Dolch aus der Scheide und begann, die Schicht verfaulter Blätter und die Erde abzutragen. Bis auf Ogg umringten mich alle und beobachteten gespannt, was ich tat, fast als erwarteten sie, ich würde dieser Mulde gleich die Krone der Kyralletha entnehmen. Als ich die Kette mit dem Anhänger hervorzog, stierten die beiden Gnome sie mit unverhohlener Gier an.

»Ist es das, was Ihr braucht, Kapitän?«, fragte ich Nord.

»Ja, Lass«, antwortete er und streckte die Hand aus: »Darf ich?«

»Warum nicht?«, sagte ich – und blickte ihm fest in die Augen.

»Vielen Dank!«

Er setzte diese Hälfte des Schlüssels mit seiner eigenen zusammen. Ein Klacken war zu hören – und beide Anhänger bildeten ein Ganzes.

Genau da meinte ich, ein Geräusch gehört zu haben.

»Ruhe!«, fuhr ich die streitenden Gnome an. »Da ist jemand!«

Nord spannte seine Pistole.

Jemand zischte …

Schon in der nächsten Sekunde warf ich mich bäuchlings ins faule Gras. Die anderen folgten entweder meinem Beispiel oder brachten sich hinter den Bäumen in Sicherheit. Nur Pfropf blieb, wo er war. Die schwarzen Gerten aus Luft schlangen sich wie die Tentakel einer Krake um den Steinmenschen. Kleine Brocken spritzten in alle Richtungen auf – doch Pfropf schwankte nicht einmal.

»Lauf, du Felshirn!«, schrie Gedher hinter einem Baum hervor.

»Die können mir nichts anhaben!«

Da es nichts brachte, einfach faul auf dem Boden zu liegen, kroch ich zu den Bäumen. Gerade noch rechtzeitig. Etwas donnerte – und ein Pflasterstein ging unmittelbar an der Stelle nieder, an der ich mich eben noch befunden hatte. Es war ein Teil von Pfropfs Kopf.

»Diese Kehrseitenfurze!«, fluchte Gedher. »Formiert euch neu!«

Erstaunlicherweise schien er darunter einen raschen Rückzug zu verstehen. Jedenfalls sah ich gerade noch, wie die Rücken der Kümmerlinge im Wald verschwanden.

»Lass! Komm!«, drängte auch Ogg. »Da drüben wimmelt es von Echsen!«

Als die Margudier bereits die Lichtung stürmten, eilte ich den Gnomen nach. Nach vierzig Yard hatten Ogg und ich sie eingeholt. Wedhal holte aus der Tasche ein paar Handwurfgeschosse und zündete die Lunten an. Sobald wir uns in Sicherheit gebracht hatten, warf er die Dinger in die Büsche, durch die wir uns gerade geschlagen hatten.

Sie gingen sofort in die Luft. Schreie waren zu hören, aber es peitschten auch wieder diese dunklen Gerten durch die Gegend. Zum Glück richteten sie aber keinen Schaden an.

»Wo ist Nord?«, fragte ich die Gnome.

»Irgendwo«, brummte Gedher – und erledigte mit einem gut gezielten Schuss einen der Margudier. »Hier ist mir zu viel Pack! Formieren wir uns noch mal neu! Sofort!«

Ogg griff jedoch nach der Axt des Gnoms.

»Ja, ja, ich geb dir ein paar Echsen ab«, säuselte Gedher.

»Wir müssen die Margudier dazu bringen, sich zu teilen«, sagte ich nun. »Dann werden wir leichter mit ihnen fertig. Gedher und Wedhal, ihr geht geradeaus weiter, ich halte mich links, du, Ogg, rechts.«

»Hört sich gut an«, sagte Wedhal – und stürmte los.

Kurz darauf hörte ich, wie es krachte. Jemand schoss, etwas

explodierte. Selbst jetzt konnten die Gnome nicht auf ihr Gelärm verzichten.

Da knickte ganz in der Nähe ein Ast. Ich wirbelte herum und zog die Pistole, aber es war nur Bruchnase. Er grinste mich an. Doch noch ehe er einen Ton von sich geben konnte, wurde ihm der Kopf abgerissen, während sein Körper in einen Bach fiel.

Entsetzt sprang ich zurück und pflügte mich durch einen Dornenbusch – der prompt schwarz wurde und verkümmerte. Ein großer Baum vor mir rettete mich. Kaum hatte ich mich hinter ihm in Sicherheit gebracht, barst der Stamm – anstelle meines Kopfs.

Ohne auch nur im Entferntesten zu ahnen, wo die Margudier lauerten, rannte ich geduckt auf dichte Sträucher zu. Im Laufen spannte ich die Pistole. Danach robbte ich weiter durchs Gras. Als ich einmal vorsichtig den Kopf hob, sah ich an dem gespaltenen Baumstamm eine geschuppte Kreatur.

Der Margudier drehte den Kopf hin und her, ratlos, wo ich abgeblieben war.

Eine weitere Echse tauchte auf, ein Soldat, ohne Umhang und Stab, dafür aber mit einem gewaltigen Schwert.

Damit hieß es zwei gegen einen! Und ich hatte nur einen Schuss, denn ich würde es kaum schaffen, die Pistole nachzuladen.

Der Zauberer war ohne Frage gefährlicher, denn er konnte mich auch aus der Entfernung ausschalten. Mit dem Soldaten würde ich schon irgendwie fertig werden. Ich zielte sorgfältig und gab meinen Schuss ab. Die Feuerbiene bohrte sich dem Margudier in die Brust. Der kippte zu meiner Freude auf seinen Kumpan. Mit gezücktem Dolch eilte ich auf die beiden zu, nur kam mir da jemand zuvor.

Ein Brüllen erschütterte den Wald. Aus ihm schoss wie ein tobender Stier Ogg heraus, der Gedhers Streitaxt über dem Kopf kreisen ließ. Mit einem einzigen Schlag erledigte er den angeschossenen Margudier und stürzte sich auf den Soldaten.

Die beiden droschen wild aufeinander ein. Der Margudier hätte Ogg beinahe erdolcht, musste dann jedoch die Axt abwehren, die auf sein Gesicht zuschoss.

Ich betätigte das Schloss, das den Pistolenlauf sicherte, schüttelte die leere Kapsel heraus, holte aus der Tasche eine neue Feuerbiene, steckte sie in die Waffe, sicherte sie, spannte und zielte. Die Feuerbiene durchschlug dem Margudier genau in dem Augenblick den Hals, als er Ogg den Kopf abschlagen wollte.

»Habt ihr Elfen eigentlich schon jemals was von einem ehrlichen Zweikampf gehört?«, grummelte Ogg und ließ die Axt sinken.

»In dem mein Freund ermordet wird?«, konterte ich. »Du bist ein allzu guter Steuermann, als dass ich es mir leisten könnte, dass irgendein hergelaufener Margudier dich absticht.«

»Ich war keine Sekunde in Gefahr! Mich schützen Artefakte: Zwei Spiegelwände in den Ohrringen und ein Froschsprung im Stiefel. Aber trotzdem danke!«

Ich setzte mich auf den Boden, atmete tief durch und stierte mit leerem Blick auf die roten Trauben irgendeiner Pflanze, die sich mit den zotteligen Lianen verschlungen hatte.

»Wir müssen in die Stadt zurück«, sagte Ogg. »Dort sind wir sicherer.«

»Stimmt«, pflichtete ich ihm bei. »Aber erst müssen wir Nord finden.«

Daraufhin stiefelten wir wieder durch die grauen, grünen und gelben Grashalme, von denen jeder größer war als Ogg.

»Nicht da lang«, hielt ich den vorauslaufenden Ork auf. »Dieser Pfad bringt uns zurück zum Fluss.«

»Wenn du es sagst.«

Plötzlich knallte ganz in unserer Nähe ein Schuss. Sofort duckten wir uns. Ogg deutete auf einige Sträucher, dann begann er den Fliegeranzug auszuziehen.

»Was soll das denn?«, murmelte ich, während ich die Pistole hob.

»Benutz mal deinen Kopf, Lass. Ich bin grün, ohne diesen orangefarbenen Fetzen am Leib dürfte man mich im Wald nicht so leicht ausmachen.«

»Oh!«, stieß ich nur aus, während ich den Hahn spannte. »Das ist vermutlich die berühmte Kriegslist der Orks.«

Er schnaubte und grub sich in die Büsche vor.

Ich bahnte mir etwas weiter links einen Weg und pirschte in Richtung eines Metallklirrens, das immer deutlicher zu hören war. Nach einer Weile erspähte ich Nord, der sich mit dem Entersäbel gegen zwei Angreifer zur Wehr setzte. Ein weiterer Margudier lag mit eingeschlagenem Kopf am Boden.

Die Margudier hatten längere Klingen als Nord, sodass er gewaltig ins Schwitzen kam.

»He!«, schrie ich, und eine dieser Echsen stürzte sich sofort mit hoch erhobenem Schwert auf mich.

Sobald der Margudier dichter an mir dran war, schoss ich. Nord erledigte unterdessen den anderen Kerl, indem er ihm den Säbel in die Brust bohrte.

»Das war Rettung in letzter Sekunde«, bedankte er sich bei mir.

Mit einem Mal flog ein margudischer Stab hinter den Sträuchern hervor. Im nächsten Augenblick kämpfte sich Ogg aus ihnen heraus.

»Damit wäre die Welt einen weiteren Zauberer los«, erklärte er.

Nord betrachtete Ogg grinsend, verkniff sich aber jede Bemerkung.

»Wir wollen in die Stadt zurück«, sagte ich. »Kommt Ihr mit?

»Nicht ohne meine Männer.«

»Bruchnase und Pfropf sind tot. Was mit den Gnomen ist, wissen wir nicht.«

»Mhm …« Nord spähte in die Richtung, aus der ich gerade gekommen war. »Diese Stimme kenne ich doch.«

Aus den Büschen drang, das Surren der Insekten übertönend, ein Lied zu uns herüber. Ohne jeden Zweifel grölte da ein Gnom. Nur dieses Volk brachte es fertig, mit einer solchen Inbrunst den falschen Ton zu treffen.

Am Steinufer eines Bachs entdeckten wir die beiden Gnome. Es war Gedher, der da sein Lied schmetterte, hingegossen auf der Leiche eines Margudiers und den Säbel von braunem Blut reinigend. Wedhal saß ruhig im Hinterhalt der Büsche, mit der Muskete im Anschlag.

Als er uns bemerkte, unterbrach Gedher seinen Gesang und fuchtelte wild mit dem Säbel herum.

»Schönen guten Tag auch, Herr Kapitän!«, rief er. »Wir sind froh, dass du noch in einem Stück bist. Und noch froher sind wir, dass du, Ork, meine Axt nicht verloren hast.«

»Wie ich sehe, habt ihr bereits ganze Arbeit geleistet«, sagte Nord und deutete mit einem Nicken auf die Leiche.

»Die haben wir abgemurkst wie Haselhühner«, bemerkte Wedhal grinsend. »Aber wer weiß, vielleicht haben wir ja doch noch was für dich übrig gelassen, Kapitän?! Wenn man gut sucht, findet man sicher noch ein paar Echsen…« Dann wandte er sich an Ogg und mich. »Wie viele habt ihr erledigt?«

Ich schwieg.

»Zwei und dann noch einmal vier«, sagte Ogg.

»Aber sie sind nicht gestorben, als sie dich gesehen haben, oder?! … He, nimm's mir nicht übel. Das war ein Scherz, der wird doch wohl unter Freunden möglich sein. Aber jetzt, wo wir den Schlüssel haben, nichts wie auf nach Kornevis, damit …«

»Wie lange willst du eigentlich noch auf dem Toten sitzen?«, unterbrach Nord ihn. »Über unsere Pläne reden wir besser an einem sicheren Ort.«

»Ganz wie du willst, Kapitän«, erwiderte Gedher und sprang auf. »Margudier tauchen hier sowieso keine mehr auf. Ein kampfesfreudiger Gnom hat an diesem Ort also nichts verloren.«

22. KAPITEL, *in dem ich in anderer Wesen Vergangenheit stochere und auf die* Donner *zurückkehre*

»So lasse ich mir das Leben gefallen«, erklärte Ogg, der sich im Gehen eine Pfeife stopfte. »Die *Donner* ist abgeflogen, die Margudier sind verschwunden, und uns erwartet eine Woche ohne jede Arbeit.«

»Willst du mit reinkommen?«, fragte ich, denn wir hatten gerade Riolkas Haus erreicht.

»Ich bin noch nie bei einem Elfen zu Besuch gewesen«, gestand er grinsend.

»Fass die Pflanzen nicht an«, schärfte ich ihm ein, nachdem ich die Pforte geöffnet hatte. »Und bleib besser in meiner Nähe.«

»Gibt es hier einen bissigen Hund?«

»Einen sehr bissigen«, antwortete ich in Erinnerung an die ach so reizenden Akazien.

Ogg betrat das Grundstück.

»Was für ein wunderschöner Garten!«, rief er aus. »Richtig lauschig. Meiner Mutter würde es hier gefallen.«

In diesem Augenblick kam Riolka aus dem Haus, wie immer in kurzer Tunika. Ogg klappte der Unterkiefer herunter.

»Guten Tag, Riolka«, begrüßte ich die Dregaika.

»Guten Morgen, Lass«, entgegnete sie. »Ist das ein Freund von dir?«

»Ja. Er heißt Ogg. Ogg, das ist Riolka, meine Vermieterin.«

Ich musste dem Ork erst auf den Fuß treten, damit er sich berappelte und Riolka begrüßte. Die Dregaika bedachte ihn mit einem freundlichen Lächeln – das sämtliches Eis des Kalten Kontinents zum Schmelzen gebracht hätte.

Erst nachdem Riolka wieder gegangen war, zeigte Ogg sich imstande, den nächsten Atemzug zu tun.

»Wer ist sie?«, fragte er, als wir ins Sommerhaus eintraten.

»Eine Dregaika.«

»Ob du's glaubst oder nicht, aber ich bin tatsächlich erstarrt!«

»Du hast ihren Zauber auf deiner Haut gespürt.«

»Macht dir die Magie dieser Dregaika denn nichts aus?«

»Elfen sind der Natur ebenfalls sehr nahe, daher: Nein, ihre Magie beeinträchtigt mich nicht.«

Während Ogg diese Neuigkeiten verdaute, starrte er unverwandt zum Fenster hinaus, voller Hoffnung, er würde Riolka noch einmal sehen. Ich fütterte derweil Dreipfot und goss die Blumen.

»Sag mal«, wandte ich mich dann an Ogg, »ist dir auch aufgefallen, dass Gedher von Kornevis gesprochen hat?«

»Tatsächlich?«

»Er hat gesagt, dass sie jetzt nach Kornevis fliegen könnten. Nur hat Nord ihn da sofort unterbrochen.«

»Ehrlich gesagt, habe ich das nicht für wichtig gehalten.«

»Bisher hat Nord doch immer von den Purpurbergen gesprochen ...«

»Worauf willst du eigentlich hinaus?«

»Auf nichts weiter. Ich würde nur gern verstehen, was die *Donner* in Kornevis verloren hat.«

»An der Küste gibt es immerhin noch einige Städte. Vielleicht hat Nord in denen etwas zu erledigen. Vielleicht gibt es im Innern von Kornevis, mitten im Nebel, den Sümpfen und den alten Ruinen aber auch eine Schatztruhe, die er dort versteckt hat. Warum beschäftigt dich das so, Lass?«

»Nord hat von mir die zweite Hälfte für den Schlüssel erhalten, die er seit Jahren gesucht hat, um die *Fuchsschwanz* zu retten. Ich an seiner Stelle wäre also unverzüglich zu den Purpurfelsen aufgebrochen. Aber Gedher hat Kornevis ins Spiel gebracht.«

»Ach was«, wiegelte Ogg ab. »Du kennst diese Gnome doch! Ihre Zunge spuckt wer weiß was aus und steht keineswegs auf freundschaftlichem Fuß mit dem Hirn.«

»Meiner Ansicht nach gibt es in dieser Geschichte zu viele Ungereimtheiten. Du kannst den Margudiern eine Menge nachsagen – aber nicht, dass sie völlig den Verstand verloren haben. Sie sind unangenehm, das zweifellos, aber sie sind nicht auf das Ende dieser Welt erpicht.«

»Die Wahrheit werden wir wohl nie herausfinden«, sagte Ogg.

»Doch – wenn wir die *Donner* noch einmal besuchen.«

»Das soll ein Scherz sein, oder?«, fragte er. »Wenn wir da noch einmal auftauchen, bräuchten wir einen wirklich guten Grund.«

»Darüber denke ich gerade nach. Vielleicht fällt mir einer ein, nachdem ich jemand ganz Bestimmtes gesprochen habe.«

Oggs Miene verfinsterte sich. Obwohl ihm mein Plan überhaupt nicht gefiel, versuchte er nicht, mich davon abzubringen.

Ich hämmerte mit der Faust an Schiefnases Tür.

»Wer ist da?«, erklang die tiefe Stimme des Ogers.

»Lass.«

»Es ist offen, Lass.«

Schiefnase saß auf dem Bett und schnürte sein Holzbein an den Stummel des Schenkels.

»Ich habe dich und Ogg schon seit ein paar Wochen nicht mehr in der *Kehrtwende* gesehen«, sagte er und griff mit seiner Riesenpranke nach einer Flasche, aus der er sogleich einen Schluck nahm. »Willst du auch ein Gläschen?«

»Heute nicht.«

Während Schiefnase sich noch anzog, trat ich an die Wand, an der ein kleiner Stich hing.

»Du hast mir doch erzählt, das sei die *Steinstumpf*. War sie ein gutes Schiff?«

»Die Fregatte von Kapitän Wu?«, fragte er und kam mit seinem Holzbein herangestapft. »Das beste. Sämtliche Luftpiraten haben es gefürchtet.«

»Ich würde dich gern was zu Nord fragen.«

»Wenn's denn sein muss«, stieß er seufzend aus.

»Was hast du gegen ihn?«

»Er ist ein Dreckskerl. An deiner Stelle würde ich mich von ihm fernhalten. Angeblich ist er ja so ein Glückspilz, dass du an seiner Seite gar nicht verlieren kannst. Behaupten jedenfalls alle.« Er rieb sich über die Narbe an seinem Kinn. »Aber wenn du mich fragst, gehst du ein großes Risiko ein, wenn du mit ihm in den Kampf ziehst.«

»Aber seine Mannschaft würde für ihn durchs Feuer gehen.«

»Stimmt. Aber das sind alles alte Hasen am Himmel, die seit zehn Jahren mit ihm fliegen. Sie haben mit ihm sämtliche Lüfte und Wolken durchquert, sind mit ihm abgestürzt ... Ich bin der Erste Offizier unter Kapitän Wu gewesen.« Mein verwunderter Blick entging Schiefnase nicht. »Das hast du nicht gewusst? Ha! Fünfzehn Jahre lang war ich seine rechte Hand, davor habe ich schon zehn Jahre als Steuermann für ihn gearbeitet. Ich war dabei, als unsere kleine Flotte aus der Wiege gehoben wurde. Und bevor ich mich aufs Altenteil zurückgezogen habe, da habe ich so mancherlei erlebt. Ich kenne Nord, seit er als einfacher Flieger zu uns gestoßen ist. Alles, was er erreicht hat, das hat er Kapitän Wu zu verdanken.«

»Dann hat Wu ihn zum Kapitän gemacht?«

»Ja, aber nicht gleich. Der Junge hat gute Anlagen gezeigt, und Wu hat ihn gefördert. Nur war unser guter, alter Ork nicht gerade der umgänglichste Kerl. Trotzdem – von seiner Sache hat er was verstanden. Und all das hat er Nord beigebracht. Obwohl es oft Streit zwischen ihnen gegeben hat. Wu hat kein Risiko gescheut, Nord immer an seine Mannschaft gedacht. Da sind sie halt oft aneinandergeraten. Die konnten sich anschreien – da bist du glatt ertaubt.«

»Und wer hatte am Ende recht?«

»Das wage ich nicht zu entscheiden«, gab Schiefnase zu. »Aber bei Wu standen Beute, Geld und Ruhm immer an erster Stelle. Nord konnte auf eine Gallone Gold verzichten, wenn er der Ansicht war, die Mannschaft könnte herbe Verluste erleiden. Dennoch kamen die beiden alles in allem gut miteinander zurecht und haben gemeinsam den Himmel durchpflügt. Bis Alissa auftauchte.«

»Was dann geschehen ist, kann ich mir denken.«

»Eben! Beide haben sich Hals über Kopf in sie verliebt! Ständig gab es deswegen Zank zwischen ihnen. Alissa hat sich dann für Wu entschieden, aber Nord hat das nicht hingenommen. Die beiden haben sich sogar geprügelt, dabei hat Wu Nord vor versammelter Mannschaft eine ordentliche Abreibung verpasst.«

»Auch vor Alissa?«

»Auch vor ihr«, antwortete Schiefnase grinsend. »Danach hat Nord sich einfach davongemacht, hat uns vor einem wichtigen Kampf im Stich gelassen. Alissa hat Wu gebeten, sich mit ihm zu versöhnen und Nord zum Bleiben zu veranlassen, aber der hat versichert, wir kämen auch ohne Nord klar.«

»Und? Seid ihr das?«

»Ja. Aber viele Mitglieder der Mannschaft haben dabei ihr Leben gelassen. Ich habe beim Entern mein Bein verloren, danach war es für mich vorbei mit dem Himmel. Wenn Nord noch bei uns gewesen wäre, dann wäre all das vermutlich nicht geschehen.«

»Deshalb bist du also so schlecht auf ihn zu sprechen …?«

»O nein, das bestimmt nicht. Am Ende unseres Trios trugen alle die Schuld. Wu, der die Schlägerei angefangen hatte und sich dann nicht wieder mit Nord aussöhnen wollte, und auch Alissa, die ihn nicht aufgehalten hat. Und ich werfe Nord mit Sicherheit nicht vor, dass ich mein Bein verloren habe, das wäre töricht.«

»Was ist es dann?«

»Ihm haben wir es zu verdanken, dass die *Steinstumpf* und die *Fuchsschwanz* zerstört wurden. Ein Jahr nach diesem Streit wurde Nord gebeten, am Krieg gegen die Margudier teilzunehmen. Er wiederum hat sich an Wu und Alissa gewandt. Wu wollte natürlich ablehnen, aber Alissa konnte ihn überzeugen, sich Nord anzuschließen. Beide Fregatten begaben sich zu den Purpurbergen – wo sie dann untergingen. Während die *Donner* nach wie vor fröhlich ihre Bahnen am Himmel zieht!«

»Im Krieg muss man immer mit dem Tod rechnen.«

»Nur tröstet mich das nicht, Lass. Viele glauben, dass Nord schuld am Tod der Mannschaften dieser beiden Schiffe ist. Sie behaupten, er habe sie feige im Stich gelassen, wie er das schon einmal getan hat. Gut, das sind alles Gerüchte ...« Schiefnase seufzte schwer. »Beweise gibt es dafür nicht. Seine eigene Mannschaft schweigt sich aus, auf die Schildkröteninsel kommt er nicht allzu häufig. Stattdessen treibt sich die *Donner* ständig am Himmel rum und prügelt sich mit den Margudiern, als wäre damit irgendwem geholfen. Meiner Ansicht nach wäre es besser, wenn Nord sich überhaupt nicht mehr bei uns blicken lassen würde, sodass die alten Wunden endlich verheilen könnten. Soll er doch in seinem Kornevis hocken oder irgendwo über dem Westlichen Kontinent rumfliegen!«

»In Kornevis?«, hakte ich sofort nach. »Warum ausgerechnet dort?«

»Er hat da einen Stützpunkt, mitten auf dem Kontinent, in einer alten Stadt, unmittelbar neben dem Vorhof zur Kehrseitenwelt.«

»Bitte?!«

»Du hast ganz richtig gehört. Dort verläuft eine der Grenzen zwischen den Welten. Wenn auch eine kurze, sie ist nur dreihundert Yard lang. Wu und ich haben sie zufällig entdeckt, kurz nachdem die *Steinstumpf* gebaut worden war.«

Schiefnase schenkte sich Rum nach.

»Ich muss los«, sagte ich und stand auf. »Aber danke, dass du mir die Geschichte erzählt hast.«

Schiefnase sah mich forschend an.

»Du bist mir immer willkommen«, sagte er schließlich.

Ogg saß vorm Fahrgestell der *Hornisse* und berechnete etwas auf der schwarzmagischen Tafel.

»Und?«, fragte er.

»Weißt du eigentlich, dass Nord einen Stützpunkt in Kornevis hat?«

»Hör ich zum ersten Mal.«

»Und der liegt auch noch ausgerechnet in der Nähe eines Vorhofs der Kehrseitenwelt. Auf dem Kontinent verläuft nämlich ebenfalls eine Grenze zwischen den Welten.«

»Allmählich wird das immer verwirrender«, murmelte Ogg. »Kornevis, die Kehrseitenwelt, diese ganze Geschichte Nords ... Was wollen wir jetzt machen?«

»Wir?«

»Du glaubst doch nicht allen Ernstes, dass ich nicht wissen will, wie diese bemerkenswerte Geschichte endet?«, schnaubte er. »Also, was unternehmen wir?«

»Zur *Donner* zurückkehren. Ich habe Nord diesen Anhänger gegeben – und so langsam frage ich mich, ob das nicht voreilig war.«

»Das heißt, wir gehen aufs Schiff und sagen: ›Kapitän, wir haben den Verdacht, dass Ihr uns etwas verheimlicht. Rückt also unverzüglich mit der ganzen Wahrheit raus!‹ Das Gesicht, das er dann machen würde, das würde ich allerdings schon gerne sehen ...«

Ogg nahm mir meinen Rucksack ab und verstaute ihn im Fach für Gepäck.

»Während ich auf dich gewartet habe, habe ich vorsichtshalber Karten von Kornevis besorgt, die Bienenstöcke nachgeladen und Wasservorrat für die Kühlanlage besorgt.«

»Bestens! Dann lass uns aufbrechen!«

Wir flogen nach Nordosten, immer weiter weg von den Vereinten Inseln.

Nach einem ganzen Tag in der Luft begann der blaue Himmel sich allmählich zu verdunkeln. Die *Donner* hatten wir immer noch nicht eingeholt.

»Wenn sie nachts die Lichter löschen, fliegen wir einfach an ihr vorbei!«, ließ Ogg seinem Ärger freien Lauf.

»Was schlägst du vor?«

»Wenn wir sie bis Einbruch der Nacht nicht gesichtet haben, fliegen wir nach Kornevis. Vielleicht finden wir sie morgen.«

»Gibt es an der Küste von Kornevis Landestreifen?«

»Laut Karte nicht.«

»Dann werde ich unseren Vogel halt ohne runterbringen.«

»In völliger Dunkelheit?«

»Vertrau mir, ich schaffe das. Das ist immer noch besser, als wenn wir am Himmel kreisen und die Kräfte des Dämons ohne Sinn und Zweck vergeuden.«

»Gut, dann berechne ich den Kurs«, stimmte er zögernd zu.

»Ich suche uns eine Ebene, damit wir nicht in einen der unzähligen Hügel da rasen. Und halt du derweil die Augen offen! Möglicherweise entdecken wir die *Donner* ja doch noch.«

Doch der Himmel blieb nach wie vor leer. Niemand hegte den dringenden Wunsch, von den sonnigen Vereinten Inseln zum sumpfigen, kalten, stinkenden Kornevis zu gelangen. Die Einzigen, die uns hier zuweilen Gesellschaft leisteten, waren Vögel, die als riesige Schar grauer Punkte unter uns dahinzogen – in die entgegengesetzte Richtung.

Ich aß rasch ein wenig Gebäck und spülte es mit Wasser aus der Flasche hinunter. Besorgt beobachtete ich die sinkende Sonne. Die Zeit lief uns davon …

»Da!«, rief Ogg mit einem Mal aus. »Links! Siehst du sie?!«

Weit vor uns bewegte sich dicht über dem Meer ein kleiner Punkt.

»Gib ihnen ein Signal!«

Ich ging langsam tiefer, während Ogg die Signalfeuer abgab, die auch in einer Entfernung von etlichen Meilen noch zu sehen waren.

Prompt kamen denn auch zwei Punkte auf uns zu. Nach wenigen Minuten erreichten uns eine *Rüpel* und eine *Hammer der Tiefe*. Das vordere Aeroplan wackelte mit den Flügeln, um uns zu begrüßen.

»Sie lassen uns landen«, entnahm ich den Signalen, die vom Klipper abgegeben wurden. »Wir können unter den Kiel gehen.«

»Aber langsam, denn wir haben Ostwind mit einer Stärke von fünf Knoten. Ich habe den Dämon unter Kontrolle. Ah, sie lassen die Landemasten runter.«

Zwei gerippte Metallplanken schoben sich aus Kehlen an den Schiffseiten heraus. Eine Reihe blendender Feuer loderte auf. Ich brachte die Spitze unserer *Schwalbe* zwischen die beiden Streben und drosselte die Geschwindigkeit aufs Äußerste.

Dann wurden wir sozusagen in die Zange genommen, wodurch das Aeroplan kurz wackelte.

»Das war's«, sagte ich und streifte die Handschuhe ab. »Dann wollen wir mal mit dem Herrn Kapitän reden.«

Inzwischen hatte sich die Dämmerung so weit verdichtet, dass ich die Strickleiter nur noch mit Mühe ausmachen konnte. Ogg kletterte als Erster hinauf. Er war froh, nach dem langen Flug endlich wieder unter der Glashaube herauszukommen.

An Deck warteten Gedher und Wedhal auf uns.

»Wer hätte gedacht, dass wir uns so schnell wiedersehen?!«, säuselte Gedher. »Hattet ihr Sehnsucht nach uns?«

»Klar«, antwortete Ogg. »Ohne dich vergehe ich einfach vor Einsamkeit.«

»Mal ehrlich, was wollt ihr?«

»Mit Nord sprechen.«

»Das dürfte schwierig werden. Er und Nahywa sind nämlich ausgeflogen, um die Gegend auszukundschaften. Sie kommen erst morgen früh zurück. Aber da wäre ja auch noch Roch«, sagte Gedher und nickte in Richtung der Brücke. »Redet mit ihm.«

Über eine Wendeltreppe gelangten wir zur Brücke. Roch trug gerade etwas in das Logbuch ein. Nicolas saß über die schwarzmagische Tafel gebeugt da und hob nicht einmal den Kopf, um uns zu begrüßen. Papay hatte es sich auf den Planken bequem gemacht und rührte mit einem silbernen Löffel seinen Kaffee um.

»Das nenn ich eine Überraschung!«, sagte er grinsend. »Habt ihr Post für uns?«

»Diesmal nicht«, antwortete ich ebenfalls grinsend. »Wir wollten mit Nord reden, aber wir haben schon gehört, dass er nicht da ist.«

»Stimmt«, sagte Roch, der eine Feder ins Tintenfass steckte. »Ich vertrete ihn aber und bin bereit, auf jede eurer Fragen zu antworten.«

»Das ist eine persönliche Angelegenheit«, erklärte Ogg freundlich. »Tut mir leid, Roch, aber du kannst uns in dem Fall nicht weiterhelfen.«

Die kalten Augen Rochs verengten sich zu Schlitzen.

»Was soll diese Geheimniskrämerei …? Aber gut, da ich euch nicht helfen kann, müsst ihr wohl ein andermal wiederkommen.«

»Du willst sie ja wohl nicht mitten in der Nacht davonjagen?!«, brachte Papay heraus. »Gib ihnen ihre alten Kojen, und Schluss.«

»Ihr Dämon muss sich auch erholen«, ergriff Nicolas ebenfalls für uns Partei. »Lass sie also hier übernachten.«

Roch gefiel dieser Vorschlag nicht.

»Gut«, murmelte er trotzdem. »Die Kehrseite sei mit euch, Kuriere! Ich hoffe, was ihr von Nord wollt, ist wirklich wichtig. Nehmt die Kajüte, die ihr auch beim letzten Mal hattet. Morgen ist der Kapitän wieder da, da werdet ihr dann ja wohl mit der Sprache herausrücken!«

23. KAPITEL, *in dem ungebetene Gäste eintreffen*

Als die Sonne am Morgen gerade hinterm Horizont hervorkroch und sich die Wolken überm Meer lichteten, stand ich bereits am Oberdeck und hielt nach Nord und Nahywa Ausschau.

Ich lehnte an der Reling und spähte zum Horizont. Irgendwann kam Ogg zu mir, der finster dreinschaute und sich in meiner Nähe auf die Planken setzte. Als Nächstes tauchte aus der Luke, die zu den Unterdecks führte, der Kopf von Wedhal auf. Sich den Schlaf aus den Augen reibend, schlurfte er zu einem der Sturmflügel. Dort putzte er sich die Zähne und spuckte das Wasser in die Tiefe. Danach deutete er auf die über uns hängenden Wolken.

»Sie kommen!«

Zwei *Hammer der Tiefe* erschienen eine Meile vor der *Donner*, beschrieben einen Kreis und setzten am Heck zur Landung an. Halterungsanlagen sicherten sie von beiden Seiten. Nahywa klappte die Glashaube hoch und winkte uns zu.

»Ich habe eure *Hornisse* unterm Kiel gesehen«, sagte sie. »Habt ihr was bei uns vergessen?«

Gerade als ich ihr antworten wollte, tauchten aus den Wolken drei schwarze Punkte auf, danach etwas weiter rechts von ihnen noch vier. Ich verengte die Augen zu Schlitzen, um zu erkennen, wer da auf uns zuflog.

»Alarm!!!«, schrien der Bootsmann, die Posten und ich wie aus einem Munde.

Als ich zu einem Bienenwerfer eilte, heulten auch die Lathimeren los. Ihr tiefes Jaulen versetzte die gesamte Mannschaft in

Bereitschaft. Ich berührte bereits ein Kristall, um die Feuerbienen zu wecken, und richtete das Fadenkreuz auf eine der margudischen *Hauer* aus. Noch waren die Aeroplane für einen Schuss zu weit weg...

»Die Schützen an die Waffen!«, erklang neben mir die Stimme Kapitän Nords. »Anlegebrigaden! Haltet euch bereit! Roch! Die Löschmannschaften an die Reling!«

Er schrie noch weiter, doch das verstand ich schon nicht mehr – denn die ersten drei Aeroplane eröffneten das Feuer. Eine ganze Salve smaragdgrüner Geschosse flog auf die *Donner* zu. Die magischen Schilde loderten auf. Eine Kanone am Bug krachte. Nachdem ich noch drei Herzschläge lang gewartet hatte, nahm auch ich den Beschuss der Feinde auf.

Der Bienenwerfer erzitterte und spuckte mit dumpfem Heulen einen Schwarm Insekten aus den langen, geriffelten Läufen. Da der Feind gerade über uns hinwegflog, bohrten sich die Feuerbienen in den Boden des einen Aeroplans und ließen im Innern alles in Flammen aufgehen. Eine *Hammer* heftete sich bereits der zweiten *Hauer* an die Schwanzflosse, wobei sie zwischen den purpurroten Geschossen und den blauen Blitzen ihre Haken schlug. Explosionen brachten den Himmel zum Glühen, Feuerastern erblühten, Geysire von Spänen und Scherben spritzten durch die Gegend. Zwei *Hauer* und zwei *Asseln* der Margudier waren vernichtet worden, aber drei Aeroplane setzten ihre Bewegung unverändert in unsere Richtung fort.

Die *Donner* neigte sich stark auf die Seite und leitete eine Kehrtwende ein, sodass ich mich an den Bienenwerfer klammerte, damit ich nicht fiel. Im Fadenkreuz sah ich eine längliche Silhouette, um die herum Schilde schillerten, eine *Assel*. Sie ging tiefer, legte einen Salto hin, explodierte mit einem ohrenbetäubenden Knall und spuckte ihren Dämon aus...

Die beiden noch verbliebenen Aeroplane flogen auf Schussweite an uns heran und ließen ihre Kanonen sprechen. Keine Ahnung, was für Geschosse sie einsetzten, aber unser Schild, dem nicht einmal die frontale Salve einer Fregatte etwas anhaben konnte, versagte.

Unsere Blitze zischten dennoch wie Schlangen und vereitelten damit einen zweiten Angriff. Aus den Wolken tauchte jedoch bereits eine neue Gefahr auf.

»Schnapper!«, schrie jemand.

Schlecht! Unter den Böden der frisch eingetroffenen Aeroplane saßen jene Geschosse, die nur zu gerne die Dämonen großer Schiffe verschmausten. Sie durften uns auf gar keinen Fall zu nahe kommen.

»Die Topasflamme!«, befahl Papay irgendwo von steuerbord. »Feuer!«

Am Oberdeck krachten die Kanonen, die Planken unter mir bebten. Den Himmel sprenkelten im weiten Umkreis glitzernde Edelsteine, die den dritten Angriff verhindern würden.

Die beiden *Rüpel* und zwei *Hammer* stiegen steil auf, um die Margudier anzugreifen.

»Zielt ausschließlich auf die Aeroplane mit den Schnappern!«, befahl Nord von der Kapitänsbrücke.

Ich schoss erneut, bis die Läufe des Bienenwerfers schmauchten. Jemand bespritzte die Kanone prompt mit Wasser, zwei andere luden rasch nach, sodass ich das Feuer wieder eröffnen konnte ...

»Die vierte Welle rückt an! Von vorn!«

Ein schweres Geschoss ging in einer Topasflamme auf. Gleich mit dem ersten Schuss wurde das führende Aeroplan in einer Höhe von zweihundert Meilen über uns vom Himmel geholt. Die brennenden Einzelteile fielen in die Tiefe. Das hinderte die überlebenden Margudier freilich nicht daran, uns weiter zu beschießen.

»Manöver!«, befahl Nord dem Steuermann.

Die *Donner* schlug Haken und wurde durchgeschüttelt wie ein zerbrechlicher Kahn bei Sturm.

Die ersten Geschosse pfiffen noch an uns vorbei und versanken in der Tiefe. Dann jedoch kamen sie der linken Seite ziemlich nahe. Und schließlich traf eines den Bugspriet. Als er krachend abbrach, bebte der Klipper. Ich feuerte einen Schwarm Feuerbienen in den Bug einer *Assel*, die gerade ihren Sturzflug beendete. Danach vollendeten zwei Blitze vom Achterdeck mein Werk, indem sie das Aeroplan in eine fliegende Fackel verwandelten.

Die Mannschaft schleppte derweil mit eingespielten Gesten aus dem Frachtraum schwere Steinpyramiden heran, die sie in Kehlen am Deck einpasste. Wir hatten wieder einen magischen Schild!

Dann fiel eine *Hammer der Tiefe* senkrecht in die Tiefe, einen schwarzen Rauchschweif hinter sich herziehend.

»Verflucht sollt ihr sein!«

Ich schickte die nächste Salve in den Raum. Es dauerte nicht lange, bis der *Hammer* eine *Hauer* folgte. Die Feuerbienen hatten sich ihr in den Bug gebohrt und sich durch den Rumpf zum Schwanz gefressen. Der Vogel explodierte so nahe bei der *Donner*, dass ich fast ertaubte.

»Feuer!«, erschallte Nords Stimme. »Papay, überzieh sie mit Geschossen! Roch, wir gehen nach steuerbord!«

Eine weitere Welle margudischer Angreifer kam in breiter Formation auf uns zu – und wir hatten keine Deckung durch Aeroplane. Die *Donner* feuerte erneut eine Salve ab, worauf für kurze Zeit alles in Pulverdampf versank. Nachdem er sich wieder verzogen hatte, gab es am Himmel keine einzige *Assel* mehr.

Mein Bienenwerfer spuckte mittlerweile kein einziges Insekt mehr aus. Außerdem war der Lauf durch ein derart spitzes Eisenstück beschädigt worden, dass ich mir lieber nicht vorstellte, was geschehen wäre, wenn dieser Säbel mich erwischt hätte.

»Warum schießt du nicht?!«, fuhr mich der Bootsmann an, dessen Gesicht völlig verrußt war.

Ein Blick genügte ihm jedoch, um zu begreifen, dass die Waffe untauglich geworden war.

»Geh zum Bug!«, befahl er. »Dort brauchen sie Hilfe!«

Als ich dorthin ging, musste ich über am Boden liegende Leichen springen. Und dann explodierte unmittelbar vor meinen Augen etwas. Ich wurde nach hinten geschleudert, fiel auf die Planken, stand wieder auf – und hörte nur noch ein tiefes Dröhnen.

Sie hatten uns doch noch erwischt. Ein Geschoss hatte den Bug und das Deck zerhackt. Doch die Löschmannschaften setzten bereits an, dem dort tobenden Feuer den Garaus zu machen. Neben einem der Blitze lag ein betäubter Halbling. Ein Sanitätstroll kümmerte sich bereits um ihn. Ich übernahm seinen Platz an der Waffe und hielt am Himmel nach dem Gegner Ausschau. Der kam von rechts, bereits schwer angeschlagen und in Rauchwolken gehüllt. Wir überzogen ihn mit einer Salve. Dann wurde mit einem Mal alles erstaunlich still.

Der Angriff der Margudier war abgewehrt.

Die Kapitänskajüte sah grauenvoll aus: Die Fenster waren eingeschlagen, die Holzverkleidung an den Wänden und die Wand des Schranks zertrümmert. Der Wind pfiff durch den Raum und wirbelte die Papiere vom Schreibtisch durch die Luft.

Ich stand neben einem der zerbrochenen Bullaugen und beobachtete unsere Verfolger. Die Vorhut der Margudier war uns wieder auf den Fersen. Zwei Schaluppen, eine Korvette und eine Fregatte flogen in einer Linie hinter unserem Heck her. Noch vor einer Stunde hatten uns zwanzig Meilen von ihnen getrennt, inzwischen waren es weniger als zehn. Die *Donner* war noch stärker beschädigt worden, als wir befürchtet hatten. Es würde nicht mehr lange dauern, dann hätten wir dieses Wettfliegen verloren.

»Bis Kornevis sind es weniger als hundert Meilen«, teilte Nicolas dem Kapitän mit. »Ich habe eine günstige Strecke berechnet, fürchte allerdings, dass die Margudier auf Schussweite heran sind, noch ehe wir uns im Nebel verstecken können.«

»Geh noch fünfzig Yard runter. Wir fliegen dicht überm Wasser. Das stachelt unsere Dämonen an«, sagte Nord. »Ist der Schadensbericht fertig?«

»Ja«, antwortete Roch. »Das Feuer ist gelöscht. Aber die Explosion hat das erste und zweite Schott zerstört sowie alle Kühlanlagen. Deshalb dürfen die Dämonen nicht mit voller Kraft arbeiten. Wir versuchen bereits, alles wieder herzurichten, aber es wird noch eine Weile dauern, bis wir wieder Höchstgeschwindigkeit erreichen. Die Schiffszimmerer machen das Deck wieder flott, prüfen die Planken, befestigen die Panzerverkleidung und setzen die Schotte instand. Das rechte Schaufelrad hat starke Schäden davongetragen. Es dreht sich jetzt viel langsamer als das linke. Deshalb haben wir eine Neigung des Schiffs von neun Grad zu beklagen. In der Luft können wir diese Schäden jedoch nicht beheben. Dafür bräuchten wir ein Dock und Ersatzteile.«

»Was ist mit unserer neuen Waffe, Papay?«, fragte Nord und rieb sich die müden Augen.

»Da gibt's nichts Gutes zu berichten, Kapitän«, antwortete Papay und seufzte schwer. »Ein Geschoss hat die Drehvorrichtung beschädigt. Die Kanone lässt sich nur noch fünfzehn Grad in der Horizontalen und fünfundzwanzig in der Vertikalen bewegen.«

»Was, wenn ich die *Donner* in eine Position bringe, aus der deine Leute trotzdem das Feuer auf unsere Verfolger eröffnen könnten?«

»Einer der Läufe hat einen Riss«, antwortete Papay nach kurzem Nachdenken. »Einen Schuss würde unsere Schöne schon noch verkraften, danach könnte sie allerdings gut und gern selbst in die Luft fliegen.«

»Ich weiß, dass Ihr gekommen seid, um mit mir zu sprechen«, wandte sich Nord nun an uns. »Aber die Umstände … Das geht jetzt einfach nicht.«

»Das verstehen wir doch, Kapitän. Wir können warten.«

»Für mich wäre es wichtiger, dass der Statthalter umgehend Mitteilung von diesem Angriff erhält«, erwiderte er. »Daher würde ich Euch bitten, ihm eine entsprechende Nachricht zu überbringen.«

»Nur fürchte ich, dass wir nicht von hier wegkommen«, sagte Ogg, der gegen die Wand gelehnt dastand. »Dazu sind wir zu tief. Wenn Ihr uns ausspuckt, landet unsere *Schwalbe* im Meer.«

»Da hat er recht«, bestätigte Nicolas. »Und wenn wir die *Donner* jetzt hochbringen, verlieren wir noch mehr an Geschwindigkeit.«

»Warum nehmen wir dann nicht endlich den Kampf auf?«, sagte Gedher, der bereits seine Pfeife gestopft hatte und jetzt zu einem wütenden Drachen geformten Rauch ausstieß. »Bringen wir es hinter uns und hauen uns aufs Ohr!«

»Vielleicht hast du recht«, erwiderte Nord. »Die Entermannschaften sollen sich bereithalten.«

»Kapitän«, sagte Roch leise. »Ein Vergleich spricht aber nicht gerade für uns. Wir sind angeschlagen, die werden uns zermalmen.«

»Du hast die Berichte gesehen und gehört, was Nicolas gesagt hat. Entkommen werden wir den Echsen eh nicht. Uns bleibt gar nichts anderes übrig, als uns zu stellen. Und mit etwas Geschick werden wir die Margudier ein für alle Mal los.«

»Warum kämpfen?«, hielt Roch dagegen. »Sie brauchen den Schlüssel. Deshalb sind sie uns auf den Fersen. Geben wir ihnen den doch, dann ziehen sie womöglich ab.«

»Bitte?!«, entrüstete sich Gedher und sprang sogar auf. »Wir sollen die Segel streichen?! Wir sollen diesen Echsen kampflos unsern Schlüssel überlassen?! Sag mal, hat es dir das Hirn weggepustet?!«

»Ganz ruhig, Gedher«, bat Nahywa. »Niemand hat vorgeschlagen zu kapitulieren.«

»Natürlich hat er das! Und der ist Erster Offizier!« Gedher wies mit seinem wurstdicken Finger auf Roch. »Schämen sollte der sich! So weit kommt es noch, dass ein Gedher den Kopf vor einem kaltblütigen Lurch beugt!«

»Wir werden nicht mit ihnen verhandeln, Roch«, sagte Nord. »Das würde zu nichts führen. Glaub mir, ich hätte diesen Vorschlag selbst gemacht, wenn ich die Margudier nicht besser kennen würde. Sie würden keinen von uns am Leben lassen.«

»Aber wir schicken die Mannschaft in den sicheren Tod!«

»Das ist nicht gesagt!«

»Kapitän!«, schnaubte Roch. »Sie haben vier frische Schiffe, wir eins – und das hat bereits gelitten. Wir schleichen ja nur noch dahin! Außerdem ist unsere Hauptwaffe ausgefallen!«

»Dafür haben wir noch Aeroplane«, sagte Nahywa. »Im Gegensatz zu denen. Wir haben alle ihre Staffeln zerstört, dabei aber selbst nur eine *Hammer* verloren. Wenn ich mit unsern fünf

Vögeln aufsteige, müssten wir ihre Fregatte beschädigen können. Wir zielen auf die Schaufelräder, das verschafft uns den nötigen Spielraum, die anderen zu erledigen.«

»Du hast recht, Nahywa«, sagte Nord, »die Fregatte ist unser gefährlichster Gegner. Sie muss unbedingt ausgeschaltet werden. Die Männer sollen die Aeroplane mit Geschossen bestücken. Werft sie ab und kommt danach sofort zurück! Bevor sie das Feuer auf euch eröffnen können.«

»Warum hasst du die Margudier so?«, fragte Roch. »Warum lässt du dich nicht auf Verhandlungen ein?«

»Anders herum wird ein Schuh daraus! Wenn es nach mir ginge, würde ich den Margudiern kein Härchen krümmen. *Sie* sind es, die keine Ruhe geben, sondern uns ständig auf die Pelle rücken. Als hätte ihnen jemand verraten, wo sich die *Donner* gerade befindet. Deshalb werden *sie* sich auch niemals auf Verhandlungen einlassen.«

»Wenn sie den Schlüssel erhalten, sieht die Sache vielleicht anders aus. Deshalb bin ich bereit, mein Leben aufs Spiel zu setzen und bei ihnen als Parlamentär vorstellig zu werden. Verhandeln wir mit ihnen.«

»Und lassen die *Fuchsschwanz* in der Kehrseitenwelt?«, entgegnete Nord in scharfem Ton. »Das kommt überhaupt nicht infrage, Roch!«

»Greifen wir sie an! Wir dürfen auf gar keinen Fall klein beigeben«, eiferte sich Gedher. »Wir Gnome haben mit diesem Verhalten noch jede Schlacht gewonnen! Ich bin dafür, dass wir ihnen den Hintern versohlen!«

»Ich kenne die Gesetze des Himmels«, sagte Roch daraufhin. »Deshalb fordere ich, dass wir diese Entscheidung der Mannschaft vortragen. Sie betrifft alle. Daher müssen alle darüber abstimmen.«

Eine Sekunde lang sah Nord ihn finster an.

»Gut, du sollst deinen Willen haben«, lenkte er dann ein. »Nahywa, hole bitte die drei Vertreter der Mannschaften!«

Nachdem sie das Zimmer verlassen hatte, breitete sich eine peinigende Stille aus. Ich suchte Oggs Blick. Dieser zuckte kaum merklich mit den Schultern. Kurz darauf kam Nahywa in Begleitung von Legusamo, dem Bootsmann und dem Sanitätstroll zurück.

Ihnen wurde in knappen Worten auseinandergesetzt, worum es ging.

»Ihr kennt nun beide Seiten«, sagte Nord mit steinerner Miene. »Müsst ihr euch untereinander beraten?«

»Das ist nicht nötig, damit würden wir nur Zeit verlieren«, antwortete der Bootsmann für alle drei. »Die Mannschaft steht hinter dir, Kapitän.«

»Danke. Die Stimme der Mannschaft habe ich also. Hören wir jetzt, wie die Offiziere entscheiden. Meine Meinung ist allen bekannt. Nahywa?«

»Keine Verhandlungen.«

»Nicolas?«

»Keine.«

»Papay?«

»Wir alle wissen, was auf dem Spiel steht. Sie wollen den Schlüssel, wir auch. Es hat uns alle viel Kraft gekostet, ihn in die Hände zu bekommen. Nun, da wir ihn haben, sollten wir uns die Margudier ein für alle Mal vom Hals schaffen. Und nicht vor ihnen auf Knien um Gnade winseln!«

»Roch?«

»Ich sehe keinen Sinn darin, die Mannschaft in den sicheren Tod zu schicken. Obendrein weiß niemand von uns mit Bestimmtheit, ob die Mannschaft der *Fuchsschwanz* noch lebt. Ihr mögliches Leben steht also gegen das tatsächliche Leben unserer Leute. Daher stimme ich für Verhandlungen.«

»Ich muss kotzen!«, spie Gedher verächtlich aus. »Nein, ziehen wir in den Kampf! Zeigen wir's denen!«

»Grey verschafft sich gerade einen Überblick über unseren Vorrat an Geschossen und Feuerbienen. Doch seine Stimme wird nichts mehr ändern. Die Mehrheit hat entschieden, in den Kampf zu ziehen«, hielt Nord fest. »Roch! Die Mannschaft soll sich zum Kampf bereitmachen! Alle Schützen ans Oberdeck! Gedher! Trommle deine Männer zusammen! Sie sollen sich aber vorerst noch zurückhalten. Papay! Sieh zu, dass unser Wunderwerk das Letzte gibt! Nahywa! Schärfe deinen Fliegern ein, was sie tun sollen. Dass mir ja alle auf die *Donner* zurückkommen, sobald ihr die Fregatte beschossen habt! Ich brauche eure Aeroplane noch.«

»Können wir irgendwie helfen?«, fragte ich.

»Ihr würdet uns helfen, falls Ihr notfalls dem Statthalter eine Nachricht überbringt ...«

»Gnom!«, rief Ogg daraufhin. »Leih mir deine Axt!«

»Das ist mal ein Kurier«, rief Gedher begeistert, »wie ich ihn mir lobe!«

24. KAPITEL, *in dem Kanonen krachen, Kugeln pfeifen und Blut fließt, während Nahywa und ich in Schwierigkeiten geraten*

»Das wird kein Zuckerschlecken!«, sagte Ogg, der mit dem Finger die Schärfe der Enteraxt prüfte.
Ich behielt das feindliche Geschwader im Auge.
Zwei Schaluppen trennte noch eine Meile von uns, die Fregatte und die Korvette drei Meilen. Der Plan der Echsen lag auf der Hand: Die Schaluppen sollten uns von achtern beschießen, dann würden die beiden größeren Schiffe nachrücken und die *Donner* in die Zange nehmen.
Vor zehn Minuten hatten wir die Küste von Kornevis erreicht. Nord hatte befohlen, höher zu gehen. Obwohl Papay noch immer an der verkeilten Wunderwaffe hantierte, schleppten fünf Mitglieder der Mannschaft bereits auf einem Wagen die in einem Eiskäfig verschlossenen Kugeln heran. Ihre Gesichter zeigten nicht die geringste Spur von Verzagtheit, im Gegenteil.
»Spitzohr, du kommst nicht mit zum Entern«, sagte Gedher nun, während er den Brustpanzer anlegte. »Ich hab genug Männer zum Hauen, aber es fehlt an Schützen. Hock dich also hinter den Bienenwerfer beim Aufbau und überzieh die Drecksechsen mit Feuerbienen! Halte sie auf Trab, damit sie gar nicht erst auf den Gedanken kommen, meine Jungs zu beschießen. Und du, Ork...«
»Ein Ork geht zum Entern!«, stellte Ogg wütend klar.
»Wenn du so darauf bestehst«, erwiderte Gedher unter schallendem Gelächter, »dann herzlich willkommen in der Entermannschaft. Du unterstehst Legusamo, er stürmt mit seinen Männern von achtern. Da kannst du zeigen, was in dir steckt. Geh zu Lies und lass dir von ihm einen Harnisch geben.«

Die Aeroplane waren bereits aufgestiegen und schossen mit wütendem Geheul vorwärts, gingen eine Meile höher und verschwanden in den Wolken. Nahywas Staffel würde erst ins Geschehen eingreifen, wenn wir den Kampf eröffneten und unser Gegner folglich zu beschäftigt wäre, den Angriff der Aeroplane abzuwehren.

Roch versuchte abermals, Nord davon zu überzeugen, dass sie verhandeln sollten. Der Kapitän erteilte ihm jedoch eine scharfe Abfuhr, worauf Roch sich von der Brücke zurückzog.

»Haltet euch bereit!«, schrie der Bootsmann, nachdem Nord einen entsprechenden Befehl erteilt hatte.

Danach ertönten gleich zwei Pfeifen, in sie stimmte das Geschrei der Lathimeren ein. Papays Einheit holte ein Geschoss aus dem Eiskäfig und stopfte es in einen der drei Läufe der Kanone. Papay selbst baute sich hinterm Fadenkreuz auf, hob den Arm und gab der Brücke damit das Zeichen, dass er bereit sei.

Nord stand aufrecht da, in bis obenhin zugeknöpfter Uniform und mit weißen Handschuhen, als zöge er nicht in den Kampf, sondern nähme eine Parade ab. Er befahl, beizudrehen und das Schiff in eine Position zu bringen, aus der Papay auch mit verkeilter Waffe schießen könnte. Die Sechzigpfünder spuckte mit lautem Donner ihren Feuerball aus, der im Flug immer stärker aufloderte. Einen Augenblick lang fürchtete ich, das Geschoss sei so langsam, dass der ersten Schaluppe ausreichend Zeit für ein Manöver bliebe, doch die Bahn der Kugel war exakt berechnet: Sie bohrte sich etwas unterhalb des zweiten Decks in die Schaluppe. Unmittelbar darauf erzitterte der Bug. Aus dem Frachtraum schlug eine Flamme hoch.

»Treffer!«, stieß ich aus.

Das Schiff wurde hochgeschleudert, wobei es beinah die zweite Schaluppe der Margudier aufgespießt hätte, und dümpelte dann weiter am Himmel dahin.

Die Mannschaft der *Donner* johlte begeistert.

Die zweite Schaluppe kehrte uns die Seite zu, feuerte aus allen Kanonen zugleich, verfehlte uns aber.

»Kapitän!«, schrie einer von Papays Männern. »Das war's! Die

Kanone ist verreckt! Papay sagt, noch ein Schuss, und sie fliegt uns um die Ohren!«

»Roch! Bereite die Waffen backbord vor!«, befahl Nord daraufhin. »Erledigen wir diese Echsen!«

Genau in dieser Sekunde durchbrach Nahywas Einheit die Wolken. Die Margudier nahmen sie sofort unter Beschuss, die Staffel setzte ihren Sturzflug auf die Fregatte aber dennoch fort.

Mit einem Mal überschlug sich das Aeroplan an der Spitze der Formation und ging in Flammen auf.

»Bei der Kehrseite!«, fluchte Gedher und ballte die Fäuste. »Aber das zahl ich euch heim, ihr verfurzten Echsen!«

Das zweite Aeroplan warf sein Geschoss ab, verfehlte den Feind jedoch. Dafür landeten die nächsten drei Treffer. Die Schaufelräder der Fregatte standen in Flammen. Im gleichen Augenblick stürzte auch endlich die erste Schaluppe in die Tiefe.

»Das wäre schon mal einer weniger!«, rief Wedhal aus.

Unsere vier Aeroplane brachten sich aus der Schlusslinie des Feindes und kehrten in breitem Bogen zu uns zurück. Nahywas Einheit hatte ihre Aufgabe erfüllt und die Fregatte beschädigt. Jetzt durften sie den Kampf nicht weiter fortsetzen, denn die Bienenwerfer würden bei einem Schiff, dem man nur mit schweren Kanonen beikam, nichts ausrichten.

»Nach backbord!«, befahl Nord. »Volle Kraft voraus! Wir müssen sie dazu bringen, ihre Formation aufzulösen, damit die Fregatte zurückbleibt!«

»O ja, wir sollten wirklich hoffen, dass die beiden anderen nicht auf dieses Ungeheuer warten«, sagte Ogg, der mit zu Schlitzen verengten Augen die Fregatte beobachtete, die immer langsamer wurde.

Und seine Hoffnung sollte sich erfüllen! Die Schaluppe nahm uns zwar in einem fort unter Beschuss, die Korvette aber blieb ein wenig zurück – während die Fregatte völlig abgeschlagen hinterherzuckelte.

»Kehrt gemacht!«, befahl Nord, und die *Donner* drehte bei.

Während die Schiffe aufeinander zuflogen, stand er auf der Brücke, die Hände auf dem Rücken verschränkt, und erteilte dem Mann am Steuerruder Befehle. Nord war die Ruhe selbst. Blieb die Frage, ob er uns die Wahrheit über Kamillas Kette gesagt hatte. Wozu brauchte er sie? Und stimmte diese ganze Geschichte mit den Margudiern?

Kaltblütig, als ginge es um einen Übungsflug, brachte er die *Donner* immer näher an die Schaluppe heran. Ich konnte seinen Mut nur bewundern. Ebenso wie seine Fähigkeit, die Einheit der Feinde zu sprengen, damit er sie sich einzeln vornehmen konnte.

»Feuer!«, schrie Papay, als wir seitlich neben die Margudier aufgeschlossen hatten.

Der Abstand zwischen den beiden Schiffen betrug nicht mehr als eine Viertelmeile.

Die Kanonen auf dem Waffendeck donnerten. Die Vierzigpfünder stimmte mit leichter Verspätung in den Lärm ein und spuckte ihre Geschosse dem Gegner in die Bordwand. Diese ging in Feuer auf, die ganze Schaluppe wurde in Rauch gehüllt. Auch die *Donner* bekam einige Treffer an der Panzerverkleidung ab, sie zitterte danach jedoch bloß.

»Noch einmal!«, schrie Nord.

Er stand noch immer stramm aufgerichtet da, für alle sichtbar und ohne diese widerlichen Echsen auch nur im Geringsten zu fürchten.

»Schlaft nicht ein, Jungs!«, trieb Gedher seine Männer an, die den Schützen helfen sollten.

Papays Einheit arbeitete wie am Schnürchen. Sie zog die Waffen von den Geschützpforten zurück, säuberte die Läufe und füllte Pulver nach. Ohne uns vorher groß zu verständigen, eilten Ogg und ich zu einer Kanone und halfen, sie wieder schussbereit zu machen.

Für die Vorbereitung der zweiten Salve war weniger als eine Minute nötig gewesen.

Abermals kam es zu einem gewaltigen Krachen, und das Deck erzitterte unter uns, als die Waffen schon wieder zurückgezogen wurden. In dem grauen Kokon um die Schaluppe taten sich zwei schmale vertikale Schneisen auf.

»Der Schild gibt nach!«, schrie Legusamo. »Noch mal!«

»Verdopple die Ladung, Papay!«, befahl Nord.

Die Kanoniere des Gegners waren weit weniger eingespielt, ihre zweite Salve ging erst los, als wir bereits unsere dritte vorbereiteten.

»Feuer!«, überschrie Papay den Lärm um uns herum.

Die Waffen krachten, und die *Donner* krängte, als befände sie sich auf hoher See. Aber endlich löste sich der graue Kokon auf. Die goldenen Blumen von Explosionen erblühten auf dem Deck der Schaluppe ...

»Treffer!«, schrie Ogg, »Wir haben das Steuerruder zerschmettert!«

Obwohl der Gegenangriff äußerst ungeschickt ausgeführt worden war, durchbrachen einige Geschosse unseren Schild und kamen dem Deck gefährlich nahe. Nord fiel der Dreispitz vom Kopf, seine Stirn blutete, aber er schien das nicht einmal zu bemerken. Er selbst ersetzte den verletzten Steuermann und drehte das Ruder scharf herum. Unser Klipper machte fast auf der Stelle kehrt. Nun sprachen die Kanonen auf der rechten Seite, und zwar gleich von zwei Decks.

Die Geschosse zerschlugen die Panzerung und zerlegten die Aufbauten. Die Echsen versuchten panisch, sich vor dem tödlichen Regen in Sicherheit zu bringen.

»Da habt ihr's, ihr Drecksechsen!«, brüllte Gedher.

»He, Elf!«, rief mir der Gehilfe des Bootsmanns zu. »Wir brauchen Pulver! Besorg uns welches! Und du, Ork, bring Geschosse her!«

Wir eilten zur nächsten Luke und bahnten uns durch graublauen Rauch den Weg hinunter. Ich packte den Erstbesten aus der Mannschaft bei der Schulter.

»Wo ist die Pulverkammer?!«, schrie ich aus voller Kehle.

»Noch ein Deck tiefer! Nach rechts! Du findest es schon!«

Als Ogg und ich dort durch einen dunklen Gang rannten, kamen uns bereits einige Menschen entgegen, die Pulver in Lederbeuteln schleppten.

»Es geht ganz schön heiß her, nicht wahr?«, keuchte Ogg. »Aber Nord verdient allen Respekt. Wenn wir jetzt die Schaluppe vor dem Eintreffen der Korvette erledigen, sieht die Sache für uns gar nicht mal schlecht aus. Ah! Da ist die Pulverkammer!«

»Was braucht ihr?«, fragte der Mann, der die Waffen herausgab.

»Pulver.«

»Für das Ober- oder für das Waffendeck?«

»Für das Oberdeck!«

Er drückte mir zwei schwere Beutel in die Hand.

»Komm damit aber ja nicht in die Nähe von offenem Feuer!«, warnte er mich. »Und du, Ork?«

»Geschosse für die Vierzigpfünder.«

»Kriegst du fünf weggeschleppt?«

Ogg nahm den schweren Gurt wortlos an sich und legte sich ihn über die Schulter. In diesem Augenblick bebte die *Donner*, von einem frontalen Treffer erwischt.

»Bei der Kehrseite!«, fluchte der Mann und stützte sich an der Wand ab, um nicht zu fallen. »Das war zu nah! Schlafen die da oben, oder was?!«

Wir eilten zurück, zusammen mit etlichen anderen, die Geschosse nach oben trugen. Und auch wenn meine Beutel wesentlich leichter waren als Oggs Gurt – sie wurden immer schwerer.

»Nur gut, dass meine Brüder nicht sehen, womit ich mich beschäftige! Oder du dich!«, brachte er plötzlich lachend hervor. »Zwei Fliegerasse als poplige Lastenträger!«

»In so einem Kampf ist jede Arbeit wichtig«, hielt ich dagegen. »Und die Aeroplane setzt Nord jetzt sowieso nicht ein, da er sie nicht genauso verlieren will wie die Echsen ihre. Nein, dies ist die Stunde der schweren Luftschiffe!«

Über uns kam es erneut zu einer Explosion. Graublauer Rauch wogte durch den Gang.

»Halt die Luft an!«, warnte ich Ogg.

Wir brachten das gefährliche Stück hinter uns.

»Zur Seite!«, schrie Ogg da mit einem Mal.

Wir pressten uns gegen ein glühendes Schott und ließen fünf Männer von der Löschmannschaft durch, die nach oben eilten.

Der Aufstieg zum Oberdeck kam mir endlos vor, obwohl Ogg,

der vorausging, immer zwei Stufen auf einmal nahm, als trüge er nicht schwere Geschosse, sondern nur leichte Gänsefedern.

Die *Donner* bebte noch mindestens fünfmal, vom Feind getroffen. Auf dem Waffendeck rutschte ich in einer Blutlache aus. Überall lagen entstellte Körper, in der Bordwand klaffte ein beeindruckendes Loch, durch das die Wolken und der leuchtend blaue Himmel zu sehen waren.

Nach einer weiteren Treppe, deren Stufen ebenfalls von Blut glitschig waren, erreichten wir endlich das Oberdeck.

Die Kanoniere entrissen mir das Pulver förmlich und klopften mir dankbar auf die Schulter.

In der Zeit, in der wir unter Deck gewesen waren, hatte es die *Donner* übel erwischt. Die Aufbauten am Bug gab es nicht mehr, ein Teil der linken Bordwand fehlte, einige Kanonen waren verbeult, im Schaufelrad züngelte ein Feuer, dem gerade – ungeachtet des feindlichen Beschusses – die Löschmannschaft den Garaus machte.

Allenthalben sah ich Leichen und Verletzte.

Ogg lieferte seine Geschosse ab und half den Kanonieren, ihre Waffe zu drehen, indem er sich mit der Schulter gegen den Lauf stemmte.

Nord stand noch immer aufrecht am Steuerruder. Jemand hatte inzwischen seinen Kopf versorgt, das Blut färbte allerdings bereits den Verband. Er gab unermüdlich seine Befehle, die seine Adjutanten eiligst den Offizieren überbrachten.

Die zweite Schaluppe der Margudier stand in Flammen, hielt sich aber trotz beachtlicher Schäden noch in der Luft. Von links kroch die Korvette heran. Sie war mittlerweile auf Schussweite herangerückt und überzog uns mit Kanonenkugeln. Die Fregatte war fast fünf Meilen hinter die Korvette zurückgefallen.

Die Schaluppe dürfte bald ihrer untergegangenen Schwester folgen. Damit blieben die Korvette, die weiterhin unversehrt war, und letzten Endes sogar die Fregatte – mochten ihre Schaufelräder auch noch so beschädigt sein. Das hieß immer noch zwei Schiffe – wenn man die brennende Schaluppe mitzählte, sogar drei – gegen eins.

»Lass!«, erklang da Nahywas Stimme aus dem graublauen Rauch heraus. »Alles in Ordnung?«

Noch ehe ich antworten konnte, tauchte Gedher auf, fluchte in seiner Gnomensprache und stieß Nahywa in Richtung Treppe.

»Mach, dass du da runterkommst!«, schimpfte er. »Du hast hier oben nichts zu suchen!«

Wie zur Bestätigung seiner Worte pfiff gefährlich nahe an Nahywas Kopf ein weiteres Geschoss vorbei.

»Wo ist Roch?«, fragte sie, ohne auf den Gnom zu achten. »Niemand kann ihn finden!«

»Keine Ahnung!«, schrie Gedher. »Und jetzt mach endlich, dass du verschwindest!«

»Zeigen wir diesen Echsen, was eine Kugel ist!«, ertönte Papays Stimme auf der anderen Seite des Decks. »Feuer!«

Die Kanonen spuckten ihre Geschosse frontal auf die von Flammen erfasste Schaluppe aus. Diese zerschlugen den mittleren Teil des Kiels, rissen einen Flügel ab, durchfurchten die mit Dornen besetzte Bordwand und explodierten im Schaufelrad. Der Dämon brach mit lautem Gebrüll ins Freie. Das margudische Schiff barst und ging in einer Flammensäule auf. Der Bug, der wie durch ein Wunder heil geblieben war, trudelte in die Tiefe.

»Das war der zweite!«, triumphierte Ogg.

»Feuer frei auf die Korvette!«, befahl Nord. In seinen blauen Augen loderte Wut. »Geht zweihundert Yard höher! Und steigert die Geschwindigkeit um ein Viertel! Gedher! Bereite alles zum Entern vor!«

Er hatte recht. Etliche unserer Kanonen waren bereits ausgefallen. Bevor wir die Korvette zerschossen hätten, wäre ihr die Fregatte zu Hilfe gekommen, egal, wie lahm sie war. Deshalb blieb in dieser Lage nur ein Ausweg: entern, zur Pulverkammer des Feindes vorstoßen und diese in die Luft jagen.

»Erledigen wir die Biester!«, schrie der Gnom. »Die erste Brigade bricht durch, die zweite unterstützt sie, die dritte kämpft die Treppe frei, die vierte gibt dem Schießmeister Deckung, die fünfte hält sich im Hintergrund bereit! Alle in die Seile!«

Ogg stopfte sich zwei Pistolen hinter den Gürtel und griff nach einer Streitaxt.

»Wie sieht's aus, mein Freund?«, wandte er sich an mich. »Drückst du mir die Daumen?«

»Dumme Frage!«

Unsere Kanonen donnerten nur noch vereinzelt. Schaden richteten sie kaum noch an, das war aber auch nicht unbedingt nötig, denn dies alles diente vornehmlich der Ablenkung des Feindes. Nord manövrierte die *Donner* so hervorragend, dass drei kurz aufeinanderfolgende Salven der Korvette ins Leere gingen. Eine vierte konnte sie dann gar nicht mehr abgeben, denn da riss Nord das Steuerruder bereits erneut herum, um die *Donner* neben die Korvette zu bringen, die sich im Vergleich zu dem riesigen Klipper fast winzig ausnahm.

Papay überzog das feindliche Deck mit Schrapnellfeuer, dann flogen auch schon die magisch aufgeladenen Enterhaken hinüber. Sie gruben sich unwiderruflich in die Stahlwände ein. Leinen wurden gespannt, und Gedher stürmte als Erster vor, sprang entschlossen über den Abgrund zwischen den Schiffen hinweg. Er führte mit seiner Streitaxt einen vernichtenden Schlag aus, mit dem er einen Schild der Verteidiger zertrümmerte und Raum für seine Brigade eroberte, die wild mit den Waffen fuchtelnd zur Eroberung des Schiffes heranstürmte.

Der Kampf begann. Magie loderte. Die Margudier leisteten verzweifelten Widerstand, wurden aber abgedrängt, sodass neue Brigaden von der *Donner* hinübersetzen konnten. Irgendwann sprangen Männer mit Rucksäcken voller Pulver auf die Schaluppe. An den Ranzen waren Zeitgeber befestigt, die rückwärtsliefen ...

»Lass!«, rief Nord da. »Suche Roch! Er wollte die Kühlanlagen überprüfen. Sag ihm, dass er hier oben gebraucht wird, bevor wir Besuch kriegen!«

Und wir beide blickten gleichzeitig auf die Fregatte, die immer näher kam.

Sofort rannte ich in eines der Unterdecks.

Die erste Treppe, die vom zweiten zum dritten Deck hinunterführte, gab es nicht mehr. Ich rannte ans andere Ende des Schiffs zu einer zweiten Treppe, an der mich allerdings ebenfalls eine unangenehme Überraschung erwartete: Ein Berg aus Eisen und Planken versperrte sie.

»Die Kehrseite soll mich holen!«, fluchte ich. »Und die Gnome gleich mit!«

Wie sollte ich jetzt zu den Kühlanlagen gelangen? Halt! Die Nottreppe ... Indem ich gleich zwei Stufen auf einmal nahm, eilte ich hinunter und fand mich in leeren, schummrigen Gängen wieder. Nur alle zwanzig Yard brannte eine Lampe, die jedoch kaum Licht spendete. Auch hier roch es nach Pulver, denn der Klipper war bereits von oben bis unten mit diesem Geruch getränkt. Sofort kribbelte es mir in der Nase.

Während ich weiterlief, lauschte ich darauf, was am Himmel vor sich ging. Sekündlich rechnete ich mit einer Wiederaufnahme des Kanonenduells.

Weil sich der Aufbau der *Donner* von dem jedes anderen Schiffs, das ich kannte, unterschied, hatte ich mich offenbar verlaufen, denn um mich herum gab es nur noch Lager und Frachträume.

Mit einem Mal ließ mich ein lauter Knall abrupt innehalten. Das hatte sich verdammt nach einem Schuss angehört – auch wenn es das auf keinen Fall sein konnte, denn es war kein einziger Margudier hier runtergekommen.

Ich zog meine Pistole und überzeugte mich, dass sie geladen war. Dann schlich ich vorsichtig weiter, dabei auf jedes Geräusch achtend.

Das Knallen des Schusses wiederholte sich nicht. Nur das Heulen der Dämonen und das Quietschen von Zahnrädern war zu hören. Und auch das Hämmern der Schwungräder im Deck unter mir.

Nach einer Weile gabelte sich der Gang, um einen Frachtraum zu umlaufen. Während ich noch überlegte, welchen der beiden Wege ich nehmen sollte, hörte ich hinter mir eilige Schritte. Ich fuhr herum, riss die Pistole hoch – und sah das verblüffte Gesicht Nahywas vor mir.

»Puh!«, stieß ich aus und steckte die Pistole wieder weg. »Was machst du denn hier?«

»Als Nord erfahren hat, dass die Treppe zerstört ist, hat er mich losgeschickt, um dich zu suchen, denn er hat angenommen, du hättest dich im Frachtdeck verlaufen. Völlig zu Recht, wie sich zeigt. Was sollte die Waffe?«

»Ich habe einen Schuss gehört.«

Sie sah mich forschend an.

»Auch wenn das merkwürdig ist, glaube ich dir«, sagte sie schließlich. »Aber warum sollte hier unten jemand schießen?«

»Was ist da drin?«, fragte ich und zeigte mit der Pistole auf die Gabelung des Ganges.

»Da bewahren wir Trinkwasser, Proviant, Ersatzteile, die Takelage und dergleichen auf. Außerdem gibt es noch einige Räume, die nur Nord öffnen kann.«

»Und was ist in denen?«

»Keine Ahnung. Danach habe ich nie gefragt.« Auch sie griff jetzt nach ihrer Pistole. »Oben entern sie immer noch. Lass uns also kurz nachsehen, wer hier geschossen hat, dann suchen wir Roch und gehen wieder hinauf. Hier unten ist es während eines Kampfes viel zu gefährlich, denn die Zugänge können jederzeit verschüttet werden. Wenn dann ein Feuer ausbricht ...«

»Nimm du den linken Gang, ich nehme den rechten«, schlug ich vor. »Aber sei ja vorsichtig!«

»Du auch.«

Nahywa verschwand im linken Gang.

Ich tastete mich in den anderen schummrigen Gang vor. Hinter zwei gepanzerten Türen auf der rechten Seite lagen die Räume, aus denen Enterbrigaden an Deck eines großen Schiffs sprangen. Gleichzeitig konnte aus ihnen im Notfall die Mannschaft herausgebracht werden.

Noch bevor ich das Ende des Gangs erreicht hatte, ertönte ein ohrenbetäubender Knall. Gleich darauf erfolgten zwei weitere Schüsse, allerdings aus einer anderen Waffe.

Und sie alle kamen aus dem linken Gang! Fluchend stürzte ich zurück – und wäre beinahe mit Nahywa zusammengestoßen. In ihrer Wut hatte sie die Ohren an den Kopf gelegt und die Augen verengt, außerdem fauchte sie fast vor Ärger.

»Das ist Roch! Er hat Marv, den Verantwortlichen hier unten, getötet und Nords persönliche Räume geöffnet! Bei ihm sind noch zwei Männer aus der Mannschaft! Ich glaube, er will den Echsen das Artefakt geben!«

Das durfte doch nicht wahr sein! Trotzdem zweifelte ich keine Sekunde an ihren Worten. Vor allem nicht, nachdem Nord sich strikt gegen Rochs Vorschlag ausgesprochen hatte, mit den Margudiern zu verhandeln.

»Es gibt doch nur eine Treppe nach oben, oder?«, fragte ich Nahywa.

»Nein, es gibt noch die Notleitern, aber über die würde Roch das Artefakt nicht hochschaffen können. Das ist nämlich so schwer, dass es nur zwei Mann tragen können. Deshalb kann er nur die eine Treppe nehmen.«

»Dann warte ich da auf ihn. Du holst derweil Hilfe!«

Wir eilten zur Treppe, wobei ich mich immer wieder umsah. Was hatte Roch sich nur dabei gedacht?! Ausgerechnet jetzt probte er den Aufstand! Und niemand ahnte auch nur davon, weil alle mit den Margudiern beschäftigt waren.

Eine Pistole knallte, und eine Feuerbiene schoss auf uns zu. Nahywa und ich pressten uns gegen die Wand, ich erwiderte das Feuer und gab einen Schuss auf eine Gestalt ab, die ich in einer Ecke gesehen hatte, verfehlte sie aber. Immerhin musste unser Angreifer aber erst einmal zurückweichen.

»Hier!«, sagte Nahywa und drückte mir etliche Kapseln mit Feuerbienen in die Hand.

Ich nickte dankbar und steckte sie in die Tasche. Die würden mir zweifellos gute Dienste leisten.

»Und jetzt geh!«, sagte ich. »Ich halte sie schon auf!«

Doch noch bevor sie die ersten Stufen nehmen konnte, gab der Angreifer zwei weitere Schüsse ab, allerdings blind, sodass er uns nicht traf. Ich lud die Pistole nach. Sobald sich eine grüne Hand mit einer Waffe um die Ecke schob, jagte ich ihr eine Feuerbiene ins Gelenk.

Jemand schrie, die Waffe fiel auf den Boden.

»Das dürfte sie eine Weile aufhalten«, sagte ich grinsend zu Nahywa. »Und jetzt hoch mit dir!«

»Bei allen Kehrseitenrülpsern?!«, schrie jemand von oben und kam über die Metallleiter herunter. »Was geht hier vor?!«

Als Erster erschien Wedhal im Harnisch, ihm folgte ein Groll mit einer richtigen Räubervisage und einem Mund, der voller Zahnlücken war.

»Roch will das Artefakt klauen!«, sagte Nahywa. »Und es den Margudiern geben!«

»Ach ja?!« Seine Brauen krochen erstaunt die Stirn hoch. »Dir hat nicht zufällig jemand das Hirn zermatscht?!«

»Das habe ich mir nicht ausgedacht! Er ist da hinten bei den Räumen von Nord! Kohl und Pech sind bei ihm! Sie haben Marv umgebracht!«

»Hm ... Das ist doch Kokolores, was du da redest! Das glaub ich einfach nicht! Sag mal, Spitzohr, was soll das eigentlich?«

Dem Gnom war nicht entgangen, dass ich die Pistole noch immer bereithielt und den Gang sowie ihn und seinen Gefährten scharf beobachtete.

»Solltest du nicht in der Enterbrigade sein, Wedhal?«

»Da komme ich gerade her!«

»Warum hast du dann keinen einzigen Kratzer? Und deine Axt sieht auch nicht gerade danach aus, als hätte sie viel zu tun bekommen ...«

»Sollen dich doch die Würmer der Tiefe holen! Worauf willst du hinaus?!«

Er stapfte auf mich zu, erstarrte aber, als ich den Lauf der Pistole auf seine Stirn richtete.

»Besser, du kommst nicht näher. Tut mir leid, Gnom, aber solange Nord nicht hier ist, halte ich alle für Feinde, die irgendwo auftauchen, wo sie eigentlich nicht hingehören. Nahywa, hol jetzt Hilfe!«

Da bewegte sich die *Donner* wieder: Wir hatten die Schaluppe geentert und würden weiterfliegen. Genauer gesagt, ein Manöver einleiten, um einer Begegnung mit der Fregatte zu entgehen, die jetzt schon ziemlich nah sein musste. Als Nahywa nun die Treppe hinaufwollte, packte der Groll sie grob bei der Schulter.

»Stehen geblieben!«, knurrte er.

Sie schrie überrascht auf. Ich schoss auf diesen Muskelberg, wurde gleichzeitig aber so heftig zu Boden gerissen, dass mir kurz die Luft wegblieb.

»Du spitzohriger Kehrseitenfurz!« Wedhal stand neben mir und bleckte die Zähne. Dann traf seine gewaltige Faust meine Brust, und für den Bruchteil einer Sekunde wurde alles um mich herum dunkel. »Wenn ich mehr Zeit hätte, würde ich dir alle Rippen einzeln brechen! Was fällt dir ein, hier rumzufeuern!«

»Lass mich los, du Drecksfratze!«, fauchte Nahywa den Groll an. »Hast du gehört?! Du sollst mich loslassen!«

»Helft dem Kurier auf die Beine!«, erklang da Rochs Stimme.

Als ich wieder stand, sah ich die versammelte Mannschaft der Verschwörer vor mir: Wedhal, den Groll, einen Halbork mit verletzter Hand, einen weiteren Gnom mit rotem Bart und Roch. Dieser blickte finster drein.

»Die machen Schwierigkeiten«, knurrte Wedhal und nickte in unsere Richtung. »Sollen wir sie kaltmachen?«

»Ja.« Roch wandte sich an den Groll: »Erledige das, während wir das Artefakt rüberbringen.«

»Warum, Roch?!«, fragte Nahywa. »Warum verrätst du uns?!«

»Der dient schon lange den Margudiern«, sagte ich, denn das war mir in dieser Sekunde klar geworden. »Er war es, der ihnen immer gesteckt hat, wo sich die *Donner* aufhält. Seinetwegen haben sie euch immer gefunden. Die Mannschaft steht hinter dem Kapitän, deshalb konnte er sie nicht gegen Nord aufwiegeln. Da hat er sich eben etwas anderes einfallen lassen.«

»Gut beobachtet, Lass«, zischte Roch. »Nur ist auch eine derartige Auffassungsgabe leider kein Garant für ein langes Leben, im Gegenteil … Wir schnappen uns eines der Aeroplane und hauen von hier ab, bevor die Margudier die *Donner* zerstören. Glaub mir, es tut mir selbst leid, wie alles gekommen ist.«

»Das Artefakt nutzt euch ohne den Schlüssel gar nichts«, fauchte Nahywa.

Roch grinste bloß und holte aus der Tasche die Kette, um sie vor unseren Augen hin- und herzuschwenken.

»Der Kapitän ist allzu vertrauensselig, denn er nimmt an, auf diesem Schiff seien ihm alle treu ergeben. Gehen wir, Wedhal, holen wir uns das Artefakt!«

Kaum drehte er sich um, rammte Nahywa dem Groll ihre Fangzähne in die Hand. Der jaulte überrascht auf und ließ sie los. Nahywa stürzte sich auf Roch, hämmerte auf sein Gesicht ein und bearbeitete es mit ihren Krallen.

Das endete erst, als Wedhal sie mit einem Schlag von den Beinen holte.

»Ich bringe dich um!«, schrie Roch, dessen rechte Wange völlig aufgeschlitzt war und blutete.

Oben krachten die Kanonen. Die *Donner* gewann an Geschwindigkeit, bebte jedoch gleichzeitig, weil sie getroffen worden war.

»Los jetzt!«, drängte Wedhal. »Die Fregatte hat das Feuer eröffnet. Uns bleibt kaum noch Zeit für den Abzug!« Dann wandte er sich an den Groll: »Wenn ihr die erledigt habt, kommt schnellstens zu uns!«

Daraufhin eilten Roch und Wedhal davon.

Der Groll schubste Nahywa zu dem Gnom und legte mir seine Pranke auf die Schulter.

»Falls du Widerstand leistest, breche ich dir alle Knochen«, erklärte er. Dann befahl er dem Halbork: »Durchsuch ihn, Pech! Und du, Kohl, pass auf, dass die Wildkatze dir nicht die Augen auskratzt!«

Der Halbork, der seine verletzte Hand vor die Brust presste, schnitt mit der anderen meinen Gürtel auf, warf ihn zur Seite, durchsuchte meine Taschen, fand aber glücklicherweise die Artefakte nicht, die ich in alter Gewohnheit in den Knöpfen der Jacke hatte unterbringen lassen. Dadurch taugten sie zwar nur für einen einmaligen Einsatz, waren aber auch schwieriger zu entdecken als Artefakte, die sich mehrfach verwenden ließen. Davon hatte ich mich zuletzt bei der Begegnung mit den Quesallen in Uferstadt überzeugen dürfen.

»Der ist sauber.«
»Was ist mit der ruhmreichen Kommandeurin der Staffel?«
»Ebenfalls«, antwortete Kohl.
»Was zahlt Roch euch?«, fragte Nahywa wütend.
»Nichts. Wir kriegen unser Geld von den Margudiern.«
Die *Donner* erzitterte erneut, von den Feinden getroffen.
»Das ist die Fregatte«, sagte der Gnom. »Was ist mit deiner Hand, Pech?«
»Halb so wild«, antwortete dieser.
»Das wird sicher ein großer Spaß werden«, sagte ich, »wenn euch eure neuen Herren umbringen!«
»Den du aber auf gar keinen Fall mehr erlebst, Spitzohr!«, zischte Kohl. »Und jetzt halt die Schnauze und beweg dich!«
»Warum machen wir sie nicht gleich hier kalt?«, fragte Pech.
»Besser, wir werfen sie über Bord. Wenn die *Donner* den Angriff übersteht, wird Nord denken, dass sie das Artefakt geklaut haben. Das kann uns nur recht sein. Dann müssen wir uns nicht den Rest unseres Lebens vor Nords Leuten verstecken! Denn man wird die Verräter mit Sicherheit suchen!«
»Genau!«, wieherte der Groll. »Füttern wir die Fische mit ihnen!«
Wir wurden zur Luke des nächsten Enterraums gebracht. Der Gnom schob die Riegel zurück, stemmte sich mit der Schulter gegen das Metall und öffnete den Zugang. Sofort drangen kalter Wind, Brandgeruch und das Donnern der Kanonen herein. Zu sehen war jedoch nichts als schneeweiße Wolken.
»Was ist?«, fragte Pech grinsend. »Springt ihr freiwillig, oder braucht ihr einen Schubs?«
»Einem Spitzohr geben wir übrigens mit größtem Vergnügen einen Tritt in den Hintern!«, erklärte Kohl.
In dieser Sekunde setzte ich eines der Artefakte ein, den Blendenden Strahl.
Ein reines, grelles Licht breitete sich aus. Es war so stark, dass es sogar durch geschlossene Lider in den Augen brannte. Leider hatte ich keine Möglichkeit gehabt, Nahywa zu warnen, aber der Schmerz dürfte ihr wohl lieber sein als ein Flug in die Tiefe.

Während noch alle schrien und mit den Armen fuchtelten, entwand ich mich dem Griff des Grolls, zog seine Klinge aus der Scheide und trieb sie ihm in den Schenkel.

Kohl gab einen Schuss ab, bei dem er blind auf die Decke zielte. Ich packte ihn beim Bart und schleuderte ihn in Richtung Luke. Er stolperte freiwillig weiter, fuchtelte mit den Armen, verlor das Gleichgewicht und fiel mit einem Aufschrei in die Tiefe.

Nahywa stürzte sich schreiend auf Pech und kämpfte mit Klauen und Zähnen gegen ihn wie ein wildes Tier. Der Groll kam trotz seiner Verletzung rasch wieder zu sich und schoss mit der Pistole auf mich. Selbst einem sturzbesoffenen Bufallon wäre es wohl schwergefallen, mich aus einer Entfernung von fünf Schritt zu verfehlen. Die Feuerbiene heulte auf, prallte aber vom nächsten Artefakt ab, das ich zum Einsatz brachte, der Spiegelwand. Auf dem Rückflug bohrte sie sich dem Groll in die Brust.

Der krümmte sich, stapfte aber trotzdem wild schreiend auf mich zu. Er drohte mir mit der Faust, die groß wie eine Kokosnuss war. Als er mir mit ihr den Kopf zertrümmern wollte, duckte ich mich in letzter Sekunde weg, sodass der Schlag die Wand traf und eine tiefe Delle in ihr hinterließ. Danach rammte ich dem Groll den Dolch in die Seite und überzeugte mich, dass ich den Magen erwischt hatte. Ich konnte gerade noch zurückspringen, bevor der Kerl bäuchlings zu Boden krachte – und sich nicht mehr rührte.

Da klackte es hinter mir. Der Hahn einer Pistole wurde gespannt. Ich wirbelte herum. Der Halbork Pech grinste mich mit völlig zerfetzter Fratze, aufgeplatzter Lippe und angebissenem Ohr schief an.

»Verrecken sollst du, Spitzohr!«, zischte er.

Nur schaffte er es nicht mehr, seinen Schuss auch abzugeben: Nahywa schnellte vom Boden hoch, sprang ihm in den Rücken und holte ihn von den Beinen.

Mit dem Ergebnis, dass beide gemeinsam durch die Luke in die Tiefe stürzten.

25. KAPITEL, *in dem ich mich zu einem verrückten Verhalten hinreißen lasse und Kornevis uns mit all seiner Ungastlichkeit empfängt*

Ich dachte nicht nach.
Zögerte nicht.
Sondern handelte einfach.
Ich sprang zum Körper des Grolls, zerrte von seinem Gürtel jenes Artefakt, das alle Mitglieder der Enterbrigade bei sich trugen – das Luftkissen – und hechtete kopfüber ins Nichts.

In meinem Leben hatte ich mich schon einige Male zu wirklich verrücktem Verhalten hinreißen lassen. Wenn die Umstände es erforderten. Aber diesmal übertraf ich mich selbst. Ogg würde behaupten, der erste Platz im Wettbewerb der Hohlköpfe sei mir damit sicher … Aber mein Freund sah mich in dieser Sekunde zum Glück ja nicht.

Die weiße Wand der *Donner* huschte an mir vorbei, gleichzeitig glitt sie aber auch unendlich langsam dahin, sodass ich alle Einzelheiten erkennen konnte, jede Fuge in der Panzerung, jede Niete, Abschrammung, Delle und jeden Rußfleck, den der Klipper während des Kampfs davongetragen hatte. Auch den spitzen Kiel sah ich, die einzelnen Schaufeln der Schaufelräder, die Sturmflügel, unsere *Schwalbe*, die Silhouette der von Flammen erfassten margudischen Korvette und die Fregatte, die wie der Tod selbst auf die *Donner* zuhielt. Es dauerte nur einen Herzschlag, danach schluckten dichte Wolken alles.

Ich breitete die Arme erst aus, um das Trudeln zu beenden, dann legte ich sie dicht an den Körper, um meinen Fall zu beschleunigen.

Zwischen Nahywas Sturz und meinem Sprung lagen nur wenige Sekunden. Unten auf der Erde wäre eine derart geringe Zeitspanne überhaupt nicht ins Gewicht gefallen – aber hier oben kam sie einer Ewigkeit gleich.

Mit erstaunlich kühlem Kopf setzte ich die Bewegung der Wolken, die Windstärke, die Höhe und den Flug der *Donner* zueinander in Beziehung.

Es gab Aussichten auf Erfolg, wenn auch nur geringe, hauptsächlich wegen der dichten Wolkendecke, die es fast unmöglich machte, Nahywa zu entdecken. Ich würde jedoch alles daransetzen, um ihr Leben zu retten. Genauso wie sie wenige Sekunden zuvor meines gerettet hatte.

Plötzlich tat sich in den Wolken ein Spalt auf. Trotz der Tränen, die der Wind mir in die unbebrillten Augen trieb, sah ich die grau-gelbe Fläche mit den Hügeln und den schwarzen glitzernden Seen klar unter mir. Fast gleichzeitig entdeckte ich auch Pech und Nahywa. Sie waren gar nicht weit von mir entfernt.

Da Nahywa mit dem Rücken nach unten fiel, bemerkte auch sie mich. Sofort spreizte sie Arme und Beine und versuchte, ihre Geschwindigkeit zu drosseln. Ich schoss derart auf sie zu, dass ich beinahe in sie hineingeflogen wäre. Nahywa packte meinen Knöchel, ich krümmte mich und zog sie an mich, sodass sie Arme und Beine um mich schlingen konnte.

Daraufhin setzte ich das Artefakt ein: Unter uns bildete sich eine unsichtbare Kuppel. Pech, der neben uns zu Boden stürzte, fiel mit einem verzweifelten Schrei tiefer und tiefer. Da er nicht der Enterbrigade angehörte, trug er kein Luftkissen bei sich …

Die Wolken umhüllten uns bereits wieder mit ihrer kalten Watte. Wir bewegten uns immer langsamer durch sie hindurch, die letzten hundert Yard segelten wir dahin wie eine Feder bei windstillem Wetter, sacht und majestätisch.

Nahywa verströmte den Geruch von Blut. Sie presste sich so fest an mich, dass ich ihren Herzschlag spürte.

»Wir sind da«, sagte ich, als wir in trockenes gelbes Gras fielen, das knisternd unter uns brach. Das Luftkissen löste sich mit einem Pfeifen in nichts auf.

»Sieht so aus, als wären wir noch am Leben«, stieß Nahywa lachend aus.

Sie rollte von mir herunter und legte sich neben mich auf den Rücken. Mit einem tiefen Seufzer hob sie die rechte Hand und schaute durch die leicht zitternden Finger zum Himmel mit seinen tief hängenden Regenwolken hinauf.

»Vielen Dank, Lass! Ich hatte mich schon vom Leben verabschiedet.«

»Das war ich dir schließlich schuldig.«

»Ich kenne nicht viele, die hinter mir hergesprungen wären.«

Sie stand auf, ging zu einem der Seen und wusch sich das Gesicht, das völlig von Blut verklebt war.

»Bist du verletzt?«, fragte ich.

»Das ist nicht mein Blut. Als du den Blendenden Strahl eingesetzt hast, da hat Pech mir sein Ohr und sein Gesicht in einer Weise hingehalten, dass ich nicht widerstehen konnte.«

»Tut mir leid, dass ich dich vor dem Einsatz des Artefakts nicht habe warnen können.«

»Meinen Augen macht dieses Licht nichts aus«, gestand sie grinsend. »Deshalb konnte ich mich ja gleich auf diesen Schuft von Halbork stürzen. Aber jetzt bringe ich mich besser in Ordnung, sonst sehe ich ja aus wie eine Kannibalin.«

Ich nickte, ließ den Blick schweifen und machte in südlicher Richtung am Horizont einige kohlschwarze Rauchsäulen aus.

»Kein schlechtes Feuer«, sagte Nahywa, die sich noch mit dem Ärmel des Fliegeranzugs abwischte, als sie sich neben mich setzte.

»Das ist eines der abgeschossenen Schiffe der Margudier. Diese Richtung sollten wir daher wohl lieber meiden. Falls eine der Echsen überlebt hat, dürfte die nicht gerade freundlich auf uns zu sprechen sein. Und wir haben keine Waffen.«

»Doch, einen Dolch«, sagte Nahywa. »Jedenfalls ... gleich. Ich habe gesehen, wo Pech hingefallen ist, und werde seine Leiche mit Freuden um den Dolch erleichtern. Er braucht ihn ja ohnehin nicht mehr.«

Dem konnte ich nur zustimmen.

Bis zu dem toten Halbork waren es bloß siebzig Schritt. Nahywa fand ihn ohne Mühe, indem sie in der Luft schnupperte und das hohe Gras durchpflügte. Sie warf mir den Dolch zu, der in einer ledernen Scheide steckte.

»Bitte sehr«, rief sie fröhlich.

»Und du?«, fragte ich.

»Ich habe meine Zähne und Krallen.«

»Wir sind hier irgendwo an der Küste von Kornevis«, murmelte ich. »Wären wir weiter im Innern des Kontinents, gäbe es nichts als Sümpfe um uns herum. Bleibt die Frage, was wir jetzt machen. Darauf hoffen, dass uns irgendwer rettet, dürfen wir wohl nicht.«

»Leider nicht«, sagte Nahywa und ließ die Ohren hängen. »Da gibt es gar keine Aussichten. Ich fürchte, es wird überhaupt nie jemand erfahren, was mit uns geschehen ist.«

»Warst du schon einmal hier?«

»Nein. Nord hat hier einen alten Stützpunkt, aber seit ich zur *Donner* gehöre, sind wir noch nie hier gewesen.«

»Ist dieser Stützpunkt weit von hier?«

»Nicolas hat mir mal erzählt, er liege acht Flugstunden von der Küste entfernt.«

»Also mitten in Kornevis! So sumpfig, wie der Ort ist, schaffen wir es zu Fuß niemals dorthin.«

»Stimmt. Was schlägst du dann vor?«

»Lass uns zum Meer gehen. Dort gibt es Städte. Das ist unsere einzige Hoffnung.«

»Bis zum Meer ...« Sie dachte nach und überschlug irgendwas im Kopf. »... sind es fünfzig Meilen. Bis zu den Städten mindestens noch mal so viel, wenn nicht mehr. Das wird ein langer Marsch.«

»Aber wir brauchen dringend warme Kleidung, denn die Nächte hier sind kalt. Weißt du was? Ich glaube, wir werden uns doch zum Schiff der Margudier begeben müssen.«

»Ich habe schon immer davon geträumt, mich in den Umhang einer dieser Echsen zu hüllen«, erwiderte Nahywa grinsend. Nachdem sie einen Blick in Richtung der Rauchsäulen geworfen hatte, fügte sie hinzu: »Bis zum Einbruch der Dunkelheit sollten wir das schaffen.«

Drei Stunden trotteten wir nun durch die Gegend, ohne dass diese sich auch nur irgendwie verändert hätte. Im Westen zog sich eine Reihe kleinerer Hügel dahin. Seen und Bäche gab es im Übermaß. Auf ihnen schwammen zahllose Vögel. Weitere saßen im hohen Gras am Ufer, stiegen jedoch auf, sobald wir uns näherten.

»Zumindest leben hier nicht nur Mücken«, sagte ich, als ich einem Rebhuhn nachsah, das sich gerade in die Lüfte schwang. »Verhungern werden wir also nicht.«

Von Mücken wimmelte es allerdings nur so. Sie brachten uns mit ihrem widerlichen Gesumme fast zum Ertauben, schwirrten um uns herum, bissen uns aber nicht: Die Biester ernährten sich ausschließlich vom Blut der Menschen und Trolle, andere Rassen standen nicht auf ihrem Speiseplan.

»Was meinst du?«, fragte mich Nahywa. »Wird die *Donner* diesen Kampf überstehen?«

»Die Korvette haben sie ja erledigt – aber die Fregatte ...« Ich zuckte die Achseln. »Allerdings scheint uns niemand in die Tiefe nachgestürzt zu sein ...«

»Ich würde viel dafür geben, wenn ich jetzt bei ihnen wäre«, gestand Nahywa. »Außerdem wüsste ich zu gern, ob Roch es geschafft hat, den Margudiern das Artefakt zu bringen.«

Das würde ich auch gern wissen. Ich hoffte natürlich, dass er gescheitert war, sonst wären all diese Kämpfe umsonst gewesen. Sonst wären sehr viele Männer umsonst gestorben.

»Roch dient den Echsen ...« Nahywa schüttelte den Kopf. »Noch gestern hätte ich das nicht geglaubt ... Was sie ihm wohl versprochen haben?«

»Alles, was er verlangt hat. Geld, Macht, ein eigenes Schiff. Sie müssen ihn gut bezahlt haben, damit er sich auf diese Geschichte eingelassen hat. Aber ein Artefakt, mit dem du die Grenze zwischen den Welten zerstören kannst, ist ja auch einiges wert.«

»Nord hat ihm vertraut wie dem eigenen Bruder«, sagte Nahywa und seufzte schwer. »Und Wedhals Verrat wird Gedher das Herz brechen. Sie waren so viele Jahre befreundet ...«

»Manch einer zieht offenbar die Freundschaft der Margudier vor.«

Kurz vor Einbruch der Dämmerung stellte Nahywa plötzlich die Ohren auf und reckte den Kopf.

Auch ich hatte in den Wolken das Gebrüll eines Dämons vernommen.

»Hol mich doch die Kehrseite! Das ist die *Schwalbe*! Ogg sucht uns!«

»Bist du sicher?«, fragte Nahywa. »Was, wenn das Margudier sind?«

»Nein, das ist völlig ausgeschlossen! Unseren Dämon erkenne ich hundert Meilen gegen den Wind!«

Das Brüllen näherte sich, glitt über uns hinweg, kehrte jedoch nach ein paar Minuten zurück. Die *Hornisse* schoss eine Meile von uns entfernt aus den Wolken und hielt auf das abgestürzte Schiff der Echsen zu.

Wir waren kurz davor, ein kleines Freudentänzchen aufzuführen ...

»Wir müssen ein Feuer entzünden, damit er auf uns aufmerksam wird!«, sagte ich und riss hastig trockenes Gras aus.

»Ich habe etwas Besseres.« Nahywa holte aus einer Tasche ihres Fliegeranzugs eine kleine Bronzekugel. »Einen Notfallleuchtturm.«

Sie warf die Kugel auf den Boden – und sofort schoss eine schmale rubinrote Lichtsäule zum Himmel hoch.

Sie loderte auf.

Erlosch nach einer Weile.

Nur um dann erneut aufzulodern.

Dabei flackerte sie so stark, dass alles um sie herum in ein beängstigendes purpurrotes Licht getaucht wurde. Das vertrieb jede Dämmerung. Unsere *Schwalbe*, die sich bereits entfernt hatte, setzte zur Kehre an.

»Er kommt zurück!«, rief Nahywa. »Er hat uns bemerkt!«

Die *Hornisse* flog tief über uns und wackelte mit den Flügeln. Ogg schoss ein paar Signalfeuer ab, die uns verkündeten, dass er zur Landung ansetzte.

»Hier kann er nicht runter«, meinte ich, während ich Oggs Manöver verfolgte. »Hier gibt es zu viele Seen. Er muss sich eine andere Stelle suchen.«

Tatsächlich verschwand er hinter den Hügeln, kam jedoch kurz darauf zurück, diesmal bereits nur noch mit der Hälfte der Feuer am Rumpf.

»Er hat eine Stelle gefunden«, sagte ich.

»Stimmt«, sagte Nahywa. »Er muss Signalfeuer abgeworfen haben, die ihm die Gegend beleuchten. So kann er besser runtergehen.«

Das Aeroplan drehte in geringster Geschwindigkeit eine letzte Runde über uns, dann bog es erneut in Richtung der Hügel ab.

Das Brüllen des Dämons verstummte. Erneut war nur das Surren der Mücken und das aufgeregte Geschnatter der Wasservögel zu hören.

»Ich kann's immer noch nicht fassen«, stieß Nahywa lächelnd aus. »Dieser Tag endet wesentlich besser, als er begonnen hat.«

Dem war nichts hinzuzufügen.

Die Nacht brach schnell herein. Vom Boden stieg Nebel auf, der als feiner Silberschleier in der Luft hängen blieb. Es kühlte merklich ab, sodass ich, der ich die letzte Zeit in sehr heißen Gefilden zugebracht hatte, ziemlich fror.

Nahywa schien meine Gedanken gelesen zu haben.

»Ich habe ganz vergessen«, sagte sie, als sie ihre Jacke bis oben zuknöpfte, »wie kalt es am Boden sein kann.«

Der Himmel bezog sich mit dichten Wolken. Weder der Mond noch die Sterne waren zu sehen. Nach einer Stunde hatten wir die Hügel erreicht und machten uns an den Anstieg, was deutlich einfacher war, als durch das sumpfige Gelände zu stiefeln.

Auf der Hügelspitze sahen wir vor uns die bunten Signalfeuer. Ogg hatte sie eigens für uns brennen lassen.

»Gleich haben wir es geschafft«, sagte ich. »Es hätte uns wirklich schlimmer treffen können.«

»Nur liegen auf dem Weg noch etliche Seen«, hielt Nahywa dagegen. »Die müssen wir alle umrunden. Aber da rechts scheint es eine Art Pfad zu geben. Versuchen wir es mit ihm.«

Nach einem langen Abstieg mussten wir erst knietief durchs Wasser waten, danach durch stinkenden Schlamm. Als wir dieses Gelände hinter uns gelassen und wieder festen Boden unter den Füßen hatten, stieß ich einen erleichterten Seufzer aus.

Ogg hatte ein Lagerfeuer entzündet, dessen Widerschein auf der glänzenden Seite unserer *Schwalbe* tanzte.

»Ihr seid wirklich die reinsten Glückspilze«, begrüßte er uns, als wir in den Lichtkreis traten.

»Wenn man außer Acht lässt, dass wir die *Donner* auf einem höchst fragwürdigen Weg verlassen mussten«, entgegnete ich grinsend und schnürte meine Schuhe auf, »dann hast du wohl recht.«

»Auf der *Donner* halten euch alle für tot. Wir haben diesen Groll gefunden ...«

»Lebt er noch?«

»Er hat viel Blut verloren, aber der Heiler hat ihn in den Zustand gebracht, in dem Nord ihn haben wollte. Danach hat der Bursche gesungen wie eine Nachtigall. Als ich losgeflogen bin, um euch zu suchen, hat Gedher gerade den Vorschlag gemacht, diesen dreckigen Verräter auf den gleichen Weg zu schicken, den auch ihr genommen habt.«

»Was ist mit Roch und Wedhal?«, fragte Nahywa. »Sind sie mit dem Artefakt davon?«

»Ja«, knurrte Ogg. »Aber das haben wir natürlich erst nach dem Geständnis des Grolls erfahren. Diese Schmeißbohnen haben das Artefakt in eine *Hammer der Tiefe* gehievt und sind abgehauen.«

»Die konnten es ja kaum abwarten, ihren neuen Herren die Geschenke zu überreichen!«, spie Nahywa aus. »Was ist mit der *Donner*?«

»Sie ist beschädigt und nicht mehr besonders schnell. Gegen die margudische Fregatte könnte sie in dem Zustand wenig ausrichten. Papay hat es aber immerhin geschafft, mit zwei großen

Kanonen ein paar Schüsse auf die Fregatte abzugeben. Das hat die Echsen so lange aufgehalten, dass wir in den Wolken abtauchen konnten. Und die Korvette haben wir erledigt.«

»Es ist wirklich das reinste Wunder, dass du uns gefunden hast«, sagte ich, während ich die Schuhe auszog, das Wasser herausgoss und sie zum Trocknen ans Feuer stellte.

»Alle anderen waren sicher, dass ihr den Absturz nicht überlebt habt. Aber du bist, wie gesagt, ein Glückspilz, das weiß ich genau, schließlich kenne ich dich lange genug. Außerdem findest du selbst in noch so hoffnungslosen Lagen immer einen Ausweg. Deshalb habe ich mich sofort auf die Suche nach euch gemacht. Ohne den Notfallleuchtturm hätte ich allerdings wohl noch ewig gebraucht, um euch zu finden.«

»Wenn Nord Roch in die Finger bekommt, knüpft er ihn auf«, sagte Nahywa. »Und ich werde mit Freuden zusehen, wie er am Galgen baumelt.«

»Ich habe mit dem Kapitän geredet, bevor ich aufgebrochen bin. Er hat gesagt, falls ich euch finde, soll ich euch zu den Donnersteinen bringen. Das ist sein Stützpunkt. Kapitän Wu hat ihn angeblich entdeckt. Da will er die *Donner* wieder flottmachen, die Schäden an den Magischen Siegeln beheben und die Kühlanlagen überholen. Scheint mir eine gute Idee von ihm, uns da zu treffen.«

»In der Tat«, stieß Nahywa aus.

»Übrigens«, sagte Ogg, tastete im Gras herum und hob eine lange, glänzende Schlange ohne Kopf auf, »während ihr auf dem Weg hierher wart, bin ich schon mal auf die Jagd gegangen. Ich selbst habe nämlich fürchterlichen Hunger. Braten wir dieses Tierchen also. Salz und Pfeffer habe ich allerdings nicht.«

Daraufhin zog er der Schlange mit leichter Hand die Haut ab.

»Wie war die Landung?«, fragte ich, als ich nach dem Dolch griff, um Äste zuzuspitzen, damit wir sie als Spieße nutzen konnten.

»Der Boden ist fest, daher ging es ganz gut. Mit dem Abflug dürften wir auch keine Schwierigkeiten haben. Was mir allerdings Kopfzerbrechen bereitet, ist, wie wir drei in der *Schwalbe* unterkommen wollen. Wahrscheinlich müssen wir einen Sitz verschieben. Aber darum kümmern wir uns morgen.«

»Weißt du, wie wir zu den Donnersteinen kommen?«

»Nord hat mir den Weg beschrieben.«

Nachdenklich drehte ich den Dolch hin und her und sah ins Feuer.

»Wisst ihr, was ich mich frage?«, brachte ich nach einer Weile heraus. »Was, wenn die Margudier hier auftauchen? Roch und Wedhal kennen den Stützpunkt doch auch …«

»Aber was sollten sie da wollen?«, fragte Ogg.

»Ihre Fregatte hat ebenfalls Schäden davongetragen. Sie dürften also ein Dock brauchen, in dem sie diese wieder beheben könnten.«

»Die Margudier haben ihre eigenen Stützpunkte«, widersprach Ogg. »Warum sollten sie da ins Innere von Kornevis vordringen, einem Kontinent, den sie überhaupt nicht kennen? Nein, ich denke eher, dass sie bekommen haben, was sie wollten, auch wenn Nord und die Mannschaft das um jeden Preis zu verhindern suchten. Aber Roch hat ja dafür gesorgt, dass sie den Schlüssel und das Artefakt kriegen.«

Nahywa hüstelte, um die Aufmerksamkeit auf sich zu lenken, kramte in einer ihrer unzähligen Taschen und holte jene Kette heraus, die wir alle nur zu gut kannten.

»Ich fürchte, den Echsen fehlt noch etwas zu ihrem Glück. Den Schlüssel kann Roch ihnen leider nicht geben.«

»Hol mich doch die Kehrseite!«, rief Ogg. »Habt ihr nicht gesagt, Roch hätte die Kette geklaut?!«

»Das hat er auch«, versicherte ich.

»Tja, nur habe ich ihm dann das Gesicht bearbeitet«, sagte Nahywa und zwinkerte verschmitzt. »Das hat ihn so abgelenkt, dass er gar nicht gemerkt hat, wie ich ihm die Kette abgenommen habe. Zu schade, dass ich nicht dabei bin, wenn ihm klar wird, dass er ohne Schlüssel dasteht.«

»Er wird annehmen, er habe ihn während der Flucht verloren«, bemerkte Ogg.

»Oder er wird ahnen, was eigentlich geschehen ist – und Nahywas *Leiche* suchen.« Dieser Gedanke wollte mir gar nicht gefallen. »Schließlich geht er davon aus, dass seine Leute uns erledigt und über Bord geworfen haben.«

»Ich glaube nicht, dass er das machen wird«, sagte Ogg.

»O doch, das wird er«, widersprach ihm Nahywa. »Sie werden unsere Leichen suchen. Und die Margudier haben alle Zeit der Welt. Womöglich locken sie sogar die *Donner* in einen Hinterhalt – falls sie vermuten, dass wir noch immer auf dem Klipper sind.«

»Dann müssen wir Nord warnen!«, rief Ogg. »Er nimmt doch an, dass Roch die Kette hat und die Margudier die Jagd auf ihn jetzt endlich abblasen!«

»Trotzdem würde er es nie an Wachsamkeit missen lassen«, erklärte Nahywa im Brustton der Überzeugung. »Solange die *Donner* noch nicht völlig wiederhergestellt ist und den Echsen nicht Widerpart bieten kann, wird er in den Wolken bleiben. Was für uns leider heißt, dass wir genauso wenig Aussichten haben, ihn zu finden, wie die Margudier.«

»Dann ist es also entschieden: Wir fliegen zu den Donnersteinen«, sagte ich. »Wenn die Margudier dort sind, werden wir die *Donner* mit einem der Notfallleuchttürme warnen.«

»Wie gut, dass mir in meinem Bestand geretteter Wesen noch ein legendärer Kapitän fehlt«, murmelte Ogg, der seinen Fleischspieß aus dem Feuer nahm. »Aber du hast recht. Wir dürfen die *Donner* jetzt nicht aufgeben und einfach zur Schildkröteninsel zurückfliegen. Das wäre echter Verrat. Tun wir, was wir können – aber erst nachdem ich ordentlich gegessen und mich ausgeschlafen habe.«

Kornevis hieß nicht umsonst der Kontinent der Nebel. Mein Lebtag hatte ich noch keinen Ort gesehen, der so miserable Bedingungen zum Fliegen bot. An der Küste hing ja nur leichter Nebel, aber sobald wir weiter ins Landesinnere vordrangen, wogten zwei Meilen über dem Boden dicke Schwaden – und darunter weiße Brühe.

Je weiter wir flogen, desto schlimmer wurde es. In dieser Nebelwand gab es keine Ritze oder Hinweise, dass sich die Sicht bessern würde. Selbst das Brüllen des Dämons schien gedämpft, als ob diese Brühe auch ihn verunsicherte.

Das einzige strahlende Licht war die Perlschnur in der magischen Kugel, die uns den Weg zeigte.

»Ich gehe jetzt runter«, teilte ich Ogg und Nahywa mit, die dicht zusammengequetscht hinter mir saßen. »Haltet die Augen offen! Vielleicht entdeckt ihr ja einen Spalt in den Wolken.«

Was mir zusätzliche Sorgen bereitete, war, dass unsere Karte diese Grenze zwischen den Welten nicht auswies. Blind zu landen war schon schlimm genug – wenn wir dann aber auch noch mit voller Geschwindigkeit in diese unsichtbare panzerplattenharte Grenze hineinrasten, wäre das unser Ende. Wir würden nicht etwa in der Kehrseitenwelt landen, sondern schlicht und ergreifend zermalmt werden, fast als hätte sich die *Schwalbe* kopfüber in die Erde gebohrt.

»Weißt du irgendwas über diese Grenze zwischen den Welten, die hier verlaufen soll?«, fragte ich Nahywa.

»Nein.«

Vorsichtig ging ich etwas runter, bis mir die magische Kugel anzeigte, dass es bis zum Boden nur noch fünfhundert Yard waren.

»Ganz langsam, Lass!«, schärfte Ogg mir ein.

»Ich bin schon vorsichtig«, sagte ich und beugte mich vor, um in die weiße Brühe zu spähen.

Nichts. Nicht ein Spalt. Ich warf einen weiteren Blick auf die Kugel.

Noch zweihundert Yard.

Einhundertundfünfzig.

Hundert.

Der Boden war noch immer nicht auszumachen.

»Wenn ich bei achtzig Yard nichts sehe, kreisen wir so lange, bis sich das Wetter bessert«, sagte ich.

Weil ich die Gegend nicht kannte, wollte ich nicht weiter runtergehen, da sonst jeder Hügel unser Grab werden könnte.

Mit einem Mal erspähte ich in dem dichten Weiß graue Flecken.

»Jawoll!«, rief Nahywa. »Was meinst du, reicht das?«

»Versuchen wir's«, antwortete ich, während ich den Knüppel nach vorn drückte, um weitere zehn Yard runterzugehen. Damit schob ich mich in den Spalt in der Wolkendecke. Unter uns waren jetzt grau-gelbes Geröll und unzählige, mit einem dichten Moosteppich überzogene Gewässer zu sehen.

Ich flog unmittelbar unter der Wolkendecke dahin, stieg dabei aber immer mal wieder zehn, zwanzig Yard auf, nur um gleich darauf noch etwas tiefer zu gehen, damit ich mich nur ja die ganze Zeit unter den Wolken befand. Die Sicht beschränkte sich auf fünfhundert Yard.

Jetzt erreichten wir Schluchten, in denen weißer Nebel wogte. Es folgte eine Reihe winziger Inseln, auf denen verdorrte, krumme Birken standen. Auf einer langen, schmalen Landzunge mit bemoosten Findlingen und vertrockneten Tannen erhoben sich Häuser, die fast mit der Umgebung verschmolzen.

Wie aus dem Nichts tauchte dann ein riesiger schwarzer Steinbau auf. Ich konnte ihm gerade noch ausweichen, brachte die *Schwalbe* nach diesem Manöver aber nur mit Mühe wieder unter Kontrolle.

»Das war die Pyramide«, sagte Nahywa, um dann auszurufen: »Da drüben! Rechts! Da können wir landen! Dreihundert Yard vor uns!«

Ich hatte den steinigen Streifen, der sich unmittelbar neben einem See durch eine Lichtung zog, ebenfalls ausgemacht. Sofort setzte ich mit der *Schwalbe* zur Landung an.

26. KAPITEL, *in dem wir zum Vorhof der Kehrseitenwelt gelangen und einige bemerkenswerte Entdeckungen machen*

Es war kalt, der Nebel schien aus Eis geschaffen, obendrein ging Schneeregen nieder.

Da es keine Halle gab, in der wir die *Schwalbe* hätten verstecken können, hatte ich unseren Vogel zum Ende des Streifens gebracht, ihn umgedreht und den Dämon nur in einen Halbschlaf geschickt – für den Fall, dass wir uns schnell wieder in die Lüfte schwingen mussten.

Nahywa schnupperte wie eine Wölfin in der feuchten Herbstluft.

»Hier ist niemand«, erklärte sie. »Die Stadt ist tot.«

»Wir sollten ein Nachtlager suchen«, sagte Ogg und stellte den Kragen hoch. »Und eine Stelle, an der wir gegebenenfalls Nahywas Leuchtturm entzünden können. Was ist, wollen wir uns mal umsehen?«

Er nahm eine Axt an sich und reichte mir eine Pistole.

»Falls sich Nahywa geirrt haben sollte«, murmelte er. »Und hier doch jemand ist.«

»Nur habe ich mich nicht geirrt, Ogg«, stellte Nahywa grinsend klar. »Du brauchst dir nicht die geringsten Sorgen zu machen.«

»Ich kannte mal einen Burschen, der hat das auch behauptet. Dann ist er im Wald in alte Ruinen gekrochen, hat den dortigen Gott geweckt – und der hat dann eine ganze Stadt dem Erdboden gleichgemacht, bevor man ihn beschwichtigen konnte.«

Über die Sümpfe strich eine Art Wind dahin, der den Nebel dicht über dem Erdboden langsam vertrieb. Die Sicht besserte sich, sodass wir die alten Ruinen nun klar zu erkennen vermochten. Uns umgaben Steinblöcke, Säulen und zerfallene Häuser. Moos und Flechten hatten alles erobert. Der einzige unversehrte Bau war jene gestufte Pyramide, in die wir fast reingeflogen wären. Sie war so riesig, dass ihre Spitze von den tief hängenden Wolken geschluckt wurde.

»Da drüben ist ein Pfad!«, sagte Nahywa. »Der ist zwar ziemlich zugewachsen, aber wir dürften ihn trotzdem benutzen können. Wollen wir mal nachsehen, wo er hinführt?«

»Zum Wald«, sagte Ogg, der mit zusammengekniffenen Augen in die Richtung spähte.

»Trotzdem …«, entgegnete Nahywa. »Es wäre nicht schlecht, auch Fluchtwege auszukundschaften.«

»Gut, sehen wir ihn uns an«, entschied Ogg.

»Den Notfallleuchtturm stellen wir am besten auf der Pyramide auf«, schlug ich vor.

»Immer hübsch eins nach dem andern«, zügelte mich Ogg. »Erst sehen wir uns hier gründlich um.«

Fröstelnd lief ich hinter Nahywa her. Ogg bildete den Abschluss unserer kleinen Einheit. Es roch nach Nebel, herbstlicher Kälte, verfaultem Gras und stehendem Wasser. Um uns herum gab es nur toten Stein, der in Schlaf gesunken war, nachdem diejenigen, die hier einst gelebt hatten, die Stadt verlassen hatten.

Der Pfad führte uns ziemlich weit aus der Stadt heraus und brachte uns zu einer steinernen Brücke, die über einen breiten Strom führte. Auf einer mit Schilf bewachsenen Insel fanden wir Nords Stützpunkt, das Dock. Es konnte mühelos große Luftschiffe aufnehmen und war mit Landemast, soliden Hängebrücken, stählernen Zangen zum Entladen und Kränen bestens ausgestattet.

»Nicht schlecht«, urteilte ich.

Außerdem gab es auch Hallen für Aeroplane. Wir schauten in eine von ihnen hinein.

»Nichts«, brummte Ogg enttäuscht. »Anscheinend hat man alles mitgenommen, was man noch brauchen konnte. Unsere *Hornisse* kriegen wir auch nicht hierher, dazu ist inzwischen alles viel zu sumpfig. Und falls die Echsen auftauchen, dürfte es auch kaum etwas bringen, sich in leeren Hallen zu verstecken ... Kehren wir also besser zur Stadt zurück.«

Die triste graue Gegend wirkte sich auf seine Stimmung nicht gerade erhebend aus. Auf meine im Übrigen auch nicht. Nach der leuchtenden Buntheit der Schildkröteninsel schien Kornevis aller Farben beraubt.

Der Regen nahm zu, kaltes Wasser lief uns in den Kragen. Inzwischen streiften wir wieder durch die Ruinen, in die sich oft genug ein wahres Labyrinth von Steinbergen schob. Über allem dräute die scharfkantige, stufige Pyramide. Wir konnten nur rätseln, welches Volk sie errichtet hatte.

»Ich kenne noch so eine alte, von Sümpfen verschluckte Stadt«, sagte Ogg. »Aber die dortigen Orkklane meiden sie tunlichst.«

Als Nächstes gelangten wir zu einem Platz, der völlig unter Wasser lag. Eine halb versunkene Mauer bildete nun eine Art Pfad durch ihn hindurch.

Ogg betrat ihn und streckte die Hand aus, um Nahywa zu helfen.

»Passt auf«, sagte er, »hier ist es glatt.«

Der aus dem Wasser herausragende Teil der Mauer war von gelben Flechten überzogen. Da ich immer wieder ausrutschte, spreizte ich die Arme seitlich ab, um das Gleichgewicht besser zu halten.

»Was für eine widerliche Pfütze!«, brummte Ogg, nachdem wir diesen See überwunden hatten. »Wohin jetzt?«

»Guck mal da«, sagte ich und deutete nach links. »Siehst du diese schiefe Säule? Dahinter liegen etliche unversehrte Häuser. Und diese Galerie deutet darauf hin, dass sie alle miteinander verbunden sind. Dort könnten wir uns verstecken, falls die Echsen auftauchen.«

»Stimmt, da gibt es mehrere Ausgänge, das wäre in der Tat eine Möglichkeit.«

»Jedenfalls solange sie keine Magie einsetzen.«

»Du kannst einen wirklich aufmuntern, Lass!«

Dann erreichten wir endlich die Pyramide. Aus der Nähe

wirkte sie sogar noch finsterer. Fünfzig Stufen führten zu einem Eingang in ihr dunkles Inneres hoch. Neben ihm lagen zerschlagene Statuen, in denen sich mit Mühe noch die Konturen von Tieren erkennen ließen.

»Ich sehe mich da drin mal um«, sagte Nahywa. »Ihr wartet hier.«

»Bist du sicher, dass das eine gute Idee ist?«

»Unbedingt.«

Sie verschwand im Eingang. Sofort verschluckte die Finsternis sie.

»Das ist doch unverantwortlich«, grummelte Ogg. »Wenn ihr da drinnen was zustößt …«

Doch Nahywa kam wesentlich schneller zurück, als ich erwartet hatte.

»Dort ist ein Gang«, teilte sie uns mit. »Er knickt schon bald ab und führt zu einer vermauerten Tür. Wenn wir etwas Pulver herbringen …«

»Nein!«, unterbrach Ogg sie. »Hier wird nichts gesprengt! Ich werde nirgendwo reinkriechen, wo eine vermauerte Tür mir den Zugang versperrt! Wer weiß, was dahinter haust! Und ob dieses Etwas nicht schon seit einer Ewigkeit Hunger leidet. Nein, Nahywa, ich habe ganz bestimmt nicht die Absicht, wegen deiner Neugier als Futter von irgendjemandem zu enden.«

»Wenn Nord, Alissa und Wu diese Tür nicht geöffnet haben, obwohl sie vermutlich die Gelegenheit dazu hatten, dann sollten wir das auch nicht«, schlug ich mich auf Oggs Seite. »Gib mir lieber den Notfallleuchtturm, ich bringe ihn noch weiter nach oben.«

»Ich habe bereits alles vorbereitet«, sagte sie, als sie mir die Kugel gab. »Dieses Artefakt arbeitet etwas anders. Du musst eine Hälfte auf der Pyramide lassen, die andere behältst du. Mit ihr bringen wir den Notfallleuchtturm zu gegebener Zeit zum Leuchten. Gehst du rauf bis zur Spitze?«

»Nein, nur bis zur fünfhundertsten Stufe. Das ist hoch genug, damit das Signal auch aus der Ferne zu sehen ist – und zwar selbst bei dieser vermaledeiten Wolkendecke.«

»Sieh dich aber ja vor«, schärfte mir Ogg ein.

Ohne noch etwas zu sagen, machte ich mich an den Aufstieg. Nach dreißig Minuten hatte ich die fünfhundertste Stufe erreicht, eine breite Fläche, auf der kaum noch zu erkennende Statuen mir unbekannter Götter und Helden standen. Ich brach die Kugel entzwei. Die eine Hälfte steckte ich mir in eine Tasche, die andere schob ich in einen Spalt zwischen den Steinen. Danach machte ich mich wieder an den Abstieg, der weitaus mühseliger war als der Anstieg. Noch bevor ich meine Freunde erreicht hatte, war ich am Ende meiner Kräfte.

Trotzdem umrundeten wir nun die Pyramide.

»Da!«, rief Nahywa plötzlich.

»Hol mich doch die Kehrseite!«, stieß Ogg aus. »Siehst du das, Lass?!«

Der Anblick war in der Tat erstaunlich.

Vor uns versank die Stadt vollständig im Sumpf. In dieser grauen Ebene wuchsen nur vereinzelte Bäume, außerdem sprudelte hier und da klares Wasser hoch: Vor uns lag ein Vorhof der Kehrseitenwelt.

Alle drei Sekunden liefen silbrige Entladungen über das Grau, was aussah, als würde das Wasser eines Sees durch den Wind gekräuselt.

Nebel wogte, wirbelte, dehnte sich und wand sich in Spiralen. Es war ein ebenso betörender wie abstoßender Anblick. Als beobachteten wir ein riesiges Insekt. Und in diesem Vorhof lag – nur einen Steinwurf von uns entfernt und doch unerreichbar – ein Schiff, eine wunderschöne Fregatte mit einem gewaltigen Rumpf, prachtvollen Aufbauten, einem goldenen Bugspriet und einem beeindruckenden Waffendeck. Die gewaltigen Sturmflügel waren ausgeklappt, die Geschützpforten standen offen, das Höhenruder war umgeknickt, die Flagge knatterte im Wind, ein blendend purpurroter Wimpel thronte über dem Heck.

Wir alle meinten, die Fregatte müsste schon beim nächsten Herzschlag zum Leben erwachen, an uns vorbeiziehen, die Pyramide umfliegen und mit den seitlichen Kanonen eine Salve auf einen unsichtbaren Gegner abgeben. Die Minuten vergingen indes, ohne dass sich das Schiff von der Stelle gerührt hätte. Es blieb ein in Bernstein eingeschlossener Schmetterling, gefangen im Vorhof der Kehrseitenwelt, bar jeder Hoffnung, jemals in unsere Welt zurückzukehren.

»Am Bug steht *Fuchsschwanz*«, durchbrach ich das Schweigen.

»Das ist Alissas Schiff.«

»Aber die *Fuchsschwanz* ist doch bei den Purpurbergen untergegangen!«, rief Nahywa. »Nord hat gesagt …«

Sie verstummte jäh und knickte die Ohren ab.

»Ich … ich verstehe das nicht«, murmelte sie.

»Ich auch nicht«, versicherte ich. »Aber unsere Augen können uns nicht täuschen. Die *Fuchsschwanz* steckt hier fest, tausend Meilen von den Purpurbergen entfernt.«

»Dann hat Nord uns also … angelogen?«, flüsterte Nahywa. »Alles, was er und die anderen Offiziere der *Donner* gesagt haben, war die … Unwahrheit?«

»Das werden wir ihn fragen, sobald er hier eintrifft«, versprach Ogg ihr.

»Sind sie tot? Die Mannschaft auf dem Schiff, meine ich …« Nahywa spähte unverwandt zu der Fregatte. »Sonst müssten doch die Dämonen …«

»Die Dämonen sind längst in die Kehrseitenwelt abgehauen«, unterbrach ich sie. »Das ist der einzige Ort, zu dem es sie zieht. Erinnere dich doch nur, welche Schwierigkeiten Dämonologen haben, die Biester dort herauszulocken. Glaub mir, im Vorhof würdest du sie nie finden.«

»Dann … dann hat die *Fuchsschwanz* die Schlacht an den Purpurbergen also überlebt«, flüsterte sie. »Sie ist hierher zum Stützpunkt gekommen. Und erst hier … hat die Kehrseite sie geschluckt.«

Vom Regen durchweicht, standen wir regungslos da, wie gebannt vom Anblick der Fregatte. Nebel kroch heran. Schon bald würde er sich vor die Grenze schieben und die *Fuchsschwanz* unserem Blick entziehen, als hätte es sie nie gegeben.

»Wir haben hier lange genug rumgestanden«, knurrte Ogg.

»Schauen wir uns weiter um. Da drüben scheint es einen Kampf gegeben zu haben. Seht ihr die Schäden an der Pyramide?«

»Stimmt«, erwiderte ich. »Die Stufen sind zerstört und die Ecken abgeschlagen. Als hätte ein Kanoneneinschlag sie getroffen.«

»Ich denke, wenn wir nur gründlich suchen, dann finden wir noch ein paar Kugeln«, sagte Ogg. »Wenn ihr mich fragt, ist die *Fuchsschwanz* jemandem hinterhergejagt.«

»Und der hat sich dann hinter der Pyramide in Deckung gebracht …«, ergänzte ich.

Als Nahywa diese Worte hörte, wurde sie noch niedergeschlagener. Wir dachten wohl alle an Nord …

»Gehen wir! Erkunden wir noch den Rest!«

Damit setzten wir uns wieder in Bewegung.

Wir stapften schmatzend über feuchtes Moos, das die alten Steine mit einem dichten Teppich überzog, während wir immer weiter durch die Überreste aus dem Leben einstiger Völker streiften. Einmal sahen wir eine gewaltige umgestürzte Statue, die einen grob gehauenen Froschmenschen mit Hörnern darstellte, sicher irgendeine Gottheit. Ogg kletterte ohne viel Federlesens auf sie, indem er sein Bein direkt in den offenen Mund setzte. Von dort aus half er Nahywa, das Hindernis zu überwinden.

Nachdem ich auf die Statue gestiegen war, drehte ich mich um, aber ein Regenvorhang entzog den Vorhof meinem Blick.

»Seht mal da!«, rief Nahywa und zeigte in Richtung einer kleinen Mauer. »Was ist das?! Ein Vogel???«

Hinter der Mauer – die im Übrigen jünger als alle anderen um sie herum war und diesen auch in keiner Weise glich – zeichnete sich im Nebel ein Falke mit weit gespreizten Flügeln ab. Zunächst dachte ich, er würde schweben, dann schaute ich jedoch genauer hin und erkannte, dass er auf einer Stange befestigt war.

Die hölzerne Figur war beschädigt, die Schnabelspitze fehlte, am linken Flügel war hier und da etwas abgesplittert, die Farbe war längst abgeblättert, nur an wenigen Stellen gab es noch azurblaue Flecken.

Ich ging als Erster an die Mauer und spähte hinüber.

Eine saubere Fläche ohne jedes Haus, dafür aber voller Gräber. Es waren einige Hundert, die alle gleichmäßig mit Moos bewachsen waren. In die Grabsteine waren Namen eingehauen.

Viele Namen.

Ogg setzte schweigend über die Mauer, lief über den Friedhof und las die Inschriften. Nahywa zögerte kurz, schloss sich ihm dann aber an. Ich nahm mir einen anderen Teil des Friedhofs vor.

Menschen, Gnome, Orks, Halblinge und sogar Elfen. Sie alle hatten ihre letzte Ruhestätte in derselben Erde gefunden, auf einem vom Himmel vergessenen Kontinent.

»Lass!«, rief Nahywa da. Ihre Stimme war so tief und krächzend, als schnürte ihr jemand die Kehle ab. »Komm mal her!«

»Wu«, sagte Ogg, als ich die beiden erreichte. »Der Kapitän der *Steinstumpf* ist also auch nicht in den Purpurbergen gestorben. Seine Standarte zierte übrigens ein Falke.«

»Der azurblaue Falke führt uns zum Sieg«, flüsterte Nahywa und rieb sich die Wange. »Das war die Losung der Mannschaft auf der *Steinstumpf*. Doch dann sind sie hier gestorben, und jemand ... vielleicht Nord, vielleicht aber auch Alissa, hat sie begraben.«

Mein Blick wanderte über den Friedhof und wurde schließlich von einem Hügel gefesselt, der zum Teil im Nebel verschwunden war. Die dicken Schwaden gaukelten mir vor, der Hügel hätte sich eine Brustflosse zugelegt. Ich kniff die Augen zusammen, denn ich wollte der vom Nebel heraufbeschworenen Sinnestäuschung nicht aufsitzen. Und in der Tat! Das war selbstverständlich keine Brustflosse. Das war auch kein Hügel. Das waren ein Schiff und ein Sturmflügel ...

»Dann richtet euren Blick mal darauf«, forderte ich Ogg und Nahywa auf.

Die nächste Minute brachte keiner von uns ein Wort heraus.

»Das Schiff ist fast vollständig im Sumpf untergegangen«, durchbrach Ogg schließlich das Schweigen. »Der Bug fehlt, das Heck ist verbeult, die Aufbauten sind eingekracht. Den Namen kann ich auch nicht erkennen.«

»Den wissen wir auch so. Das ist die *Steinstumpf*. Wer sollte es denn sonst sein?«

»Das kann nicht sein«, widersprach Nahywa.

»Traust du deinen eigenen Augen nicht?«, fragte Ogg. »Bei der Silhouette kann es nur die *Steinstumpf* sein! Und jetzt sieh noch mal genauer hin und erinnere dich an alles, was man dir über die Fregatte von Kapitän Wu erzählt hat! Die Bordwände sind doppelt verkleidet, und die Sturmflügel erinnern an Walfischflossen ... Sie muss nach einem harten Kampf abgeschossen worden sein. Dann ist sie dort drüben im Sumpf untergegangen.«

»Und die ganze Mannschaft ist gestorben. Sie alle wurden auf dem Friedhof begraben.«

Ich wollte noch etwas sagen, hielt aber inne und legte den Kopf in den Nacken.

Aus den tief hängenden Wolken drang das kaum vernehmbare Heulen eines Dämons zu uns herunter.

27. KAPITEL, *in dem so viel Bemerkenswertes geschieht, dass es sich beim besten Willen nicht mit wenigen Worten wiedergeben lässt*

»Das ist die Fregatte der Margudier.«

Ich konnte mich nur selbst darüber wundern, wie gelassen ich diese Worte aussprach.

»Bist du sicher?«, fragte Ogg. »Vielleicht ist es ja auch die *Donner*?«

»Die *Donner* hat zwei Dämonen, manchmal sogar drei, das gibt ein besonderes Echo im tiefen Bereich. Dieser Dämon heult aber hoch und heiser. Meine Ohren kannst du nicht täuschen. Ich vermute, sie landen im Dock, das ist die einzige Möglichkeit für ein so großes Schiff.«

»Besonders eilig haben sie es ja nicht«, bemerkte Ogg mit einem Blick hoch zum Himmel.

»Bei dem Nebel ist das nur zu verständlich. Aber uns kommt das natürlich zupass. Nahywa, du schaffst es noch zur *Schwalbe*, ehe sie landen. Sie muss weg, bevor sie begreifen, dass bereits jemand hier ist.«

»Und was ist mit euch?«

»Wir bleiben hier, um den Notfallleuchtturm zu zünden, falls Nord auftaucht.«

»Dafür ist nur einer notwendig«, sagte Ogg. »Deshalb gibt es keinen Grund, warum du auch hierbleibst.«

»Aber zwei werden mit der Aufgabe besser fertig«, widersprach ich. »Vor allem wenn dem einen von ihnen etwas zustößt.«

»Der Herr platzt ja heute vor Zuversicht«, stellte Ogg seufzend fest. Immerhin drängte er nicht weiter darauf, dass ich mit Nahywa abflog. »Nahywa, beeil dich, sie sollten das Aeroplan wirklich nicht sehen.«

»Davon hängt die Sicherheit der *Donner* ab«, setzte ich hinzu, was nicht ganz ehrenhaft war, aber die Mauer ihrer Sturheit durchbrach.

»Ich bleibe in der Nähe«, versicherte sie. »Wehe, ihr lasst euch von denen schnappen! Ich hole Hilfe!«

Sie rannte davon.

»Hoffen wir, dass sie noch rechtzeitig wegkommt«, sagte Ogg.

»Das wird sie schon«, behauptete ich, während ich auf das Gebrüll des Dämons lauschte. »Noch sind die Margudier weit genug weg. Und jetzt sollten wir uns besser verstecken!«

Während wir noch vom Friedhof eilten, auf dem die Mannschaft der *Steinstumpf* lag, vernahm ich ein leises Heulen: Nahywa war mit der *Schwalbe* in die Lüfte aufgestiegen. Das Aeroplan erhob sich über die Stadt – und verschwand in den Wolken.

»Sie jedenfalls hat es geschafft«, meinte Ogg irgendwie traurig.

Erst Minuten später bohrte sich aus den Wolken der spitze Kiel der riesigen Fregatte heraus.

Ogg und ich brachten uns hinter einer Säule in Deckung und beobachteten, wie die schwarze Fregatte mit den beschädigten Schaufelrädern, den mit stählernen Dornen besetzten Bordwänden und den bedrohlichen Kanonen über uns hinweg zum Dock flog.

Kurz darauf verstummte das Heulen, dafür krachte Metall laut aufeinander: Das Schiff wurde gesichert.

»Was würdest du jetzt an ihrer Stelle machen?«, fragte mich Ogg.

»Die Stadt durchkämmen«, antwortete ich, als wir gerade unser Ziel erreichten.

Ein Labyrinth von dicken Mauern und bogenförmigen Galerien empfing uns. Überall gab es Säulen mit abgeschlagenen Marmorelementen und nicht mehr zu erkennenden Flachreliefs. Die muffig riechenden Räume versanken in schummrigem Licht.

»Dann will ich hoffen, dass sie nicht auf diesen Gedanken kommen«, erwiderte Ogg, betrat einen Gang, setzte sich auf den bemoosten Boden und lehnte sich mit dem Rücken gegen eine Wand. »Außerdem tröste ich mich mit der Vorstellung, dass sie den Streifen nicht untersuchen und keine Spuren von unserer *Schwalbe* entdecken.«

Ich blieb neben dem bogenförmigen Eingang stehen und schaute auf die Straße hinaus.

»Der Regen will einfach nicht aufhören«, bemerkte ich. »Vielleicht verwischt er ja all unsere Spuren.«

»Würde ich sehr begrüßen. Wer übernimmt die erste Wache?«

»Ich.«

»Dann hau ich mich noch aufs Ohr. Weck mich, wenn ich dich ablösen soll.«

Er schlief ziemlich schnell ein. Derweil lauschte ich auf den Regen, der über dieser uralten Stadt niederging …

Vom Dock klang Hämmern herüber, anscheinend hatten die Margudier mit der Ausbesserung ihres Schiffs begonnen. Der Regen gönnte sich ab und zu eine kurze Pause, setzte dann aber wieder ein. Der Nebel nahm gegen Abend so zu, dass er alle Straßen in diesem Teil der Stadt schluckte. Uns kam das nur gelegen. Schon bald würde man in diesen Ruinen eine Sicht von weniger als zehn Schritt haben.

Ich ging zum Ausgang, lauschte und versuchte, im Rauschen des Regens das auszumachen, was mir keine Ruhe ließ. Obwohl ich die Pistole mit aller Vorsicht spannte, kam mir das Knacken wie ein Donnerknall vor. Ogg wurde wach, sprang auf und griff nach der Axt.

»Kommt raus!«, hörten wir da Wedhals Stimme über uns. Der Gnom musste auf dem Dach stehen. »Und macht ja keine Dummheiten!«

Ich bedeutete Ogg, er solle sich weiter in den Gang zurückziehen.

»Für unsere Freunde war es das reinste Kinderspiel, euch aufzuspüren«, tönte Wedhal. »Roch hat sie gebeten, sich höflich gegenüber euch zu zeigen. Das haben sie auch zugesichert, falls, wie sich von selbst versteht, ihr nicht irgendwelche Sperenzchen macht. Kommt also raus! Solltet ihr euch weigern, werden die Margudier irgendwas in euren Bau schmeißen – und danach wird man euch von Wand und Decke abkratzen müssen. Ich nehme an, darauf könnt ihr verzichten. Im Übrigen sind bereits alle Ausgänge abgeriegelt.«

Wie zur Bestätigung seiner Worte nahm ich im hinteren Teil des Gangs das Gezischel von Echsen wahr. Ich wechselte einen Blick mit Ogg. Dieser schüttelte den Kopf. Gegen die Margudier konnten wir nichts ausrichten. Mit einem Mal pfiff von hinten eine halb durchscheinende rauchende Kugel auf uns zu. Sie platzte mit lautem Heulen und bestreute uns mit grauen, leuchtenden Pollen.

»Die Kehrseite soll euch holen!«, schrie Ogg, als er versuchte, das Pulver von den Händen zu reiben – das daraufhin noch heller leuchtete.

»Ich warne euch zum letzten Mal!«, schrie Wedhal. »Ihr entkommt uns eh nicht!«

Nun peitschten schwarze Gerten an uns vorbei, die Ogg fast von den Beinen holten. Stattdessen rissen sie Steinbrocken aus der Wand, auf die sie trafen.

»Einverstanden!«, sagte ich. »Wir kommen raus!«

»Werft erst eure Waffen raus! Dann kommt selbst! Mit erhobenen Händen!«

Ogg warf die Axt und ein Messer hinaus, ich die Pistole und den Dolch.

»Was denn?«, fragte Wedhal ungläubig. »War das etwa alles?!«

»Ja.«

»Gut. Dann raus mit euch!«

Wedhal stand tatsächlich auf dem Dach, die Arme in die Hüften gestemmt und mit einem breiten Grinsen. Der Kümmerling trug einen Harnisch und war mit verschiedenen Artefakten behängt. In jeder Hand hielt er einen Entersäbel.

Vor dem Gebäude warteten sieben Margudier auf uns. Allerdings war nur einer von ihnen ein Zauberer mit Umhang und

Stab, die anderen waren einfache Soldaten, die mit Musketen auf uns zielten.

»Lass und Ogg«, bemerkte Wedhal grinsend. »Unsere ruhmreichen Kuriere! Ich bin entzückt, wie langlebig du bist, Spitzohr! Als ich dich das letzte Mal gesehen habe, war ich mir sicher, Pech würde dir gleich das Licht ausblasen.«

»Offenbar hatte er dafür einen zu kurzen Atem.«

»Was ist geschehen? Hat der legendäre Nord sich auf ihn gestürzt?«

»Nein, Pech hat beschlossen, das Fliegen zu lernen. Leider hat er seine Kräfte etwas überschätzt und sich bereits beim ersten Versuch alle Knochen gebrochen. Das letzte Mal, als ich ihn sah, bot er daher einen entsetzlichen Anblick.«

»Genug palavert!«, mischte sich der Zauberer ein. Er funkelte wütend mit den goldenen Augen. »Durchsssucht sssie!«

Wir wurden rasch abgetastet. Meine Artefakte hatte ich bereits auf der *Donner* verbraucht, sodass ich tatsächlich keine Überraschungen mehr in der Hinterhand hatte. Nach dieser Körperkontrolle durch die Soldaten zog der Zauberer aus seiner Tasche eine feine Scheibe, die er dicht vor mir und Ogg durch die Luft führte.

»Willsssst du mich für dumm verkaufen?!«, zischte er Ogg an, um sich dann an die Soldaten zu wenden. »Der Kerl hat drei Artefakte bei sssich, ihr Blindfisssche! Die Ohrringe und etwasss in den Ssstiefeln!«

»Am besten rückst du das alles freiwillig heraus, Grünling!«, riet Wedhal Ogg. »Der Herr Zauberer könnte sonst leicht ungehalten werden. Und falls ihm der Geduldsfaden reißt, schneidet er dir womöglich kurzerhand die Ohren ab.«

Ogg nahm die Ohrringe ab und holte unter der Schuhsohle ein metallenes Dreieck hervor. Alle drei Artefakte legte er Wedhal auf die raue Handfläche.

»Was jetzt?«

»Ich frage mich gerade, wo eigentlich euer Aeroplan geblieben ist. Der Vogel wird doch nicht wieder abgeflattert sein? Und wenn doch – mit wem? Etwa mit Nahywa? Denn wenn du überlebt hast, Spitzohr, dann ist sie vielleicht auch noch gesund und munter. Was ziehst du für ein Gesicht? Hat sie euch im Stich gelassen? Sieht ihr ähnlich! Aber kreuzdämliche Unglückspilze wie euch hätte ich auch im Stich gelassen!«

»Halt doch endlich die Schnauze!«, fuhr Ogg ihn an.

»Willst du mir etwa drohen?!«, erwiderte Wedhal und grinste. »Dann lass dir eins gesagt sein: Solltest du tatsächlich glauben, mir in dieser Lage etwas anhaben zu können, würde ich mich scheckig lachen. Im Übrigen würden wir gern eine Frage klären. Meister Rssscha ...« Bei diesem Namen zeigt er auf den Zauberer. »Meister Rssscha also ist bitter enttäuscht, dass Roch und ich das Artefakt ohne Schlüssel überbracht haben. Ihr wisst nicht zufällig, wo er geblieben ist?«

Wir schwiegen beide.

»Bessser, ihr rückt ihn herausss«, verlangte der Margudier. »Sssonssst ...«

»Sonst bringst du uns um, ja, ja, wissen wir. Du stellst uns vor die Wand da drüben und jagst uns eine Kugel in den Nacken«, leierte Ogg in gelangweiltem Ton herunter. »Nur ob du damit dein Ziel erreichst? Spar dir also deine leeren Drohungen!«

»Keine Sssorge, du wirssst mir alless sssagen, wasss ich wissen will. Und zzzwar ssehr ssschnell. Aber ersst will noch jemand mit euch reden! Führt ssie ab!«

Wedhal trat vor uns und zischte etwas tiefer als sein neuer Herr: »Ein falscher Schritt – und ich brech euch sämtliche Knochen!«

»Hat Nord dir wirklich so wenig gezahlt«, fragte Ogg, »dass du ihn verraten musstest?«

»Was Nord zahlt, ist ein Papageiendreck verglichen mit dem, was wir von den Margudiern erhalten!«

Nach diesen Worten stieß er uns in den Rücken.

Wir setzten uns in Bewegung, die Läufe der Musketen im Nacken. Ogg gab vor, stark zu hinken, und bewegte sich langsamer als ein wiederbelebter Toter vorwärts. Die margudischen Soldaten fauchten mürrisch, und Wedhal platzte irgendwann der Kragen.

»Meister Rssscha!«, wandte er sich an den Zauberer. »Was soll ich mit dem Grünling machen?! So, wie der schleicht, brauchen wir die ganze Nacht!«

»Dann trag ihn halt«, zischte dieser zurück.

Daraufhin hüllte sich der Kümmerling in Schweigen.

Der Nebel hatte sich inzwischen ein wenig gelichtet, die Sicht wurde besser. Schon ließen sich die Umrisse der Fregatte erkennen.

»Dieser sture Nord«, stieß Wedhal unvermittelt aus. »Die Margudier haben ihm wiederholt angeboten, das Artefakt zu kaufen. Eine Unsumme hätten sie ihm dafür gegeben! Aber er hat sich strikt geweigert! Und die Offiziere haben ihn auch noch unterstützt! ›Nicht nach allem, was geschehen ist!‹ – das war das Einzige, was sie von sich geben konnten! Was für Leiserülpser!«

»Und was ist geschehen?«, fragte ich.

»Halt den Mund!«

»Ich hatte den Eindruck, du wolltest uns dein Herz ausschütten ...«

»Vielleicht möchte ich der Kehrseitenwelt irgendwas ausschütten! Dich und dein spitzohriges Hirn aber geht diese Sache einen Dreck an! Also halt die Schnauze und beweg deinen Hintern! Damit ich mich in aller Ruhe weiter mit mir selber unterhalten kann!«

»Wie habt ihr uns eigentlich gefunden?«, wechselte ich das Thema.

»Der Regen hat die Spuren des Aeroplans nicht ganz weggespült. Da wollten wir mal nachsehen, wer hier gelandet ist. Euch dann in eurem Bau aufzustöbern – das hätte jedes Kind geschafft!« Er betrachtete verzückt das leuchtende Pulver, das trotz des Regens immer noch an unserer Kleidung klebte. »Was seid ihr bloß für Hohlköpfe!«

»Selber Hohlkopf!«, brummte Ogg.

»Noch ein Wort ...«

»Du scheinst nichts lieber zu tun, als zu drohen«, bemerkte ich.

»Ja und? Schließlich habe ich diese Burschen hinter mir. Was habt ihr denn vorzuweisen außer euren kreuzdämlichen Visagen, ihr Unglückspilze?!«

Genau das schien ihm bisher entgangen zu sein ...

Wie ein Gespenst tauchte unsere *Schwalbe* aus den Wolken auf. Sie bewegte sich völlig lautlos im Gleitflug dahin, mit eingelulltem Dämon. Für solche Späße ist ein erfahrener Flieger nötig, der genau weiß, wann er sich noch am Himmel halten kann – und wann er abstürzt.

Bisher hatte offenbar niemand sonst unseren Vogel bemerkt. Als das Aeroplan dann in den Sturzflug ging, rempelte ich Ogg mit aller Kraft an, um ihn von den Beinen zu holen.

Das gelang auch, nur krachte er auf mich, was sich anfühlte, als begrabe mich ein Fels unter sich. Wir landeten in einer Pfütze, während Nahywa die Bienenwerfer sprechen ließ. Über die Straße schoss ein Feuersturm, das kalte Blut der Margudier spritzte auf. Der Dämon in der *Hornisse* brüllte los, als das Aeroplan den Sturzflug beendete, an Höhe gewann und in den Wolken verschwand.

»Bei der Kehrseite!«, stieß Ogg aus. »Was für ein Angriff!«

Um uns herum lagen zahllose zerfetzte Leichen. Von dem Zauberer zeugten nur noch der zerlöcherte Umhang, einige Fleischbrocken, Knochen und Schuppen. Nahywa konnte ziemlich gut zielen ...

Ich nahm einem der toten Margudier die Muskete ab, Ogg besorgte sich einen Säbel – doch da wanden sich bereits schwarze Gerten um unsere Arme und Beine ...

»Zumindest hat mir Nahywa mit ihrem Mut und ihrer Treffsicherheit einen kurzen Augenblick der Freude beschert«, sagte Ogg, als er sich schon nicht mehr rühren konnte und gleichmütig auf die Echsen starrte, die sich uns näherten.

Auch ich konnte nur noch nicken.

Wedhal schrie, geiferte und fuchtelte mit den Fäusten. Sein Kopf war verbunden und seine Fratze vor Wut verzerrt. Er griff immer wieder nach seiner Waffe, aber Roch, der sich zwischen uns und den Kümmerling stellte, unterband jeden Angriffsversuch.

Ehrlich gesagt, war die Hälfte der Tirade des Gnoms gar nicht zu verstehen, denn die Margudier setzten trotz der hereinbrechenden Dunkelheit die Arbeit an der Fregatte fort, behoben die Schäden, die das Schiff noch unter dem Beschuss von Nahywas Staffel an den Schaufelrädern davongetragen hatte, und besserten die Verkleidung aus. Alle um uns herum schienen zu hämmern, zu sägen und zu hobeln. Vorschlaghammer wurden ebenso eingesetzt wie Artefakte.

»Sie ... auf ... in ... aber ... Roch ... Kehrseitenrülpser ... am besten ... lass mich ...«

Daraus reimte ich mir unschwer zusammen, dass der Gnom unser Blut forderte.

Einer der Margudier, der mit dem Rücken zu uns stand, redete kurz auf ihn ein, worauf der Kümmerling enttäuscht ausspuckte und ihn anstierte, als wollte er ihn gleich verschlingen, bevor er seinen hasserfüllten Blick wieder auf uns richtete.

Als der Margudier sich danach zu uns umdrehte, erkannte ich in ihm einen alten Bekannten: jenen geschuppten Mistkerl, der mir in Peleleo begegnet war. Diese schwarze Zeichnung unter den Augen war einfach unverwechselbar.

Der Zauberer deutete mit dem Finger auf uns, worauf die Soldaten uns zu einer Halle brachten. Kaum dass wir eingetreten waren, bauten sich zwei Echsen mit kurzen Enterlanzen in der Hand neben dem Eingang auf und funkelten uns mit ihren goldenen Augen an. Weitere Margudier stürmten herein und bezogen vor den Wänden Posten, damit wir gar nicht erst auf die Idee kamen zu fliehen. Meiner Ansicht nach übertrieben die Echsen da ein wenig: Unsere Handgelenke waren nach wie vor fest mit diesen schwarzen Gerten gefesselt, sodass wir keinen nennenswerten Widerstand leisten konnten.

»Ssso trifft man sssich wieder, Elf«, wandte sich mein alter Bekannter an mich und schob sein widerwärtiges dreieckiges Gesicht vor meines. »Ich bin der Kapitän diessser Fregatte.«

»Ich kann nicht gerade behaupten, dass mich die Begegnung erfreut.«

»Oh, mich auch nicht. Wir wollten längssst auf dem Weg nach

Haussse sein. Aber diessser Mensssch hat den Ssschlüsssel verloren.« Er nickte zu Roch hinüber. »Sssie sssagen, du hättessst jenesss Ssstück, dasss meinem Volk gehört. Ssstimmt dasss?«
»Nein.«
»Ssschade. Sssonssst hätten wir diessse Gessschichte an diessser Ssstelle beenden können.« Dann zischte er seinen Untergebenen zu: »Die Kissste!«
Einer der Soldaten schrie etwas in seiner hässlichen Sprache zum Eingang hinaus. Daraufhin betrat die Halle ... Nun, vielleicht war dieses Wesen ein Margudier. Wenn ja, dann allerdings eine Echse von der Größe eines Trolls. Und so, wie sie aussah – mit dem raubtierhaften Maul, dem beinernen Kragen, den dicken Pranken und dem grimmigen Ausdruck –, konnte ich mir etwas Lieblicheres vorstellen, als in ein Handgemenge mit diesem Untier verstrickt zu werden.
»Womit haben die denn den gefüttert?«, murmelte Ogg.
Selbstverständlich antwortete ihm keiner der Anwesenden auf diese Frage. Die Riesenechse stellte eine kupferbeschlagene Truhe auf den Boden und öffnete sie. Im schwachen Licht funkelte Gold: Die Kiste war bis zum Rand mit Louisdors gefüllt.
»Dasss sssind elftaussssend«, sagte der Margudier. »Ein Vermögen für Tagediebe wie euch. Dasss issst mein letzzztesss Angebot, alless friedlich zu regeln.«
»Friedlich?!«, stieß Wedhal aus. »Mit diesen Schlapprülpsern von Kurieren?! Die versalzen Euch die Suppe – und Ihr bietet denen einen Berg Louisdors an?! Meister Ssscha, das kann nicht ...«
»Halt den Mund!«, fiel ihm Ssscha ins Wort. »Hättet ihr unsss den Ssschlüsssel gebracht, sssähe jetzzzt alless anderss ausss. Aber keine Sssorge, ihr bekommt euer Geld trotzzzdem, genau wie esss ausssgemacht war.«
»Ihr wollt uns den Schlüssel für dieses Geld abkaufen?«, fragte Ogg und fing schallend an zu lachen. »Nur haben wir den leider gar nicht. Das haben wir doch schon gesagt.«
»Dann issst er bei eurer Freundin. Oder noch immer auf der *Donner*. Dasss ssspielt überhaupt keine Rolle. Sssie sssoll ihn

unsss geben oder von Nord holen. Ihr bekommt das Geld, ich den Ssschlüsssel, dann trennen sssich unsssere Wege.«

»Als ob Nord ihr den Schlüssel gibt!«, giftete Wedhal.

Roch nickte zur Bestätigung seiner Worte nur stumm.

»Die Frau sssoll herkommen, dann macht der Elf ihr allesss klar. Er wird sssie überzzzeugen, unsss den Ssschlüsssel zzzu geben oder die *Donner* zzzu finden.«

»Du willst Nord in eine Falle locken?«

»Kommt er nicht sssowiessso hierher? Ihr ssseid ssschliessslich auch hier. Und sssein Ssstützzzpunkt liegt hier. Wir locken ihn alssso nicht in eine Falle, sssondern warten ssschlicht und ergreifend auf ihn. Aber der Ssschlüssel darf nicht bessschädigt werden. Daher sssoll er ihn freiwillig herausssrücken. In dem Fall nimmt auch niemand von euch Ssschaden.«

»Scher dich doch zur Kehrseite, du Echse!«

»Ich bin mir sssicher, dasss eure Freundin noch immer in der Nähe isst«, sagte der Zauberer und gab der Riesenechse ein Zeichen. Die klappte die Truhe zu. »Wir geben ihr Lichtzzzeichen. Wenn sssie den Ssschlüsssel bisss Mittag nicht gebracht hat, werdet ihr geköpft, denn ohne den Ssschlüsssel haben wir keine Verwendung für euch.«

»Ich würde sie schon jetzt einen Kopf kürzer machen«, stieß Wedhal aus. »Warum bis morgen warten?«

Roch sagte zwar kein Wort, aber sein Blick war beredt genug: Ich hoffte inständig, Nahywa wäre weit weg und würde die Signale nicht sehen.

»Wenn sie zurückkommt, dann wird es nicht zwei Leichen geben, sondern drei«, knurrte Ogg, der im Schneidersitz auf dem Boden saß und immer wieder zur Tür schielte. Durch den unteren Spalt fiel das erste, fahle Morgenlicht herein.

Bis Mittag blieb noch viel Zeit. Wir wurden von der Riesenechse bewacht, die nicht gerade begeistert über diese Aufgabe zu sein schien, denn wenn Ogg oder ich uns dem Ausgang näherten, zischte sie jedes Mal wütend.

Irgendwann schaute Wedhal durch das Fenster in der Tür zu

uns herein und langweilte uns mit Schilderungen darüber, wie unangenehm es doch sei, den Kopf abgehackt zu bekommen. Er fand gar kein Ende und beschrieb in allen Einzelheiten, was man mit uns vorhabe. Ihn selbst stachelte das immerhin derart an, dass er hereinkommen und uns – um die Wahrhaftigkeit seiner Ausführungen unter Beweis zu stellen – schon mal vorab ein paar Schläge verabreichen wollte. Die Riesenechse hatte den Darlegungen des Kümmerlings jedoch offenbar nicht viel abgewinnen können, denn sie stieß ihn prompt zur Seite und drohte ihm mit der Faust.

»Dich mache ich als Ersten kalt, Spitzohr!«, giftete Wedhal noch, bevor er abzog.

Als bis Mittag keine Stunde mehr blieb, betrat Roch in Begleitung zweier margudischer Soldaten die Halle.

»Wo hast du deinen Freund gelassen?«, fragte ich ihn.

Er antwortete nicht.

»Kommt raus!«, befahl er.

Über Nacht hatte sich das Wetter gebessert, der Nebel sich gelichtet und der Regen aufgehört. Die Wolken hatten sogar endlich die Spitze der Pyramide freigegeben. Der graue Vorhof der Kehrseitenwelt flimmerte, die *Fuchsschwanz* steckte nach wie vor in ihm fest.

Meister Ssscha wartete bereits zusammen mit zwei anderen Zauberern an dem Streifen, auf dem wir gelandet waren. Auch Wedhal war bei ihm. Kaum erblickte er uns, drohte er zur Begrüßung mit der Faust, bleckte die Zähne und fuchtelte mit seiner Axt herum.

Aus der Wolkendecke war ein anwachsendes Heulen zu vernehmen.

»Das ist unsere *Schwalbe*«, sagte ich zu Ogg.

Dieser nickte.

Das Aeroplan flog unter der Wolkendecke dahin, drehte noch einen Kreis über unseren Köpfen und setzte zur Landung an.

»Dann wollen wir unssseren Gassst mal in Empfang nehmen«, sagte Ssscha. »Gnom, leg die Axxxt weg, die brauchen wir nicht.«

Wedhal stand ins Gesicht geschrieben, dass er beinahe vor Wut geplatzt wäre.

»Bringt dasss Artefakt vor die Pyramide«, befahl die Echse ihren Untergebenen.

»Und wenn sie den Schlüssel nicht dabeihat?«, fragte Roch.

»Ich bin sssicher, dasss sssie ihn hat. Aber fragen wir sssie doch ssselbssst. Ihr, meine Herren Kuriere, ssseid herzzzlich eingeladen, dem Gessspräch beizzzuwohnen.«

Die Riesenechse legte uns ihre Pranken auf die Schultern und zischte vernehmlich.

Vermutlich sollte das eine Drohung sein.

»Warum das denn?!«, grollte Wedhal.

»Wir müsssen doch ... wie war ihr Name?«

»Nahywa«, sagte Roch.

»Wir müsssen doch Nahywa zzzeigen, dasss wir sssie in friedlicher Absssicht willkommen heisssen«, antwortete Ssscha – wobei sein verschlagenes Grinsen das völlige Gegenteil bezeugte.

Nahywa hatte die *Schwalbe* am hinteren Ende des Streifens runtergebracht und eilte uns so begeistert entgegen, als könnte sie es gar nicht erwarten, den Echsen um den Hals zu fallen.

»Bissst du allein?«, fragte Ssscha.

»Nein, ich habe noch zwei Dutzend wackere Burschen aus der Enterbrigade mitgebracht«, blaffte Nahywa ihn an. »Sie sind allerdings ein wenig schüchtern ... Selbstverständlich bin ich allein, Zauberer. Seid gegrüßt, ihr zwei. Und auch du, Roch. Was macht dein Gesicht?«

Die Spuren, die Nahywas Krallen auf Rochs Wange zurückgelassen hatten, waren noch immer zu erkennen. Außerdem hatte er die Wunden nicht sorgfältig vernäht, sodass die eine Hälfte des Gesichts stark angeschwollen war, was ihn aussehen ließ wie einen Seemann, der mehrere Monate hintereinander gesoffen hatte. Nach Nahywas Frage schlich sich in Rochs Augen ein noch kälterer Ausdruck als gewöhnlich.

»Keine Sorge, ich werde es schon überleben.«

»Verräter und Dreckskerle haben leider in der Regel ein langes Leben, das streite ich gar nicht ab. Aber kein ewiges. Du hast den

Bogen überspannt, Roch! Das verzeiht Nord dir nie! Er wird dich jagen und finden!«

»In Margudien mit Sicherheit nicht.«

»Ssschlusss jetzzzt!«, zischte Ssscha. Vor Wut und Ungeduld waren seine Schuppen schon dunkel angelaufen. Dann wandte er sich an Nahywa. »Hassst du den Ssschlüsssel?«

»Möglicherweise.«

»Ich bin nicht in der Ssstimmung für Ssspielchen!«

»Sobald du meine Freunde freilässt, gebe ich dir das Ding.«

»Glaubssst du allen Ernssstesss, dasss du mir Bedingungen ssstellen kannssst?!«, fauchte Ssscha. »Gnom! Hack dem Elfen den Kopf ab!«

»Mit dem allergrößten Vergnügen!«

»Halt!«, schrie Nahywa. »Wir können auf jedes Blutvergießen verzichten!«

Daraufhin zog sie die Kette unter ihrem Ausschnitt hervor, nahm sie ab und hielt sie Ssscha hin.

»Bitte! Und jetzt haut ab!«

Ssscha griff mit seinen knöchernen Fingern nach dem Schlüssel. Die Kette zerriss er, den Anhänger aber verwahrte er sorgsam. In seiner Fratze zeichnete sich ein höchst zufriedener Ausdruck ab.

»Herr Roch, ich kehre zzzum Ssschiff zzzurück. Sssagt meinen Männern bei der Pyramide bitte, sssie mögen sssich bereithalten!«

»Fliegen wir denn nicht gleich ab?«, fragte Roch erstaunt.

»Nein. Bevor wir nach Margudien zzzurückkehren und allen unssseren Sssieg verkünden, müsssen wir das Artefakt erproben. Da bietet sssich diessser Ort mit ssseinem Vorhof zur Kehrsssseitenwelt an.«

Und wenn sein Ton eins deutlich machte, dann, dass er keinen Widerspruch dulden würde.

So nickte Roch nur, auch wenn er diese Absicht nicht billigte.

»Kann ich die drei jetzt endlich erschießen?!«, wollte Wedhal wissen.

»Erssst nachdem wir unsss überzzzeugt haben, dasss allesss in gewünssschter Weissse klappt und diessse freundliche kleine Frau unsss tatsssächlich den richtigen Ssschlüsssel gebracht hat. Mögen sssie aussserdem sssehen, wie verhängnisssvoll ihre Niederlage und wie überwältigend der Sssieg Margudiensss issst!«

Nach diesen Worten eilte er zum Dock, während wir zur Pyramide geleitet wurden. Am Ziel angelangt, verlor Roch die Beherrschung, rammte Nahywa die geballte Faust ins Gesicht und brachte sie damit zu Fall.

»Das ist für mein Gesicht«, fauchte er.

Ogg und ich stürzten uns gleichzeitig auf ihn und holten ihn trotz unserer gefesselten Hände von den Beinen, bevor die Riesenechse jeden von uns am Kragen packte und in die Luft riss.

Wedhal ließ seine üblichen Drohungen vom Stapel – allerdings nicht mehr mit dem Furor wie bisher. Seine eigentliche Aufmerksamkeit galt dem Artefakt, das bereits aufgebaut worden war.

Es erinnerte an eine kleine Kanone auf einem Dreifuß. So, wie es aussah, konnte ich mir gut vorstellen, dass zwei Mann nötig waren, um es anzuheben, aber auch, dass es bestens in ein Aeroplan passte.

Von diesem Ding ging etwas Bedrohliches aus. Der auf Hochglanz polierte Lauf aus schwarzem Metall wies blasse grüne Steineinlagen auf und zielte grimmig auf die unsichtbare Grenze der Kehrseitenwelt. Mich erinnerte er an die Stäbe der Margudier: Unwillkürlich spannte sich alles in mir an.

»Bei allen Tiefenfurzen, Roch!«, giftete Wedhal. »Warum müssen wir uns das unbedingt ansehen?! Hast du vergessen, was beim letzten Mal ...?«

»Hast du irgendeinen Vorschlag zu machen?«, fiel ihm Roch ins Wort.

»Ja! Den, dass wir nicht tatenlos zusehen sollten, wie die womöglich unser Grab schaufeln! Was, wenn sich die Geschichte vom letzten Mal doch wiederholt?! Dann will ich hier wegkommen! Und die *Hammer* ist schließlich immer noch auf der Fregatte ...«

»Gut«, sagte Roch, »wenn dich das beruhigt, stelle ich sie in der Nähe zum Abflug bereit.«

Wedhal ließ sich den Vorschlag kurz durch den Kopf gehen. Ganz offenkundig wollte er nicht allein mit den Margudiern zurückbleiben.

»Mach das!«, entschied er dann. »Aber beeil dich!«

»Aber dass du mir unseren Freunden in meiner Abwesenheit kein Härchen krümmst!«, warnte Roch ihn, stürmte dann aber davon, ohne eine Erwiderung abzuwarten.

»Dreckskerl!«, rief Nahywa ihm hinterher, deren eines Auge nach dem Schlag tränte.

Ich zerrte derweil an meinen Fesseln, richtete jedoch nichts aus. Als Nahywa das bemerkte, versuchte sie, die Gerten mit ihren Krallen zu zerfetzen, scheiterte aber ebenfalls.

»Danke, dass du uns nicht im Stich gelassen hast«, sagte ich. »Aber es war dumm von dir zurückzukehren.«

»O ja«, mischte sich Wedhal ein. »Ein derart dämliches Verhalten hätte ich von dir gar nicht erwartet. Dann hast du auch noch den Schlüssel rausgerückt. Glaub mir, damit hast du dein eigenes Todesurteil unterschrieben.«

»Als ob du mir eine Träne nachweinen würdest«, entgegnete sie. »Nachdem du die ganze Mannschaft verraten hast!«

»Stimmt«, sagte Wedhal, »das habe ich. Jetzt gibt es für mich kein Zurück mehr. Aber letzten Endes hatte ich keine andere Wahl.«

»Man hat immer eine Wahl«, widersprach ich.

»Was weißt du denn schon davon, Spitzohr?!«, polterte er. »Warum hätte ich sterben sollen? Nur damit Nord seine heißgeliebte Alissa rettet?! Auf die spucke ich doch, auf alle beide, meine ich! Der Kapitän hat nur sie im Kopf – obwohl er längst in Gold schwimmen könnte! Dafür hätte er den Echsen bloß das Artefakt verkaufen müssen!«

Der Riesenechse reichte das Gebrüll nun offenbar, denn sie trat dicht vor Wedhal und fauchte ihn an.

»Du wirst mir gar nichts anhaben!«, tönte er. »Denn ich bin ein Verbündeter von Ssscha!«

Das Wort *Verbündeter* musste einen Hebel im Hirn der Riesenechse umgelegt haben, denn sie gab sofort Ruhe und grübelte darüber nach, was das Gesagte zu bedeuten habe. Nach einer Weile drehte sie sich wieder um, zischte etwas, ballte und öffnete die Fäuste ...

»Vor uns steckt die *Fuchsschwanz* in einem Vorhof der Kehrseitenwelt fest. Und hinter diesem Friedhof ...« Ogg nickte in die entsprechende Richtung. »... ist die *Steinstumpf* untergegangen. Warum hat Nord uns nie etwas davon erzählt? Warum weiß auf der Schildkröteninsel niemand davon? Was hat sich hier tatsächlich abgespielt, Wedhal?«

»Das zu erfahren – ist das dein letzter Wunsch vor dem Tod?«, schnaubte der Gnom. »Mir klappt ja der Unterkiefer runter! Wie du in einer derart aussichtslosen Lage so neugierig sein kannst! Aber gut, erzähl ich dir die Geschichte ... Die Schlacht bei den Purpurbergen haben *wir alle drei* damals gewonnen. Sämtliche Margudier, die sich an der Grenze zur Kehrseitenwelt aufhielten, haben wir vernichtet. Auf einem der Schiffe haben wir dann dieses Ding gefunden.« Er wies mit dem Finger auf die Kanone. »Ein Gefangener hat Wu erzählt, wozu es taugt, und ihm gezeigt, wie es zu benutzen ist.«

»Dann wollte Wu die Grenze zwischen den Welten zerstören?«, fragte Ogg erstaunt.

»Wie kommst du denn auf diesen Humbug?!«, wieherte Wedhal. »Das ist nur ein Märchen Nords, das er sich für Hohlköpfe wie euch ausgedacht hat. Selbstverständlich zerstört das Artefakt die Grenze nicht! Und warum sollten die Margudier das auch wollen?! Die Dämonen durch unsere Welt jagen – darauf konnte auch nur Nord verfallen!« Er grinste und zwinkerte vergnügt. »Allerdings lockt dieses Ding da tatsächlich Dämonen in diese Welt – nur ohne jedes Opfer. Du weißt, wovon ich spreche, nicht wahr, Spitzohr?!«

In der Tat, das wusste ich. Hatten die Echsen also eine Möglichkeit gefunden, der Kehrseitenwelt etwas abzupressen, ohne mit Blut dafür zu bezahlen. Ein neues Gerät für den Dämonenfang ...

»Wie zuverlässig ist dieses Ding?«, fragte ich.

»In der Zeit, in der meine geschätzten Damen und Herren Verwandten einen Dämon besorgen, fängst du mit diesem Ding zehn.«

»Das heißt, die Margudier könnten damit das Geld nur so scheffeln«, hielt Ogg fest.

»Du hast es erfasst! Obendrein wären dann die Gnome nicht mehr die Einzigen, die Dämonen liefern. Auch nicht zu verachten!«

»Wenn ich mich nicht irre, bist du selbst ein Gnom. Wieso da dieser Jubel?«

»Weil ich an meinen künftigen Reichtum denke. Wenn ich vor der Wahl stehe zwischen einem Berg Gold und einem Haufen bärtiger alter Wichte, die ihr ganzes Leben in stinkenden Höhlen zubringen – was glaubst du denn, wofür ich mich da entscheide?! Zumal die Gnome mich davongejagt haben! Da werd ich mich doch jetzt nicht auf die Seite dieser Höhlenrülpser schlagen!«

»Nie«, giftete Nahywa, »niemals hätte ich geglaubt, dass du einzig und allein an dich denkst.«

»Gibt es daran vielleicht etwas auszusetzen?! Jeder an meiner Stelle hätte diese Wahl getroffen! Was meinst du denn, von welchen Summen wir hier sprechen?! Von einem solchen Reichtum hast du bisher nicht einmal zu träumen gewagt. So viel Gold findest du in keiner Höhle! Denn wer über die Dämonen herrscht, der herrscht über die Welt! Die Zukunft gehört Margudien! Roch und ich, wir werden auf der Seite der Sieger stehen – und nicht mit ein paar kümmerlichen Unglückspilzen und einem kreuzverliebten Kapitän untergehen! Wu hat im Übrigen sehr genau verstanden, was dieses Ding bedeutet. Er hat die Echse umgebracht, die es geschaffen hat, damit sie kein zweites entwickeln kann. Dann hat er sich darangemacht, es zu erproben. Aber unser ruhmreicher Kapitän hat den ganzen Plan selbstverständlich missbilligt! Dieser Tugendbold!«

»Während sich Wu nicht von Mord und Totschlag abschrecken ließ ...«

»Bei allem, was auf dem Spiel stand?! Ich bitte euch! Wu hat sich bereits als Herrscher über die Pfauenkette – ach was, als Herrscher über die gesamten Vereinten Inseln gesehen! Er hat weder auf Nord noch auf Alissa gehört, sondern wollte das Artefakt erproben. Und zwar gleich bei den Purpurbergen. Zunächst ließ sich auch alles ganz gut an. Die *Steinstumpf* holte auf einen Schlag ein ganzes Dutzend Dämonen aus der Kehrseitenwelt. Aber dann ...« Wedhal schüttelte den Kopf. »Dann muss etwas schiefgelaufen sein, denn in der Kehrseitenwelt kam es zu einer Explosion. Die hat alle, die sich gerade auf dem Oberdeck der *Steinstumpf* befanden, hinweggefegt und in die Kehrseitenwelt geschleudert. Wir hörten die Schreie der Männer noch tagelang, bis die Dämonen sie dann gefressen haben. Daraufhin schob sich die Grenze der Kehrseitenwelt binnen einer Woche fast vierzig Meilen in unsere Welt vor. Ihr habt vermutlich davon gehört ...«

»Wieso bist du dann so sicher, dass diesmal alles klappt?«, fragte Nahywa.

»Weil die Margudier mehr davon verstehen. Ssscha hat gesagt, er wisse genau, welcher Fehler Wu unterlaufen sei ... Und der hätte wirklich verhängnisvoller nicht sein können. Die Kehrseitenwelt hat damals einige große Städte geschluckt, ohne dass die Menschen vorher herausgebracht werden konnten. Daraufhin haben Nord und Alissa Wu gezwungen, seine Versuche einzustellen, obwohl dieser sie unbedingt fortsetzen wollte. Deswegen kam es zu einem erbitterten Streit zwischen den dreien. Nord bat Wu inständig, das Artefakt zu vernichten, und Alissa stellte sich auf seine Seite, was Wu fürchterlich ergrimmte. Die Träume von Macht und Größe hatten ihn wirklich ein wenig überschnappen lassen.«

»Dieser Dämlack«, brummte Ogg.

»Der allerdings mehr Verstand besaß als ihr alle zusammen«, polterte Wedhal. »Denn er war listig genug, sie zu täuschen. Er hat Alissa versprochen, dass er das Artefakt und den Schlüssel zerstört, sich dann jedoch eines Nachts davongestohlen. Leider lag nahe, wohin. Alissa ist ihm sofort nach. Nord hat noch zwei margudische Korvetten aufgehalten, die unvermittelt angerückt waren, sodass wir erst hier eintrafen, als bereits alles vorüber war. Uns empfing allerdings dieser Anblick ...«

Er deutete auf die *Fuchsschwanz* im Vorhof

»War das Wu?«, fragte ich.

»Wir glauben, ja. Möglicherweise hat Alissa versucht, ihn aufzuhalten. Da ist ihm nichts Besseres eingefallen, als sie mithilfe des Artefakts im Vorhof der Kehrseitenwelt einzufrieren.«

»Bitte?!«, rief ich, was mir sofort einen argwöhnischen Blick der Riesenechse eintrug. »Willst du wirklich behaupten, *er* war das?!«

»Der Vorhof war früher kaum fünf Yard breit ... Sieh ihn dir jetzt an! Durch das Artefakt wurde die Grenze in unsere Welt vorgeschoben. Genau wie damals bei den Purpurbergen.«

»Dann ist dieses Ding verdammt gefährlich!«

»Das behauptet Nord auch«, erwiderte Wedhal. »Aber wenn man an Geld und Macht gelangen will, darf man nun mal kein Feigling sein ... Jedenfalls steckte Alissa bereits im Vorhof fest, als wir ankamen. Die *Steinstumpf* schwebte jedoch in trauter Eintracht mit einem margudischen Schiff am Himmel, sodass wir vermutet haben, Wu habe sich mit den Margudiern zusammengetan. Nur hat ihm die *Donner* dann die Suppe versalzen. Die Margudier konnten fliehen, aber Wu haben wir ordentlich eingeheizt! Ein Klipper gegen eine Fregatte! Nord, das muss man ihm lassen, ging zu Recht als Sieger aus diesem ungleichen Duell hervor. Weshalb – und zwar ebenso zu Recht – die Überreste der *Steinstumpf* heute im Sumpf und die Knochen der Menschen in der Erde verrotten.«

»Und was geschah dann?«

»Nichts Besonderes. Wir sicherten uns das Artefakt, hatten aber nur die eine Hälfte des Schlüssels. Die andere Hälfte besaßen die Margudier. Deshalb konnte Nord die *Fuchsschwanz* bisher nicht aus der Kehrseitenwelt herausholen, sosehr er sich auch bemüht hat.«

»Eins verstehe ich immer noch nicht«, gestand Ogg. »Warum hat Nord niemandem von dieser Geschichte erzählt?«

»Weil er wollte, dass man die beiden in guter Erinnerung behält«, antwortete Nahywa. »Weil er verhindern wollte, dass jemand schlecht über Wu spricht, obwohl er sich wirklich niederträchtig benommen hatte, nur um sich zu bereichern. Und weil er auf gar keinen Fall wollte, dass jemand von dem Artefakt erfährt.«

»Richtig«, sagte Wedhal. »Sämtlichen Fliegern wäre doch das Hirn weggeschmolzen, wenn sie davon gewusst hätten. Dass man in großem Maßstab an Dämonen kommen kann! Geschweige denn, was sich damit alles mit der Kehrseitenwelt anstellen ließ! Nein, darauf hätte sich unser Tugendbold Nord nie eingelassen. Er wollte Alissa retten und anschließend das Artefakt samt Schlüssel zerstören. Nicht auszudenken – einen solchen Schatz einfach zu vernichten!«

»Hast du davon gewusst?«, fragte ich Nahywa.

»Nein.«

Etwas donnerte: Die Fregatte verließ das Dock und kam zur Pyramide.

»Die Margudier werden jetzt einen Dämon aus der Kehrseitenwelt herauslocken und ihn in einen Käfig stecken«, sagte Wedhal und rieb sich die schwieligen Hände. »Wir sehen uns noch, ihr Unglückspilze!«

Diese Abschiedsworte ließen keinen Zweifel daran, bei welcher Gelegenheit.

Bei uns blieben nur die Riesenechse und drei margudische Soldaten zur Bewachung zurück. Wedhal beobachtete lieber aus sicherer Entfernung, wie die Kanone auf den Vorhof ausgerichtet wurde.

Auf Nahywas Gesicht stahl sich ein Grinsen.

»Was ist?«, fragte ich sie leise. »Warum grinst du so?«

»Das wirst du gleich wissen«, antwortete sie ebenso leise.

Sobald einer der Margudier den Schlüssel ins Artefakt schob, leuchteten die grünen Steine auf. Die Fregatte drehte dem Vorhof die linke Seite zu. Dort stand an der Reling ein goldener Käfig, das neue Zuhause des Dämons ... Nur dass ein Käfig sonst die Größe einer Faust hatte – dieser aber sechzigmal größer war.

Die Kanone heulte tief und feuerte einen langen schwarzen Strahl auf den grauen Vorhof ab. Dieser bildete eine Brücke zwischen der Grenze und dem Artefakt. Ein zweiter Strahl, der etwas breiter war, spannte sich hinüber zur Fregatte und mündete in den Käfig. Das Ganze sah aus wie der Buchstabe V in der Menschensprache, wobei das Artefakt den Scheitelpunkt bildete.

»Hol mich doch die Höhlenfinsternis, es klappt!«, schrie Wedhal aus und reckte die Faust in die Höhe. »Es klappt!«

Der graue Vorhof erblühte in allen Farben des Regenbogens. Über den schwarzen Strahl kroch langsam und widerwillig wie ein Speerfisch, der am Haken hängt, ein Dämon.

Da aller Augen auf ihn gerichtet waren, sah niemand außer Nahywa und mir, wie drei weiße Aeroplane die Wolkendecke durchbrachen. Sie hielten im lautlosen Sturzflug auf die Fregatte zu, warfen ihre Geschosse ab und flogen danach sofort auseinander. Explosionen krachten, an Bord des margudischen Schiffs schoss eine Flamme hoch, Rauch quoll auf.

Gleichzeitig krachten über den Wolken Kanonen. Die schwarzen Geschosse schlugen in die Bordwand der Fregatte ein und zerstörten das Schaufelrad auf dieser Seite. Die Erde bebte danach sekundenlang.

Jemand eilte von hinten an mich heran, zerschnitt die Gerten an meinen Handgelenken und knallte einen Entersäbel sowie einen Gürtel mit zwei Pistolen vor mich auf den Boden.

»Ihr wart bestimmt schon krank vor Sehnsucht, was?!«, rief Gedher vergnügt. Legusamo befreite Ogg, drückte ihm eine Axt in die Hand und stürzte zu Nahywa. Gedher stürmte brüllend weiter, fuchtelte mit der Streitaxt herum und fegte mit einem gewaltigen Schlag einen Margudier zu Boden.

»Wedhal! Du elender Höhlenfurz!«, schrie er. »Wir haben ein Wörtchen miteinander zu reden!«

Die *Donner*, die noch vom letzten Kampf völlig verrußt war und einen zerbeulten Rumpf hatte, tauchte aus den Wolken auf. Sie hielt schnurgerade auf die Fregatte zu, die sich erst jetzt langsam drehte, um ihrerseits das Feuer zu eröffnen.

Ich schoss mit beiden Pistolen gleichzeitig auf die Margudier, die hinter Legusamo auftauchten. Dann fauchte etwas: Die Riesenechse hatte endlich begriffen, was hier vor sich ging.

»Dieser Frosch hat uns gerade noch gefehlt!«, stieß Ogg aus. »Du kannst nicht zufällig noch ein Fässchen Pulver aus dem Ärmel zaubern, Nahywa?«

»Glaub mir«, entgegnete sie in aller Ruhe, »das wird nicht nötig sein.«

Die Aeroplane ihrer Staffel kehrten zurück. Zwei von ihnen überzogen die panischen Echsen im Tiefflug mit Geschossen, das dritte feuerte eine lange Salve in den Rücken der Riesenechse. Aus ihrer Brust sprudelten Fontänen braunen Blutes, denn die Feuerbienen hatten sie förmlich durchsiebt. Das Ungetüm verdrehte die Augen, fiel mit schwerem Krachen auf den Boden und begrub dabei einen der margudischen Soldaten unter sich.

Von rechts drang das Klirren von Metall heran: Die beiden Gnome hieben wie wild aufeinander ein. Gedhers Streitaxt und die beiden Entersäbel Wedhals flochten in der Luft aufwendige, tödliche Ornamente, während jede dieser zwei gepanzerten Eicheln alles daransetzte, die andere zu töten.

»Nahywa!«, rief Legusamo, der zusammen mit Ogg die Margudier beschäftigte. »Hol die *Fuchsschwanz* aus dem Vorhof!«

»Lass!«, wandte sie sich daraufhin an mich. »Du musst mir helfen!«

Wir liefen an den kämpfenden, sich in ihrer harten Sprache anfauchenden Gnomen vorbei zum Artefakt. Ein bereits verletzter Margudier wollte Nahywa mit einem Zauber ausschalten, doch sie sprang geschickt über den schwarzen Klumpen geballter Luft hinweg und rammte der Echse ihren Dolch in den Leib.

Das Artefakt heulte mit tiefem Ton, der Dämon steckte auf halbem Weg auf dem schwarzen Strahl fest. Nahywa stemmte sich gegen den Lauf, konnte das Artefakt jedoch nicht drehen.

»Wir müssen die Kanone auf die *Fuchsschwanz* ausrichten!«, rief sie.

Leichter gesagt als getan. Das Ding wollte sich einfach nicht bewegen. Als der Strahl endlich auf Alissas Fregatte traf, erschütterte eine ohrenbetäubende Explosion die Ruinen. Nahywa und mich riss es von den Füßen. Heiße Luft fegte über uns hinweg.

Danach erloschen beide Strahlen. Der Dämon verschwand wieder in der Kehrseitenwelt, ihr Vorhof erinnerte nun an ein wütendes, vom Sturm gepeitschtes Meer: Die Wellen tosten – und spuckten die *Fuchsschwanz* aus.

»Es hat geklappt!«, seufzte Nahywa erleichtert. »Wir haben es geschafft!«

Die *Fuchsschwanz* trieb in unsere Welt wie ein Stein, der mit einem Katapult auf seine Flugbahn geschickt worden war. Das Erste, was sie hier tat, war die völlig überrumpelte margudische Fregatte unter Beschuss zu nehmen.

Dann stieg Alissa auf, um gemeinsam mit Nord den Margudiern zuzusetzen. Als wären sie zwei Haie, die Blut gewittert hatten ...

Inzwischen hatte auch Gedher den Kampf beendet. Wedhal lag am Boden, die Arme von sich gestreckt. Sein Harnisch war in zwei Hälften zerschlagen, die Augen des Gnoms erloschen.

Ogg kam humpelnd auf uns zu. Legusamo lud die Pistolen nach, Nahywa zog den Schlüssel aus dem Artefakt.

»Den bringe ich am besten gleich zu Nord«, bemerkte sie.

»Tu das«, sagte Ogg. »Wir bewachen derweil dieses kleine Wunderding.«

»Alle Achtung, Spitzohr!«, brüllte Gedher, als er auf uns zugestapft kam. »Nahywa hat uns erzählt, dass du ihr hinterhergesprungen bist ... Ach ja, Nahywa! Wolltest du nicht längst Nord den Schlüssel bringen?!«

»Ich bin ja schon weg«, antwortete sie grinsend.

»Ich begleite sie besser«, wandte ich mich an Ogg und eilte Nahywa hinterher.

Der Kampf tobte noch immer. Die Mannschaft der *Fuchsschwanz* musste ziemlich aufgebracht darüber sein, dass sie so lange in der Kehrseitenwelt gesteckt hatte, denn sie feuerte wild auf die Margudier.

»Wie hast du die *Donner* gefunden?«, fragte ich Nahywa.

»Das war reines Glück. Wenn sich die Wolken nicht verzogen

hätten, dann hätte ich sie sicher nicht entdeckt. Die *Donner* ist aber wirklich stark beschädigt. Wir waren also unbedingt auf die *Fuchsschwanz* angewiesen. Wenn wir es nicht geschafft hätten, sie aus dem Vorhof herauszuholen, sähe die Sache jetzt nicht so gut für uns aus …«

»Und wie kommen Gedher und Legusamo hierher?«

»Och, die habe ich mitgebracht«, erwiderte Nahywa grinsend. »Die Echsen waren ja so erpicht auf ihren Schlüssel, dass sie sich eure *Schwalbe* nicht weiter angesehen haben …«

Obwohl die Schiffe mittlerweile über der Wolkendecke verschwunden waren, hörten wir noch immer das Krachen der Kanonen. Ich kletterte in die *Schwalbe*.

»Ich bin bereit«, teilte mir Nahywa mit, nachdem sie eingestiegen war.

Wir erhoben uns in die Lüfte, flogen über die Ruinen dahin, beschrieben eine Kehre über dem Vorhof, in dem die *Fuchsschwanz* so viel Zeit zugebracht hatte, und tauchten in die Wolken ein.

Nachdem wir diese durchstoßen hatten, sahen wir am strahlend blauen Himmel die Fortsetzung des Kampfes. Die *Fuchsschwanz* und die *Donner* heizten der margudischen Fregatte tüchtig ein, wechselten immer wieder den Standort und drehten sich, sodass ständig Geschosse auf die Echsen prasselten. Am Bug loderte ein gewaltiges Feuer, das bereits langsam auf die Aufbauten übergriff. In den Seitenwänden klafften Löcher, aus denen Rauch aufquoll, das Heck war verbeult, ein Schaufelrad ausgefallen.

»Es ist zu gefährlich, jetzt auf der *Donner* zu landen«, sagte ich Nahywa. »Dabei könnten wir von einer Kugel getroffen werden.«

»Stimmt, besser, wir warten noch ab.«

Die *Fuchsschwanz* verringerte nicht eine Sekunde den Beschuss. Dabei zielte sie stets auf denselben Punkt.

Schließlich kam es an Deck der margudischen Fregatte zu einer grellen Explosion – bei der ich allein deshalb nicht erblindete, weil in den Brillen der Flieger dunkle Gläser sitzen.

»Das war die Pulverkammer!«, schrie ich. »Die Fregatte ist am Ende!«

Das riesige margudische Schiff, dieses mit Dornen besetzte Ungetüm, verwandelte sich im Nu in ein verrußtes Grab für alle, die dort gekämpft hatten. Es erblühten einige purpurrote Blumen, die sich zu einer einzigen Feuerknospe vereinten – die mit einem Biss die Fregatte verschlang.

Das Skelett des Schiffs brach, von Feuer und Rauch umhüllt, wie ein schweres Fuhrwerk auf zu dünnem Eis durch die Wolkendecke und stürzte in die Tiefe.

Gerade wollte ich daraufhin zur Landung auf der *Donner* ansetzen, als mir Feuerbienen um die Ohren surrten, denen ich nur in letzter Sekunde entkam.

»Das ist Roch!«, schrie Nahywa. »Er hat doch eine *Hammer* bereitgestellt!«

Ich zog den Knüppel zu mir und nahm das Aeroplan ins Fadenkreuz. Ich schoss in dem Augenblick, als es in den Wolken Schutz suchte. Trotzdem fanden die Feuerbienen ihr Ziel – und metallene Splitter der weißen Panzerung trudelten durch die Luft.

Roch war ein miserabler Flieger, der rasch in Panik geriet. Deshalb stieg er nicht auf, sondern ging tiefer. Ich heftete mich an den Schwanz der *Hammer* und beschoss ihn mit einer kurzen Salve. Selbstverständlich richtete ich damit nicht viel aus, denn die Gnome geizten niemals an der Panzerung.

Roch schlug seine Haken, geriet mir dabei jedoch mit einer Kehre ins Fadenkreuz.

Diesmal erwischte ich ihn. Die *Hammer* erzitterte, unter ihrem Flügel stieg Rauch auf. Sich immer schneller drehend, stürzte Rochs Aeroplan in die Tiefe und explodierte. Das Feuer erfasste augenblicklich die ganze *Hammer* und nahm dem Verräter damit jede Möglichkeit, sich mit einem Sprung ins Freie zu retten.

Der flammende Stern bohrte sich in den Sumpf und zerfiel in seine Einzelteile.

»Und jetzt zur *Donner*!«, sagte Nahywa und klopfte mir auf die Schulter. »Für uns alle wird es Zeit, endlich wieder nach Hause zu kommen.«

28. KAPITEL, *das sich mit Fug und Recht als Epilog bezeichnen lässt*

Das Meer plätscherte gleichmäßig, rollte an den Strand, tränkte den schneeweißen Sand und kroch leise wieder zurück, um leuchtend purpurrote Blüten zurückzulassen.

Ich lief barfuß, die Schuhe in der Hand. Dreipfot sprang um mich herum wie ein vor Freude toller Hund, wühlte den Sand auf, rannte ins Wasser, erschreckte die Möwen und Krabben und bewies mir mit jeder Geste seine Freude, dass ich wieder bei ihm war.

Ogg sah ich schon von Weitem. Er saß im Schatten einer Palme, die am Rand des Landestreifens von Nest wuchs. Dreipfot jagte auf ihn zu, krabbelte auf seine Knie, quakte zur Begrüßung und vergaß auch nicht, seine feuchten Pfoten an den Hosen meines Freundes abzuwischen. Ogg packte ihn mit zwei Fingern und hob ihn hoch.

»Ich habe dich auch schrecklich vermisst, mein Freund«, sagte er.

Dreipfot machte erstaunlicherweise keine Anstalten, sich aus dem Griff zu befreien, sondern grunzte fragend und wollte Oggs Nase ablecken.

»Aber auf übertriebene Zärtlichkeiten verzichten wir trotzdem«, fuhr dieser fort. »Dafür habe ich dir was mitgebracht.«

Ogg zog ein Päckchen gerösteter Bananenscheiben aus seiner Tasche, Dreipfots Lieblingsnascherei …

Ich schlug gegen die pralle Tasche mit Briefen, die über meiner Schulter hing.

»Während unserer Abwesenheit haben sich etliche Karten

und Briefe angesammelt. Und natürlich auch Sonderzustellungen.«

»Tull ist vermutlich heilfroh, dass wir wieder da sind?«

»Du hättest mitkommen und dir das mit eigenen Augen ansehen sollen. Er hat an seinem Backenbart gerissen und gezetert, wir würden ihn noch an den Rand des Ruins treiben, wenn wir die Briefe auch weiterhin so unregelmäßig austrügen. Schon jetzt sehe er sich fast gezwungen, den Gläubigern seine diamantenen Manschettenknöpfe zu überlassen. Schlimmer als wir seien nur noch seine nichtsnutzigen Enkel.«

»Damit gehören wir ja fast zur Familie«, brachte Ogg unter schallendem Gelächter heraus. »Tull ist wirklich ein Unikum. Aber ich war heute einfach nicht in der Stimmung, mir sein Gejammer anzuhören. Ich bin in der *Kehrtwende* gewesen. Dort herrschte gähnende Leere. Abgesehen von einem schnarchenden Bufallon war da nicht eine lebende Seele. Alle sind im Hafen und begaffen die *Fuchsschwanz*.«

»Das kann ich mir lebhaft vorstellen.«

»Schließlich kommt aber auch nicht jeden Tag ein Schiff aus der Kehrseitenwelt zurück. Noch dazu eines aus dem legendären Trio. Jetzt wollen natürlich alle wissen, was eigentlich geschehen ist. Es machen bereits die ersten Gerüchte die Runde, Nord habe Alissa von den Toten zurückgeholt.«

»Jedenfalls ist die Insel damit um eine Legende reicher«, bemerkte ich grinsend. »Vielleicht ist es ganz gut, dass wir genug zu tun haben. Während wir unsere Briefe zustellen, beruhigen sich die Gemüter bestimmt wieder. Wenn wir dann zurückkommen, behelligt uns niemand mehr mit Fragen.«

»Nahywa erzählt allen die Geschichte, die sich die Mannschaft ausgedacht hat, sodass sich zurzeit eh niemand für uns interessiert. Übrigens habe ich Nord getroffen. Er hat uns ein hübsches Sümmchen zugesteckt.«

»Wofür das denn?«

»Dafür, dass wir ihm geholfen haben. Klar, das hätten wir auch so gemacht – aber hätte ich deswegen das Geld ablehnen sollen?! Ein paar zusätzliche Louisdors kommen uns nicht gerade ungelegen, das weißt du so gut wie ich. Im Übrigen hat Nord das Artefakt und den Schlüssel bereits zerstört. An der Niederlage werden die Margudier sicher noch eine Weile zu knabbern haben.«

»Dann dürfen wir wohl davon ausgehen, dass dies das Ende der Geschichte ist.«

»Wenn du mich fragst, geht sie gerade erst los«, erwiderte Ogg nachdenklich. »Warte nur ab, was unsere Arbeit noch für Überraschungen bereithält. Außerdem sollen die Wilden Eber angeblich nicht gerade glücklich darüber sein, dass wir ihnen die Patrouille von Peleleo auf den Hals gehetzt und damit die Kaperung des Gnomenschoners verhindert haben.«

»Nach den Margudiern und den Quesallen jagen mir die Wilden Eber keinen großen Schrecken ein«, sagte ich gelassen. »Überhaupt sollten wir uns über die erst den Kopf zerbrechen, wenn wir sie an der Schwanzflosse haben. Bis dahin haben wir aber noch genügend Briefe zuzustellen, also auf in die Luft, mein Freund!«

Er erhob sich, strich den Sand von den Hosen und pfiff Dreipfot herbei, der sich in den Sträuchern herumtrieb. Sobald er uns erreichte, stapften wir zur *Schwalbe*.

Auf uns wartete eine Menge Arbeit.

GLOSSAR

Alwen – Volk, das mit den Elfen ebenso wie mit den Menschen verwandt ist. Die A leben zurückgezogen in den Steppen des Östlichen Kontinents und unterhalten kaum Kontakte zu anderen Völkern.

Arachnaren – große Spinnen, die auf den Vereinten Inseln heimisch sind. Sie haben die Kontrolle über die dortigen Textilfabriken und Schneidereien inne.

Benji – nach Ansicht der Gremlins kündigen B Unheil an; sie sind jedoch das einzige Volk, das diesem Glauben anhängt, alle anderen Rassen nutzen mit Freuden Dienste der B, vermag doch niemand besser Wetterprognosen abzugeben.

Chasamer Kannibalen – Rasse, die auf dem Westlichen Kontinent lebte und von den Menschen vollständig ausgelöscht wurde.

Chasamer Seide – Stoff, den die gleichnamigen Kannibalen anfertigten. Das Geheimnis seiner Herstellung ist mit diesen untergegangen, weshalb der Preis für das Gewebe in die Höhe schnellte.

Dämonen – Bezeichnung für Wesen aus der Kehrseitenwelt, die nichts mit jenen Dämonen verbindet, mit denen verschiedene Völker ihre Kinder vor dem Einschlafen erschrecken. Die D der Kehrseitenwelt erinnern in der realen Welt noch am ehesten an Klumpen brennender Luft. Den in magische Käfige gesteckten D ist es überhaupt nur zu verdanken, dass Luftschiffe und Aeroplane den Himmel erobern konnten.

Dämonologe – Spezialist, der einen Dämon aus der Kehrseitenwelt herausholen, zähmen, in ein Luftschiff einsetzen und mit Magischen Siegeln versehen kann. Die Arbeit eines D ist mit einem gewissen Risiko verbunden, denn sobald sich ein Dämon befreit, geht alles um ihn herum in die Luft; ferner hegt ein Dämon in einem solchen Fall oft genug den Wunsch, einen D, sollte er sich gerade in seiner Nähe befinden, umzubringen, bevor er wieder in der Kehrseitenwelt verschwindet.

Drachoniden – die erste und älteste Rasse dieser Welt, die auf dem Östlichen Kontinent lebt. D werden bis zu fünfhundert Jahre alt, ihre Zahl ist nicht sehr groß, in der Regel sind sie ausgesprochen ungesellig. Ein ahnungsloser Mensch kann sie unter Umständen mit den Margudiern verwechseln, denn beide haben goldene Augen und Schuppen; trotzdem gleichen D Eidechsen letzten Endes nicht. Es sind Nachfahren der schwarzen Drachen, die aus der Kehrseitenwelt in die hiesige Welt geflogen kamen. D haben Flügel, die sie jedoch unter Umhängen verbergen. Sie verkehren nicht gern mit Wesen, die ihre Sprache nicht beherrschen, doch das einzige Volk, das diese kennt, ist das der dunklen Elfen; aus diesem Grund haben die D diese auch in dunkler Magie unterwiesen. Alle anderen Völker versuchen Auseinandersetzungen mit den D zu vermeiden, da die dunkle Magie der D ausgesprochen stark ist. Die Gnome bestreiten dies jedoch.

Dregaika – Hüterin der Ernte und Gebieterin über die Pflanzen. Eine D kann verschiedene Gestalten annehmen und lebt praktisch ewig. Die lichten Elfen halten diese Wesen für Göttinnen.

Dunkle Elfen – Die DE sind die uneingeschränkten Herren auf dem Östlichen Kontinent, ihre Magie ist genauso stark wie die der Drachoniden und Margudier, trägt jedoch auch lichte Partikel in sich. Da sie – ebenso wie die lichten Elfen – Beschleunigung hervorragend verkraften, gelten sie als ausgezeichnete Flieger.

Ellatheyra – Königreich der lichten Elfen, das den gesamten Nordwesten des Westlichen Kontinents einnimmt. Im Osten grenzt es an das Königreich der Orks, im Süden ist es den Königreichen von Gnomen und Menschen benachbart.

Farblose Liste – sie führt all jene Artefakte auf, die verheerenden Schaden anrichten können.

Feyer – entfernte Verwandte der Liliputaner, allerdings größer und mit Libellenflügeln, die sehr hell leuchten können, wobei das Farbspektrum des Lichts mit zunehmendem Alter der F wächst.

Gardalde – Königreich der dunklen Elfen.

Gnome – Volk, in dessen Königreich Klane regieren; es gibt drei Hauptklane: die Karhen, die Gorhen und die Lorhen. Sie herrschen bereits seit mehreren Jahrhunderten in Westheim. Das Königreich gilt als das reichste überhaupt, weil das unterirdische Volk das Monopol auf die im Transportwesen benötigten Dämonen besitzt. Viele andere Rassen begegnen G mit Vorbehalten und meinen, sie hätten ein grobes Naturell, seien aufbrausend und Fremden gegenüber leicht paranoid. G sind vorzügliche Waffenmacher und Meister in der Metallverarbeitung. Für ihre Luftschiffe ist eine solide Verkleidung mit Panzerplatten typisch, zudem sind sie mit hervorragenden Waffen ausgestattet; beides bringt jedoch eine gewisse Behäbigkeit für die Schiffe mit sich.

Goblins – Bewohner des Südlichen Kontinents. Ein großer Stamm, der keine technischen Hilfsmittel duldet und traditionell auf riesigen zahmen Vögeln fliegt. Diese Sturheit hat sie enorm ins Hintertreffen gebracht, sodass sie heute nur wenige ausgetrocknete Gebiete im heißesten Teil des Kontinents ihr Eigen nennen. G genießen kaum Sympathie bei anderen Völkern, denn sie sind aalglatt, zänkisch und diebisch, neigen zur Herdenbildung, überfallen nachts wahllos Einzelwesen, stehlen Essen und leben in Abwasserkanälen.

Goldener Pfeil – Gardestaffel der lichten Elfen, eine der besten Fliegereinheiten des Waldvolks.

Goldener Wald – s. Großer Wald.

Gremlins – Bewohner des Südlichen Kontinents. Sie wären beinah durch die Goblins ausgelöscht worden und konnten sich nur dank der Halblinge retten, die alle überlebenden G in ihren Häusern versteckten. Nachdem die Goblins zurückgeschlagen worden waren, kehrten die G in ihre Länder zurück. G sind äußerst vertrauensvoll, neugierig und abergläubisch, helfen allen, die in Schwierigkeiten geraten sind, und lieben Zucker.

Grolle – Mischwesen, die vor Jahrhunderten durch dunkle Zauberei der Margudier entstanden sind. Angeblich waren die Vorfahren der G Menschen und Trolle, mit Sicherheit wissen das aber nur die dunklen Zauberer. In G steckt kein böser Kern, es sind keine dunklen Geschöpfe. Von den Trollen haben sie die viehische Kraft erhalten und die großen Körpermaße, die allerdings im Vergleich zu ihren riesigen Vorfahren bereits abgeschwächter sind; von den Menschen haben sie den wachen Verstand und die Fähigkeit, sich an andere Völker anzupassen. G werden gern als Wachposten, Leibwächter und Rausschmeißer angeheuert, sie leisten aber auch in Entermannschaften gute Dienste. Ihre Kraft und ihr Verstand machen G zu gefährlichen Gegnern.

Großelfen – Herrschaftsdynastie der lichten Elfen, die seit fünftausend Jahren in Ellatheyra regiert.

Großer Wald – auch Goldener Wald, Begriff der lichten Elfen, der ihre Heimat, den Ort, in dem ihre Seele wohnt, und die jenseitige Welt bezeichnet.

Halblinge – Bewohner des Südlichen Kontinents. Friedfertiges Volk, deren Angehörige manchmal auch als die »kleinen Menschen« bezeichnet werden. Bei aller Freundlichkeit können H jedoch bestens für sich einstehen und notfalls zu gefährlichen Gegnern werden. Selbst für Trolle.

Hobgoblins – haben nichts mit den Goblins gemein. H sind leicht zu verletzen und kränklich, sie täten am liebsten nichts anderes, als in ihren Höhlen zu schlafen. Da ihr Organismus weder Beschleunigung noch Pirouetten in der Luft verkraftet, taugen H nicht als Flieger. Dafür sind sie erstaunlich zielsichere Schützen, mit welcher Waffe auch immer. Aus diesem Grund werden sie auch gern als Kanoniere angeheuert. Sie sind die besten Schützen der Welt, die Gnome bestreiten dies jedoch.

Kalter Kontinent – im Grunde kein echter Kontinent, sondern eine große, von Eis überzogene Insel an der südlichen Polkappe, die Heimat der Trolle.

Kehrseitenwelt – Parallelwelt, in der Dämonen leben. In der realen Welt gibt es an wenigen Punkten eine Grenze zwischen beiden Welten. Bei ihr handelt es sich um eine unsichtbare glatte Wand von unterschiedlicher Länge und Höhe, die hart wie eine Panzerplatte ist. Dahinter liegt der sogenannte Vorhof der K; dieser ist sichtbar.

Kobolde – leben auf dem Südlichen Kontinent. Sie sind in Klanen organisiert und praktizieren Polygamie. Mit Eintritt der Volljährigkeit verlässt ein K den Klan, um die Welt zu erforschen, und kehrt erst dreißig Jahre später zurück, wenn er eine Familie gründen möchte. K sind hervorragende Waffenschmiede und Erfinder, die Gnome bestreiten dies jedoch.

Kornevis – neben dem Westlichen, dem Östlichen und dem Südlichen der vierte Kontinent dieser Welt. Auf ihm lebte ein Volk, das seit Langem ausgestorben ist und an das sich nur noch die Drachoniden erinnern. K ist heute weitgehend aufgegeben, weil fast der gesamte Kontinent von Sümpfen eingenommen wird.

Krähenland – heute neutrales Territorium, in dem Menschen und Elfen gleichberechtigt sind; es ist nach einigen blutigen Kriegen gebildet worden, als keines der beteiligten Völker den Sieg erringen konnte.

Krashshen – Meeresvolk, dessen Städte in der südlichen Halbkugel am Grund des Meeres, in den Korallenriffen und im Bereich von Festlandsockeln liegen. Die K haben lange gegen die Vereinten Inseln gekämpft, deren Luftschiffe und Aeroplane abgeschossen sowie an den Ufern Einheiten abgesetzt; Grund dafür war, dass Perlentaucher ihre Städte zerstört und Walfischjäger Jagd auf Wale und Delfine gemacht hatten, deren Fleisch die Dämonologen brauchten, um Dämonen aus der Kehrseitenwelt herauszulocken. Früher besaßen die K viele Inseln, heute haben sie diese nach einem Friedensvertrag jedoch Festlandbewohnern überlassen. Solange man die K in

Ruhe lässt, interessiert diese nicht, was über dem Wasser vor sich geht. K brauchen keine Dämonen, sondern behelfen sich im Transportwesen ausschließlich mit Tiefseelebewesen und der Kraft des Meeres.

Kyralletha – gegenwärtige Herrscherin der lichten Elfen, die aus einer Familie der Großelfen stammt; die männliche Form lautet Kyrall.

Lathimer – zahmes Tier, das ein sehr lautes Heulen von sich gibt. Es wird auf Luftschiffen und an Landestreifen eingesetzt, um notfalls Alarm zu schlagen.

Led – Anrede eines lichten Elfen für einen adligen Elfen.

Leprechauns – dank eines hervorragenden Gespürs für alle Finanzfragen sind L unvorstellbar reich. Die Gnome bestreiten dies jedoch.

Lichte Elfen – oder Sterngeborene. Bewohner des Großen Waldes, die über eine der stärksten Luftflotten auf dem Kontinent verfügen. LE lassen nur Menschen in ihre Wälder, allen anderen Völkern ist der Zutritt zu ihrem Königreich versagt; das gilt selbstverständlich vor allem für Gnome. Die Macht liegt bei den LE in den Händen der Kyralletha.

Liliputaner – Wesen, die nicht größer als ein Handteller sind und dem Alkohol stark zuneigen.

Magische Siegel – Artefakte, die verhindern, dass ein Dämon in die Kehrseitenwelt zurückkehrt und ihn zudem gefügig machen. Im Grunde ist es daher erst dank der MS möglich, mit einem Aeroplan zu fliegen, denn bei Zerstörung der MS bricht der Dämon aus seinem Käfig aus.

Margudier – größte Rasse auf dem Südlichen Kontinent, die über eine gewaltige Flotte verfügt und eine aggressive Eroberungspolitik betreibt. Die Regierung wird von einem Rat gebildet, dem sogenannten Trem. Die echsenhaften M gelten als gefährliche Gegner, die zudem äußerst nachtragend sind. Der Anteil von Zauberern unter ihnen ist sehr hoch. Daher geht man ihnen besser aus dem Weg und legt sich nicht mit ihren Kampfgeschwadern an, die zu den stärksten am Himmel zählen. Die Gnome bestreiten dies jedoch.

Minotauren – große, zottelige Wesen, hitzige Kämpfer, die nicht leicht zu besiegen sind. M vergöttern dunkle Elfinnen und führen all ihre Befehle mit Freuden aus, wenn diese nur bereit sind, ihre Gesellschaft zu ertragen. M sind vegetarisch, sodass sie die Aufforderung, Fleisch zu kosten, als grobe Beleidigung verstehen.

Nachtvolk – Bewohner der unterirdischen Welt, die praktisch nie ans Tageslicht vorstoßen. Im Unterschied zu den Gnomen gräbt das N jedoch keine Schächte und schafft keine unterirdischen Paläste, sondern lebt in natürlichen Höhlen. Das N kann genau wie die dunklen Elfen bei vollständiger Dunkelheit bestens sehen. Sein Reich dürfen nur Kaufleute betreten, und auch diese werden bloß bis zu den Höhlen in den obersten Schichten vorgelassen. Aus diesem Grund weiß niemand, was das N in der Tiefe verbirgt. Es heißt, das N sei grausam und hasse alle, die an der Tagesoberfläche leben, denn die Drachoniden hätten ihre Vorfahren erst in die Höhlen gejagt. Ob das jedoch wirklich zutrifft, weiß niemand. Das N ist kannibalisch und scheut nicht davor zurück, seine Feinde ebenso wie die eigenen Kinder zu essen.

Oger – wuchtige, monströse Wesen, die auf dem Östlichen Kontinent leben und von der Größe her nur noch durch Trolle übertroffen werden. O hassen die eigenen Verwandten, weshalb sie es vorziehen, vereinzelt zu leben und andere O einzig zum Zwecke der Fortpflanzung zu treffen. Mit anderen Rassen pflegen die O deutlich freundlichere Beziehungen als zu den Vertretern ihres eigenen Volks und siedeln sich gern in ihrer Nähe an, vor allem in der Nachbarschaft von Menschen, denen sie sich seelenverwandt fühlen. O sind ausgezeichnete Mechaniker, die Gnome bestreiten dies jedoch.

Orks – eine junge Rasse, die sogar noch nach den Menschen in diese Welt gekommen ist. Dennoch vermochte die Horde, also die Armee der O, sehr schnell große Territorien auf dem Westlichen Kontinent zu erobern und Menschen wie Elfen zu verdrängen. Für die O ist das Wichtigste der Klan (die Familie). Ein O ist ein exzellenter Steuermann und kann bestens mit der schwarzmagischen Tafel umgehen; selbst komplizierte Berechnungen führt er mühelos durch, in diesem Bereich sucht ein O seinesgleichen. Ferner sind O für ihre Tapferkeit bekannt.

Östlicher Kontinent – kleinster Erdteil, auf dem die dunklen Elfen, die Alwen, Menschen und kleinere Völker leben. Er wurde vor allen anderen besiedelt, denn auf ihm landeten die schwarzen Drachen, die aus der Kehrseitenwelt kamen und von denen die Drachoniden, die ersten Wesen dieser Welt, abstammten.

Patrouille – militärische Organisation der Vereinten Inseln, die unmittelbar dem Statthalter untersteht. Im Grunde ist es eine zweite Armee neben der Hauptflotte. Die Aufgaben der P sind der Schutz der Inselgebiete und der Handelsrouten, sie stellen Begleitschutz für Luftschiffe, machen Jagd auf Piraten und halten Recht und Ordnung aufrecht.

Purpurberge – auch Purpurfelsen, nördliches Land der Menschen auf dem Westlichen Kontinent. Hier liegt einer der Zugänge zur Kehrseitenwelt.

Quesall – gedungener Mörder und Kopfgeldjäger aus den Reihen der lichten Elfen, der dem obersten Kriegsherrn der Elfen, dem Shellan, dient. Q werden aus Waisen rekrutiert und über lange Jahre ausgebildet. Sie sind dem Shellan bedingungslos ergeben und handeln gewöhnlich in Fünfer- oder Siebenergruppen; dank ihrer Erfahrung und mithilfe von Artefakten können sie es sogar mit Magiern aufnehmen.

Rattenmenschen – Schöpfung der Margudier, ekelerregende Zwitterwesen aus Mensch und Ratte. Die kleinen, gerissenen Kreaturen kämpfen mit den Goblins um die Vorherrschaft in den Elendsquartieren. Mit R will niemand etwas zu tun haben, in gepflegten Gaststätten ist ihnen der Zutritt verboten. Wegen ihres schlechten Charakters und ihres wilden Verhaltens gibt ihnen auch niemand Arbeit.

Ring der Bändigung – Artefakt, mit dessen Hilfe man die Magischen Siegel eines Aeroplans oder Luftschiffs beeinflusst, die ihrerseits den Dämon bändigen. Gewöhnlich ist der RdB universell einsetzbar, sieht dabei aber unterschiedlich aus; mit dem nötigen Geschick kann ein Flieger also mit ihm die Magischen Siegel in jedem Aeroplan manipulieren. Deshalb werden zum Schutz gegen eine Entführung in einem Aeroplan häufig Blockierungsketten angebracht, die nur einen bestimmten RdB erkennen.

Schildkröteninsel – mittlere Insel der Pfauenkette, auf ihr lebt der Statthalter, außerdem hat die Patrouille hier ihre Hauptbasis.

Schwarzmagische Tafel – universelles Navigationsgerät, mit dessen Hilfe man den Kurs bestimmen, das Wetter beobachten, den Dämon kontrollieren, die Munition umverteilen und Geld zählen kann. Die erste ST wurde von Kobolden ersonnen, die Gnome bestreiten dies jedoch.

Shellan – Hauptkommandeur der Luftstreitkräfte der lichten Elfen, häufig ein Verwandter der Kyralletha.

Steinmenschen – leben auf dem Südlichen Kontinent. Es sind vernunftbegabte Geschöpfe aus Stein, die weder Kugeln noch Magie fürchten. Sie leben – im üblichen Sinne des Wortes – nicht länger als sechzig Jahre, dann fallen sie in eine Art Winterschlaf und verwandeln sich in gewöhnliche Steine.

Sterngeborene – Bezeichnung für lichte Elfen. Wenn dunkle Elfen meinen, die Existenz des Elfenvolks gehe auf Drachoniden zurück, dann behaupten die Legenden der lichten Elfen, ein vom Himmel gefallener Stern habe eine alte Eiche gespalten, aus deren Mark dann die ersten Großelfen entstanden.

Südlicher Kontinent – trockenes Festland, über dem sich die großen Luftrouten kreuzen. Heute ist dieses Land nicht besonders gastfreundlich und dient hauptsächlich als Umschlagslager und Hafen für Zwischenlandungen.

Trolle – die größten Geschöpfe unter den Hauptrassen dieser Welt. T sind stark, ungeschlacht, und – wenn sie nicht von Anfang an zum einvernehmlichen Auskommen mit anderen Völkern erzogen werden – ausgesprochen grausam.

Vereinte Inseln – Verband eigenständiger Inseln, der ein Gebiet von mehreren Tausend Quadratmeilen einnimmt.

Werwölfe – Waldbewohner und einstige Nachbarn der lichten

Elfen, bis diese die W wegen ihrer Grausamkeit aus dem Großen Wald vertrieben; daraufhin siedelten sie sich in der Nähe der Oger an, in einer ziemlich verlassenen Gegend. W sind blutdürstige Wesen, die vor allem nachts zu unbändiger Aggressivität neigen. Früher vermochten W eine Gestalt anzunehmen, die man fast mit der eines Menschen verwechseln konnte, in den letzten Jahrtausenden haben sie diese Fähigkeit jedoch eingebüßt. Angeblich spielte dabei die Magie der lichten Elfen eine nicht unwesentliche Rolle.

Westheim – vorwiegend unterirdisches Königreich der Gnome auf dem Westlichen Kontinent, zu dem die gesamte zentrale Bergkette des Festlands und die angrenzenden Täler gehören. Die Gnome setzen einiges daran, ihr oberirdisches Territorium zu erweitern, und erheben Anspruch auf die Kristallhügel, die seit Langem den südlichen Klanen der Orks gehören, aber auch auf die nördlichen Provinzen der Menschen. Obwohl die Gnome zu Recht behaupten, ihr Land sei das größte, wird dies von vielen anderen Völkern bestritten. In diesem Zusammenhang gilt es zu berücksichtigen, dass die Menschen und Orks oberirdisch zwar über ein größeres Gebiet verfügen als die Gnome, diese den Unterschied jedoch durch die Ausmaße ihres unterirdischen Königreichs wettmachen, das weit über die Grenzen des oberirdischen Gebiets hinausreicht.

Westlicher Kontinent – größter Kontinent dieser Welt, auf dem Menschen, Gnome, lichte Elfen, Orks und kleinere Völker leben. Der WK wurde tausend Jahre nach der Erschließung des Östlichen Kontinents besiedelt.

Zwerge – leben auf dem Östlichen Kontinent. Wie auch die dunklen Elfen vergöttern sie Drachoniden. Gleichzeitig hassen sie die Margudier, die über viele Jahrhunderte Z als Sklaven gehalten haben. Z sind nicht sehr groß und haben einen Buckel. Z sind mit Gnomen verwandt. An dieser Stelle angelangt, verwundert es wohl niemanden, dass Gnome dies bestreiten. Ihr Argument lautet, sie würden nie im Leben derart vulgäre bunte Mützen tragen.

AEROPLANE

Assel
Schweres Sturmaeroplan
Hersteller: Margudier
Besatzung: zwei Flieger (Pilot und Steuermann bzw. Richtschütze)
Bewaffnung: zwei mittlere Kanonen des Typs Schlangenauge
Panzerung: mittel
Die *A* wurde von Margudiern vor der Schlacht an den Purpurbergen als Gegenstück zur *Witwe* der Menschen entwickelt. Doch wegen des Zeitdrucks und etlicher Konstruktionsfehler kam es dazu, dass die *A* nie eine echte Konkurrenz für die *Witwe* darstellte. Obwohl die *A* eine hohe Geschwindigkeit erzielt und eine Bombe des Typs Schnapper tragen kann, hat sie Angriffen von Zerstörern kaum etwas entgegenzusetzen. Mangels einer besseren Alternative nutzen die Margudier sie jedoch auch weiterhin, wobei sie häufig mehrere Staffeln gleichzeitig einsetzen, um die Effizienz zu steigern. Die Margudier haben den Orks wiederholt vorgeschlagen, ihnen mehrere *A* für den Krieg gegen die Elfen abzukaufen, was diese jedoch mit dem schlagenden Argument abgelehnt haben, keine *A* würde dem Feuerbeschuss einer *Silberquelle* standhalten.
Betörerin
Leichtes Aeroplan
Hersteller: Menschen
Besatzung: ein oder zwei Flieger (Zweisitzer)

Bewaffnung: zwei leichte Bienenwerfer
Panzerung: leicht
Eine alte, erprobte Maschine, die mit zahlreichen Abwandlungen sowohl für Zivil- als auch für Militärzwecke genutzt wird. Die B ist weitverbreitet und verfügt über eine hervorragende Manövrierfähigkeit, vor allem in geringen Höhen, hat feindlichem Beschuss jedoch leider nicht viel entgegenzusetzen.

Brüllaffe
Mittleres Aeroplan
Hersteller: Orks
Besatzung: zwei Flieger
Bewaffnung: zwei mittlere Bienenwerfer am Bug plus zwei weitere für den Heckschützen.
Panzerung: leicht
Das Modell befindet sich noch in der Erprobungsphase, folglich ist es noch nicht in Serienproduktion gegangen. Ein Spezifikum ist die Kabine des Steuermanns bzw. Heckschützen, die am Schwanz liegt.

Fliege
Leichtes Aeroplan
Hersteller: Halblinge
Besatzung: ein oder zwei Flieger (bei Zweisitzern)
Bewaffnung: zwei leichte Bienenwerfer
Panzerung: fehlt
Halblinge sind ein friedliches Volk, aber nachdem auf Vögeln fliegende Goblins ihre Dörfer angegriffen hatten, rüsteten sie ihre leichten Zivilmaschinen zu Sturmaeroplanen auf. Das beste Modell ging als *F* in Serienproduktion. Andere Völker spotten allerdings über die *F*, nennen sie *Steinschleuder* und behaupten, sie könnte einzig und allein gegen die zahmen Vögel der Goblins etwas ausrichten. Die Halblinge weisen dies selbstverständlich entrüstet zurück und führen als Beweis ihren berühmtesten Flieger an, Ral Gänsefeder, der in einem Luftgefecht mit der *F* drei *Monde* abgeschossen hat. Die Halblinge vergessen dabei aus irgendeinem Grund jedoch immer zu erwähnen, dass Ral Gänsefeder am Ende den Tod fand.

Haken
Leichtes Aeroplan
Hersteller: Alwen
Besatzung: ein oder zwei Flieger (in Abhängigkeit vom Modell)
Bewaffnung: zwei mittlere Bienenwerfer
Panzerung: leicht
Das Top-Modell der Alwen. Die lichten Elfen bezichtigen die Alwen, die Technologie von ihnen gestohlen zu haben, hätten sie selbst doch nie ein derart überzeugendes Aeroplan entwickeln können. Die *H* ist ein leichter Störkreuzer, der Spionageaufgaben übernehmen und einzelne Aeroplane des Gegners angreifen kann. Eine *H*-Staffel stellt eine ernsthafte Bedrohung dar, weil sie unglaublich schnell an Höhe gewinnt und über eine erstaunliche Manövrierfähigkeit verfügt. Obwohl die *H* zur Klasse der leichten Aeroplane zählt, erfreut sie sich großer Beliebtheit und ist häufig teurer als Modelle der mittleren Klasse.

Hammer der Tiefe
Überschweres Aeroplan
Hersteller: Gnome
Besatzung: ein Flieger
Bewaffnung: acht schwere Zwillingsbienenwerfer plus ein Blitz, wahlweise drei Blitze plus drei Bienenwerfer.
Panzerung: überschwer
Sobald die erste *HdT* am Himmel auftauchte, machte unter Fliegern ein Witz die Runde: Wodurch unterscheidet sich ein Plätteisen von einem Aeroplan der Gnome? – Dadurch, dass ein Plätteisen nicht fliegen kann. Äußerlich erinnert die *HdT* tatsächlich an ein Bügeleisen. Ihr fehlt jene Eleganz, die beispielsweise die Maschinen der Elfen auszeichnet. Doch Gnome ziehen Effizienz nun einmal der Schönheit vor. Die *HdT* ist das schwerste Aeroplan der Klasse und verfügt über eine verheerende Feuerkraft, während es durch die einzigartige Panzerung selbst einen Beschuss verkraftet, der für andere vernichtend wäre. Doch auch die *HdT* hat Nachteile: Sie

ist ausgesprochen schwer zu lenken, weshalb äußerst erfahrene Flieger nötig sind; für einen Anfänger kann ein Flug mit ihr ein katastrophales Ende nehmen. Obendrein erreicht sie keine großen Höhen, denn kein Dämon stemmt ihr Gewicht über eine bestimmte Grenze hinaus. Bei Kehren ist die *HdT* etwas schwergängig, beim Sturzflug lässt sie sich nur mit Mühe wieder in eine andere Flugbahn bringen. Für die Gnome sind jedoch die Schussmöglichkeiten entscheidend, und in diesem Punkt läuft die *HdT* quasi außer Konkurrenz.

Hauer
Mittleres Aeroplan
Hersteller: Margudier
Besatzung: ein, zwei oder drei Flieger (in Abhängigkeit vom Modell)
Bewaffnung: vier Kanonen des Typs Verfluchte Flamme, die schweren Bienenwerfern entsprechen, plus zwei Zwillingskanonen desselben Typs, sofern es einen Heckschützen gibt.
Panzerung: mittel
Die *H* war das erste Aeroplan der Margudier, das in Serienproduktion ging. Es handelt sich dabei um eine Kombination aus Zerstörer und Störkreuzer. Die *H* wird zu Spionagezwecken eingesetzt und kann auch allein weit in das Gebiet eines Gegners vordringen. Dank der vorzüglichen Flugeigenschaften, der Solidität und der starken Kanonen kann eine *H* es mühelos mit einem schwereren Gegner aufnehmen. Die *H* hat ein unverwechselbares Profil, von oben oder unten betrachtet, erinnert sie an einen Dreizack. Zunächst war sie auch für drei Flieger gedacht, die jeweils in einer eigenen Kabine in den drei »Zacken« sitzen sollten. Die *H* wird wie die *Silberquelle* nicht an andere Völker verkauft, selbst fliegen dürfen mit ihr ausschließlich Margudier.

Hornisse
Leichtes Aeroplan
Hersteller: Menschen
Besatzung: zwei Flieger
Bewaffnung: fünf leichte oder zwei schwere Bienenwerfer

Panzerung: leicht
Die *H* stellte eine Weiterentwicklung der *Rüpel* dar und ist in der Lage, in großer Höhe zu agieren, um Angriffe von Bombern abzuwehren. Sie ist allerdings nie in Serie gegangen, insgesamt wurden nur achtzig Aeroplane gebaut. Es ist eine zuverlässige, gut manövrierfähige Maschine, die hervorragend für Kämpfe gegen schwerere Aeroplane geeignet ist, weist jedoch auch einige Nachteile auf. Der entscheidende ist der, dass die *H* einen äußerst leistungsfähigen Dämon braucht, sonst verwandeln sich alle Vorteile in Nachteile (vor allem bei schwerer Bewaffnung).

Maulwurfsgrille
Schweres Aeroplan
Hersteller: Orks
Besatzung: ein Flieger
Bewaffnung: fünf schwere Bienenwerfer plus ein Blitz
Panzerung: schwer
Die *M* ist ein Aeroplan, um das sich zahlreiche Legenden ranken. Lange Jahre war sie die Königin der Lüfte, mit ihrer Hilfe konnten die Orks ihr Territorium auf dem Westlichen Kontinent entscheidend erweitern. Das Aufkommen der *M* und ihre Überlegenheit zwangen andere Völker, gewaltige Anstrengungen daranzusetzen, ein konkurrenzfähiges Aeroplan zu entwickeln. Die Gnome brachten schließlich die *Hammer der Tiefe* hervor, die Elfen die *Silberquelle* und die Menschen die *Rüpel*. Obgleich die *M* keine Schönheit ist und über eine schwere Panzerung verfügt, beweist sie doch hervorragende Flugeigenschaften. Inzwischen gilt die *M* zwar als veraltet, wird jedoch weiterhin genutzt, kann sie es doch aufgrund von Konstruktionsbesonderheiten und einer exzellenten Kalibrierung des Dämons durchaus mit moderneren schweren Zerstörern aufnehmen.

Mond
Mittleres Aeroplan
Hersteller: Menschen
Besatzung: ein Flieger

Bewaffnung: drei mittlere Bienenwerfer
Panzerung: mittel
Das Juwel aller Aeroplane der Menschen, bei ihnen das am weitesten verbreitete Modell. Die M erfreut sich jedoch nicht nur am menschlichen Himmel der Popularität, sondern auch bei anderen Völkern, die sie gern für verschiedene Zwecke einsetzen. Sie ist ideal unter wechselhaften Klimabedingungen und kann mühelos auch auf kürzesten Landebahnen landen. Wie Forschungen der Gnome gezeigt haben, können bei diesen Aeroplanen Dämonen der untersten Klasse eingesetzt werden, ohne dass die Flugeigenschaften beeinträchtigt würden, was für das Budget natürlich von großem Vorteil ist. Einzig der Patriotismus hielt den unterirdischen Stamm denn auch davon ab, auf diese Aeroplane umzusteigen.

Mücke
Leichtes Aeroplan
Hersteller: Kobolde
Besatzung: ein oder zwei Flieger
Bewaffnung: fehlt oder ein leichter Bienenwerfer
Panzerung: fehlt
Leichtes Aufklärungs- oder Kurieraeroplan, das in der zivilen Luftfahrt eingesetzt wird, nur eine geringe Flughöhe erreicht und extrem wetterabhängig ist. Bei Luftgefechten hat es kaum eine Chance.

Nashorn
Mittleres Aeroplan
Hersteller: Orks
Besatzung: ein oder zwei Flieger (Zweisitzer)
Bewaffnung: drei mittlere oder zwei schwere Bienenwerfer
Panzerung: mittel
Während des Kriegs um die Kristallberge entwickelt; damals versuchten die Gnome, die Orks aus diesen Bergen zu vertreiben, betrachtete das unterirdische Volk diese doch als sein angestammtes Territorium. Die N war jener Trumpf der Orks, mit dem sie die Überlegenheit der Gnome bei Luftgefechten ausstachen. Sie hat den Bombern der Orks den Weg zu den

schweren Luftschiffen der Gnome frei geschossen. Da die *N* permanent weiterentwickelt wird, kann sie sich auch heute noch auf dem Markt halten. Die Orks schätzen ihre zuverlässige Konstruktion zudem derart, dass sie nicht die Absicht haben, die Produktion einzustellen. Vermutlich ist kein anderes Luftschiff oder Aeroplan so häufig in militärische Konflikte involviert gewesen wie die *N*. Ein gravierender Nachteil der alten Modelle ist freilich darin zu sehen, dass ihr Flug überdurchschnittlich stark von der Windstärke abhängt. Bei Gegenwind kann es zum Absturz kommen. Bei neueren Modellen wurde dieses Problem jedoch gelöst.

Picke

Mittleres Aeroplan.
Hersteller: Gnome
Besatzung: ein Flieger
Bewaffnung: vier schwere Zwillingsbienenwerfer oder zwei Blitze
Panzerung: schwer
Mittleres Aeroplan, zur Unterstützung der *Hammer der Tiefe* entwickelt. Da die *P* in geringen Höhen manövrierfähiger als die *Hammer der Tiefe* ist, übernimmt sie meist Hilfsaufgaben in den Geschwadern. Zunächst glaubten die Gnome, der *P* gehöre die Zukunft, denn das Aeroplan empfahl sich im Kampf gegen die Menschen. Nach Auseinandersetzungen mit Ellatheyra wurde jedoch schnell klar, dass die Konstruktion längst noch nicht ausgefeilt war. Die elfischen *Silberquellen* schossen die *P* mühelos ab, ohne dabei selbst Verluste hinnehmen zu müssen. Danach stellten die Gnome die Produktion der *P* ein und nutzten die noch verbliebenen Aeroplane zur Begleitung von Handelsluftschiffen.

Rüpel

Schweres Aeroplan
Hersteller: Menschen
Besatzung: ein Flieger
Bewaffnung: sechs schwere Zwillingsbienenwerfer
Panzerung: schwer

Die *R* ist eines der besten Aeroplane in der schweren Klasse. Sie hat ein charakteristisches Profil, das an einen Schwalbenschwanz erinnert, und spitze Flügel mit Rückwärtspfeilung. Dank innovativer Konstruktion ist die Panzerung der *R* wesentlich leichter als die der *Hammer der Tiefe*, dabei aber zum unsagbaren Verdruss der gnomischen Konstrukteure genauso solide. Aufgrund einer besonderen Unterbringung der Munition kann die *R* vierzig Prozent mehr Feuerbienen an Bord nehmen als andere Aeroplane dieser Klasse, was ihr bei Kämpfen zusätzliche Vorteile verschafft. Da die *R* derart effizient ist, wird ihr Verkauf fast an allen Orten der Welt strikt kontrolliert, von den Vereinten Inseln abgesehen. Die Menschen verkaufen dieses Modell nicht an andere Rassen und nicht einmal an Privatpersonen ihres eigenen Volks; die *R* dürfen ausschließlich staatliche Einrichtungen der Menschen beziehen. Sie ist das einzige Aeroplan, das sich mit der *Silberquelle* messen und mit einem fähigen Piloten diesem elfischen Modell wenigstens etwas entgegensetzen kann.

Silberquelle
Schweres Aeroplan
Hersteller: Elfen
Besatzung: in der Regel ein Flieger, möglich sind jedoch auch andere Varianten
Bewaffnung: vier schwere Zwillingskanonen für Saphirkeile
Panzerung: schwer
Bis heute das beste Kampfaeroplan. Das Äußere dieser schrecklichen Waffe mutet trügerisch harmlos an: ein glatter Silberkörper, weiche Linien, die kristallen wirkende Kabine. Die *S* erinnert eher an ein Spielzeug oder an ein Kunstwerk als an ein Raubtier der Lüfte. Desto größer war die Überraschung, als sie zum ersten Mal gegen die Fliegerstaffeln der Orks eingesetzt wurde. In dem legendären Kampf vernichteten drei *S* fünfzehn Aeroplane des Gegners, ohne selbst auch nur den geringsten Schaden davonzutragen. Die Kanonen einer *S* feuern Saphirkeile ab, ihre Feuerkraft liegt nur zehn Prozent unter jener der *Hammer der Tiefe*. Die phänomenale

Wendigkeit und die Stabilität, ein sehr schneller Höhengewinn, die Unabhängigkeit von Wetterumschwüngen, die erstaunlich leichte Lenkung sowie die sich selbst erneuernde Vitalpanzerung dürften der S noch lange den Sieg in Luftgefechten garantieren.

Stilett
Mittleres Aeroplan
Hersteller: Menschen
Besatzung: ein Flieger
Bewaffnung: vier leichte vierläufige Bienenwerfer
Panzerung: mittel
Die S wurde als Aufklärer entwickelt und verfügt über große Schnelligkeit sowie über eine hervorragende Manövrierfähigkeit, sodass sie Zerstörer abzuhängen vermag. Dieses bislang nur in geringer Stückzahl produzierte Aeroplan soll die veraltete *Betörerin* ersetzen. Die S wird auch in der zivilen Luftfahrt genutzt und als Kurieraeroplan oder für Expresstransporte eingesetzt.

Witwe
Schweres Sturmaeroplan.
Hersteller: Menschen
Besatzung: drei Flieger (Pilot, Steuermann und Heckschütze).
Bewaffnung: fünf schwere Bienenwerfer plus ein leichter Blitz sowie ein Blitz des Heckschützen.
Panzerung: mittel
Das schwere dreisitzige Aeroplan wurde zur Abwehr feindlicher Staffeln und zur Vernichtung von Luftschiffen entwickelt. Neben der *Assel*, der *Maulwurfsgrille* und der *Hammer der Tiefe* ist es eines der vier Aeroplane, die eine intelligente Bombe, den Schnapper, tragen können. Das größte Aeroplan der Gattung ist bei Piraten wegen seiner Feuerkraft und Häufigkeit äußerst beliebt. In den Händen eines erfahrenen Fliegers verwandelt sich der Bomber problemlos in einen überschweren Zerstörer. Die W wird aber auch in der zivilen Luftfahrt als Fracht- oder Transportluftschiff eingesetzt.